범도

범도

1

포수의 원칙

방현석 장편소설

문학동네

차례

프롤로그

범 사냥

연해주의 여름. 농장을 둘러싼 회솔나무와 까치박달나무가 남쪽에서 불어오는 맞바람에 흔들렸다. 범도는 나뭇잎을 흔들어대는 바람이 지나왔을 연화산을 생각했다. 그의 마지막 국내 기지였던 연화산의 울창한 여름이 그리웠다.

"이러시지 말라니까 또 이러십니다."

최의관이 닭똥 치우는 밀대를 짚고 선 그를 타박했다. 최의관은 닭과 돼지를 치는 이 농장의 주인이었다.

"심심해서 그럽니다."

빈말이 아니었다. 하릴없이 농막에서 길어진 해가 지길 기다리는 것보다는 농장의 인부들과 어울려 닭똥을 치는 것이 그에게는 한결 편했다.

"범 사냥이나 가시지요."

그렇게 말한 건 최의관과 함께 온 안이었다. 범 사냥 가자는 말은 안중근이 올 때마다 그에게 하는 인사였다. 안은 그와 함께 산을 타며 사냥하는 걸 즐겼다. 안은 그가 가장 기다리는 방문객이기도 했지만, 농장의 인부들도 그 못지않게 안을 반겼다. 안이 산에서 빈손으로 내려오는 일은 없었기 때문이다.

"범을 손으로 잡을 작정이오?"

그는 안의 빈 어깨에 눈길을 주며 물었다. 늘 메고 있던 소총이 오늘은 보이지 않았다.

"이걸 가지고 왔지요."

안중근이 웃으며 저고리 안에서 단총을 꺼냈다. 위로 치켜올라간 안의 콧수염이 눈보다 먼저 웃었다.

"단총으로 범을 잡는다? 예사 범이 아닌 모양이오."

그는 짚고 섰던 밀대를 옆에 있던 인부에게 건네주며 일렀다.

"다녀올 동안 범이 내려오면 이분에게 올려보내시오."

범도는 최의관의 농장에 출몰하는 맹수와 너구리들로부터 닭을 지켜주고 밥을 얻어먹는 식객으로 되어 있었지만, 그가 여느 사냥꾼과 다르다는 것은 인부들도 벌써 짐작하고 있었다. 그는 어깨에 멘 베르단 소총을 바로잡으며 앞장섰다. 총은 그의 일부였다.

"맛보자는 내가 챙겨왔소이다."

최의관이 고개를 돌려 어깨에 멘 바랑을 돌아보며 안중근의 뒤를 따랐다. 맛보자는 연해주의 사냥꾼들이 숲의 정령에게 바치는 술과 안주였다.

안중근이 가지고 온 단총은 38구경 리볼버였다. 미국에 갔던 백무아가 그에게 가져다준 것과 같은 기종이었다. 단총을 들고 사냥에 나서는 멍청한 포수는 없다. 안은 단총을 익히러 온 것이었다.

농장에서 기다리는 인부들을 위해 그들은 국거리가 될 만한 붉은사슴 한 마리를 먼저 잡기로 했다. 붉은사슴은 녹각과 사향의 값은 없어도 체장이 크고 육질이 좋아 인부들이 좋아했다.

범도는 일격으로 체장 육 척에 사십 관은 너끈하게 나가는 붉은사슴을 주저앉혔다. 안중근은 리볼버의 방아쇠를 두 번이나 당겼는데, 완전히 빗나갔다. 단총으로 저격할 거리가 아니었다.

범도가 오기 전까지 연해주 최고의 명사수로 꼽힌 안중근답게 단총도 금방 손에 익혔다. 하지만 열 보를 벗어나면 탄환이 표적을 벗어났다.

"이거 장총에 비할 게 못 됩니다."

열다섯 보 앞에서 여섯 발 중 세 발을 표적에 집어넣은 안은 고개를 저었다. 총신을 꺾어 회전식 약실에 장전을 마친 안중근은 스무 보 앞에서 다시 여섯 발을 쏘았다. 표적은 열 보, 열다섯 보에서와 마찬가지로 장정의 상체 형상이었다. 표적에 들어간 것은 여섯 발 중 단 한 발이었다. 그는 입맛을 다시는 안의 어깨를 두드려주었다.

"리볼버로 이 정도면 대단한 거요."

회전식 약실이 총열과 분리된 38구경 리볼버는 격발 순간에 총구가 튀어올라 반동을 제어하기 까다로운 총기였다.

"오소리는 몰라도 범을 잡으려면 리볼버로는 어렵소."

그는 리볼버를 쥔 오른손 위에 얹힌 안중근의 왼손을 내려다보았다. 새끼손가락과 길이가 같은 약지가 눈에 들어왔다. 그는 옆에 선 최의관의 왼손으로 눈길을 옮겼다. 최의관의 약지도 새끼손가락과 길이가 같았다. 두 사람의 약지는 그들이 동의단지회의 맹원임을 말해주었다. 약지 한 마디씩을 자르고 태극기에 '대한독립' 네 글자를 피로 쓴 동의단지회의 맹약을 그는 알고 있었다. 동의단지회가 정한 제1과업은 대한의 원수인 초대 조선 통감 이토 히로부미와 2대 조선 주차군 사령관 하세가와 요시미치의 처단이었다. 그들의 제2과업은 민족반역자 이완용과 박제순, 송병준의 처단이었다.

동의단지회의 맹원들이 왼손 약지를 자른 것은 그것이 열 손가락 중 가장 쓰임이 적어서가 아니었다. 함부로 사용하지 않아 가장 정결한 손가락이 약지였고, 심장으로 통하는 기혈의 끝이 약지였으니, 그들은 가장 정결한 손가락을 들어 심장에서 뿜어져나온 피로 '대한독립' 네 글자를 쓴 것이었다. 제1과업을 삼 년 안에 이루지 못하면 자결로 동포에게 사죄할 것을 태극기에 뿌린 피로 맹세한 그들이었다.

안중근은 자신이 이끌던 부대가 없어졌다고 했지만, 아니었다. 리범윤 예하의 의병대에서 안이 지휘하던 부대가 사라졌을 뿐이었다. 십이 인의 단지동맹은 그가 본 어떤 부대보다 강력한 비밀 결사대였다. 안중근과 십일 인의 맹원은 무명지를 자르지 않은 범도에게 그들의 비밀을 공유했다. 그는 비밀을 알았으니 자기도 무명지를 잘라야겠다고 했다. 농 반 진 반으로 한 그의 말을 안중근은 농담으로 받았었다.

'충심은 가상하나 대장님은 조직 밖의 조직원으로 남아야겠습니다.'

'내 자격이 모자라오?'

'모자라다니요, 넘쳐서 아니 되지요. 원래 천주는 어부와 세리같이

비천한 자들만 세상에 파송할 사도로 받아들였습니다.'

'포수도 그리 고귀하지는 않소만.'

안은 웃으며 그의 말을 받았다.

'제가 천주쟁이지 않습니까. 천주께서 산정에 올라 밤새 기도하시고 열두 제자를 불러 하늘의 뜻을 온 세상에 전할 사도가 되라 명하셨습니다. 오늘날 조선과 동양에 내린 하늘의 뜻은 대한 독립이고 동양의 평화고, 우리 열두 맹원은 하늘의 뜻을 세상에 전하는 사도이며, 십이는 하늘과 땅을 대표하는 완전수여서 여기에 하나를 더할 수도 뺄 수도 없습니다.'

'내 얼핏 듣기로 열두 제자 중에 배반자도 하나 있다던데?'

그는 자신의 농담이 훗날 뼈아픈 진실이 되리라고는 상상하지 못했다.

'그 또한 하늘의 뜻이겠지요.'

'미리 하나를 더 보충해두는 것은 어떻소?'

'조직 밖의 조직원 하나는 있어야 우리가 삼 년 안에 뜻을 이루지 못하더라도 우리의 일을 계속하지 않겠습니까.'

안중근이 단총을 꺼내 보이는 순간 그는 안이 기어코 단독 작전에 착수했음을 직감했다. 단총 저격은 근접전이었다. 몸을 빼서 살아 돌아오기 어려운 작전이었다. 그런데도 안중근은 태연자약했다. 단총 사격을 익히면서 조금의 흔들림도 보이지 않았다. 선비 출신의 천주쟁이라고는 믿기지 않는 배포였다.

"범 사냥이 오래 남았소?"

말하지 않는 것은 묻지 않는 것이 비밀결사의 철칙이기에 그는 이렇게 에둘러 물었다.

"첫눈이 오기 전에는 끝내야지요."

가을이 가기 전에 실행한다면 리볼버를 익힐 시간으로는 넉넉지 않았다. 아무리 사격술을 타고난 안중근이라고 해도 총기가 신체의 일부처럼 익숙해지려면 시간이 필요했다. 정확한 조준이 가능한 장총이 아닌 단총은 더욱 그랬다.

"그럼 브라우닝을 쓰는 것이 좋겠소."

"브라우닝이 리볼버와 많이 다릅니까?"

"물론이오."

총열이 앞뒤로 왕복하며 격발의 충격을 줄여주는 브라우닝과 달리 회전식 약실을 가진 리볼버는 한 손으로 반동을 받아내기 매우 어려웠다. 그는 안의 리볼버를 받아들고 표적을 조준했다.

"가늠쇠 위에 표적을 올려두고 조준선을 정렬한 다음 이렇게 팔을 앞으로 쭉 뻗으면, 조준선은 작아지는데 표적은 그 크기 그대로 아니오. 조준의 정확도가 그만큼 올라가는 것이오."

그는 방아쇠를 당겼다.

탕. 탄환은 표적의 심장에 박혔다. 스무 보 앞이었다. 최의관은 입을 벌렸고 안중근은 콧수염이 말려들도록 입술을 꽉 사리물었다.

"이건 내가 잘 쏘아서가 아니오. 리볼버에 익숙해진 지 한두 해가 아니기에 한 손으로 반동을 받아낸 것일 뿐이오. 이 단총을 제 것으로 만드는 데는 세월이 필요하오."

WFR, WFJ. 백무아가 손잡이 양쪽에 새겨둔 그 서양 글자가 희미해지도록 그의 손아귀에 머문 단총이 리볼버였다.

"브라우닝은 한두 번만 쏘아보면 한 손으로 얼마든지 반동을 받아낼 수 있고, 조준 속사도 가능하오."

반동을 어떻게 받아내느냐에 따라 승부가 갈리는 것이 단총 사격이었다.

"브라우닝을 구하시오."

안중근은 그가 돌려주는 리볼버를 받아들며 대답했다.

"어쩔 수 없이 페티카를 만나봐야겠군요."

페티카, 이제는 그의 귀에도 익숙해진 이름이었다.

"페티카를 만나보셨습니까?"

그는 고개를 저었다.

"오늘, 저와 같이 가시죠."

"오늘 당장 말이오?"

"오늘밤에 하면 될 일을 내일로 미룰 게 뭐란 말입니까."

안중근은 괜히 번개라는 별명을 얻은 게 아니었다.

"저는 브라우닝이 필요하고, 홍대장님은 부하들을 옥에서 꺼내야 하지 않습니까. 리범윤 대감 밑으로 들어가기 싫으시면 페티카에게 부탁하는 수밖에 없습니다."

1장

포수의 원칙

1

포수막에 봄이 왔다. 겨우내 쌓인 흰 눈이 녹아내리며 진회색으로 변했던 산에 연둣빛이 차오르기 시작했다. 나무줄기에 물기가 오르고 잎사귀가 파랗게 돋아났다. 스산하던 강막골산은 며칠 사이에 초록으로 바뀌었다.

꿩잡이를 나가는 날이어서 아침을 늦게 먹는 대신 배를 꽉 채우지 않았다. 많이 이동하려면 몸이 가벼워야 했다. 산돌이도 평소보다 3할을 적게 먹였다. 꿩잡이는 산돌이의 역할이 절대적이었다. 은신술이 뛰어난 꿩을 산돌이가 찾아내야 사냥이 가능했다.

아침해가 떠오르자 눈부시게 빛나는 햇빛을 타고 꿩들이 산기슭으로 무리지어 하강했다.

"몇 수냐?"

신포수가 탄띠를 두르며 내게 물었다.

"서른 수가 넘습니다."

"정확히."
"서른여덟 수입니다."
"가자."
산돌이가 앞장섰다. 겨우내 절뚝이던 녀석의 다리가 이제는 완전히 회복되었다. 새하얀 털에도 윤기가 돌았다. 고구마가 든 바랑을 등에 멘 나는 화승총을 손에 들고 따라나섰다. 비록 화승총이었지만 내가 몰이꾼이 아닌 신포수의 조수라는 분명한 표식이었다.
꿩이 내려앉은 골짜기에 도착했지만 눈에 들어오는 건 한 수도 없었다. 경계심이 유달리 강한 녀석들이 인기척을 느끼고 벌써 몸을 숨긴 다음이었다. 신포수는 꿩 무리가 물을 먹은 골짜기부터 수색을 시작했다. 얼었다 녹은 땅을 꼼꼼히 살피던 신포수의 손가락이 가리키는 곳에는 희미하지만 분명한 꿩의 발자국이 찍혀 있었다. 킁킁, 코로 그 자리의 냄새를 확인한 산돌이는 숲으로 향했다. 꿩은 자신의 은신술을 과신해 멀리 도망가지 않는 게 약점이었다.
"준비됐어?"
신포수는 노리쇠를 당기며 물었다.
"네."
"조준해 방아쇠를 당기고, 탄환이 총열을 통과해 스무 자 날아가는 데 반 숨, 몇 자 앞?"
"꿩은 한 숨에 열 자 날아오르니까 다섯 자 앞을 쏴야죠."
신포수는 검지를 들어 두 번 흔들었다. 일격필살!
잡목을 우회하던 산돌이가 그 순간 숲속으로 돌진했고, 꿩들이 푸드득푸드득 날아올랐다. 여섯 번의 총성이 울렸다.

"몇 수냐?"

"여섯 수 떨어졌고, 스물아홉 수가 날아갔습니다."

숲에 떨어진 꿩 한 수를 물고 나온 산돌이에게 신포수가 팔을 뻗어 다시 숲으로 뛰어들라고 신호했다. 숲으로 들어가지 않는 녀석을 향해 내가 다시 손짓을 하자 녀석은 비로소 숲 주변을 탐색했다. 귀를 세운 채 기습 태세를 갖추고 천천히 움직이던 산돌이가 숲으로 뛰어들었고 세 수의 꿩이 날아올랐다. 신포수가 두 발을 쏘고 내가 한 발을 쏴서 세 수를 떨어뜨렸다.

산돌이를 앞세워 우리는 숲을 수색했다. 첫 작전에서 회수한 아홉 수의 꿩을 바랑에 담아 내가 짊어졌다. 총격을 당한 꿩떼가 날아서 넘어간 산을 우리는 달려서 넘어갔다. 일주이격, 추격하는 주력이 첫째고 저격술은 둘째다. 신포수가 몰이하기를 싫어하는 내게 한 말이었다.

산의 정상을 넘어서면서부터 수색을 시작한 우리는 한 시간이 지나서 꿩들의 은신처를 찾아냈다. 이번에도 몰이는 산돌이의 몫이었다. 산돌이의 습격을 피해 날아오른 꿩은 모두 스물네 수였다. 신포수가 네 발을, 나는 한 발을 쐈다.

두번째 발사한 것이 내 탄환이었다. 분명히 휘청한 꿩이 떨어지지 않고 고도를 유지하며 날아갔다. 사정거리를 벗어나기 직전의 꿩을 저격한 다음에야 신포수는 내 탄환을 맞고도 날아가는 꿩을 응시했다. 그 꿩이 시야에서 사라지자 그는 혀를 쯧쯧 찼다.

"머리를 겨냥했어야지."

"몸통에 제대로 맞았는데……"

"배보다 더 아래를 맞힌 거야. 배 아래는 치명상을 입어도 날개를 접지 않아. 바람을 타고 오 리도 날아갈 수 있어."

"못 찾겠죠?"

"늑대가 찾겠지."

신포수는 다시 내게 검지를 두 번 내밀어 보였다. 일격필살. 나는 장탄을 했다. 반대쪽으로 모습을 감췄던 산돌이가 돌진하는 소리가 들리고 곧 꿩 한 수가 날아올랐다. 나는 호흡을 가다듬고 천천히 꿩의 머리를 겨냥했다. 탕! 명중이었다.

그런데 꿩이 떨어지지 않고 도리어 수직으로 상승했다.

"어…… 정통으로 맞았는데."

나는 신포수를 쳐다보며 변명을 했다. 신포수는 씩 웃으며 하늘로 시선을 돌렸다. 수직 상승하던 꿩이 갑자기 수직 낙하하기 시작했다.

"좀 쏘네. 머리에 명중하면 저렇게 되는 거야."

세번째 작전은 쉽지 않았다. 두 시간 가까이 잡목을 아무리 수색해도 꿩떼를 찾을 수가 없었다.

산돌이가 하늘을 향해 으르렁거린 것은 포기하고 돌아가자는 말을 꺼내려던 찰나였다. 아무것도 없는 하늘을 쳐다보며 공격 태세를 취하는 산돌이를 의아해하는 나와 달리 신포수는 재빨리 노리쇠를 당기며 사격 준비를 했다. 그리고 곧 꿩들이 날아올랐다. 잡목과 수풀 속에서 숙영하는 녀석들이 뜻밖에도 소나무 높은 가지에 은신해 있었던 것이다.

"탕"

신포수가 일격을 하고 나서야 나도 정신을 차리고 오른쪽으로 날아오른 꿩을 조준했다. 날개 아래, 몸통 상부를 맞은 꿩은 날개를 접고 바로 추락했다.

산돌이에게 아직 숨어 있는 꿩 수색을 시키려는 내 팔을 신포수가 잡았다.

"전부 몇 수야?"

"열아홉 수인데 한 수는 회수를 못해서 열여덟 수입니다."

"됐다."

"남은 놈들이라도 잡고 가죠."

"우린 이만하면 됐고, 얘들도 절반은 살려서 보내야지."

십 리를 추격해왔는데 눈앞에 있는 사냥감을 두고 돌아서는 게 아쉬웠다. 꿩 욕심보다는 나의 사격술을 더 확인해보고 싶은 욕심 때문에 발이 잘 떨어지지 않았다.

"비 오기 전에 빨리 가자."

신포수가 머뭇거리는 나를 재촉하며 하늘을 쳐다봤다. 하늘은 오전과 마찬가지로 맑았다.

"말짱한데요."

"내일 아침까지 안 오면 내 총 네 화승총하고 바꿔줄게."

"정말요?"

"정말인지 아닌지, 한번 봐."

저녁을 먹고 나서 신포수는 잡아온 꿩의 내장을 끄집어냈다. 나에게 갈퀴처럼 생긴 나뭇가지를 꺾어오게 한 그는 꿩의 내장을 빼는 방법을 가르쳐주었다. 갈퀴모양의 나뭇가지를 항문으로 깊이 집어넣어 당기자 내장이 주르르 끌려나왔다.

"바로 쓰지 않을 꿩은 내장을 완전히 빼야만 해. 속에 내장이 남아 있으면 썩어들어가서 고기도 못 먹고, 박제로도 못 써. 건조시켜 약재로 못 쓰는 건 물론이고."

꿩은 해열제로 효험이 있었다. 지난겨울, 산돌이와 함께 장진사의 광에 갇혔던 내가 도망쳐왔을 때 신포수가 내준 육포가 꿩고기였다는 걸 나중에 알았다. 나도 산돌이도 타박상과 골절상을 입고, 신열까지 앓았지만 꿩고기 덕분이었는지 무사했다. 꿩 열여덟 수의 내장을 다 빼냈을 때 밖에서 빗소리가 들리기 시작했다.

"정말이네요. 비가 올 줄 어떻게 알았어요?"

"꿩이 가르쳐줬잖아. 못 들었어?"

"에이, 꿩이 무슨 말을 해요."

"범바위 근처, 나무 위. 꿩은 날씨를 예측하는 영특한 능력을 가지고 있어. 그래서 평소에는 잡목이 우거진 숲에서 잠을 자는 녀석들이 비가 오기 전에는 반드시 나무 위로 피해. 오늘 마지막에 본 꿩들이 어디에 앉아 있었냐?"

봄비는 초록으로 짙어져가는 강막골산을 적시고, 멀리서 들려오는 늑대 울음소리와 함께 포수막의 밤은 깊어갔다. 늑대의 울음소리에 귀를 세우던 산돌이도 빗소리를 자장가 삼아 잠이 들었다.

"저는 제 총이 좋아요."

2

내가 포수막에서 빈 화승총으로 왼손 연습을 하고 있던 저녁이었다. 총을 손질하던 신포수가 갑자기 생각난 듯 말했다.

"일찍 자고 내일은 등목이나 하러 가자."

"어디로요?"

나는 왼쪽 어깨에 붙이고 있던 화승총을 내려놓으며 물었다.

"압록강이 녹을 때가 되었다."

신포수는 저 아래 계곡에라도 가는 것처럼 말했다.

"거기는 개마고원 넘어가야 있는 거 아니에요?"

신포수는 고개를 끄덕이며 덧붙였다.

"가는 길에 묘향약수도 좀 마시고."

"그렇게 먼길 가려면 미리 준비부터 좀 해야지요. 양식도 얼마 안 남았는데."

"얼마나 남았는데?"

"이틀 치요."

"그거면 충분해. 자자."

신포수는 자리를 깔고 먼저 누웠다. 이틀 치 양식을 가지고 압록강까지 간다는 건 터무니없는 일이었다. 그러나 그것보다 더 걱정은 산돌이였다.

"얘도 같이 가는 거죠?"

"그럼, 우린 한 여단인데."

지난달 늑대 무리 일곱 두를 우리 셋이서 소탕한 다음부터 신포수는 우리를 여단이라 불렀다. 여단, 나는 그 말이 좋았다. 처음엔 고작 셋이서 무슨 여단? 했지만 들을수록 근사했다. 자리에 누웠지만 잠이 오지 않았다. 말로만 듣던 묘향산과 압록강이었다. 온 산에 향기가 가득한 천하 절경의 명산과 우리나라에서 제일 길고 물살이 사나운 강. 나는 옆에 누운 산돌이의 목을 만지며 속삭였다. 우리 여단이 압록강에 간대. 묘향산에도.

"여단 출동."

다음날, 이른 아침을 먹고 우리는 낭림산맥을 타고 북으로 향했다. 진달래가 산돌이보다 한 걸음 앞서가며 꽃을 피웠다.

묘향약수에 닿기 전에 나는 이틀 치 식량이면 충분한 이유를 알았다. 낭림산맥의 지산들마다 꾼과 쟁이들이 깃들어 있었다. 사냥꾼, 약초꾼, 벌목꾼, 나무꾼, 벌꾼. 숯쟁이와 도기쟁이까지. 열 걸음 앞에 다가가서야 비로소 눈에 들어오는 사냥꾼들의 포수막과 약초꾼들의 초막, 벌목꾼들의 산막, 숯쟁이들의 움집을 신포수는 기가 막히게 알았다. 갑자기 들이닥친 신포수에게 싫은 내색을 하는 사람은 아무도 없었다. 허물없이 반기고 함부로 하는 사람도 없었다. 묘향산에 들어설 때까지 바랑의 양식은 조금도 줄어들지 않았다.

묘향 제1경이라는 상원동에 들어선 것은 노을이 오선봉을 불태우고, 어스름이 용연계곡을 감추기 시작하는 저녁이었다. 병풍처럼 둘러친 기암괴석 위로 잎갈나무가 무늬를 넣고, 외로운 소나무 몇 그루가 바람의 방향과 세기를 재고 있었다. 장관이란 말은 여기에 쓰려고 만든 말이 틀림없었다. 산이 된 바위를 가르고 거침없이 떨어지는 폭포는 웅장했다. 가슴에 쌓인 답답한 응어리들마저 모조리 부수며 쓸어내릴 듯 수직 낙하하는 물줄기는 통쾌하기까지 했다. 이 세상의 풍경이 아닌 것만 같은 묘향의 봄, 상원동의 저녁이 나를 압도했다.

"여단 숙영지로 오늘은 저기가 어떠냐?"

신포수는 이단으로 떨어져내리는 폭포와 폭포 사이를 가리켰다. 폭포 사이에 갇혀 다가갈 길이 없어 보이는 아주 작은 암자 하나가 거짓말처럼 바위에 얹혀 있었다. 뒤로는 아득한 절벽, 양쪽으로는 포말을 일으키며 떨어지는 폭포, 앞으로는 물길이 휘돌며 철철 넘치는 못이었다.

암자로 가는 길은 폭포 뒤에 숨어 있었다. 떨어지는 물줄기와 암벽 사이를 통과하는 사이, 포말이 된 작은 물방울이 왼쪽 뺨과 어깨를 적셨다.

"봄이 언제 오나 했더니 이제야 왔네그려"

나이 지긋한 스님은 합장을 하며 신포수를 반겼다. 나도 신포수를 따라 어색하게 두 손바닥을 맞대고 고개를 숙였다.

"신포가 언제 이런 장성한 아들을 두었나?"

신포수는 빙긋이 웃기만 했고, 나는 얼굴이 빨갛게 달아올랐다. 내 옆에 선 산돌이는 꼬리를 살랑살랑 흔들었다.

"이 녀석은 또 누군가. 낭림이 새낀가?"

신포수가 고개를 끄덕였다.

"낭림이는?"

"보냈습니다."

"어쩌다가?"

"그럴 놈이 한 놈뿐이 더 있겠습니까?"

스님은 혀를 쯧쯧 찼다. 나무관세음보살.

저녁을 얻어먹고 나는 옆방으로 와서 누웠다. 신포수와 스님은 돌부처를 모신 방에 남아서 곡차를 마셨다. 신포수가 돌아오면 낭림이를 해친 놈이 누구인지 물어보려고 했지만 밤이 깊도록 그는 건너오지 않았다. 칠십 리 길을 걸은 나는 곧 잠이 들었고, 산돌이는 방 앞의 마루 밑에서 밤을 지켰다.

이튿날, 나는 목탁소리에 잠이 깼다. 아직 사방은 깜깜했다. 모든 것이 잠든 신새벽을 흔들어 깨우며 아침을 부르는 스님의 염불소리를 듣던 나는 문득 스님이 된 내 모습을 상상해보았다.

"스님, 스님이 되려면 어떻게 해야 되나요?"

암자를 떠나기 전에 나는 스님에게 불쑥 물었다.

"왜, 머리를 깎아보시려고? 포수하고 스님은 인연이 먼데."

"그런데 왜 두 분은 친해요?"

스님과 신포수가 웃음을 터뜨렸다. 그리고 거의 동시에 말했다. 우리 안 친해.

"참, 얘 아니었으면 잊을 뻔했네. 큰스님이 자네 주라고 써놓고 간 것이 있으니 잠시 기다리시게."

스님은 방에 들어가 부적 한 장을 들고 나와 신포수에게 내밀었다.

"지담스님은 잘 계시지요?"

"동안거 끝내고 다녀갔으니까 지금쯤 금강산에 당도하셨겠지. 언제 한번 신계사로 찾아뵙게나."

우리는 산돌이를 앞세우고 묘향 약수터로 향했다. 향산천의 문수골 어귀, 서북쪽 골 안에서 흘러나오는 묘향약수는 시리게 푸르고 맑았다. 얼굴을 들이박은 채 시원하게 약수를 마시고 일어선 신포수에게 내가 물었다.

"지담스님이 누구에요?"

"그런 분이 있다."

더 묻지 않았다. 한번 대답하지 않은 것은 끝내 대답하지 않는 신포수였다.

"낭림이를 해친 건 어떤 놈이에요?"

"그런 놈이 있다. 약수나 마셔."

더 물어봐야 소용없는 일이었다. 지금까지 낭림이의 행방을 묻는 내게 신포수가 한 대답은 두 가지였다. 보냈다. 아니면, 갔다. 나도 약수터에 얼굴을 박고 약수를 빨아마셨다. 첫맛은 시큼하고 뒷맛은 달콤했다. 산돌이도 나를 따라 주둥이를 박고 약수를 먹었다.

"저는 몰라도 산돌이는 알아야 할 것 같은데……"

나는 신포수가 들으라고 혼잣말처럼 중얼거렸다. 대꾸하지 않는 신포수를 한번 더 긁어보았다.

"아무리 개라고 해도 제 아비의 원수가 누군지는 알고 살아야지……"

"멀쩡한 날 비 맞았어? 비 맞은 중처럼 중얼거리지 말고 약수나 마셔. 이게 어디에 좋은 약수인지나 알아?"

"알아요. 위, 장, 신, 폐, 혈관, 만병통치잖아요."

"아니지, 아니지. 정말 중요한 건 간과 담이야. 간, 담. 포수가 되려면 간담이 커야 하는 거야."

3

도적떼를 만난 것은 아득령이 바라다보이는 산마루를 넘어선 다음이었다. 저녁거리로 노루 한 수를 사냥했다. 내 총에 맞은 노루가 바로 쓰러지지 않고 하필 덤불로 뛰어들어가 낙명을 하는 바람에 회수에 애를 먹었다. 상대를 공격할 무력이 전무하고 도주가 유일한 방어책인 노루는 워낙 주력이 놀라웠다. 총을 맞고도 한 번 도약으로 사람의 다섯 걸음은 가뿐히 뛰었다. 산돌이가 찾아낸 노루를 겨우 회수해 고갯길로 나서며 숨을 돌리려는 참이었다.

"감히 누가 남의 구역에서 불질을 하오?"

호통소리에 나는 반사적으로 고개를 돌렸다. 다섯이었는데 셋은 총을 들고 나머지 둘은 도끼와 장도를 들고 있었다. 딱 도적떼였다. 나는 다시 고개를 돌려 신포수를 쳐다봤다. 한참을 가만히 서 있던 신포수가 천천히 돌아보았다.

"감히, 날세."

"어쿠, 형님. 오신다고 기별이라도 하시지."

단열총을 들고 맨 앞에 서 있던 두목이 얼굴을 가린 수건을 풀며 허리를 꺾었다. 뒤에 선 졸개들도 덩달아 허리를 접었다. 얼굴을 가렸던 두목의 첫인상은 몹시 험상궂었다. 부리부리한 두 눈에 팔자로 치솟은 콧수염, 왼쪽 뺨을 사선으로 나눈 칼자국이 나머지 도적떼를 그림자로 만들었다.

"기러기들이 얘기하지 않던가. 열흘 전에 내가 보냈건만."

신포수가 대오를 지어 아득령을 넘어가고 있는 기러기떼를 올려다보며 말했다.

"크아!"

두목은 기러기떼를 가리키며 호탕하게 웃었다.

"저런 죽일 놈들이 여태 놀다가 이제야 오는구려."

험상궂은 인상과 달리 천진하게 웃는 두목의 표정이 무섭기도 하고, 우습기도 했다.

"김포는 수염의 기세가 여전한 걸 보니 세월이 좋은가봐."

"세월을 쏘고 있지요, 뭐."

김포라 불린 두목은 도끼를 어깨에 둘러멘 졸개에게 내가 내려놓은 노루를 거두도록 시켰다. 도끼는 나보다 나이가 하나나 둘 많아 보였지만 키는 나와 비슷했다.

"막내가 형님 모시고 주막으로 가라."

"왜, 같이 가지 않고?"

"고것 가지고 누구 입에 붙이겠수. 멧돼지 한 수 거두어 따라갈 테니 먼저 가서 쉬고 계시오."

두목이 가라고 턱짓을 하자 도끼가 오른쪽 어깨에 노루를 둘러멨다. 내가 왼손에 든 도끼를 들어주겠다고 손을 내밀었지만 뿌리쳤다. 도끼는 오른쪽 어깨에 노루를 메고 왼손으로 도끼를 끌며 앞장을 섰다.

"사십 관짜리로 해 갈 테니 큰솥에 물 올려두고."

두목은 졸개 셋을 데리고 샛길로 사라졌다.

관서지방과 관북지방을 잇는 아득령에서 굽어본 세상은 아득하고 아득했다. 서쪽으로 고개를 돌리면 광활한 자강고원이 아득하게 펼쳐져 있고, 동쪽으로 고개를 돌리면 더 광활한 개마고원이 아득하게 펼쳐져 있었다. 아득령에서 서쪽으로 아득히 흘러내려간 남천은 강계를 거쳐 독로강에 합류하여 까마득히 서해로 향했으며, 동쪽으로 아득히 흘러내려간 오만동강은 동문거리를 거쳐 장진강에 합류하여 까마득히 동해로 향했다.

아득령 주막은 평안북도 강계에서 함경남도 장진으로 넘어가는 고개 위에 위태롭게 버티고 서 있었다. 우리를 향해 먼저 달려온 건 길고 새하얀 털을 지닌 개 세 마리였다. 눈과 코만 까맣게 반짝거리는 풍산개들이었다. 성큼성큼, 나란히 대오를 갖춰 저속으로 달려오는 녀석들은 짖지 않았다. 짖지 않는다는 것은 겁을 먹지 않았다는 뜻이다. 상대가 세 마리나 되었지만 산돌이도 주춤거리지 않았다. 고개를 돌려 나의 존재를 확인한 산돌이는 사냥한 노루를 한 번 흘낏한 뒤 정면을 응시하며 거만한 걸음걸이로 전진했다.

서로의 거리가 점점 좁아들자 마주오던 개들이 속도를 줄이며 산돌이의 거동을 살폈다. 산돌이가 계속 늠름하게 직진하자 산돌이처럼 귀가 위로 쫑긋한 한 마리가 앞을 막아섰다. 귀가 아래로 처진 두 마리는 좌우로 산돌이를 포위하며 다가왔다. 좌우의 두 마리가 산돌이에게 달려들려던 찰나 앞을 막아섰던 개가 풀쩍풀쩍 뛰며 달려왔다. 싸우려는 발걸음이 아니었다. 녀석은 걸음을 멈춘 채 맞붙을 태세를 갖춘 산돌이에게 다가와 코를 들이박고 냄새를 맡았다.

큼큼거리던 녀석이 갑자기 산돌이의 목을 물었다. 놀란 나는 녀석을 후려치려고 어깨에 메고 있던 화승총을 집어들었다.

"가만있어."

신포수가 화승총을 거꾸로 치켜든 내 팔을 잡았다. 이상하게도 산돌이가 가만히 있었다.

"이놈이 산돌이를 알아보는 것 같네."

귀가 뾰족한 녀석은 산돌이에게 어금니를 쓰지 않고 있었다. 나는 아직도 내 팔을 잡고 있는 신포수를 쳐다보았다.

"……"

"하긴, 아무려면 지 새끼를 몰라보겠어."

산돌이도 주둥이로 털가죽을 물고 있는 녀석의 머리에 코를 들이대며 큼큼 냄새를 맡았다. 녀석의 턱 밑에도 산돌이처럼 검은 점이 있었다.

"향산이가 좋은 모양이다, 가자."

신포수의 말에 노루를 어깨에 멘 도끼가 어느새 서로 목을 물고 물리며 어울리는 개들을 피해 주막으로 향했다. 나는 산돌이를 내버려둔 채 도끼를 따라 걸음을 옮기는 신포수를 쳐다보며 눈빛으로 이게 무슨 일인지 물었다.

"둬라."

신포수를 따라 몇 걸음 가다 멈춰선 나를 보고 산돌이가 쫓아왔고, 다른 개들도 주둥이와 발로 산돌이에게 장난을 걸며 뒤따랐다.

"귀 빳빳한 저놈이 산돌이 어미다."

주막의 마루에 앉아 산돌이와 어울려 장난을 치는 풍산개들을 내려다보며 신포수가 무심하게 말했다.

"산돌이처럼 턱밑에 점 있는 저 녀석 말이죠."

"봤구나. 눈이 제법이군."

부엌문 앞에는 서른 중반으로 보이는 주모가 팔짱을 낀 채 아득한 눈길로 우리를, 아니 신포수를 바라보았다. 신포수는 주모의 눈길을 피하며 겹겹으로 아득한 산너머 산을 바라보았다. 이상하게도 주모와 신포수는 서로 엇갈려 쳐다보기만 했을 뿐 한마디 말도 주고받지 않았다.

4

적막하던 주막에 사람들이 하나둘 모여들더니 저녁이 되자 잔칫집처럼 수선스러웠다. 노루 한 마리는 금세 자취를 감추었다. 다른 산짐승들은 가을이 되어야 적당히 살이 붙으면서 육질과 향취가 오르는데 노루는 봄이 최고였다. 사람 수는 많고, 풍미까지 좋은 봄 노루는 국물조차 떨어졌는데 산적 두목은 소식이 없었다.

"이거 입맛만 버렸네. 김포는 왜 안 오는 거야."

나이 지긋한 사내 하나가 마당에 걸린 가마솥을 쳐다보며 툴툴거렸다. 벌써부터 물이 펄펄 끓고 있는 큰 가마솥에서는 허연 김만 올라오고 있었다.

"토끼 한 마리 못 잡아오는 거 아냐."

나이 열일곱 살이라던 도끼가 사내를 흘겨보며 쏘아붙였다.

"우리를 뭘로 아는 거예요."

"날이 완전히 저물었으니 하는 말이지."

그렇게 옥신각신 시끌벅적한 주막의 마당으로 산적떼가 들어섰다. 사람들의 눈길은 앞에 선 두목이 아니라 그 뒤를 따라 들어오는 부하들에게 일제히 쏠렸다. 장도를 든 사내와 화승총을 멘 사내가 앞뒤에서 메고 들어서는 멧돼지는 사십 관이 넘어 보였다.

"그러면 그렇지. 김두령인데."

조금 전까지 토끼를 들먹거리던 사내가 먼저 설레발을 쳤고, 단열총을 메고 뒤를 살피며 지키는 경계병까지 마당에 들어서자 기다리던 사람들이 군침을 삼키며 환호성을 질렀다.

멧돼지의 목을 따서 퍼낸 뜨끈한 생피를 한 국자씩 마신 포수들의 입가가 시뻘겠다. 배를 갈라 부위별로 해체한 간과 내장이 뒤이어 술상에 올라왔다. 털을 뽑고 뼈를 추려낸 살코기는 수육 솥으로 들어갔고, 도끼로 토막을 친 뼈는 해정국 솥으로 들어갔다.

"멧돼지 쓸개가 곰 쓸개 못지않아. 남 주지 말고 먹어."

주모가 쓸개를 담은 접시를 신포수와 내 앞에 내놓았다. 크지도 작지도 않은 몸에 눈매가 새초롬하고 콧등이 또렷한 미인이었다.

"어디 숨겨뒀던 아들이우? 기골이 장대하네."

신포수는 대답하려 들지 않았고, 주모도 대답을 들으려 하지 않고 돌아섰다.

밤이 되자 아득령에 모여든 사람은 스물여덟 명이나 되었다. 남녀노소, 이 사람들이 어디에서 흘러들어 어디에 사는지 신기했다. 아무리 둘러봐도 산 넘어 산, 아득한 첩첩산중이었다.

마당에 피운 화톳불은 사람들의 얼굴을 붉게 밝혔고 해정국이 펄펄 끓는 큰 가마솥에서는 허연 김이 폴폴 솟았다. 주모는 뼈에 붙은 살이 흐물흐물 떨어져나오게 끓인 해정국에 따로 삶은 살코기를 찢어넣어 사람들마다 한 뚝배기씩 돌렸다. 보리밥은 따로 담지 않고 둘러앉은 밥상마다 한 소쿠리씩 올려놓았다. 술까지 한 호리병씩 돌린 주모는 해정국밥 한 그릇을 말아들고 신포수와 두목, 내가 앉은 자리로 왔다.

"맛이 어떠우?"

"괜찮네."

그 말은 신포수로서는 큰 칭찬이었지만 혼자서 스물여덟 사람이 먹을 국과 밥, 고기와 술을 차려낸 주모에게는 너무 야박한 말이었다. 더구나 대가리와 뼈를 우린 국물에 된장을 푼 해정국은 구수하기 그지없었고, 따로 삶아 찢어넣은 살코기는 입에 착착 감겼다. 나는 신포수의 말을 벌충할 요량으로 한마디 보탰다.

"태어나서 먹어본 제일 맛있는 국이에요."

"그래, 말본새가 이래야지."

주모는 들고 온 뚝배기에 든 고기를 내게 덜어주었다.

"먹고 더 먹어. 아직 많아."

술과 함께 노래가 돌아갔다. 노랫소리는 각양각색이었다. 앳된 목소리와 쉰 목소리, 낭창거리는 가락과 가슴을 두근거리게 만드는 박자. 노래는 잠시도 끊어지지 않았다.

"이 사람들이 다 포수예요?"

"포수도 있고 약초꾼도 있고 벌목꾼도 있고 숯쟁이도 있고 도기쟁이도 있고……"

나는 더 궁금해져서 산적 두목이 듣지 않게 목소리를 낮춰 신포수에게 물었다.

"포수도 아닌 사람들이 왜 무서운 맹수들이 사는 이런 첩첩산중에서 도적떼와 어울려 살아요?"

신포수는 마음속을 들여다보듯이 내 눈을 바라보며 되물었다.

"넌 맹수보다 더 무서운 짐승이 무엇일 것 같으냐?"

"……"

"이 사람들은 다 인간보다 더 무서운 짐승이 없다는 걸 겪어봤을 거야."

신포수는 두목에게 눈길을 돌리며 덧붙였다.

"도적떼보다 더한 도적들 때문에 살 수가 없으니까 세상을 등졌을 테고."

"아저씨도 그래요?"

신포수는 피식 웃으며 술잔을 집어들었다. 술판이 벌어진 마당을 한 바퀴 돌아온 주모의 손에 술병이 들려 있었다. 얼굴이 불쾌해진 신포수가 빈 잔을 들어 보였고, 주모가 눈을 흘기며 그 잔을 채우고 나서 산적 두목에게 말했다.

"김포도 한 곡 해봐."

두목은 고개를 절레절레 흔들었고 주모는 술병을 빙글빙글 흔들며 채근했다.

"맨날 불질만 하지 말고 소리 하나 하라고."

두목은 험상궂은 인상과 달리 주모에게 쩔쩔매며 신포수에게 물었다.

"형님, 이번에는 우리하고 같이 하시지요. 언제 시작하시겠습니까?"

신포수는 말이 없었고, 주모가 나섰다.

"피 보는 게 그렇게 좋냐, 이 인간들아. 그냥 며칠 좀 처자빠져 쉬어라."

"이번 비가 지나가면 그놈이 올라올 거야."

"비가 언제 올지?"

"며칠 안에 올 거야."

신포수는 밤하늘 가득 총총한 별을 올려보았다.

"그럼 소집해놓고 대기하겠습니다. 편히 쉬십시오."

김포수가 어둠 속으로 사라지자 주모의 눈길이 나를 향했다.

"새끼 포수는 나이가 몇이야?"

"열일곱 살이요."

나는 두 살을 올렸다. 산적들의 막내인 도끼보다 어린 아이 취급을 받고 싶지가 않았다.

"아직 어리네. 새끼 포수, 노래 하나 해봐."

여전히 '새끼 포수'였다. 열여덟이라고 할걸 그랬나, 나는 후회하며 고개를 흔들었다. 주모는 취기가 오른 눈빛으로 내 바랑을 가리켰다. 바랑 위로, 내가 언제나 가지고 다니는 아비의 퉁소가 삐져나와 있었다.

"저거 퉁애 아니야. 퉁애라도 한번 불든지."

노래를 피하려면 어쩔 수 없이 퉁소를 불어야 했다.

"긴아리나 한번 불어봐."

신포수까지 거들었다.

'긴아리'와 '자진아리'는 머슴이었던 아비가 가장 잘 불던 곡이었다. 긴아리는 구슬프기 그지없었고 자진아리는 흥겨운 가락인데 이상하게 애잔한 노래였다. 밤 가락으로는 아무래도 긴아리였다.

나는 뒤에 하나, 앞에 넷 뚫린 구멍에 손가락을 올리고 관 속에 숨을 불어넣었다. 낮고 굵은 통소 소리가 아득령에 아득히 구슬펐다. 울림과 떨림을 오가며, 듣는 사람의 마음을 뒤흔들던 아비에게는 견줄 솜씨가 아니었지만 모자란 소리는 낭림산맥의 바람소리가 가려주고, 어긋난 가락은 아득령의 밤이 덮어주었다. 내 통소 가락에 먼저 노래를 감아넣은 건 신포수에게 몸을 반쯤 기댄 주모였다.

조개는 잡아 젓 절이고
가는 임 잡아 정들이자

바람새 좋다고 돛 달지 마라
몽구미 개암포 들러서 가소

세월을 잊자고 산으로 왔더니
단풍에 물들어 세월이 지누나

주모의 음색은 간드러지지도 축축하지도 않았고, 음을 힘주어 꺾거나 떨어대지도 않았다. 너무 무심해서 오히려 듣는 사람을 막막하고 아득하게 만드는 이상한 울림이 있었다. 주모는 노래를 끊고 앞에 놓은 술잔을 비웠다. 노래는 마당에 앉은 누군가가 넘겨받았다. 주모와 달리 낭창낭창하게 음을 감아넣는 긴아리였다. 목소리의 주인을 찾아 살폈지만 화톳불도 잦아들어 어둠이 세 척 앞을 가렸다. 남자인지 여자인지도 선뜻 구별이 안 되는 그 중성의 음색이 긴아리 가락을 더 구슬프게 만드는 밤이었다.

네 오려므나 네 오려므나
날 보려거든 네 오려므나

그리던 우리 임 꿈에 보고
꿈 깨어 섭섭해 나 못 살겠네

어느새 합창이 된 마지막 구절은 메아리가 되어 아득령의 밤을 낮게 흔들었다. 신포수와 주모의 눈빛도 화톳불 잔불에 희미하게 흔들렸다.

물방아는 돌다가 돌다가 죽고
이 몸은 그리워 그리워 죽지

통소를 내려놓는 나와 신포수를 번갈아 쳐다보던 주모가 고개를 갸웃거렸다.

"이 퉁애 소리 어디서 들어본 것 같은데…… 이 퉁애도 어디서 본 듯 하고."

"이래서 머리 검은 짐승은 거두지 말아야 한다는 소리를 듣지."

신포수가 들고 있던 잔을 비우고는 주모와 나를 번갈아 쳐다보며 말했다.

"홍서방 애야."

"……그 홍서방?"

주모는 놀란 눈으로 내 얼굴을 빤히 들여다보았다.

"어쩐지, 어딘가 낯이 익다 싶었다……"

주모는 자기 앞에 있던 잔을 비우고는 내게 내밀었다. 넘치게 채워 준 잔을 든 채 주저하고 있는 내게 신포수가 던지듯 한마디했다.

"마셔라. 열일곱이라며."

그렇게 받기 시작한 술을 피하지 않고 다 받아 마셨다. 열일곱 살 포수는 그래야 하는 줄 알았다.

눈을 떴을 때는 방안이었다. 신포수는 없었다. 목이 말랐지만 머리맡에 자리끼도 보이지 않았다. 가늘게 눈을 뜨고 어두운 방안을 살피려는데 가쁜 숨소리가 들렸다. 옆방이었다. 신열을 앓는 낮고 불규칙한 목소리는 주모의 것이 분명했다. 나는 어찌할 바를 모르고 이불을 뒤집어쓴 채 눈을 감았다.

그날 아득령에서, 나는 하룻밤 새 열일곱 살이 되었다.

5

호랑이의 발자국을 먼저 찾은 것은 나였다. 무른 땅을 밟은 발바닥의 크기가 한 자나 되고 깊이도 깊었다.

"흠, 발톱자국은 없네."

여우나 이리도 앞에 네 개의 둥근 발가락자국을 남겼다. 하지만 호랑이는 여우나 이리처럼 발가락 끝에 뾰족한 발톱자국이 없었다. 나는 스라소니나 살쾡이도 아니라고 덧붙였다.

"잔털도 없습니다."

스라소니나 살쾡이는 발가락 사이의 잔털 모양을 발자국에 남겼다.

"스라소니나 살쾡이도 눈밭이 아니면 잔털자국이 잘 안 보이기도 해. 그렇지만 발바닥이 한 자나 되는 스라소니나 살쾡이는 없지."

그렇게 큰 발바닥을 가진 건 곰이나 멧돼지인데 발자국 모양이 완전히 달랐다. 곰은 발가락이 다섯 개고 멧돼지는 앞뒤로 두 개씩의

자국만을 남겼다.

신포수는 손바닥을 펼쳐 호랑이 발자국의 길이와 깊이를 쟀다. 지름은 한 뼘을 훨씬 넘었고 족적의 깊이도 손가락 한 마디씩은 되었다. 백 관이 넘는 녀석이었다.

"그놈이야. 아울이가 왔어."

한번 내달리기 시작하면 아득령에서부터 사흘 밤낮을 쉬지 않고 달려 숲이 울울창창한 울산까지 내려간다고 해서 붙은 이름이었다. 제법 맹수를 잘 다루는 것으로 소문난 울산의 사냥꾼들에게 쫓기면 다시 사흘 밤낮을 달려 아득령으로 올라온다는 아울이었다. 낭림산맥과 태백산맥 자락에서 아울은 우는 아이도 뚝 그치게 만드는 흉포한 이름이었다. 멧돼지 정도는 한 이빨에 숨통을 끊어놓았고, 농가의 황소를 물고 담을 훌쩍 뛰어 넘어갔다는 소문이 파다했다. 녀석을 모르는 사냥꾼은 없었지만 아무도 잡지 못했다. 녀석과 대결했던 포수들은 희생되거나 패배했다. 신포수가 지금까지 이기지 못한 유일한 상대도 아울이었다. 발자국에서 물러서며 주변을 살피던 신포수가 고개를 저었다.

"그렇지만 이 발자국은 아니야. 방향을 봐라."

산을 내려가는 방향이었다. 어젯밤 발자국이었다. 호랑이는 바위가 많거나 숲이 우거진 높은 산에서 낮에는 잠을 자고 해가 지면 사냥감을 찾아 저지대로 내려갔다. 어젯밤 지나간 놈을 따라 내려가면 온종일 헤매다 그놈의 흔적을 쫓아 결국 다시 올라와야 한다.

오늘 아침에 잘 곳을 찾아올라간 발자국을 찾은 것은 산돌이었다. 두 마리였는데 발자국으로 보아 한 마리는 백 관이 넘었고, 한 마리는 이십 관가량 되었다.

"뭐지? 이놈에게 새끼가 생겼나."

산돌이는 발자국을 좇아 능선을 타고 비스듬히 올라갔다. 두 번 발자국을 놓쳐 발자국이 끊긴 자리로 되돌아왔고, 다시 방향을 잡아 녀석들을 추적하는 데 성공했다. 그런데 세번째는 도무지 이동 방향을 종잡을 수 없었다. 호랑이는 용력만 엄청난 것이 아니고 은신술과 권모술수도 다른 맹수들과 비교 불가였다. 아울은 한자리를 빙빙 돌아 발자국들을 어지럽게 남긴 뒤 종적을 감췄다.

"꽃발을 쳤네."

신포수와 함께 어지러운 발자국을 유심히 살피던 산적 두목, 김포수가 어깨에 메고 있던 총을 벗으며 말했다. 신포수도 고개를 끄덕였다. 아울의 교란술이었다. 정해진 숙영지를 만들지 않고 이동하며 살아가는 호랑이는 잠잘 곳에 이르면 추적자를 따돌리기 위해 꽃발치기를 했다. 엉뚱한 방향으로 발자국을 남기고는 발자국이 남지 않는 단단한 땅이나 쌓인 나뭇잎을 디디며 목적지로 이동했다. 신포수가 고개를 들고 하늘을 쳐다보며 잘라 말했다.

"이 능선 안에서 움직이고 있어."

수십 마리 까치떼가 능선의 사면을 가로지르며 요란하게 울어댔다. 까치는 숲의 경계병이었다. 호랑이가 숲에서 이동하기 시작하면 떼 지어 날아다니며 위험신호를 보냈다. 신포수는 포수진을 둘로 나눴다. 나와 신포수가 한 조가 되고, 김포수와 부하 둘이 한 조가 되었다. 남은 김포수의 부하들 여섯과 산돌이, 향산이를 비롯한 풍산개 네 마리가 몰이진을 이루었다. 나와 나이가 같아진 도끼는 나를 부러운 눈으로 바라보았다. 녀석은 몰이진이었다. 몰이진에게 한 식경 뒤부터 몰이를 시작하라고 일러둔 다음 신포수는 포수진을 이끌고 산등성이로 뛰어올라갔다.

9부 능선 남쪽 목에 김포수와 부하 둘을 배치하며 신포수가 일렀다.

"저 북쪽 목 아니면 여기야. 이 목을 확실히 사수해. 절대 움직이면 안 돼."

세 포수의 자리까지 정해주고 마지막으로 신포수는 오른쪽 검지를 두 번 앞으로 내밀었다. 일격필살. 두목, 김포수도 익숙한 동작으로 신포수의 동작을 반복해 보였다.

나는 신포수를 따라 북쪽 목으로 뛰었다.

우리가 목을 잡기를 기다렸다는 듯이 3부 능선에서 몰이진의 소리가 들려오기 시작했다. 도끼가 도끼 뒤축으로 바위를 때리는 소리가 깡깡 능선을 흔들었다. 몰잇소리가 점점 우리 쪽으로 가까워졌다.

"북쪽으로 간다, 북쪽."

신포수는 단열총에 장탄을 했다. 나도 장탄을 했다. 산돌이와 풍산개들이 선두에서 수색의 폭을 좁혀왔다. 신포수는 호랑이가 들어올 사면의 왼쪽 바위를, 나는 오른쪽 바위를 엄폐물로 삼아 저격 태세를 갖췄다.

풍산개들과 몰이꾼들이 점점 원을 줄이며 우리 쪽으로 다가왔다. 호랑이가 이미 빠져나간 게 아닌가 싶을 정도로 산돌이가 우리에게 다가왔을 때 숲속에서 거대한 호랑이가 나타나 우리가 지키고 있는 목을 향해 성큼성큼 달려왔다. 순간 녀석의 위세에 눌려 손이 떨려왔다. 눈에서 뿜어져나오는 화광이 온몸을 마비시킬 것만 같았다. 오른손으로 쏘려면 내 몸 전체를 바위 밖으로 노출시켜야 했고, 그러기엔 호랑이와의 거리가 너무 가까웠다. 거대한 머리통을 가릴 만큼 크게 벌린 입, 다섯 치도 넘는 날카로운 이빨은 한입에 나를 삼킬 기세였다. 빈총으로 연습은 했지만 실전에서 왼손으로 쏘아본 적은 없었다. 열 걸음 정도로 거리가 좁혀졌고, 더는 망설일 수 없었다.

일격필살. 총신을 왼쪽 어깨로 받치고 왼손 검지로 방아쇠를 당겼다. 이마에 정통으로 맞는 것을 보고 다시 장탄을 하며 뛰어나가려는 순간 건너편에 있던 신포수가 소리쳤다. 일발일격이었지만 일격필살은 아니었다. 오른손이라면 자신 있었다. 달려나가 오른손으로 놈의 급소에 한 방을 더 먹일 작정이었다.

"나가지 마!"

나는 바위 뒤로 몸을 숨기며 머리만 내밀었다. 주먹만한 눈에서 뿜어내는 시뻘건 불길과 강철처럼 반짝이는 길고 새하얀 수염을 앞세운 호랑이는 나를 향해 거침없이 달려왔다.

"탕!"

신포수가 사정거리 밖에서 쏜 총이었다. 주춤하던 녀석이 남쪽으로 방향을 바꾸어 달아났다. 녀석의 옆으로 덩치가 반도 되지 않는 작은 호랑이 한 마리가 함께 뛰어갔다. 풍산개들이 호랑이를 쫓았고, 선두에 산돌이가 있었다.

신포수는 사정거리를 벗어난 아울이와 새끼를 눈으로 좇으며 내게로 건너왔다.

"오줌은 지리지 않았나?"

내 사타구니를 내려다보며 신포수가 싱긋 웃었다. 신포수는 지난밤, 여간 간이 크지 않다는 사냥꾼들도 막상 아울을 맞닥뜨리면 그 흉포한 위세에 사지가 마비되어 방아쇠조차 당기지 못하고 오줌을 지린다고 내게 얘기했었다.

"정통으로 맞혔는데."

나는 변명을 하며 눈으로 아울을 몰아가는 산돌이와 몰이꾼들을 쫓았다. 신포수의 예상대로 아울은 남쪽 목을 향해 질주했다.

"호랑이 대가리는 뼈가 단단해서 급소에 박지 않으면 바로 넘어가지 않아."

눈과 귀 사이, 오른손이었으면 측면의 급소에 총알을 박아넣을 수 있었다.

"왜 양손 쓰는 연습을 해야 하는지 이제 알았어? 그 왼손이 오늘은 널 반쯤 살려줬지만 다음번엔 널 온전히 살려줄 거야."

신포수는 내 왼쪽 어깨를 두드리고는 호랑이가 달아난 곳을 향해 뛰었다. 뛰면서 길바닥을 살폈다.

"내가 쏜 건 왼쪽 다리에 맞았어."

나도 바닥에 피가 묻어 있는 걸 보았다. 그건 다리를 다쳤다는 걸 뜻했다.

"너한테 대가리도 한 대 맞았고, 남쪽 목에 세 놈이나 있으니까 잡을 거야."

우리는 산돌이가 선두에 선 몰이진을 따라 달려갔다. 나와 신포수가 뒤에 있는 것을 확인한 산돌이는 더 용맹해졌다. 아무리 용맹해도 호랑이와 맞붙으면 상대가 되지 않겠지만 충성심 강한 풍산개들은 거침없이 아울을 몰아갔다. 마침내 우리 포수진이 대기하고 있는 남쪽 목으로 아울이 새끼와 함께 들어갔다. 여기서 두세 발만 더 먹이면 아무리 아울이라도 넘어가고야 말 것이다.

탕—

그런데 엉뚱하게 포수진의 대기선이 아닌 아래쪽에서 총소리가 들렸다. 신포수가 그렇게 얘기했는데 우리의 총소리를 듣고 산적들이 마음대로 이동을 한 것이었다.

"저런 병신 새끼들이."

산적 포수조로부터 측면에서 공격을 받은 아울은 질주하던 방향을 급선회하여 산꼭대기를 향해 질주했다. 쫓아가던 풍산개들이 가속도 때문에 포수들과 호랑이 사이의 사격선에 들어가는 상황이 되었다.

"쏘지 마!"

신포수를 따라 나도 소리를 질렀다.

"쏘지 마!"

그러나 이미 늦은 다음이었다. 산적 포수들이 아울을 향해 쏜 총알에 산돌이와 뒤따르던 다른 풍산개 한 마리가 차례로 나뒹굴었다. 나는 뒷덜미를 잡는 신포수를 뿌리치고 쓰러진 산돌이를 향해 달려나갔다.

"쏘지 말라고! 병신 새끼들아."

6

아득령에서 돌아오는 사이 봄이 가고 여름이 왔다. 범 가죽을 걷어내 벽에 걸고 유포를 깔았지만 바닥이 눅눅했다. 장맛비가 주룩주룩 내리는 포수막, 거적문을 걷어올리고 나는 자욱하게 차오르는 비안개를 굽어보았다. 나도 모르게 자꾸만 옆으로 고개가 돌아갔다. 내 옆에 앉아 나른한 눈을 껌뻑이며 빗소리를 함께 듣고 있어야 할 산돌이의 자리는 여전히 비어 있었다. 나에게는 이제 아무도 남지 않았다. 아비가 떠나고 나의 유일한 가족이었던 산돌이마저 잃었다.

폐를 관통당한 산돌이는 내 품안에서 파들파들 떨며 피를 쏟았다. 탄환이 관통한 가슴의 양쪽을 손바닥으로 막아보았지만 아무 소용없었다. 새하얀 산돌이의 털을 붉게 물들인 피가 내 무릎을 흥건히 적시며 흘러내렸다. 심장이 멈추고, 나를 바라보던 산돌이의 눈이 스르르 감겼다.

신포수가 말리지 않았다면 나는 산돌이를 죽인 산적 포수를 죽이고 말았을 것이다. 신포수에게 총을 빼앗긴 나는 놈에게 그대로 돌진해 면상을 이마로 들이받았다. 뒤로 나자빠진 놈 위에 올라타 뭉개진 얼굴을 마구 가격했다. 얼마나 때렸는지 팔에 힘이 다 빠져나간 다음에야 나는 주변을 둘러보았다. 이상한 적막 속에서 개들만 안간힘을 쓰고 있었다. 향산이는 산돌이의 머리와 몸통을 주둥이로 떠받쳐올리며 일으켜보려고 안간힘을 썼고, 귀가 처진 풍산개는 죽은 형제의 얼굴에 코를 박은 채 낑낑거렸다. 인간들은 말이 없었고, 아무도 나를 말리지 않았다. 신포수와 산적 두목도 나를 물끄러미 바라보기만 했다.

잠시 후 산적 두목이 산적 포수를 타고 앉은 내게 무표정하게 물었다.

"이제 됐냐?"

"병신들! 죽어버렸는데 되긴 뭐가 돼!"

제 두목에게 욕을 퍼붓는 나에게 산적 하나가 달려들려고 했다. 그 놈의 뒷덜미를 잡은 산적 두목을 노려보며 나는 되씹었다.

"병신 새끼들!"

그래보아야 죽은 산돌이가 다시 살아날 리 없었다.

산돌이를 잃고 압록강행도 포기한 채 강막골산으로 돌아온 나는 말을 잃었다. 아침에 떠오른 해가 서산으로 저무는 것을 멍청하게 바라보며 하루를 보냈다. 아버지를 잃고 대드는 나를 때리던 장진사에게 뛰어올라 어깨를 물었던 산돌이는 나의 유일한 가족이었다. 아울에게 패배한 신포수도 사냥에 아무런 의욕을 보이지 않았다.

통나무벽에 기대 궐련을 태우던 신포수가 뒤에서 물었다.

"넌 불질을 계속하고 싶으냐?"

"……"

총을 다루는 건 여전히 좋았지만 피를 보는 일은 도무지 내키지 않았다.

시간이 지날수록 산적 포수에 대한 적의는 사라지고 나를 자책하게 되었다. 내가 조금 더 왼손 사격에 익숙해서 아울의 단단한 이마가 아닌 급소에 탄환을 박았다면 산돌이는 죽지 않았을 것이다. 신포수가 나가지 말라고 했지만 과감하게 몸을 내밀고 오른손으로 다시 제대로 한 방을 먹였다면 산돌이가 더 쫓아가야 할 일도 없었을 것이다. 떠올리지 않으려고 아무리 애를 써도 산돌이가 숨을 멈추던 마지막 순간이 머릿속에서 떠나지 않았다. 뛰고 있던 심장이 서서히 멈추던 기억은 머릿속보다 내 손바닥에 더욱 강렬하게 남아 총을 잡기 어렵게 만들었고, 이젠 토끼 한 마리도 제대로 쏠 수 없을 것만 같았다.

"산돌이도 짐승이야. 짐승을 짐승으로 여기지 않으면 포수질 못한다."

나는 벽에 기대앉은 그를 돌아보았다. 궐련을 입에 문 채 그는 포수막의 낮은 천장을 쳐다보았다.

"아저씨는 왜 사냥 나가지 않아요?"

포수막 밖은 비안개 자욱했고 포수막 안은 궐련 연기가 자욱했다.

"장마잖아."

하늘이 갠 날도 총을 잡지 않았던 신포수였다.

"비 그치면 나갈 거예요?"

그는 대답 대신 포수막에 쌓인 양식을 둘러보았다. 쌀과 소금, 된

장은 장마가 한 달은 계속되어도 걱정할 게 없었다.

"내가 사냥을 나갔으면 좋겠냐?"

"포수로 살아가려면 사냥을 해야 하고, 사냥을 하면 한 마리라도 더 잡아야 하잖아요."

"왜?"

"농부는 농사를 짓고, 어부는 고기를 잡고, 사냥꾼은 사냥을 해야 하는 거니까요."

"그게 정말 같은 걸까? 농부가 논에서 벼하고 같이 살고, 어부가 바다에서 고기들과 같이 살아? 포수는 산에서 짐승들과 같이 살아. 농부와 어부는 사람의 질서 속에서 살지만 포수는 짐승의 질서 속에서 사는 거야. 산이 내게 내주는 몫만큼 잡는 거지. 여우에게는 여우의 몫이 있고, 늑대에게는 늑대의 몫이 있고, 범에게도 범의 몫이 있듯이."

"그 몫이 대체 얼마예요?"

"먹고 살 만큼. 여우도, 늑대도, 범도 그 이상을 사냥하지는 않아. 나도 여우나 늑대, 범처럼 내 몫만큼 사냥을 하며 이 산에서 짐승의 하나로 살아가는 거야. 그게 짐승의 질서고, 산돌이도 그 질서 안에서 죽은 거야."

"산돌이는 늑대도 호랑이도 아닌 우리 편인 포수한테 죽었어요."

나는 신포수의 말을 받아들일 수 없었다. 산돌이가 늑대나 호랑이에게 당했더라도 슬프고 쓰라리긴 마찬가지였겠지만 받아들일 수는 있었을 것이다.

"실패한 사냥꾼에게는, 죽지 말아야 할 사냥개도 없는 거야. 사냥에 패배하고 죽지 말아야 할 사냥꾼도 없고…… 그런데 난 살아 있네."

신포수는 깊숙이 빨아들인 궐련을 길게 내뱉었다.

"언젠가 나도 이 산에서 짐승의 하나로 죽게 되겠지."

"그걸 알면서도 평생 포수로 살아갈 거예요?"

그는 대답을 않고 거적문 앞으로 나와 비안개에 젖은 능선을 바라보았다.

"글쎄, 그건 나도 잘 모르겠는데…… 그런데, 너는 포수로 살 사람은 아닌 것 같다. 토끼를 불쌍히 여기는 여우, 여우를 불쌍히 여기는 늑대, 늑대를 불쌍히 여기는 범은 산에서 살 수 없다. 짐승에게 연민을 가진 포수도 산에서 살지 못하는 거다."

신포수의 뒷말은 포수막에서 떠나라는 소리로 들렸다. 당황스러웠다.

"전 여기를 떠나면 갈 곳이 없어요."

어미는 나를 낳다가 세상을 떠났다. 나를 기르기 위해 머슴으로 살았던 아비는 장진사에게 가져다줄 골쇄보를 뜯으러 올라갔던 겨울 바위에서 떨어졌다. 약 한 첩 써보지 못하고 죽어가던 아비가 찾아가라고 일러준 친구가 신포수였다. 한 번은 살려줄 것이라고 해서 찾아왔던 신포수의 포수막이었다.

"갈 곳이 있을 것 같다."

내가 산을 내려가 할 수 있는 일이라곤 머슴질뿐이었다.

"전 도적놈이 될지언정 종으로 살진 않을 거예요. 강도가 될지언정 절대 아비처럼 살다가 죽진 않을 거라고요."

"네 아비는 종이 아니었어!"

신포수가 벌컥 화를 냈지만 나도 지지 않았다.

"머슴이나 종이나, 종처럼 살면 그게 종이지요."

신포수는 숨을 길게 몰아쉬었다.

"네 어미를 살리려고 종처럼 엎드렸고, 너를 지키려고 종처럼 살다가 죽었지만 종은 아니었다. 비록 패배했지만 종처럼 살지 않으려고 한 번은 목숨을 걸었고…… 패배한 민란에 따라나섰던 포수는 산으로 오면 되었지만, 맨손의 말단 살수가 달리 어떻게 제 여자와 제 새끼를 지킬 수 있었을까……"

신포수는 말끝을 흐리며 나를 물끄러미 바라봤다. 산돌이를 죽인 산적 포수를 죽이려 들던 나를 바라보던 그 눈빛이었다.

"어쨌든 이제 제가 다룰 줄 아는 건 총뿐이에요."

"그러니까, 총을 다루며 사는 다른 방법이 있다지 않느냐."

"?"

"군영. 지난 장날 감영에서 내다붙인 방을 너도 보지 않았느냐. 군영에 들어가라."

양식을 바꾸러 내려간 지난 장날, 장터 초입에는 세 개의 방이 붙어 있었다. 두 개는 언제나 붙어 있는 세금 통고문이었다. 나라에 바치는 세금과 감영에 바치는 세금. 새롭게 하나 더 붙은 게 군병 모집 방이었다. 임금이 직접 관할하는 친군을 평양 감영에 신설하고, 거기에 들어올 무관과 병정을 뽑는다는 것이었다. 무관은 어차피 남의 일이라 병정의 자격을 눈여겨보던 나는 말미의 자격 조건을 보고 고개를 돌려버렸었다.

"널 사격으로 이길 사람은 없을 것이다. 그 솜씨를 받아줄 곳은 군영뿐이다. 거기선 짐승 피를 보지 않아도 되고."

"열일곱 살 이상이라는 자격 조건 못 봤어요?"

신포수가 피식 웃으며 나에게 되물었다.

"이미 지난봄 아득령에서 열일곱 살이 된 거 아니었어?"

나와 신포수는 오랜만에 서로 바라보며 마주 웃었다.

"부족하면 오늘 저녁에 한 살 더 먹든지."

7

마침내 신포수와 헤어질 날이 왔다. 이른 아침을 먹고 나는 포수막을 출발했다. 이슬이 바짓단을 적셨다.

"범아."

나는 뒤따라오는 신포수를 의아한 얼굴로 돌아보았다.

"제 이름도 못 알아들으면 되겠냐?"

신포수는 병정 지원서에 나를 열일곱 살, 양인 홍범이라고 써냈다.

"아, 예."

"이제 사냥은 하지 않겠지만 그래도 내가 일러준 포수의 철칙을 잊지 말아라. 군대에 들어가면 언젠가는 짐승 중에서도 가장 어려운 짐승을 상대해야 할 날이 올 거다."

신포수는 내가 산을 내려가기로 한 날부터 산과 계곡을 데리고 다니며 밤낮으로 나를 가르치고, 가르친 것을 확인했다.

"포수의 오 대 철칙이 뭐라고 했었냐?"

"지피지기가 첫번째고, 그다음이 추격필포, 과감무쌍, 일격필살, 마지막이 산야일체지요."

어제, 마지막으로 가르쳐준 게 산야일체였다. 신포수는 사냥의 마지막 승부는 산야가 결정한다고 했다. 첫번째, 두번째, 세번째, 네번째 모두 사람의 일이지만 마지막 다섯번째는 사람의 일이 아니라는 것이었다.

"산에서는 인간도 짐승들 중 하나일 뿐이야. 짐승과의 싸움에서 이기려면 산야가 내 편이 되어주어야지."

"어떻게요?"

"어떻게…… 기러기가 나는 높이와 꿩의 잠자리는 내일 바람의 방향과 비의 양을 알려주고. 노루와 멧돼지의 철수 시간은 모레의 이동 계획을 예고해주지 않니. 산세와 지형, 하늘의 움직임을 알고, 내가 그 산야의 일부가 되면 산야는 내 편이 되어주지."

어느새 우리는 3부 능선까지 내려왔고 작별의 순간이 왔다. 낭림산맥의 언덕과 계곡, 풀과 나무는 물론이고 해의 기울기와 바람의 방향까지 읽어내던 신포수의 눈동자가 흔들렸다.

"나와 네 아비는 민란의 막내 포수와 살수로 만나 패배하고 굴복하였지만 아무도 배신하지는 않고 살았고, 죽었다. 네 아비는 구차했지만 부끄럽게 살지는 않았단 걸 잊지 마라."

신포수는 내 어깨를 두드렸다.

"아저씨는 앞으로 어떻게 하실 거예요?"

"아울을 따라 낭림산맥과 태백준령을 오가겠지. 녀석에게 박아둔 탄환은 찾아와야 하니까."

"아득령으로 가세요. 아주머니가 기다리잖아요."

신포수는 고개를 저었다.

"이 포수막은 떠나겠지만 사람의 세상으로 가지는 않는다. 포수로 짐승의 질서 속에서 살다가 어느 산자락에선가 죽을 것이고, 짐승의 먹이가 되겠지. 그래야 공평한 것일 테니까. 이왕이면 호랑이의 먹이면 좋겠지만 늑대나 들개의 먹이라고 해도 아주 나쁘진 않을 거 같다. 가라."

나는 들고 있던 화승총을 신포수에게 돌려주었다.

"이 총은 범바위 아래 묻어두마. 네가 다시 찾아갈 일이 없었으면 좋겠구나."

신포수가 내 총을 받아들고 돌아섰다. 나는 그의 등을 향해 물었다.

"우리 여단은 이것으로 해체인가요?"

그가 걸음을 멈추고 돌아보았다.

"우리 여단은 이제…… 두 개 여단으로 분리한다."

그는 다시 돌아서서 걷기 시작했고, 돌아보지 않았다. 그렇게 나는 열다섯, 아니 열일곱 살에 완전한 단독자가 되었다. 신포수는 나를 한 여단으로 독립시켰다. 나는 아침이슬에 젖은 바짓단을 이끌고 멀어져가는 한 개 여단의 뒷모습을 지켜보았다.

2장

백무아

1

감영 밖 담에 붙은 방에 내 이름 두 자는 없었다. 붙으리라고 믿었는데 아니었다. 결련택견에서 스물세 명을 쓰러뜨린 건 나밖에 없었다. 군병에게 가장 중요한 게 전투력인 줄 알았는데, 아니었다. 설마, 했다가 막상 떨어지고 나니 막막했다.

달음이가 찾아온 것은 늦은 저녁이었다. 주막의 봉놋방 천장만 바라보며 개켜진 이불에 기대 누웠는데 녀석이 문을 열었다. 나를 보고 쭈뼛거리는 녀석에게 내가 먼저 말을 건넸다.

"축하해."

달음이의 이름은 선발자 명단에 있었다. 녀석은 내 아비와 같이 장진사를 모시던 종의 아들이었다.

"미안해."

녀석은 내 눈을 피했다.

"뭐가 미안해? 달리기를 그렇게 잘했는데 당연히 붙어야지."

워낙 달리기를 잘하는 녀석은 주력 시험에서 일등을 했다.

"결련택견에서 한 명도 못 이기면 과락이었잖아."

격기 시험인 결련택견에서 스물세 명을 물리친 다음 만난 것이 달음이었다. 나는 녀석에게 세 대를 맞아주고 내려왔다. 녀석은 일승을 거두었고, 과락을 면했다.

"뭐, 내가 져준 줄 알아? 힘이 떨어져서 진 거야."

녀석의 얼굴은 웃는 것도 같고 우는 것도 같았다. 꿔다놓은 보릿자루처럼 녀석은 더는 말이 없었다. 나도 더 말을 하고 싶은 기분이 아니었다. 녀석을 이기고 체력이 바닥날 때까지 악착같이 싸워 몇 명을 더 때려눕혔어도 내가 붙었을 것 같지는 않았다. 너무나 썩은 세상에 화가 나고, 내일 당장 어디로 가야 할지 막막했다.

"너 코코수라도 하면 어때?"

"나발수?"

"응, 그거 불 사람이 아무도 없대."

"포수도 아니고 살수도 아니고 코코수? 나 그거 불어본 적도 없어."

"저거보다 훨씬 쉽대."

달음이는 봉놋방 머리맡에 놓인 내 바랑을 손으로 가리켰다. 퉁소가 위로 튀어나와 있었다.

"군영에서 밥 얻어먹는 건 어차피 다 마찬가지잖아. 난 네가 했으면 좋겠다……"

달음이는 말끝을 흐리며 방문을 열고 나섰다. 문밖은 온통 어둠이었다. 시월 그믐의 밤바람이 쌀쌀했다.

“잘 데는 있어?”

“응, 이십오 리 밖에 먼 친척이 있어.”

“이 어두운 밤중에, 그 먼길을?”

“나 빠르잖아.”

“들어와. 저녁은 먹은 거야?”

“일없어.”

나는 자는 주모를 깨워 국밥을 말아달라고 했다. 녀석은 국밥 한 그릇을 게 눈 감추듯 비웠다. 국물 한 방울 남지 않은 뚝배기 바닥을 보고 비시시 웃는 녀석에게 물었다.

“점심은 먹었어?”

“아침은 먹었어.”

2

오늘도 제1사의 아침은 나의 나발소리로 시작되었다.

빠 빠 빠아—

제1사는 평양 친군영의 직할 정예부대였고, 부대장 정태신 파총은 훈련도감 출신의 정통 무관이었다. 군영의 모든 병사들이 고개를 절레절레 흔들 만큼 1사는 군기가 엄격하고 훈련 강도가 높았다.

오늘은 부대 진법훈련이 시작되는 날이었다. 병사들이 가장 일어나기 싫어하는 아침이었다.

빠 빠 빠아— 빠 빠 빠아—

기상— 기상— 군장을 갖춘 병사들이 귀를 틀어막으며 군막 앞으로 기어나왔다.

배식은 빠르게 진행되었다. 병사들은 언제 일어나기 싫어서 꾸물댔느냐는 듯이 대접에 받아든 밥을 순식간에 먹어치웠다.

밥 하나는 평양군영에서 제1사가 최고였다. 모든 것이 힘들었지만 배식만큼은 군영의 병사들 모두 1사를 부러워했다. 정태신 파총은 병사들의 급량미와 부식비를 빼돌리는 일이 없었다. 1사의 무관과 병사들이 정태신 파총을 싫어하면서도 신임하며 따르는 첫번째 이유가 바로 정직한 배식이었다. 오늘 아침도 수수 섞인 보리밥이 대접 위로 수북했다. 다른 부대처럼 쉰내가 나지도 않았다. 나도 밥그릇을 비우고 선두에 섰다.

빰 빠 빰, 빰 빠 빰.

출진, 출진. 내 나발소리에 맞춰 일제히 출군했다. 진법훈련을 직접 지휘하는 정태신 파총이 말을 타고 대오의 선두에 섰다.

군영을 오가는 제2사의 병사들이 출군하는 우리를 향해 안됐다는 눈길을 보냈다. 제2사의 훈련은 제1사의 절반도 되지 않았다.

평안감사의 수족으로 알려진 2사의 파총은 훈련 대신 감영의 세금을 징수하는 일에 병사들을 동원하는 전문가였다. 무관들이 받아 챙기는 뒷돈이 아주 짭짤해서 2사로 가려는 무관들이 줄을 섰다.

동문 밖에서 제4사의 병사들을 지나쳤다. 제4사 파총의 전문 분야는 이른바 대민 지원 사업이었다. 그는 평안도 일대 지주들의 용역을 받아 지주들이 가진 황무지와 야산을 논밭으로 개간하는 데 병사들을 동원했다. 오늘은 어느 지주의 야산을 개간하러 가는지 병사들은 총과 창 대신 어깨에 삽과 괭이를 메고 있었다. 파총은 보이지도 않고, 초관들은 오도 열도 없는 대오의 뒤를 어슬렁어슬렁 따랐다.

우리가 도착한 훈련장은 모란봉 근처의 야지였다. 사면이 탁 트인 야지에서 정태신 파총이 전개할 진법을 나는 어렵지 않게 짐작했다. 지난가을과 겨울을 거쳐 봄까지 파총이 펼쳐 보인 진법의 형태를 통해 나는 지형과 일기에 따라 달라지는 그날의 훈련을 예상할 수 있었다. 병사들은 가장 싫어하는 훈련이었지만 나는 정태신 파총이 전개하는 진법훈련이 너무나 흥미진진했다.

내가 예상한 대로 정파총은 오늘 오위진법 다섯 가지 중에서 일위방진을 전개했다.

"방진 포치!"

이번에도 육백사십 명의 병력이 한몸처럼 일사불란하게 오른쪽으로 방향을 바꾸어 공격을 개시했다. 나발과 북소리를 제대로 식별하지 못한 군사들은 달음이가 흔드는 깃발을 쳐다보았다. 깃발이 가리키는 방향을 보고 병사들은 오른쪽을 공략해들어갔다. 지형과 상황의 변화에 따라 신속하게 대형을 바꾸며 거침없이 적의 약점을 치고 들어가고 기민하게 퇴각하는 정태신 파총의 부대 진법훈련은 늘 실전을 방불케 했다. 오늘도 무관과 병사들 모두 파김치가 되었지만 1사의 전투력은 어제와 또 달랐다.

3

만드는 건 어렵지만 무너지는 건 순식간이었다. 눈보라와 비바람을 맞아가며 훈련에 훈련을 거듭해 다듬어진 제1사의 모습은 흔적도 찾기 어려웠다. 정태신 파총이 한양으로 발령을 받아 떠난 이후 부대의 기강이 엉망이 되고 병사들의 사기가 바닥에 떨어지는 데는 채 한 철도 걸리지 않았다.

새로 부임한 민충환 파총은 굶주린 들개 같았다. 물려받을 이권은 하나도 없고 짭짤한 사업은 이미 다른 파총들이 다 차지하고 있다는 걸 확인한 민충환은 찬밥 더운밥 가리지 않았다. 심지어 보부상단에 병사들을 동원하는 짓도 서슴지 않았다.

민충환의 지시로 보부상단에 동원했던 병사들을 이끌고 군영으로 돌아오는 내내 박한 초관은 한마디도 없었다. 오와 열 따위는 개의치 않고 제멋대로 이동하는 병사들을 통제하지도 않았다. 예전 같으면 불호령이 떨어져도 벌써 떨어졌을 상황이었지만 박한은 땅바닥만 쳐다보며 걸었다. 방향을 바꾸어야 할 지점에서도 그는 입을 떼지 않았다. 눈짓이라도 하지 않을까 싶어 그를 바라봤지만 박한은 내 시선을 피했다. 그가 일부러 내 시선을 피하는 것은 나발을 불어 행인들의 눈길을 끌지 말라는 뜻이었다. 백성들이 아는 게 창피한 일을 하고, 행인들이 쳐다보는 게 부끄러운 꼬락서니를 한 채 군영으로 돌아가는 우리 부대였다.

박한 초관이 내게 눈짓을 한 건 인적이 없는 얕은 언덕에서였다.

뚜— 뚜—

나는 할 수 있는 한 나지막이 나발을 불었다. 길가 나무 그늘로 들어간 병사들이 투덜거리는 소리가 들렸다.

"제기랄, 이건 경우가 아니지."

"짐꾼으로 부렸으면 새참이라도 먹여야지."

박한 초관이 들으라고 하는 소리였다. 내 귀에 들리는 게 박한에게 들리지 않을 리 없었지만 그는 못 들은 체했다. 다른 부대의 파총들은 동원한 병사들에게 적당히 술밥을 먹이면서 구슬렸지만 민충환 파총은 그런 수완도 쓰지 않았다. 왕실을 좌지우지하는 민씨 집안인 그는 주변의 평판 따위에 아랑곳하지 않았다. 파총이 그러다보니 초관들은 병사들이 지주나 상단, 백성들로부터 얻어먹건 우려먹건 상관하지 않았다. 그런데 박한 초관만 그러지 못하게 했다. 똑같은 일을 하는데 얻어먹지도 우려먹지도 못하는 병사들의 불만은 당연했다.

"해가 길다."

혼잣말처럼 중얼거리는 박한을 나는 의아한 눈길로 쳐다보았다.

"빨리 어두워졌으면 좋겠네."

박한 초관은 하늘을 한번 더 올려다보고는 고개를 떨어뜨렸다. 그의 군모에 꽂힌 독수리 깃털 두 개가 애처로웠다. 파총이 바뀐 다음 박한은 죽지 부러진 독수리였다.

"가자…… 쉰밥이라도 먹으려면 가야지."

정파총이 떠나고 나서 모든 것이 달라졌다. 친군영에서 배식 하나만큼은 제1사가 최고였는데, 그것도 옛이야기가 되었다.

오늘 저녁밥에서도 쉰내가 등천했다. 병사들이 쉰내를 줄여보려고 찬물에 밥을 말았다. 물에 밥을 말아 헹궈내면 가라앉은 모래를 골라내기도 쉬웠다.

"제길, 우리가 개들이란 말이네."

물에 헹군 밥알을 다시 빈 대접에 옮겨담으며 왈패 백무현이 투덜거렸다. 먼저 밥을 먹고 있던 남창일이 씨익 웃으며 백무현의 말을 받았다.

"용장 밑에 약졸 없고, 똥개 밑에 똥개 있는 게 당연하죠."

똥개는 민충환 파총의 별명이었다. 언제나 태평인 남창일의 발을 차며 나는 박한 초관을 향해 턱짓을 했다. 박한은 우리와 좀 떨어진 자리에서 모래가 섞인 쉰밥을 꾸역꾸역 먹고 있었다. 박한은 하얀 쌀밥이 나오는 무관의 배식을 받지 않았다. 하루이틀 하다 말겠지 했는데 벌써 한 달째 병사들에게 나오는 쉰밥을 고집했다.

"징하네 징해……"

백무현이 더는 투덜거리지 않고 찬물에 헹군 밥을 퍼먹었다. 백무현은 평양군영에서 완력으로 둘째가라면 서러워할 병사였다. 양손에 쥔 칼을 휘두르며 치고 나가는 솜씨는 누구도 따를 자가 없었다.

"사람 하나 바뀌었을 뿐인데, 참 나……"

쌍검이 주특기인 백무현은 입대 전에 장거리의 거친 왈패로 소문이 자자했다. 백무현과 같이 거친 병사들일수록 이상하게 정태신 파총을 그리워했다. 무관들도 사정이 다르지 않았다.

"구관이 명관이지?"

내가 말했다. 그때, 무관들의 정강이를 까며 훈련을 강행하던 정태신에게 이를 갈았던 제4초관이 박한을 향해 걸어오며 눈살을 찌푸렸다.

"초관의 체신이 있지, 이건 아니지."

4초관은 고개를 돌리며 외면하는 박한의 팔을 잡아끌었다.

"초관이 여기서 이러고 있으면, 가뜩이나 넘어가지 않는 쉰밥이 병사들 목구멍에 더 안 넘어가지."

박한은 4초관의 손을 끝내 뿌리쳤다.

"나 가만둬."

박한 초관의 눈은 붉게 충혈되어 있었다. 분노인지 슬픔인지 알 수 없었지만, 폭발 직전인 그의 눈빛 앞에서 4초관은 고개를 가로저으며 돌아섰다.

한양 친군영에 전령으로 갔던 달음이가 돌아온 것은 취침 직전이었다.

"범, 너 한양 갈 수 있게 되었어."

"?"

"한양 친군영에서 지방 군사들을 차출한대."

"그런데, 내가 왜?"

"너 좋아하는 정파총 볼 수 있잖아."

"니가 가라. 한양."

나는 달음이에게 입을 삐죽 내밀었다.

"난 여기 못 떠나잖아."

"난?"

"넌 아무도 없잖아."

같이 군영에서 생활하면서 한동안 잊고 있던 사실을 녀석이 일깨워주었다. 다른 사람들에게는 다 있는 가족이 나에게는 없었다. 달음이에게는 지켜야 할 가족이 있었다. 나는 녀석을 향해 고개를 끄덕이며 퉁명하게 물었다.

"그런데 왜 한양 친군영 병사들을 두고 지방에서 차출한대?"

"나라가 어수선하잖아. 한양에는 왜나라, 청나라에, 서양 것들까지 휘젓고 다니고. 남쪽 지방은 민란으로 뒤숭숭하대. 세력 다툼을 하는 수구파와 개화파가 서로 지방에서 자기편 병력을 끌어올리는 거라고 무관들끼리 수군거려."

"초관도 간대?"

나를 따라 달음이도 박한 초관의 숙소를 향해 고개를 돌렸다.

"지원하지 않을까."

어둠에 잠긴 무관 숙소에서 그의 방만 불이 켜져 있었다. 나는 그날 밤 초번이 돌아올 때까지 잠들지 못했다. 초번 경계가 끝난 자시까지도 박한의 방 불은 꺼지지 않았다.

내가 찾아가기 전에 박한 초관이 아침 일찍 나를 불렀다.

"갈 거냐?"

밤을 새웠는지 눈우물이 깊숙이 들어간 박한의 목소리는 잠겨 있었다.

"……"

"나는 가기로 했다."

"저도 가겠습니다."

4

친군우영은 홍인지문이 바라보이는 훈련도감 터에 군영을 두고 있었다.

정태신은 한양에서도 친군우영의 선임 파총이었다. 박한 초관이 평양에서 이끌고 온 파견대는 정파총 휘하로 들어갔다.

우리의 전입신고를 받은 정태신 파총은 먼저 박한 초관의 정강이를 까는 시늉을 했다.

"내가 없어서 정강이가 심심했겠어."

박한은 예의 피하는 시늉도 않고 꼿꼿이 선 채 환히 웃었다. 그렇게 밝은 그의 얼굴을 오랜만에 보는 내 얼굴에도 덩달아 미소가 피어올랐다.

"아직도 표적 전문인가?"

정태신 파총은 초립을 쓴 내 뒤통수를 아이처럼 쓰다듬었다. 그는 표적 사격에서 평양군영 전체의 최고 기록을 세운 나를 기억하고 있었다.

"……"

대답을 못하고 눈길을 피하는 내게 정태신이 물었다.

"나발수는 그만하고 포수로 바꾸는 게 어때?"

정파총의 말에 나는 하마터면 그 자리에서 뛰어오를 뻔했다.

"넵."

정파총은 내 코를 검지로 살짝 치고 나서 박한에게 지시했다.

"바꿔."

"네."

"그리고 경위감에 넣어."

박한이 나와 파총을 번갈아 쳐다보며 물었다.

"파총 경위감입니까?"

"나한테 경위가 왜 필요해. 우영사."

"그럼 민영익 영사……"

파총이 고개를 끄덕였다. 민씨라는 성을 듣는 순간 나는 인상을 찌푸리고 말았다. 민비를 등에 업고 세도를 부리는 민씨들에 대한 파다한 소문도 소문이었지만 들개 같은 평양 친군영의 민충환 파총이 먼저 눈앞에 떠올랐기 때문이다.

"싫은가?"

모래 씹은 표정을 한 내게 파총이 물었다.

"아닙니다. 좋습니다."

나는 민영익이 누구인지 전혀 모르는 채 우영사 경위의 소임을 맡았다. 경위감은 가장 뛰어난 포수 셋과 살수 넷으로 구성되었다. 필요할 때만 영사 경위에 동원되는 비정규 편제였다. 동원 지시는 파총이 내렸고, 지휘는 박한 초관이 했다. 정파총 직할의 우영사 경위대인 셈이었다.

첫번째 소임은 우영사의 죽동궁에서 열리는 야간 행사 경위였다. 군영을 출발하기 전에 박한이 목적지와 주의사항을 간단하게 전달하고, 우리를 둘러보며 물었다.

"질문 있나?"

평양 장거리의 왈패 출신인 백무현이 손을 들었다.

"우영사가 고종 왕비의 하나뿐인 친정 조카라고 들었단 말입니다."

한양을 오가는 보부상들과 어울리며 주워들은 게 많은 백무현이 아는 체를 했다. 민영익이 누군지 알 턱이 없는 나는 백무현과 박한을 번갈아 쳐다봤다. 민영익이 누군지 모르기는 나머지 포수와 살수들도 마찬가지였다.

"또 아는 거 없어?"

박한 초관이 빙긋이 웃으며 백무현에게 물었다.

"재작년 임오군란 때 죽을 뻔했다 살았다고 한단 말입니다."

박한은 여전히 입가에 웃음을 베어물고 물었다.

"그리고?"

"실세 중의 실세다. 그런데 어떤 사람들은 개화파다, 어떤 사람들은 수구파다, 그러는데 어느 쪽이 맞는지 모르겠단 말입니다."

박한 초관의 입가에서 미소가 걷혔다.

"다야?"

"네……"

박한 초관의 못마땅한 눈빛을 그제야 알아차린 백무현이 입을 다물었다.

"누가 개화파고 누가 수구파냐, 그런 건 우리가 알 필요가 없다. 우리에게 중요한 것은 우리의 영사가 왕명을 받들어 일하는 분이고, 우리에게 주어진 소임은 왕명을 받들어 일하는 영사를 안전하게 경위해야 한다는 것뿐이다. 우영사는 열일곱 약관의 나이로 문과에 급제해 별기군 당상을 지내셨고, 지난해에는 왕명을 받들어 아미리가에 국서를 전달하고 아미리가 대통령과 두 번이나 회담을 한 분이다. 우리의 기준은 단 하나다. 개화파건 수구파건 왕명을 받드는 자는 충신이고, 왕명을 거역하는 자는 역도다. 우리 친군영 경위감의 소임은 충신을 지키고 역도를 제압하는 것이다. 알겠나?"

"네!"

"그럼, 죽동궁으로 가자!"

우리는 박한 초관을 따라 죽동궁으로 갔다. 가면서 나는 백무현에게 물었다.

"영사는 왕도 아닌데 궁에 살아?"

"왕을 모시고 사니까…… 같이 궁에 사는 거겠지."

"임금님 사시는 데는 창덕궁이잖아. 궁 안에 또 궁이 있어?"

"가보면 알겠지, 뭐……"

우영사 민영익이 사는 죽동궁은 창덕궁 밖에 있었다. 태어나서 처음 들어와본 으리으리한 저택이었지만 상상했던 궁궐만큼 드넓지는 않았다. 먼저 와 있던 정태신 파총은 한지에 적은 명단을 박한 초관에게 넘겨주고 일렬횡대로 도열한 우리의 등을 차례로 두드려주었다. 마지막으로 맨 왼쪽에 선 내 등을 두드린 파총이 물었다.

"할 만해?"

뭘 묻는지 몰라 머뭇거리는 내 코를 파총이 장난스럽게 손가락으로 쳤다. 나는 얼굴이 빨갛게 달아올랐고, 파총은 옆에서 지켜보고 서 있던 박한과 나를 번갈아 쳐다보며 농담처럼 덧붙였다.

"정신 바짝 차려. 눈 깜빡하면 코 베어 가는 곳이 한양이야."

정파총이 집안으로 들어가자 박한 초관은 오늘 행사에 올 사람이 열두 명이라며 얼굴을 익혀두라고 지시했다.

"영감들 얼굴만이 아니라 수행한 겸종들의 얼굴도 잘 기억해둬야 해."

우리는 대문을 지키고 서서 들어오는 사람을 살폈다. 제일 먼저 온 사람은 붉은 술이 달린 전립을 쓴 무장이었다. 소매가 좁고 뒤가 터진 구군복을 입지 않아도 한눈에 무장임을 알아보게 하는 당당한 걸음걸이가 주위를 압도했다.

"대감님 모시게."

박한 초관이 고개를 숙여 인사하고는 곁에 서 있던 우영사의 겸종에게 일렀다. 겸종들끼리 서로 아는지, 대감을 따라온 겸종과 눈인사를 나눈 우영사의 겸종이 대감을 안내해 집안으로 들어갔다.

"전영사 한규직."

박한 초관은 나에게 나지막이 일러주고는 따라온 겸종을 수청방으로 데려가게 했다.

두번째 온 사람은 이십대로 보이는 사내였다. 심부름을 온 줄 알고 막아서려는 우리를 제지하며 박한이 나섰다.

"영감님 모시게."

두루마기 차림에 이단 정자관을 썼는데 문관인지 무관인지 짐작이 되지 않았다. 차림새로 보면 문관 같은데 짙은 눈썹과 부리부리한 눈매는 무관의 분위기를 풍겼다. 아직 새파란 나이였지만 눈매가 예사롭지 않았다.

"우정국 총판 홍영식."

따라온 겸종을 수청방에 데려다주고 돌아온 나는 박한 초관에게 물었다.

"아직 서른도 안 돼 보이는 새파란 사람이 무슨 영감이에요?"

"새파래? 조금 있으면 더 새파란 영감들을 보게 될 거야."

빈말이 아니었다. 그날 행사 참가자들은 전·후·좌·우영의 무장들과 왕실의 해외 특사단이었는데 이십대가 절반이 넘었다. 그나마 무장들은 나이가 좀 되었다. 제일 나이가 많은 인물이 마흔다섯인 후영사 윤태준이었다. 다음이 좌영사와 전영사였는데 좌영사 이조연은 마흔, 전영사 한규직은 서른아홉이었다. 해외 특사단 출신의 문관들은 모두 이십대였다. 병조참판 겸 우정국 총판인 홍영식은 스물아홉, 종사관 서광범은 스물다섯, 한성판윤 박영효는 겨우 스물셋이었다.

5

나는 우영사 민영익의 집안에서 어떤 행사가 어떻게 진행되는지 알 수 없었다. 죽동궁 대문을 걸어닫은 다음 나와 백무현을 수청방으로 들여보낸 건 박한이었다. 우영사의 겸종들이 쓰는 수청방은 여느 양반집 종들의 문간방과는 비교가 되지 않았다. 양반집 사랑채 못지 않은 수청방에는 주인을 모시고 온 겸종들이 모여 이야기꽃을 피우고 있었다. 이야기를 주도하는 것은 홍영식 참판의 겸종이었다.

"기차라는 물건은 한꺼번에 한 읍의 사람을 다 태우고도 끄떡없이 달리는데, 그 빠르기가 아무리 빠른 비마도 쫓아오지 못해. 담배 한 대를 피우는 새 글쎄 백 리를 간다니까."

"에이, 세상에 그런 마차는 없단 말입니다."

변죽이 좋은 백무현이 고개를 설레설레 흔들며 끼어들자 이마에 손톱만한 검은 점이 있는 홍영식 참판의 겸종이 눈살을 찌푸렸다.

"있다니까."

그런다고 물러설 백무현이 아니었다.

"직접 봤수?"

"우리 영감님이 수신사로 가서 몇 번이나 타보셨다니까."

얼굴보다 이마의 검은 점이 먼저 눈에 들어오는 홍영식 참판의 겸종 이홍완이 백무현을 향해 눈알을 부라렸다.

"뺑치지 말고, 직접 보고 말하라."

백무현이 물러서지 않자 홍영식의 겸종은 백무현의 평안도 사투리를 흉내내며 내 옆에 앉은 어린 겸종을 턱으로 가리켰다.

"말해보라."

입술을 안으로 사려물고 조용히 앉아 나서지 않으려는 김옥균의 겸종을 이홍완이 다그쳤다.

"말해보라."

"네. 저도 한 번 타보긴 타보았습니다만 담배 한 대 피우는 새 백 리까지는 아니고 한 오십 리는 갔던 것 같습니다."

김옥균의 겸종 차이경은 겸종들 중에서 제일 어렸다. 내 나이 정도밖에 되지 않았는데 삼십대 중반인 박영효의 겸종보다 언행이 더 신중했다.

"그렇지. 자네가 탄 기차는 좀 헐한 것이었나보네. 그리고 말이야, 일본에서는 양반 상놈 구별 같은 게 아예 없어. 조선과 청나라 빼고 구라파 문명국 중에 그런 나라가 없다는 거야."

"에이, 그런 세상은 없단 말입니다."

다시 백무현이 끼어들었다.

"어허, 참. 평양에선 속고만 사나. 말해보라."

홍영식의 겸종은 다시 내 옆에 앉은 김옥균의 겸종 차이경에게 턱짓을 했다.

"저도 일본에서 그렇다고 듣긴 했습니다만 구라파 나라는 가보질 못했습니다."

수청방의 갑론을박을 멈춰 세운 건 갑작스러운 포성이었다. 난데없는 대포 소리에 나는 자리를 박차고 일어났다. 겸종들도 뒤따라 방에서 뛰어나왔다. 대포 소리에 이어 요란한 총소리가 뒤따랐다. 무슨 일이 벌어지고 있는지 알 수 없었다. 야간 사격훈련은 사전 허가를 받아야 할 수 있었다. 더구나 4영사와 삼군부 무장들이 다 이 집에 모여 있었다. 나는 박한 초관에게 가보라고 백무현에게 눈짓을 했다. 박한이 우리에게 맡긴 소임은 겸종들을 감시하고, 만일의 상황이 벌어지면 겸종들을 제압하는 것이었다.

박한의 지시를 받은 나와 백무현은 외부 겸종들을 모두 대문 밖으로 내보냈다.

제일 먼저 죽동궁을 떠난 것은 정태신 파총이었다. 정파총은 말에 뛰어오르기 무섭게 채찍을 휘두르며 군영으로 달려갔다.

곧 무장과 문관들이 대문으로 나왔다. 무장들이 먼저 떠나고, 문관들도 차례로 죽동궁을 떠났다. 나는 대문 밖에서 기다리던 겸종을 앞세우고 멀어져가는 대감과 영감들의 뒷모습을 지켜보았다. 전송하는 박한 초관보다 겨우 몇 살 위인 영감들이었다.

도성의 밤을 깨운 총포 소리의 진원지는 남산 기슭의 일본 군영이었다. 일본군은 우리 삼군부에 사전 통보도 없이 한밤중에 포대까지 동원해 사격훈련을 벌인 것이었다.

"이런 무엄하고 방자한 놈들!"

삼군부 총무당으로부터 보고를 받은 우영사 민영익은 격노했다.

"왜것들이 대체 이 나라를 무엇으로 알기에 이토록 오만방자하단 말이냐!"

대청마루에 높이 서서 죽동궁이 쩌렁쩌렁 울리도록 호통치는 우영사 민영익의 나이는 겨우 스물넷이었다.

6

친군영의 교열 행사는 창경궁 안 춘당대에서 열렸다. 우영의 대표로는 정파총이 통솔하는 제1사가 참가했다. 전영과 후영, 좌영에서도 참가한 교열 행사는 고종이 직접 시범 훈련을 참관하고 사열했다.

제독검법 연무에 출전한 백무현은 현란한 쌍검술로 좌중을 사로잡았다. 방패와 장검을 든 살수를 몰아치는 백무현의 쌍칼에서 임금도 눈을 떼지 못했다. 백무현의 상대도 대단했다. 백무현이 왼손에 쥔 칼로 허리를 찌르고 들어가면 방패를 내려 막으면서 오른손에 든 장검을 백무현의 목을 향해 사선으로 내려그었다. 백무현은 오른손에 든 칼로 상대의 장검을 번개같이 걷어내며 그대로 치고 들어갔다. 거둬들였던 왼손의 칼을 어느새 상대의 목으로 날리는 백무현의 기세는 무서웠다. 두 사람이 쉬지 않고 휘두르는 칼은 시퍼렇게 날이 선 진검이었다. 상대의 검을 한 합만 놓치면 목이 달아나는 제독검법 연무는 여간한 실력과 배짱으로는 나설 수가 없었다.

왼손에 방패를 들고 오른손에 장검을 든 상대와 정확히 서른여섯 합을 주고받으며 백무현은 열일곱 보를 물러서고 열아홉 보를 치고 들어갔다. 불꽃 튀는 격렬한 접전 끝의 신승이었다. 백무현은 상금으로 은 두 돈을 차지했다.

가장 뛰어난 진법을 선보인 것도 단연 우영이었다. 갈색 말을 타고 언월도를 휘두르며 대오를 자유자재로 지휘하는 정파충을 다른 지휘관들은 흉내조차 내지 못했다. 그나마 말이라도 비슷하게 타는 건 친군후영의 윤웅열이었고 나머지는 볼 것이 없었다.

전영의 지휘는 젊다못해 어리다고 해야 할 교관이 맡았다. 나는 군영 마당을 벗어나본 적이 없어 보이는 신출내기가 어떻게 전영의 지휘를 맡게 되었는지보다 갓 스무 살 남짓한 교관의 정체가 더 궁금했다.

"일본 사관학교 출신 서재필."

백무현이 박한 초관의 말투를 흉내내며 내 궁금증을 풀어주었다.

"한양에서 시커먼 옷만 입고 다니는 서재창이라는 이상한 놈이 있는데, 그놈 형이야."

서재필이 지휘하는 전영의 병사들은 기율이 엉망이었다.

고종은 우리 우영을 조금 더 치하했지만 다른 세 군영도 두루 격려했다. 고종이 더 치하해주지 않더라도 그 자리에 있던 누구라도 느낄 수 있을 정도로 전투력과 기강의 차이는 확연했다. 왕이라면 군대의 기본을 갖추지 못한 전영과 좌영에 따끔하게 한마디해야 마땅했다. 하지만 고종은 아무 말도 하지 않았다.

네 군영의 차이는 실력만이 아니었다. 군복도 다르고 제식 방법도 달랐다. 군령도 달랐고 편제마저 달랐다. 좌 · 우영은 무명 제복에 초와 사로 편제되어 있었는데 전 · 후영은 왜식 제복에 중대 대대로 편제되어 있었다. 그래서인지 좌 · 우영이 서로 응원하고, 전 · 후영이 서로 응원했다. 좌 · 우영의 군사고문은 청군이고 전 · 후영의 교관은 일본 사관학교 출신이라는 것을 이제는 나도 알았지만 여전히 이해가 되지 않았다. 그러면서도 나 역시 어느새 제일 형편없는 좌영에 응원을 보내고, 전 · 후영에 야유를 보내고 있었다.

군영에 돌아온 나는 박한 초관에게 물었다.

"우리 파총님은 청나라 편이에요, 일본 편이에요?"

수구파인지 개화파인지를 묻는 것이기도 했다. 박한은 고개를 저었다.

"파총님이야 임금님 편이지."

"그럼 임금님은 청나라 편이에요, 일본 편이에요?"

박한 초관은 나를 바라보며 되물었다.

"네가 보기에는 누구 편 같으냐?"

"정말 모르겠어서요."

박한 초관은 씁쓸하게 웃었다.

"임금님은 임금님 편이겠지."

고종은 교열 행사에 참여한 모든 부대에 같은 액수의 하사금을 내렸다. 이상하게 자애로운 공평이었다. 같은 조선 군대인데 군영에 따라 제복과 나발 신호가 왜 서로 다른지도 묻지 않았다.

춘당대 교열 행사에 참가한 제1사 병사 전원에게 고깃국을 먹인 정파총은 오늘 하루 특별 휴가를 허락했다. 정파총이 손을 대지 않은 하사금이 박한 초관을 거쳐 병사들에게까지 내려왔다. 하급 무관들은 단군 이래 한 번도 없던 일이라고 했다.

하사금에 특별 휴가까지 받은 병사들은 신바람이 나서 예쁜 아가씨들이 떡을 파는 북촌으로 몰려갔다. 하지만 정작 은 두 돈을 상으로 받은 백무현은 따라나서지 않았다. 여간하면 동료들에게 한턱낼 법도 하건만 그는 싫다는 나를 데리고 육조거리 서쪽에 있는 세공점으로 갔다. 나는 성격이 거친 백무현을 좋아하지 않았다. 그걸 잘 알면서도 억지로 나를 데리고 간 백무현은 세공점에 들어가기 전에 내게 단단히 일렀다.

"이 은이 보통 은이냐, 임금이 준 은이다. 공인들이 부스러기 하나도 떼어내지 못하게 잘 지켜라."

"그걸 왜 내가 해요?"

"네 눈이 제일 매섭잖아. 아무리 한양놈이라도 네 눈은 못 속이지."

하지만 그의 말은 사실 같지 않았다. 내가 지키고 있겠다는데도 그는 볼일도 보러가지 않고 공인의 곁을 지켰다.

백무현이 하사받은 은으로 세공을 주문한 것은 여자와 남자 가락지 한 쌍이었다. 여자 가락지를 다 만든 공인이 남자 가락지를 만들기 전에 백무현에게 손가락을 내밀라고 했다. 백무현은 고개를 저으며 나를 가리켰다.

"내가 왜요?"

"손 한번 빌려주면 닳아 없어지네? 내 처남 될 사내의 손이 너만해서 그런단 말임."

"여동생이 있었어요?"

백무현은 씩 웃으며 내 손을 잡아끌어 공인 앞으로 내밀었다.

"내, 떡 사줄 테니 손 한 번만 빌리자."

은가락지 한 쌍을 만든 백무현은 약속대로 나를 북촌으로 데리고 갔다.

한 집 건너 떡집인 북촌에는 찐 떡과 친 떡, 지진 떡, 삶은 떡, 없는 떡이 없었다. 콩고물, 팥고물, 수수고물 색깔도 형형색색이고, 꽃과 잎으로 낸 모양도 가지가지였다. 삶은 떡을 파는 집의 경단과 잡과, 단자가 먹음직스러웠지만 백무현은 값만 물어보고 돌아섰다. 상으로 은을 두 돈이나 받았으니 여간하면 입안에 차지게 감기면서도 쫀득쫀득한 인절미라도 살 법했지만 백무현은 값이 가장 헐한 시루떡 하나를 샀다. 하지만 그것도 대단한 일이었다.

"내일 해가 서쪽에서 뜨겠습니다."

나는 백무현이 돈을 쓰는 걸 본 적이 없었다. 내게 눈을 부라리는 백무현에게 나는 물었다.

"그렇게 아낀 돈은 다 어디에 씁니까?"

화를 낼 줄 알았던 백무현이 빙긋이 웃으며 엉뚱한 대답을 했다.

"넌 내 동생이 공부를 얼마나 잘하는지 모르지."

7

난데없는 나발소리가 한밤의 군영을 뒤흔들었다.

빰빠빠밤— 빰빠빠밤—

비상이었다.

두두두둥— 두두두둥—

큰북이 받아치며 잠든 군병들을 깨웠다.

"우영 전군 비상!"

초병이 군막에 뛰어다니며 비상령을 전달했다. 전투복을 입고 무장을 찾아 드는데 본영의 전령이 군막에 들이닥쳤다.

"경위감 집합! 무장 집합!"

훈련이 아니었다. 지금까지 경위감을 따로 훈련에 동원한 적은 한 번도 없었다. 나는 소총을 들고 달려나갔다.

정태신 파총은 연무대에 올라서서 우영 전체를 지휘하고 있었다. 평소에도 우영사 민영익은 경복궁 앞 삼군부 총무당에 주로 머물렀고, 우영은 선임 파총인 정태신이 맡아서 통솔했다.

“영사님이 당했다. 경위감은 우정총국으로 가서 영사를 경위한다.”

“무슨 상황입니까?”

“자세한 건 나도 모른다.”

“많이 다치셨습니까?”

박한 초관이 연무대 위를 향해 소리쳤지만 몰려나온 군병들이 떠드는 소리에 묻혀 파총이 알아듣지 못했다.

“가서 어떻게 합니까?”

박한 초관이 연무대 턱밑으로 달려가 다시 물었다.

“현장 상황을 보고 판단해라.”

우리는 말을 타고 우정총국을 향해 달리기 시작했다. 선두는 박한이었다. 창경궁과 우정총국 주변에서 불길이 치솟고 있었다. 야금 시간인데도 길목마다 사람들이 몰려나와 웅성거렸다. 여덟 마리의 군마는 한 번도 쉬지 않고 우정총국까지 내달렸다.

우정총국은 난장판이었다. 입구부터 여기저기 핏자국이 눈에 들어왔고, 나뒹구는 음식과 그릇들은 흥성했던 연회의 시간에 멈춰 있었다. 하인들은 넋이 반쯤 빠진 채 연회장을 정리했다. 나는 죽동궁에서 만났던 홍영식의 겸종 이홍완을 발견하고 손을 들었다. 얼굴보다 이마에 박힌 크고 검은 점이 먼저 눈에 들어와 한눈에 알아볼 수 있었다. 나와 눈이 마주쳤지만 그는 우리 일행을 힐끗 쳐다보고는 고개를 돌렸다. 박한 초관이 나를 바라보며 눈짓으로 누구인지 물었다.

“홍영식 총판의 겸종 이홍완입니다. 죽동궁에 왔던 놈입니다.”

박한 초관이 이홍완을 향해 성큼성큼 걸어갔다.

"영사님은 어디 계시느냐?"

이홍완은 박한을 아래위로 훑어보았을 뿐 입을 떼지 않았다. 박한이 칼을 빼어들며 다시 물었다.

"어디 계시느냐고 물었다."

이홍완은 박한을 무시하고 돌아서며 하인들에게 청소를 계속하라고 지시했다.

"어서 치워라."

"이 자식이!"

박한 초관이 칼을 치켜드는 순간 백무현이 몸을 날려 발차기로 이홍완을 가격했다. 쓰러진 이홍완의 멱살을 잡아 일으키며 백무현이 이홍완에게 속삭였다. 뺑쟁이, 너 죽고 싶냐. 자신의 목에 칼끝을 겨누고 있는 박한을 노려보는 이홍완의 이마가 꿈틀했다.

"우리 총판께서 우영사를 구해주셨소."

"어디 계시냐고 물었다."

"목인덕 고문 댁에 있소."

"외교고문 묄렌도르프?"

이홍완이 고개를 끄덕였다. 조선 전복을 차려입고 고종의 옆자리에 앉아 친군영의 교열 행사를 지켜보던 코쟁이가 목인덕이란 조선 이름을 얻은 묄렌도르프였다.

"어떤 놈들이냐. 너희 총판이 구했다면 해친 놈들이 있을 것 아니냐?"

"난 모르오."

"총판 영감은?"

"김옥균 영감과 함께 주상의 영을 받고 입궐하셨소."

홍영식 총판이 김옥균과 함께 임금의 영을 받아 움직이고 있다는 뜻이었다. 박한은 칼을 거두며 돌아섰다.

"가자!"

8

우정국에서 길 하나 건너 두번째 골목에 있는 묄렌도르프 외교고문의 집 앞에는 상한들이 지키고 있었다. 한눈에 봐도 혜상공국이 관리하는 보부상단의 상한들이었다.

“우영 경위감에서 왔다. 비켜라!”

“여기는 우리가 지킵니다.”

“우리 영사님을 왜 네놈들이 지켜!”

박한 초관이 호통을 쳤다.

“총판 영감의 허락 없이는 아무도 들어가지 못합니다.”

칼자루를 비껴 잡은 상한들의 기세와 눈매가 만만하지 않았다.

“우정국 총판과 우영사 중에 누가 위인가? 영감과 대감도 구별을 못해?”

“목인덕은 주상의 외교고문이고, 외교고문의 일에는 주상께서만 간섭할 수 있습니다.”

임금을 들고 나오자 박한 초관도 주춤했다. 잠시 골똘히 생각하던 박한은 내게 물었다.

"시각이 얼마나 되었나?"

나는 시월의 밤하늘을 올려다보았다. 곳곳에서 치솟던 불길은 잦아들고 열이레의 차오른 달이 밤을 밝히고 있었다. 견우성과 직녀성을 좌우로 거느린 은하수의 기울기가 축시에 가까워지고 있었다.

"자시가 넘어가고 있습니다."

코쟁이 하나가 나타난 것은 한 식경이 지나서였다. 청나라 군사들의 호위를 받으며 소란스럽게 골목에 들어선 코쟁이를 먼저 막아선 것은 보부상단에서 나온 상한들이었다. 청군들은 청나라 말을 했고, 코쟁이는 코쟁이 말을 했고, 상한들은 조선말을 했다. 손짓발짓으로도 말이 통하지 않자 상한들은 물러서고 박한 초관이 나섰다. 단검을 뽑아든 박한은 땅바닥에 한자를 적었다. 청군도 단검을 뽑아 마주 적었다. 보름이 가까운 달빛에 드러난 글자의 절반은 나도 아는 것이었고 절반은 내가 모르는 것이었다.

"이 코쟁이가 목인덕 고문이 불러서 온 양의사 안연이란다."

洋醫(양의), 安連(안연)은 나도 읽을 수 있었다. 스무 살 남짓 되어 보이는 자가 의사라는 말에 나는 코쟁이의 얼굴을 다시 쳐다보았다. 어린놈이 수염을 잔뜩 기르고 동그란 안경까지 쓴 것이 우스꽝스러웠다. 상한들의 두목이 집안으로 들어가 조선옷을 입은 코쟁이 고문을 데리고 나왔다. 묄렌도르프의 뒤로 의원과 의녀들이 보였다. 묄렌도르프의 바로 뒤에 선 의원이 박한을 보고 알은체를 했다. 가로막는 상한들을 밀치며 박한이 물었다.

"김내원, 영사께서는 어찌되었소?"

"위중하오."

둘 사이를 가로막으려 드는 상한들을 나와 경위감원들이 팔꿈치로 밀쳐냈다.

"우영의 정파총이 보낸 경위감이 와 있다고 전해주시오."

의원은 두 코쟁이를 따라 들어가며 보일락 말락 하게 고개를 끄덕였다. 한 식경이 더 지나서 의녀 하나가 소반에 약식을 내어왔다. 남색 치마와 옥색 저고리에 흰색 앞치마를 받쳐 입은 독특한 차림새를 한 의녀로부터 약식 하나씩을 받아든 상한들은 입이 벌어졌다. 갈래머리를 묶은 자주색 댕기와 정수리에 쓴 흑단색 머리쓰개가 은은한 달빛을 받아 의녀의 자태를 더 빛냈다. 돌아서는 의녀의 뒤태에 더 눈이 팔린 상한들은 접힌 종이를 약식 밑에 받쳐 박한 초관에게 전하는 걸 보지 못했다.

약식과 함께 의녀로부터 건네받은 종이를 움켜쥐고 자리를 피하는 박한을 따라갔다. 의녀와 약식에 눈이 팔린 상한들이 자리를 비운 화톳불 옆으로 가 종이를 살펴본 박한의 얼굴이 굳어졌다.

"파총님께 가져가야 할 것인가요?"

박한 초관이 의아한 눈빛을 보냈다.

"어떻게 봤어?"

"손이 하는 일을 왜 알지 못하겠습니까. 제가 군영에 다녀올까요?"

박한은 잠시 망설이다 고개를 저었다.

"변란이야. 내가 직접 다녀와야 할 일이다. 다녀올 동안 저놈들이

영사님을 다른 곳으로 옮기지 못하게 지켜라."

박초관은 자기네들끼리 시시덕거리고 있는 상한들을 향해 눈길을 던지고 나서 말을 이었다.

"전, 후영놈들한테도 절대 영사님을 내줘서는 안 된다. 그놈들도 한 패일 것이야"

"변란이라면, 저희도 사정을 좀 알아야 하지 않을지요?"

박한 초관이 상한들이 보지 못하게 돌아서며 종이를 다시 꺼내 보였다.

金朴洪徐(김박홍서)

賣國背宗 世道飜換(매국배종 세도번환)

以夷制夷 隨命從御(이이제이 수명종어)

영사의 밀지를 쥔 박한 초관의 손이 가늘게 떨렸다.

"김박홍서가 주상을 배신하고 나라를 팔아 세상의 질서를 뒤집어엎으려고 하니, 적은 적으로 물리치되 주상의 뜻을 받들어 움직여라."

"김박홍서라면?"

"김옥균 박영효 홍영식 서광범, 니들이 말하는 개화파."

"그자들은 다 영사께서 지난번에 죽동궁에 불렀던 자들인데, 어떻게……"

"영사께선 어떻게든 개화파와 수구파의 힘을 한데 모으려고 했는데 개화파가 변란을 일으킨 거야. 저놈들도 변란에 가담한 것이 틀림없는데 내가 있으니까 아무 말도 않는 것이다. 다녀올 동안 저놈들을 지키면서 무슨 말을 하는지 잘 들어라."

박한 초관이 말을 타고 떠나자 기다렸다는 듯이 홍영식의 겸종 이흥완이 나타났다. 상한들은 일제히 깍듯이 이흥완에게 인사를 했다. 나이도 어린 겸종에게 할 예법과는 거리가 멀었다.

"저, 뺑쟁이 새끼 뭐냐?"

백무현이 눈을 껌뻑거리며 내게 물었다.

9

世道飜換.

홍영식의 겸종 이홍완이 화톳불 옆 땅바닥에 네 글자를 써놓고 물었다. 영사의 밀지에도 쓰여 있던 글자였다.

"이걸 뭐라고 읽는지 알아?"

상한들과 경위감의 병사들 모두 고개를 저었다.

"세도번환, 세상의 질서를 뒤집어 바꾼다. 이제 세도번환이 일어날 것이다. 능력이 있으면 상놈들도 관직을 할 수가 있다. 너희들도 얼마든지."

이홍완을 바라보는 상한들의 눈빛이 반짝거렸다.

"너희들도 마찬가지야."

이홍완이 우리 경위감의 병사들에게 눈길을 돌리며 말을 이었다.

"병졸도 실력만 있으면 얼마든지 무관이 될 수 있는 세상이 될 것이다. 볏짚 하나 못 베는 칼솜씨와 눈앞의 표적도 못 맞히는 사격술을 가지고도 양반이란 이유 하나로 무관입네 하고 거들먹거리는 세상은 이제 끝이 날 것이야."

"에이, 그런 세상은 없단 말입니다."

백무현이 죽동궁에서 걸었던 시비를 다시 걸었다.

"아미리가와 영국, 구라파는 그런 세상이 된 지 옛날이야. 개화를 한 일본도 이미 그런 세상이 되었어. 하급 무사의 자식인 하세가와는 스물일곱에 연대장이 되었단 말이야."

"그런 세상이 오면야 좋겠지만, 언제 그런 세상이 오겠어요."

경위감에서 나 다음으로 어린 남창일이 믿기지 않는다는 듯이 중얼거렸다.

"언제?"

남창일에게 되물은 이홍완이 몸을 돌려 우리를 한 명씩 뜯어보듯 둘러보았다. 언제? 답을 맞혀보라는 듯 상대의 눈을 정면으로 바라보는 그의 눈빛은 공격적이었다.

"내일 아침이면 보게 될 거야, 그런 세상."

이홍완의 목소리는 자신만만했지만 움켜쥔 주먹은 떨리고 있었다.

"그런 엄청난 일이 내일 아침에 벌어진다고요?"

남창일이 눈빛을 반짝이며 반문했다.

"시작은…… 내일 아침이 아니라 이미 지난밤에 시작은 되었어. 무능하고 부패한 탐관오리들의 배를 채워주기 위해서 외울 수도 없는 수십 가지 세금을 바치느라 언제까지 백성들이 죽어나게 내버려 두겠나. 조선도 개화를 해야지. 탐관오리를 처벌하고, 청나라에 조공을 바치는 일도 끝낼 것이야."

"그러면, 청나라가 가만히 있질 않는단 말입니다."

백무현이 다시 나섰다.

"원세개가 삼천이 넘는 청나라 군사를 이끌고 유람하러 조선에 오지 않았단 말입니다."

이흥완은 비웃음을 한입 베어물고 백무현을 삐딱하게 쳐다봤다.

"청나라 군대의 절반은 이미 월남으로 떠났고, 월남에서 청나라가 불란서한테 박살이 났단 말입니다."

이흥완이 백무현의 말투를 흉내내며 입술을 내밀었다.

"남은 절반은 적습니까."

나는 끝까지 물고 늘어지려는 백무현을 가로막았다. 놈들의 얘기를 들어두라는 박한 초관의 말을 떠올리며 이흥완에게 물었다.

"그래서, 세도번환, 그 일을 누가 합니까?"

"개화파지."

"그런 엄청난 일을 하려면 무력이 있어야 하는데, 개화파는 군대가 아니지 않아요?"

나는 한번 더 이흥완에게 미끼를 던져보았다. 흥분 상태인 이흥완은 바로 미끼를 물었다.

"그건 걱정할 게 없어. 우리에겐 일본군이 있으니까."

백무현이 다시 끼어들었다.

"이백 명도 안 되는 일본군을 가지고 수천 명의 청나라 군대를 당한단 말입니까. 어림없습니다."

"구닥다리 오랑캐놈들 천오백, 숫자만 많지 잘 훈련된 일본 신식 군대한테는 상대가 되지 않아. 벌써 궐 안에 들어간 일본군이 주상을 지키고 있어. 궐 밖에는 현흑상단의 사무라이들이 버티고 있고."

"아니 세도…… 번잡인가 무시기, 그 좋은 일을 하는데 일본군과 현흑상단의 건달들을 왜 끌어들여요. 우리 파총 같은 훌륭한 사람들하고 해야지."

앞뒤를 모르는 남창일이 이흥완에게 따지듯이 말했다.

"너희 파총이 훌륭해? 우영사의 오른팔, 수구파가 아니던가?"

이흥완은 내일 아침에 온다는 그 세상을 이미 맞이한 사람 같았다.

"이제 곧 개화의 시간이 열릴 것이고, 개화를 가로막았던 수구파도 끝장이 날 것이야. 영사들도 모두 해가 뜨면 이 세상에 없을 거야."

"없다니, 그게 무슨 말입니까."

나의 심장이 쿵쾅거리는 소리가 이흥완에게 들릴까 걱정스러웠다. 이흥완은 축시 다음에 인시가 오는 것처럼 개화의 시간이 오는 것을 의심하지 않기로 한 모양이었다.

"우, 좌, 전, 후영사들 모두 없애야 하는데 우영사는 천운을 타고난 거야. 우리 총판 영감이 낙명의 순간에 옛 정리를 생각해서 보아준 것인데, 이제 어느 쪽에 설 것인지는 우영사가 선택할 일이지."

이흥완의 얘기는 전, 후, 좌영사를 해가 뜨기 전에 처치한다는 소리였다.

10

야금 해제를 알리는 북소리가 밤을 갈랐다. 오경이 넘은 시각이지만 시월의 새벽은 아직 어두웠다. 파루의 북소리가 서른세 번 울리도록 박한 초관은 돌아오지 않았다. 나보다 더 초조하게 골목 입구를 바라보며 서성거리는 것은 이홍완이었다.

묘시가 넘어서야 골목이 훤해졌다. 골목길에 처음 들어선 것은 김옥균의 겸종 차이경이었다. 죽동궁에서 보았을 때처럼 입술을 살짝 사리문 녀석은 이홍완에게 먼저 인사를 하고 내게도 고개를 숙여 보였다. 수청방에서 한마디도 하지 않고 앉아 있던 나를 기억하는 걸로 보아 눈썰미가 예사가 아니었다. 어린 녀석이지만 여전히 몸가짐이 신중하고 표정이 경박하지 않았다. 녀석의 표정으로는 이홍완이 기다리는 아침이 온 것인지 짐작할 수 없었다.

차이경은 다른 사람들에게 들리지 않을 낮은 목소리로 이홍완에게 뭔가를 이야기했다. 이홍완의 입가가 길게 찢어지기 시작했다. 이홍완의 이마에 박힌 검은 점이 아침 햇살을 받아 반짝거렸다. 차이경의 이야기를 다 들은 이홍완은 기쁨을 감추지 못하는 얼굴로 오른손 주먹을 움켜쥐며 치켜들었다. 둘을 지켜보고 있던 상한들이 덩달아 두 주먹을 치켜들며 환호했다.

"그럼, 온다는 그 좋은 세상이 온 거예요?"

경위감의 남창일마저 덩달아 주먹을 치켜올리려는 것을 내가 가만히 붙잡았다. 이홍완이 남창일의 팔을 잡은 나를 바라보며 피식 웃었다.

"전, 후, 좌영사는 갔다."

그러고는 묄렌도르프 고문의 집을 삐딱하게 쳐다보며 말했다.

"좌의정은 우리 홍영식 총판, 호조참판은 김옥균 영감, 전후영사 겸 좌포장은 박영효 영감, 좌우영사 겸 우포장은 서광범 영감이다. 너희 영사는 이제 민영익이 아니라 서광범 영감이란 말이다."

그들 모두 죽동궁 모임에 왔던 인물들이었다. 그날 죽동궁에 왔던 인물들의 절반이 나머지 절반을 없앤 것이다. 그리고 죽동궁의 주인은 중상을 입고 양의의 손에 맡겨져 있었다.

"그러니 이제 너희들이 지킬 영사는 여기에 없다. 군영으로 돌아가라."

"영사가 어떻게 바뀌었는지 모르나 우리의 직속상관은 정태신 파총이고, 우리는 상관의 명령 없이는 움직일 수 없는 군병들입니다."

나는 언제 칼을 뽑아들지 모를 이홍완의 손에서 눈을 떼지 않았다.

"그러던가."

이홍완은 손목의 근육을 조금도 사용하지 않았다. 초조함으로 떨리던 손끝도 찾아볼 수 없었다. 그는 더이상 지난밤의 이홍완이 아니었다.

차이경은 잔뜩 들뜬 이홍완과는 달리 차분했다. 어찌 보면 침울해 보였다.

"저자가 한 말이 사실인 거야?"

차이경은 여전히 입술을 살짝 말아물고 고개만 조심스럽게 끄덕였다.

"반상의 차별이 없는 세상, 우리도 무관이 될 수 있는 세상이 정말 온 거야?"

남창일의 물음에 차이경은 고개를 움직였는데 그것이 끄덕인 것인지, 가로저은 것인지, 갸웃거린 것인지 구별하기 어려웠다. 차이경의 눈빛에는 기대와 불안, 설렘과 두려움이 함께 담겨 있었다.

이홍완이 밤새 그렇게 기다렸던 아침이 우리의 눈앞에 나타난 것은 해가 중천에 솟은 다음이었다.

"붙었어, 방이 붙었어."

상한 하나가 골목 안으로 뛰어오며 소리쳤다. 잠시 후 대문이 열리고 코쟁이 둘이 나왔다. 앞서 나오던 이 집의 주인 묄렌도르프가 우리를 향해 물었다.

"쩐 머 훼이 스(어떻게 되었느냐)?"

청나라 고문 자격으로 조선에 온 독일 출신의 코쟁이 묄렌도르프는 청나라 말을 썼다. 나는 옆에 선 차이경을 쳐다보았다.

"라오셴성. 파 꿍꺼우 러(선생님. 방이 붙었습니다)."

차이경이 청나라 말로 대답을 하며 손으로 골목 밖을 가리켰다. 눈이 휘둥그레진 건 나만이 아니었다. 경위감원들과 상한들 모두 커진 눈으로 청나라 말을 주고받는 차이경과 묄렌도르프를 번갈아 쳐다보았다.

"즈다오러(알았다)."

차이경은 뒤따라 나오는 코쟁이에게 더 이상한 말로 물었다.

"닥터 알렌. 하우 아 유 미스터 민?"

양의사 안연이 못 알아들었는지 검지로 자신의 가슴을 가리키며 되물었다.

"하우 아 유?"

차이경은 손가락으로 자신의 가슴과 목을 여러 번 찔러 보이며 혀꼬부라진 소리를 했다.

"미스터 민. 미스터 민."

"아, 예스. 히 이즈 베릴, 굿."

양의사는 엄지를 내밀어 보이며 답했다. 상한들이 경호인지, 감시인지 두 사람을 앞뒤로 지키며 따라갔다. 우리는 영사가 있는 집을 두고 움직일 이유가 없었다. 일각이 지나지 않아서 양의사만 호위하고 돌아오는 상한들의 얼굴에는 여유가 넘쳤다. 남아 있던 상한들과 경위감원들에게 큰길에 붙은 방을 보고 오라고 했다.

서로 경계를 위해 상한들과 경위감원들이 짝을 지어 차례로 우정총국 맞은편 대로에 붙은 방을 보러 갔는데, 갈 때는 두 패였는데 올 때는 한패가 되어 있었다.

"점박이의 말이 정말이야."

"틀린 말이 없잖아."

누구도 싫은 표정이 아니었다. 나와 차이경이 마지막이었다. 말없이 함께 골목을 빠져나간 우리는 나란히 서서 아직 풀이 마르지 않은 방을 읽었다.

하나. 청나라에 바치던 조공을 폐지하고 청나라에 잡혀간 대원군을 환국시킨다.

둘. 문벌을 폐지하고 능력에 따라 관리를 등용한다.

셋. 토지 세법을 개혁하여 백성을 보호하고 국가 재정을 확충한다.

넷. 탐관오리를 치죄하고 관리의 부정을 엄단한다.

정령을 쳐다보는 김옥균의 겸종 차이경의 표정은 여전히 차분했다. 나이는 나와 비슷해 보이는데도 이상하게 겸종들 중에서 제일 진중했다.

"몇 살이야?"

"그건 왜?"

"속에 노인이 든 거 같아서."

"열여덟. 너는?"

"나도."

나도 군적에는 어엿한 열여덟 살이었다. 긴 정령 옆에 붙은 방에는 바뀐 내각의 명단이 붙었다. 우의정 홍영식, 전후영사 겸 좌포장 박영효, 좌우영사 겸 우포장 서광범, 호조참판 김옥균, 병조참판 겸 정령관 서재필……

"좋겠네."

"뭐가?"

나는 턱으로 방에 오른 명단을 가리켰다.

"호조참판이네."

김옥균의 이름은 네번째에 있었다.

"난 서재필 영감의 집으로 옮겼어."

"그새? 일본 사관학교 나왔다는 그 새파란 교관?"

어린 차이경이 모신 젊은 영감의 이름 둘이 명단의 다섯번째 안에 들어 있었다. 녀석은 그런데도 전혀 기쁜 표정이 아니었다.

"너도 한자리 하겠네."

녀석은 고개를 저었다.

"난 그냥 외국에 나가 공부를 하고 싶어. 그래서 김옥균 영감을 따라 절에서 나왔던 거구."

"그럼 중이었어?"

"응. 화계사에 있었어."

절을 떠올리는지 녀석의 눈빛이 잠시 아련해졌다. 순수해 보이면서도 어딘가 슬퍼 보이는, 깊이가 도무지 짐작되지 않던 녀석의 눈빛을 이제야 알 것 같았다.

"영국이나 독일에 공사로 가면 되겠네. 이상한 나라 말도 잘하던데."

"관직은 싫고 여러 나라 말을 공부만 할 수 있으면 좋겠어."

차이경은 처음으로 수줍게 웃었다. 갑자기 친구가 된 것 같은 이 느낌, 이게 뭐지 생각하는 순간 박초관이 주고 간 임무가 떠올랐다.

"전, 후, 좌영사가 어떻게 됐는지 정말 봤어?"

차이경의 표정이 굳었다.

그가 개화파가 왕을 데리고 간 경우궁에서 간밤에 벌어진 일을 얘기해준 것은 우리가 헤어지기 직전이었다. 그것이 녀석과의 마지막이 될 줄은 몰랐다. 짧은 만남이었지만 친구로 느낀 두번째 녀석이었다.

11

김천의 민란을 진압하고 내려간 곳이 울산이었다. 진압할 상대조차 되지 않는 농민들이었다. 그들이 든 것이라곤 고작 낫과 쇠스랑, 허술한 창이 전부였다.

"항거하는 자는 모두 베어라."

정태신 파총의 명령은 단호했고, 격술을 구경한 적도 없는 오합지졸들을 제압하는 것은 일도 아니었다. 지방 감영의 군사들을 상대해 본 경험으로 우리 앞을 가로막았던 농군들은 추풍낙엽이었다.

나는 김천에서부터 칼을 쓰지 않았다. 오른손에 칼을 들고 있었지만 왼주먹과 두 발만으로도 농군들을 한동안 일어서지 못하게 주저앉히기 충분했다. 백무현은 한 걸음 앞서 돌파해가고 있었다. 그가 휘두르는 쌍칼에 농군들이 나가떨어지고 있었지만 그의 칼에는 피가 묻어나지 않았다. 서로 얘기하지 않았는데 백무현도 칼날을 쓰지 않았다. 뒤집어 잡은 칼로 상대의 뒷목을 쳐서 졸도시키며 백무현은 한 걸음 한 걸음 치고 나갔다. 날로 베는 것보다 등으로 치는 것이 까다로웠다. 죽이는 것보다 졸도시키는 것이 훨씬 어렵고 위험했다. 나도 모르게 눈물이 나려고 했다. 그동안 속으로 백무현을 무시하고 미워한 것도 미안했다.

"친군영에 대항하는 자는 임금에게 대항하는 역도다. 가차없이 베어라!"

나는 언월도를 치켜들고 호령하는 정태신 파총을 바라보았다. 죽이지 않고도 농민들을 진압할 수 있다는 것을 나보다 더 잘 알고 있을 파총이었다. 조금만 선무공작을 펼쳐도 낫을 내려놓을 농군들이었다. 덤빈다 해도 죽이지 않고 능히 제압할 수 있는 상대였다.

한 식경도 되지 않아서 농민들을 모두 진압했다. 피가 흥건하고 주검이 즐비했다. 내가 죽인 시체가 없다는 사실로는 위안이 되지 않았다. 시체를 앞에 두고 옥을 등진 채 저녁을 먹었다. 저녁으로 나온 건 까만 보리밥이었다. 고기는 보이지 않고 고깃기름이 뜬 국이 나왔다.

"고래가 헤엄을 치고 갔네."

남창일이 건더기 없는 국을 휘저으며 투덜거렸다. 국에 말은 보리밥을 숟가락 가득 퍼들던 백무현이 받았다.

"울산 오면 고래고기맛은 볼 줄 알았는데 고래기름만 본다, 젠장."

"다른 부대는 난을 일으킨 고을의 가축들은 죄다 잡아서 잔치를 한다는데 우린 피를 본 날도 맨 꽁보리밥에 국뿐이네."

투덜거리는 남창일을 나도 모르게 막고 나섰다.

"민폐를 용납하지 않는 파총님인 거 몰라?"

한양에서 화성, 김천을 거쳐 울산으로 내려오는 동안에도 정태신 파총의 민폐 금지 원칙은 엄격했다.

"이건 민폐 아닐 거 같아?"

숟가락에 뜬 보리밥을 들어 보이며 남창일이 입을 삐쭉 내밀었다.

"헤엄만 치고 사라진 고래는 어부들한테 뺏어왔을 거고, 이 보리쌀도 결국 다 저 무지렁이들 독을 털어서 채웠을 게 뻔한데."

남창일은 손에 든 숟가락으로 앞에 놓인 시체와 산발을 하고 옥에 갇힌 농군들을 가리키며 맞받았다.

"그만해. 밥맛 떨어진다."

백무현이 남창일을 향해 눈을 부라렸다. 나는 정말 밥맛이 떨어져서 대접을 놓고 일어섰다.

"에이, 간나. 먹어!"

나는 고개를 저으며 자리에서 일어섰다. 백무현도 대접을 내려놓고 따라 일어섰다.

"이 간나 새끼들이…… 꽁보리밥도 못 처먹게 하네."

나는 백무현의 앞을 막아섰다.

"형, 형은 그래도 먹어."

백무현은 자기 귀가 의심스러운지 귓불을 만지며 물었다.

"너 지금 뭐 잘못 먹었냐. 고래 국물에 약 들었어?"

"형이라고 하는 게 싫어?"

"안 하던 짓 하니까 그렇지."

"오늘에야 알았는데, 형 맞는 거 같애. 무현 형."

내가 왜 자기를 갑자기 형이라고 부르는지 몰라 고개를 갸웃거리면서도 백무현의 입꼬리는 귀에 가 걸렸다.

"칼등을 쓰려면 힘들잖아. 많이 먹어둬야지."

"어…… 봤냐?"

"매의 눈은 속여도 내 눈은 못 속이는 거 몰라?"

"칼 씻기 귀찮아서 그런 거야."

그러면서 역시 피가 묻지 않은 내 칼을 내려다보며 피식 웃었다.

"그러는 너는?"

"나는 뭐 안 귀찮은가."

우리 둘의 칼을 바라보던 남창일이 자신의 단창으로 눈길을 돌렸다. 피가 잔뜩 말라붙은 단창을 바라보는 남창일의 표정이 굳었다.

지치고 힘든 밤이었다. 멍석에 등을 붙이고 눕자 모든 것이 귀찮았다. 왜 휘둘러야 하는지 모를 칼을 언제까지 휘둘러야 하나, 생각하는 것조차 싫어졌다. 빈 배보다 가슴이 더 텅 빈 것 같았다. 배와 가슴, 어느 쪽이 더 허전한지 알 수 없었지만 배고픔보다 잠이 더 센 것은 분명했다.

언제 잠이 들었는지 누군가 나를 흔들어 깨웠다. 흐릿한 시야에 들어온 것은 남창일이었다. 같은 자시 야초인 남창일은 자신의 단창을 슬며시 뒤로 감추었다.

"저 뒤에서 봐."

내 턱짓을 따라 남창일이 등뒤의 옥사를 돌아보았다. 돌아선 그의 등뒤로 보이는 단창이 깨끗하게 씻겨 있었다. 달빛을 받아 빛나는 녀석의 창을 바라보는 내 마음은 쓸쓸하고 애잔했다.

"다 씻었네. 다 자는데 누가 본다고 그래."

"우이, 씨……"

녀석은 뒤로 감추었던 창을 앞으로 돌려 들었다.

“창은 칼처럼 등이 없는 걸 어떻게 해.”

“누가 뭐래?”

“나도 찌르고 싶지 않았다고. 그런데 난 손발을 쓰는 결련택견도 잘 못하고, 창 아니면 상대가 안 되는 걸 어떻게 해.”

녀석이 울먹였다. 녀석이라고 자신의 창이 농군의 가슴을 파고들어 갈 때 손바닥으로 전해져오는 그 더러운 기분을 느끼지 않았을 리 없었다. 입으로 피를 뿜으며 쓰러지는 상대의 가슴에서 창을 뽑아내면서 고향에 두고 온 부모와 형제들이 눈앞을 가리지 않았을 리 없었다.

12

민란에 참여한 농군들의 최후 거점은 병영성이었다. 병영성을 굽어보던 정태신 파총은 말고삐를 당겼다. 일자진으로 대오를 정비한 군사들을 향해 돌아선 그가 언월도를 치켜들며 입을 열었다.

"여러분의 출중한 분전으로 반란 역도들을 모두 격파했다. 오늘이 마지막 작전이다."

정태신 파총의 목소리는 오늘도 대오를 휘어잡을 만큼 우렁찼다. 군사들을 압도하는 이글거리는 눈동자도 변함이 없었다. 그러나 그의 카랑카랑한 목소리는 내 가슴으로 파고들지 못했다. 계속되는 그의 사자후는 모두 내 귓등을 스쳐지나갔고 무거운 내 가슴은 더 무겁게 내려앉았다. 내 심장을 두근거리게 했던 그의 불타는 눈동자는 더 이상 내 가슴에 불을 당기지 못했다. 나는 그가 곧 사용하게 될 진법을 짐작할 수 있었다. 이미 여러 번 사용한 학익진. 지금 횡으로 길게 일자진을 펼친 것은 양쪽 끝의 대오를 학의 날개처럼 펼쳐올리면서

성을 포위 공격하기 위한 사전 포석이었다. 아군의 화력과 병력이 절대적으로 우세한 상황에서 사용하는 학익진은 적을 포위, 섬멸하는 진법이었다. 그는 병영성을 타격해서 농군들을 패퇴, 해산시키려는 것이 아니었다. 지금 학익진을 쓴다는 것은 도주로를 차단하고 성안의 농군들을 완전히 절멸시키겠다는 뜻이었다.

"이제 한 줌도 안 되는 잔당들만 남았다. 최후의 잔당들을 철저하게 응징해 본때를 보여야 한다. 그래야 다시는 대역죄를 저지르려는 자들이 생겨나지 않을 것이다."

치켜든 정태신 파총의 언월도가 아침 햇살을 받아 반짝였다. 언제 단 한 번이라도 떨리지 않는 가슴으로 그의 사자후를 들은 적이 있었던가. 그가 결심하면 천길 불속이라도 뛰어들 각오가 되어 있던 나였다. 그의 언월도가 가리키는 곳이라면 지옥을 향해서도 주저 없이 돌진했을 나였다. 그러나 이제는 그럴 수가 없었다. 내 눈길은 사자후를 토하는 그가 아니라 그의 등뒤로 보이는 병영성으로 향했다. 성문 위에는 곧 우리의 총과 활, 창과 칼에 의해 주검으로 변할 농군들이 서 있었다.

지난 새벽 박한 초관은 우리 경위감원 일곱 명을 이끌고 은밀하게 병영성 주변을 정찰했다. 병영성을 둘러싼 삼면의 목책은 곳곳이 뚫려 있었다. 허점이 수두룩했다. 서쪽 방면의 목책이 가장 허술했다. 나는 박한 초관에게 이제 쓸모도 없어진 경위감원들을 선봉대로 투입해달라고 했다. 목책의 형태만 남은 서쪽 방면으로 치고 들어가서 기선만 확실히 제압하면 오합지졸인 농군들은 줄행랑을 칠 것이 뻔했다. 도망치는 자는 살아남을 것이었다. 그러나 박한 초관은 고개를 저었다.

"그게 가능하려면 조운진이 사용되어야 한다…… 파총님이 그럴 것 같아?"

"그럼 오늘도 학익진을……"

박한 초관이 무겁게 고개를 끄덕였다.

"그렇겠지."

"조운진인가 뭔가, 그것만 해주면 여럿 고생할 것 없이 우리가 다 해결한단 말입니다. 훈련만 잔뜩 하고 한 번도 못 써본 그거, 한번 써보면 좋잖습니까."

백무현이 나섰다. 조운진은 바람을 타고 이동하는 새처럼 흩어졌다 구름처럼 무리지어 싸우고 다시 이동하는 변화무쌍한 진법이었다. 자유롭게 이동하며 분산과 집결을 반복하는 고도의 진법인 조운진을 유일하게 훈련시킨 지휘관이 정태신 파총이었고, 그것을 실전에 적용할 수 있는 유일한 부대가 우리였다.

"너희들의 말을 들어줄 파총님이 아니다."

"그러니까 초관님께서 조운진을…… 파총님이 초관님의 말씀은 듣지 않을까요?"

나는 조심스럽게 박한 초관의 눈치를 살폈다. 박한 초관은 다시 고개를 저었다.

"파총님의 작전 목표는 위력 시위다. 압도적인 전력으로 천천히 포위해 들어가면서 완전하게 섬멸하는 장면을 만천하에 보여주는 것이다. 그런데 왜 위력 시위가 안 되고 중앙통제도 안 되는 조운진을 쓰겠어?"

넋두리처럼 되물은 것은 남창일이었다.

"꼭 이렇게 다 죽이기까지 해야 합니까?"

"그렇게 싫으냐?"

"누가 좋겠어요. 우리도 군대 안 왔으면 저쪽에 가 있었을 텐데."

앞뒤 재지 않는 남창일을 바라보는 박한 초관의 눈빛이 흔들렸다.

"돌아가자."

정찰을 마치고 귀대하는 동안 아무도 입을 열지 않았다.

이제 곧 공격이 개시될 것이고 병영성 안에 남은 무지렁이 농군들은 시체로 변할 것이다. 나는 우리 대오 앞에 서 있는 박한 초관을 쳐다보았다. 어두운 얼굴이었다. 나는 천천히 고개를 들어, 말을 타고 일자진의 중앙에 선 정태신 파총에게로 눈길을 옮겼다.

파총 왼쪽의 푸른 대장기가 펄럭이면서 정태신 파총의 얼굴을 가렸다. 오른쪽에는 흰 바탕의 대장기가, 등뒤로는 황색 바탕의 대장기가 아침 바람에 펄럭였다. 화염을 뚫고 구름 사이로 비상하는 용이 꿈틀거리는 대장기는 야전 신호용 수기였다.

화염을 상징하는 붉은 깃이 수탉의 벼슬처럼 뾰족뾰족한 대장기의 테두리를 바라보며 나는 간절히 빌었다. 곧 떨어질 그의 공격 명령이 학익진이 아니기를. 제발, 이미 끝난 것이나 다름없는 민란의 마지막 진압 작전만큼은 포위 섬멸전이 아니기를. 농민들을 모두 시체로 바꿔놓지는 않아도 되기를.

마침내 정태신 파총은 언월도로 하늘을 가르며 공격 명령을 내렸다.

빠바라 빠— 빠바라 빠—

학익진을 알리는 나팔소리였다.

13

함성과 함께 공격이 시작되었다. 대오의 중앙이 천천히 전진을 시작했고, 양쪽 끝은 빠르게 전진하며 날개를 펼쳐 성곽을 좌우로 포위해 들어갔다. 이번에도 가장 신속하게 포수대를 전진 배치한 것은 농민 사냥에 맛을 들인 박민규였다. 대장기의 총공격 신호가 떨어지자마자 박민규 초관은 포수대에 탄환 장전 명령을 내렸다. 박민규의 입에서 일제사격 명령이 떨어지기 전에 움직여야 했다.

나에게 눈짓을 보낸 백무현이 양손에 든 칼을 치켜들고 달려나갔다. 방패를 들고 선두에 선 팽배수를 제치고 달려나가는 백무현을 따라 나도 달려나갔다.

"같이 가!"

소리를 치며 뒤따른 것은 남창일이었다. 나머지 경위감원 넷도 남창일과 함께 달려나왔다.

"서, 거기 서."

뒤늦게 우리를 발견한 박한 초관이 소리치며 달려왔지만 소용없었다. 오히려 지휘관인 박한 초관이 우리를 쫓아오자 영문도 모르는 병사들이 덩달아 꼬리를 물고 달려왔다. 사격 명령을 내릴 수 없게 된 박민규가 얼마나 길길이 뛰고 있을지는 보지 않아도 눈에 선했다. 작전 때마다 포수대를 앞세워 총기도 없는 농민들을 가장 많이 사살하는 전과를 올려온 박민규였다.

서쪽 목책을 돌파해 들어간 백무현의 쌍칼은 오늘도 우리만 보기 아까울 정도로 현란했다. 그의 칼등을 맞고도 한 방에 넘어가지 않는 농군들은 여지없이 뒤따라 날아가는 그의 발차기에 넘어갔다. 그의 옆에서 발과 주먹으로 농군을 상대하는 나의 처리 속도는 그의 절반도 따라가지 못했다. 내가 가쁜 숨을 몰아쉬며 주춤거리자 뒤에 섰던 남창일이 나섰다.

"넌 등이 없다며?"

나는 녀석의 뒷덜미를 잡아 뒤로 밀었다.

"네놈들, 오늘 끝나면 군령 위반으로 다 처넣을 거야."

어느새 쫓아온 박한 초관이 눈을 부라리며 백무현의 왼쪽을 맡고 나섰다.

"헤헤, 우리 처넣으려면 칼 맞지 말아야 합다."

돌려차기로 농군의 명치를 가격하는 와중에도 백무현은 농담이 나오는 모양이었다.

"이 자식들아, 네놈들이나 뒈지지 말아. 시체는 영창에 못 처넣으니까."

박한 초관도 총신이 짧은 마상총으로 몰려오는 농군들을 향해 발사하며 맞받았다. 그가 쏜 총에 다리를 맞은 농군이 쓰러지자 함께 달려오던 농군들은 몸을 돌려 도망을 쳤다.

"오늘, 솜씨가 형편없습니다."

나 다음의 명중률을 가진 박한 초관이 농군을 한 방에 보내지 못했을 리 없었다.

"그래, 인마."

농담으로 받던 그가 갑자기 나를 향해 방아쇠를 당겼다. 깜짝 놀란 내가 몸을 피하며 돌아보니, 활을 든 농군 하나가 쓰러지고 있었고 화살은 하늘로 치솟는 중이었다. 쓰러진 그의 뒤로 농군들 한 무리가 몰려왔다. 모두 열일곱이었다. 우리는 박한 초관까지 여덟이었다.

"개죽음 당하고 싶지 않음 토끼란 말이다, 이 새끼들아."

두 배가 넘는 머릿수를 믿고 덤벼드는 농군들을 향해 백무현이 거침없이 마주 달려나갔고 나와 박한 초관이 그의 양쪽에서 뛰었다. 상대가 되지 않았다. 백무현이 셋, 나와 박한 초관이 둘씩, 나머지 경위감원들도 하나씩 주저앉히자 겁을 먹은 농군들이 슬금슬금 뒷걸음질치기 시작했다. 우리는 놈들이 도망칠 시간을 벌어주기 위해 천천히 쫓아가기 시작했다. 남창일이 다급하게 소리친 것은 그 순간이었다.

"피해!"

고개를 돌리는 순간 삼지창이 내 옆구리를 파고들었다. 우리가 쫓아가는 길목에 숨어 있던 녀석이 옆에서 삼지창을 찔러온 것이었다. 반사적으로 칼을 치켜들었지만, 이미 늦었다. 그러나 다음 순간 쓰러진 것은 내가 아니라 삼지창을 든 놈이었다. 분명 내 칼을 맞은 것은 아니었다. 놈의 옆구리에는 남창일의 단창이 깊숙이 꽂혀 있었다.

안도의 한숨을 내쉬려는 찰나였다.

"왼쪽!"

나는 늘어뜨렸던 칼을 들고 물러서며 번개처럼 왼쪽을 살폈다. 창에 찔린 백무현이 주저앉고 있었다. 나는 백무현을 뛰어넘었다. 몸을 돌려 도망치려는 놈을 가로로 그었다. 박한 초관이 백무현의 찔린 가슴을 손으로 누르며 입술을 깨물었다. 박한 초관의 손가락 사이로 피가 울컥울컥 쏟아져나왔다. 나는 쾌자를 벗어던지고 속저고리를 찢어 백무현의 가슴에서 뿜어져나오는 피를 막았다.

"나, 죽는 거냐?"

웃어 보이려고 애쓰는 백무현에게 나는 대답하지 못했다.

"아이, 씨팔. 이렇게 죽고 싶진 않았는데……"

백무현이 힘겹게 왼손을 들어 보였다. 약지와 새끼손가락에 낀 같은 모양의 은반지가 눈에 들어왔다. 그가 제독검법 경연에 나가 하사받은 은으로 만든 반지였다.

"내 동생한테 전해줘……"

"전하긴 뭘 전해. 형이 가지고 가야지."

이미 불가능하다는 것을 알면서 나는 그렇게 말하고 있었다. 고개를 가로젓는 백무현의 눈가로 물기가 타고 내렸다.

"이름이 뭔데?"

백무현이 다시 고개를 가로저으며 중얼거렸다.

"백무아…… 좋은 놈한테 시집보내야 하는데……"

백무현의 말은 거기까지였다. 박한 초관이 그를 내려놓고 일어섰다. 나는 고개를 돌려 하늘을 쳐다보았다. 병영성은 검은 연기에 휩

싸였다. 포수대를 앞세우고 보이는 대로 총질을 하며 들이닥치는 박민규의 뒤로 대장기가 펄럭였다.

14

백무현을 병영성 밖에 묻고 한양으로 돌아온 나는 허깨비가 되었다. 내 손가락에 끼워진 반지 두 개가 하루에도 수십 번 백무현을 떠올리게 했다. 빼고 싶었지만 잃어버릴까봐 그럴 수도 없었다. 이것마저 잃어버리고 주인을 찾아주지 못한다면 나는 정말 사람이 안 될 것만 같았다.

한양의 우군영으로 복귀한 다음날 또다른 죽음이 나를 기다렸다. 이홍완.

갑신정변의 현장에서 홍영식이 청나라 원세개 군대의 칼에 맞아 죽은 이후 겸종 이홍완에게 내려진 죄명은 모반대역부도죄였다. 모반대역부도죄의 형벌은 하나뿐이었다. 산 채로 천천히 사지를 토막 내 죽이는 능지처사. 잘린 이홍완의 팔과 다리, 머리와 몸통은 전국으로 흩어질 것이다. 칠패시장 앞에 내걸린 이홍완의 머리를 보고 나는 먹은 것을 모두 토하고 말았다.

세도번환, 세상의 질서를 뒤집어 바꾸는 일이 일어날 것이라고 들떴던 이흥완은 시커멓게 변한 얼굴로 매달려 있었다. 능력만 있으면 상놈도 관직을 할 수 있고, 실력만 있으면 병졸도 무관이 될 수 있는 세상…… 그가 그런 세상을 누린 것은 단 사흘이었다. 이흥완이 그렇게 믿고 자랑하던 일본군이 청나라 군대와 싸워보지도 않고 도망친 다음, 개화파의 세상은 삼일천하로 끝났다. 그 사흘과 바꾼 그의 머리가 바람에 흔들렸다.

다음날에는 차이경이 참형을 당했다. 차이경은 이흥완보다 두 단계 낮은 지정불고죄, 현륙이었다. 목을 베어 죽이고 시체는 거리에 내걸렸다. 농민을 가장 많이 살육한 공적으로 특진을 한 박민규는 군영의 병사들을 데리고 남대문에 내걸린 차이경을 보러 갔다. 나는 가지 않았다. 어제 본 이흥완의 머리를 떠올리는 것만으로도 구역질이 났다.

구라파에 가서 영국과 독일, 불란서의 말을 공부하고 싶어했던 차이경에게 갑신정변의 그 사흘은 대체 무엇이었을까. 열다섯 사미승에게 공부를 시켜주겠다며 머리를 기르고 겸종이 되게 만든 그의 주인들은 왜 일본으로 도망가면서 그를 데리고 가지 않았을까.

"홍범."

넋을 놓고 군막에 혼자 처박혀 있는 나를 부른 박한 초관이 물었다.

"너 차이경이랑 동갑이라고 했지?"

"네."

"한번 봐."

박한 초관이 내민 건 차이경의 심문 결정서였다.

대역죄인 차이경, 십팔 세.

문: 죄인은 본시 이와 서캐같이 더럽고 천한 자로 부모를 잡아먹는 짐승같이 흉악한 성질을 타고났다. 중이 된 다음에는 어린 나이에 간특하게도 역적의 무리와 어울려 옥균을 따라 함께 배에 오르고, 등촉을 들고 역적 무리를 안내하여 앞장서 궁궐에 들어갔으니 과연 악독하다. 궁궐에서 칼을 휘두르는 흉포한 생도와 상한들을 지켜보고 도우며 역모에 가담한 전후 사정이 이처럼 명명백백함에도 어찌 시종일관 잡아뗀단 말이냐. 이미 지은 죽을죄에 다시 죽을죄를 더하지 말고, 이실직고 낱낱이 실토하여라.

답: 저는 본래 사미승으로 절에서 살던 중에 약수를 마시러 온 김옥균과 알게 되었는데, 김옥균이 개척사로 일본 가는 길에 따르라 하여 모름지기 공부가 하고 싶은 욕심에 따라나서, 동경을 오가는 내내 밥 짓고 반찬 만드는 시중을 들었습니다. 나중에는 서재필이 집에 와 머무르라고 하여 역시 공부가 하고 싶어 따라 들어갔습니다. 궁궐에는 서재필을 따라 등촉을 들고 따라갔다가 이튿날 이른새벽에 나왔습니다.

문: 궁궐에서 한 짓이 무엇이냐?

답: 아궁이에 불 때는 일만 했습니다.

문: 본 것은 무엇이냐?

답: 불을 때다가 내시가 죽는 것을 보고, 무서워서 서재필에게 부탁해 궁궐에서 나왔습니다.

문: 포도청에서는 네가 역모에 가담하고, 여러 죄행을 지켜보았다고 진술했으면서 왜 여기서는 없다고 발뺌하느냐?

답: 무서워서 시키는 대로 말했던 것이며, 실로 아는 바가 없습니다.

문: 죄인은 가사를 입고 옥균의 배에 따라 타고, 나중에는 재필에게 의탁하여 등촉을 들고 재필을 궁궐로 안내했다. 중의 무리와 역적의 무리 사이를 해괴하게 오가며 역모에 참례하기를 즐거이 하였으면서도 어찌 아는 바가 없다고 잡아떼느냐. 매질을 하여라.

이날 매질을 다섯 차례 하고 더 엄한 형벌로 범죄를 자백토록 상신하여, 윤허를 받았다. 이에 따라 서캐보다 천하고 이보다 간특한 죄인 차이경을 네 차례 엄한 형벌로 취조하여 마침내 자복을 받았으니 법전이 정한 대로 현륙을 시행한다.

"차이경은 정말 서캐만도 못한 인간이었을까요?"

나는 문서를 박한 초관에게 돌려주며 물었다.

"그렇다고 나와 있지 않느냐?"

"걔는 정말 공부를 하고 싶어했어요. 그건 제가 알아요. 공부를 하고 싶어했던 그의 꿈도 서캐 같은 것이었을까요?"

"내가 이걸 왜 보여준 것 같아?"

나는 비로소 박한 초관을 마주 바라보았다. 그는 대답을 원하는 것 같지 않았다.

"처음 한양에 왔을 때 파총님이 뭐라고 했어? 눈 깜빡하면 코 베어간다고 한 말 기억 안 나? 아차, 한 발만 잘못 디디면 이렇게 되는 거야."

박한 초관이 손에 쥔 문서를 흔들어 보이며 말했다.

"너하고 남창일은 평양으로 돌아가라. 네놈들이 한양에 있다가는 언제 이놈처럼 될지 모르겠다."

박한 초관이 남기고 간 말을 되씹으며 나는 죽은 자들을 생각했다. 나의 칼에 죽은 농군들, 농군의 창에 죽은 백무현, 산 채로 사지가 잘린 이홍완, 목이 달아난 차이경……

한양을 떠나는 날 이홍완의 능지처사된 시신도 동서남북으로 흩어져 떠났다.

나는 정태신 파총에게 인사를 가지 않았다. 나는 그를 어떤 눈빛으로 쳐다보아야 할지 알지 못했다. 박한 초관은 작별 인사를 간 내게 독수리 깃털 하나를 빼주었다.

"두 개 중에 하나니까, 절반을 주는 거야."

그의 군모에 언제나 부적처럼 꽂혀 있던 검은독수리 깃털이었다.

"이걸 저에게 주셔도 됩니까."

나는 그가 이 검은독수리 깃털을 얼마나 아끼는지 누구보다 잘 알았다.

"이제 혼자서 날아가려면 깃털 하나는 있어야지. 외롭고 힘들면 말야, 이 독수리가 바람을 타고 아무도 닿을 수 없는 높이로 올라가 날개를 펼치고 밤새 홀로 활공하는 걸 상상해봐."

알 듯 모를 듯한 그의 말에 나는 왠지 눈시울이 뜨거워졌다.

15

"무현 형은 어떻게 된 거야?"

평양군영에서 내게 백무현의 일을 제일 먼저 물은 건 달음이었다.

"갔어."

"농군들 따위에 당할 무현 형이 아닌데, 어떻게?"

나는 고개를 저었다. 아무 말도 하고 싶지가 않았다. 나 대신 옆에 있던 남창일이 백무현의 최후를 설명했다. 달음이는 남창일의 말이 다 끝나기도 전에 한숨을 몰아쉬며 중얼거렸다.

"무아는 인제 어떻게 하라고……"

"네가 무현 형 여동생을 알아?"

"그럼, 알지. 백무아."

평양군영의 전령인 달음이는 한 달이 멀다 하고 한양에 다녀갔다. 삼군부에 보고서를 올리고 전통을 수발해가는 길에 잠시라도 우영에 들러 우리를 보고 갔다. 달음이가 그때마다 백무현이 준비해두었던 선물과 돈을 받아 여동생에게 전해주었다는 사실을 나는 처음 알았다. 정혼자에게 줄 거라고 허풍을 떨며 산 댕기와 노리개도 다 여동생에게 간 것이었다. 병사들이 모두 외출을 나가는 날에도 손사래를 치며 혼자 군영에 남곤 하던 백무현의 모습이 떠올랐다. 그는 어쩌다 외출을 나가서도 남들한테 얻어먹었다. 그렇게 쓰지 않고 모은 돈의 행방을 나는 오늘에서야 알게 되었다. 백무현이 그토록 아낀 여동생이 어떤 처녀일지 상상이 되지 않았다.

"그럼 이거 좀 전해줘."

나는 새끼손가락과 약지에 끼고 있던 반지를 차례로 뽑았다.

"내가 왜? 네가 직접 전해줘."

달음이는 손사래를 쳤다.

"난 못해. 무현 형 죽었다는 얘기, 난 죽어도 못해."

달음이는 고개를 절레절레 흔들었다.

"예뻐?"

철딱서니 없이 불쑥 끼어드는 남창일을 내가 노려봤다. 달음이는 헛웃음을 지으며 대답했다.

"무서워."

"여자가?"

"그냥 여자가 아니고, 백무현 동생 백무아. 여자 백무현."

남창일은 달음이와 나를 번갈아 쳐다보며 눈을 껌뻑였다. 여자 백무현이 잘 그려지지 않는 모양이었다.

"네가 갈래?"

내가 손에 든 반지를 남창일에게 내밀었다. 잠시 눈동자를 굴리던 남창일도 두 손을 내저었다.

"안 예쁘다니까 나보고 가라는 거야?"

달음이가 남창일을 향해 손바닥을 내저었다.

"내가 언제 안 예쁘다고 했어. 예뻐."

"무섭다면서?"

"예쁘고 무서워."

남창일은 예쁜 것과 무서운 것이 합쳐진 모습이 그려지지 않는지, 아니면 예쁜 것과 무서운 것 중에서 어느 쪽이 우세한지 가늠이 되지 않는지, 미간을 찡그리며 몇 번이나 갸웃거리던 고개를 세차게 저었다.

"난 무서운 거 싫어. 받은 사람이 가."

"너도 받았잖아."

나는 턱으로 남창일의 양손에 들린 칼을 가리켰다. 남창일은 백무현이 죽은 다음날부터 그의 쌍검을 챙겨들고 제독검법을 연습했다. 제독검법의 꽃인 쌍검술은 고난도의 화려한 기술이었다. 한 손만 써온 사람은 양손에 검을 들고 중심을 잡으며 진퇴, 회전하기도 어려웠다. 양손에 칼을 든 남창일도 처음에는 비틀거리기 일쑤더니 이제는 제법 품새가 나왔다.

"이걸 여자한테 줘?"

남창일은 자신의 양손에 들려 있는 검을 내려다보았다.

"여자한테 이건 아니지. 그거나 갖다줘."

남창일은 눈짓으로 내 손에 들려 있는 반지를 가리켰다.

16

보통문 근처를 세 번이나 오가며 살폈지만 야수교당도, 여학당도 없었다. 달음이가 말한 자리에는 기생집이 있을 뿐이었다. 그 기생집은 장진사도 드나들곤 하던 제법 유명한 집으로 내가 몇 번 돈 심부름을 간 적도 있었다. 술값인지 색싯값인지, 노름 판돈인지는 모르지만 돈을 들고 가면 장진사는 내게 동전 한 닢을 던져주었다. 그럴 때마다 장진사의 옆에 붙어 서 있던 기생의 모습이 떠올랐다. 갑자기 불길한 생각이 내 뇌리를 스쳤다. 기생이라고 말하기 곤란하니까 달음이 녀석이 내게 야수교당 여학생이라고 둘러댄 것은 아닐까. 기생집이나 야수교당이나 요상스럽긴 마찬가지지만 그래도 기생집의 여자는 기생이고 야수교당의 여학생은 학생이다.

네번째 되돌아온 기생집 앞에서 서성거리는데 한 여자가 나왔다. 나는 한눈에 그녀가 백무현의 여동생임을 직감했다. 가만히 있어도 상대를 위축시키는 눈빛, 그런 눈빛을 백무현 아닌 다른 사람에게서 처음 보았다. 나는 그녀의 차림새를 살폈다. 허름한 회색 명주 치마에 흰저고리를 입었는데 옷고름은 까만색이었다. 기생의 차림은 아니었다. 나는 안도하며 한숨을 내쉬었다.

"백무아를 찾아왔습니다."

백무아. 나는 그렇게 그녀의 이름을 처음 불렀다. 그녀는 나를 빤히 쳐다보았다. 무관심과 무시, 그 사이 어디쯤에 있는 듯한 눈빛도 백무현과 같았다.

"왜그럽네까?"

"백무아, 맞지요?"

나는 그렇게 그녀의 이름을 두번째로 불렀다.

"왜냐고 물었단 말입니다."

말입니다, 백무현을 빼다박은 그 말투에 나는 하마터면 웃음을 터뜨릴 뻔했다. 간신히 표정을 바로잡는 나를 꿰뚫어보듯 쳐다보던 그녀가 느슨히 매고 있던 허리춤의 끈을 풀었다. 가슴에서 조여맨 치마단을 끌어올려 끈으로 허리를 단단히 조여맸다. 그러면서도 그녀의 눈빛은 나를 놓치지 않았다.

"이달음이 여길 알려줬습니다."

나는 대답하면서 그녀의 손끝에 눈길을 박았다. 신포수를 떠나온 지 사 년이 지났지만 상대의 손을 관찰하는 것은 내게 습관이 되어 있었다. 끌어올린 치마를 젖가슴 아래로 조여매는 그녀의 손끝이 야무졌다. 품이 넓은 저고리의 등솔에서 길게 내려온 화장도 소매끝을 돌돌 말아올려 손가락은 물론이고 손목 근육의 움직임까지 보였다. 내 눈길이 그녀의 손이 아닌 위, 아래로 조여매면서 도드라진 가슴을 더듬는 것으로 보였다는 얘기를 내가 백무아, 그녀로부터 들은 것은 오래 뒤였다.

"왜냐고 다시 물었단 말입니다."

억양까지 백무현을 빼다박은 그녀의 말투에도 이번에는 웃음이 나오지 않았다. 나는 뜸을 들이지 않기로 했다. 선 자리에서 백무현의 최후를 알렸다. 서늘한 가을저녁의 바람이 불어오는데도 길지 않은 얘기를 하는 내 이마에서는 땀이 배어나왔다.

"정말입네까?"

백무아는 백무현의 죽음이 믿기지 않는 모양이었다.

"아니죠? 거짓말이죠?"

내 눈을 말갛게 쳐다보는 그녀의 눈빛을 견디지 못하고 나는 고개를 돌렸다.

"오빠가 시킨 거짓말이죠?"

나는 고개를 들어 백무현을 묻고 온 울산을 향해 멀리 하늘을 쳐다보았다. 보통문 너머로 해는 기울고, 기러기떼는 각진을 이루어 남쪽으로 날아갔다. 저 기러기들이 내일 이 시간이면 지나가게 될 울산의 하늘 아래 잠든 백무현이 떠올랐다. 내가 죽인, 백무현을 죽인 자와 농군들의 피도 함께 떠올랐다.

"은가락지 사준다는 약속을 못 지킨 오빠가 시킨 거짓말 아닙네까?"

그렁그렁한 백무아의 눈망울이 노을빛을 받아 출렁거렸고, 내 마음도 다시 슬픔과 비참으로 출렁거렸다. 백무현이 그녀와 한 약속을 지키기 위해 제독검법 쟁투에 나갔다는 사실을 나는 비로소 알았다.

나는 내 손가락에 끼고 있던 은반지 두 개를 뽑았다. 그것이 그녀에게 남긴 백무현의 마지막 선물이라고 말했다. 그녀는 내가 내민 반지를 내치며 끝내 눈물을 터뜨렸다. 나는 흙바닥에 구르는 반지를 주워 두 손으로 움켜쥐었다.

"내 손은 백 번을 내쳐도 일없습니다. 그러나 이건 아니에요."

나는 하지 않으려던 말을 할 수밖에 없었다. 아차, 하는 순간에 목이 달아나는 제독검법 경연에 백무현이 왜 출전했는지를. 누구를 위해 무엇 때문에 시퍼렇게 날이 선 진검을 들고 전, 후, 좌, 우 군영 최고의 살수들이 겨루는 제독검법 쟁투에 나갔는지를. 백무현이 실전보다 더 위험한 제독검법 쟁투에서 상대의 마지막 서른여섯 합의 장검을 받아치며 따낸 은 두 돈의 상금으로 만든 반지가 내 손안에 있었다. 하지만, 행여나 공인이 은을 빼돌릴까, 백무현이 한나절 내내 측간에도 가지 않고 지켜 서서 만든 반지란 말은 끝내 하지 않았다.

"이건 정말일 수가 없단 말임다. 모두, 오빠가 시킨 장난이라고 말하란 말입니다."

기생집 앞에서 눈물을 쏟으며 어깨를 들썩이는 여자와 그 앞에서 두 손을 모아쥐고 어쩔 줄 모르고 서 있는 군졸을 지나가던 사람들이 이상한 눈빛으로 쳐다보았다.

말아올린 소매로 눈물을 훔친 그녀가 걸음을 옮기기 시작했다. 반지를 감아쥔 내 손바닥은 어느새 땀으로 미끈거렸다. 손아귀에서 미끄러져나갈 것만 같아 나는 반지를 다시 내 새끼손가락과 약지에 끼웠다. 나는 앞서가는 그녀의 뒤를 말없이, 죄인처럼, 아니 죄인이 되어 끌려가듯 따라갔다. 그녀가 다다른 곳은 보통강가였다.

17

보통강가에는 서늘한 날씨에도 하루일을 마치고 등목을 하려는 사람들로 발길이 분주했다. 낚싯대를 드리우고 반찬거리를 기다리는 사람들도 드문드문 눈에 띄었다.

"오빠는 어떤 사람이었습네까?"

그녀가 일렁이며 흘러가는 강물에 눈길을 던진 채 물었다. 강물에게 묻는지 나에게 묻는지 알 수 없었다.

"오빠가 군영에서 어떤 사람이었는지 물었단 말입니다."

"아, 네……"

나는 어느새 그녀 앞에서 꼼짝 못하고 있는 스스로를 발견했다.

"군영에서 내가 막내인데, 내가 형이라고 부른 유일한 사람이었습니다."

마땅한 대답을 찾지 못해 쩔쩔매던 내 입에서 튀어나온 대답이 그랬다. 더 정확하게 얘기하면 내가 태어나서 형이라고 부른 유일한 사람이었다.

"오빠는 나한테 이 세상에서 하나뿐인 사람이었습다. 나를 위해서는 무엇이든 하는, 내 말이라면 무엇이든 들어주는…… 이제 내게는 아무도 남은 사람이 없습네다."

백무아, 그녀에게 나는 이 세상에 아무도 남은 사람이 없는 자가 여기 또하나 있다고 말하지 못했다. 보통강 갈대숲을 따라 말없이 걸어가는 그녀의 갈래머리가 갈대가 쓸리는 방향을 따라 왼쪽으로 날렸다. 칠패시장에서 백무현이 몇 번이나 망설이고 망설이며 고른 댕기가 두 갈래로 땋은 그녀의 머리끝에서 나풀거렸다.

갈대숲이 끝나갈 무렵 걸음을 멈춘 그녀가 내게 물었다.

"오빠가 묻힌 곳이 정확히 어딥네까?"

"그 먼 곳에 묻혔는데, 알아서 어쩌려고요."

"어디면 내가 못 갈 것 같습네까? 당신은 오빠가 내게 어떤 사람인지 모릅다."

백무아, 그녀가 내게 당신이라고 불렀다. 그리고 그녀는 백무현이 어떤 사람으로 어떻게 살았는지 제법 길게 얘기했다. 하지만 나는 한심하게도 그녀의 말을 다 놓치고 '당신'이라는 그 한마디에 머리가 하얗게 변해 있었다. 당신.

"여자 혼자서 갈 수 있는 거리가 아닙니다."

"내래 여자로 보입네까?"

그 순간이었다. 그녀의 오른손이 내 머리 위를 지나갔다. 섬뜩함을 느꼈을 때는 이미 늦은 다음이었다.

"이건 내 오빠를 잃고 온 벌입네다."

그녀는 왼손에 든 상투를 내 눈앞에 내밀었다. 나처럼 장가를 들지 않은 군병들이 틀어올린 가상투는 작고 보잘것없었다.

"오빠를 형으로 불렀다니 목을 베지 않은 겁네다."

"……"

그녀가 날린 내 머리칼이 저녁바람을 타고 흩어지는 것을 나는 멍하니 바라보았다.

"목을 베이기 전에, 정확히, 오빠가 묻힌 곳을 말하라요."

나는 울산 병영성의 위치와 백무현을 묻고 표시로 올려둔 돌덩이의 모양에 대해 그녀에게 설명했다. 헤어지기 전에 나는 내 손가락의 반지를 다시 뽑아 그녀에게 내밀었다. 그녀는 그제야 오른손에 든 단도를 왼쪽 소매 속으로 집어넣었다.

반지 두 개를 받아들고 만지작거리던 그녀가 눈을 들어 내 눈을 빤히 들여다보았다.

"이거 하나는 가져가라요."

난 의아한 눈빛으로 그녀를 쳐다보았다.

"이건 형이 당신 결혼 때 쓰라고 준비한, 당신 신랑에게 줄 반지예요……"

말꼬리를 흐리는 나를 그녀가 말간 눈빛으로 다시 쳐다보며 말했다.

"왜? 내가 혼인이라도 하자고 기럴까봐 무섭습네까?"

그녀가 처음으로 웃었고, 나는 귓불이 저녁놀보다 더 빨갛게 달아오르는 것 같았다.

"걱정하지 말라요. 이거 가지고 온 품이란 말입니다."

얼떨결에 반지 하나를 받아들고 우물쭈물하는 내게 그녀가 덧붙였다.

"품이 너무 많습네까? 기럼 오빠 대신 이거나 끼워보란 말임다."

그녀는 나머지 반지 하나까지 내 손에 쥐여주고 자신의 왼손을 펼쳐 내밀었다. 나는 그렇게 백무아, 그녀의 손을 처음 잡았다. 덜덜 떨며 그녀의 새끼손가락에 반지를 끼우는 나를 보고 그녀는 언제 울었던 사람이냐는 듯이 호호 웃었다. 그러나 곧 웃음은 잦아들었고, 자신의 손에 끼워진 반지를 내려다보던 그녀는 입술을 사려물며 복받치는 울음을 삼켰다. 양볼에는 다시 눈물이 주르르 흘러내렸고, 어깨는 사정없이 들썩거렸다.

"미안해요. 형을 지켰어야 하는데."

그녀가 눈물을 그칠 때까지 나는 바보처럼 그저 지켜보고 서 있기만 했다.

"미안해하지 않아도 됩네다. 오빠는 나 때문에 죽었단 말입니다."

나는 고개를 들고 그녀를 쳐다보았다.

"깡패 오빠 싫다고, 술 먹고 싸움하는 깡패 동생은 하지 않는다고 기런 거이 나란 말임다. 그래서 술 끊고, 싸움하지 않겠다고 맹세하고 오빠가 들어간 거이 군영이란 말입니다."

나뿐만 아니라 군영의 병사들 모두 백무현이 원래 술을 한 모금도 마실 줄 모르는 줄로만 알았다. 아무도 그렇게 거친 백무현이 동생 바보인 줄 몰랐던 것이다.

헤어지기 전에 나는 그녀에게 물었다.

"그 집에서는 무슨 일을 합니까?"

"그 집이라니, 뭘 묻습네까?"

그녀가 되물었다.

"아까, 나온 그 기……생집 말입니다."

갑자기 그녀가 깔깔 웃었다.

"아, 기래서 이거 끼워달라니까 무서워서 그렇게 손을 덜덜 떨었댔습네까?"

그녀가 반지를 낀 자신의 손을 들어 보였다.

"그 집, 지금은 기생집이 아니란 말입니다. 선교사가 사서 교회당과 여학당으로 씁네다."

나는 안도의 한숨을 몰래 내쉬고 나서 물었다.

"그럼, 거기서 일하며 배웁니까?"

"아니란 말입니다. 난 일하지 않고 공부하는 학생이란 말입니다."

그녀는 백무현이 모아 보내는 돈으로 회비를 내고 공부와 전도만 하는, 그 여학교에서 가장 부유한 학생이라고 말했다.

"그거 도로 내놔보라요."

자신의 왼손 새끼손가락에 끼워진 반지를 들여다보던 그녀가 내게 오른손을 내밀었다. 나는 또 얼떨결에 받았던 반지를 도로 내밀었다.

"이왕이면 내가 끼워주겠단 말입니다."

그녀는 늘어뜨리고 있는 내 왼손을 잡아들었다.

"기생집에서 나온 여자가 혼인하잘까봐 아직도 무섭습네까?"

그녀가 왼손으로 내 손목을 감아쥐고 오른손으로 내 약지에다 은반지를 끼웠다.

"맞춘 것처럼 아주 잘 맞소."

그녀가 반지를 낀 내 손을 잡은 채 내 눈을 빤히 올려다보며 덧붙였다. 공인이 내 손가락에 맞춰 만든 반지란 걸 그녀는 알 리 없었다.

"걱정 마시라요. 난 결혼, 기딴 것은 하지 않습네다."

백무아, 그녀가 내 손을 처음 잡았던 그 순간 내 심장이 얼마나 떨렸는지 그녀는 끝내 몰랐을 것이다.

"내 오빠를 기억하는 사람이 이 세상에 한 사람은 더 있어야 하잖겠습네까."

나는 다시 그녀 앞에서 고개를 숙이고 말았다.

그녀는 땅거미가 드리우는 보통강을 따라 걸어갔다. 뒤따라가는 나를 돌아보며 손을 흔들었다.

"혼자 좀 걷겠습네다. 가시라요."

나는 또 바보처럼 그녀가 시키는 대로 그 자리에 붙박여 멀어지는 뒷모습을 지켜보았다. 한참을 걸어가던 그녀가 내게 되돌아왔다.

"당신, 이름이 뭐라 그랬습네까?"

백무아 당신이 나를 부른 두번째 '당신'이었다.

"홍범."

"홍범…… 내 이름은 알지요?"

"백무아……"

"서로 이름은 기억해야지요. 내 오빠를 형이라고 불렀다니 홍범, 당신과 나는 오누이란 말입니다."

그렇게 백무아, 그녀는 보통강의 어스름을 밟으며 내게서 멀어져갔다. 그녀의 뒷모습이 내 시야에서 완전히 사라진 다음에야 나는 몸을 돌려 어둠에 잠겨가는 보통강을 바라보았다. 굽이치는 보통강의 깊이는 알 수 없었다. 오직 바람의 방향을 일러주는 강가의 갈대만이 나의 열아홉 살과 함께 흔들리는 저녁이었다.

18

썩을 대로 썩은 평양군영의 하루는 지루하고 나른했다. 개인적인 불만은 없었다. 편하기로 따지면 포수 조교관인 나보다 더 편한 병사는 평양군영에 없었다. 내가 조교관으로 배치받은 첫날 포수 교관 박민규는 내게 호기롭게 약속했다.

"넌 오늘부터 모든 집합에서 다 빼줄게. 경계 근무도 없다. 나만 믿어."

화성과 울산에서 민란을 진압한 공로로 임금의 은사품을 받고 특진한 박민규의 위세는 대단했다. 저항 불능의 농민들을 두 걸음 앞에 두고 쏴 죽인 것을 마치 무장한 왜구들을 사살한 것처럼 거드름을 떨었다.

문제는 다음 말이었다.

"나만 명사수로 만들어주면 되는 거야."

박민규의 눈에는 사격이 아주 쉬워 보이는 모양이었다. 검술과 창

술은 땀과 피를 흘리지 않고 익힐 수 없었다. 기마술은 허리가 부러지는 낙상의 위험이 따랐다. 그렇다고 하루아침에 실력이 늘지도 않았다. 땀과 피를 뿌리고, 뼈를 부러뜨려가며 익혀야 하는 다른 격술과 달리 손가락 하나로 방아쇠만 당기면 되는 것이 사격술인 줄 아는 박민규였다.

며칠 동안 코빼기도 보이지 않던 박민규가 사격장에 나타난 것은 오늘 아침이었다.

"이젠 비법을 알려줘야지."

박민규는 사선에 들어서자마자 나를 재촉했다. 게슴츠레한 눈빛은 아직도 술이 덜 깬 것 같았다.

나는 백 발이 든 탄환 상자를 열었다. 장탄을 한 총을 그에게 쥐여주고 나서 사격 방법을 설명했다.

"총열이 흔들리지 않게 왼손의 힘을 뺍니다. 가늠자와 가늠쇠, 표적이 일직선이 되게 조준합니다. 표적에 있던 눈의 초점을 가늠쇠로 끌어당기며 숨을 들이쉽니다, 하나, 둘, 셋. 이번에는 숨을 내쉬면서 하나, 둘, 방아쇠를 가볍게 당깁니다."

탕.

어이없게도 표적에는 아무 흔적이 없었다.

"야, 비법을 알려달란 말이야!"

박민규는 성질을 부리며 총을 내던졌다. 나는 총을 주워들며 박민규를 노려보았다. 포수라면 어떤 경우에도 해서는 안 될 행동이었다. 나는 총을 집어 박민규에게 돌려주었다.

"사격은 배우는 게 아닙니다. 스스로 습득하는 겁니다."

그는 나를 노려보며 장탄을 하라고 총을 도로 내밀었다.

"스스로 하십시오. 전쟁터에선 아무도 장탄을 대신해주지 못합니다."

나는 총을 쥔 그의 손이 파르르 떨리는 것을 못 본 척했다. 박민규는 씩씩거리며 장탄을 하고 방아쇠를 당겼다. 열 발을 쏘았지만 표적에 들어간 것은 고작 세 발이었다. 아무 말도 않고 지켜보기만 하는 나를 노려보던 그가 다시 총을 집어던졌다. 이번에는 총을 집어주지 않았다.

"총 안 집어!"

박민규는 소리를 질렀다.

"초관님 개인 화기입니다."

"그래서?"

"개인 화기는 개인이 챙겨야 하고, 개인 화기를 집어던지면 군령에 따라 영창에 가야 합니다."

"그래?"

몸을 숙여 내던진 총을 집어들고 일어서던 박민규가 총열로 내 옆구리를 후려쳤다. 개머리판으로 돌려쳤으면 피할 틈이 있었을 텐데. 총열로 바로 후려칠 줄 몰랐던 나는 꼼짝없이 당했다. 나는 주먹을 쥐고 놈을 노려보았다. 단 한 번의 손질로 놈을 다시는 일어서지 못하게 만들 자신이 있었다. 내 손을 붙든 것은 이성이 아니었다. 하극상, 군령의 그 규정이 내 손을 붙들었다. 박민규 같은 놈 때문에 내 인생을 망치고 싶지는 않았다.

기생집에 가 있어야 할 박민규가 다시 나타난 것은 한밤중이었다. 자던 나를 깨워 탄약고 문을 열게 한 그는 탄환 상자를 가리켰다.

"야, 이거 다섯 개 저기다 주고 와."

"어디에 말입니까?"

"서문의 개마객점."

개마객점은 신포수를 따라 가본 곳이었다. 평안도 일대의 포수들이 출입하는 개마객점에서는 총기와 탄환, 사냥도구들을 거래했다. 나는 귀를 의심하며 박민규를 바라봤다. 한심하고 나쁜 놈인 줄로만 알았는데 도적놈이기까지 했다. 탄환의 절반이 사격장으로 넘어오기 전에 사라진다는 것은 나도 짐작하고 있었다. 그가 인수한 수량의 두 배를 대장에 올리고, 사격장에 오지도 않은 부대의 사격훈련을 일지에 올린다는 것도 모르지 않았다. 그러나 내 눈앞에서 그런 짓을 한 적은 없었다.

"나를 대체 무엇으로 알고 이런 일을 시키십니까?"

"네가 뭔데?"

"내가 뭔지는 모르지만 나라의 무장을 도적질하며 살지는 않았습니다."

"도적질?"

그의 파들거리는 손을 지켜보고 있던 나는 내 빰을 향해 날아오는 그의 손바닥을 피했다. 두 번, 세 번, 헛손질을 한 박민규는 분을 참지 못하고 내게 달려들며 멱살을 잡았다. 나는 왼손으로 박민규의 가슴을 밀어냈다. 박민규가 오른손을 휘둘렀지만 팔 길이가 모자라는 그가 나를 가격할 수는 없었다. 나는 주먹이 나가려고 할 때마다 군령을 떠올리며 참았다. 하극상, 그것은 군영에서 어떤 경우에도 용납되지 않았다. 왼손으로 놈의 가슴을 민 채 오른손으로 내 멱살을 잡은 놈의 손아귀를 풀어 던져버렸다. 중심을 잃고 제풀에 나가떨어지는 놈을 하필 순찰을 돌던 당직 무관 이선엽이 보고 말았다. 이선엽은 대표적인 엉터리 무관이었지만 귀여운 구석도 있었는데 내가 한양에 다녀오는 동안 완전 쓰레기로 변한 자였다.

"이런 개같이 천한 놈이 감히 무관을 쳐!"

범이 없으면 여우가 범 노릇을 한다고 박민규 따위들만 득실거리는 평양군영에서 이선엽은 무관이랍시고 거들먹거리며 병사들을 괴롭혔다.

"정태신이, 박한이가 오냐오냐해주니까 그동안 눈에 뵈는 게 없었지, 이 자식아."

이선엽은 정태신 파총에게 박한 초관과 비교당했던 분풀이를 나에게 했다. 나는 두 놈에게 밤새 자근자근 밟혔다. 하극상으로 몰린 나는 군영 영창에 갇힌 채 열흘을 더 박민규와 이선엽에게 당했다.

"뭐 이런 육시랄 놈이 다 있어."

엉망이 되어 영창에서 나온 나를 본 남창일은 분을 참지 못했다.

"그냥 이렇게 당하고 말 거야?"

달음이도 마찬가지였다.

"그냥 이렇게 당하지 않으면, 어쩌려고?"

나는 씩씩거리는 둘을 물끄러미 바라보며 기대 누웠다. 하루도 더 군대에 남아 있고 싶지는 않았다. 하지만 나가서 살길을 생각하면 막막하기만 했다.

"복수해야지."

"그래도 무관이야."

"무관이면 다야. 내 친구를 건드리면 어떻게 되는지 보여줘야지."

19

죽을 끓여다 주고 나간 달음이와 남창일이 정말 사고를 칠 줄은 몰랐다. 끙끙 앓다 까무룩 잠이 들었는데 새벽녘에 달음이가 나를 깨웠다.

"박민규가 죽었어."

"무슨 헛소리야."

"정말이야."

밤새 술을 마시고 고주망태가 되어 새벽녘에 군영으로 돌아오던 박민규의 뒷목을 칼등으로 내려친 것은 남창일이었다.

"기절만 시키려고 했는데 죽어버렸어."

선무당이 사람을 잡은 것이었다. 백무현의 뒤를 잇는다며 쌍검술을 한참 익히던 남창일이 뒷목의 급소 세 치 아래를 겨누었는데 술 취한 박민규가 비틀거리는 바람에 급소를 가격해버린 모양이었다. 망을 보며 남창일을 도운 것은 달음이었다.

"도망가야겠지?"

남창일은 사색이 되어 있었다.

"자수하는 게 나을까?"

달음이는 다리를 후들후들 떨었다.

사건이 드러나는 것은 시간문제였다. 어쩔 줄 모르고 있는 둘을 바라보며 나는 잠시 생각했다. 난들 방법이 있을 리 없었다. 방법이 떠오르지 않을 내가 할 수 있는 일은 하나뿐이었다. 신포수라면 어떻게 했을까. 신포수가 했을 선택이 나의 선택이었다.

"걱정 마. 내가 책임질게."

"어떻게?"

내가 군영을 떠나겠다고 말했다.

"사고는 우리가 쳤는데 네가 왜?"

녀석들은 그럴 수 없다며 고개를 저었다. 저격수에게 방아쇠를 당겨야 할 순간은 언제나 단 한 번뿐이다. 격발의 순간을 놓친 저격수에게 기회는 다시 오지 않는다.

"너희들은 가족이 있잖아. 난 나 하나만 책임지면 돼."

자기들 덕에 세끼를 먹고 지낼 가족들이 눈에 밟힌 둘은 말문을 닫았다. 어느새 여명이 밝아오고 있었다. 나는 지체할 시간이 없었다.

"너희들은 빨리 자리로 가서 자고 있어."

"넌?"

"난 가야지."

나는 두 녀석을 향해 웃어 보였다. 그들이 내 마지막 모습을 그렇게 기억해주기를 바랐다. 내가 어떻게 하고 떠날 것인지를 알려주고,

조사를 받게 될 그들이 어떻게 말을 맞춰야 하는지도 일러주었다.

"너희들이 어제저녁에 내게 죽을 가져다준 건 사람들이 다 알아. 그때 내가 복수를 하겠다고 이를 갈아서 너희들은 그러면 안 된다고 타이르고 돌아갔고, 그다음은 아무것도 모르는 거야."

나는 부대를 떠나기 전에 이선엽을 찾아가겠다고 했다.

"혼자서 괜찮겠어?"

남창일이 걱정을 했다.

"나도 내 친구들을 괴롭히면 어떻게 되는지는 알려주고 떠나야지."

머뭇거리는 달음이와 남창일의 등을 떠밀며 나는 다시 웃어 보였다.

"범아, 무사해야 돼."

달음이의 볼 위로 눈물이 주르르 흘렀다.

"동무야, 잊지 않을게. 너도 나 잊지 마."

남창일은 아랫입술을 깨물며 울음을 삼켰다.

"그래, 동무야."

등을 떠밀려 억지로 발걸음을 떼던 달음이 고개를 돌리며 물었다.

"언제 다시 만나?"

"살아 있으면 언젠가 만나겠지."

자고 있던 이선엽을 깨운 나는 놈의 면상에 사정없이 일격을 날렸다. 놈의 비명이 입 밖으로 채 기어나오기 전에 옆구리를 가격했다.

"소리지르려면 질러. 그 순간에 넌 끝이야."

나는 주저앉은 놈의 목을 틀어쥐고 일으켜세웠다. 사색이 되어 파들파들 떠는 놈의 눈을 들여다보며 또박또박, 나지막하게 말했다.

"무서워? 죽이진 않을 거니까 무서워하지 않아도 돼."

천천히 말을 마치자마자, 내 주먹은 전광석화처럼 놈의 가슴과 뱃가죽을 두드렸다. 신음을 토하는 놈의 옆구리를 손끝으로 찔렀다. 이미 부러졌을 갈비뼈의 끝을 파고들어가는 내 손끝에 놈은 녹아내렸다.

"소리 내면 죽는다고 했다."

여전히 내 목소리는 낮고 느렸다.

"마지막으로 말하는데 나한테 당한 건 불어도 된다. 그렇지만 만에 하나라도 내 친구들, 죄 없는 군졸들을 괴롭히는 날에는 내가 반드시 돌아와서 널 죽인다."

이제 입도 제대로 벌리지 못하는 이선엽이 고개를 끄덕였다.

"내 말이 빈말인지 박민규를 보면 알게 될 거야."

핏줄이 터져 시뻘겋게 된 놈의 눈가에 의문이 번졌다.

"너도 박민규처럼 되지 않으려면 조심해."

나는 놈의 명치를 가격했다. 서너 시간은 깨어나지 못할 것이었다. 반년은 걸어다니지 못할 것이었다. 사 년의 세월을 묻은 군영을 이렇게 떠나게 될 줄은 몰랐다. 미련은 없었다. 어차피 언젠가 떠나야 할 곳이었다. 나는 뒤돌아보지 않았다.

20

백무아에게 나는 누군가를 죽였으며, 평양을 떠날 것이라고 말했다. 그리고 내가 모아두었던 돈을 모두 내밀었다. 그녀는 내 손을 물끄러미 내려다보기만 했다.

"반지 하나 값으론 너무 많은 것 같잖습네까?"

백무아의 표정은 어두웠지만 눈빛이 흔들리지는 않았다.

"잡히면 끝이니까, 나한텐 아무 쓸데도 없는 돈입니다."

"기래도 이런 큰돈을 줄 땐 어떤 요구가 있잖겠습네까. 돈은 반드시 발언을 한단 말입니다."

"지난번에 한 말은 거짓말이었습니까?"

백무아는 의아한 눈빛으로 나를 쳐다보았다.

"내가 무슨 거짓말을 했단 말입네까?"

"오누이라고 하지 않았습니까."

백무아가 피식 웃으며 고개를 끄덕였다.

"오누이 사이에 어떤 요구가 왜 필요합니까. 무현 형이 돈을 보내주면서도 어떤 요구를 내세웠습니까. 지금은 내가 오라버니입니다."

나는 백무아에게서 차이경을 느꼈다. 차이경도 공부를 하고 싶은 열망에 차 있었다. 차이경은 이와 서캐만도 못한 인간이 되어 참형을 당했다. 백무아는 그와 달리, 하고 싶은 공부를 할 수 있었으면 좋겠다는 생각이 그녀를 만난 다음부터 내 머리를 떠나지 않았다. 할 수만 있다면 백무현을 대신해서 그녀를 지켜주고 싶었다.

"기건 아니란 말입니다."

나는 아니라고 말하는 백무아에게 그녀가 반지를 끼워준 손을 내밀었다.

"오누이가 아니면, 이건 뭐란 말입니까?"

"내 말은 그쪽이 오라버니가 아니라 내가 누나다, 이 말임다."

은반지를 낀 손을 마주 내밀어 보이는 백무아를 향해 나는 웃음을 터뜨리고 말았다. 은반지를 낀 그 손에 돈 보자기를 쥐여주며 부탁했다.

백무아는 내게 갈 곳을 물었다. 없다고 하는 내게 그녀는 황해도 총령에 있는 조지서를 알려 주었다. 그곳에 믿어도 좋을 사람이 공인으로 일하고 있으니 가서 기술을 배우라고 했다.

"종이 만드는 조지서를 의심하지는 않을 거임다. 절대로 총을 만지는 일이나 농사일을 하면 아이 된단 말입니다."

백무아는 정말 자신이 누나인 양 영민한 눈동자를 반짝이며 내게 단단히 주의를 주었다. 물안개가 피어오르는 보통강 위로 어느새 아침이 밝아오고 있었다. 떠나야 할 시간이었다. 이번에는 내가 먼저 돌아서야 했다.

몇 걸음을 옮겼을까.

"이보라요."

그녀가 불렀다. 나는 걸음을 멈추고 돌아섰다. 백무아가 내게 달려왔다.

"팔 한번 들어보시라요."

나는 영문을 모르고 허수아비처럼 두 팔을 들었고, 그녀가 나를 안았다. 한참을 그러고 있는데, 그녀가 말했다.

"이제 그 팔 좀 내려놓으시라요."

내 등을 안은 그녀의 두 팔 바깥으로 나는 그녀의 등을 조심스럽게 안았다.

"오누이가 헤어질 때는 누나가 이렇게 안아주는 것이란 말입니다."

파닥파닥 뛰는 그녀의 심장이 명치를 타고 올라와 내 가슴을 세차게 두드렸다.

3장

네가 알고 내가 안다

1

총령에서 보내는 세번째 가을이었다.

단풍이 언진산 골짜기까지 깊이 내려갔다. 닥나무 벌채 작업도 막바지였다. 깊어가는 가을과 함께 하루가 다르게 해는 짧아졌다. 작업을 마치고 파김치가 된 인부들이 대접을 들고 저녁 배식을 받았다. 고된 노동이 끝나고 주린 배를 채우는, 인부들에게 가장 행복한 시간이었다. 그러나 모든 저녁이 행복하지는 않았다.

오늘이 그랬다. 배식 순서의 마지막이 우리 3조였다.

"개밥이네……"

숭늉을 끓이던 가마솥에 남은 감자밥과 짜게 무친 나물을 모두 쓸어넣는 것을 본 인부들의 입이 삐죽 나왔다.

배식을 하다보면 마지막에는 밥이 부족하기 일쑤였다. 그러면 남은 감자밥과 나물, 건건이를 있는 대로 모두 가마솥에 쓸어넣고 물을 잔뜩 부어 양을 불렸다. 밥도 죽도, 국도 아니었다. 무슨 맛인지도 알

수가 없는 그것을 인부들은 개밥이라고 불렀다.

"이런 육시랄, 계집들이 배식을 어떻게 처했길래 개밥을 처만들어."

가마솥에 물을 양동이째 들이붓는 여자 일꾼에게 초지공장의 장판반장 주오삼이 욕설을 퍼부었다.

"우린들 이거 먹고 싶어서 개밥 만들겠어요?"

주오삼의 계속되는 욕설을 듣던 서른 중반의 여자 일꾼이 더는 참지 못하고 쏘아붙였다. 그랬다. 배식 주걱과 국자를 잡은 사람은 모든 배식이 끝난 다음 밥을 먹었다. 배식을 잘못하면 그들이야말로 굶어야 했다.

"이런 밑구녕을 찢어도 시원찮을 개잡년이 뭘 잘했다고, 어디다 대고 주둥아리를 놀려."

입이 더럽기로 소문난 주오삼은 먹잇감을 발견한 늑대처럼 달려들었다. 졸지에 개잡년이 된 여자의 얼굴이 파랗게 질렸다. 명색이 초지공장의 장판반장인데다 워낙 행실이 너저분해서 아무도 그를 말리지 못했다. 듣다못한 내가 한마디하려는데 먼저 입을 연 사람이 있었다.

"그냥 처먹으라이."

장진댁이었다.

"이년이…… 뭐라는 거야?"

주오삼이 당황하며 말을 더듬었다.

"그냥 처먹으란 말임메."

장진댁의 목소리가 너무나 태연해서 나는 놀랐다. 말문이 막히는지 씩씩거리며 노려보는 주오삼의 눈길에도 장진댁은 끄떡하지 않았다.

"계집년이 어디 감히…… 남자한테 기어오르려고 들어."

"무시기 스나이? 건건이가 워낙 모자란 걸 모르겠습메? 스나이값으 하려면 사장한테 가서 밥이 모자라오, 양식으 더 내놓으오, 말으 하란 말임메"

사내임을 내세운 주오삼에게 코웃음을 치던 장진댁이 갑자기 고개를 돌렸다.

"마침 저기 오오."

"자, 그 잘난 스나이값으 좀 해보기오."

사장을 본 주오삼의 다리가 내 눈에 들어왔다. 후들거렸다.

"왜 이리 소란스러우신가?"

유임생이 인부들을 둘러보며 물었다. 아무도 입을 떼지 않자 장진댁이 주오삼을 쳐다보며 다그쳤다.

"말하기오."

주오삼은 고개를 가로저었다.

"장판반장, 무슨 일이 있으신가?"

사장 유임생은 아주 점잖게 주오삼에게 물었다. 유임생의 말투는 예의 독특한 반올림과 반내림이었다. 공장의 반장만 되어도 고공의 나이가 많건 적건 모두 하대를 했다. 하지만 사장 유임생은 말단 고공은 물론 한철 일꾼들에게도 하대를 하는 일이 없었다. 한마디 안에 공대와 하대를 묘하게 뒤섞은 그의 말투는 아랫사람을 어렵게 여겨서가 아니라 아랫사람이 자신을 어렵게 여기도록 만드는 방법이었다. 유임생의 물음에 장판반장 주오삼은 턱이 가슴에 닿도록 고개를 숙였다.

"아닙니다."

"스나이가 왜 면바로 말으 못하오. 건건이가 모자란다고 말으 하오다."

장진댁이 다시 몰아붙였지만 주오삼은 비굴하게 고개를 숙인 채 곁눈으로 사장의 눈치만 보았다.

"밥이 모자라신다니 무슨 말이신가?"

가마솥 안의 개밥을 확인한 사장 유임생이 근엄한 눈길로 인부들을 둘러보며 인자하게 말했다. 그런데 하필 그의 눈에 금희네의 두 딸이 걸려들었다.

"저것들은 무엇인가?"

금희네의 큰딸 금희의 손에 배식 대접이 들려 있었다.

"저 중생들도 일꾼이신가?"

사장의 우아한 힐책이 떨어지기 무섭게 주오삼은 야차같이 달려들어 여섯 살짜리 금희의 손에 들린 대접을 잡아챘다. 주오삼의 손에 넘어간 대접을 붙들고 늘어진 것은 네 살인 은희였다. 밥이 쏟아졌고, 땅바닥에 흩어진 밥알과 감자 덩어리를 본 은희가 울음을 터뜨렸다.

"뭘 잘했다고 울어, 도둑년들 주제에."

주오삼은 빈 대접을 아이들 눈앞에 휘둘렀다. 돌아앉아 젖을 물리고 있던 금희네가 젖먹이를 안은 채 달려왔다.

"내 아이들한테 그러지 마세요."

금희네의 볼 위로 눈물이 주르르 흘러내렸다. 젖먹이는 무슨 일이 벌어지는지도 모르는 채 어미의 젖을 악착같이 물고 있었다. 밥그릇을 빼앗긴 네 살 은희는 금희네의 치맛자락 뒤로 숨었지만 여섯 살 금희는 제 어미를 지키려는 듯 입술을 앙다물고 금희네의 앞을 가로막고 섰다.

"저, 공밥 먹은 적 없어요. 저한테 밥 두 그릇 준 적 있어요?"

한기 들린 사람처럼 덜덜 떨리는 턱과 함께 젖먹이를 안은 금희네가 두 팔을 부들부들 떨며 말했다.

"이건 뭐야?"

주오삼이 손에 든 빈 대접을 금희네의 눈앞에 흔들었다.

"누가 먹건 이건 내 밥그릇이고, 굶어도 내가 굶어요. 우리가 아무리 없이 살아도 도둑질을 하고 살진 않았어요."

젖먹이를 가진 금희네는 먼저 배식을 받아 대접을 아이들에게 쥐여주고 막내에게 젖을 물렸다. 금희네 아이들이 따로 밥대접 하나를 차지한 줄 알았던 유임생은 머쓱한지 큼큼 헛기침을 하며 말을 돌렸다.

"도침공장은 오늘 야근이니 든든히들 드시게."

사장 유임생이 이 저녁에 공장에 나타난 이유를 비로소 알 수 있었다. 갑자기 큰 주문이 들어와 도침까지 끝낸 백지 완제품이 모자란 모양이었다. 유임생은 도침공장을 향해 팔자걸음을 옮겼다. 주오삼이 냉큼 유임생의 뒤를 따랐다. 그는 돌아서면서도 젖을 물리느라 옷고름을 풀어헤친 금희네의 가슴을 힐끔거리며 모진 소리를 했다.

"쥐뿔도 없는 게 젖통만 커서는."

금희네는 젖먹이를 안은 채 다시 돌아앉았다. 병아리 새끼들처럼 제 어미의 양쪽에 금희와 은희가 오종종 쪼그리고 앉았다. 이 가난한 고공 일가를 감싸주기에는 아직 저녁 어스름이 너무 옅었다.

도침공장의 다림질반 고공인 금희네는 저녁 한 숟갈 먹지 못하고 야근에 들어가야 할 것이다. 젖먹이 동생을 업고, 주린 배를 견디며 네 살 동생의 손을 잡은 채 캄캄한 산길을 걸어내려가야 할 여섯 살 금희가 내 눈에 들어왔다.

"금희야, 은희야."

나는 두 아이를 불렀다. 주뼛주뼛 다가온 금희에게 내가 받은 대접을 내밀었다. 두 녀석이 동시에 대접과 나를 번갈아 쳐다보며 눈을 깜빡였다. 어스름 속에서도 녀석들의 초롱초롱한 눈은 빛이 났다. 머뭇거리는 두 녀석에게 나는 양쪽 입꼬리를 끌어올리며 장난스러운 웃음을 지어 보였다.

"아저씨는 개밥 안 좋아해."

"정말이에요?"

네 살 은희가 물었다.

"그럼. 아저씬 오늘 맛난 막걸리 사 마실 거야."

금희에게 대접을 안기고 돌아서는데 금희네가 불렀다.

"무철씨."

총령 조지서에서 내 이름은 백무철이었다. 나를 총령으로 보내면서 오누이로 소개하라고 한 것이 백무아였고, 백무철이란 이름을 지은 것은 나였다.

"그러지 마세요……"

금희네의 눈빛이 저녁 어둠 속에서 아득했다. 가난하다고 어찌 자존심이 없겠는가. 나는 금희네가 자존심과 두 아이의 목구멍 사이에서 더 갈등하지 못하도록 도망치듯 걸음을 재촉했다.

2

금희네가 나를 찾아온 건 자시가 넘은 한밤중이었다. 나는 잠이 오지 않아 숙소 밖 평상에 혼자 누워 총령으로 쏟아지는 별을 올려다보고 있었다. 가을이 깊어지면서 밤이슬이 내리는 평상에 나와 자는 사람이 아무도 없었다. 도침공장 고공들은 야근에 들어가고 무지공장과 초지공장의 고공들은 모두 노동에 지쳐 깊은 잠에 빠진 그믐밤, 캄캄한 하늘에서 쏟아지는 모든 별은 고스란히 나의 차지였다.

다섯 개의 대형을 이루어 밤하늘을 가르며 총령을 넘어가는 백 마리가 넘는 기러기의 숫자는 한눈에 셀 수 있었지만 하늘을 가득 채운 별을 다 셀 수 있었던 밤은 아직 없었다. 제대로 셌는지를 확인하기 위해 눈길을 되돌리면 어느새 있던 별이 사라지고 없던 별이 나타났다. 하지만 나는 언제나 그 수많은 별 중에서 다른 모든 별과 구별되는 단 하나의 별을 바로 찾아냈고, 잠들 때까지 바라보았다. 모든 별이 자리를 바꾸어도 언제나 한자리를 지켜 밤을 가르며 비행하는 철새들의 항로를 안내하는 유일한 별. 언제나 나를 내려다보며 반짝이는 그 별을 나는 무아별로 정했다. 오늘도 언진산맥 위로 떠오른 무아별을 올려다보던 내게 금희네가 한 번도 하지 않던 부탁을 했다.

"미안한데, 저 좀 데려다주면 안 될까요?"

나는 의아한 눈길로 그녀를 바라보았다. 가난한 고공들 중에서도 가난했지만 자존심이 여간하지 않은 것으로 소문난 금희네였다. 쉽게 곁을 주지 않는 금희네에게 과부 주제에 얼굴값을 한다고 비아냥거리는 인부들도 없지 않았다. 하지만 그것이 자신과 세 딸을 지키기 위한 금희네의 필사적인 발버둥이라는 것을 아는 사람은 다 알았다. 그녀에게 가난보다 더 무서운 것이 서방 없는 여자를 바라보는 남들의 눈길이었다. 도와주고 싶어도 자존심을 건드릴까 저어될 만큼 누구의 도움도 한사코 마다하는 여자가 금희네였다.

"정말, 미안한데. 오늘 한 번만 부탁해요."

한 번도 받아본 적 없는 금희네의 부탁이어서 두말 않고 따라나섰지만 왜 그녀가 그러는지는 알 수가 없었다. 야근을 처음 하는 것도 아니고, 한밤중에 귀가하는 것도 처음일 리 없었다. 그녀는 나보다 앞서 내려가며 피해야 할 돌부리와 건너뛰어야 할 개울을 알려주었다.

그녀가 내게 동행을 부탁한 이유를 알게 된 것은 늑대바위에 이르러서였다. 늑대바위는 금희네가 사는 아랫마을로 내려가는 마지막 산모퉁이에 있었다. 가축을 채러 내려온 늑대가 마을을 내려다보며 밤이 깊기를 기다리는 바위라고 해서 붙여진 이름이었다. 아랫마을에서 밤중에 우는 아이도 그치게 만드는 것이 늑대바위였다. 늑대바위에 데려간다고 하면 아이들이 울음을 그칠 만큼 무서워하는 곳이었다.

하지만 늑대바위에서 우리를 기다리는 것은 늑대가 아니었다. 바위 위에서 기다린다는 늑대 대신 바위 아래에서 우리를 기다린 것은 사장 유임생이었다.

"초지반……장, 자네가…… 어쩐 일이야?"

삼 년이 넘도록 유임생을 보아왔지만 그가 말을 더듬는 걸 보는 것은 처음이었다.

"총대께선 이 시간에 어떤 일이신지요?"

나는 늑대 앞에 선 것처럼 와들와들 떨고 있는 금희네의 앞으로 나서며 물었다. 유임생은 조지서의 고공들에게 자신을 사장이 아닌 총대로 부르게 했다. 총대는 동학의 지역 책임자였다. 나는 그가 원하는 대로 불러주었다. 하지만 여기는 산이었고, 선택과 결정권은 그가 아니라 나에게 있었다.

3

나는 지게를 진 초지반 고공 둘을 데리고 무지공장으로 건너갔다. 내일 초지 작업을 할 닥을 인수해 오늘 오후에 닥죽으로 만들어두어야 했다.

무지공장의 드넓은 마당은 닥나무의 하얀 내피로 빽빽했다. 마당을 가로지르는 긴 줄을 따라 촘촘히 내걸린 닥나무 속살은 한낮의 햇살을 받아 반짝반짝 빛났다. 마침 불어온 초겨울 바람에 희디흰 닥나무 내피는 물결치듯 흔들리며 햇빛을 반사했다.

고해반의 일머리를 잡아가던 장진댁이 우리를 발견하고 하얀 피륙의 물결을 헤치고 나왔다. 닥나무를 닥으로 만드는 무지공장의 최종 공정을 담당하는 고해반이 닥의 반출 업무도 맡았다. 장진댁은 고해반장이었고, 조지서의 여자 고공 중에서 유일한 반장이기도 했다.

“몇 관이나 필요하지비?”

“스물일곱 관 주십시오.”

"무시기 그리 많습둥?"

장진댁은 한 관짜리 추에 맞춰 닥의 무게를 저울로 달았다. 저울의 눈금에 가 있어야 할 내 눈길이 자꾸 닥나무 피륙이 넘실거리는 마당 너머로 향했다.

"내 말이 가다 넘어졌슴메?"

한 관씩 무게를 달아 자루에 부어넣던 장진댁이 손을 멈추고 내게 물었다.

"……"

"내래, 무시기 스물일곱 관이나 되는가, 물었지비. 기런데 내 말이 가다 넘어졌수다."

"아주마이 말이 오다가 넘어지다니, 무시기 말임까. 주문이 많습다."

나는 장진댁의 함경도 말투를 흉내내며 얼버무렸다. 그러고는 다시 목을 빼서 닥나무 내피가 널린 마당 너머를 바라보았다.

"기러다 황새 모가지가 되갔슴."

장진댁은 이 무렵이면 내가 누구를 기다리는지 알았다.

"어련히 오지 않겠습둥."

나는 데리고 온 고공 둘이 눈치채지 못하게 장진댁에게 한쪽 눈을 찡긋했다. 비밀을 지켜달라는 부탁이었다.

"단풍은 위에서 아래로 내려가고, 꽃은 아래에서 위로 올라오지비. 어째 그거이 해가 바뀐다고 거꾸로 되갔슴?"

동짓달 들어서는 첫날부터 나는 백무아를 기다렸다. 해마다 동짓달 달이 가득찼다가 줄어들기 시작하는 열이레 무렵이 되어서야 그녀가 온다는 것을 알면서도 나는 동짓달 초하루의 그믐달을 보며 달이 차오르기를 기다렸다. 아니, 총령의 골짜기로부터 진달래가 피어 올라오는 봄부터 그녀를 기다렸다. 아니다. 나는 그녀가 총령을 다녀간 다음날부터 다시 그녀를 기다리기 시작했다.

백무아가 거짓말처럼 처음 총령에 나타난 것은 삼 년 전이었다. 동짓달 열이렛날 저녁노을을 등지고 내 앞에 서 있는 그녀를 보고도 나는 내 눈을 믿을 수 없었다.

"무철이, 왜 기렇게 서 있네?"

그녀가 환하게 웃으며 그렇게 말할 때까지도 나는 그녀의 말을 알아듣지 못했다.

"누나 만나면 어떻게 해야 한다고 했네?"

비상하는 독수리처럼 두 팔을 활짝 펼쳐 보이는 그녀의 품을 향해 다가가면서도 나는 꿈을 꾸는 것만 같았다. 하루도 백무아를 잊은 날이 없었지만 그녀가 나를 찾아오리라고는 한 번도 생각하지 못했다.

나는 그날 밤 백무아를 데리고 총령의 범바위로 올라갔다. 어디로 가는지, 왜 가는지, 범바위에 도착할 때까지 그녀는 묻지 않았다. 내가 보자기에서 대추 세 개와 밤 아홉 개, 감 하나를 꺼내 냉수 한 대접과 함께 범바위 아래 평평한 돌판에 진설을 할 때까지도 그녀는 말이 없었다. 나는 그녀에게 같이 절을 하자고 했다.

"녀자가 무슨 절을 하갔네?"

고개를 가로젓는 백무아에게 내가 농을 했다.

"내래 여자로 보입네까, 싹둑."

나는 내 머리꼭지를 잡고, 백무아가 내 가상투를 단칼에 날리던 순간을 흉내내며 덧붙였다. 양반집 제사에서 종부가 아닌 여자는 절을 할 권리가 없었다.

"양반도 아니면서, 우리가 왜 그 잘난 양반의 법도를 따라야 합니까."

"기래도 뉘기레 제산지는 알아야 절을 하잖캈습네까?"

의아한 눈빛으로 내게 묻는 백무아에게 내가 되물었다.

"동생에게 말을 올리는 누나도 있어요?"

나를 빤히 바라보던 백무아가 고개를 까딱이더니 다시 물었다.

"기래? 기럼, 뉘기 제사인지 이 누나에게 말해보라."

"누나 맞네. 그럼 우리가 같이 절할 사람이 무현 형 말고 누가 있겠어요?"

백무아의 눈빛이 잠시 흔들렸다. 아직 꽉 찬 열이레의 달이 백무아의 갸름한 뺨을 비추었다.

"내 동생 맞네."

그녀는 겉치마 속에서 작은 주머니를 꺼냈다. 그 안에서 곶감 하나, 대추 하나, 밤 하나가 차례로 나왔다. 나는 그것을 받아 돌판 위에 함께 진설했다.

"이거이 이러면 짝순데 일없단?"

대추는 네 개, 밤은 열 개, 곶감과 감은 하나씩이었다.

"그깟 숫자 따지는 오랑캐들 풍습은 양반이나 따르는 거지, 우리하고 무슨 상관이에요. 정성 닿는 대로 올리면 알아서 다 드실 거예요. 없어서 못 드시지, 홀수 짝수, 가려서 드시겠어요?"

"그럼 밤 대추 감 곶감, 놓는 순서가 어떻게 되는지도 상관없단?"

"평생 차려서 바치는 것만 얻어먹다 죽은 양반들이나 순서를 바꿔 놓으면 못 찾아 먹지, 우리 무현 형은 어디 놔둬도 다 찾아 드실 텐데 뭐가 걱정이에요."

"하긴, 그렇갔네."

백무아의 입꼬리가 그렇게 길게 늘어나는 것을 나는 처음 보았다. 그녀의 짙은 눈썹이 오늘처럼 둥그스름하게 곡선을 그리고 눈빛이 오늘처럼 부드럽게 풀리는 것은 여태 본 적이 없었다. 긴장과 경계의 끈을 풀어놓은 그녀의 표정은 다른 사람처럼 낯설고도 살가웠다. 내가 그녀의 얼굴이라고 여겼던 표정은 자신을 지키기 위해 한시도 풀 수 없었던 긴장과 경계의 방패였다는 사실을 나는 비로소 눈치챘다. 나는 그녀의 왼쪽 뺨 보조개를 채운 달빛을 좇아 밤하늘로 시선을 옮겼다.

호랑이의 정기가 서렸다는 범바위에서 백무현의 기제를 지내고 내려오면서 우리는 감과 곶감, 밤과 대추를 나누어 먹었다.

"제사에 왜 밤, 감과 함께 대추를 꼭 올리는지 알간?"

백무아가 내게 대추를 내밀며 물었다. 나는 고개를 저으며 시큰둥하게 대답했다.

"씨가 하나인 대추는 하나뿐인 임금을 받들고, 한 송이에 세 톨이 들어 있는 밤은 영의정, 좌의정, 우의정, 삼정승이 나기를 빈다는…… 그따위 양반 귀신 씨나락 까먹는 소리를 양반도 아닌 내가 왜 알아야 해요?"

어떤 해는 냉수 한 그릇만을 놓고 아버지, 어머니의 기일에 남몰래 혼자 절을 올렸다. 그저 너무 빨리 나를 단독자로 만들어버린 두 사람을 떠올리며 그리워했을 뿐 제상에 놓인 가난한 제물의 의미는 생각해본 적이 없었다. 제사상을 양반들처럼 차릴 수도 없었고 정승이 될 리도 없었던 어린 나는 의식적으로 양반들의 제례법을 알려고 하지 않았다. 무시하고 싶었고, 무시했다. 나 혼자 지내는 제사에 간섭할 사람도 없었다.

"아니야. 기건 양반들이 지어낸 헛소리고 정말 뜻은 기런 거이 아니란 말임. 대추는 반드시 결실을 거두는 과실이야. 한번 꽃을 피우면 아무리 가뭄이 들어도 열매를 맺고, 한번 열매를 맺으면 어떤 태풍에도 떨어지지 않고 견디는 거이 대추야. 기래서 제사상에 대추를 올리는 기야. 한번 꿈을 품었으면 반드시 이루고, 어떤 시련에도 흔들리지 말라, 어떤 도전에도 굴복하지 말라, 기런 다짐으로 대추를 올린단 말임."

나는 걸음을 멈추고 그녀를 쳐다보았다. 동짓달 열이레의 은은한 달빛이, 입술에 번지는 미소를 사려문 그녀의 까무스름한 얼굴을 비추었다.

"어떻게 그런 걸 다 알아요? 야소교인은 부모 대신 천주를 섬긴다는데, 아니에요?"

"그거이 다 모자란 인간들이 하는 짓이란 말임. 우릴 낳아준 아바이 어마이 은혜를 기리는 것과 세상을 주관하시는 하느님 어버지를 영접하는 거이 무슨 상관이란 말임. 기딴 헛소리 믿지 말라."

대추를 입안에 넣은 채 머리를 긁적이는 나에게 백무아가 물었다.

"당신의 꿈은 무엇입네까?"

동생이라고 우기던 그녀가 갑자기 '당신'을 들이댔다. 나는 입안에 남은 대추씨를 뱉지 못하고 머뭇거리다 되물었다.

"그러는 당신은?"

"내래 꿈이야 어버지 하느님의 뜻을 세상에 전하는 것이고, 내래 당신의 꿈을 물었단 말입니다."

나는 꿈 같은 건 생각해보지 않았다고 대답하지 못했다. 내 땅을 가지고, 머슴이 아닌 인간으로 사는 것이 꿈이었던 적이 있었다. 신포수처럼 양반이 없는 산에서 짐승을 쫓으며 살겠다는 생각을 했던 적도 있었다. 한때 정파총과 박한 초관과 같은 무관이 되고 싶었던 적도 있었다. 그걸 꿈이라고 할 수 있을까. 하지만 지금은 그마저도 다 내던져버린 것들이었다. 달아오른 내 얼굴을 환히 비추는 열이레의 밝은 달을 이 순간만은 한없이 피하고 싶었다. 달빛은 피하지 못하고 그녀의 눈길만 피해 고개를 치켜들었다. 밤마다 혼자 올려다보았던 유난히 밝게 빛나는 별 하나가 눈에 들어왔다.

"저 별 이름이 뭔지 알아요?"

"북극성을 으째 모르겠습네까."

나는 고개를 저었다.

"헛똑똑이네……"

자기 이름도 몰라요? 나는 하마터면 그렇게 말할 뻔했다.

"아니면, 저 별 이름이 뭐란 말입네까?"

나는 대답 대신 그녀에게 언제 다시 올 것인지를 물었다.

"내년 오늘."

"그때까지 알아오세요."

4

백무아는 올해도 거짓말처럼 내 앞에 나타났다. 작년보다는 하루, 재작년보다는 이틀 이른 동짓달 보름날 그녀가 왔다. 내가 외발틀을 잡은 열두 명의 고공들과 초지 작업에 열을 올리고 있는 공장으로 그녀가 들이닥칠 줄은 몰랐다.

언진산 골짜기를 타고 내려오는 물줄기를 따라 ㄱ자로 지어진 초지공장은 이른 아침부터 분주했다. 백지는 흰 백白자 백지白紙가 아니라 일백 백百자 백지百紙였다. 고공들의 손길 백 번을 거쳐야 만들어지는 종이가 백지였다. 닥나무의 벌목에서부터 닥무지까지 마흔두 번, 닥죽의 고해에서부터 초지까지 서른일곱 번, 건조에서 도침까지 스물한 번의 손길을 거쳐서 탄생하는 것이 새하얀 백지였다.

"가자 가자—"

내가 소리치자, 첨벙첨벙, 열두 개의 외발틀이 초지통으로 뛰어들며 물질을 시작했다. 고공들의 장단이 아귀를 물고 낭창낭창 이어졌다.

"앞물 떠서—"

일삼오칠 홀수 발틀을 잡은 고공들이 선소리를 하면 이사육팔 짝수 발틀을 잡은 고공들이 뒷소리를 메겼다.

"뒤로 치고—"

천장에서 드리운 외줄에 매달린 열두 개의 외발틀이 일제히 초지통 안의 닥물을 앞으로 떠서 뒤로 넘겼다.

"왼물 떠서—"

이어지는 홀수 발틀 고공들의 선소리를 짝수 발틀 고공들이 받아냈다.

"오른물로—"

첨벙, 오른쪽에서 왼쪽으로 초지통 안의 닥물을 파고들어간 발틀이 비스듬히 올라오며 떠올린 닥물을 오른쪽으로 흘려넘겼다.

"오른물은—"

"왼편으로—"

이번에는 고공들이 반대 방향으로 물질을 했다. 전후, 좌우, 우좌. 이렇게 세 번 소리를 주고받으면서 한 회 물질이 끝났다. 책을 매는 서필용 백지는 삼 회의 물질을 하고, 그림을 그리는 서화용 백지는 사 회에서 오 회의 물질을 했다. 오늘 작업은 서필용 백지다. 전후, 좌우와 우좌로 이어지는 물질에 따라 가로와 세로로 엇갈리게 결합한 닥살은 대나무 발 틈으로 물이 빠져나가면서 밀도 높고 질긴 백지의 형태를 갖췄다. 물질을 한 방향에 따라 실낱보다 가는 닥나무 피륙의 결이 정해졌고, 그 방향이 백지의 상하좌우가 되었다.

마지막 선소리와 뒷소리는 건조공의 몫이었다.

"서필 좋다—"

"백지 좋지—"

발틀에서 떼어낸 백지를 건조대에 고르게 펼친 열두 명의 건조공이 다음 백지를 발틀에서 떼어낼 준비를 했다. 열두 명의 초지공과 열두 명의 건조공이 메기는 마지막 장단이 오늘따라 척척 잘 맞아떨어졌다. 초지통 안의 닥물은 점점 줄어들고 건조대 위의 서필용 백지는 차곡차곡 쌓여갔다. 장단을 좀더 당길까, 하다가 그만두었다. 작업 속도를 다잡으려면 반장인 내가 끼어들어 장단을 끌어당겨야 했다. 오늘 우리 외발틀반에 내려온 생산량이 구천칠백구십이 장이었다. 이미 해가 짧아진 그믐달에 외발틀 하나가 팔백십육 장씩 초지를 하려면 숨돌릴 틈 없이 몰아쳐야 했다. 하지만 나는 잠시나마 스물네 명의 고공들이 서로 장단을 맞춰가며 즐겁게 일하는 흥을 깨트리고 싶지 않았다. 종일 선 채로 백지 팔백십육 장을 떠내도 고공들은 노임으로 백지 한 장 값을 받지 못했다. 그래도 초지통에서 떠올린 나무의 피륙을 희고 미끈한 백지로 만들어내는 순간의 희열은 고공들의 차지였다.

"서필 좋다—"

"백지 좋지—"

나는 선소리에 끼어들어 장단을 끌어당기는 대신 고공들의 뒷소리에 추임새를 넣었다.

"좋다 좋아—"

반장의 추임새에 고공들의 선소리는 날개를 달았다.

"우리 반장—"

그렇게 선소리를 메긴 것은 오번 외발틀을 잡은 나이든 손아바이였다. 누가 먼저랄 것도 없이, 약속이라도 한 듯 고공들이 뒷소리로 받았다.

"서방가자—"

장가가자, 처음에는 이 소리에 얼굴이 빨갛게 달아올랐지만, 이젠 아니었다.

"날래 가자—"

빨리 가자, 내가 한술 더 뜨자 고공들이 와르르 웃음을 터뜨렸다. 백무아가 초지공장에 들어선 것은 바로 그 순간이었다.

"가긴 어딜 가네?"

"아니, 그게……"

나는 바보처럼 입을 반쯤 벌린 채 그녀를 바라보았다. 그녀가, 내가 넣은 추임새만 들은 건지 '서방가자'는 선소리까지 들은 건지 알 수 없었다.

"어딜 날래 가간, 날래 이리 오라."

그녀는 고공들의 눈길 따위는 아랑곳하지 않고 두 팔을 활짝 펼쳤다. 나는 쭈뼛거리며 그녀의 품에 안겼다. 내 어깨에도 닿지 않는 그녀의 키가 오늘따라 무척 커 보였다.

5

백무아와 나는 장진댁과 함께 점심을 먹었다. 백무아는 조지서에서 대우를 받는 고객이었다. 해마다 많은 백지를 구매하는 평양 야소교회의 담당자가 백무아였다. 평양 야소교회는 한자로 된 성경을 만드는 청나라에 보낼 종이까지 총령에서 조달해 갔다. 가장 얇고 질긴, 단가가 가장 비싼 최고급 백지의 값을 깎지 않고 사가는 큰손이 백무아였고, 백무아를 상대하는 사람이 장진댁이었다. 내가 총령으로 오기 전부터 조지서를 드나든 백무아와 장진댁의 관계를 안 것은 지난해였다. 장진댁은 야소교도였다.

"공중의 새를 보라. 심지도 않고 거두지도 않고 창고에 모아들이지도 아니하되 너희 천부께서 기르시나니. 너희는 이것들보다 귀하고 귀하지 아니하더냐. 너희 중에 누가 염려함으로 그 키를 한 자나 더할 수 있겠느냐. 마태복음 육장 이십육절 말씀입니다."

백무아는 멀리 떨어진 사람들이 눈치채지 못하게 나지막이 식전기도를 올렸다. 장진댁은 가만히 눈을 감은 채 복창했다.

"아멘."

한 손에 숟가락을 든 채 눈을 반쯤 감고 눈치를 살피던 나는 백무아를 따라 눈을 떴다. 총령의 조지서를 경영하는 유임생은 수안군 동학의 총대였다. 총대를 수안 군수에 비견되는 벼슬로 여기는 유임생은 고공들을 동학에 들도록 집요하게 강요했다. 장진댁이 야소교도인 것을 모를 리 없을 텐데 유임생이 모르는 체하는 이유를 나는 알지 못했다. 더욱 모를 일은 야소교회에 종이만이 아니라 책까지 공급하는 이유였다. 척양척왜를 내세우며 서학에 맞서 보국안민하겠다는 종교가 동학이었다.

밥을 먹으며 백무아가 장진댁에게 물었다.

"서책은 몇 권이나 만들었습네까?"

백무아가 말한 서책은 서학의 경전이었다.

"한자로 된 서책은 백사십육 장인데 이백 권으 찍었지비. 기렇티만 백팔십이 장으로 된 우리네 언문 서책 사백 권은 아직 오침제본으아이 했음."

장진댁은 대답을 다 한 다음에야 장부를 꺼내 확인했다. 장진댁의 장부는 그녀 외에는 아무도 알아볼 수 없는 신비한 부호와 작대기로 채워져 있었다. 한자도 언문도 모르는 그녀는 닥의 일일 생산량과 품질, 특이사항은 물론 닥의 반출 일자와 반출량도 그녀만의 문자로 기록했다. 아무에게도 보여주지 않았지만 조지서에서 가장 정확한 장부였다. 그녀의 장부보다 더 정확한 장부가 하나 더 있긴 했다. 그녀의 머릿속이었다. 그녀는 삼 년 전의 반출 물량과 일자도 정확히 기억할 만큼 비상한 기억력의 소유자였다. 어떻게 그 많은 숫자를 정확하게 기억하느냐는 내 물음에 장진댁은 시큰둥하게 대답했다. 글으 모르니 외우는 수밖에 더 있갼. 장진댁의 장부는 실제 용도가 없는 보존용 문서에 가까웠다. 나는 그 장부의 부호와 작대기가 실제 숫자를 기록해둔 것이 아니라 그녀의 기억에 이의를 제기하는 상대를 제압하기 위해 증빙용으로 만든 허구가 아닐까, 하는 의심을 하기도 했다. 여기에 이렇게 적혀 있다, 장진댁이 장부에 적힌 신비한 부호를 따박따박 짚어가며 반출 일자와 물량을 들이대면 그 부호를 읽을 수 없는 상대방은 속수무책이었다.

"유임생이 동학인데, 왜 서학책 만들어주오?"

나는 백무아에게 물었다. 사장 유임생은 조지서와 함께 동학의 경전을 만드는 활판인쇄소를 은밀히 운영했다. 그 활판인쇄소에서는 동학만이 아니라 서학의 경전도 만들었다. 백무아는 싱긋 웃으며 장진댁한테 눈길을 돌렸다.

"돈에는 종교가 없다는 총대의 말으 아직도 못 들었음둥? 돈은 눈도 코도 없고, 신념도 신심도 없다고 했지비."

밥을 먹은 장진댁이 먼저 자리에서 일어섰다. 닥나무를 벌채할 때처럼 한철 일꾼이 없는 시기에는 여자 고공들이 밥을 하고 배식과 설거지도 맡았다. 오늘 당번이 무지공장이었다.

"내래 왜 결혼을 아이 하는지 압네까?"

장진댁의 뒷모습을 바라보던 백무아가 혼잣말하듯 물었다.

"……"

"저거 보라."

그녀는 오십여 명의 고공들이 먹은 밥그릇을 개울가로 이고 가 설거지를 하는 무지공장의 여자 고공들을 턱으로 가리켰다. 내가 눈만 껌뻑이자 그녀가 이번에는 턱으로 양지바른 자리를 찾아 궐련을 피워 물고 있는 남자 고공들을 가리켰다.

"왜 남자들은 쉬는 시간에 여자들은 일을 합네까?"

"그거야, 밥하고 설거지는 본래 여자가 하는 일……"

나는 불이 뿜어져나오는 그녀의 눈빛에 하마터면 입을 델 뻔했다.

"기걸 지금 말이라고 하오. 여자들은 남자들 일할 때 놀았댔습네까. 남자들하고 똑같이 일하고, 로임은 절반을 받고, 남자들 쉬는 시간에 밥하고 설거지하고, 물 이고 나르는, 이게 가당한 일입네까? 이게 공평한 세상이라고 생각합네까."

가시 돋친 말을 연발로 쏘아댄 백무아는 내 대답을 기다리지 않았다. 기대하지 않는다는 뜻이었다.

"저렇게 살고 싶은 생각, 절대 없습네다."

백무아의 눈길이 닿는 곳에 두 딸을 양쪽에 거느린 금희네가 젖먹이에게 젖을 물리고 있었다. 그녀는 다짐하듯 덧붙였다.

"내래 애 낳는 기계로 살려고 이 지구에 오지 않았단 말입니다."

그녀의 단호한 표정 앞에서 나는 입을 다물었다. 한동안 침묵이 흘렀다. 어색한 침묵이 머쓱했는지 백무아가 나를 향해 씽긋 웃었다. 나는 생각 없는 인간처럼 따라 웃으며 슬쩍 물었다.

"그렇지 않은 남자가 있으면, 밥도 하고 설거지도 하는 남자가 있으면 혼인합니까?"

"조선에 기런 남자 없슴다."

나는 엄지손가락으로 내 가슴을 가리켰다.

"신포수와 산에서 지낼 때 내래 밥하고 설거지 다 했습다. 나물도 잘 무친다고 칭찬 들었단 말입니다."

나는 백무아의 반응이 두려워 짐짓 농인 것처럼 그녀의 말투를 흉내내며 너스레를 떨었다. 그녀가 화를 내도 빠져나갈 퇴로가 필요했다. 그녀는 고개를 가로저으며 웃었다.

"가족끼리 기럴 순 없단 말입니다."

바보처럼 나는 또 과장되게 그녀를 따라 웃었다. 관계가 무엇이든 그건 상관없었다. 그녀를 잃지 않을 수만 있다면 가족이라고 해도 그만이었다. 나는 지난해보다 훨씬 더 까맣게 탄 그녀의 얼굴을 바라보며 말을 돌렸다.

"요즘은 어디로 전도를 다닙니까?"

"평안도와 황해도, 아이 가는 곳이 없습네다."

"사격 실력은 좀 늘었습니까."

나는 지난해 총령에 온 그녀에게 숨겨두었던 단총을 건네주고, 사격술을 가르쳐주었다. 전도를 위해 겁도 없이 먼길을 예사로 나다니는 그녀가 걱정되어 견딜 수가 없었다. 아직도 야소교에 대한 박해는 계속되었고, 어디서 산적과 무뢰배를 만나게 될지 알 수 없었다. 그녀의 단도 쓰는 솜씨는 눈부셨지만 상대가 서넛을 넘으면 소용없었다. 눈앞의 상대를 제압하는 방어용 무기로는 단총을 능가할 것이 없었다. 여섯 발을 한꺼번에 장전하는 단총 하나면 아무리 완력이 센 강도도 여섯 명까지는 처리가 간단했다. 상대가 열을 넘어도 셋만 단숨에 쏘아 제치면 나머지 일곱은 줄행랑을 놓기 마련이었다. 단도를 잘 쓰는 그녀는 사격 감각도 뛰어났다. 총열이 짧은 단총은 열 보 앞의 표적도 명중시키기 어려운 총기인데 그녀는 탄창 하나 연습하고 열다섯 보 앞의 표적을 꿰뚫어서 나를 놀라게 했다.

"이걸로도 충분합네다."

그녀는 저고리의 왼쪽 소매에 감춘 단도를 보여주었다.

"총은?"

"잘 지니고 다니니까 걱정 마시라요."

그녀가 슬쩍 들춰 보이는 겉치마 안으로 단총이 보였다. 설거지한 솥과 그릇의 단도리까지 마친 장진댁이 돌아와 언문본 서책의 오침 제본을 사흘 안에 끝내주기로 했다고 알려주었다. 활판인쇄소에도 야소교도가 생겼다는 장진댁의 얘기를 듣던 백무아가 갑자기 나를 쳐다보았다.

"활판인쇄소로 공장을 옮기는 게 어떻간?"

나는 손사래를 쳤다.

"이제 겨우 초지공장의 반장이 되었는데, 언제 다시 인쇄 기술을 배워요?"

"기래도 인쇄술을 배워보라."

"왜요?"

"서책이 없었다면, 성경 주해가 없었다면 내가 야소교를 믿었갔. 총알 백 발보다 무서운 것이 글자 한 자고, 총 열 자루보다 무서운 것이 책 한 권이란 말입네다. 총은 불의를 이기게도 하고 불의를 소멸시키기도 하오. 하지만 선을 키우는 일은 서책만 한단 말입네다."

그녀의 말 때문이었는지, 나를 바라보는 그녀의 눈빛 때문이었는지는 모르지만 나도 모르게 고개를 끄덕이고 말았다.

오후 작업을 알리는 쇠북소리를 듣고 일어서며 나는 백무아에게 물었다.

"왜 나한테는 야소교 믿으라고 안 합니까?"

"내래 왜 그런 소릴 하간? 이미 믿고 있는데."

"내가? 믿는다고 한 적 없는데."

눈을 크게 뜨고 쳐다보는 내게 그녀는 오른손 검지로 자신을 가리키며 대답했다.

"날 믿지 않간?"

나는 더 대꾸하지 못하고 초지공장으로 발걸음을 옮겼다.

백무아는 나흘 뒤 총령을 떠났다.

그녀는 초지공장 앞마당에서 마지막으로 나를 안아주었다. 이 한 번의 포옹이 남긴 여운의 힘으로 내가 또 일 년을 견딘다는 것을 알리 없는 그녀는 둘러선 여자 고공들을 향해 큰 소리로 말했다.

"내 동생 아무도 건드리지 말라. 이미 정해둔 여자 있단 말임."

여자 고공들뿐 아니라 남자 고공들까지 폭소를 터뜨렸다. 나는 목소리를 낮춰 그녀에게 물었다.

"내년에도 오는 거죠?"

"기럼."

6

다시 한 해를 기다렸다. 동짓달 열이레가 지났지만 백무아는 오지 않았다. 나는 혼자 범바위에서 백무현의 기제를 지냈다. 아무 일이 없다면 오지 않을 그녀가 아니었다. 사정이 생겨 하루 늦을 수는 있을 것이다. 하지만 다음날도, 그다음날도 그녀는 오지 않았다. 활자가 손에 잡히지 않았다. 몇 번이나 식자 상자에 엉뚱한 활자를 심었다.

"어허, 이 사람이. 희한한 재주를 가졌네."

괴수도깝 영감이 내 등뒤에 서서 조판 상자를 내려다보며 혀를 끌끌 찼다.

柱似枯形力有餘 吾順受天命

나는 심어놓은 활자를 다시 살펴보며 떠듬떠듬 읽었다.

"주사고형역유여 오순수천명."

문장의 뜻은 모를지라도 나는 어지간한 한자는 읽어냈다. 한 해 가깝게 식자공으로 일했기 때문은 아니었다. 서당개 삼 년이면 풍월을 읊는다는 말은 말짱 거짓말이었다. 삼 년 아니라 석삼년을 넘게 일한 식자공도 풍월을 읊지 못했다. 한자를 읽지도 해독하지도 못하는 식자공들이 제자리에 맞게 활자를 심고, 오자를 골라내는 것을 보면 신기하기 그지없었다. 사만오천 자가 넘는 빽빽한 활자의 숲에서 서체와 크기가 맞는 글자를 정확하게 뽑아오는 문선공은 더 신기했다. 활판인쇄소에서는 아무리 오래 일해도 글이나 기술을 가르쳐주는 사람이 없었다. 알아서 글자의 모양을 외우고, 활자의 위치를 기억하고, 스스로 기술을 습득한 사람들이 활판인쇄소 고공들이었다. 내가 한자를 제대로 쓰고 해독하지는 못해도 거의 읽을 수 있었던 것은 아비로부터 천자문과 명심보감이나마 배운 덕분이었다.

洳高飛遠走

"여고비원주."

나는 마지막 구절까지 읽어 보이며 괴수도깝 영감을 쳐다보았다.

"축축하게? 네놈은 그렇게, 축축하게 높이 날고 멀리 뛰는 재주가 있는가?"

아니나 다를까. 괴수도깝 영감의 손은 말이 끝나기도 전에 조판 상자를 파고들었다. 그는 洳(여) 자 활자를 뽑아내며 소리쳤다.

"박가 이놈아!"

물 수 변氵 활자장을 맡은 문선공 박문영이 고개를 돌리는 찰나 괴수도깝 영감의 손에 들렸던 활자가 포물선을 그리며 날아갔다. 이어서 문선 상자에 금속활자 떨어지는 소리가 경쾌하게 실내를 울렸다. 박문영은 왼손에 든 문선 상자로 받아낸 활자의 모양을 필경사가 베껴쓴 원고와 비교했다.

"아침 굶었냐, 이놈아, 쓸데없는 아가리는 왜 더 붙여."

나도 원고의 원문을 확인했다. 괴수도깝이 뽑아낸 洳 자의 자리에 들어갈 글자는 汝 자였다. 음은 같은 '여'였지만 들어갔어야 할 汝 자에 입 구口가 더 붙은 洳 자를 잘못 문선한 것이었다. 女如茹帤攦鈙伽筎妤敉呂梠焒絽郘侶餘與旅輿麗嶮沴汝洳…… '여'로 읽히는 한자만 이백사십구 개였다. 汔氾汀汁氿汃汅汄汅汇汈汉氻汖汊江灩汥汶汝汝…… 글자의 왼쪽을 삼 수 변으로 시작하는 한자만 천이백칠십삼 개였다.

"주둥이 뺐습니다."

박문영이 소리치며 활자 하나를 던졌다. 나는 앉은 채로 오른팔을 뻗어올려 날아오는 활자를 잡았다. 汝 자였다. 나는 괴수도깝 영감이 洳 자를 빼낸 자리에 汝 자를 심었다. 글을 짓는 것은 양반인데 활자를 만드는 것은 상놈이었다.

"박가놈아, 아가리 구가 들어간 놈은 축축할 여 자고, 아가리 구가 없는 놈은 너 여 자다."

괴수도깝 영감이 박문영을 부르며 소리를 질렀지만 나 들으라는 것이었다. 문선, 조판공 중에 활자의 모양을 외우지 않고 음과 뜻을 알려고 하는 고공은 나 하나였다. 그들이 아는 것은 활자의 모양이지 글자의 음과 뜻이 아니었다. 글을 모르는 자가 만든 책을 글을 아는 자가 읽었다. 책을 찍고 매는 것은 인쇄공과 제본공인데 책을 읽는 것은 양반이었다. 족보 없는 자들이 만든 족보로 족보 있는 자들이 행세를 했다.

"도사님은 어떻게 한눈에 오자를 바로 찾아내세요?"

활판인쇄소 직공장의 성이 천이라는 것만 알 뿐 이름이 무엇인지 아는 사람은 아무도 없었다. 천이라는 성도 진짜인지는 알 수 없었다. 사장부터 고공들까지 모두 천도사라고 부르니 나도 그렇게 불렀다. 물론 그가 없는 자리에서는 다른 고공들처럼 나도 그를 괴수도깝으로 불렀다. 우두머리 도깨비, 그 별명은 활판인쇄소에서 상당히 그럴듯했다. 출신을 알 수 없는 그의 정체가 도깨비 같았고, 글자도 모르면서 활자를 만들고 책을 찍어내는 고공들도 모두 도깨비 같았다. 겉으로는 족보를 만든다고 내세우고 뒤로는 동학과 서학, 개화당의 서책까지 분주하게 찍어내는 이 인쇄소가 도깨비 소굴 같았다. 이 도깨비 소굴의 괴수가 그였으니 괴수도깝이란 말이 딱 들어맞았다.

"싱거운 놈 같으니. 밥에 든 돌을 골라내지 못하고 삼키는 놈이 있더냐. 밥에 든 돌이 혓바닥에 걸리는데, 글에 든 돌이라고 눈에 걸리지 않겠느냐. 더구나 수운 교조의 유훈을."

수운은 동학을 창시한 최제우였다.

"그럼 이게 유언인가요?"

"그런 셈이지. 대구 감영에서 참수를 당하기 전에 법통을 이어갈 해월 선생에게 남긴 글이니."

"뭐라고 한 겁니까?"

나는 옆에 선 그의 앞으로 조판을 내밀었다. 柱似枯形力有餘 吾順受天命 汝高飛遠走.

"주사고형역유여, 죽어 마르지 않고 어떻게 기둥이 제 모양을 갖추고 힘을 발휘하겠는가. 무슨 뜻인지 알겠느냐. 아무리 잘 뻗은 아름드리 적송도 죽지 않고는 집채를 떠받치는 기둥이 되질 못한다. 오순수천명, 무식해도 이건 무슨 뜻인지 알겠지?"

괴수도깝 영감은 고공들 중에서 글을 제일 많이 아는 나에게만 유독 무식하다고 타박을 했다.

"나는 천명에 순종하겠다?"

"아니지. 여기서는 천명을 그렇게 해석하면 아니 되지. 죽음을 눈앞에 두고 천명을 받들겠다는 것이니까, 나는 내 죽음을 기꺼이 받아들일 것이다, 용감하게 받아들일 것이다, 이렇게 해독해야지. 그리고 마지막 구절, 여고비원주, 너는 나의 죽음을 딛고 멀리 뛰고 높이 날아라."

"도사님은 정말 동학을 믿으세요?"

"동학은 믿는 게 아니야, 하는 거지."

"뭘 합니까?"

"후천개벽. 이미 수명을 다한 이 망할 놈의, 이미 망한 놈의 세상을 끝내고 새로운 세상을 여는 것이지."

그렇게 말하는 괴수도깝과 같은 눈빛을 언젠가 본 적이 있었다. 개화당 홍영식의 겸종 이흥완의 눈빛이었다. 나는 갑자기 숨이 막혔다. 잠시 멈추었던 숨을 길게 내쉬며 다시 물었다.

"새롭게 열리는 세상은 대체 어떤 겁니까?"

"지금까지 세상을 지배하던 양반의 시대가 끝나고 핍박받던 백성이 주인이 되는 평등한 세상. 그게 바로 후천개벽이고 광제창생하는, 고통에 시달리는 민중을 널리 구제하는 일이지."

세상을 뒤집어 바꾼다, 세도번환. 동학의 후천개벽은 바로 개화당의 세도번환이었다. 세도번환을 꿈꾸던 자들의 운명이 어떠했던가.

나는 능지처사를 당한 이홍완의 사지와 차이경의 가련한 최후가 떠올라 소름이 돋았다.

"총대가 그렇게 얘기를 하는데도, 네놈은 끝내 동학에 들지 않을 생각이냐?"

사장 유임생은 내가 총령에 오던 날부터 지금까지 동학에 들라고 괴롭혔다. 체격이 장대하고 완력이 있어 보이는 나를 수하로 끌어들여 행동대로 부리려는 수작이었다.

"도사님이 보기에는 총대가 동학사상, 인내천과 관계가 있는 사람으로 보입니까. 제 눈에는 반대로 보입니다. 저는 그런 사람들이 하는 일에 섞이고 싶은 생각이 눈곱만큼도 없습니다."

나는 상대의 눈을 보지 않고 손과 발을 먼저 살피면서 살아왔다. 행하지 않는 것을 믿지 않았다.

"고통에 빠진 민중을 널리 구제하기는커녕 자신의 수하에 있는 고공들의 고혈을 빨고 괴롭히는 사람이 유임생 사장 아닙니까. 정말 동학을 한다면 여기 있는 고공들부터 구제해야지요."

내 목소리가 올라가자 괴수도깝이 나를 나무랐다.

"이놈이 이거, 이거 듣자듣자 하니……"

그러면서, 그는 주변을 살피며 목소리를 낮추었다.

"말은 바른 말이네."

눈길이 마주친 나와 괴수도깝은 함께 웃었다.

"그래서 동학에 들지 않는다……"

괴수도깝 영감은 이야기를 주고받으면서도 부지런히 조판 상자에 활자를 심어나가는 나를 물끄러미 쳐다보며 말끝을 흐렸다. 세상 모르는 것이 없는 괴수도깝이 유임생 사장의 본색을 모를 리 없었다.

"그는 그냥 사장 하면서 자기 배나 채우고 잘살면 됐지, 왜 동학을 할까요?"

"그들도 이 세상을 바꾸고 싶을 테니까."

"사장으로 성이 차지 않아서 현감도 하고 군수도 하고 싶어서요?"

중인 출신으로 나라에서 운영하던 총령 조지서의 중간 관리자였던 유임생은 나라가 난리로 허술해진 틈을 타 탐관오리들과 짜고 조지서를 넘겨받아 사장이 되어 고공들을 종처럼 부렸다.

'이문을 내가 다 먹는 줄 아시나.'

사장 유임생은 그렇게 둘러대곤 했다. 그의 뒤를 봐주는 탐관오리들에게 얼마를 가져다 바치는지는 몰랐지만 조지서는 틀림없는 그의 소유가 되어 있었다. 그런 자들이 이젠 어수선한 민심에 편승해 동학의 탈을 쓰고, 올지 모르는 새로운 세상의 권력을 꿈꾸었다.

괴수도깝 영감은 내가 짜고 있는 동학 교조 최제우의 언행록에 눈길을 주며 대답했다.

"새로운 세상이 오면 그런 탐욕 또한 무너지게 되어 있네. 진짜가 오면 가짜는 가기 마련이지."

괴수도깝 영감은 내 등을 두드리고 나서 주위의 식자공들이 다 들리게 소리쳤다.

"이놈아, 여섯 푼 내놔라."

오탈자에 매기는 벌금이었다. 완성된 조판 상자에서 나오는 오탈자 하나의 벌금이 두 푼이었고, 내 조판 상자에서 오늘 괴수도깝이 집어낸 오자가 벌써 세 개였다. 물론 완성되기 전에 괴수도깝이 오자를 미리 뽑아냈기 때문에 벌금은 없었다. 괴수도깝은 기가 막히게 상태가 좋지 않은 식자공을 알아보고, 미리 오자를 바꿔주고 탈자를 채워줬다. 이놈, 저놈 하며 욕을 퍼붓는데도 인쇄소 고공들이 그를 미워하지 않는 건 그의 그런 마음 씀씀이를 알았기 때문이었다.

"이놈아, 백가놈은 오늘 일 안 나온다더냐?"

인쇄소에서 백가는 나 하나였고, 나는 여기에 있었다.

"?"

"어디서 허깨비가 사람 흉내를 내. 정신은 빼놓고 거죽만 와서 앉았으면 이게 허깨비지 사람이냐."

괴수도깝이 내 눈을 응시하며 검지로 인중을 콕 찔렀다.

"헛된 인연 매달려봐야 소용없다고, 백가놈 와서 일하라고 해."

나는 화들짝 놀랐다. 그가 괜히 괴수도깝으로 불리는 게 아니었다. 그를 괴수 도깨비로 부르는 것은 모르는 글과 문장, 모르는 이야기가 없는 박식함 때문이 아니었다. 그가 다가가서 살피는 식자공의 조판에는 반드시 오자나 탈자가 있었고, 그 식자공에게 어떤 일이 닥쳤는지 귀신처럼 짚어냈다. 고공들 중에는 그가 어려서부터 수운 최제우를 따라다니며 관상학과 점성술을 익힌 진짜 도사라고 믿는 이가 많았다. 그가 전생과 후생을 손바닥 들여다보듯이 하고 앉아서도 십 리 밖을 내다본다고 믿는 고공도 드물지 않았다.

"헛된 인연이라니요?"

"외롭고도 외로워. 처음도 혼자고 나중도 혼자야. 그렇게 가는 길 정해진 운명이니 막지 마라."

어떻게 일을 마쳤는지 몰랐다. 처음도 혼자고 나중도 혼자인 운명을 타고난 것이 나라면 새삼 두려울 것도 없었다. 하지만 백무아가 외롭고도 외롭지는 말아야 했다. 더구나 헛된 인연이라니.

괴수도깝의 예언이 맞았는지, 괴수도깝의 말이 씨가 되었는지 백무아는 오지 않고 가장 염려했던 소식이 밤과 함께 도착했다.

혹시, 하면서도 아니겠지, 했던 일이 백무아에게 일어났다는 소식을 가지고 온 것은 평양 야소교당의 남자 전도사였다. 장진댁으로부터 그 이야기를 전해듣고도 나는 믿기지 않았다. 나는 객사에 든 전도사를 불러냈다. 어떤 말도 입에 담고 싶지 않았다. 거두절미하고 물었다.

"사실이오?"

"불행하게도 그렇소."

나는 잠시 눈을 감고 호흡을 가다듬어야 했다.

"무아 누나는요?"

"입을 떼지 않습니다. 말하지도 먹지도 않습니다."

나는 가슴이 터져버릴 것 같았다.

"누구요, 그자가?"

그녀를 유린한 두 명의 이름을 전도사가 말했다. 전도사는 경위를 더 설명하려고 했다. 나는 펼친 손바닥을 앞으로 내밀며 그의 말을 막았다.

"경위 따윈 필요치 않소."

어쩔 줄 모르고 서 있는 전도사를 외면하고 밤하늘을 올려보았다. 나의 별이 서럽게 빛나고 있었다. 솟구쳐오르는 눈물을 걷잡을 수 없었다.

7

나는 아침이 오기를 기다리지 않기로 했다. 사장 유임생의 집무소에는 불이 켜져 있었다. 나는 동생이 색싯감을 구해둬서 혼례를 치르러 가겠다고, 밀린 노임을 요구했다.

"서방 들러 간다. 로임을 달라? 드려야지."

유임생은 뜸을 들이며 머리를 굴렸다.

"헌데 활판인쇄소에는 시방 돈이 없으니 어쩌신다……"

뻔한 거짓말을 늘어놓는 유임생의 눈을 나는 똑바로 쳐다보았다. 동학, 서학은 물론이고 개화당의 서책까지 밀려들어 인쇄공과 제본공들이 밤샘 작업을 할 지경이었다. 목판인쇄로 서책을 만들려면 쪽수만큼의 목판이 필요했다. 서책 하나를 만들기 위해 목판 하나에 그 많은 글자를 일일이 각인해야 했다. 글자를 각인해나가다 한 글자만 틀려도 목판을 통째 버리고 첫 글자부터 다시 새겨야 하는 것이 목판인쇄였다. 하지만 활판인쇄는 아니었다. 낱개로 된 활자를 자유자재로 갈아 끼워가며 서책을 찍는 활판인쇄는 제작 시간을 다섯 배 이상 줄여주었다. 각공들이 공들여 새긴 목판은 그 서책 하나를 찍고 나면 불쏘시개 외에는 아무런 쓸모가 없었다. 하지만 활판인쇄에 사용한 낱개의 활자는 한 권의 서책을 찍은 다음 해체해서 또다른 서책을 조판하는 데 얼마든지 다시 쓸 수가 있었다. 마모된 활자만 골라내고 다시 보충하면 되는 활판인쇄는 목판인쇄보다 단가도 절반 이하였다.

반값에 다섯 배 빠른 속도로 책을 만드니 주문이 밀려들 수밖에 없었다. 오전에는 유교 서책을 찍고 오후에는 불교 서책과 족보를 찍었다. 날이 어두워지면 동학을 떠받드는 서책을 찍고 밤이 깊으면 서학을 전도하는 서책을 만들었으며, 새벽녘에는 개화당의 견문록을 제본했다. 더구나 남의 눈을 피해 날이 어두운 다음에 찍는 불온 서책들은 낮에 찍는 유교, 불교 서책이나 족보를 찍는 것보다 이문이 두 배나 되었다. 인쇄공들은 일하느라 밤을 새우고 유임생은 돈을 세느라 밤을 새운다고 고공들은 투덜거렸다. 그런데도 사장은 고공들의 월급을 짧게는 여섯 달, 길게는 일 년 넘게 깔아두고 주지 않았다. 내 월급도 열 달이나 밀려 있었다.

"돈이 있긴 있는데, 이건 동학의 돈이어서 말이야…… 동학의 학인이면 여기서 빌려주면 되는데 백공은 동학에 들지 않으셔서 말이야."

심중에 담긴 백가라는 말을 입안에서 백공으로 주물러내는 놈의 가증스러운 면상을 향해 주먹이 나가려는 것을 참았다. 나는 쫓기는 몸이었다. 어쩌다 바깥 사람이 인쇄공장을 방문하면 나는 자리에서 일어나지 못했다. 가상투를 풀고 행장을 바꾸었지만 보통 사람보다 머리 둘은 더 껑충한 키를 숨길 재주는 없었다. 방문객이 나갈 때까지 나는 조판대에 코를 박고 앉아만 있어야 했다. 눈치 빠른 유임생이 내게 뭔가 숨기는 과거가 있다는 것을 모를 리 없었다. 이름을 말하지 않는 괴수도깝 영감부터 이력을 가늠하기 어려운 고공들이 활판인쇄소에는 나 말고도 여럿이었다. 사장 유임생은 고공들을 동학의 공범으로 얽어매 총령에서 빠져나가지 못하게 만들고, 불온한 서책을 만드는 활판인쇄소를 운영하는 데 세상에 떳떳이 나서지 못할 약점을 지닌 고공들을 교묘하게 이용했다.

"그래, 백공도 동학에 드시겠는가? 그럼 총대로서 내 당장 로임을 지급하겠네."

유임생은 교활한 눈빛을 감추며 백공을 한번 더 입에 담았다. 다시는 저 주둥아리를 놀리지 못하게 갈기고 싶은 충동을 간신히 억누르며 나는 대답했다.

"돌아와서 말씀을 드리겠습니다."

백무아를 유린한 놈들을 족치자면 여비가 필요했다. 내가 이렇게 물러섰는데도 유임생이 끝내 노임을 주지 않으면 그때는 어쩔 수 없었다. 나는 놈이 금희네에게 한 짓이 새삼 떠올랐다. 금희네가 한사코 말려서 지금까지 참고 입을 다물었다.

"돌아와서 결정을 하시겠다?"

나는 놈의 손끝부터 살폈다. 무방비였다. 놈의 숨통을 끊어놓는 데는 한 방으로 충분했다. 급소를 훑는 내 눈길을 놈은 자신의 처분을 간구하는 것으로 여겼는지 역겨운 웃음을 지으며 입을 열었다.

"내 그럼 학인으로 들어오시는 것으로 여기고 석 달 치 로임을 미리 드리겠네."

유임생은 밀린 열 달 노임 중에서 겨우 석 달 노임을 이제야 주면서 '미리' 준다고 생색을 냈다. 유임생스러운 기막힌 셈법이었다. 가증스러웠지만 참아야 했다. 나는 밤을 달려 백무아에게 가야 했다. 놈에게 고개를 숙였다.

"잘 생각하신 거네. 내 백공이 그럴 줄 진작에 알았네."

놈은 여태 동학에 들지 않겠다고 버텨온 내가 마침내 고개를 숙인 것으로 받아들이고 자못 의기양양했다.

"오심즉여심, 내 마음이 네 마음이 아니시던가."

吾心卽汝心, 동학의 교조 최제우의 언행록에 나오는 말을 유임생이 되지도 않게 가져다 붙였다. '내 마음이 네 마음'이라는 유임생의 말이 내게는 '내 돈이 자기 돈'이라는 소리로 들렸다. 유임생은 탐관오리들과 짜고 나라의 조지서를 제 것으로 꿀꺽하고, 스스로 총대를 참칭하며 탐관오리의 권력을 탐내는 것으로 모자라 이제는 아주 제가 하늘이 되겠다는 수작이었다.

최제우의 오심즉여심은 괴수도깝 영감이 너 여汝 자와 축축할 여洳 자의 차이를 일러주며 가르쳐준 구절이었다.

'여기서 나 오는 하늘이고, 너 여는 인간이야. 하늘의 마음이 곧 인간의 마음이다, 인내천이다, 이 뜻이다.'

그러면서 괴수도깝은 내게 후렴을 빠뜨리지 않았다.

'이 무식한 놈아.'

이 무식한 놈아, 나는 하마터면 괴수도깝의 말을 유임생에게 그대로 옮길 뻔했다. 내 것과 네 것도 구별하지 못하는 무식한 놈아, 목구멍까지 넘어온 그 말을 억지로 삼켰다. 석 달 치 노임을 받아들고 집무소를 빠져나오는 내 뒤통수에 대고 유임생이 말했다.

"닷새의 말미를 줄 테니 잘 다녀오시게."

평양까지 오가는 데만 나흘이었다. 나는 못 들은 것처럼 앞을 보고 걸었다. 닷새 뒤에 어떻게 되든 그건 상관없었다. 언제 한번 내게 내일이 있었던가.

물위 이유내일勿謂 而有來日. 아비에게 배운 명심보감에서 고쳐 외웠던 그 구절이 문득 떠올랐다. 내일이 있다고 말하지 마라.

8

사 년 만에 돌아온 평양, 나는 야소교당으로 직행했다. 백무아가 무너지지 않게 지켜야 한다는 생각 하나로 말을 빌려 타고 평양까지 달려왔다. 하지만 막상 도착하고 나니 백무아에게 뭘 어떻게 해야 할지 가늠이 되지 않았다. 이제는 번듯하게 간판까지 내건 야소교당 앞에서 나는 사 년 전처럼 서성거렸다. 몇 번을 야소교당 앞을 오갔을까. 처녀 하나가 교당에서 나왔다.

"백무아…… 있습니까?"

"누구세요?"

처녀는 잔뜩 경계하는 눈빛으로 나를 위아래로 훑어봤다. 나는 대답하지 못하고 머뭇거렸다. 홍범이라고 할 수는 없었다. 무슨 관계냐고 물으면 뭐라고 하지……

하지만 더 고민할 필요가 없었다. 미간을 찡그리며 내 얼굴을 뚫어지게 살피던 처녀가 물었다.

"혹시 백무철……"

처녀는 주변을 살피며 나를 교당 안으로 안내했다.

"백무아는 어디에 있습니까?"

"없습니다."

"없다니?"

"이틀 전에 떠났습니다."

떠났다는 말에 나는 가슴이 덜컥 내려앉았다. 어디로? 나는 끔찍한 대답을 듣게 될까 두려워 물어볼 수 없었다.

"아미리가로 갔습니다."

눈앞이 아득했다. 하지만 곧 한숨을 몰아쉬었다. 그녀의 소식을 듣는 순간부터 평양에 도착할 때까지 내가 가장 걱정했던 것은 그녀가 자신을 해치는 일이었다. 어디로 갔건 살아 있으면 됐다. 더는 묻고 싶은 것도 말하고 싶은 것도 없었다.

"가겠습니다."

백무아가 없는 여기에 내가 앉아 있어야 할 이유는 아무것도 없었다.

"잠깐, 기다려보세요."

처녀가 가지고 온 것은 봉인된 편지와 보자기였다.

이제 내게 상처만 안겨준 조선을 떠납니다.

내가 닿게 될 곳이 지옥이라 해도 주저하지 않기로 했습니다. 여자에게, 양반이 아닌 여자에게 여기보다 더한 지옥이 있다면, 그 지옥이 어떻게 생긴 곳인지 한번 보고 싶습니다. 내가 만난 짐승들을 이기지 못했습니다. 잘 때도 단총을 품에 지니고 있으라는 당신의 말을 지키지 않은 것은 내 잘못입니다.

정절 따위로 절망하지 않습니다. 그러나 내가 놈들에게서 풀려났을 때 사람들이 하나같이 궁금해하고 걱정한 것은 짓밟힌 내 자존심이 아니라 정절이었습니다. 오직 한 사람, 눈이 파란 선교사 윌리엄만이 무너진 내 자존심을 위해 울어주었습니다. 나는 그를 믿고, 그를 따라 망망대해를 건너가기로 했습니다.

미안해요. 하지만 내가 조선에서 믿었던 유일한 남자는 당신이었습니다.

나는 떠나지만, 그래도 부탁합니다. 당신만은 조선의 여자 누구에게도 조선의 남자가 되지 마십시오.

강자의 종이 아닌 약자의 벗으로 사는 당신을 사랑했습니다. 내 심장이 멈추는 순간까지 당신은 내 가슴에 남아 있을 것입니다. 부디, 당신이 양반과 침략자, 남자의 편에 서지 않기를 바랍니다.

무현 오빠가 당신을 내게 남겨주고 가서 행복하고 고마웠습니다.

—WFR, WFJ

* 이제 떠나야 할 시각입니다. 조선에서 내가 지켜야 할 것은, 당신을 제외하면 아무것도 남아 있지 않기에 단총은 당신에게 남기고 떠납니다.

보자기 안에는 단총이 명주에 싸여 있었다. 내가 준 바로 그 단총 그대로였다. 총열은 내가 줄 때와는 비교할 수 없게 윤기가 났고, 손잡이에도 먼지 한 톨 없었다. 그녀의 손길이 깃든 명주천을 주머니에 접어넣고 단총을 집어들던 내 눈길이 단총의 손잡이에 박혔다. 작지도 크지도 않은 글자가 손잡이 왼쪽에 새겨져 있었다.

WFR.

나는 단총을 뒤집어 손잡이 오른쪽을 확인했다.

WFJ.

편지의 마지막에 쓰여 있던 서양 글자였다. 나는 손잡이가 보이게 단총을 처녀의 눈앞에 내밀었다.

"이게 무슨 뜻인지 아오?"

"더블유 에프 아르, 무슨 약자 같은데요. 더블유는 후, 화이트, 누구, 흰, 그런 거고, 에푸는 포, 포에버, 위한, 영원한 그런 건데요. 아르는 로즈, 레드. 장미, 붉은 그런 뜻이고요. 영원한 흰 장미, 백장미…… 그건 아닌 것 같은데."

나는 단총을 뒤집어 반대편을 보여주었다.

"더블유 에푸 제. 더블유 에푸는 같고, 제는 지저스. 예수님, 희고 영원한 예수님…… 이것도 아닌 것 같은데."

처녀는 자신 없는 표정으로 고개를 저었다. 나는 단총을 허리춤에 꽂아넣었다.

야소교당을 나서려는 내 뒤통수에 대고 처녀가 물었다.

"혹시, 진남포로 가려는 거예요?"

나는 고개를 돌려 웃어 보이기만 했다.

"그럼, 이것도 가져가세요."

처녀가 서랍에서 꺼낸 초상화 한 장을 내밀었다. 실물처럼 연필로 그려놓은 왜놈의 얼굴이었다.

"무엇이오?"

"언니가 그린 스겟찌예요."

"어떤 언니?"

"무아 언니가 그림 그리는 거 몰랐어요? 엄청 잘 그리는데."

처녀는 그림을 가르친 선교사가 자기보다 백무아가 훨씬 더 뛰어나다고 했다는 얘기를 덧붙였다. 그러나 이미 내 귀에는 다른 얘기가 들어오지 않았다.

"이놈이 현흑상단의 그 왜놈이오?"

"네."

나는 그녀가 그린 스겟찌란 걸 받아들었다.

"어떻게 하려고요?"

처녀가 물었다. 나는 대답하지 않았다. 백무아를 지켜주지 못한 하느님은 왼빰을 때리면 오른빰을 내미는 분이라니 그놈들을 용서하였는지 모르겠다. 그러나 나는 아니었다. 그녀를 지켜주지 못한 나는 절대 그놈들을 용서할 수 없었다.

나는 백무아와 걸었던 보통강을 따라 다시 평양을 떠났다. 겨울 보통강의 바람이 매섭게 뺨을 핥았다. 하지만 속절없이 그녀를 떠나보낸 내 텅 빈 가슴에 불어대는 바람보다 차고 쓰라리지는 않았다. 그녀가 믿고, 따라간 윌리엄이란 남자는 대체 어떤 자일까.

내가 아닌 그를 따라간 그녀가 약속했다. 나는 이제 누구를 기다리며 어떻게 살아가야 하나. 남겨진 내가 해야만 할 일은 그녀를 떠나게 만든 자들과 계산을 끝내는 것이었다. 보통강의 바람이 내 등을 떠밀었다.

9

나는 우마차를 얻어 타고 진남포로 향했다. 도중에 순검을 두 번 당했지만 포졸들은 우마차에 실린 감홍로에만 관심을 가졌다. 평양의 감홍로는 황해도의 이강주, 전라도의 죽력고와 함께 조선 삼대 명주로 손꼽혔다. 하지만 감홍로는 이강주, 죽력고와는 비교할 수 없는, 단연 으뜸이었다. 누룩을 맷돌에 갈아 증류한 다음 일 년을 숙성시킨 감홍로는 도수가 높고 뒤끝이 청량했다.

청국과 왜국에서 들어온 물산을 평양으로 싣고 왔다 진남포로 돌아가는 우마차에는 평양 특산 감홍로가 가득 실려 있었다. 감홍로는 진남포를 통해 조선 팔도는 물론이고 청국과 왜국으로도 팔려나갔다. 우마차의 주인은 코쟁이들도 사간다고 자랑했다. 나는 여차하면 포졸을 때려눕히고 뛸 작정으로 우마차의 주인 옆에 앉아 호위 장정 행세를 했다. 혼자 이동하는 것보다 그것이 훨씬 포졸들의 시선을 덜 끌었다. 청국과 왜국 상단이 호위 무사를 붙이고 다녔기 때문에 조선

상인들이 호위 장정을 데리고 다니는 것도 이상할 것이 없었다.

순검하는 포졸들은 감홍로 한 병에 입이 찢어졌다. 내가 얻어 탄 우마차는 감홍로 두 병을 내주고 무사히 진남포에 도착했다.

백무아를 잡아들인 진남포 형방 서진태는 부자 동네인 억양기리에 살았다. 현감의 관사 부럽지 않은 번듯한 집이었다. 해가 떨어지기 전에 집을 둘러본 나는 밤을 기다렸다.

거리에 몰려다니는 떼놈과 왜놈, 코쟁이들로 진남포의 저녁이 흥성거렸다. 내일이 동짓날이었다. 낮이 가장 짧고 밤이 가장 긴 날이었다. 팥죽과 팥떡을 파는 장사치들이 등불을 밝히고 지나가는 사람들을 불렀다. 동짓날은 한 해 동안 진 빚을 청산하고 새해를 준비하는 작은 설날이기도 했다.

비석리 장거리 끝에 있는 객사에서 빠져나온 나는 시끌벅적한 장터를 지나 서진태의 집으로 갔다. 뒷담을 넘은 나는 놈이 혼자 있는 사랑채의 방문을 조용히 열었다.

"무슨 일이냐?"

서탁에 놓인 장부에 코를 박은 채 놈이 물었다.

"계산할 게 있어 왔다."

내 대답에 고개를 들던 서진태가 내 손에 들린 단총을 보고 화들짝 놀랐다.

"바로 죽고 싶으면 소리를 질러도 좋다."

"왜…… 왜 이러는 것이냐?"

"네가 한 짓을 생각해봐라."

나는 방문을 닫고 놈을 향해 한 걸음 다가갔다.

"누, 누구냐?"

형방 서진태는 말을 더듬으며 덜덜 떨리는 손으로 장부책을 더듬었다.

"빚을 갚지 않았으면 면해주고, 갚았으면 돌려주겠다."

나는 고개를 저었다. 놈이 봄 보릿고개에 빌려준 보리를 가을에 쌀로 돌려받고, 가을에 빌려준 쌀은 이듬해 가을에 두 배로 거둬들이고, 갚지 못한 자의 전답을 빼앗는다는 얘기를 이미 객사에서 들은 뒤였다. 오늘이 바로 빚을 거둬들이는 마지막날인 동지였다. 악귀를 물리치기 위해 동지팥죽을 먹는 오늘, 빚을 진 농민과 뱃사람들에게 물리칠 수 없는 악귀가 바로 놈이었다.

"그럼, 어, 얼마를 주면 되겠나?"

"돈으로 치를 수 없는 계산이야."

나는 놈의 급소를 살폈다.

"아니면, 누, 누굴 풀어주면 되겠나?"

"이미 늦었어."

"무, 무엇이든 하라는 대로 하겠네…… 목숨만 살려주게."

"살 짓을 하고 살기를 바라야지."

"제, 제발. 한 번만 살려주게."

형방 서진태는 무릎을 꿇고, 보자기로 입과 코를 가린 나를 올려다보며 애원했다. 나는 녀석을 어떻게 처리해야 할지 잠시 생각했다.

"네놈이 지난 석 달 동안 잡아들인 억울한 사람들의 이름을 하나씩 부르고, 절을 하며 사죄해라."

서진태는 목숨을 구걸하기 위해서라면 무엇이든 할 놈이었다.

"마상돌."

놈은 이름을 부르고 큰절을 하며 주절거렸다.

"사죄드립니다."

나는 백무아가 간 미국이란 나라의 방위를 생각했다.

"나를 보고 하지 말고, 동쪽을 보고 해라."

마상철, 박주실, 경기출, 안일만, 막달녀, 기종걸…… 아홉 번 절을 한 서진태가 엎드린 채 고개만 들고 내 눈치를 살폈다. 나는 오른손에 쥔 단총의 약실을 왼손으로 돌렸다. 찰칵찰칵 돌아가는 약실 소리에 놈은 얼른 다른 이름을 불렀다.

"형관수."

대여섯 명이면 끝날 줄 알았는데 열이 되도록 그녀의 이름은 나오지 않았다. 나는 화가 나서 소리쳤다.

"님!"

"형관수님."

놈은 얼른 열번째 이름을 다시 부르고 절을 했다.

"사죄드립니다."

피일섭님, 조순이님, 갑동이님, 백무…… 그녀의 이름이 열네번째로 서진태의 입에서 튀어나오려는 순간 나는 발을 날려 놈의 주둥이를 걷어찼다.

"더러운 주둥이로 그 이름을 입에 올리지 마라."

"……사죄드립니다."

"네놈이 능욕했느냐?"

"아니오, 난 그저 상단의 의뢰를 받아 공무를 집행하였을 뿐이오."

“상단? 현흑상단이 왜놈들의 폭력조직이란 건 장바닥의 장사치들도 다 안다. 현흑상단의 배후가 어디냐? 네놈이 모른다고 하지는 않겠지.”

“겐요샤, 현양사라고 듣기만 했습니다.”

대아시아제국의 건설을 꿈꾸는 일본 군부가 현해탄을 건너 조선을 집어삼키고 만주의 흑룡강까지 손아귀에 넣기 위해 창설한 비밀정보조직이 현양사였다. 현흑상단은 상단으로 위장한 현양사 산하의 폭력조직이었다.

“이놈은 누구냐?”

나는 백무아가 그린 왜놈의 초상을 내밀었다. 놈의 얼굴이 하얗게 질렸다. 나는 파르르 떠는 놈의 손끝을 놓치지 않았다.

“의형제를 맺은 놈을 모른다고 할 것이냐?”

찰칵, 나는 단총의 약실을 돌렸다.

“야마자키 세이와 나는 의형제가 아닙니다. 현흑상단의 서북 총재라 가끔 술자리에 어울려 취중에 형님, 아우 했을 뿐입니다.”

“형방이란 놈이 제 나라 여자를 지키지는 못할망정 왜놈에게 팔아넘겨?”

“사죄드립니다……”

놈이 갑자기 나에게 달려든 것은 내가 잠시 백무아 생각에 빠진 순간이었다. 내 손에 들려 있던 단총이 방바닥에 떨어졌고 놈이 소리를 질렀다.

“여봐라, 여봐……”

나는 놈의 목 아래 혈을 손날로 내려쳤다. 놈은 입을 반쯤 벌린 채

찍소리도 하지 못하고 부들부들 떨었다. 나는 단총을 허리춤에 꽂으며 잠시 머뭇거렸다. 곧 집안의 식구들이 몰려올 것이다. 단총을 쓰면 문간방의 호위 포졸까지 달려올 것이다.

맨손으로도 얼마든지 놈의 숨통을 끊어놓을 수 있었다. 단도를 쓰면 가장 확실하고, 위험도 줄일 수 있다. 하지만 난 그렇게 하지 않기로 했다. 단총을 다시 뽑아들며 손잡이를 살폈다, WFR, WFJ. 나는 그녀가 손잡이의 양쪽에 새겨둔 알 수 없는 글자를 감싸쥐고 방아쇠를 당겼다.

탕.

이건 백무아 몫의 탄환이었다. 놈이 얼굴을 감싸고 주저앉았다. 약실을 돌린 다음 나는 놈의 심장을 향해 다시 방아쇠를 당겼다.

탕.

이건 나의 심장에서 빠져나간 탄환이었다. 놈이 바닥에 널브러졌다.

사람들이 몰려오는 소리가 들렸다. 나는 서탁에 놓인 놈의 고리대금 장부에 불을 붙이고 등잔의 기름을 끼얹었다. 삽시간에 방안에 불길이 번졌다. 나는 문을 열고 뒷담을 향해 달렸다. 장독대를 딛고 담 위로 뛰어오르려는 순간 중심을 잃었다. 장독대에 뿌려둔 동지팥죽에 미끄러진 것이다. 내가 다시 중심을 잡고 담장에 뛰어오르려는 순간 뒤에서 총소리가 들렸고, 오른쪽 어깨에 충격이 왔다. 나는 왼손을 짚고 담장을 뛰어넘었다.

호위 포졸은 집요하게 쫓아왔다. 나는 어쩔 수 없이 녀석의 허벅지에 총알 한 방을 박아주고 억양기리를 벗어났다.

10

신흥리에 있는 남창일의 집으로 갔다. 남창일은 평양에서 진남포 군영으로 옮겨와 있었다. 서진태의 집과 귀가 시간을 알려준 것도 남창일이었다. 장가를 들어 아이까지 있는 녀석의 집에 가지 않으려고 했지만 피투성이가 된 옷을 입고 객사로 갈 수는 없었다.

"총을 쓰지 말았어야지."

남창일이 총상을 입은 내 어깨의 피를 닦아내고 모시로 묶으며 나무랐다. 다행히 뼈를 다친 건 아니었다. 나는 단총을 꺼내 남창일에게 보여주었다.

"백무아 거야. 계산은 얘가 하게 해야지."

"이럴 줄 알았으면 내가 쌍검으로 처리해버리는 건데……"

"좀 늘었어?"

"이젠 무현 형이 살아서 돌아와도 날 못 이기지."

남창일은 두 팔을 펼쳐들고 현란하게 휘저었다. 검을 들지 않은 빈

손이었지만 완전히 빈말은 아니었다. 녀석의 자랑은 그의 부인이 들어올 때까지 계속됐다.

"이거 좀 드셔보세요."

그의 부인이 팥죽 한 대접과 백김치 보시기가 담긴 반상을 내려놓았다.

"저, 이거 때문에 오늘 죽을 뻔했는데."

"팥죽을 먼저 먹고 갔으면 이 꼴 안 당했지."

남창일이 내 어깨를 가리키며 팥죽을 먹으라고 윽박질렀다. 나는 반상 앞에 다가앉아 팥죽을 떠먹었다. 질지도 되지도 않게 맛이 아주 훌훌했다.

"왼손잡이신가봐요."

팥죽에 든 새알심을 후후 불어 입에 넣는 나를 보고 남창일의 부인이 그에게 속삭이듯 물었다.

"얘는 본래 좌우가 없어. 좌우만 없는 게 아니고 위아래도 없지. 이 형님한테 말을 탁탁 놓는 거 봐."

남창일은 내가 오른손과 왼손을 다 쓰는 걸 위아래를 가리지 않는 것으로 몰아갔다. 내가 나이를 두 살 올리고 군영에 들어와서 자기와 동갑내기로 지낸 게 녀석은 못내 억울하단 투였다.

"그래. 상하를 모르고 좌우가 없어서, 살았다."

나는 숟가락을 쥔 왼손으로 방아쇠를 당기는 시늉을 했다. 왼손이 한 번은 네 목숨을 살려줄 거야. 신포수의 말이 비로소 떠올랐다. 신포수가 내게 왼손으로 저격하는 훈련을 시키지 않았다면 나는 오늘 살아서 억양기리를 빠져나오지 못했을 것이다. 상대가 짐승이든 사람이든 한순간도 손과 발에서 눈을 떼지 말라던 그의 말을 지켰더라면 애초에 단총을 놓치지도 않았을 거였다. 사정거리 안에 상대가 들어온 줄 모르면 포수가 아니야. 그의 말을 떠올린 바로 그 순간 귓전을 파고드는 소리가 있었다.

"팥죽 먹다 말고 웬 기도냐?"

나는 손바닥을 들어 남창일의 말을 막았다. 틀림없는 말발굽소리였다.

"안 들려?"

남창일은 눈만 껌뻑거렸다. 아직도 녀석은 듣지 못한 모양이었다.

"이 시각에 말에 채찍질을 하는 자가 있어?"

남창일의 집은 진남포였지만 신흥리 변두리였다. 말을 달려서 지나갈 길도, 시각도 아니었다. 나는 자리를 박차고 일어났다. 남창일도 그제야 말발굽소리를 들었는지 얼굴이 굳었다. 남창일의 부인은 얼굴이 하얗게 질렸다. 어느새 말발굽소리는 집에 가까워지고 있었다. 군마가 아니고는 낼 수 없는 속도였다. 남창일의 집 작은방에는 뒷문도 옆문도 없었다. 앞문을 열고 나가려는 내 팔을 남창일이 잡았다. 말발굽소리는 어느새 사립문 앞에 다다랐다.

나는 왼손으로 허리춤에서 단총을 뽑아들고 벽에 붙어 섰다. 잠시 망설이던 남창일이 어쩔 줄 모르는 아내에게 빨리 이부자리를 깔라고 시켰다. 그의 아내가 이부자리를 깔자 그는 내게 이부자리 속으로 들어가라고 시키고는 자신의 웃옷을 벗어젖혔다.

"이리 오너라!"

사립문 앞에서 괄괄한 호령이 들렸다. 남창일이 벗었던 웃옷을 한쪽 팔에 걸치는 시늉을 하며 방문을 열고 나갔다.

"포도청에서 어인 일이오?"

짐작한 대로 포도청의 군마였다.

"수상한 자가 이리로 오지 않았소?"

"군영에서 칼을 쓰는 자의 집에 오긴 어떤 놈이 오겠소"

"지나는 자는 보지 못했소?"

"허헛 참, 오랜만에 일찍 들어와서 밤농사를 좀 지어보려고 누웠는데 뭘 어떻게 보겠소."

능청을 떠는 것이 예전의 남창일이 아니었다.

"동짓날 긴 밤에…… 좋겠수다. 그래도 지금 진남포가 발칵 뒤집혔으니까, 어서 짓던 농사 마저 짓고 군영으로 나가보는 게 좋을 거요."

"무슨 변고가 생겼소?"

"형방 나리가 급살을 당했소."

"아니, 포도청의 형방 나리가 말이오?"

"그렇소. 포도청은 물론이고 군영도 비상이 떨어졌으니 빨리 나가보시오."

벗었던 저고리 고름을 매며 방안으로 들어온 남창일의 얼굴이 어두웠다.

"갈게."

가겠다는 나를 남창일이 막아섰다.

"못 들었어? 진남포가 발칵 뒤집혔다잖아. 여기가 제일 안전해. 내가 군영에 나가면서 사정을 살펴보고 올 테니 넌 꼼짝 말고 여기 있어. 저거나 마저 먹고."

남창일은 반상에 남은 팥죽을 가리켰다.

"그놈이 놀라서 객사에서 도망치진 않았겠지?"

"지금 그놈이 문제야?"

"응, 야마자키 세이. 그놈만 문제야."

군영에 나갔던 남창일이 돌아온 건 새벽녘이었다. 선잠이 들었던 나는 남창일 부부가 문밖에서 소곤거리는 소리에 눈을 떴다. 나는 문을 열고 물었다.

"그놈은?"

"그놈이 문제가 아냐."

"아니면?"

"네가 문제야. 포졸과 군졸들이 진남포를 샅샅이 뒤지고 있어. 일단 피해야 해."

"난 피하려고 진남포에 오지 않았어."

남창일이 나를 방안으로 밀어넣으며 따라 들어왔다.

"어떻게 하려고?"

"야마자키, 그놈이 언제 객사에서 나오는지만 알려줘. 그다음은 내가 알아서 해."

"오늘밤 포구에서 열리는 청국놈들 불꽃놀이에 왜놈과 코쟁이들도 다 모이니까, 현흑상단의 서북 총재인 그놈도 거기 나타날 거야."

나는 고개를 끄덕였다.

"거기 가려고? 코쟁이들만큼 큰 키는 어디다 숨겨두고 가려고?"

자기보다 두 뼘이나 위에 붙은 내 머리를 올려다보며 녀석이 눈살을 찌푸렸다.

"코쟁이도 순검해?"

"안 하지."

남창일이 덧붙였다.

"말이 통해야 하지."

"코쟁이 옷 구할 수 있어?"

"구해서 뭣하게?"

"있어, 없어?"

"구할 수야 있지."

남창일의 여동생 말금이 진남포의 야소교도가 경영하는 양장점에 일했다. 말금이에게 전도를 하고 양장점에 취직시킨 장본인이 백무아였다.

"진남포의 서양 옷은 다 그 집에서 취급해. 백무아 일로 가장 많이 운 애가 말끔이야."

말금이는 이름처럼 얼굴과 하는 짓이 말끔했다.

"넌 야소교 안 믿어?"

내가 불쑥 묻자, 남창일은 고개를 저었다.

"우리 부모가 두 눈을 시퍼렇게 뜨고 살아 있고 동학이 있는데, 왜 내가 남의 아버지를 떠받드는 서학을 믿어."

한양에서 개화당의 주장에 눈을 반짝이던 남창일의 모습이 떠올랐다. 반상, 양반과 상놈의 차별이 없는 세상을 만든다는 개화당에 귀가 솔깃했던 녀석은 어느새 백성이 하늘이 된다는 동학당이 되어 있었다.

내가 총령에서 숨어 지내며 밤낮으로 종이를 뜨고, 야소교의 교리서와 동학의 서책을 만드는 동안 서학과 동학은 이미 들불처럼 세상에 번지고 있었다. 진남포에서는 세 집 건너 한 집이 야소교를 믿고, 두 집 건너 한 집이 동학에 들었다고들 했다. 창일이와 말금이처럼 오누이가 동학과 야소교로 나뉘기도 했다. 북쪽에서 남쪽으로 불어내려가는 서학과 남쪽에서 북쪽으로 불어올라오는 동학이 맞닥뜨려 회오리바람이 이는 진남포였다.

"넌 서학이야, 동학이야?"

남창일의 물음에 겹쳐지는 목소리가 귀를 파고들었다. 날 믿지 않간. 난 고개를 저으며 귓전에 맴도는 백무아의 목소리를 털어냈다. 나는 믿는 사람이 있지. 하마터면 그렇게 대답할 뻔했다. 믿어야 할 그 사람은 이제 파란 눈의 남자를 따라 떠나버렸다. 난 허리춤의 단총을 꺼내 보였다.

"난 이걸 믿어."

11

진남포항은 동짓날 등불로 휘황했다. 동짓날을 설날만큼 성대하게 치르는 청인들은 악귀를 쫓는 폭죽놀이를 조선 땅에 와서도 거창하게 벌였다. 청국의 상단과 군사고문은 평양과 진남포에 사는 외국인들을 초대해 대국의 위세를 자랑했다. 한껏 차려입은 왜놈과 코쟁이들도 드문 볼거리를 놓치지 않으려고 포구에 몰려들었다. 그들에게 진남포 형방 따위의 죽음은 안중에도 없었다.

단상에서 인사를 나누는 유상의 도접장과 만상의 도접장, 송상의 대접장도 진남포 형방 따위의 죽음은 개의치 않는 얼굴이었다. 그들 셋은 한양 이북의 상권을 장악한 상단의 우두머리들이었다. 유상은 평양과 진남포의 상권을 틀어쥐고 있었고, 만상은 의주의 국경무역을 독점했다. 송상은 황해도 상권을 기반으로 동래의 왜관과도 거래하는 거대 상단이었다. 유상의 도접장은 청국 상단의 우두머리를 가운데 두고 평안감사와 나란히 양쪽으로 앉았다. 의주에서 온 만상의 대접주는 왼쪽 끝에, 황해도 송상의 대접주는 오른쪽 끝에 앉았다.

현흑상단의 총재 야마자키 세이는 왜놈 군사고문의 오른쪽에 앉았다. 이미 머릿속에 새긴 얼굴이었지만, 그래도 다시 한번 백무아가 그린 '스겟찌'를 꺼내 확인했다. 나는 새삼 놀랐다. 콧구멍이 들리고 양쪽 눈가가 찢어진 놈의 얼굴과 '스겟찌'는 찍어낸 것처럼 같았다.

양복을 입은 나는 청국 사진사의 뒤에 자리를 잡았다. 단총은 사정거리가 너무 짧아서 군중들 맨 뒤에서 저격하는 것이 불가능했다. 단상에 앉은 청국놈과 왜국놈, 미국놈, 화란놈, 불란서놈들이 차례로 나와서 몇 마디씩 떠들고 나서 불이 꺼지기 시작했다. 포구에 내걸린 등불이 차례로 꺼졌고, 화톳불도 꺼졌다. 포구는 온통 어둠에 잠겼다.

팡.

요란한 폭음과 함께 첫번째 폭죽놀이가 시작되었다. 폭죽이 하늘을 밝히며 치솟았다. 온갖 나라의 말이 뒤섞인 환호성이 터져나왔다. 단상에서 일어선 야마자키 세이도 만면에 웃음을 지으며 박수를 쳤다. 나는 서양 신사 모자를 고쳐 쓰고, 왼손으로 단총을 뽑아들었다.

팡.

두번째 폭죽이 터지는 것과 동시에 나는 첫번째 방아쇠를 잡아당겼다. 탕. 사람들은 치솟는 폭죽을 바라보며 다시 환호성을 질렀을 뿐 아무도 총소리를 가려듣지 못했다. 오직 한 사람만이 환호성을 지르지 못했다. 야마자키 세이는 인상을 쓰며 낭심을 움켜쥐었다. 명중이었다.

사람들의 환호성이 잦아들기 전에 세번째 폭죽이 치솟았다.

팡.

이번에는 놈의 반대쪽 낭심을 조준했다. 두번째 방아쇠를 당겼다. 탕. 사람들의 환호성 속에서 야마자키 세이가 무릎을 꿇으며 주저앉았다. 낭심을 부여잡고 있던 손이 풀렸다. 명중이었다. 허리 높이의 단 위에서 사진을 찍던 사진사가 뒤집어썼던 보자기를 들추고 얼굴을 내밀며 돌아보았다. 그 순간 폭죽의 불꽃이 잦아들었다. 사방이 어둠으로 덮였다. 나는 단총을 허리춤에 찌르고 돌아섰다. 뜨거워진 총열이 아랫배를 뜨듯하게 데웠다.

팡.

등뒤에서 네번째 폭죽 터지는 소리가 들렸고, 하늘이 환해졌다. 모두 솟아오른 폭죽을 올려다보며 환호성을 질렀다. 머리 위에서 터지는 폭죽 너머 먼 밤하늘에는 나의 별이 외롭게 가물거렸다. 나는 서양 신사 모자를 깊숙이 눌러쓰고, 천천히 박수를 치며 포구를 빠져나왔다. 슬픈 축제의 밤이었다.

12

총령의 겨울이 깊어갔다. 상처도 나날이 깊어갔다. 총상을 입은 어깨는 덧났다. 뼈를 다치지 않았다고 대수롭지 않게 여기거나 약초를 구하지 못해 상처를 내버려둔 것은 아니었다. 총상을 아물리려 애쓰고 싶지가 않았다. 어깨의 통증이 계속됐지만 방치했다. 그렇게라도 백무아를 지키지 못한 자신을 벌하고 싶었다. 총령에 돌아와서 다친 어깨를 감추고 계속 일을 했다. 활자 심는 일에 몰두하다보면 해가 저물고, 하루가 지나갔다.

조판은 손끝으로 하는 작업이어서 견뎌낼 수 있을 줄 알았다. 하지만, 시간이 흐르면 저절로 나을 줄 알았던 상처는 나날이 깊어만 갔다. 겨울과 함께 깊어간 건 어깨의 총상만이 아니었다. 내 가슴의 내상은 어깨의 외상보다 훨씬 지독하게 깊어갔다. 주먹보다 굵은 포탄이 관통한 것처럼 내 가슴은 완전히 뻥 뚫린 것 같았다.

어깨의 통증은 견디기 어려울 정도로 심해졌고, 백무아를 향한 그리움도 견딜 수 없이 깊어졌다. 하루에도 몇 번씩 넋 나간 사람처럼, 몰아치는 겨울바람이 흔들어대는 출입문을 바라보았다. 금방이라도 두 팔을 활짝 펼치고 백무아가 들어설 것만 같았다.

오늘은 집중력을 완전히 잃었다. 조판 작업은 엉망이었다. 남들이 두 판을 짜는 동안 겨우 한 판을 짰다. 나를 물끄러미 지켜보고 있던 괴수도깝이 고개를 설레설레 저으며 다가왔다.

내가 들고 일어서려는 조판의 한쪽을 바로 손으로 짚었다.

"드러눕고 싶으면 네놈이 들어가서 엎어질 것이지 활자는 왜 재워?"

괴수도깝의 손가락이 짚은 활자는 옆으로 누워 있었다. 나 아我 자였다. 나는 누운 我 자를 바로 세워서 문장을 바로잡았다. 天知地知汝知我知(천지지지여지아지).

"하늘이 알고 땅이 알고, 네놈이 알고 내가 아는 이걸, 이놈아, 아예 뒤집어진 놈은 놔두고 누운 놈만 일으키면 어쩌냐."

괴수도깝 영감이, 고친 조판을 들고 일어서려는 내 오른쪽 어깨를 눌렀다. 나도 모르게 비명을 지르며 주저앉고 말았다. 놓친 조판이 쏟아지면서 활자들이 조판대와 바닥으로 어지럽게 흩어졌다. 갑작스러운 비명에 고공들의 눈길이 내게 쏟아졌다.

"이놈이, 뭘 잘했다고 소리를 질러!"

괴수도깝이 활자를 주워 담으려는 나를 향해 벼락같이 소리를 질렀다.

"일이 싫으면 따라와."

괴수도깝은 다른 고공들이 눈치채지 못하게 내게 눈짓을 했다. 조용히 따라와.

"일들 하지 않고 뭐해! 일하기 싫은 놈은 다 따라와!"

괴수도깝 영감이 다시 호통을 치자 식자공들이 멈추었던 손을 다시 움직이기 시작했다.

직공장의 방에 들어서자마자 괴수도깝이 내 저고리를 확 벗겼다. 어깨를 감아 묶은 삼베를 풀어낸 괴수도깝이 혀를 끌끌 찼다.

"왜 맞았냐?"

괴수도깝은 어디서 맞았느냐고 묻지 않았다. 어떻게 당했느냐고 묻지도 않았다. 왜 맞았느냐고 물었다. 그는 늘 이런 식이었다. 한두 단계를 건너뛴 질문으로 상대가 준비한 대답을 쓸모없게 만들어버리는 게 괴수도깝의 특기였다. 무엇으로 당했는지는 이미 안다는 투로 말하는 그에게 나는 겨우 되물었다.

"맞다뇨?"

"불질을 당하지 않았다고 말하고 싶은 게야?"

총상이란 걸 한눈에 알아본 괴수도깝에게 시침을 뗄 수 없었다. 그렇다고 인정할 수도 없었다.

"진남포냐?"

나는 깜짝 놀라서 부인했다.

"평양에 갔다 온 사람에게 무슨 엉뚱한 말을 하시는 겁니까?"

"아니라고 말하고 싶은 게야?"

그의 눈은 이미 확신에 차 있었다. 부인해봐야 소용없는 일이었다.

"진남포의 일을 어떻게 아십니까?"

"왜놈의 불알을 박살냈는데 그 소문이 어딘들 안 퍼졌을까. 왜나라 주막에서도 안주로 오르내리고 있을 거다, 이놈아."

입을 다문 채 눈만 껌뻑거리는 나를 바라보며 괴수도깝이 말을 이었다.

"좋겠구나, 이놈아. 청국놈, 아미리가놈, 불란서놈, 네덜란드놈 들까지 다 있는 데서 왜놈 불알 두 쪽을 차례로, 감쪽같이 산산조각 냈으니 아주 국제적인 명사수로 소문이 안 나겠냐."

삼베를 푼 자리에서 흘러나오는 고름을 보고 괴수도깝이 얼굴을 찡그렸다.

"미련한 놈, 죽고 싶은 것이냐?"

"죽고 싶은지는 모르겠는데, 굳이 살고 싶지도 않습니다."

한 번의 만남을 기다리며 일 년을 살아왔던 나였다. 이제 기다릴 것이라곤 아무것도 없는 세상에 남은 미련은 없었다. 살고 싶지 않다는 건, 한편으로는 괴수도깝 영감에게 덜미를 잡히지 않겠다는 선언이기도 했다. 당신이 아는 사실로 나를 옭아매려 마라, 난 두려울 것이 없는 놈이다.

"지랄 염병을 해라, 이놈아."

괴수도깝은 어깨의 고름을 사정없이 짜냈다. 나는 비명을 질렀다.

"무식한 놈이 엄살은. 밖에서 들으면 내가 네놈을 잡는 줄 알겠다."

입을 다물라는 소리였다. 괴수도깝은 계속해서 어깨를 매몰차게 눌러가며 고름을 짜냈고, 나는 입술을 사리물고 아픔을 참아냈다.

"아직 엄살을 떠는 걸 보니 아예 못쓰게 되지는 않은 모양이다, 이 미련한 놈아. 이대로 두면 더 깊은 곳까지 상해, 그럼 이 팔은 평생

병신이 되는 거야, 이 무식한 놈아."

괴수도깝은 내가 뭘 두려워할지 알았다. 죽음은 조금도 겁나지 않았지만 불구가 되는 건 두려웠다. 그는 부드러운 면포를 꺼내 상처가 벌어진 부위를 닦고 백지를 가늘게 말아 상처 깊숙이 밀어넣었다. 이를 앙다물고 인상을 쓰는 나는 안중에도 없는 것처럼 또하나의 종이 심지를 빙글빙글 돌려가며 어깨에 밀어넣고 나서 괴수도깝은 손을 털었다.

"에잇 더러운 놈. 사흘 뒤에 이 심지를 뽑아내면 남은 고름이 빨려 나올 거야. 더 곪아서 병신이 되지 않으려면 망개를 써."

"청미래덩굴 말입니까."

"그래, 이놈아."

괴수도깝 영감은 온갖 지방의 말을 섞어 썼지만 남도 출신임이 분명했다. 청미래덩굴을 망개라고 부르는 건 남도뿐이었다.

"이 겨울에 그걸 어떻게 구합니까?"

"장진댁한테 가봐."

무지질을 끝낸 닥으로 닥죽을 만들 때 풀로 쓰는 것은 황촉규화 뿌리였다. 황촉규화 뿌리는 점액질이 많아서 닥의 침강을 막아주고 닥이 지통에 달라붙는 것도 막아주었다. 초지공장에서 뜬 백지를 겹겹이 건조판에 쌓아도 서로 들러붙지 않는 것도 황촉규화 성분 때문이었다. 황촉규화를 너무 많이 쓰면 닥죽이 빽빽해서 생산량이 떨어졌고, 너무 적게 쓰면 지질이 나빠졌다. 황촉규화가 부족할 때 닥풀에 섞어 쓰는 게 청미래덩굴이었다. 황촉규화와 청미래덩굴을 관리하는 곳이 무지공장이었고, 그 관리자가 장진댁이었다.

"탄환의 쇠와 화약이 얼마나 지독한지 알기나 해, 다른 놈 같았으면 벌써 뒈졌어. 이 짐승 같은 놈아. 네놈이 짐승 같은 체질을 타고나서 여태 살아 있는 줄이나 알아."

언제나 그렇듯이 괴수도깝의 말은 욕인지 칭찬인지 분간하기 어려웠다.

"청열과 해독, 용혈에는 망개 뿌리가 으뜸이야. 없으면 윤여리나무라도 줄 거야."

윤여리나무는 닥죽의 부패를 막아주는 방부제로 쓰였다. 고공들이 다치면 소염제로 쓰기도 하는 게 윤여리나무였다.

한쪽 팔을 못 쓰는 불구가 될 생각은 없었기에 장진댁을 찾아갔다. 하지만 나는 청미래덩굴 얘기를 꺼냈다가 장진댁에게 그토록 심한 면박과 멸시를 당할 줄은 몰랐다.

13

장진댁을 찾아간 것은 무지공장의 작업이 끝난 다음이었다. 고공들이 퇴근하고 장진댁이 혼자 장부를 정리할 시각이었다. 무지공장의 문을 열고 들어가려는데 안에서 수군거리는 소리가 들렸다.

"어쿠라, 박복한 년. 얼굴은 왜 반반해가지고…… 네 몸이 더럽혀졌다고 해서리 네 영혼이 더럽혀진 거이 아임메. 아버지 하느님은 이 모든 거이르 굽어보고 알고 계시지비. 언젠가 심판의 날에 반드시 죄인으 벌하고 선한 영혼으 구원하실 거임메……"

금희네는 다시 훌쩍거렸다.

"갈라들이 기다리지 않간…… 기도하고 일어나라이."

장진댁이 기도를 시작했다.

"하느님 아버지, 아버지께서는 레위기 십구장 십삼절에서, 네 이웃으 억압하지 말며 착취하지 말며 품꾼의 그날 삯으 다음날 아침이 되도록 네게 두지 말라 하셨습네다. 그리고 저희가 저희의 땅에서 곡식으 거둘 때, 밭모퉁이까지 다 거두지 말고, 떨어진 이삭도 줍지 말고 가난한 자르 위해 남기라 하셨습네다…… 다른 사람의 피르 흘리면 그 사람의 피도 흘릴 것이니 이는 하느님이 자기 형상대로 사람으 지으셨음이라 하셨습네다…… 우리들 어린양이 하느님 아버지의 말씀으 믿고, 하느님 아버지의 말씀으 따라 오늘 하루르 살며, 하느님 아버지께서 준비하신 천국의 문으로 들어갈 수 있도록 언제나 인도하시옵소서. 아멘."

"아멘."

금희네가 복창하는 '아멘'은 울음이었다. 장진댁의 기도를 다 알아들을 수는 없었지만 금희네의 눈물에 잠긴 '아멘'은 내 눈시울을 뜨겁게 만들었다.

"이거 가져다가 달여 먹으라. 보름이면 나을 거임메."

금희네도 어딘가 아픈 모양이었다. 금희네가 일어서는 소리에 나는 얼른 공장 옆으로 몸을 피했다. 약초가 담겼을 보자기를 들고 공장에서 멀어지는 금희네의 발걸음은 나만큼이나 살고 싶지가 않아 보였다. 그녀의 뒷모습이 완전히 어둠 속으로 사라질 때까지 나는 공장에서 마을로 내려가는 길을 지켜보았다.

무지공장에는 장진댁만 남아 있었다.

"금희네 어디 아파요?"

걱정스러워 던진 물음에 장진댁은 경계의 눈빛을 보냈다.

"이봅세. 아프긴 뉘기 아프다고 그럼메."

"오다가 지나가는 거 봤는데, 하도 힘이 없어 보이길래……"

"종일 일으 했는데 기럼 힘이 들지, 아이 듦?"

목소리가 날씨처럼 쌀쌀했다. 워낙 무뚝뚝한 장진댁이었지만 나한테는 그래도 덜한 편이었는데 오늘은 느낌이 달랐다.

"무시기 일로 온 거임?"

"청미래덩굴 좀 있으면 얻으려……"

나는 말끝을 맺지 못했다. 청미래덩굴이란 말에 그녀의 얼굴이 완전히 일그러졌다. 말을 멈추고 머뭇거리는 나를 그녀가 훑어보았다. 경멸이 가득 담긴 눈빛이었다.

"없으면 윤여리나무라도 좀……"

"기딴 거 읎슴메."

장진댁이 벌컥 화를 냈다. 그녀가 화를 내야 할 정도의 부탁을 한 것은 아니었다.

"없으면 그만이지, 소리를 지를 것까진 없지 않아요."

"무아, 그 에미나이가 그 꼴이 되었는데 네놈은 피양에 가서 하고 온 짓이 기껏 그것임메?"

백무아의 이름까지 꺼내는 장진댁에게 나는 발끈했다.

"무아 누나 얘기는 왜 꺼내요."

"누나는 무시기놈의 누나? 둘 사이르 모르는 인간이 있는 줄 알간. 니들 둘만 모르지비."

나는 할말이 없었다.

돌아서서 공장을 나오는 내 등을 향해 장진댁이 쏘아붙였다.

"네놈은 좀 다를 줄 알았지비. 더러운 서나놈. 무아, 그 에미나이만 불쌍하지비."

그날 밤, 나는 심하게 앓았다. 열은 펄펄 끓었고, 어깨는 떼어내서

던져버리고 싶게 아팠다. 처음으로 내가 불쌍해서 눈물이 났다. 어깨뿐만 아니라 뼈의 모든 마디마디를 다 뽑아내고 싶을 정도로 지독하게 우리고 쑤셨다. 나는 이렇게 아픈데, 내 곁에는 찬물 한 그릇 떠다 주는 사람이, 따뜻한 말 한마디 붙여주는 사람이 없었다. 어느 순간인지 모르게 까무룩 정신을 잃었다.

정신을 차렸을 때 희미하게 내 귀에 들린 목소리는 괴수도깝과 장진댁의 것이었다.

"이런 매정한 사람 같으니. 정말 죽게 되는 줄도 모르는 미련한 놈을 보냈으면 약을 달여 먹이고, 죽이라도 한 사발 끓여 먹일 일이지. 서쪽 하늘님의 자식들은 인심이 원래 그렇게 고약한가."

"이봅세. 고름으 한 사발이나 뽑아내고 기냥 내쫓은 거이 누굼메. 그거이 나가 죽으라는 심보가 아이면 무시기겠슴. 사람이 하늘이란 님자는 기래 동쪽 하늘으 기따위로 모신단 말임메?"

내가 슬그머니 눈을 뜨자 두 사람은 하던 말을 멈췄다.

"한겨울에 초상 치르는 줄 알았더니, 미련한 놈이 명줄 하나는 질기네."

괴수도깝이 입을 삐죽거리며 내 눈을 들여다보고 나서 어깨에 코를 가져다대고 킁킁댔다.

"이거이 미친놈이 아임메, 임질이 아이라고 말으 처했으면 내가 약초르 한 가마솥이라도 달여주지 않았겠슴둥."

장진댁이 왜 갑자기 임질을 들먹거리는지 알 수 없어 눈만 껌뻑거리는 내게 괴수도깝이 말했다.

"청미래가 원래 지독한 독균에 쓰는 약재야. 임질, 매독 걸린 놈들이 찾으니까 이 서쪽 하늘님 아버지의 자식이 네놈도 거기에 걸려서 온 줄 안 거지."

나는 입가에 웃음을 그리다가 멈췄다. 금희네가 들고 간 약재가 뭐였을까. 금희네의 울음과 장진댁의 분노를 어렴풋이 알 것 같았다.

사흘 뒤, 어깨에서 뽑아낸 종이 심지에 누렇고 진한 고름이 빨려 나왔다. 닷새가 지나지 않아 부기가 가라앉고, 팔을 움직일 수 있게 되었다. 괴수도깝은 '짐승 같은 회복력'이라고 고개를 절레절레 흔들었다.

14

금희네가 죽은 것은 내가 다시 일을 나가기 전날이었다. 아직 캄캄한 새벽녘에 들려온 비명을 듣고 달려나간 나는 벌어진 입을 다물지 못했다. 공장 앞마당 가운데 서 있는 느릅나무에 금희네가 매달려 있었다. 밤새 내린 폭설로 무릎까지 눈이 쌓인 마당을 가로질러 나는 달려갔다. 허공에 떠 있는 그녀의 무릎을 잡고 추켜올리며 나는 소리쳤다.

"낫 가지고 와, 낫!"

낫을 찾아 들고 달려온 남자 고공들이 줄을 끊고 금희네를 받아 내렸지만 이미 때는 늦은 다음이었다. 금희네의 심장은 멈춘 지 오래였고, 몸은 싸늘했다.

바늘로 찔러도 피 한 방울 안 날 것 같던 장진댁이 눈밭에 풀썩 주저앉아 일어나지 못했다. 괴수도깝 영감은 금희네를 외면하고 어둠에 잠긴 먼산만 바라보았다. 나는 하늘을 올려다보았다. 총령의 북쪽 하늘엔 슬픈 별이 빛나고 있었다.

금희네의 시체는 집으로 돌아가지도 못했다. 밖에서 죽은 귀신은 마을에 들이지 않는다고 했다. 몹쓸 병에 걸려 죽은 여자를 집안에 들일 수 없다는 그 잘난 집안 사람들이 가증스러웠다. 혼자 몸으로 세 아이를 거두기 위해 뼈가 빠지게 일한 그녀를 지켜주기 위해 그 잘난 집성촌 사람들은 대체 무엇을 했을까. 무지공장 고공의 지게에 실려 그녀는 산으로 향했다. 집이 있는 마을과는 반대 방향이었다. 삽과 곡괭이를 든 고공들 몇이 뒤를 따랐다.

"유임생이 짓이지요?"

나는 장진댁에게 단도직입으로 물었다.

"왜 그럼메?"

"내 잘못입니다."

사실이었다. 나는 금희네를 데려다주러 갔던, 바로 그날 늑대바위에서 기다리고 있던 유임생을 없애버려야 했다. 내가 그놈을 없애고 총령을 떠났더라면 금희네는 죽지 않았을 것이고, 세 아이는 고아가 되지 않았을 것이다.

사장 유임생이 금희네를 부른 건 금희네가 내게 집까지 바래다달라고 도움을 청했던 날 낮이었다. 편히 살게 해주겠다는 회유와 강요를 그녀는 거절했다. 유임생이 이미 얼마나 많은 고공을 농락했는지 잘 아는 금희네였다. 거절하면 어떻게 하는지도 알았기에 나에게 도움을 청한 것이었다. 하지만 나를 말린 것은 금희네였다.

여기서 일하지 않으면 세 아이를 먹여 살릴 길이 없다며 견뎌보겠다고 했다. 도저히 견딜 수 없으면 얘기하겠노라고 했던 금희네였다.

"천벌을 받을 더러운 놈."

장진댁은 나를 외면했다. 나는 길게 한숨을 몰아쉬고 돌아섰다.

금희네를 지고 갔던 무지공장의 고공들은 아무도 어디에 묻었는지 말하지 않았다. 꽝꽝 얼어붙은 겨울 산을 제대로 파고 묻었을 리 없었다. 아무도 금희네의 이름을 입에 올리지 않았고, 공장은 여전히 돌아갔다. 조지서 고공들의 손길을 백 번 거친 백지는 창고에 입고되기 바쁘게 출고되었다.

나도 다시 일을 시작했다. 내가 쓰러지기 전에 쏟아버린 조판을 다시 짰다. 슬그머니 내 옆에 다가온 괴수도깝이 내가 심고 있는 활자를 내려다보았다.

天知地知(천지지지).

"이래도 유임생, 저 인간이 세상을 바꾸기 위해 필요하다고 말할 건가요?"

나는 손을 멈추고 괴수도깝을 올려다보며 물었다.

"하늘이 알고 땅이 안다…… 그렇지, 무식한 네놈도 아는 것이니 나도 알겠지."

괴수도깝은 더 말을 하지 않았다. 그는 다만 내가 심어야 할 다음 활자를 대신 심었다. 汝知我知(여지아지). 네가 알고 내가 안다. 그는 자신이 마무리한 조판과 나를 번갈아 쳐다보고는 입을 굳게 다문 채 돌아섰다. 괴수도깝은 내가 무얼 하려는지 알았고, 그렇게 동의했다.

15

밤이 이슥하기를 기다려서 나는 유임생의 집무실로 찾아갔다.

"백공, 왜 이러는 겐가?"

단총을 들이대는 내게 유임생은 아직도 총대랍시고 '백공'을 입에 담았다.

"계산을 하러 왔소."

"이 야심한 시간에 무슨 계산이신가?"

"넌 동학이 아니라 서학을 좀 하는 게 나을걸 그랬어. 서쪽 하느님은 말야, 레위기 십구장 십삼절에서, 네 고공을 억압하지 말며 착취하지 말며 고공의 노임을 다음날 아침이 되도록 네놈에게 두지 말라, 했다. 다른 사람의 피를 흘리면 그 사람의 피도 흘릴 것이다."

"아, 밀린 노임 말인가? 드려야지."

나는 왼손에 단총을 든 채 오른손 손바닥을 펴서 내밀었다. 녀석은 서탁 옆의 궤짝에서 엽전 꿰미를 꺼내 세었다.

"이거면 충분할 것이네."

나는 턱짓으로 엽전을 서탁 위에 올려놓으라고 했다.

"이건 내 노임이고, 더 계산할 게 남았지?"

"뭐가 또 남았단 말이신가?"

"금희네의 목숨값을 계산해야지."

놈이 잠시 주저했다. 나는 놈의 손과 발에서 눈을 떼지 않았다. 실수는 진남포 형방에게 했던 한 번으로 충분했다.

"싫은가?"

나는 단총으로 놈의 인중을 겨누었다.

"아닐세."

유임생은 무슨 생각을 했는지 대범하게 나왔다. 궤짝 안에 든 엽전을 세지도 않고 서탁 위에 모두 올려놓았다. 놈은 돈과 목숨 중 무엇이 더 중한지는 분별할 줄 알았다.

"이거면 되시겠나?"

나는 고개를 끄덕였다. 유임생은 안도의 한숨을 내쉬었다. 나는 놈의 손을 뒤로 묶고 목에 밧줄을 걸었다.

"왜, 왜 이러는가, 목숨값까지 주지 않았는가?"

"그건 목숨값이고 네놈이 더럽힌 금희네의 몸값을 계산해야지."

"얼마인가?"

나는 대답을 하기 전에 놈의 입에 재갈을 물렸다.

"그건 돈으로 계산이 되지가 않아."

나는 금희네가 목을 맸던 나무와 마주보고 있는 느릅나무에 유임생을 매달았다. 밤은 깊었고, 치우기 무섭게 내린 눈이 하얗게 마당을 덮고 있었다.

탕, 탕.

두 발의 총성이 겨울밤 총령의 정적을 깨뜨렸다. 한 발은 금희네의 눈물이었고, 한 발은 남은 세 아이의 울음이었다. 떨어져내린 놈의 피가 흰 눈을 더럽혔다. 달조차 없는 그믐밤이었다. 총령의 조지서와 인쇄소에서 불이 켜진 곳은 괴수도깝 천영감의 방 하나였다.

"백성이 하늘이 되는 개벽의 날이 머지않았다. 그때는 '개벽인' 그 깃발을 찾아오너라. 네놈이 나와 할일이 있을 것이야."

오늘 저녁 작업일보를 받아든 괴수도깝 영감이 지긋이 나를 바라보며 한 말이었다. 내가 말하지 않아도 그는 오늘의 작업일보가 내가 넘기는 마지막 조판작업 보고서라는 것을 알았다.

한밤의 총성에 공장 여기저기 불이 켜지기 시작했고, 유일하게 켜져 있었던 괴수도깝 방의 불은 꺼졌다.

16

마을은 깊은 잠에 빠져 있었다. 장진댁이 윗목에 앉아 졸고 있었다. 위패 대신 상 위에 놓여 있는 것은 나무로 만든 작은 십자가였다. 그 앞에 잠든 어린 상주들 셋의 얼굴 위로 일렁이는 등불을 따라 금희네의 얼굴이 어른거렸다. 웅크린 아이들의 뺨에 남은 눈물자국을 보며 홀로 상주가 되었던 내 아홉 살을 떠올렸다. 위패도 남기지 못한 금희네의 혼백과 탈진한 장진댁이 지켜주는 이 밤이 저 아이들에게, 누군가 지켜주는 이가 있는 마지막 밤이 될 것이다. 망연한 눈길로 나를 쳐다보는 장진댁에게 나는 차고 온 전대를 풀어놓았다.

"이건 금희네 목숨값이에요."

나는 손수건에 싼 엽전 꿰미를 따로 내밀었다.

"이건 내 임금이에요. 혹시 아미리가에 기별할 일이 있으면 보내주세요. 그림 그리는 종이 사는 데 보태라고."

"떠나야겠지비?"

나는 고개를 끄덕였다.

"잠시 기다리라."

장진댁이 방문으로 향하는 나를 불러세웠다.

"아버지 하느님, 제 이웃의 불운으 하느님의 이름으로 징벌한 이 불쌍한 양의 죄르 긍률히 여기사 아버지 하느님의 이름으로 그 죄르 사하시고……"

내 손을 감싸쥔 장진댁의 기도가 이어졌다. 그녀의 기도에는 묘한 힘이 있었다. 죽어 마땅한 놈이었지만 방아쇠를 당기고 난 다음에 남는 더러운 기분은 이번에도 어찌할 수가 없었다. 그녀의 기도를 듣고 있으면 늪에 빠진 것처럼 무거운 마음이 조금은 가벼워졌고, 그녀가 간구하는 그 전능한 하느님에게 의탁하고 싶은 충동이 순간적으로 일었다.

"전능하신 은총의 하느님, 이 외롭고 어린양이 끝내 길으 잃지 않고 주님의 품으로 무사히 돌아올 수 있도록 주님께서 언제 어디서나 살피시고, 인도하시고, 지켜주시옵기르 간절히 기도하옵나이다."

아멘. 나는 어린 세 상주가 걷어찬 이불을 여며주고 방문을 나섰다. 아직 캄캄한 밤이었다. 겨울바람이 거셌다.

"어디로 감메?"

나는 고개를 가로저으며 하늘을 올려다보았다. 별마저 없었다.

"바람이 부는 대로요."

4장

그물에 걸리지 않는 바람처럼

1

왜 차이경이었는지 모르겠다. 총령을 떠난 나는 갈 곳이 없었다. 가야 할 곳은 생각나지 않고 자꾸만 차이경의 모습이 떠올랐다. 느닷없이 그가 생각난 건 아니었다. 한양을 떠나온 다음에도 그는 머릿속에서 좀처럼 떠나지 않았다. 내가 그를 만난 건 고작 두 번, 가장 오래 같이 지낸 게 이틀이었다.

아무리 오래 만나도 돌아서면 그만인 사람들이 있고, 잠시 만나도 가슴에서 지워지지 않는 사람이 있었다. 차이경을 만난 건 잠시였고 많은 이야기를 나누지도 않았는데 이상하게도 그가 불현듯 떠오르며 가슴이 아리곤 했다. 그는 내가 한 번도 꿈꾸어보지 못한 것을 꿈꾼 녀석이었다. 정변의 밤이 지난 후, 우리는 서로를 감시해야 했음에도 녀석은 내게 다섯 가지 '꿈'을 가르쳐주었다.

"멍, 청나라 말로 꿈이야. 이렇게 쓰는 거야."

녀석은 꼬챙이로 땅바닥에 한자를 적었다. 夢.

"일본말로 꿈은 유메야. 한자보다 쓰기 쉬워."

녀석은 한자 옆에다 일본 글자란 걸 그렸다. ゆめ.

"르—베, 불란서 말로 꿈이야. 이건 일본말보다 더 쓰기 쉬워. 그리고 발음이 매력적이야. 르—베."

rêve. 녀석은 점점 희한한 부호를 그려놓고는 쉽고 매력적이라고 했다.

"스페인 말은 좀 거친 멋이 있어. 쉐렌노, 너 같은 무장한테 잘 어울려. 네가 한번 해봐. 쉐렌노."

녀석의 말 중에서 무장이란 한마디가 내 심장을 흔들었다. 한갓 병졸인 내게 왜 무장이라고 하는지 물어볼 수도 없었다. sueño. 녀석은 내가 무슨 생각에 빠져 있는지는 아랑곳하지 않고 불란서 말 옆에 비슷하게 생긴 부호를 그리며 내게 따라 해보라고 했다. 쉐렌노. 난 고개를 절레절레 흔들었다. 입을 뗄 엄두도 나지 않는 낯선 소리는 귓등으로 스쳐지나갔고, 무장이란 말은 귀에 달라붙어 떨어지지 않았다. 나는 귓가에 달라붙은 그 말을 털어내기 위해 더 세게 고개를 흔들었다.

"그럼 이거 한번 해봐. 드렘. 영어야. 드렘. 영어가 제일 쉬워."

드렘, 우스꽝스럽게 혀를 꼬부리는 녀석 때문에 웃음을 터뜨릴 뻔했다. 하지만 녀석의 표정이 너무나 진지해서 겨우 입을 다물었다.

"쓰기도 가장 쉬워. 드렘."

dream. 녀석은 다섯번째 글자를 마지막에 썼다. 그러고는 처음부터 하나씩 짚어가며 읽었다. 멍, 유메, 르—베, 쉐렌노, 드렘.

"이 다섯 개가 다 꿈이야. 이 다섯 개 나라의 말을 다 통달하는 게 내 꿈이야."

내가 한 번도 해보고 싶어한 적이 없는 공부가 꿈이었던 녀석. 그 꿈은 녀석이 꾸어서는 안 되는 꿈이었다. 이와 서캐보다 더럽고 천하고 가난한 놈이 꾸어서는 안 될 꿈을 꾼 죄로 녀석은 목이 잘렸다.

남창일의 살인죄를 대신 쓰고 숨어들었던 총령에서 정말 살인죄인이 된 나는 세상을 등지지 않고 살기는 틀렸다. 차이경에게로 나를 떠민 것은 운명의 바람이었다. 세상을 등지기 전에 마지막으로 찾아간 곳이 차이경의 집이었다.

2

강원도 산자락, 그의 오두막집은 폐가로 변한 지 오래였다.

"자식 하나 잘못 둬서 쑥대밭이 됐지."

이웃 사람들에게도 차이경은 대역죄인이었다. 감영에 끌려간 아버지와 어머니는 너덜너덜한 주검이 되어 실려나왔고, 같이 붙잡혀 갔다 실성한 채 집으로 돌아온 형은 마을 앞 연못에 뛰어들어 물귀신이 되었다고 했다. 모반대역죄인의 아비와 아들은 교수형에 처하고, 열여섯 살 아래의 아들은 공신가의 종으로 삼았다. 처와 첩, 형제자매도 공신가의 종으로 삼게 하는 게 왕조의 법도였다. 하지만 차이경은 겸노였다. 모반대역죄인을 수행했을 뿐인 차이경의 식구들이 징벌을 받아야 할 이유는 없었다. 그럼에도 그의 아버지와 어머니, 형은 살아남지 못했다.

"글하는 자식 뒀다고 자랑하더니…… 송충이는 솔잎을 먹고 살아야지. 글은 무슨 글."

이웃집 노인네의 말투는 싸늘했다. 차이경은 분수 모르는 꿈을 꾸다 집안을 피바다에 빠뜨린 인간 말종이 되어 있었다.

"그럼, 식구 중에 살아남은 사람이 아무도 없습니까?"

이웃집 사내는 입만 삐죽했고, 옆에 있던 아낙이 사내의 눈치를 보며 혼잣말처럼 읊조렸다.

"계집애와 막내는 그때 워낙 어려서 안 잡혀갔지."

"걔들은 어디 사나요?"

"거렁뱅이로 살다가 금광으로 팔려갔지."

차이경의 두 동생이 팔려간 금광은 총령의 조지서와 가까운 수안이었다. 나는 위험을 무릅쓰고 수안금광으로 갔다.

그들은 사금광에서 정련 고공으로 일했다. 내가 찾아갔을 때 그들은 사금을 체로 치고 있었다. 개울가의 작은 웅덩이마다 아이와 여자 서너 명이 둘러앉아 체질을 했다. 깡깡 언 얼음 웅덩이를 깨고 사금을 걸러내는 오누이의 얼굴은 새파랬다.

동상이 걸린 손발은 차마 눈을 뜨고 바로 볼 수가 없었다. 대책도 계책도 생각할 여지가 없었다.

"아저씨랑 가겠니?"

"네."

차이경의 친구라는 말에 둘은 두말없이 따라나섰다.

이경의 두 동생에게는 세끼 밥과 따뜻한 잠자리가 필요했다. 유임생에게 빼앗은 돈을 모두 장진댁에게 주고 온 나는 빈털터리였다. 동상에 걸린 두 아이를 데리고 갈 곳이 도무지 떠오르지 않았다.

우선 수안의 광산에서 벗어나려고 무작정 걷던 내 머리에 불현듯 떠오른 이름이 지담이었다. 지담스님이 있는 신계사로 가려면 태백 준령을 넘어야 하는데 발의 동상이 심한 차이경의 남동생은 얼마 가지 못해 주저앉았다. 감발을 벗기자 다 닳은 짚신 사이로 고름이 흘러내렸다.

"몇 살이냐?"

"열한 살요."

추위에 갈라터졌지만 얼굴에 차이경의 모습이 남아 있었다.

"넌?"

"열일곱 살요."

굶주리고 헐벗은 둘은 나이보다 훨씬 더 어려 보였다.

"넌 걸을 수 있어?"

"네."

나는 열한 살짜리 아이를 들쳐업었다. 한밤중에 네 개의 언덕을 넘었다. 겨우 광산지대를 벗어났을 무렵 차이경의 여동생마저 주저앉았다.

나는 소리치면 들릴 곳까지 남동생을 먼저 업어다두고 돌아와 여동생을 업어 갔다. 아직 광산지대를 완전히 벗어난 게 아니었다. 언제 광산에 붙어사는 파락호들이 따라붙을지 알 수 없었다. 파락호들이 따라붙지 않는다 해도 아침해가 뜨기 전에 산속에서 주저앉으면 죽음이었다.

"잠들지 마. 잠들면 죽는다."

나는 두 녀석을 흔들어 깨우며 수없이 외쳤다.

그렇게 둘을 업어 나르던 나도 점점 힘이 빠지면서 다리가 휘청거렸다. 어느 순간 눈앞이 뿌옇게 흐려졌다. 나는 업고 가던 차이경의 남동생과 함께 한 길 넘는 길섶으로 나뒹굴었다.

누군가 까무룩 잠이 든 내 얼굴을 손바닥으로 문지르며 소리쳤다.

"잠들지 마요. 잠들면 죽어요."

꿈결처럼 들려오는 목소리가 아득했다. 간신히 눈을 뜬 내 앞에 있는 건 차이경의 여동생이었다.

"잠들지 마. 잠들면 죽어."

차이경의 여동생은 한 길이 넘는 눈밭에 나뒹군 남동생을 나에게 끌고 오려고 안간힘을 쓰고 있었다. 이를 악물고 일어선 나는 차이경의 남동생을 다시 등에 업고 눈보라 치는 태백준령을 넘었다.

신계사에 도착했을 때 녀석은 겨우 숨이 붙어 있었다. 악착같이 쫓아온 차이경의 여동생은 내 손에 매달려 간신히 서 있었다.

3

지담스님은 내 기대를 저버리지 않았다. 한동안 거지 몰골을 한 우리를 물끄러미 바라보던 지담은 상좌에게 죽기 직전의 두 녀석을 거두게 했다. 상좌가 두 녀석을 데리고 간 다음, 지담은 입을 뗐다.

"할말이 없느냐?"

그는 내게 누구냐고 묻지 않았다.

"신포수에게 스님의 이름을 들었습니다."

"그리고?"

나는 감추지 않기로 했다.

"저 아이들은 갑신년의 일로 참형 당한 겸종 차이경의 동생들입니다."

"다냐?"

"저는 한때 군문에 있었으나 지금은 쫓기는 몸입니다."

지담은 더 묻지 않고 들여다보듯 내 눈을 응시했다.

"비록 세상에서는 죄인이 되었으나 저 자신에게는 떳떳합니다. 저는 떠날 터이니 저 아이들은 살게 해주십시오."

나는 합장을 하고 돌아섰다.

"이놈아!"

지담스님의 목소리는 낮았지만 거역하지 못하게 만드는 힘이 있었다.

"데리고 왔으면 데리고 온 놈이 책임을 져야지. 혼자 어딜 도망가."

머뭇거리는 내게 지담이 덧붙였다.

"가더라도 눈이나 녹으면 가든가."

거의 낙명할 것 같던 차이경의 남동생은 눈이 녹기 전에 소생했고, 이경의 여동생도 기력을 회복했다. 지담의 상좌인 수인은 이경의 두 동생을 극진하게 살피며 동상을 치료했다. 궂은일을 시키지 않는 것은 물론이고 손에 물도 묻히지 못하게 했다. 그는 승려들을 시켜 소나무 껍질을 벗겨오게 했고, 지치의 뿌리를 캐오게 했다. 내가 그것들을 삶아 푹 우리면 그는 손끝으로 따끈한 정도를 확인한 다음 아침, 점심, 저녁으로 두 녀석의 손발을 한 식경 담그게 했다.

"꿩이 제일인데."

포수들은 동상 치료제로 꿩의 골수를 최고로 쳤다. 그다음이 토끼의 골수였다. 나는 산문 밖에 숨겨두고 온 단총을 떠올렸다. 사정거리가 짧은 단총으로 꿩을 잡기는 어려워도 토끼 정도를 잡는 건 일이 아니었다.

"토끼 정도……"

나는 말을 하다 말고 입을 다물었다. 나를 노려보는 수인의 눈빛이 매서웠다. 그에게도 그런 눈빛이 있었다.

"약초로 충분히 고칠 수 있어."

수인의 말대로 둘의 동상은 눈에 띄게 좋아졌다.

한날한시에 머리를 깎고 행자생활을 시작한 그들과 나는 사미계도 한날한시에 받았다. 수계식은 겨울의 마지막 바람과 봄을 이끌고 온 햇볕이 다투는 경칩의 오전에 열렸다. 말사인 보덕사에서 행자생활을 한 차이경의 여동생도 비구니들에 둘러싸여 수계식이 열리는 신계사로 올라왔다. 그동안 잘 먹고 쉰 차이경의 두 동생은 얼굴에 귀티가 돌았다. 신계사에 왔을 때의 남루함은 어디에도 남아 있지 않았다. 이경의 남동생은 깎은 머리가 계집애처럼 동글동글하고 예뻤다. 이경의 여동생도 머리가 반짝반짝 빛났다. 신계사의 말사에서 모인 비구니 가운데서 굴곡 하나 없이 그녀처럼 완벽하게 동그스름한 머리는 없었다.

수계식에 앞선 사미계 시험은 천수경 사경과 독경이었다. 차이경의 두 동생이 옮겨적은 천수경은 글자 하나하나가 반듯반듯했다. 내가 쓴 글자는 녀석들에 비해서 형편없었다. 그래도 사경은 보고 옮겨적는 것이라 악필이나마 백지를 채웠지만 독경은 진땀을 흘렸다.

녀석들의 독경은 흐르는 물처럼 막힘없고 노래하는 새처럼 해맑았는데 나는 오직 한 구절에서만 자신이 있었다. 사다야 사다야 도로도로 미연제 마하 미연제. 이루게 하소서, 이루게 하소서, 승리하고 또 승리하소서, 위대한 승리자여. 사미수계를 받은 내게 내린 법명은 수강이었다. 受康, 온화하게 받아들여라.

"온화하게 받아들일 만하냐?"

"네."

나는 장궤합장으로 받아들였다. 내게 온화함이 부족하다고 여긴 지담스님이 내린 법명이니 무릎을 꿇고 두 손을 모아 온화하게 받아들이는 게 마땅했다.

한데 충분히 온화한 것 같아 보이던 차이경의 여동생이 그녀에게 내린 법명을 온화하게 받아들이지 않았다. 지담이 차이경의 여동생에게 내린 법명은 수엽이었다. 受葉, 잎을 얻다.

"큰스님, 외람되지만 엽 자가 아니면 아니 될지요?"

사미니 수계식에서 이런 예가 한 번도 없었는지 지켜보던 비구니는 물론 비구들의 눈도 커졌다.

"왜, 잎사귀 엽 자가 탐탁지 않느냐?"

"아니옵니다. 외람되지만 빛 경 자를 쓰면 아니 될지요?"

놀란 승려들과는 달리 지담은 미소를 잃지 않고 고쳐 물었다.

"빛 경이라, 그렇다면 빛날 엽 자를 쓰면 어떻겠느냐?"

"제 가슴에 빛 경 자를 담아두고 싶습니다."

차이경의 여동생이 두 번이나 큰스님을 거역하자 대웅전에 아연 긴장감이 감돌았다.

"빛날 엽을 두고, 굳이 빛 경 자라……"

지담의 얼굴에서 미소가 가셨다.

"속세의 연을 끊어야지 어찌 그것을 산중으로까지 끌고 다니겠다는 것이야."

나는 그 영문을 알 수 없었지만 지담의 어투는 나무라는 것이 분명했다.

"저는 그 이름과의 인연에 얽매여 살려는 것이 아니라 그 이름이 살고자 했으나 끝내 살지 못했던 빛의 생을 살고 싶습니다."

나는 비로소 둘의 대화를 알아들었다. 빛 경, 차이경의 경이었다.

"저는 수이로 하고 싶습니다."

차이경의 남동생까지 '으로써 이' 자를 쓰겠다고 나섰다. 차이경으로써 이였다. 지담스님은 입을 다문 채 차이경의 두 동생을 물끄러미 바라보았다. 영문을 모르는 승려들은 경악스럽다는 눈빛으로 지담과 이경의 두 동생을 지켜봤다. 하지만 대웅전에 감돌던 팽팽한 긴장은 지담의 한마디로 끝이 났다.

"그렇다면, 그것도 괜찮겠구나."

차이경의 두 동생은 그렇게 해서 수경, 수이가 되었다.

사미와 사미니가 된 나와 수이, 수경에게 내린 지담스님의 법문은 길지 않았다.

"길일이 여럿이지만 한 해 중에 경칩만한 길일이 없다. 움을 틔운 새싹과 동면에서 깨어난 어린 짐승을 경이롭게 살피고, 고아들을 잘 기르겠다는 발심을 하는 날이 경칩이다. 이 세상 생명 가진 만물 중에 홀로 오지 않은 것이 없고 홀로 가지 않는 것이 없거늘. 오직 홀로 가며 홀로 가는 것을 아는 자, 홀로 가는 자를 홀로 가게 하라. 할!"

홀로 가며 홀로 가는 것을 아는 자, 홀로 가는 자를 홀로 가게 하라. 할! 나는 지담이 치켜든 죽비와 그 죽비가 가리키는 하늘을 올려다보았다. 사미가 되어 들은 첫 법문이어서일까. 절집에서 배우고 들은 중에서 끝내 내가 잊지 못한 법문이었다.

4

괴수도깝이 말한 천지개벽이 이렇게 빨리 일어날 줄은 꿈에도 몰랐다. 어제저녁 공양 시간이 지나서 산문에 들어선 수인은 가쁜 숨을 몰아쉬며 지담스님부터 찾았다.

"큰스님……"

하지만 수인이 말을 꺼내기도 전에 지담스님은 죽비로 수인의 어깨를 사정없이 후려쳤다. 신계사의 하안거가 시작된 지 이미 한 달이었다. 하루이틀도 아니고 한 달이나 늦게 만행에서 돌아왔으니 죽비가 날아들 만했다.

"큰스님, 동학이 난리를 일으켰습니다."

지담스님의 희고 긴, 산신령 같은 눈썹이 꿈틀거렸다.

"동비, 동학 비적들의 난이라? 난이 어디 한두 번 일어났더냐?"

"예전의 민란과는 그 위세가 다르고, 조직이 다르고, 명분이 다르고, 수괴의 풍모가 다릅니다."

하안거중이던 승려들이 모여들어 두 사람의 이야기에 귀를 세웠다.

"어떻게 다르더란 말이냐?"

"난에 참여한 자들이 십만을 넘었습니다. 흰옷을 입고 죽창을 든 이들이 앉으면 실로 죽산을 이루고, 서면 실로 백산을 이루었습니다. 지방 관군을 모두 격파한 이들이 왕명을 받고 한양에서 내려온 군대와 적폐를 척결한다는 화해 협약을 맺고, 전라도 쉰세 개 군에 행정 사무를 관장하는 집강소를 설치했습니다. 수괴인 전봉준, 김개남, 서장옥의 배경과 포부도 여느 민란의 수괴들과는 격이 다릅니다. 총대장 전봉준의 뒤는 대원군이 봐주고 있다는 소문이 공연하고, 김개남과 서장옥은 왕조 제도 자체를 없애버리고 바로 천지개벽을 이루겠다는 소리를 거침없이 주창하고 있습니다."

나는 수인의 말이 잘 믿기지 않았다. 아무리 동학의 기세가 등등하다고 해도 형편없는 무장에 훈련조차 되어 있지 않은 농민군에게 관군이 쉽게 패할 리 없었다.

어느새 오월 하순인데도 신계사의 저녁은 서늘했다. 지담이 웅성거리는 승려들을 굽어보았다.

"천지개벽을 백 번 해도 하늘이 땅이 되고 땅이 하늘로 되지는 않아. 하늘도 땅도, 산도 물도 다 내 안에 있는 게야. 천지를 개벽하고 싶으면 나를 개벽하면 되는 게야. 할!"

할. 지담스님의 할 한마디에 모여들었던 승려들이 슬금슬금 발길을 돌렸다. 지담이 행자인 내게 눈길을 돌렸다. 늘어뜨리고 있던 두 손을 모아쥐고 수인처럼 차수를 하는 내게 지담은 턱으로 공양간을 가리켰다.

"어떻게 밥이 남았어?"

공양간에서 식은밥을 받아든 수인이 물었다.

"밥이 어떻게 남겠어요. 큰스님이 덜어두게 한 거지요."

하안거 결제식이 있은 저녁이었다. 산문을 몇 번이고 내다보던 지담이 공양간에서 설거지하는 내게 물었다.

"밥은 덜어두었느냐?"

"……"

무슨 말인지 몰라 눈만 껌뻑이는 나를 바라보며 지담은 혀를 끌끌 찼다.

"네놈한테는 눈앞에 있는 것만 오직 있는 것이고, 눈앞에 없으면 모두 없는 것이 되어버리는 모양이구나. 할!"

그날부터 한 달 내내 아침, 저녁으로 발우공양을 하면서 나는 수인의 몫을 덜어두었다. 찬밥이 된 수인 몫의 아침밥은 지담의 저녁이 되었다. 밤새 찬밥이 된 수인의 저녁밥을 다음날 아침으로 먹는 것도 지담스님이었다. 점심은 어차피 아무에게도 없었다. 유생들의 핍박으로 점점 어려워지던 절 살림이 야소교와 동학까지 득세를 하면서 더 쪼들렸고, 이번 보릿고개부터는 세 끼 공양마저 두 끼로 줄였다.

"큰스님이 낼 아침부터 좋아하던 찬밥을 못 드시겠네요."

공양간에 걸터앉아 찬밥을 먹는 수인은 종일 굶은 것 같았다. 찬밥에 목이 메지 않도록 미지근한 숭늉을 발우에 담아 내밀며 말을 걸었다.

"어디서 밥 한 술도 못 얻어먹었어요?"

숭늉 발우를 비운 수인이 나를 쳐다보았다.

"먹을 거야 평생 먹고도 남을 게 굴러들어왔지."

의아한 표정으로 다음 말을 기다리는 내게 수인은 종이 한 장을 꺼내서 내밀었다. 내 얼굴이 그려져 있었다.

"넌 왜 도망 안 갔어?"

수인은 찬밥을 한입 가득 퍼 넣으며 내게 물었다. 수인이 떼어온 종이는 살인죄인 추포 방문이었다.

"제가 왜 도망가요?"

"갈 거 같은데."

살인죄인 추포 방문에는 죄상과 함께 넉넉한 현상금도 적혀 있었다. 일곱 살에 절밥을 먹기 시작한 수인은 방문에 그려진 얼굴과 내 얼굴을 번갈아 쳐다보며 아이와 같이 해맑게 웃었다.

"들고 포도청으로 가지, 왜 가지고 왔어요?"

수인이 밥을 뜬 숟가락을 들어 보였다.

"이거 덜어둘 사람이 있어야지."

발우를 비운 수인이 싱긋 웃으며 내 손에 들린 종이를 빼앗아 불기가 남은 아궁이에 집어넣었다.

"밥은 절밥이 최고거든."

세속의 나이는 나보다 두 살이 어렸지만 절 나이는 나보다 무려 열다섯 살이나 많은 수인은 어떨 땐 철부지 구오사미 같고 어떨 땐 사람의 속을 훤히 들여다보는 큰스님 같았다. 아이와 노인의 두 얼굴을 지닌 그는 내게 아무것도 묻지 않았다. 수인이 지금까지 내게 하대를 하고, 나는 그에게 공대를 해야 했던 게 비로소 억울하지 않았다. 지담스님이 왜 수인을 기다리며 기꺼이 찬밥을 먹었는지도 어렴풋이 알 것 같았다.

"조심해."

수인은 내가 아닌 아궁이 속에서 불타는 내 얼굴을 보며 말했다. 나는 추격의 손길이 가까워졌음을 직감했다. 얼마나 가까이 다가왔을까. 도망을 가야 할 시간이 온 것일까. 신포수는 말했었다. 사정거리 안에 무엇이 들어왔는지 알지 못하면 포수가 아니다. 나는 포수일까, 아닐까.

"그 동학의 깃발 중에 '개벽인'이란 건 없던가요?"

"개벽, 천지개벽은 많았어도 개벽인은 없었는데, 왜?"

개벽의 날이 오면 '개벽인'의 깃발을 찾아오라던 괴수도깝을 떠올렸다. 어쩌면 그에게 가 있는 것이 내게 가장 안전할지도 몰랐다. 정말 개벽의 날이 오긴 온 것일까.

5

일본 순사들이 신계사에 들이닥친 건 오전이었다. 순사들이 절간을 뒤집어놓고 철수한 다음 지담스님은 산문을 폐쇄했다. 대웅전 관음상 밑에 나를 숨겨준 지담스님은 내게 아무 말도 하지 않았다. 하지만 산문 폐쇄를 하면 그렇지 않아도 하루에 두 끼 공양도 어려운 절 살림이 어떻게 될 것인가.

나는 이른 저녁 공양을 마치고 조용히 절을 나섰다. 내가 떠날 것을 어떻게 알았는지 수경과 수이가 산문 앞에서 기다렸다.

"돌아가라."

나는 함께 떠나겠다는 수경과 수이를 산문 앞에 세워두고 돌아섰다. 하지만 그들은 기어코 나를 쫓아왔다. 그들의 시야 밖으로 벗어나면 쫓아오지 않을까 싶어 빨리 내달렸다가, 혹시 싶어 걸음을 늦추며 돌아보면 그들은 어김없이 가쁜 숨을 몰아쉬며 따라왔다.

내가 어쩔 수 없이 수경과 수이를 데리고 숲으로 피한 건 온정리와 원산 방면으로 갈라지는 언덕을 앞두고서였다. 고갯길을 오르는데 고개 너머에서 꿩들이 날아올랐다. 나는 발걸음을 늦췄다. 서로 신호를 던지며 서둘러 치솟아오르는 꿩들의 비행선을 지켜보며 나는 걸음을 멈췄다. 맞은편 고개에서 누군가 올라오고 있는 것이 분명했다. 나는 장삼 자락으로 이마의 땀을 훔치는 수경과 수이의 손을 잡아끌고 숲으로 들어갔다. 가파른 능선이어서 몸을 완전히 숨기기 어려웠다.

"왜요?"

의아한 표정으로 묻는 수이에게 나는 대답 대신 검지를 입술에 가져다댔다. 곧 예상한 대로 고갯길 위로 사내의 상체가 나타났다.

왜놈은 아니었지만 성큼성큼 내딛는 걸음걸이가 다부졌다. 몸을 쓰는 자가 분명했다. 나는 내 옆에 쪼그리고 앉은 수이의 어깨를 잡아 소리나지 않게 뒤로 보냈다. 놈이 고개를 돌리면 우리는 피할 곳이 없었다. 아직은 상대로부터 우리의 모습을 감추기에는 이른 저녁이었다. 나는 여차하면 달려나갈 태세를 취하며, 싸움이 붙으면 능선을 타고 도망치라고 둘에게 손짓으로 일렀다. 수경이 고개를 가로저으며 자기도 달려나가겠다는 손짓을 했다. 뛰는 가슴이 장삼 위로 드러나는 데도 수경의 눈빛만은 대담했다.

우리 앞으로 다가오는 놈은 등에 칼을 지고 있었다. 나는 놈이 우리 앞을 그냥 지나가기를 바랐다. 하지만 긴장한 수이가 몸을 가누려다 발을 헛디디고 말았다. 우리를 향해 고개를 돌리던 놈의 오른손이 왼쪽 어깨 위로 올라갔다. 놈이 칼을 뽑으면 늦었다. 나는 기합을 넣으며 길 위로 뛰어내렸다.

뛰어내린 탄력으로 다시 차고 오르며 놈의 옆구리를 파고들던 내 발이 멈칫했다. 익숙한 얼굴이었다. 눈길이 마주친 놈도 칼을 뽑던 손을 멈칫했다. 남창일이었다.

녀석은 반쯤 뽑았던 칼을 멈췄는데 내 발은 힘이 빠졌지만 녀석의 옆구리를 파고들었다.

"에잇, 자식. 발목을 확 잘라버릴라."

남창일은 인상을 쓰며 옆구리를 문질렀다. 제법 아픈 모양이었지만 녀석은 곧 양쪽 입꼬리를 치켜올리며 웃었다.

"형님 마중을 나왔으면 곱게 엎드려 절을 할 일이지, 이 무슨 비례란 말이냐!"

녀석은 허풍을 떨며 내가 뛰쳐나온 숲으로 눈길을 던졌다. 나와 눈이 마주친 수경과 수이가 걸어나왔다.

"아직 군문에 있는 동무야."

의아한 눈빛으로 남창일을 향해 합장하는 둘에게 녀석을 소개했다.

"어허, 이놈이. 이거 말버릇하고는. 제가 이놈의 형님이 됩니다."

남창일이 수경에게 너스레를 떨었다.

"산문에서는 속간의 나이를 따지지 않는답니다."

수경의 눈은 맑았지만 흔들림이 없었고, 목소리는 낮았지만 야무졌다. 남창일은 빤히 자기를 직시하는 수경의 눈길을 피하며 말을 돌렸다.

"무슨 일이길래 사람을 피하시나?"

"절을 떠나는 길이었다."

나는 오늘 절에서 일어난 일을 간단히 설명했다.

"온정리 주막에 진을 친 그놈들이 널 잡으러 왔던 놈들이구나."

"그놈들이 내일 다시 몰려올 것 같던가?"

"오늘밤이라고 들이닥치지 않는다는 보장이 없지."

우리의 얘기를 듣던 수경이 대뜸 말을 끊고 들어왔다.

"가요. 순사들이 코앞에 있다지 않아요."

수경은 수이의 손목을 잡고 앞장을 섰다.

"먼저 작전을 세워야지. 생각도 하지 않고 다짜고짜 어디로 가려고 그러세요, 스님."

남창일이 수경을 불렀지만 소용없었다.

"발이 생각을 하나요, 생각은 가면서 해도 되잖아요?"

수경은 내가 생각했던 것보다도 훨씬 당찼다. 남창일과 나는 때아닌 웃음을 터뜨리며 수경을 쫓아갔다. 신계사에서 멀어지는 산길은 늘씬하게 치솟은 적송으로 울창했다. 아름드리 소나무 사이로 수경은 바람처럼 앞서갔다.

"이제 어떻게 할 거야?"

어디로든 스며들면 찾아내기 어려운 능선까지 따라온 남창일이 물었다. 나는 수경에게 눈길을 돌렸고, 수경은 나를 쳐다보며 고개부터 저었다. 산문으로 절대 돌아가지 않겠다는 뜻이었다.

"너야말로 어쩔 건데?"

나는 남창일에게 되물었다. 물어놓고 보니 녀석이 왜 찾아왔는지를 아직 물어보지 않았다는 걸 깨달았다.

"군문에 있는 놈이 위수지역을 벗어나서 이렇게 돌아다녀도 되는 거야?"

"엽전 몇 냥이면 한 달을 유람 다녀도 아무 일 없어."

"당나라 군대네. 그래서 여기 유람온 건 아닐 테고, 무슨 일이야?"

"너 잡으러 왔지."

"잡아가봐."

내가 두 손목을 포개 내밀었다.

"천참모장이 네놈을 모시고 오란다."

"천참모장?"

"천영감, 총령의 직공장."

"괴수도깝?"

"응."

"네가 어떻게 괴수도깝을 알아?"

"천영감은 평안도의 수접주고 나는 진남포군영의 접사야."

동학의 수접주는 대접주와 접주 사이에 있는 자리였다. 접주는 수백 명의 교도를 거느렸고, 대접주는 수천 명의 교도를 거느렸다. 천 명 안팎의 교도를 휘하에 둔 동학 간부가 수접주였다. 접사는 말단 간부였다.

"남도에서 벌어진 난은 동학과 조정이 화해 협약을 맺고 벌써 끝난 거 아냐?"

남창일답지 않게 정색을 하고 단호하게 고개를 가로저었다.

"난이 아냐. 낡은 세상을 갈아엎는 개벽, 혁명이지. 개벽 혁명은 끝난 게 아니라 이제 시작이야."

남창일의 들뜬 눈빛이 달빛에 흔들렸다. 개화당의 이홍완을 닮은 그의 눈빛이 나는 불안했다.

"이제 북도에서도 난을 일으켜 집강소를 만들겠다는 건가?"

"난이 아니라고. 이 나라가 얼마나 썩어 문드러졌는지는 네가 누구보다 더 잘 알잖아. 동학이 요구한 것 중에 뭐 하나 틀린 게 있어?"

남창일이 발끈했다.

"그래. 천지개벽, 그거. 나라에서 탐관오리 징벌과 폐정 개혁을 약속하고, 동학에 집강소까지 내줬다면서."

"다 사기야. 농민군에 겁을 먹은 고종과 민비가 시간을 벌려고 벌인 사기였다고. 우린 떼놈과 왜놈들이 끼어들 구실을 주지 않으려고 화해 협약을 맺고 다 해산했는데, 그 미친것들이 우릴 때려잡겠다고 기어코 떼놈을 불러들였어. 떼놈들이 들어오니까 왜구들도 옳다구나, 만세를 부르며 제깍 기어들어오고."

"뭐, 우리나라의 일에 왜 청국놈과 왜국놈을 끌어들여?"

"그러니까, 그것들이 미친 거지. 백성들 생각은 눈곱만큼도 않고 왕 노릇 할 생각만 하다가 조선을 왜놈과 청국놈의 전쟁터로 만든 거지."

"그럼 청일전쟁이 일어났다는 거야?"

"청일전쟁은 무슨 청일전쟁, 조선을 서로 먹어치우려고 벌이는 조선전쟁이지. 그러니까 나랑 같이 가서 싸우자."

"……"

"참모장 영감을 모시고 같이 싸우자. 우리가 함께하면 무서울 게 없잖아. 외세를 물리치고 천지개벽을 하면 우리가 무장이 되는 거야."

나는 잠시 망설였다. 오갈 곳 없는 나를 반겨줄 곳이 거기 말고 달리 없었다. 괴수도깝 영감과 함께라면 목숨을 걸 수도 있을 것 같았다. 하지만 나는 고개를 저었다.

"왜? 동학이라서? 승려들도 이미 많이 참여했어."

나는 내 뒤에 서 있는 수경과 수이를 돌아보고 나서 다시 고개를 저었다.

"아니면? 서학 하는 백무아 때문에?"

나는 피식 웃어넘겼다. 하지만 녀석이 그냥 넘기질 않았다.

"백무아 때문이면 마음 바꿔. 걔, 남의 여자 됐어."

"무슨 소리야?"

"백무아, 야소쟁이한테 시집갔다고, 인마."

"웃기지 마."

혼인 따위는 하지 않겠다. 그렇게 말하던 그녀의 목소리와 함께 얼굴이 또렷이 떠올랐다. 쉽게 혼인을 할 그녀가 아니었다. 한다면, 그것은 나여야 했다.

"백무아를 데리고 떠난 윌리엄의 후임으로 온 양코배기 선교사 얘기니까 틀림없어. 백무아가 야소쟁이의 아주 순결한 신부가 되었다는 편지도 말금이에게 직접 보냈다니까, 안 믿기면 말금이에게 가서 그 편지를 직접 확인해봐."

"입 닥쳐."

나는 남창일에게 나지막하게 경고했다. 그럴 리 없었다. 그녀가 미국으로 떠나면서 남긴 편지가 지금도 내 품속에 있었다. '내가 조선에서 믿었던 유일한 남자는 당신이었습니다.' '내 심장이 멈추는 순간까지 당신은 내 가슴에 남아 있을 것입니다.' 나는 이 두 문장의 힘으로 오늘까지 살아낼 수 있었다.

"그래. 닥칠 테니까, 같이 가자."

"가. 난 가지 않아."

남창일은 길게 한숨을 내쉬었다. 나를 지켜보던 수경과 수이는 조심스럽게 안도의 한숨을 내쉬었다.

"창일아, 넌 나라를 지켜라. 나는 얘들을 지킬게."

나는, 내가 남창일을 따라 떠날까봐 잔뜩 겁을 먹었던 수이의 등을 두드리며 말했다. 남창일이 수경과 수이를 번갈아 쳐다보며 물었다.

"무슨 사이냐?"

"얘들 눈을 보고도 모르겠어?"

남창일이 미간을 찡그리며 달빛 아래 손을 잡고 서 있는 수경과 수이의 눈을 바라봤다.

"어디선가 본 것도 같은데……"

"차이경…… 동생들이야."

"그 차이경?"

"그래, 너도 차이경처럼 되지 않게 조심해라."

나는 수경과 수이의 어깨를 잡고 돌아서며 덧붙였다.

"니들이 말하는 천지개벽이 일어나길 빌게. 그래도 식구들은 먼저 피신시켜라."

남창일이 내 등에 대고 소리쳤다.

"내가 잘못되면, 우리 아이도 부탁해."

6

머리가 깨질 것 같은 통증에 눈을 떴다. 온통 어둠이었다. 시각을 알 수 없었다. 갈증이 몰려왔다. 팔을 뻗어 휘저었다.

"물 여기 있어요."

내 머리를 받치고 물그릇을 입에 물려준 것은 수경이었다. 벌컥벌컥 물을 들이켰다. 어둠에 익숙해진 눈에 수경의 무릎을 베고 잠든 수이가 보였다. 내가 누운 곳은 포수막이었다. 어떻게 포수막으로 돌아왔는지 떠오르지 않았다.

"배고프죠?"

"괜찮아."

수경은 대꾸가 없었다. 수이의 머리에 목침을 받쳐준 수경은 거적문을 올리고 밖으로 나갔다. 오십 보 뒤에 파놓은 그들의 움집으로 가는 발소리가 들렸다.

우리가 마련한 거처는 외금강의 미륵봉 동쪽 기슭이었다. 깎아지른 능선이 험준해서 인적이 없는 곳이었다. 아래로 흐르는 발연계곡을 시야에 두고 있어서 외부인의 접근을 감시하기도 좋았다. 포수막은 발연계곡의 초입까지 내려다보이는 바위 사이를 파내고 만들었다. 녀석들이 거처할 움집은 오십 보 위에 지었다. 나를 잡으려고 들이닥쳐도 내가 맞서 싸우는 사이에 녀석들이 피신할 수 있는 은폐된 퇴로도 마련해두었다.

수경은 한참 지나서 죽그릇을 들고 돌아왔다. 김이 피어올랐다. 그 사이 데운 모양이었다. 먹을 생각을 않는 내 입에 죽을 떠넣었다. 나는 입을 벌리지 않았다.

"죽고 싶은 거예요?"

수경이 고집스럽게 숟가락을 든 채 물었다. 내가 되물었다.

"내가 어떻게 돌아왔지?"

"날 새면 나가보세요."

수경은 내가 먹지 않으면 날이 샐 때까지 숟가락을 든 손을 내려놓지 않을 태세였다. 나는 입을 열었다. 수경의 손에 들린 숟가락의 죽이 입안으로 흘러들어왔다. 몇 숟갈을 먹었을까, 남은 물을 마시고 나는 눈을 감았다.

백무아의 혼인 소식에 이렇게 흔들릴 줄은 나도 몰랐다. 시간이 지나면 나아질 줄 알았다. 잃은 것은 무엇으로든 채워지고, 상처는 아문다. 죽지만 않는다면 살아지기 마련이다. 누그러들지 않는 고통도 없고, 익숙해지지 않는 외로움도 없다. 하지만 백무아가 떠난 자리는 그렇지가 않았다. 그녀를 잃은 상실감은 무엇으로도 채워지지 않고, 나날이 깊어만 갔다.

짝지어 달리는 토끼만 보아도 다리에 힘이 빠졌다. 가녀린 지빠귀의 지저귐에도 가슴이 먹먹했다. 숲을 통과하는 바람소리에도 옆구리가 시렸다. 무리 지어 흘러가는 구름만 바라보아도 눈물이 났고, 집선봉에 올라 짙푸른 바다를 바라보면 모든 것이 아득했다. 밤하늘에 뜬 북극성은 차마 쳐다보지 못했다.

다시 눈을 떴을 때는 거적문 틈으로 햇살이 스며들었다. 수경도 수이도 보이지 않았다. 나는 힘들게 일어나 앉았다. 아프지 않은 곳이 없었다. 나는 거적을 들치고 밖으로 나갔다. 포수막 앞에는 호랑이 한 마리가 누워 있었다. 나는 비로소 어제 일어났던 일이 기억났다.

호랑이를 만난 것은 우연이었다. 아침을 먹고 포수막을 나선 나는 상발연으로 향했다. 총을 들고 나왔지만 사냥할 생각이 없었다. 아직 양식은 충분했고, 돈도 얼마간 있었다. 발연계곡의 폭포가 떨어지는 바위 주변으로는 적송이 우거져 그늘이 짙었다. 차고 간 물통에는 술이 가득했다. 한두 모금씩 마시는 사이 술은 떨어졌고, 밤잠을 설친 나는 설핏 잠에 빠졌다.

잠결에 기척이 들렸다. 나는 반사적으로 몸을 굴려 옆에 놓인 총을 잡으며 기척이 나는 곳을 조준했다. 가늠쇠 위에 올라온 건 뜻밖에도 호랑이였다. 흰 수염은 강철 같고, 머리의 지름은 두 자가 넘었다. 입을 벌리고 낮게 어르렁거리는 놈의 이빨만도 다섯 치가 되었다. 갈색으로 둘러싸인 검은 눈동자에서는 불이 흘러나왔다. 신포수와 함께 아울을 좇아다니며 호랑이를 상대한 적은 있었지만 나 혼자서 호랑이와 마주치긴 처음이었다. 남은 술기운 때문이었을까. 살고 싶은 생각이 없어서였을까, 나는 덤덤했다.

호랑이와 나 사이의 거리는 사십 보였다. 놈이 도약해서 나에게 달려들 때까지 내가 쏠 수 있는 탄환은 두 발이었다. 호랑이의 치명적인 급소도 단 두 곳, 대가리와 목구멍이었다. 목구멍에 붙은 급소를 파괴하면 전신이 마비되었다. 하지만 호랑이가 앞발을 치켜들고 일어서지 않으면 목구멍은 확보가 되지 않았다. 나는 불덩이가 흘러나오는 눈과 손바닥처럼 두툼한 귀 사이의 흑점을 조준했다. 연한 뼈로 된 이 부분을 뚫어야 골을 격파할 수 있었다. 고개를 좌우로 흔드는 녀석의 두부에서 흑점을 확보할 수 있는 순간은 짧았다. 신포수의 말이 귓전을 스쳐지나갔다. 흑점에 탄환을 박아도 호랑이는 절대 한 방에 쉽게 넘어가지 않는다. 그리고 반드시 역습한다. 역습에 대비가 되어 있지 않으면 쏘아서는 안 된다.

하지만 나는 방아쇠를 당겼다. 신포수의 말은 하나도 틀리지 않았다. 녀석은 한 방에 넘어가지 않고 나를 향해 달려들었다. 나는 앞발을 치켜들고 바위로 뛰어오르는 녀석의 턱밑, 목통에 한 방을 더 박아넣었다. 그래도 녀석은 나를 향해 돌진했다. 다시 장전할 틈은 없었다. 나는 단검을 뽑아 들고 바위 위로 뛰어오른 놈의 품을 파고들며 마주 안았다. 왼손으로 놈을 안은 나는 오른손에 든 단도를 놈의 목에 찍어넣었다. 앞발이 들렸던 놈은 중심을 되찾으며 나를 타고 앉았다. 앞발로 내 가슴을 짚고 선 놈의 목에서 피가 주르르 흘러내렸다. 섬찟하게 뜨끈하고 끈적했다. 나는 몸을 뒤틀며 놈의 목을 향해 다시 칼을 날렸다.

쓰러진 호랑이를 들여다보는 수이의 눈에는 호기심과 두려움이 뒤섞여 있었다. 놈의 목뿐 아니라 옆구리에도 칼자국투성이었다. 내가 휘두른 광기의 흔적이었다. 호랑이의 몸에 새겨진 것은 포수가 하지 말아야 할 짓이었다. 깨끗하게 상대의 명을 거둬들이는 것이 포수의 윤리였다. 사냥꾼으로서도 하지 말아야 할 짓이었다. 맹수의 가죽 가치가 훼손되지 않도록 정갈하게 거둬들이는 것이 사냥꾼의 능력이었다.

호랑이를 들여다보던 수이가 나에게 눈길을 옮겼다. 나를 바라보는 녀석의 눈에 호랑이를 살필 때의 호기심과 두려움이 그대로 이어졌다. 나는 찢기고 멍든 내 몰골을 살폈다. 드러누운 호랑이는 숨이 끊기고 서 있는 나는 숨이 붙어 있다는 차이뿐, 둘에게 남겨진 모든 흔적은 광기였다. 나는 무엇을 난폭하게 죽이고 싶었을까.

호랑이를 등에 업고 내려오다 호랑이 밑에 깔린 채 쓰러져 있는 나를 포수막으로 업어온 것은 수경과 수이였다.

"하루하루 우리가 얼마나 불안하고 두려웠을지 생각해본 적이 있어요?"

멍하니 서서 호랑이를 내려다보는 내게 수경이 물었다.

"동냥으로 빌어먹고, 광산에서 매맞으며 일할 때도 지금처럼 불안하고 두렵진 않았어요."

할말이 없었다. 내가 차이경의 동생들을 지켜주고 있다고 생각했을 뿐, 그들이 어떤 불안에 떨었는지는 생각해본 적이 없었다. 사냥감으로 바꾼 식량으로 그들을 넉넉하게 먹였다. 그들이 하는 일이라고는 때죽나무를 마련하는 게 전부였다. 연기가 나지 않게 불을 피우고 밥을 하는 데는 때죽나무가 최고였다. 때죽나무 열매를 짜 기름 만드는 일은 내가 알려준 것도 아니었다. 수이와 수경은 때죽나무 기름에 심지를 담근 등불을 밝히고 움집에 엎드려 불경을 읽으며 긴 밤을 보냈다.

"맞지 않고, 굶지 않는다고, 그게 사는 건 아니잖아요."

나는 역시 할말이 없었다.

"오빠라고 했잖아요. 오빠가 잘못되면 저는, 제 동생은 어떻게 될 거 같아요?"

"……"

"죽어야겠지요……"

나는 뒤통수를 강타당한 것 같이 아찔했다.

"누나, 형한테 그러지 마."

수이가 물기가 그렁그렁한 눈으로 나를 응시하고 있는 수경의 팔을 잡아끌었다.

"우리 형, 호랑이랑 싸워서 다쳤잖아."

절로 돌아가지 않기로 결정하고 머리를 기르기로 했던 날, 수이는 입술을 몇 번이나 달싹인 다음 내게 물었었다.

"그럼, 이제 형이라고 해도 돼요?"

나는 고개를 끄덕였다.

"형."

어느 날 갑자기 사라져버린 두 형이 살아서 돌아온 것처럼 좋아하던 녀석이었다. 장진사의 곳간에서 도망쳐나온 내가 신포수를 찾아가던 모습이 떠올랐다. 세상에 나 혼자밖에 남지 않았다는 사실을 살을 에는 추위 속에서 깨달았던 나였다.

7

저녁이 되면서 다시 열이 올랐다. 수경은 쉬지 않고 수건을 갈아가며 내 이마에 흐르는 땀을 훔쳐냈다.

"그냥 둬."

자신의 손을 제지하는 나를 내려다보며 수경이 물었다.

"아저씨는 살기가 싫은 거죠?"

수경의 표정은 변하지 않았다. 흔들리지 않는 눈빛도 평소와 마찬가지였다. 하지만 녀석이 화가 났다는 건 금방 알 수 있었다. 화가 나면 수경은 나를 오빠라 부르지 않고 아저씨라고 불렀다.

대답을 않는 나에게 수경이 다시 물었다.

"아저씨는 꿈이 뭐예요?"

꿈, 차이경 형제의 피에는 꿈이라는 것이 흐르는 것일까. 멍, 유메, 르—베, 쉐렌노…… 차이경이 했던 그 낯선 말을 그의 동생이 다시 내게 하고 있었다.

"난 그런 거 없어."

"전 꿈이 있고, 살고 싶어요."

난 그것이 무엇인지 묻지 않았다.

"내가 이룰 수 없다면, 내 동생이라도 이경 오빠가 못 이룬 꿈을 이루게 해주고 싶어요. 그래서 아저씨를 따라나선 거예요."

차이경 형제의 피에 흐르는 것은 겹겹으로 낯설었다.

"아저씨 품에 있는 서찰 봤어요. 보려고 했던 건 아니에요. 어젯밤엔 아저씨가 정말 죽을지 모른다고 생각해서 읽었어요. 저는 아저씨가 죽을까봐 무서워서 한잠도 못 자고 떨었어요."

나는 반사적으로 내 품을 확인했다. 백무아의 서찰은 그대로 있었다.

"버리고 싶은 인생이라면 저에게 버려주세요."

나는 의아한 눈빛으로 수경을 쳐다봤다.

"오래 원하지 않아요. 우리가 꿈을 꾸며 살 수 있을 때까지, 삼 년만 저에게 아저씨의 인생을 주세요."

수경은 내게 예기치 못한 일격을 던졌다.

"무슨 말인지 모르겠다."

나를 뚫어지게 바라보는 수경의 눈빛은 무서울 만큼 고요했고, 흔들림이 없었다.

"조선에서 혼기가 찬 여자가 혼자서 할 수 있는 일은 아무것도 없다는 걸 아저씨도 잘 알잖아요. 아저씨가 저의 남자가 되어주세요. 많이 바라지 않아요. 삼 년이면 돼요. 그전이라도 그 언니가 돌아오면 언제든지 떠나도 좋아요."

수경은 백무아의 서찰을 간직한 내 품을 턱으로 가리켰다.

"내가 아저씨의 서찰을 봤으니 나도 아저씨에게 서찰을 보여줄게요."

수경은 속저고리 틈에서 서찰 한 장을 꺼내서 내밀었다. 차이경이 동생에게 마지막으로 보낸, 유언이 된 서찰이었다.

그리운 내 동생들아, 못난 나를 원망해다오.

무슨 말을 하겠느냐마는 부디 내가 밤낮으로 외운 최초의 경전은 기억해주기를 부탁한다.

소리에 놀라지 않는 사자와 같이, 그물에 걸리지 않는 바람과 같이, 흙탕물에 더럽혀지지 않는 연꽃과 같이, 무소의 뿔처럼 혼자서 가라.

如犀角獨步行. 루 시자오 두부 싱.

犀の角のように一人で行け. 사이노 쓰노노 요니 히토리데 이케.

Aller seul comme une corne de rhinocéros. 알리 솔 꼬미 인 꼬너 드 리노시홀스.

Ve solo como un cuerno de rinoceronte. 베 솔로 꼬모 옹 꿰르노 데 리노세론데.

Go alone like a rhinoceros horn. 고 알롱 라이끄 어 리노세로스 호론.

—못난 이경

"루 시자오 두부 싱, 사이노 쓰노노 요니 히토리데 이케, 알리 솔 꼬미 인 꼬너 드 리노시홀스, 베 솔로 꼬모 옹 꿰르노 데 리노세론데, 고 알롱 라이끄 어 리노세로스 호론, 무소의 뿔처럼 혼자서 가라."

수경은 어느 게 어느 나라 말인지도 모를 그 문장을 염불하듯 능숙하게 읊고 나서 내게 말했다.

"오빠의 말대로 무소의 뿔처럼 혼자서 가겠어요. 그런데 제겐 아직 뿔이 없어요. 뿔이 생길 때까지 삼 년이면 돼요."

"그래서 어디로 가고 싶은 거야?"

차이경의 서찰을 돌려주며 수경에게 물었다.

"원산이요."

"왜 하필 원산이야?"

"원산에는 신분을 묻지 않고 가르치는 학사가 있답니다."

그날 밤 수경은 그들의 움막으로 돌아가지 않았다.

"수이가 기다리는데 가봐야지."

"수이는 먼저 잘 거고, 저는 아저씨를 지킬 거예요."

나는 웃을 수 없었다. 이미, 지금까지 내가 죽지 않게 지킨 게 그들이라는 사실을 나는 받아들여야만 했다.

"아저씨는 이제 제 남자입니다. 제가 아저씨를 지킬 거예요. 아저씨는 저와 제 동생을 지켜야 하니까요. 비록 삼 년이지만, 그때까지 아저씨는 제 허락 없이 죽을 권리가 없어요. 그러니 죽을 생각 말아요."

외금강의 밤이 깊어갔다. 늑대마저 울지 않는 밤, 나를 지키겠다던 수경은 윗목에 웅크린 채 잠이 들었다. 수경의 숨소리는 금방 바스러질 듯 여리고 애처로웠다.

8

가진 것도 기댈 곳도 없었지만 한 번도 내가 마음먹은 것을 포기한 적은 없었다. 누구도 내가 포기하지 않은 것을 빼앗아가지는 못했다. 나는 차이경의 두 동생을 지키기로 마음먹었다. 내가 마음먹은 일이었고, 자신이 있었다.

하지만 먹패장골을 떠난 지 닷새 만에 나의 그런 자신감은 산산조각이 났다. 내가 돌이킬 수 없는 실수를 저지른 것은 원산을 눈앞에 두고서였다. 원산항과 갈마반도가 내려다보이는 봉동산에서 산기천을 따라 내려가면서 현동장터를 우회하지 않은 것부터 잘못이었다.

어느 장터에서나 왈패와 보부상들이 설쳤고, 힘자랑이 벌어지기 마련이었다. 현동의 보부상들이 벌인 행패도 그러려니 할 일이었다. 한다 하는 파락호와 보부상들이 주름잡는 평양과 한양의 장터에 익숙한 내가 보부상들의 행패를 그냥 지나치지 못한 것은 너무나 야비했기 때문이었다.

젊은 녀석 넷이 노인네 하나에게 쌍소리를 퍼부었다.

"늙은 게 얼마나 처먹고 살려고 가라는데도 여기서 버티는 거야?"

노인네는 고개를 조아렸다.

"제발 좀 봐주시구려. 이놈 애비가 산에서 떨어져 누워 있소. 약 한 첩이라도 써보려고 그러니 이번만 봐주시구려."

노인네의 옆에는 대여섯 살 되어 보이는 사내애 하나가 훌쩍거리고 있었다. 양쪽 볼은 벌써 눈물로 얼룩져 있었다. 언제나 그랬던 것처럼 내 심장은 아이에게 함부로 구는 자 앞에서 격렬하게 반응했다. 놈들은 내 심장에 잠든 야수를 깨웠다.

노인네의 앞에 놓인 물건은 산에서 떨어졌다는 노인네의 아들이 포수란 걸 말해주었다. 여우 피륙 두 장, 너구리 피륙 한 장, 송이 열세 뿌리가 다였다. 한 녀석이 송이를 걷어찼다.

"에미도 없는 이 어린것을 봐서라도……"

노인네는 길바닥에 나뒹구는 송이를 주워모으며 애걸했다.

노인의 옆에서 눈물을 쏟고 있는 애와 눈만 마주치지 않았더라도 팔을 잡아끄는 수경을 따라 발길을 돌렸을지 몰랐다. 어떤 포수의 자식인지는 몰라도, 어미마저 없다는 그 아이의 눈길을 나는 차마 외면하지 못했다.

"어린애 앞에서 거, 좀 심하지 않소."

"이 자식아, 이게 안 보여?"

그중 키가 큰 놈이 보부상단의 첩지를 마패라도 되는 양 꺼내 보이며 꺼지라는 손짓을 했다. 혜상공국에서 관리하는 보부상단은 준군사조직이었다. 비상시에 보부상을 보급과 통신, 전투원으로 동원하는 대가로 보부상에게 소금과 무쇠, 목기, 토기의 독점 판매권을 부여했다. 시장 질서를 어기는 상거래 단속 권한까지 가진 보부상단은 장터의 지배자였다. 거기다 조선을 넘보는 일본의 폭력조직인 현흑상단까지 등에 업은 놈들은 전국의 닷새장과 열흘장, 현동과 같은 난장을 모두 손아귀에 쥐고 흔들었다.

"피륙과 송이는 부상의 독점 품목이 아니잖소?"

옆에 붙어선 수경이 가자는 눈짓을 하며 내 팔을 다시 잡아끌었다. 나는 수경의 손을 떼어내며 나지막이 말했다.

"수이 데리고 먼저 내려가. 바로 따라갈게."

애원하는 눈빛을 보내는 수경에게 나는 고개를 저었다. 말려서 될 내가 아니라는 걸 아는 수경은 수이를 데리고 자리를 떴다. 그래야 내게 방해가 되지 않는다는 걸 그녀도 모르지 않았다. 그들이 시야에서 사라지고 싸움이 붙었다. 짐작보다 시간이 걸렸다. 네 명이라고 간단히 여겼는데, 아니었다. 녀석들은 단순한 보부상 패거리가 아닌 동몽청이었다. 동몽청은 일본의 정탐조직 현흑상단과 손을 잡고 보부상단에서 실력 행사를 전담하는 폭력조직이었다.

간신히 네 놈을 주저앉히고 원산으로 가는 길을 따라 달려내려갔다. 한 식경을 달려갔는데도 수경과 수이가 보이지 않았다. 두 번을 현동과 원산 사이를 오갔지만 결국 둘을 찾지 못하고, 동몽청 놈들에게 붙들리고 말았다. 숫자가 세 배로 불어난 놈들은 내게 당한 앙갚음을 호되게 했다. 놈들과 한통속인 포도청으로 끌려가지 않은 것만 해도 다행이었다.

해가 저물었고, 나는 엉망이 된 몸을 이끌고 밤이 깊도록 수경과 수이를 찾아다녔지만 헛일이었다. 원산으로 가서 사람들의 눈을 피해가며 나흘을 찾아 헤맸지만 둘의 종적은 묘연했다.

수경과 수이가 어디로 간 것인지 도무지 알 길이 없었다. 현동과 원산을 오가며 열흘을 보내고 나서야 나는 우리가 머물렀던 먹패장골을 떠올렸다.

하지만 먹패장골에도 수경과 수이가 다녀간 흔적은 없었다. 나는 날마다 자신의 경솔함을 탓하며 속절없이 기다리는 수밖에 없었다.

금강의 눈이 녹고 봄이 왔다. 여름인가 싶었던 능선에 단풍이 들었고, 어느새 서리가 내렸다. 한 달에 한 번 원산에 내려가 탐문을 했지만 둘의 종적은 찾을 길이 없었다.

계절이 바뀌고 해를 더하는 동안 나는 금강산의 일부가 되었다. 토끼의 길과 노루의 서식처, 호랑이의 사냥터와 멧돼지의 동선이 내 손안에 들어왔다. 눈을 감고도 내달릴 수 있을 만큼 금강이 발에 익었다. 호랑이를 네 마리 더 잡았고, 금강산에 무서운 범포수가 나타났다는 소문은 삽시간에 태백준령을 따라 번져나갔다. 내가 잡은 다섯 마리 호랑이가 스무 마리로 슬금슬금 불어나더니, 일곱 마리째를 잡고 덕원장터에 내려갔더니 어느새 오십 마리를 잡은 것으로 불어나 있었다.

태백준령 너머에서 들려오는 소문은 하나같이 흉흉하기 짝이 없었다. 괴수도깝이 참형을 당했다는 소문은 원산까지 퍼졌지만 남창일의 소식은 알 길이 없었다. 먹패장골에 틀어박힌 뒤로 한 번도 넘어가지 않았던 태백준령의 서쪽 능선을 타고 내려간 것은 지난달이었다.

괴수도깝이 거병을 한 황해도 총령으로 갔다. 그가 찾아오라고 했던 '개벽인'의 깃발을 찾아간 것은 아니었다. 동학이 불러일으켰던 천지개벽의 꿈에 뒤늦게 몸을 던질 생각은 조금도 없었다. 내가 의병을 일으킬 생각은 더구나 없었다. 그저 외롭고, 사람이 조금 그립고, 남창일의 생사가 궁금했을 뿐이었다.

9

총령의 조지서는 풍비박산이 나 있었다. 동학군의 참모장으로 황해도 봉기를 이끌었던 괴수도깝은 참수를 당했고, 장진댁이 폐허가 된 조지서를 지켰다. 한때 황해도와 평안도를 휩쓴 동학군은 일본군과 관군, 보부상군에 의해 허망하게 제압당했다. 동학군에 들었던 조지서와 활판인쇄소의 고공들도 목숨을 건진 이가 드물었다.

"왜놈들이 여기까지 쳐들어오지 않았겠음둥."

장진댁이 길게 한숨을 몰아쉬었다. 예전에 듣지 못한 한숨이었다.

"사내들은 씨가 말랐네……"

"어디 사내들만 당했간?"

장진댁의 말에 금희네의 두 아이가 먼저 떠올랐다.

"금희와 은희는?"

"저기 오네."

우리 쪽으로 다가오는 두 아이를 향해 장진댁이 턱짓을 했다. 나는 안도의 한숨을 내쉬었다.

"하느님이 살피셨지."

장진댁은 총령에 들이닥친 왜군들 앞에서 두 아이를 양쪽 팔로 감싼 채 손에 든 성경책을 흔들었다고 했다.

"내래 동학이 아이오, 야소교란 말임둥. 우리르 해치면 우리 선교사, 아미리가와 불란서가 가만있지 아이한단 말임."

청나라를 완전히 밀어내고 조선을 차지하자면 미국과 불란서를 등에 업어야 하는 일본이었다.

"하느님이 아니고 아주마이가 살렸구만요, 뭐."

장진댁의 양 옆구리에 매달린 금희와 은희가 머리를 장진댁의 등 뒤로 숨겼다.

"밥은 먹었어?"

"네."

두 녀석이 장진댁의 등뒤에 숨겼던 얼굴을 내밀고 동시에 대답했다. 장진댁은 이렇게 자기가 지켜야 할 사람을 잘 지켜냈는데, 나는 쓸데없는 객기로 차이경의 동생들을 잃어버리고 말았다.

"주오삼이 같은 놈도 동학에 들었던가요?"

금희와 은희의 밥그릇을 빼앗게 만들었던 놈이 장판반장 주오삼이었다. 애들이 보는 앞에서 금희네에게 입에 담지 못할 더러운 소리를 퍼붓던 그런 놈까지 동학에 가담했을 것 같지는 않았지만, 그놈이 동학에 가담하지 않고 살아남았으면 눈앞의 두 아이가 이렇게 무사할 것 같지가 않았다.

"왜 아이 들었겠음둥. 아주 개벽인 깃발으 들고 앞장으러 섰지. 그러다 동학쟁이들이 밀리니까 젤 먼저 도망쳐와서 조지서를 주워 처먹으려고, 왜놈들이 들이닥쳐슬 때 날파람으 일으키며 달려나가 왜놈 만세를 불렀지비."

금희네의 작은 딸 은희가 장진댁의 말에 토를 달았다.

"주가놈, 죽었어요."

언니 금희가 손바닥으로 은희의 입을 막았지만 이미 말이 끝난 다음이었다. 금희네가 죽기 전에 주오삼을 '주가놈'이라고 한 저주가 아이의 가슴에 박혔는지, 금희네가 죽고 나서 장진댁이 '주가놈'이라고 한 독설이 아이의 뇌리에 박혔는지는 알 수 없었다.

"왜놈 만세를 불렀는데 왜…… 누가 죽였어요?"

"왜놈들이 죽였지."

"왜요?"

"왜놈 만세를 불렀다고 하지 않았음둥?"

"그런데 왜 왜놈한테 죽었습니까?"

"왜놈! 그 무식한 놈이 왜놈! 만세! 그러니까, 왜놈 소리르 들은 왜놈 대장놈이 단박에 목으 날렸지비. 바로 저기서."

장진댁이 조지서로 들어오는 입구를 가리켰다.

"혹시 남창일이 어떻게 되었는지는 아세요?"

"남창일이 누굼?"

"아, 괴수도깝의 호위를 맡은, 제독검법을 쓰는……"

"진남포에서 온 쌍칼으 쓰는 스나이?"

"네. 제 군대 동뭅니다."

장진댁은 고개부터 저었다.

"몰라. 괴수도깝 영감의 효수된 목은 수안까지 유람으 와서 나도 보았는데, 그 스나이는 어찌되었는지 모르게습. 소식이 없는 걸 보면 그 스나이도 죽지 않았겠음둥."

오래전에 뻥 뚫린 내 옆구리에 바람구멍이 하나 더 뚫렸다. 남창일은 나에게 둘뿐인 친구의 하나였다. 달음이가 있었지만 민란의 현장에서 피를 나누며 함께 군대생활을 한 건 남창일 하나였다. 녀석이 죽음으로써 우리가 군영에서 보낸 시간을 함께 기억할 사람은 아무도 남지 않았다. 이제 백무현의 최후를 함께 떠올릴 사람도 더는 없다. 사람이 이 세상을 떠날 때는 자기 몸만 데리고 떠나는 것이 아니라 그와 나눈 시간과 기억까지 거느리고 떠났다. 그가 떠남으로써 나는 누구와도 나눌 추억이라고는 없는, 이 세상에서 가장 가난한 자가 되었다. 옆구리로 파고드는 늦가을 바람이 스산했다. 자칫하면 나뒹구는 단풍잎처럼 내 심장이 바스러질 것만 같아서 더 장진댁을 마주 보고 서 있기가 어려웠다.

선걸음으로 돌아서려는 나를 장진댁이 점심을 먹고 가라며 붙들었다. 나는 고개를 저었다.

"내래 공밥 먹고 가라는 거이 아이지비. 일 하나만 해주고 가란 말임."

"무슨 일입니까?"

일을 해달라는 부탁을 뿌리칠 수는 없었다.

"이거 좀 식자하기요."

장진댁이 내민 원고는 '녹두장군 언행록'이었다. 나는 조판대로 눈길을 돌렸다. 눈을 찡그리고 살펴본 조판 상자에도 분명히 같은 활자가 배열되어 있었다. 까막눈인 장진댁이 그만큼이나 조판했다는 사실이 믿기지 않았다.

"야소쟁이가 왜 동학쟁이 괴수의 언행록을 만들어요, 이게 얼마나……"

나는 아이들이 겁을 먹을까봐 뒷말은 삼켰다.

"괴수도깝 영감이 효수되기 전에 한 마지막 부탁이겠지비. 기런데 내래 어째서 아이 해주겠습둥."

10

'녹두장군 언행록'은 동학의 남접 우두머리인 전봉준과 취조관의 문답서였다. 전봉준이 죽기 전에 남긴 최후 진술서 같은 것이었다. 신계사의 수인이 여느 민란의 수괴와는 면목이 다르다고 했던 동학의 수괴가 전봉준이었다. 전봉준의 취체를 맡은 법부대신은 서광범이었다. 나는 서광범이 작성한 조서의 첫머리를 조판하며 우영사 민영익의 집에 모였던 개화당 도련님들을 떠올렸다.

서광범: 네 이름을 대라.

전봉준: 전봉준全琫準이다.

서광범: 전녹두란 자는 누구냐?

전봉준: 사람들이 나를 그렇게 부른다.

개화당이 정변을 일으킨 그해 우영사 민영익의 죽동궁에서 내가 보았던 종사관 서광범은 스물다섯 살이었다. 스물세 살인 한성판윤 박영효 다음으로 개화당에서도 젊은 도련님이었다. 世道飜換(세도번환), 그 어려운 네 글자를 이홍완이 묄렌도르프 외교고문의 집 앞 골목에 썼던 갑신년 정변의 새벽에 스물세 살이던 박영효는 전후영사 겸 좌포도대장으로, 스물다섯 살이던 서광범은 좌우영사 겸 우포도대장으로 나란히 군권을 장악했다. 그들이 군권을 장악했다는 소식을 듣고 오른쪽 주먹을 치켜들었던 겸종 이홍완은 대역부도죄로 사지가 찢겨 팔도로 흩어졌다. 그런데 정변을 주도하고 일본으로 도망쳤다가 나란히 미국으로 건너갔다던 박영효와 서광범, 두 도련님이 어떻게 십 년 만에 돌아와 내부대신과 법부대신이 되었는지 나는 알 길이 없었다. 한갓 겸종으로 등불을 들고 따라다녔던 차이경은 참수를 당하고, 그 부모는 관아에서 시체가 되어 실려나왔으며 어린 동생들은 고아가 되었다.

갑신정변의 수괴 중 하나였던 서광범은 서른다섯에 법부대신이 되어 전봉준을 취조했다. 서광범은 갑신년 정변을 일으켰던 스물다섯의 자신에게 물었어야 할 것을 마흔의 전봉준에게 물었다.

서광범: 왜 민란을 일으킨 것이냐?

전봉준: 어찌 날더러 난을 일으켰다 하는가? 나라를 난에 빠트린 것은 왜롬들에게 나라를 팔아먹고도 여전히 끄떡없는 너희들 고관대작 도련님들임을 모르는가.

서광범: 농민들을 무장시켜 관아를 습격하고 죄 없는 양민을 죽게 만든 것이 난이 아니면 무엇이 난이란 말인가?

전봄준: 일어난 것은 난이 아니라 하늘을 찌르는 백성들의 원성과 절규다. 봄기를 일으킨 것은 무너지는 나라를 구하고, 도탄에 빠진 백성들을 구하고자 함이었다.

서광범: 그것이 목적이었다면 잘못이 있는 지방 수령의 처벌을 청원하면 될 일인데 어이하여 한양 도성을 장악하려 들었탄 말인가?

전봄준: 나라의 주권을 짓밟고 도성을 침범한 왜롬들이 한양에 있으니 몰아내고자 했다.

서광범: 한양에 사는 모든 외국인을 몰아내려고 했탄 말인가?

전봄준: 그럴 리 없다. 외국인의 상거래는 문제가 될 것이 없다. 하지만 왜롬들은 군대를 끌고 들어와 우리나라를 속국으로 만들려고 한다는 걸 모를 리 없는 당신들 아닌가. 뿌리가 썩었는데 가지를 친다고 나무가 되살아난탄 말인가.

서광범의 취조에 답한 동학의 수괴 전봉준의 언행록은 길지 않았지만 쉬운 작업이 아니었다. 바닥에 나뒹구는 활자를 뒤져 문선, 조판하는 데 꼬박 이틀이 걸렸다. 도저히 찾지 못한 '봉' 자는 '봄' 자로, '놈' 자는 '롬' 자로, '단' 자는 '탄' 자로 바꿔 조판했다. '람' 자와 '일' 자, '괴' 자는 크기가 두 호 더 큰 각진 활자를, '적' 자는 각진 활자 중에서 가장 큰 초호를 대신 심었다. '냐' 자는 한 호 작은 걸 썼다. 엉성한 조판을 놓고 교정지 한 장을 찍어 오탈자를 살폈다. 괴수 도깝 영감이 보았으면 불벼락이 내렸을 엉망인 조판이었지만 어쩔 수 없었다.

서광범: 네가 동학의 괴수임은 인정하는가?

전봉준: 나는 모름지기 불의를 물리치고 의를 세우고자 했을 따름이다. 동학의 괴수라니 가당치 않은 소리다.

서광범: 동학당엔 언제 들었느냐?

전봉준: 삼 년 되었다.

서광범: 동학의 목적이 무엇인가?

전봉준: 하늘의 뜻을 받들어 나라를 지키고 백성을 구하는 것이다.

서광범: 송희옥宋喜玉이란 자를 어떻게 아는가?

전봉준: 마주친 적이 있는지는 모르나 나는 모르는 자다.

서광범: 전라도 도집강이고, 너의 근친인데 어찌 모른다고 잡아떼느냐?

전봉준: 그는 여기저기 떠돌아다니는 자로, 내가 모르기에 모른고 하는 것이다.

서광범: 송희옥의 서찰에 따르면 네가 척양척왜를 내세워 재차 동학난을 일으킨 것은 대원군과의 밀약에 의한 것이라는데 그것을 부인하는 것인가.

전봉준: 척양척왜는 만백성의 뜻이다. 의병을 일으키자는 내 호소문 몇 구절을 가지고 대원군과 연결시키려 드는 것은 가소롭기 짝이 없다. 대원군은 우리 의병의 해산만을 바랐을 뿐, 우리와 대원군은 여하한 관계도 없다.

서광범: 네가 대원군을 서울 운현궁에서 만났다는 사실을 부

인하는 것이냐?

전봄준: 근거 없는 낭설이다. 나는 대원군과 접족한 사실이 없다.

서광범: 최법헌은 누구인가?

전봄준: 해월 최시형이다. 전국의 접주를 총괄한다.

서광범: 그렇다면 너의 거병도 최시형의 허락을 받은 것인가?

전봄준: 진리를 행하는데 대체 누구의 허락이 필요하탄 말인가? 너는 발등에 불이 떨어지면 누구의 허락을 받고 그것을 치우는가?

봄, 롬, 탄, 세 글자는 어쩔 수 없었다. 람, 일, 괴, 냐, 네 글자도 호수가 다른 활자를 그대로 두는 수밖에는 없었다. 나머지 탈자와 오자는 하나씩이었다. 빠진 '다'자 하나를 찾아 끼워넣고 '촉'자는 '족'자로 바꿔 심었다. 펼쳐서 찍은 다음 배접을 하면 두 장이 되게 교정 조판 두 판을 먼저 장진댁에게 넘겨주었다. 장진댁이 찍어낸 신통치 않은 인쇄물을 보고 금희와 은희는 탄성을 터뜨렸다. 입속말로 읽어나가며 재교를 보는 내게 장진댁이 통박을 줬다.

"크게 좀 읽어보라."

나는 장진댁이 듣도록 소리 내 읽으며 재교를 보아나갔다. 전봉준이란 사내의 기개는 과연 심장을 두근거리게 하는 힘이 있었다. 이런 사내가 함께 나서자고 했다면 나도 따라나섰을 것만 같았다.

"전봉준이 스나이값은 함."

"동학쟁이가 되려고요?"

"동학이고 뭐고 쓸 만한 스나이는 다 죽었잖겠음둥."

장진댁의 말은 쓸모없는 사내들만 살아남았다는 소리로 들렸다. 거기에 나라고 포함되지 않을 리 없었다.

나는 인쇄용 최종 조판을 넘겨주고 장진댁에게 작별 인사를 했다.

"으째 무아 소식은 아이 물어봄?"

돌아서려는 내게 장진댁이 물었다. 나는 쓸쓸하게 웃어 보였다.

"잘산다고 함둥."

"잘됐네요."

"다음달에 조선에 돌아온다고 하지비."

나는 고개를 끄덕이고 돌아섰다. 웃으려고 입꼬리를 치켜올렸는데 엉뚱하게 눈물이 왈칵 솟구쳤다. 어차피 남의 여자가 된 사람이었다. 너무 높은 가을하늘을 올려다보다 발을 헛디뎌 하마터면 넘어질 뻔했다.

풀린 다리를 이끌고 간신히 걸어내려오는데 아이들이 부르는 소리가 들렸다. 걸음을 멈추고 돌아보았다.

"고맙습니다."

장진댁이 시켰을까, 합창을 하며 손을 흔드는 아이들에게 마주 손을 흔들어주었다. 내가 고마운 일을 한 게 뭐가 있을까. 저 아이들에게 고마운 세상은 언제나 올까. 그래도 금희와 은희에게는 나보다 훨씬 든든한 장진댁이 있었다.

11

총령을 거쳐 내가 찾아간 곳은 진남포였다. 괴수도깝을 수행한 남창일이 저만 살자고 도망쳤을 것 같진 않았다. 녀석이 잘못되었다면, 녀석이 내게 부탁했던 아이들이 어떻게 되었는지는 살펴보아야 사람일 것 같았다. 나는 왜놈과 포졸들의 눈을 피해가며 남창일의 동생 말금이를 찾아갔다. 말금이는 여전히 백무아가 취직시킨 양장점에 일했다.

나를 본 말금이는 눈물부터 쏟았다. 나는 말금이가 손수건으로 볼의 눈물을 다 찍어낼 때까지 기다렸다.

"언니와 조카들이 너무 불쌍해요…… 왜놈들이 언니를 욕보이려다 반항하자 배를 갈라 죽였대요. 아이 둘도 집안에 가둔 채 불을 질렀어요. 그 아이들이 무슨 죄가 있다고……"

말금이의 말을 듣지 말았어야 했다. 천진난만하게 잠이 들어 있던 남창일의 아이가 눈에 밟혔다. 미련한 놈, 저 하나 죽는 것으로 끝을 내야지. 어떤 민란이 성공을 거둔 적이 있었던가. 처자식이 그리되었으니 녀석은 살았다 한들 죽은 것보다도 못할 것이다.

"아무리 그래도 왜놈들이 그런 짓까지 하도록 나라에서 가만뒀단 말이야?"

"동학 잡겠다고 청국을 끌어들이고, 청국이 왜놈한테 지니까 왜놈들 앞세워 동학을 토벌한 게 누군데요?"

가족을 먼저 피신시키고 동학에 가담하라고 한 내 말을 남창일은 왜 귀담아듣지 않았을까. 그럴 시간이 없었을까. 아니면 정말 자기들이 이길 줄 알았을까. 백무아를 현흑상단에 넘겨준 진남포 형방 서진태의 집에서 총상을 입고 찾아간 나를 극진하게 살펴주던 부인의 선한 눈빛이 떠올랐다. 남창일, 그 녀석에게 화가 났다. 내가 녀석을 따라나섰다면 녀석의 식구들은 무슨 일이 있었더라도 먼저 피신을 시켰을 것이다. 하지만 이제는 모든 것이 늦은 다음이었다.

"창일이는?"

"죽었겠죠."

"어디 묻혔어?"

"모르죠. 언제 어디서 죽었는지도 모르는걸요."

나는 말금이에게 군영에서 남창일과 가까웠던 동료들의 이름을 일러주고 수소문을 부탁했다. 진남포군영에는 그의 행적을 아는 사람이 반드시 있을 것 같았다. 짐작대로 남창일이 괴수도깝과 함께 체포되었다는 사실은 어렵지 않게 확인했다. 하지만 그의 시체를 어떻게 처리했는지 아는 사람은 없었다. 대신 말금이는 뜻밖의 소식을 가져왔다. 박한 초관이었다. 그가 진남포군영을 총지휘하는 진위대 대장으로 와 있었다.

백무현과 나, 남창일을 이끌고 화성과 김천, 울산에서 민란을 일으킨 농민군을 진압했던 그는 왜군과 한편이 되어 동학군을 토벌하며 무슨 생각을 했을까. 남창일은 박한이 이끄는 옛 동료들과 싸우며 무슨 생각을 했을까. 남창일이 죽은 곳은 찾을 수 없었고, 박한은 이제 내가 만날 수 없는 사람이 되어 있었다.

남창일이 살았던 신흥리는 폐허로 변해 있었다. 그의 집으로 올라가는 길목에는 불에 탄 가옥이 즐비했다. 동학에 들었거나 동학으로 몰린 자들의 집이었다. 동칠서삼 진남포. 진남포 사람 열의 일곱은 동학쟁이고, 셋은 서학쟁이라는 말이 실감났다.

불에 탄 채 방치된 남창일의 집은 처참했다. 지붕이 낮은 세 칸짜리 초가였지만 그와 아내의 손길이 미치지 않은 구석이 없던, 윤기가 나는 집이었다. 내가 단 한 번도 살아보지 못한 온기와 아이들의 냄새가 가득 감도는 집이 내심 얼마나 부러웠는지 모른다. 하지만 이제 집안에 감돌던 그 따뜻한 온기는 어디에도 남아 있지 않았다. 부지런한 남창일이 쉬는 날마다 도끼질을 해서 장만해두었던 장작도 흔적을 찾을 수 없었다. 삼 년 겨울은 넉넉히 날 수 있을 만큼 집의 삼면을 돌아가며 가지런히 쌓아두었던 장작은 그의 아내와 아이를 화장시키고 재로 변해 있었다. 녀석의 아내와 아이들의 유골이 깔려 있을 무너진 집 앞에서 나는 남창일을 생각했다. 그라면 어떻게 했을까. 그가 죽지 않았다면 했을 일, 두 가지만큼은 내가 대신하기로 마음먹었다.

나는 진남포를 떠나기 전에 말금이를 만나러 갔다. 그 많던 청인들은 눈에 띄지 않고 왜군과 왜놈 장사치들만 거리에 득실거렸다.

"청인들은 다 떠났나?"

"전쟁에서 진 청나라 군대는 다 떠났고, 장사꾼들은 아직도 좀 남아 있어요. 깔아놓은 돈과 물건이 있으니까요. 그렇지만 현흑상단이 무서워서 바깥에 잘 나다니지 않아요."

이름처럼 말끔한 양장 차림의 말금이는 그제와 달리 차분했다.

"왜놈 군대가 하는 짓이 청국 군대와 비슷한가?"

"무슨 얘기예요. 조선을 신하로 여기는 청국은 조공이나 잘 바치면 되지만 일본은 전혀 다르지요. 일본은 조선을 완전히 짓밟고 집어삼키려는 것이잖아요. 창일이 오빠 집을 보고 오지 않았어요?"

말금이는 고개를 설레설레 흔들었다

"보고 왔지. 그래서 창일이 대신 두 가지는 하려고."

"두 가지라니요?"

"불탄 창일이의 집을 치우고, 제수씨와 조카들의 유골은 수습해야지."

"다른 하나는요?"

"창일이가 살아 있었으면 어떻게 했을까? 창일이의 아내와 두 아이의 목숨값만큼은 계산해야지."

"누가 그랬는지도 모르는데 그 많은 일본군과 현흑상단을 다 어떻게 하겠어요?"

"다른 사람의 것은 몰라도 세 명의 목숨값으로 한 명에 왜군 열 두씩, 서른 두는 내가 맡아서 계산하려고."

"그런다고 뭐가 달라지겠어요?"

"아무것도 달라지지 않는다 해도 죽은 내 친구가 할 수 없으니 아직 살아 있는 내가 그것이라도 해야지."

말금이는 잠시 머뭇거리다 입을 뗐다.

"무아 언니가 어제 평양에 돌아왔어요."

"한 달 뒤에 온다던데……"

"서찰이 바다를 건너는 것보다 사람이 바다를 건너는 게 더 빠르니까요."

무아가 왜놈에게 당하고 가장 많이 운 게 말금이었다고 했던 남창일의 말이 떠올랐다. 백무아의 이름을 더 듣고 있을 만큼 내 가슴은 아직 단단하지 않았다. 나는 말금이가 백무아의 이름을 더 입에 올리기 전에 시커먼 양탕국을 남겨둔 채 자리에서 일어섰다.

"돌아가서 돈을 마련해 보낼게. 네가 사람을 사서 불탄 창일이의 집을 치우고, 제수씨와 조카들의 유골을 수습해다오."

돈을 마련하자면 범 가죽 한 장이 필요했다. 지금 내 품에는 단총 한 자루뿐이었다. 왜군 서른 두를 잡자면 먹패장골에 두고 온 장총과 탄환 예순 발이 필요했다. 마음이 급해졌다. 나는 서둘러 진남포를 떠났다.

5장

과연 김수협

1

내가 김수협을 만난 것은 단발령이었다. 진남포를 떠난 지 나흘 만에 금강산 초입에 있는 오량리에 도착했다. 금강산으로 들어가는 단발령은 산세가 험하고 인적이 드물었다. 맹수와 산적의 출몰이 빈번해 여간한 사람은 대낮에도 혼자서는 넘지 못하는 고개가 단발령이었다. 단발령을 넘으려면 으레 단발령 초입에 있는 마을에서 닷 냥을 주고 길잡이를 할 장정을 사야 했다. 그러다보니 마을 이름이 아예 닷 냥이 되어버린 오량리였다.

서둘러 오량리를 출발했는데 도중에 일본군을 만나 시간을 지체하고 말았다. 단발령을 넘어오는 삼백이 넘는 왜군의 행렬이 다 지나가도록 바위틈에 몸을 숨기고 지켜봐야 했다. 원산항으로 들어와 태백준령을 넘어 한양으로 이동하는 부대였다. 나라가 온통 왜놈들 천지가 되고 있었다.

왜군들 때문에 버린 시간을 벌충하려고 숨이 차게 내달렸는데도 단발령에 올랐을 때는 해가 기울 무렵이었다.

"거, 어딜 그리 바삐 가시오?"

단발령의 여우바위에 앉아 있던 사내가 나를 내려다보며 물었다. 목소리가 사뭇 도도한 사내가 앉은 바위 뒤로는 내금강 연봉이 병풍처럼 펼쳐져 있었다. 내게 말을 건 사내는 구름 자욱한 계곡을 굽어보며 길게 빨아들인 장죽 연기를 허공으로 날려보냈다. 내 대답이나 기울어가는 해 따위는 안중에 없다는 태도였다.

"이쪽에서 올라왔으니 저쪽으로 내려갈 일밖에 더 있겠소."

나는 잠시 쉬려던 생각을 바꿔 지체하지 않고 발걸음을 옮겼다.

"그렇게 혼자 가면 과연 섭하지 않소. 길동무나 할까, 하고 기다렸는데 말이오."

"닷 냥은 준비가 된 거요?"

하핫, 사내가 내 농담을 호탕한 웃음으로 받았다. 거리낌없는 웃음이 마음에 들었다.

"과연 닷 냥을 받아야 할 사람은 나 같은데."

사내는 옆에 내려놓았던 바랑을 가까이 잡아당겼다. 바랑에 걸친, 긴 포목 자루에 든 것이 총기란 걸 알 수 있었다. 나는 뱃가죽에 힘을 주어 허리춤에 찬 단총의 상태를 확인하며 먼저 말을 들이댔다.

"어디 포수요?"

하핫, 사내가 다시 호탕하게 웃으며 펼친 손바닥을 들어 보였다.

"구월산에서 왔소만. 거, 허리춤에 찬 물건에는 손을 대지 않아도 좋을 것 같소."

사내의 눈도 예사롭지 않았다. 내가 빙긋이 웃으며 쳐다보기만 하자 사내가 물었다.

"보아하니 왜구들 앞잡이 같지는 않고, 동학에라도 들었소?"

"들려면 벌써 들었지 이제 들겠소."

나는 사내의 손과 발에서 눈길을 떼지 않고 대답했다.

"그러면 의병에나 들어보지 않겠소?"

"떼놈들을 불러들이고 왜놈들과 손잡은 게 누군데, 이제 와서 누굴 지키자고 의병을 한답니까."

"그것도 과연 틀린 말은 아닌 것 같소만, 아주 맞는 말도 아닌 듯 싶소."

과연, 사내의 말에서 '과연'은 도드라졌다. 그는 내가 볼 수 있게 여전히 손을 펼쳐든 채 바위에서 일어섰다. 보통 키를 조금 넘었지만 날파람이 있는 풍채였다. 부리부리한 눈매도 시원스러웠다. 사내의 등뒤로 멀리 펼쳐진 내금강 연봉에는 노을이 깃들고 있었다.

"떼놈을 불러들이고 왜놈과 손을 잡은 게 누구건, 지금 과연 왜놈들에게 죽어나는 건 백성들 아니요?"

"나도 왜놈들에게 갚아야 할 사사로운 빚이 좀 있긴 합니다만, 의병은 그쪽이나 하시지요."

나는 사내가 선 바위를 지나쳐 피목정 방향으로 걸음을 옮겼다.

"그렇게 혼자서 가다 뒤에서 불질이라도 해대면 과연 어쩔 참이오?"

사내의 말이 끝나기 전에 내가 돌아서며 단총을 겨눴다. 사내는 여전히 빈손이었다.

"하핫. 그러지 말고, 같이 갑시다."

사내가 바랑과 총이 든 자루를 짊어지고 바위에서 뛰어내렸다.

"닷 냥은 있소?"

내 농담을 사내가 되받아치며 옆으로 다가섰다.

"내려다주기만 하니, 내 두 냥 반만 받겠소."

사내는 길잡이를 하고 정말 두 냥 반을 받겠다는 듯 성큼성큼 앞장을 섰다. 구월산에서 왔다면 익숙하지 않은 지형일 텐데도 능숙하게 산을 탔다. 내공이 만만치 않았다.

"남의 산에 와서 두 냥 반 벌려고 서투르게 앞장서다 다치겠소이다."

나는 짐짓 사내를 깎아내리며 앞으로 나섰다. 사내는 다음 고개에서 다시 나를 앞지르며 어깃장을 놓았다.

"이 산의 주인이라는 양반이 낮에만 다녔소. 어두워지니 영 신통치가 않소."

서로 말은 그렇게 했지만 어두워진 산길을 우리는 앞서거니 뒤서거니 거의 달리다시피 내려갔다. 낯선 산길을 나를 제치며 달려내려간다는 건 보통내기에게 가능한 일이 아니었다. 더구나, 아무리 달이 밝다고는 해도 밤길이었다.

"닷 냥은 다음에 받겠소."

2부 능선까지 내려와서 피목정으로 빠지는 갈래길을 앞두고 내가 먼저 작별 인사를 건넸다.

"아하, 하마터면 잊을 뻔했는데 두 냥 반은 내가 한잔 산 셈 치리다."

사내도 유쾌한 농으로 인사를 맞받으며 물었다.

"이쪽으로 가야 주막이 나올 텐데, 과연 어째서, 이 밤중에 혼자서 호랑이가 출몰한다는 산길을 타오?"

"나야 태백준령이 집이고 마당인 사람이오. 그러는 구월산 포수께서는 어딜 그리 부지런히 가시오?"

"나는 금강산에 범포수가 있다고 해서 찾아가는 길이오."

"범포수, 누구 말이오?"

"호랑이를 오십 두 넘게 잡은 포수가 여럿이겠소."

"그렇다면 틀린 것 같소. 그쪽으로 가서는 못 만날 거요."

사내가 반색을 하며 내게 되물었다.

"당신이 그걸 과연 어떻게 아오?"

"여기 있으니까, 거기 없겠지요."

사내의 입이 벌어지며 눈이 커졌다.

"그럼, 당신이 범을 오십 두나 잡았다는 과연 바로 그 범포수요?"

"오십 두는 아니고 일곱 두는 보았소만."

사내는 죽은 부모가 살아 돌아온 것처럼 기뻐했다.

"왜, 진작에 얘기하지 않았소."

"언제 물어보았소?"

"내 같이 의병 하자고 하질 않았소?"

"범포수는 의병을 한답디까?"

"하핫, 범을 잡는 배포를 가진 포수가 어째서 의병을 하지 않겠소."

우리는 그렇게 단박에 배포가 맞았다.

"범포수 양반, 생각보다 젊은데 이름이 어떻게 되오?"

"홍범이라고 하오."

"범포수는 이름부터 과연 범입니다, 그려."

"그러는 그쪽은 이름이 어떻게 되오?"

"나 구월산 김수협이오."

"김포수는 날 어떻게 믿고 의병 하러 나섰다고 하셨소?"

"아니, 두 눈을 멀쩡히 뜨고서도 사람의 겉만 보이고 속이 안 보이기도 하는, 과연 경우도 있단 말이오?"

하핫, 김수협은 한바탕 호탕하게 웃고 나서 덧붙였다.

"내가 관상을 좀 보오. 그러는 범포수는 날 뭘로 믿고, 종적을 감추고 산다는 분이 이름까지 털어놓소?"

"관상을 보진 못해도 과연 속이 검은지 흰지 정도는 아오."

그날로 우리는 평생지기처럼 '과연' 의기투합했다.

2

호랑이의 이동선에 목을 잡고 사흘을 기다린 끝에 중호가 나타났고, 나는 선방권을 김수협에게 넘겼다. 처음 호랑이를 본 김수협은 몸통을 온통 가린 호랑이의 큰 머리통에 압도되어 손끝을 떨었다. 더구나 김수협이 든 화승총은 내가 지닌 스나이다 소총보다 성능이 한참 떨어졌다. 그래도 나는 김수협의 화승에 불을 붙여주며 선방을 맡겼다. 전투는 기세와 용력에 달렸고, 세상의 포수는 두 종류가 있을 뿐이었다. 범을 잡아본 포수와 잡아보지 못한 포수. 범을 잡아본 포수라야 두려움을 이겨내는 법이었다. 나는 화승이 타들어가는 속도에 맞춰 손바닥을 천천히 오르내리며 김수협에게 신호를 주었다. 하나, 둘, 셋. 김수협이 방아쇠를 당겼다.

땅.

김수협의 탄환이 호랑이의 이마에 튕기는 것을 확인하며 나는 스나이다 소총의 개머리판을 어깨에 가볍게 밀착시켰다. 공격자의 위치를 파악한 호랑이는 단숨에 뛰어오르며 덮칠 기세로 성큼성큼 우리를 향해 다가왔다. 다리에 탄력을 붙이며 다가오는 녀석과 우리 사이의 거리는 열 걸음이었다. 녀석이 우리를 향해 뛰어오르려는 순간 나는 방아쇠를 당겼다.

탕.

탄환은 정확히 놈의 눈과 귀 사이의 흑점을 파고들어갔지만 녀석은 도약을 멈추지 않았다. 김수협은 머리를 땅바닥에 처박았고, 나는 앞발을 치켜든 호랑이를 한쪽 팔로 마주 안으며 오른손으로 뽑아든 단도를 녀석의 목에 힘껏 박아넣었다.

호랑이한테서 떨어져나오며 피 묻은 단도를 왼쪽 손바닥으로 쓱쓱 닦아내는 나를 바라보는 김수협의 얼굴은 하얗게 질려 있었다.

"구월산에서는 토끼 사냥만 한 모양이오."

지금까지 한 번도 지지 않고 자신만만하게 내 말을 되받아치던 김수협이 처음으로 대꾸를 하지 못하고 고개를 절레절레 흔들었다.

"과연…… 명불허전, 범포수요."

"거, 글 파먹던 선비 출신인 모양이오."

"그걸 어떻게 알았소?"

나는 대답 대신 그의 사타구니로 눈길을 던졌다. 내 눈길을 따라 고개를 숙이던 김수협의 얼굴이 시뻘겋게 달아올랐다. 그의 바지는 흥건하게 젖어 있었다.

"말과 글로 익힌 머리를 '과연' 따라주지 않는 게 아랫도리요."

하핫, 나는 김수협이 민망하지 않게 그의 호탕한 웃음과 '과연'을 흉내내며 덧붙였다.

"돌아서서 내빼지 않은 것만도 선비치고 '과연' 대단한 거요."

산에서 잔뼈가 굵은 포수들도 중호 이상의 호랑이가 공격해오면 거의 오줌을 지리기 마련이었다. 문약한 선비들은 말할 나위도 없었다.

하핫, 김수협이 벌겋게 달아오른 얼굴을 두 손바닥으로 문지르며 호탕하게 웃었다.

"내 과연 대장으로 모시리다."

"나이가 있지 내가 어찌 대장을 하겠소."

김수협은 나보다 두 살 위였다.

"왜놈들과 전쟁을 시작하는 이 마당에 나이 따위가 무슨 소용이겠소."

"그럼, 서로 트고 지냅시다."

"청나라 군대가 왜놈들에게 당하는 걸 과연 못 보셨소. 기율이 없으면 청나라가 되어도 당나라 군대를 면치 못하는 거요."

"그래도 그렇지 겨우 둘이서 무슨 대장이오?"

"어허, 대장! 대장께서 무슨 말씀을 과연 그렇게 하오. 우리 부대원이 이미 천이 훨씬 넘는데 겨우 둘이라니오?"

나는 그와 나를 번갈아 쳐다보고 나서 주변을 둘러보는 시늉을 했다. 주변엔 때까치 한 마리 보이지 않았다. 호랑이의 포효와 총소리에 내빼지 않은 금수가 있을 리 없었다.

"우리 둘 말고 누가 있단 말이오?"

"대장! 대장이 일당 천, 내가 일당 백. 벌써 과연 천백이지 않소. 하핫."

김수협은 그렇게 나를 대장으로 만들었다.

"방금 범포수가 되었는데 너무 겸손한 것 아니오, 구월산 범포수."

범포수란 말에 김수협의 입꼬리가 양쪽 귀에 가 걸렸다. 이럴 때의 김수협은 어린애처럼 천진했다.

"이 범도 대장이 잡은 건데 어떻게 내가 범포수라고 하겠소."

"아무리 선비 출신이라도 그렇지, 포수들의 불문율도 모른단 말이오?"

선칠후삼, 하나의 사냥감에 두 포수의 총알이 박히면 선방을 놓은 포수의 몫이 칠이고 후방을 놓은 포수의 몫이 삼이었다. 누구의 탄환이 치명상을 입혔는가는 중요치 않았다. 범을 잡아야 범포수가 되는 것이고, 두 포수가 한 마리의 호랑이를 잡으면 선방을 놓은 포수만 범포수로 인정받았다.

"하핫. 그러고 보니 과연 내가 범포수인 건 맞소. 범포수 정도는 되어야 범포수 중의 범포수인 대장의 참모장값을 하지 않겠소."

김수협은 내 소임뿐만 아니라 자신의 소임도 그렇게 스스로 정했다. 참모장.

"갑시다, 대장!"

호피를 메고 포수들이 총기를 거래하는 철원의 금성창으로 간 우리는 스나이다 한 정과 탄환 백이십 발을 손에 넣었다.

3

나와 김수협이 철령에 목을 잡고 왜군을 기다린 지 사흘째였다. 교대로 번을 서며 밤을 보낸 우리는 육포와 미숫가루로 아침을 때웠다. 때죽나무를 쓰면 연기가 거의 나지 않았지만, 번지는 냄새마저 없앨 수는 없었다. 물주머니는 내가 계곡에 내려가서 채워왔다. 그건 참모장의 일이라며 말리는 김수협을 기어이 주저앉히고 내가 계곡으로 내려간 이유는 자꾸 상전 대접을 받는 것이 거북해서만은 아니었다. 어제저녁에 우리가 세운 침공사격 전술을 성공시키려면 실전 경험이 없는 김수협에게 이동하는 표적물에 대한 감각을 더 익히게 만들어야 했다.

계곡을 타고 내려간 나는 원산 방향에서 목에 진입하며 매복중인 김수협을 향해 손을 들어 보였다.

"빵."

김수협의 목소리는 크지 않았지만 내게 분명히 들려왔다. 나는 재빨리 목 가운데 있는 작은 바위 뒤로 피했다. 바위 위로 머리를 내밀자 다시 김수협이 외쳤다.

"빵."

바위 뒤로 머리를 숨긴 나는 잠시 후 한양 방향으로 내달렸고, 곧이어 김수협의 입 사격이 날아들었다. 빵.

나는 다시 바위 뒤로 물러났다가, 이번에는 재빨리 원산 방면으로 도망쳤다. 역시 김수협의 입 사격이 날아들었다. 빵. 나는 탄환을 맞은 것처럼 휘청거리다 두 손을 들고 일어섰다.

"과연, 대장은 대단하오."

물주머니 두 개를 채워 올라간 나를 맞이하는 김수협의 첫마디는 또 '과연'이었다.

"이번에는 뭐가 또 과연이오?"

"과연 대장이 아니고서야 스나이다 네 방을 맞고도 이렇게 끄떡없을 수가 있겠소."

"다 빗나간 것 아니오?"

"무슨 말씀을. 일발필격 일격필살."

쏘면 맞춰야 하고, 맞췄으면 죽여야 한다. 화승총을 써온 김수협에게 스나이다 소총 사격술을 가르치며 한 이 말은 내가 신포수에게 불질을 배우며 처음부터 마지막까지 들은 말이었다.

밤낮으로 연습을 하고 잠을 잘 때도 스나이다를 품에서 내려놓지 않던 김수협에게 나는 남은 탄환 구십 발 중에서 육십 발을 내주었다.

"이제, 실전 훈련이오."

그는 손사래를 쳤다.

"과연 일격필살인 대장이 더 가져야지 나한테 더 주면 어찌하오."

"참모장도 과연 일격필살이오."

"그럼 똑같이 마흔다섯 발씩 나눠 가져야지요. 같은 일격필살, 범포수끼리."

입꼬리가 올라간 김수협이 내 말을 받아쳤다.

나는 육십 발의 탄환을 안겨주며 물었다.

"이게 과연 똑같은 삼십 발로 보이지 않는단 말이오?"

"그건 삼십 발이고 이건 육십 발인데 어떻게 똑같은 삼십 발이오?"

"삼십 발은 훈련용이니 연습할 때처럼, 연습하는 것처럼 자신 있게 왜군에게 갈기시오. 그러고 난 다음에 실전용으로 쓸 것은 나와 똑같은 삼십 발이오."

김수협은 내가 물주머니를 채우러 내려갔다 온 계곡의 목을 향해 조준을 거듭했다. 어제 왜군 천스물일곱 두가 지나가는 내내 조준과 격발 연습을 반복하면서 거리 감각을 익힌 그였다. 잠시도 스나이다에서 손을 떼지 않는 김수협이 믿음직스러웠다. 어떤 총기든 신체의 일부처럼 제 몸에 착 붙어야 제 성능이 발휘되는 법이었다.

왜군이 계곡에 들어선 것은 정오 조금 못 미친 시각이었다. 나무 그늘이 북서 방향으로 아주 짧았다. 열두 놈이었다. 한 놈은 각반을 찬 것으로 보아 왜놈 순사거나 길잡이를 하는 정보원 같았다. 어제처럼 뒤에 본대가 따라붙었는지 원산 방향의 모퉁이를 지켜보았다. 왜군 분대가 목 가까이 다가왔고, 뒤따르는 병력은 나타나지 않았다.

모퉁이 너머의 상황을 읽으려고 하늘을 살폈다. 이미 계곡에 들어선 침입자들에 놀라 날아오른 까치 한 무리만 상공을 선회하며 자신의 세력권을 지키고 있었다. 꿩과 독수리를 날아오르게 할 정도의 움직임은 모퉁이 너머에도 없었다.

마침내 분대의 선두에 선 길잡이가 목에 들어섰다. 스나이다 방아쇠에 손가락을 건 김수협이 나를 쳐다보며 명령을 요청했다. 나는 천천히 손을 들어올리고 대오의 중간이 목의 중심에 들어오기를 기다렸다. 한 줄로 늘어선 대오의 앞뒤 이동 간격은 다섯 보였다. 만약의 기습에 대비한 잘 훈련된 행군 대오였다. 정면에서 치거나 후방에서 쳐 섬멸하기 쉽지 않은 일렬종대 대형이었다. 하지만 측면 능선에 포진한 우리에게 그들은 일렬종대가 아니라 일렬횡대로 전원이 옆구리를 완전히 내놓은 상태였다. 최적의 공격 조건이었다. 한 가지 위험성이 있다면, 사격 개시가 너무 빠르면 대오의 뒤쪽이, 너무 늦으면 대오의 앞쪽이 목 바깥으로 도망칠 가능성이었다. 그런 경우를 막으려고 우리가 짜낸 방법이 침공사격술이었다.

여섯번째 놈이 정확히 목의 가운데로 들어서는 순간 나는 팔을 내리며 손끝으로 적을 찔렀다.

4

탕, 탕.

두 발의 총성이 거의 동시에 울렸다. 앞이 김수협의 것이고, 뒤가 나의 것이었다. 김수협의 탄환은 대오의 맨 끝에 있는 놈을 맞췄다. 나는 대오의 두번째 놈 머리통을 날렸다. 그놈이 지휘관이었다.

지휘관과 맨 뒤에 있던 놈이 쓰러지자 남은 놈들은 앞으로 도망치려고 뛰었다. 내가 발사한 탄환이 대열의 선두에 선 사복의 관자놀이를 관통하며 피가 사방으로 튀었다. 뒤이어 김수협의 탄환이 대오의 마지막 놈 가슴을 꿰뚫었다.

남은 여덟 놈이 앞으로도 뒤로도 가지 못한 채 우왕좌왕하는 사이 나는 가늠쇠 위에 선두로 나선 놈의 관자놀이를 올려놓았다. 귀와 눈 사이에 있는 태양혈을 맞고도 살아날 수 있는 짐승은 없었다. 호랑이도 관자놀이 흑점을 맞으면 이십 보 이상은 뛰지 못했다.

탕. 이번에는 놈이 갑자기 바위를 향해 몸을 트는 바람에 관자놀이가 아닌 왼쪽 턱이 돌아갔다. 그렇다고 해도 사는 것은 불가능했다.

우리가 어젯밤 세운 '침공사격술'은 적중했다. 한 땀 한 땀 빠뜨리지 않고 순서대로 바느질을 해나가듯이 적군을 차례대로 따박따박 쏘아나가는 것이 침공사격술이었다. 나는 지휘관을 가장 먼저 제거한 다음 앞쪽에서부터 바느질해들어갔고 김수협은 뒤쪽에서부터 바느질해들어왔다. 우리가 포진한 비탈 위에서 내려다보면 적의 선두가 왼쪽에 포진한 김수협에게 가깝고, 적의 후미가 오른쪽에 포진한 내게 가까웠지만 우리는 바느질 사격을 대각선으로 교차시켰다. 서로 교차하는 바느질 사격은 양쪽 끝에서 적을 목 안으로 몰아넣으며 공포감을 극대화하는 방법이었다.

탕, 탕. 거의 동시였다. 왼쪽에 포진한 김수협이 오른쪽인 후미의 적을 쏘았고, 오른쪽에 포진한 나는 왼쪽인 선두의 적을 사살했다. 순식간에 여섯 놈이 당하고 나서야 적들은 탄환이 날아오는 방향을 알아차렸다. 왜군들은 우리가 포진한 비탈 위로 장님사격을 퍼부으며 목 가운데 있는 작은 바위 뒤로 몸을 던졌다. 나는 서로 먼저 작은 바위 뒤로 밀치고 들어가려다 저희끼리 부딪친 놈의 뒤통수를 가늠쇠 위에 올리고 방아쇠를 당겼다.

탕. 까만 테가 달린 누런 군모가 먼저 떨어지고 놈이 바닥으로 무너져내렸다. 계곡 가운데 있는 작은 바위 뒤에 숨은 적 세 놈은 머리도 내밀지 못하고 총구만 내놓은 채 헛총질을 해댔다. 놈들은 이제 목에 갇힌 채 꼼짝도 하지 못하는 처지였다.

우리는 침공사격술로 적을 우물 안에 몰아넣으며 순식간에 아홉 두를 잡았다. 이제 우물에 가둔 세 놈을 처리하는 일만 남아 있었다.

우물 밖으로 나오는 순서대로 잡기만 하면 되었다. 바위 뒤에 숨은 놈들이 한양 방면이든 원산 방면이든 도망치려면 오십 간, 백 보를 뛰어야 했다. 스무 발을 쏠 수 있는 시간이었다. 우리가 가진 스나이다 소총 두 정이면 서른 두 저격도 너끈했다.

문제는 놈들이 우물에서 기어나오지 않는 것이었다. 우리가 포진한 지점을 파악한 놈들이 몇 번 바위 위로 머리를 내밀고 대응 사격을 시도하다 한 놈의 이마가 터지자, 남은 두 놈은 꼼짝하지 않았다.

유인사격을 해도 세 발에 겨우 한 발을 하늘에 대고 응사했다. 두 놈의 두려움과 농성 전술을 보여주는 대응이었다. 하늘에 대고 응사하는 것은 우리가 놈들이 숨은 바위로 접근하는 것이 두려워서 다가오지 말라고 쏘는 것이었다. 개가 짖는 건 무서워서였다. 투지가 넘치는 풍산개는 결코 짖지 않았다. 놈들이 세 발에 한 발만 응사하는 것은 탄환을 최대한 아끼면서 구원병력이 도착할 때까지 농성전을 벌이며 버티겠다는 거였다.

시간이 흘렀다. 옆에 있는 소나무의 그늘이 서북쪽에서 북동쪽으로 이동했다. 정오를 넘겼다. 아홉 구의 시체가 내던진 무라타 소총 아홉 정이 가을 햇살에 반짝반짝 빛났다. 시간을 지체하다 지원병력이 도착하면 빼앗아둔 눈앞의 소총은 모두 그림의 떡이 될 게 뻔했다. 나는 수신호로 김수협을 불렀다.

"저것들을 어떻게 끌어내지?"

건너편 능선으로 가서 놈들의 등에다 대고 불질을 하려면 계곡을 건너야 했다. 그러기에는 우회하는 거리가 너무 멀었다. 우회한다고 해도 더 큰 문제가 남았다. 건너편 능선이 너무 가파른 비탈이어서

놈들에게 노출되지 않고 사정거리 안으로 접근하는 것이 어려웠다.

"낚싯대라도 있으면 던져서 저놈들 코를 꿰어 끄집어낼 텐데, 참."

김수협은 이 상황에서도 비탈 아래 계곡으로 낚싯대를 던지는 시늉을 하며 농담을 했다.

"건너편 능선까지 돌이라도 던질 수 있으면 어떻게 해볼 텐데, 너무 멀어서 안 되겠고……"

"돌을 던질 수 있으면?"

"이쪽이 숨을 죽이고 저쪽에서 소리를 내면……"

그럼, 그럽시다. 나는 김수협의 생각을 바로 눈치챘다.

"과연 참모장 감이오."

"에이, 저기까지 거리가 얼만데 돌을 던져요."

김수협이 건너편 능선을 바라보며 고개를 저었다.

"멀쩡한 두 팔 달린 사람이 눈앞에 빤히 보이는 곳까지 돌도 던지지 못하는 그런 경우가 과연 있단 말이오. 내 곧 던질 테니, 도망가지 않게 경계나 잘하시오."

나는 스무 발씩 탄환을 묶었던 고무줄을 모았다. 김수협은 목을 경계하며 곁눈으로 내가 하는 일을 지켜보았다. 나는 소리를 죽여가며 두 갈래로 벌어진 단풍나무 가지를 꺾었다. 이 비탈에서 쥐똥나무나 대추나무를 찾고 있을 수는 없었다. 단도로 다듬은 단풍나무 가지에 고무줄을 맸다.

내가 새총을 만들고 인장력을 시험하는 동안 아무 소리가 들리지 않자 적들이 불안했던지 총구만 내밀고 한 발을 쏘았다. 나는 김수협에게 응사를 못하도록 했다. 그러고 나서도 나는 새총 하나를 더 만들며 반 식경 가까이 침묵을 지켰다. 더 불안해진 적들이 이번에는 우리가 있는 능선을 향해 두 발을 쏘았다. 우리의 이동 여부를 확인하려는 수작이었다.

놈들이 쏜 총성의 메아리가 잦아드는 순간에 맞춰 나와 김수협은 동시에 반대쪽 능선을 향해 새총을 쐈다. 날아간 돌맹이가 건너편 능선의 서로 다른 곳에 떨어지며 소리를 냈다. 돌이 날아가는 것을 봤을 리 없는 놈들이 소리가 난 건너편 능선으로 무작정 총질을 했다. 반응이 없자 놈들이 총질을 멈추었다. 이번에는 김수협만 새총을 날렸고, 건너편 능선에 소리가 나자 놈들이 다시 총질을 해댔다. 그 순간을 기다려 내가 놈들의 바위 뒤를 탄착점으로 삼아 잇따라 두 발을 쏘았다. 등뒤로 떨어지는 탄환에 놀란 두 놈이 바위를 돌아 우리가 있는 쪽으로 숨었다. 놈들은 우리가 반대쪽 능선으로 이동해간 것으로 믿은 것이다.

등과 뒤통수를 우리 앞에 내놓고 건너편 언덕을 경계하고 있는 두 놈을 바라보며 김수협에게 엄지와 검지로 수신호를 했다. 왼쪽에 포진한 김수협이 오른쪽 적을, 오른쪽에 포진한 내가 왼쪽의 적을 맡았다. 김수협이 고개를 끄덕였고, 내가 마지막으로 검지를 세워 앞으로 밀어냈다. 일격필살.

탕. 김수협의 탄환이 먼저 오른쪽 적의 등을 뚫고 심장을 파고들었다. 겁에 질려 돌아서는 왼쪽 적의 관자놀이가 내 가늠쇠 위에 올라왔다.

탕. 방아쇠를 당긴 손가락이 제자리로 돌아갔을 때, 마지막 적의 머리에서 누런색 군모가 떨어져내렸다.

5

우리는 세 번의 매복 작전에서 완벽한 승리를 거뒀다. 노획한 총기만큼 대원들이 늘었다. 두 명에서 마흔두 명으로 늘어난 우리 여단의 사기는 하늘을 찔렀다. 네번째 전투를 앞둔 저녁, 점호가 끝날 무렵 설봉산 계곡은 이미 어둠에 잠기기 시작했다. 겨울의 문턱에 들어서며 산중의 해는 하루가 다르게 짧아졌다.

적은 우리가 있다고 믿는 곳에서 결코 우리를 만날 수 없었다. 적을 만날 시간과 장소의 선택권을 우리는 양보하지 않았다. 적은 우리가 원하는 시간, 우리가 원하는 곳에서 우리를 만나야 했다.

이튿날, 우리는 우리가 원하는 장소와 시각에 적을 만났다. 적이 용담계곡에 들어선 것은 아침해가 서북쪽 7부 능선까지 산그림자를 밀어내린 사시였다. 그런데 원하는 적이 아니었다.

대대 단위의 병력이었다. 우리가 목을 잡은 용담계곡에 몰아넣어 섬멸할 수 있는 규모를 훨씬 넘었다.

나는 이미 목이 내려다보이는 양쪽 능선에 대원들을 배치하고 나서 김수협과 함께 서른여섯 정의 무라타와 스나이다, 여섯 정의 화승총으로 잡을 수 있는 적의 최대 규모를 계산해보았다. 우리가 포진한 능선에서 시야 확보가 가능한 구간은 이백이십 보, 백십 간이었다. 선두가 튈 수 있는 진출로 이십 보와 후미가 도망갈 수 있는 퇴로 이십 보를 제외하면 백팔십 보, 구십 간에 다 들어오는 규모여야만 적을 목 가운데로 몰아넣으며 섬멸할 수 있었다.

왜군은 지금까지 늘 다섯 보 간격을 유지하며 일렬종대로 행군했다. 그러면 백 간 안에 들어가는 적 병력이 서른다섯 두였다. 우리가 원하는 적은 서른다섯 두 이하였다. 그 이상은 타격은 가능하지만 섬멸은 불가능했다. 우리의 작전 목표는 이번에도 타격이 아닌 섬멸이었다. 섬멸하지 못하면 총기와 탄환 노획이 어려웠다. 목표 달성이 불가능한 공격을 감행할 수는 없었다.

적의 일렬종대 행군 대오는 길고 길었다. 어떻게 해도 우물 안으로 몰아넣으며 바느질하듯 양쪽에서 적을 따박따박 잡아들어가는 것은 불가능했다. 이미 선두가 서쪽 모퉁이로 사라진 지 한참이 지났는데도 적은 꾸역꾸역 꼬리를 물고 동쪽 모퉁이를 돌아 들어왔다.

나와 대원들은 무라타 소총 이백칠십팔 정과 기관총 아홉 정이 사라지는 것을 두 눈을 멀쩡히 뜨고 지켜보아야만 했다.

다음날도, 그다음날도 마찬가지였다. 이틀에 걸쳐 두 번이나 더 눈앞의 적을 통과시켰다. 남은 식량은 사흘분이었다. 나는 참모 회의를 열었다. 결단을 내려야 할 순간이었다.

"칩시다."

내 말에 가장 놀란 건 김수협이었다. 승리가 확실할 때만 싸워야 한다고 누구보다 강조해온 나였다.

"여단장. 치다니요, 어떻게 치자는 말씀입니까?"

김수협의 물음에 나는 고개를 끄덕였다.

"그러니까, 우리가 가진 무라타와 스나이다 서른여섯 정과 화승 여섯 정으로 적을 잡고, 총기와 물자를 노획하면 될 거 아니오."

"그런 방법이 과연 있단 말입니까, 여단장."

눈이 커진 것은 김수협만이 아니었다. 나는 이백팔십 명 안팎의 적 중에서 서른 명만 가둬서 잡을 계책을 차근차근 설명했다. 내 설명을 들은 참모들 모두 동의했다. 허점을 보완하는 계책도 나왔다. 김수협은 보완책이 나올 때마다 다시 그림을 그려가며 병력 배치와 작전 계획을 정리했다. 작전명은 '물결'이었다. 전투 순서에 따라 각자가 해야 할 역할과 임무를 재확인한 다음 작전회의가 끝났다. 나의 종시는 두 마디였다.

"물결, 치자."

'물결'은 작전명이었고, '치자'는 최종 명령이었다. 두 마디의 종시는 한 마디의 응답으로 돌아왔다.

"물결치자."

나는 결정된 작전명 '물결'과 행동 명령 '치자'를 떼어서 종시를 했는데 참모들은 그것을 하나로 만들어버렸다. 물결 작전. 위험이 따르는 계책이었지만, 그만큼 투지를 불러일으키는 과감한 작전이었다. 모두의 눈빛에 긴장과 기대가 교차했다.

6

적은 예상보다 조금 늦은 사시와 오시 사이에 용담계곡에 들어섰다. 나는 목의 중앙을 통과하는 적의 숫자를 하나씩 따박따박 셌다. 백삼십오, 백삼십육, 백삼십칠, 치켜든 내 손끝에서 떨어진 신호가 좌우로 전달되었다.

조준.

백삼십팔, 백삼십구, 백사십. 사격을 알리는 수신호는 필요치 않았다.

탕.

내가 쏜 총 소리가 계곡을 울렸고 백이십오번 적의 머리에서 피가 튀었다. 놀란 적들이 어깨에 멘 총을 벗어들기도 전에 대원들의 총소리가 한꺼번에 쏟아졌다.

타다당탕탕……

백이십육, 백이십구, 백이십칠, 백이십팔…… 내가 잡은 백이십오

번 뒤를 따르던 적들이 줄줄이 넘어갔다. 뒤에 섰던 병력이 순식간에 자빠지는 것을 돌아본 왜군들은 어깨에 걸쳤던 총을 벗어들지도 못한 채 앞을 향해 내달렸다. 나는 맨 뒤에 선 적을 가늠쇠 위에 올려놓았다.

타타탕타당……콩을 볶는 듯한 일제사격에 내 총소리도 묻혔지만 뒤통수를 맞은 백이십사번 적은 여지없이 앞으로 꼬꾸라졌다. 이어지는 총소리와 함께 백이십삼번, 백이십번, 백이십일번 적이 넘어갔다. 나는 마지막으로 서쪽 모퉁이를 돌아가던 백이십이번 적을 저격한 다음 김수협이 맡은 동쪽으로 눈길을 돌렸다.

행군하던 방향으로 도망친 선두의 적들보다 뒤돌아서 도망치는 후미의 적들이 더 아비규환이었다. 돌아서서 도망치는 적과 응사 명령을 받고 버티던 적들이 서로 뒤엉켰다. 선두가 도망친 서쪽을 맡은 내 휘하의 1, 2지대에서는 좀 멀었다. 나는 특등 포수들에게만 저격 명령을 내렸다. 3, 4지대의 촘촘한 조준 사격에 이어 1, 2지대의 특등 포수들까지 가세하자 후미의 적들도 더는 버티지 못하고 등을 보이며 동쪽 모퉁이 쪽으로 도망쳤다.

3, 4지대 포수들은 김수협의 지휘에 따라 맨 뒤에서 도망치는 적들부터 물결치듯 잡아나갔다. 적들은 뒤따라오는 물결에 쫓기는 앞물결처럼 필사적으로 동쪽 모퉁이를 향해 내달렸다. 적 대오의 앞쪽을 맡은 1, 2지대가 잡은 적은 스무 두였다. 적 대오의 후미에서 잡은 적은 스물세 두였다. 도합 마흔세 두였다. 우리가 잡을 수 있을 것으로 계산했던 최대치보다도 여덟 두를 더 잡았다. 우리의 전술은 대성공이었다.

적을 계곡의 양쪽 모퉁이로 밀어낸 우리에게 남은 일은 마흔두 정의 무라타 소총과 한 정의 기관포, 탄환과 물자를 탈취해서 퇴각하는 일이었다.

작전대로 중앙에 포진했던 2지대와 3지대가 양쪽 비탈을 타고 내려갔다. 서북쪽 능선을 타고 내려간 2지대가 먼저 계곡에 도착했다. 뒤이어 반대쪽 능선을 타고 내려간 3지대가 계곡으로 뛰어내렸다. 2지대장 맹포와 3지대장 방포가 차례로 준비 완료를 알리는 수신호를 보냈다. 나는 적의 진출로 쪽 모퉁이를 맡은 1지대장 여포와 적의 후미 쪽 모퉁이를 맡은 김수협에게 엄호 명령을 내렸다.

타, 탕. 양쪽 모퉁이의 적을 향해 발사한 엄호 사격을 신호로 2지대 대원들이 일제히 쓰러진 적들을 향해 달려나갔다. 2지대장인 맹포가 아홉 명의 선두에서 맹수처럼 갈지자로 내달렸다.

타타탕타탕…… 예상했던 대로 양쪽 모퉁이에 몸을 감춘 적들이 사격을 퍼부었지만 2지대원들은 그대로 질주했다.

탕, 탕. 양쪽 모퉁이를 맡은 1지대와 4지대가 응사에 나섰다. 탄환이 부족한 아군은 적들처럼 무차별 사격을 퍼부을 수는 없었지만 적이 시야를 확보하고 조준 사격을 하지 못하도록 견제 사격을 날렸다.

아군이 견제 사격을 하는 사이 양손에 무라타 한 정씩을 빼어든 2지대 대원들이 서북쪽 능선으로 달려나왔다. 맨 뒤에서 달려오는 맹포의 두 손에는 기관포가 들려 있었다. 대원들의 환호와 연호가 총소리를 뚫고 계곡에 메아리쳤다.

"맹수! 맹수!"

맹수는 맹수처럼 용감한 맹포의 별명이었다. 그러나 바로 그 순간, 다른 총성과 분명히 구별되는 총성 하나가 내 귀를 파고들었다.

떵. 아니나 다를까. 기관포를 안고 달려오던 맹포의 상체가 뒤로 넘어갔다. 뒤이어 또 한 방의 같은 총성이 내 귀를 파고들었다.

떵. 두 손에 무라타 세 정을 쓸어안고 귀환하던 삼포의 머리에서 피가 튀었다. 저격이었다. 2지대장 맹수와 삼포는 무차별 사격에 당한 것이 아니었다. 나는 반사적으로 작전 중지를 알리는 수신호를 보냈지만 계곡 건너편에서 대기하던 3지대는 이미 적의 무장을 획득하기 위해 달려나오는 중이었다.

떵. 다시 또 한 방의 음습한 총성이 내 귀를 파고들었다. 나는 입술을 사려물며 선두에서 갈지자로 달려나가는 방포를 바라보았다. 방포는 넘어가지 않았다. 내 직감이 빗나갔다. 안도의 한숨을 내쉬던 나는 곧 눈을 질끈 감고 말았다. 맨 뒤에서 달려나가던 하포의 상체가 돌아가며 쓰러지고 있었다. 틀림없는 저격수였다. 나는 총성이 울린 후미 쪽 모퉁이를 맡은 김수협에게 무차별 사격을 명령했다.

탕타탕탕타…… 방포는 아군의 엄호를 받으며 쓰러진 하포를 껴안고 기어서 귀환했다.

적 사살 마흔세 두. 무라타 소총 스물여덟 정, 아군 전사 세 명.

아군 전사자 세 명은 적의 저격수에게 당한 것이었다. 무슨 총기일까. 떵, 음습하고 불쾌하게 파고들던 그 총성이 귓전을 떠나지 않았다. 무라타나 스나이다와는 분명 다른 총성이었다. 마흔세 두를 잡고 세 명을 잃었으니 이긴 전투였다. 하지만 내 마음은 무겁기만 했다. 예상치 못한 적의 저격수에게 세 명의 대원을 잃었고, 두 명의 대원은 시신조차 회수하지 못했다.

대오를 정비한 다음에도 나는 계곡 아래 쓰러져 있는 맹포와 삼포에게서 눈길이 떨어지지 않았다. 나는 노획한 탄환을 추가 지급하고 중앙에 배치했던 2, 3지대 병력까지 양쪽 모퉁이 쪽에 재배치했다.

“퇴각하지 않습니까?”

이번 작전의 정찰 역을 맡은 임포가 내게 물었다.

“버리고 갈 수 없다.”

맹포와 삼포를 내려다보던 나는 참모들을 둘러보았다.

“그럼, 어떻게……”

참모들은 당혹스러움을 감추지 못했다.

“내 대원이니까 내가 데리고 온다.”

지휘권을 참모장에게 넘긴다는 내 말에 김수협은 어찌할 바를 몰랐다.

“엄호할 필요 없다. 적이 모습을 드러내고 진입하지 않는 이상, 아무리 무차별 사격을 해도 응사하지 마라. 이미 많이 썼다. 탄환을 아껴야 한다. 다만 무라타와 스나이다가 아닌 총성에는 수포수들만 조준 사격을 퍼부어라. 그놈이 맹포와 삼포, 하포를 저격한 놈이다.”

김수협과 방포에 이어 철포까지 나서 나를 말리며 자신이 맹포와 삼포를 찾아오겠다고 했지만 나는 ‘군령’임을 내세우며 내 스나이다를 철포에게 넘겨주고 혼자, 맨몸으로 비탈을 타고 내려갔다.

무장 없이 계곡에 도착한 나는 목표 지점까지의 거리와 지형을 살폈다. 맹포와 삼포 중에서 삼포를 목표로 삼았다. 삼포가 맹포보다 더 멀리 있기도 했지만 간부도 수포수도 아닌 녀석을 먼저 데려오기로 마음먹었다. 관군의 장수들과 반대로 하기로 작정한 나였다.

나는 호흡을 가다듬었다. 그리고 열한 보를 전력 질주했다. 아무리 빠른 저격수라고 해도 여섯을 세기 전에 조준, 격발하는 것은 불가능했다. 달리는 목표물은 두 배의 시간이 필요했다.

떵. 예상한 대로 기분 나쁜 그 총성이 울린 건 내가 삼포를 향해 몸을 던지며 납작 엎드린 다음이었다.

타탕탕, 수포수들이 대응 사격에 나섰다. 나는 하늘을 보고 드러누운 채 심장을 관통당한 삼포를 옆구리에 끼고 돌부리를 발로 밀며 더디게 이동했다. 녀석의 심장에서 흘러나온 피의 뜨듯한 온기가 내 팔뚝으로 전해왔다. 총알은 내 눈 위로 스쳐지나갔다. 적들은 나를 향해 요란하게 일제사격을 퍼부었다. 탕타다당탕…… 적들의 무차별 사격 속에서도 나는 적 저격수의 총성을 가려들을 수 있었다. 떵, 하는 총성에 이어 눈썹 위로 바람을 일으키며 지나간 탄환이 오른쪽 바위에 부딪혀 먼지를 일으켰다.

삼포를 반 넘게 데리고 나왔을 때 철포가 나처럼 등을 돌자갈 계곡에 붙이고 다가왔다.

"둘 데리고 가는 것도 벅찬데, 셋 데리고 가게 만들 작정이야? 돌아가!"

"동학도 망해불고, 여단장이 없으면 여단도 없는 거인디, 나가 어디로 돌아간단 게라?"

철포는 돌아가기는커녕 나를 지나쳐서 머리를 관통당한 맹포에게 등을 밀며 다가갔다.

"저 미련 곰탱이 겉은 맹수럴 나가 아니면 누가 거두것소."

능선에 포진한 대원들이 빗발치는 탄환 속에서 삼포를 데리고 나오는 나와 맹포를 데리러 가는 철포를 내려다보고 있었다. 철포가 맹포의 옆구리를 껴안고 계곡을 빠져나올 때까지 적들의 사격은 계속되었다.

우리는 날이 어두워지기를 기다려 미리 확보해둔 퇴로를 따라 철수했다. 전사한 삼포와 하포를 대원들이 차례로 업었다. 맹포만 철포가 기어코 혼자서 십 리를 업고 왔다.

상현달이 내려다보는 밤중에 우리는 세 대원을 묻으며 여단가를 불렀다.

무슨 일 먼저 하랴 난신적자 목을 쳐라 (목을 쳐)
왜적을 물리쳐 이 나라 백성을 지켜라 (지켜라)
쏘아라 맞혀라 우리는 일격필살의 저격대 (저격대)

태백준령 어디에도 비겁한 범포수 없으리 (없으리)
나 죽어 의로운 귀신이 되어 금강산 지키리 (지키리)
밤하늘에 별 뜨면 너 지키러 나 온 줄 알아라 (알아라)

적들이 찾기 어려운 8부 능선에, 춥고 외롭지 않게 비스듬한 남향으로 셋을 나란히 묻은 우리는 그들의 이름을 가슴에 새겼다. 맹포 맹돌석, 하포 하상도, 삼포 이유삼. 우리가 잡아야 할 적은 오늘로 삼백 두가 더 늘었다.

7

바람은 쌀쌀하고 해는 따사로운 오후였다. 해가 드는 남향의 능선은 3부 능선까지 눈이 녹아내렸다. 군막 앞의 금강송 그림자가 북동쪽을 가리켰다. 미시, 2지대가 통천을 지나고 있을 시각이었다.

지대별 독립 작전 역량을 쌓기 위한 마지막 작전에 나선 2지대였다. 현장에 있으면 어떤 상황이 닥쳐도 불안하지 않은데 떨어져 있으면 이상하게 걱정이 되고, 자꾸 마음이 쓰였다. 맹포의 복수를 별러온 2지대가 무모한 일을 벌이지 않을까 조바심이 났다. 그래서 이번에는 내가 동행하려고 했다. 하지만 김수협의 반대가 워낙 완강했다.

"믿고 맡겼으면 끝까지 믿어야 합니다."

틀린 말이 아니니 어찌할 방법이 없었다. 나는 걱정을 떨쳐버리려고 본국검을 연습중인 3지대에 뛰어들어 함께 칼을 휘둘렀다. 군영에서 배운 24반무예 중에서 내가 제일 잘하고, 좋아하는 살수의 검법이었다. 관군 출신인 권포에게 기본 품새를 배우는 대원들의 동작은 아직 반듯반듯하게 각이 나오는 수준이 아니었다. 교전 차례에 나는 권포의 상대로 나섰다. 권포는 쌍수도와 제독검법까지 섭렵한 살수였는데, 신라 때부터 전해내려온 고유 검법인 본국검에 제일 능했다. 권포를 상대로 나는 거침없이 베고, 찌르며 치고 들어갔다.

챙채챙. 대원들이 사용하는 훈련용 목검과 달리 우리가 든 것은 진검이었다. 연속적으로 부딪치는 칼날 사이에서 번쩍이는 불꽃을 보며 대원들이 입을 벌렸지만, 실은 권포가 내 칼을 모두 걷어내며 내가 받아낼 수 있는 칼만 날려주는 것이었다. 내 이마에서는 땀이 주르르 흘러내리는데 권포는 땀 한 방울 흘리지 않았다. 고수다웠다.

"범포."

교전중인 나를 부른 건 외곽의 번을 맡은 1지대장 여포였다. 나는 오른주먹을 가슴 높이로 끌어올리며 권포에게 인사를 했다. 사부에게 올리는 살수의 예였다. 권포는 여단의 검법 사부였다. 평대원이라도 사부로서 가르칠 때는 모든 대원이 예를 갖춰 사부로 받들었고, 여단장인 나도 예외가 아니었다. 여단에는 사부가 여럿이었다. 포술사부, 검법 사부, 격술 사부, 언문 사부, 올무 사부, 침술 사부……

"검무를 즐기는 걸 보니 한가한 모양이오."

여포의 옆에서 염주를 굴리며 서 있는 스님은 수인이었다. 신계사에서는 말을 놓던 수인이 내가 승복을 벗고 나서부터는 하오를 했다.

"사형께서 어인 일로 직접 걸음을 다 하셨습니까."

"사제의 근황이 궁금하여 흐르는 구름을 따라왔더니 여기가 되었소이다그려."

수인은 정말 구름 따라 흘러온 것인 양 뭉게구름이 흘러가는 하늘을 올려다봤다. 그가 일없이 직접 여기까지 왔을 리 없었다. 지담스님의 상좌를 거쳐 수좌가 된 수인은 석왕사의 주지였다. 석왕사는 작은 절이 아니었다.

"수강 사제는 여전히 강건해 보이오."

수강, 오랜만에 듣는 내 법명이었다. 수인은 절을 떠난 나를 여전히 지담스님이 지어준 법명으로 불렀다. 수인과 수강이 되는 순간, 나는 꼼짝없이 나이가 나보다 어린 그의 십오 년 아우가 되고 말았다. 그의 사제로 취급받는 것은 가슴 한편이 따뜻해지고, 나도 모르게 입꼬리가 올라가는 유쾌한 일이었다.

우리 여단이 지난겨울을 곤궁하지 않게 날 수 있었던 건 나의 사형, 수인의 수완과 후견 덕분이었다. 여단에서도 그 사실을 아는 사람은 나와 김수협뿐이었다.

"사람이 둘 찾아왔었소."

내 산채에 마주앉은 수인이 꺼낸 첫마디였다.

"두 사람이라면?"

"제천의 의병장 유인석이 사제를 만나자고 사람을 보내왔소."

"그 사람이 왜 우리 같은 작은 부대에 관심을 가진단 말이오?"

유림의 거두인 유인석의 이름을 모르는 사람은 없었다. 지난가을 명성황후가 일본군과 일본의 정탐조직 현양사가 고용한 현흑상단 낭인들에게 잔혹하게 살해되고 나서 의병을 일으킨 인물이 유인석이었다. 유인석이 돌린 간찰을 받은 전국의 선비들이 제천으로 모여들었고, 그 선비들이 조직한 의병대 호좌의진의 대장으로 그가 추대되었다는 것 정도는 나도 알았다.

"만나보면 알게 되겠지만, 연합을 하자는 것 아니겠소?"

"수천 명의 보병과 수백 명의 포수를 거느린 선비가 무엇 때문에 우리와 합치자고 하겠소."

나는 머슴을 데리고 다니는 선비들의 의병대에 관심이 없었다. 무장도 없이 따라나선 마름과 농민의 엄청난 숫자는 생각만 해도 머리가 지끈거렸다. 전투는 숫자로 하는 게 아니었다. 상소나 만세 운동을 하면 모를까, 최신 무기로 무장한 왜군과 싸우자며 비무장의 의병을 잔뜩 긁어모으는 유림의 양반들이 내 머리로는 아무리 생각해도 이해가 되지 않았다. 거느리고 부리는 것 좋아하는 선비들에게는 머릿수가 의기와 신망의 크기이자 힘일지 모르지만, 나는 아니었다. 무장력을 갖추지 못한 병력은 엄청난 보급의 부담만 안겨줄 뿐이었다.

"지담스님께서도 바라시는 일이니 잘 생각해보시게."

수인은 시큰둥하게 반응하는 나를 움직일 방법을 알았다. 나는 작전에 나간 부대가 귀환하면 대원들과 의논해 결정하겠다고 했다.

"찾아왔다는 또 한 사람은 누구요?"

"아, 그렇지. 여인 하나가 찾아왔었소."

"날 찾아올 여인이 누가 있다는 게요?"

순간 내 머리에 퍼뜩 떠오르는 이름이 있었다.

"수경이 왔었소?"

"수경이라면 내가 왜 모르겠소."

그랬다. 그렇다면 누구일까. 지우고 싶었던 얼굴 하나가 떠올랐다.

"혹시……"

"혹시 첩자일지 몰라, 사제 같은 사람은 모른다고 돌려보냈소."

"이름이……"

"누나가 찾아왔었다고만 전해달라고 했는데, 사제에겐 혈육이 없지 않소."

나는 수인을 외면하며 허공을 쳐다보았다. 나도 모르게 손이 허리춤을 더듬었다. 백무아의 손때가 묻은 단총의 촉감이 시렸다.

"이름을 물어도 대답을 않더니, 혹시 만나면 온정의 온천으로 찾아오라며 이런 걸 적어주었소. 혹시 짚이는 여인이 있소?"

수인이 내민 종이에 적힌 글자를 보는 순간 눈앞이 아득해졌다. WFR, WFJ. 그녀가 단총에 새겨두었던 서양 글자 여섯 개가 눈앞에 어른거렸다.

수인이 관심법으로 내 속을 들여다보는 것만 같아 나는 차마 그를 바로 보지 못하고 고개를 저었다. 이미 남의 여자가 된 그녀가 왜 나를 찾아왔을까. 정말 누이 노릇이라도 하겠다는 것인가.

"닷새를 온정에서 기다리겠다고 했는데, 이제 하루가 지났소. 모른다고 했는데도 그렇게 기다린다고 하는 게 수상쩍지 않소?"

수인이 정녕 수상쩍어하는 것은 나였다. 그녀를 모른다는 내 말을 믿지 않는다는 건 그가 덧붙인 말로 더 분명해졌다.

"유인석 부대와 합칠 생각이 있으면 내게 사람을 보내고, 그 여인을 만날 생각이 있으면 나흘 안에 온정에 가보시오."

온정까지는 한나절 거리였다. 거기에 백무아가 와 있었다. 지금 달려가면 오늘밤에 만날 수 있는 그녀였다. 마음이 사정없이 흔들리는 건 어쩔 수 없었다.

8

산채에서 하룻밤을 보낸 수인이 돌아가고 이틀이 지났다. 오전까지 새털처럼 얇고 넓게 펴져 있던 구름이 오후 들면서 비늘처럼 짙고 촘촘하게 변해갔다. 비가 몰려오고 있다는 신호였다. 어제 귀환하기로 되어 있던 2지대는 아직도 돌아오지 않고, 온정에서 기다린다고 한 백무아가 정한 기일은 내일까지였다. 2지대가 귀환하면 외곽에서 번을 서는 3지대에서 먼저 달려올 텐데도 나의 눈길은 자꾸만 북쪽 능선으로 돌아갔다. 그러다가 나도 모르게 온정 방향으로 옮겨가는 내 발길을 발견하고 흠칫 놀라며 멈춰 세운 게 벌써 몇번째인지 몰랐다.

철포가 의기양양하게 2지대를 이끌고 귀환한 건 빗방울이 후둑후둑 떨어지는 저녁이었다.

"왜놈 모가지 여덟 개를 아주 호숩게 따불고 왔지라."

"일곱 발로?"

"무슨 일곱 발이나 들었간디요. 아야, 포포. 남은 총알 싸그리 몰아서 반납해부러라."

포포가 모아서 반납한 무라타 탄환은 백십구 발이었다. 나는 의아한 눈빛으로 포포와 철포를 번갈아 쳐다봤다. 신입 대원 저격 훈련용 다섯 발, 특등 사수 지원용 두 발, 대원 일인당 비상용 예비 탄환 각 열 발. 2지대 대원 열 명에게 지급한 탄환은 총 백칠 발이었다. 그런데 반납한 탄환은 지급한 탄환보다 열두 발이나 더 많았다.

"어떻게 된 것인가?"

"우덜이 총보다 겁나게 무서븐 비밀 병기럴 써부렀지라."

"비밀 병기라니?"

"2지대의 비밀 병기럴 아직도 모르신 게라우?"

철포의 눈길을 따라가던 내 눈길에 진포가 들어왔다. 포포의 옆에 선 진포가 생긋 웃고 나서는 눈길을 떨어뜨렸다.

철포는 2지대가 문천 작전을 수립할 때의 정보로는 병참기지의 경비 병력이 네 두였는데 두 두뿐이어서 작전을 주간 근접전으로 바꿨다고 했다.

"둘만 잡으면 되지."

작전을 완전히 뒤바꾼 걸 못마땅하게 여기는 나의 질책에도 철포는 꿈쩍 않았다.

"맹수와 삼포, 2지대에서 둘이 당했응께 이백 두를 잡아야 쓰는디, 꼴랑 이 두가 무엇이더랑가요. 안으로 기어들어가서 안 나오는 놈은 끌어내서 잡아야지라."

"끌어내서 잡아?"

내 질문을 이번에는 김수협이 맡고 나섰다.

"조호이산, 산중에 있는 호랑이는 산에서 끌어내라. 삼십육계의 십오계 얘기입니다."

"그래서?"

철포가 다시 나섰다.

"미인계를 써부렀지라."

"어쩌자고 위험천만하게 대낮에 진포를 적 앞에다 내놓아?"

"미인겐디 낮이라야 미인인지 아닌지를 알아볼 거이 아니드랑가요. 아무리 왜짐승들이라도 한밤중에 이 미모를 워떠코롬 알아본당가요."

철포의 눈길을 따라 대원들의 눈길도 진포에게 쏠렸다. 진포가 얼굴을 붉혔고, 대원들은 폭소를 터뜨렸다. 하지만 진포가 갑자기 눈빛을 매섭게 바꾸며 한 바퀴 둘러보자 모두 입을 다물었다. 진포는 여단의 침술 사부였다. 아버지 이쾌로부터 전수받은 진포의 침술이 산중에서는 어떤 용한 의원보다 요긴했다. 하지만 견디지 못할 정도가 아니고서는 그녀에게 침을 맞으려 드는 대원들이 없었다. 진포가 미친 듯이 날뛰는 멧돼지를 나무토막처럼 주저앉히는 걸 본 다음부터였다.

지난달이었다. 진포는 가는 침 하나만 들고서 올무에 걸려 날뛰는 멧돼지에게 태연하게 다가갔다. 지켜보던 대원들이 어어, 하는 사이에 그녀의 손이 멧돼지 쪽으로 움직였고 다음 순간 오십 관이 넘는 거저가 거짓말처럼 풀썩 주저앉았다.

"느자구읎이 뽀짝 엉겨붙던 놈을 진포가 침 한 방으로 천국에 보내불고. 다른 한 놈은 나가 이 육혈포로 조사불고 두 놈의 총알을 뺏어들고 냅다 째는디, 아따, 안에 있던 놈들 여섯이 나 잡아잡수 허고 지발로 겨나오는데야 도리 없지라."

다행히 결과는 좋았지만, 사전에 세운 계획을 완전히 바꿔 위험천만한 작전을 벌인 2지대를 칭찬할 일은 아니었다. 그렇다고 맹수와 삼포의 복수를 했다고 사기가 오른 대원들의 기를 죽일 수도 없었다. 나는 싫은 소리를 하지 않기로 했다. 전투력은 기세에서 나왔다.

9

오락가락하던 빗방울도 그쳤다. 저녁식사는 축제 분위기였다. 잡아두었던 멧돼지와 고라니, 토끼 두 마리를 모두 굽고 끓였다. 지대마다 자신들의 작전에 대한 무용담으로 시끌벅적했다. 술까지 한 순배씩 돌아가면서 산채의 저녁은 한층 흥성거렸다.

나는 오랜만에 북쪽 하늘을 바라보았다. 한때 나의 별이라고 믿었던 별이 희미하게 반짝였다. 2지대가 귀환했으니 내일 아침에 내가 잠시 온정에 다녀온다고 해도 문제될 것은 없었다.

그전에 먼저 처리할 일은 유인석 의병대와의 연합 문제였다. 저녁이 끝나고 바로 확대 참모회의를 열었다.

"호좌의진의 의암 선생은 두루 신망이 두텁고, 강단 있는 어른입니다."

김수협이 앞장서 유인석을 치켜세웠다. 의암은 유인석의 호였다.

"항일 의병대를 대표하는 호좌의진에 힘을 실어줘서, 호좌의진이 세력을 더 키워야 전국 각지에서 의병들이 너도나도 계속 들고일어날 것입니다."

김수협은 유림의 거두인 유인석의 호좌의진을 총사령부로 삼아 전국의 선비들이 거병할 것으로 기대했다. 실제 일본군과 현양사가 명성황후를 살해하고 시신마저 불태운 데 이어 단발령까지 내리자 격분한 선비들의 상소가 줄을 이었으며 거병을 하는 곳도 꼬리를 물었다. 김수협이 먼저 호좌의진과 통합 쪽으로 방향을 잡자 분위기가 그쪽으로 흘러갔다.

"지금도 탄환이 간당간당해서 눈앞의 왜놈을 뻔히 보고도 못 잡는데, 힘을 합쳐 무기와 탄환을 빼앗아야지요."

유인석 부대와 합치자는 쪽으로 흘러가던 분위기를 깬 것은 철포였다.

"나넌 반대요."

확대 참모회의에 참석한 지대장들과 정찰대장, 사부들의 시선이 일제히 철포에게 쏠렸다. 더는 말을 않는 철포에게 김수협이 물었다.

"반대하는 이유가 뭐요?"

"나넌 싫소."

"왜 싫다는 건지 말을 하란 거 아니오."

"고런 시베럴 넘들하고 먼 뻴짓거리를 같이 허요. 나가 왜넘보다 먼저 쪼사불 넘이 동학군 쥑인 그 젓같은 넘들이오."

유인석 휘하의 부장들 대부분이 민보군을 조직해 동학농민군을 진압했던 양반들이었다.

"그게 다요?"

김수협이 다시 물었다.

"고 잘난 양반들은 우리 겉은 상것은 사람 취급을 안 허지라."

"왜 지난날의 감정으로 대의를 저버리려고 하오. 호좌의진은 항일 무장투쟁의 본산이고 상징이오. 호좌의진이 무너지면 항일 무장투쟁 전선 전체가 흔들린다는 걸 알아야지요. 항일전선이 다 무너진 다음에 우리만 잘 싸운다고 과연 왜놈들을 물리칠 수가 있소?"

"이거이 지난날의 감정이 아니지라. 시방도 양반들이 우리 겉은 상것을 사람 취급허요, 안 허요?"

철포는 도무지 화가 가라앉지 않는지 거칠게 숨을 내쉬었다. 동학농민군 출신인 철포의 양반에 대한 반감은 유별났다. 김수협도 천대받는 서북 지역의 양반이었지만 양반은 양반이었다.

"내가 반상을 가려 차별한 적이 과연 한 번이라도 있소?"

김수협이 정색을 하고 철포에게 물었다. 회의의 분위기가 밤공기보다 싸늘해졌다.

"우리 협포께서는 안 그러지라……"

김수협은 수인이 전해주고 간 격문을 꺼내 들었다.

"팔도에 고하나니, 실로 위급한 때입니다. 물불을 가릴 때가 아닙니다. 베개를 방패 삼아서라도 달려들어 망해가는 나라와 천하의 도의를 다시 일으키고, 하늘의 태양을 다시 밝혀야만 합니다……"

유인석이 친필로 쓴 '격고팔도열읍檄告八道列邑'이었다. 김수협은 참모회의 전에 내가 넘겨준 격문을 어느새 다 외웠는지, 희미한 불빛 속에서도 읽어내리는 데 거침이 없었다. 숙연해진 분위기를 업고 김수협이 호좌의진과의 통합을 반대하는 철포를 점잖게 나무랐다.

"들었소? 이게 대의요."

철포는 눈을 내리깔고 대답을 하지 않았다. 나도 철포와 마찬가지로 유인석 부대와 합치는 게 내심 내키지 않았다. 그럼에도 내가 침묵을 지킨 건 양반에 대한 사사로운 반감으로 힘을 합쳐야 할 시기에 힘을 합치지 않는 건 옳지 않다는 생각이 들었기 때문이다. 숫자에 비해 전투력이 떨어지는 의병대와 연합하는 것도 걱정이 되었지만, 그 역시 여단장 노릇을 계속하려는 내 욕심이 만들어낸 구실일지 모른다는 생각을 떨치기 어려웠다.

섬멸전으로 무기와 물자를 노획하지 못하고 언제까지 수인에게 신세를 질 수도 없었다. 수인이 지금과 같은 지원을 계속하게 되면 수인은 물론 석왕사까지 위험에 빠지는 건 시간문제였다. 양반들의 지원을 받는 유인석의 부대로 가면 수인의 신세를 지지 않아도 보급 걱정을 할 필요가 없었다.

나는 마지막으로 각자의 의견을 확인했다. 세 사람을 제외하고 모두 찬성이었다. 회의를 주재한 나는 어느 쪽에도 손을 들지 않았고, 2지대장 철포와 포술 사부인 탄포가 반대에 손을 들었다. 나 다음으로 사격술이 출중한 탄포가 왜 철포와 함께 반대에 손을 들었는지는 알 수 없었다.

유인석 부대의 통합 제의를 받아들인다고 선포하며 나는 반대한 두 사람의 표정을 확인했다. 철포는 불만이 가득한 눈빛으로 나를 바라봤고 탄포는 내 눈길을 피하며 고개를 떨구었다. 둘 사이에 통하는 무엇이 있는 것 같지는 않았다.

잠이 오지 않는 밤이었다. 유인석 부대와의 통합에 끝내 반대한 두 사람의 표정을 지우면 백무아의 얼굴이 눈앞에 어른거렸다. 등잔불을 밝히고 백무아가 주고 간 단총을 꺼냈다. 단총에 새겨진 글자와 수인이 전해준 종이에 적힌 글자를 비교해보았다. WFR, WFJ. 틀림없이 같은 모양의 여섯 글자가 내 마음을 흔들었다.

10

변복을 하고 산채를 나섰다. 복귀할 때까지의 지휘권은 김수협에게 넘겼다. 번을 서는 대원들의 시야에서 벗어난 순간부터 나는 달리고 또 달렸다. 오늘 아침까지도 가야 할까 말아야 할까 수없이 망설였는데, 백무아가 기다리겠다고 한 마지막 순간이 되자 반드시 가야만 할 것 같았고, 가지 않고는 견딜 수 없었다.

겨우내 빙설로 덮였던 폭포가 이백 척 높이에서 떨어졌다 다시 치솟으며 용틀임하는 구룡연을 왼쪽으로 끼고 진눈깨비 속을 내달렸다. 연주담을 지나 금강문을 나설 무렵에는 이미 진눈깨비와 땀으로 옷이 흠뻑 젖었다. 눈썹을 타고 내리는 진눈깨비를 털어내며 나는 다시 몇 개의 고개를 올리뛰고 내리뛰었는지 모른다. 온정령을 넘어 온정천 기슭에 자리잡은 외금강 온천장에 도착했을 때는 이미 해가 기울었다.

수인이 일러준 온천장은 세 집 가운데 맨 윗집이었다. 아직도 나는 백무아를 어떻게 대해야 할지 알지 못했다. 아니 나 자신을 어찌해야 할지 알지 못했다. 차라리 백무아가 이미 떠나고 없었으면 싶기도 했다. 그러면서도 보고 싶은 마음을 억누르기 어려웠다. 핑곗거리가 없지는 않았다. 단총에 새겨둔 그 여섯 글자가 무슨 뜻인지 정도는 나도 물어볼 권리가 있을 것 같았다.

흠뻑 젖은 물걸레가 되어 온천장에 들어서며 나는 망설였다. 백무아를 어떻게 찾아야 할지 알 수 없었다. 나를 누구라고 설명할 방법도 떠오르지 않았다. 하지만 그런 설명은 필요치 않았다.

"왜 이제야 왔습니까?"

온천장의 여주인이 대뜸 나를 나무랐다.

"한나절만 일찍 오지 않고서."

그녀는 점심을 먹고 떠났다고 했다.

"어떻게 그렇게 곱고 도도한 색시를 며칠씩이나 기다리게 하고, 이제야 온단 말입니까."

이게 운명이다, 차라리 잘됐다는 생각도 머리를 스쳤다. 그러면서도 옆구리가 시리고 가슴이 서늘해지는 건 어쩔 수 없었다.

여주인은 그녀가 머물다 떠난 방을 내게 보여주며 봉인된 서찰을 내밀었다. 그녀가 남긴 온기와 향기였을까. 아니면 온정에서 끌어들인 온기와 미끈거리는 향기였을까. 방안 가득한 온기와 향기에 나는 잠시 숨이 막혔다.

봄입니다. 당신에게 한 가지 부탁이 있어 찾아왔습니다. 부디 어느 하늘 아래 있더라도 당신이 나보다 하루는 더 살기를 바랍니다. 내가 바라는 것은 그것 하나뿐입니다. 당신을 위해 내가 준비해온 선물은 절에 맡기고 떠납니다. WFR.

WFR. 권총의 다른 한쪽에 새겨져 있던 WFJ는 없었다. 내 옷자락에서 떨어진 물기가 따뜻한 방바닥을 적셨다. 닷새를 기다리다 떠난 그녀가 애처로운지, 허깨비처럼 서 있는 내가 애처로운지, 여주인은 혀를 끌끌 찼다.

"이렇게라도 왔으니 이 방에서 묵으시구려. 방값은 그 색시가 넉넉하게 내고 갔으니 걱정 마시고."

온정은 내가 머무를 곳이 아니었다. 석왕사에 들러 백무아가 맡긴 물건을 찾아 산채에 돌아왔을 때는 동이 트고 있었다.

6장

앞물결과 뒷물결

1

충주성과 제천성을 장악했던 호좌의진이 단양으로 패퇴했다는 비보가 날아들었다. 며칠 지나지 않아 유인석이 서북행을 결정했다며 급보를 보내왔다. 철원의 금학산에서 부대를 합치자는 것이었다. 우리 여단은 적에게 노출되는 것을 피해 밤으로만 태백준령을 타고 남하했다. 사흘 만에 금학산 북방의 고대산에 도착한 나는 정찰대를 파견했다.

정찰대장을 맡은 철원 출신 임포의 보고는 뜻밖이었다. 금학산에 먼저 와서 기다리기로 했던 호좌의진이 이제야 한탄강을 건너고 있다는 것이었다.

"우리가 먼저 금학산에 들어가서 기다릴까요?"

함께 지도를 들여다보던 참모장 김수협이 물었다. 나는 지도에서 금학산과 한탄강 사이를 짚었다.

"여기로 갑시다."

"금학산이 아니고 보개산까지 말씀입니까?"

정찰대장 임포가 나를 쳐다보며 물었다. 보개산은 금학산보다 훨씬 남쪽이었다.

"금학산에서 만나기로 했다는 정보가 새지 않을 정도로 호좌의진의 보안 상태가 좋다고 믿을 수 있소?"

내 질문에 정찰대장은 물론 김수협도 대답하지 못했다. 바로 기동을 시작한 우리는 금학산을 우회해 신시가 넘어 보개산에 도착했다.

호좌의진은 이튿날 해가 중천에 이르러서야 보개산 아래에 겨우 모습을 드러냈다. 우리가 먼저 정찰대를 보내기 전까지 산중에 병력이 들어와 있다는 사실도 모른 채 호좌의진은 보개산에 들어섰다. 정찰대도 없이 대규모 이동 작전을 전개하는 광경이 의아스러웠다. 대범한 것일까, 무모한 것일까. 이런 상태로 단양에서 원주를 거쳐 여기까지 천사백이 넘는 병사를 이끌고 무사히 이동한 것이 신기했다.

"홍대장, 잘 왔소."

말에서 내린 유인석이 내게 손을 내밀었다. 짐작했던 것보다 체구는 크지 않았지만, 몸짓과 목소리에 강단이 있었다. 나는 허리를 숙이며 마주 손을 내밀었다.

"먼길 고생하셨습니다, 영감님."

"영감님이 아니고 의병대장 의암 선생이시오."

옆에 섰던 수행 군관이 나를 질책했다. 한양에서도 대감 벼슬을 하지 않는 한 '영감'은 최대의 경칭이었다. 영감보다 의병대장이 더 높다는 것인가, 아니면 영감보다 선생이 더 위라는 것인가. 뜨악한 눈빛으로 수행 군관을 쳐다보는 내 팔을 치며 김수협이 유인석에게 허리를 깊숙이 숙였다.

“의암 선생님, 황해도에서 글공부를 하다 포수가 된 김수협입니다.”

“글공부를 하였다, 어느 문하에서 사숙했는가?”

“후조 선생의 그늘에서 조금 배웠습니다.”

후조란 말에 유인석의 눈빛이 바뀌었다.

“후조 선생은 강녕하신가?”

“제가 지난해 황해도를 떠나 떠도느라 근간에는 찾아뵙지를 못했습니다.”

유인석은 내가 들어보지 못한 여러 자와 호, 이름을 입에 올리며 김수협에게 안부와 근황을 물었다. 김수협의 대답에 유인석은 고개를 끄덕이기도 하고 혀를 차기도 하고, 고개를 가로젓기도 했다. 유인석의 수행 장령은 어느새 자세를 바로 하고 공손하게 손을 모은 채 두 사람이 주고받는 이름에 귀를 기울였다. 나를 질책할 때의 뻣뻣함은 흔적도 없었다.

“후조가, 무슨 새요?”

유인석을 만나고 돌아오며 김수협에게 물었다.

하핫, 오랜만에 김수협이 호탕하게 웃었다.

“나는 것을 보지는 못했으나, 수리매보다는 눈높이가 과연 높은 새는 분명하오.”

“그 큰 새가 협포의 스승이오?”

“그런 셈이지요. 후조 고능선 선생은 성재 선생의 학맥을 잇는 황해도 큰 유학잡니다.”

"성재는 또 누구요?"

"성재 유중교 선생은 화서 선생의 학맥을 이어받아 춘추대의의 정신과 존화양이 사상을 펼친 화서학파의 수장이지요."

"젠장, 화서는 또 누구요?"

"화서 이항로 선생은……"

"아, 그러니까 노론 양반들이네. 척양척왜에 앞장섰던 노론의 이항로 직계 제자가 유중교다. 그 유중교의 졸개들이 지역마다 있는데 호서 졸개들의 우두머리가 유인석이고, 해서 졸개들의 우두머리가 고능선이다?"

하핫. 김수협이 다시 호탕하게 웃고 나서 나를 흘겨봤다.

"말조심하십시오. 책상물림들이 들으면 죽이자고 달려들 겁니다."

주위를 살피며 목소리를 낮춰 얘기했지만, 김수협의 표정은 여전히 유쾌해 보였다.

"그 거룩한 학파의 우두머리들을 아버지와 큰아버지로 둔 사람이 있는데 무슨 걱정이오?"

"아버지와 큰아버지는 또 뭡니까?"

"고명하신 고능선이 유중교의 제자고, 그 유중교의 한 끗발 더 위 제자가 유인석이니까. 협포의 아버지가 고능선이고, 큰아버지가 유인석이 되는 거 아니요."

"후조 선생이 제 스승이라고 했지, 언제 아버지라고 했습니까."

"아니, 글공부를 했다는 양반이 군사부일체도 모르오."

허허헛, 맞받아칠 말을 찾지 못한 김수협이 헛웃음을 터뜨렸다. 어쨌거나 유인석과 바로 통하는 김수협이 있어서 나는 한걱정을 덜었다. 크든 작든 서로 다른 부대가 만나면 마찰과 충돌이 생기게 마련이었다. 더구나 호좌의진은 내로라하는 유림들이 일으킨 의병대였지만 우리 여단에는 유림 출신이 김수협 하나였다.

"큰아버지 졸개들한테 가서 얼마나 쉬었다가 떠날지나 물어보고 오시우."

"알았사옵니다. 여단장님."

김수협은 예법을 갖춰 절도 있게 허리를 접으며 극존칭을 썼다.

"그러다 허리 부러지겠소."

김수협이 평소보다 더 나를 공대하는 이유를 나도 모르지 않았다. 나는 건성으로 대하면서 자신은 환대하는 유인석과 수행 장령의 태도에 내 마음이 상했을까 신경이 쓰였을 것이었다. 후조 고능선의 제자인 양반이 내게 갖추는 깍듯한 예를 호좌의진의 장졸들에게 보여주려는 것은 말할 나위도 없었다. 김수협은 그런 인물이었다. 나는 처음에 그의 뜨거운 가슴과 시원시원한 행동에 내가 매료되었다고 생각했다. 하지만 시간이 흐르면서 나는 그의 뜨거움이 어떤 일에 대한 열정에서 비롯된 것이 아니라 사람과 세상을 대하는 그의 마음에서 우러나오는 따뜻함의 여러 형태 중에 하나라는 사실을 깨달았다. 그는 어떤 필요나 목적을 저울질하지 않고 언제나 사람을 사람으로 대하는 드문 인간이었다.

김수협이 호좌의진에 다녀오는 동안 나는 대원들을 집합시켜 이동 준비를 했다. 대원들은 걱정스러운 눈빛으로 호좌의진을 바라봤다. 병력은 천사백이 넘었지만 총기를 가진 포군은 사백도 되지 않았다. 그 사백 중에서도 절반은 화승총이었다. 실제 전투력을 갖춘 병력은 이백 남짓인 셈이었다. 그 이백도 얼마나 훈련이 된 포수들인지 알 수 없었다.

"이 상태에서 왜병들이 들이닥치면 추풍낙엽이겠네요."

호좌의진에 합류하기를 거부하고 떠난 철포에 이어 2지대장을 맡은 젊은 포포의 눈에도 뻔히 보이는 상황이었다. 보개산의 지형은 훈련된 왜병 일 개 중대의 공격만 받아도 방어 불능이었다. 방어하기가 쉬운 금학산으로 신속하게 이동해야 했다. 한데 호좌의진에 다녀온 김수협이 한 말은 뜻밖이었다.

"오늘은 여기서 쉬면서 전열을 정비하고 내일 이동한답니다."

"여거서 쉬어유? 그게 뭔 개 풀 뜯어먹는 소리래유?"

속리산 출신의 3지대장 방포가 고개를 설레설레 흔들며 덧붙였다.

"유람온 겨, 뭐여."

처음 참석한 저녁의 지휘부 회의에서 나는 호좌의진이 보개산에서 시간을 끌며 숙영을 하는 이유를 뒤늦게 알 수 있었다.

"서찰을 보냈으니 내일이면 양식과 입성이 들어올 것이오."

유인석은 이미 보개산 인근의 유림과 양반들에게 사람을 보내 보급 물자를 요청해놓고 기다리는 중이었다. 관군에 맞서 싸우는 군대에 보급을 댈 양반들이 과연 있을까. 우리 여단에서는 상상조차 해본 적이 없는 일이었다.

다음날 나는 놀라지 않을 수 없었다. 지게에 쌀가마를 진 머슴들이 줄을 이었다. 가마솥을 실은 우마차를 앞세우고 직접 찾아와 유인석에게 예를 올리는 양반들도 한둘이 아니었다. 우마차를 끌고 온 소를 넘겨주고 머슴이 끄는 우마차를 타고 돌아가는 선비도 있었다. 유인석은 내가 생각하던, 관군과 싸우는 반란군 우두머리가 아니었다. 민란의 우두머리만 보았던 내게 양반들을 압도하는 그의 권위는 놀라웠다.

유인석은 화서학파, 노론의 우두머리가 아니라 오백 년간 조선을 이끌어 온 유림의 적통을 이어받은 양반 사회의 수장이었다. 왜구와 오랑캐의 침입을 수없이 당하고 임금이 피신까지 갔어도, 언제나 잠시였다. 결국, 다시 나라를 지배하는 건 글 읽고 글을 짓는 유림의 선비들이었다. 그것이 오백 년 조선 역사가 가르쳐준 교훈이었다. 지난 갑신년, 개화당을 능지처참해 팔도에 사지를 내걸어 시전했듯이 이 환란의 시절이 지나가면 춘추대의를 저버리고 상투를 자르게 했던 자들의 죄를 묻고 다시 유림이 나라를 지배하게 되리라는 것을 잘 아는 양반들이었다.

나는 비로소 유인석이 정찰대조차 없이 대규모 이동 작전을 전개할 수 있었던 이유를 깨달았다. 산지사방의 서원에서 글을 짓고 가르치며 살아가는 유림들이 유인석의 사형사제들이었다. 중앙과 지방, 상하의 관직을 장악하고 있는 것은 여전히 화서학파와 그의 문하생들이었다. 유인석의 부대는 연기를 감추려고 생쌀을 씹어먹어가며 야음을 틈타 남하해온 우리와는 근본부터 달랐다. 즐비하게 솥이 내걸리고, 고깃국을 끓이고 이밥을 짓는 연기가 보개산 자락에 자욱하게 피어올랐다. 저격여단의 대원들이 이토록 흥성하게 양껏 먹어보기는 처음이었다. 처음으로 배를 두드려가며 고깃국과 이밥을 먹는 대원들을 바라보는 내 마음은 착잡했다.

2

이튿날 열린 작전회의에서 유인석은 관군의 공격을 예고했다. 한양에서 파견된 관군의 규모와 예상 공격 경로를 짚어 보이며 아군의 병력 배치를 지시하는 유인석은 문약한 유림이 아니었다. 상대의 심중을 들여다보듯이 던지는 눈빛과 의심의 여지를 남기지 않는 확신에 찬 목소리는 좌중을 압도했다.

"아무것도 아닌 하찮은 자들이오. 창의의 깃발을 높이 들고, 각자 맡은 바, 방어선을 굳게 지키면 물러갈 것이오."

어떤 근거로 관군을 물리칠 수 있다는 것인지 알 길이 없었지만, 유인석의 눈빛과 목소리는 그렇게 될 것만 같은 이상한 확신을 안겨주었다. 작전회의가 열린 방안을 채운 은은한 묵향이 그를 더 신비스럽게 만들었다.

이소응은 회의에 참여하지 않고 방 한쪽에서 부지런히 백지에 글을 써내려갔다. 협탁 위에 놓인 백지를 이소응이 일필휘지로 채우면 그의 겸종이 얼른 새 백지로 바꿔 올렸다. 언제부터 쓰고 있었는지 먹이 마른 백지가 벌써 수북이 쌓여 있었다. 이소응이 먹을 적신 붓끝으로 다시 백지를 채워나가는 동안 겸종은 부지런히 벼루에 먹을 갈았다. 참 이상하고 낯선 풍경이었다.

"중군장은 인진을 본부에 남겨두고, 의진과 예진을 전방에 내세우시오. 지진은 후방에 배치해 방어선을 구축하시오."

유인석은 각 진의 지휘관인 찬획 네 명을 한 명 한 명 손가락으로 가리켜가며 중군장에게 지시했다. 호좌의진은 인진, 의진, 예진, 지진, 신진, 다섯 진으로 편재되어 있었다, 인의예지신은 사람이 마땅히 지키고 행해야 할 것으로 유교에서 가장 중요하게 여기는 다섯 가지 덕목이었다.

"전군장은 신진과 기마대를 이끌고 기동전을 전개하시오."

호좌의진의 선봉대장인 전군장은 이동은이었다. 전군장을 바라보던 유인석이 나에게 눈길을 옮기며 말했다.

"홍대장은 이 시각부터 호좌의진의 군관으로 예우하오. 홍군관이 영솔하고 온 포군은 신진에 편입하고 전군장의 명을 받으시오."

선봉장인 전군장도 아니고 신진의 지휘관인 찬획도 아닌, 찬획 아래의 군관이었다. 김수협이 내 반응을 살폈다. 이미 본진의 참모로 발탁된 김수협이었다. 호좌의진에서는 이제 그가 나의 상급자인 셈이었다. 나는 아무런 내색도 하지 않았다.

"전군장, 홍군관. 이것 받아 가시게."

유인석이 회의를 마치고 나오는 전군장과 나를 불렀다. 유인석이 가리킨 건 여태 이소응이 쓰고 있던 것이었다. 겸종이 무릎을 꿇고 두 손으로 바친 것을 이소응이 받아들고, 이소응이 공손하게 두 손으로 넘겨준 것을 유인석이 받아들었다.

"습재 선생 문장이야 일찍이 경지에 이르렀소만, 이제 필체까지 더할 수 없이 웅장해졌소이다."

"과찬이십니다. 저야 의암 선생의 뜻을 옮겨적었을 뿐이지요."

"이게 어디 과찬인지 한번 보시오."

유인석이 이소응의 필적으로 채워진 백지를 전군장 이동은에게 넘겨주었다. 격문이었다.

왜적이 창궐하고, 이에 난신적자들이 결탁하여 국모를 시해하며 승상의 머리를 강제로 자르고 백성을 핍박하여 사경으로 몰아넣고 성현의 도를 무참히 짓밟는 것이 보이는가. 어찌 하늘이 노하고, 만백성이 불구대천지원수를 갚으려 들지 않겠는가. 춘추대의를 지키려 창의한 우리 의진은 반드시 나라의 원수를 갚고 기필코 무너진 도를 다시 일으켜세울 것이다. 의진이 이르는 지방 관아의 수령으로서 시의를 관망하여 즉시 호응하지 않는 자가 있거나, 왜적의 편에 붙어서 의진을 방해하는 자는 천추만대의 역당이니 삼족의 멸문지화를 피할 수 없을 것이다. 춘추대의를 위해 목숨을 내걸고 의진에 호응할 용기가 없거든 당장 무기를 버리고 집으로 돌아가 멸문의 화나마 피할 일이다. 그렇지 않은 자는 금수만도 못한 만고역적의 무리이니, 누구든 단연코 군법을 시행하여 먼저 베고 후에 보고하라.

"과연 명문이십니다. 간이 배 밖에 나오지 않고서야 이 격문을 보고 어찌 오금이 저리지 않겠습니까."

전군장 이동은은 이런 격문을 처음 받아드는 게 아닌 모양이었다. 유인석이 천천히 고개를 끄덕였다.

"즉시 관군들이 접근할 길목마다 내다 붙이도록 하시오."

전군장은 두 팔을 내밀어 받아든 격문을 들고 나오며 나에게 말했다.

"홍군관. 아니, 난 홍대장으로 부르겠소. 홍대장, 우리 잘해봅시다. 난 김천 사람 이동은이오."

이동은은 성격이 호방한 사내였다. 양반이 아니면서 작전회의에 참여하는 유일한 존재인 나를 노골적으로 하대하거나, 아예 없는 사람으로 취급하려 드는 쪼잔한 중군장이나 찬획 따위들과는 사뭇 달랐다. 말이 통할 것 같아 지나가는 말로 마음 한 자락을 꺼내 보였다.

"전군장께서는 이런 종이쪼가리에 겁먹을 적이 있을 거라고 믿으시는 겁니까?"

내가 적이라면 눈도 깜박하지 않을 것 같았다.

"홍대장 눈에는 이게 종이쪼가리로 보이오?"

"아니면요?"

"저기를 보시오."

이동은이 뽀얗게 먼지를 일으키며 달려오는 기마대를 가리켰다. 기마대는 기마대인데 말은 몇 마리 되지 않고 노새와 당나귀가 대부분이었다. 노새를 탄 병정의 모습은 날렵해야 할 기병의 모습과는 거리가 멀었다. 목이 짧고 궁둥이가 가파른 노새를 타고 앉아 장창을 꼬나든 기병의 사뭇 위엄에 찬 표정이 우스꽝스러웠다. 간신히 웃음을 참고 있는데 말을 탄 지휘관이 소리쳤다.

"얼른 창의대장 의암 선생님께 난신적자를 잡아왔다고 보고를 드려라."

나는 기마대 지휘관의 눈길을 좇아 기마대의 꽁무니 쪽으로 시선을 옮겼다. 노새가 끄는 수레에 단발한 사내 하나가 드러누워 있었다.

"현민들의 단발을 강요하고 의병 참여를 거부한 지평 현감 맹영재요."

지평 포수대장 김백선과 함께 민보군을 조직해 동학을 진압한 공적으로 지평 현감이 된 맹영재는 경기도에서 악명이 높았다.

"듣자 하니, 그자야 누구에게 죽어도 죽게 되어 있던 자 같았소이다만."

전군장 이동은은 고개를 가로저었다.

"충주 관찰사 김규식, 천안 군수 김병숙, 고성 군수 홍종헌, 양양 군수 양명학이 어떻게 되었는지 아오?"

김규식과 김병숙이 처단당했단 소문은 들었지만 나머지는 나도 몰랐던 이름이었다.

"단양 군수 권숙, 청풍 군수 서상기가 누구에 의해서 참수당했는지 홍대장은 몰라도 저들은 잘 알고 있소. 바로 이 격문을 쓴 습재 선생의 경고를 무시하고 춘천 관찰사가 되겠다고 기어내려오던 조인승은 관아에 발도 들여놓아보지 못하고 포살당했고, 그의 부하인 초관 박진희의 머리는 춘천 홍문에 내걸렸소."

홍건한 자신의 피를 깔고 누운 맹영재를 바라보던 이동은이 손에 든 격문을 들어 보이며 내게 물었다.

"저런데도 이게 종이쪼가리로 보이겠소?"

대답을 않는 내게 이동은이 말했다.

"포군들을 데리고 기마병들과 함께 이걸 붙이러 갑시다."

풀통을 들고 다니려고 여기에 온 것은 아니었다. 하지만 그는 내 직속 상관인 전군장이었다. 못하겠다고 할 수는 없었다. 전시에 상관의 명령을 거역하는 건 있을 수 없었다.

"명령이십니까?"

여단장에서 졸지에 군관이 된 것은 대원들에게 설명할 자신이 있었다. 우리가 벼슬을 하러 여기에 오진 않았다고. 하지만 대원들에게 풀통을 들려 노새를 탄 기마병의 꽁무니를 쫓아다니게 만들 수는 없었다.

"왜, 싫소?"

"명령이라면 하겠습니다."

"명령이라면 하겠다? 명령이 아니면 않겠다…… 왜 이 격문이 마음에 들지 않소?"

"그건 아닙니다."

"아니면, 저 깃발이 마음에 들지 않는 거요?"

전군장이 군영을 돌아보며 물었다. 인, 의, 예, 지, 신, 다섯 진의 깃발보다 더 높이 '국적처단'과 '국모복수'를 쓴 깃발이 휘날렸다. 왕이 보낸 관군은 호좌의진이 치켜든 저 깃발을 진압하러 오고 있었다. 나는 자기 부인을 살해한 왜구에게 복수하겠다고 일어선 의병을 진압하라고 관군을 보낸 고종을 이해할 수 없었다. 임금이기 이전에 한 여자의 사내로서 어찌 그럴 수가 있는지 도무지 알 길이 없었다.

자신들을 토벌하러 군대를 보낸 왕을 지키겠다며 왕의 지시를 이행한 관찰사와 군수, 현감을 참수하고 왕의 군사들과 싸울 준비를 하는 유림의 수장 유인석과 군장들도 알 수 없기는 마찬가지였다. 나는 왜구와 싸우려고 총을 들었지 관군과 싸우려고 총을 든 게 아니었다. 대원들에게 풀통을 들려 관군이 오는 길목에 격문을 붙이러 가자는 전군장 이동은에게 나는 어떤 대답이든 하지 않을 수 없었다.

"우리는 한 번도 총 아닌 다른 것을 들어본 적이 없습니다."

"총 아닌 다른 것을 들고 싸우지 않는다…… 총으로만 말한다, 풀통은 들 수 없다, 그렇소?"

전군장은 자신의 손에 들린 격문과 바람에 날리는 깃발, 내 손에 들린 소총을 차례로 쳐다보고 나서 다시 물었다.

"글은 읽을 줄 아오?"

중군장과 찬획, 군관, 누구도 내게 묻지 않았던 걸 그가 물었다. 기분이 나빴지만 더럽지는 않았다. 적어도 그는 물어보지도 않고 무시하며, 없는 사람 취급을 하려 들지는 않았다.

"까막눈은 면했습니다만."

그는 한동안 말없이 나를 응시하다가 입을 뗐다.

"좋소. 격문은 기마대가 알아서 하도록 하겠소."

"감사합니다."

"뭐가 말이오."

"기세가 꺾인 군사를 데리고 전투에 나가지 않도록 해주시지 않았습니까."

3

관군의 공격은 전격적이고 과감했다. 점심 무렵, 관군이 철원평야에 도착했을 때까지만 해도 전열을 정비하고 내일 이른아침에나 공격을 개시할 줄 알았다. 오늘 저녁에도 공격이 가능은 하겠지만, 화력이 우세한 관군이 굳이 적정을 확인하기 어려운 야간전투를 벌여서 위험을 자초할 리 없을 거라고 여겼다.

나는 진군을 알리는 관군의 나팔소리를 들으면서도 위력 시위로만 여겼다. 하지만 이어지는 나팔소리에 나는 놀라지 않을 수 없었다. 뚜두 뚜두, 뚜두 뚜두. 일위방진 공격을 알리는 나팔소리였다. 중앙 사령부를 가운데 두고 사면을 에워싼 공수 양용 전투 대형이었다. 두둥 두둥, 두둥 두둥. 나팔소리를 받은 빠른 북소리에 맞춰 관군은 정사각형 대오를 만들며 전진해왔다.

나를 더욱 놀라게 한 것은 다음 나팔소리였다. 뚜뚜뚜, 뚜, 뚜뚜뚜. 돌격 명령이었다. 일위방진 진법을 펼치며 진군하던 관군이 그대로 돌격에 돌입했다. 내가 깜짝 놀란 것은 예상치 못한 관군의 공격이 아니었다. 뚜뚜뚜. 돌격을 알리는 그 나팔소리 중간에 끼워넣은 한 번의 '뚜'였다. 뚜뚜뚜, 뚜, 뚜뚜뚜. 이십 보 돌격 후 열을 맞춰 다시 이십 보 돌격, 이 돌격법은 정태신 파총만이 쓰는 것이었다. 정태신의 나팔수가 아니면 불지 않는 나팔소리였다.

정태신이 온 것이다.

뚜—뚜— 나팔소리가 길게 두 번 울렸다. 약진이었다. 일위방진 대형으로 거침없이 돌격해오던 관군이 질서정연하게 멈춰섰다. 전면의 군사들만 화살 모양으로 밀고 나오며 길을 열었고, 그 사이로 군마들이 땅을 박차고 달려왔다. 기마대의 중앙에서 갈기를 휘날리는 갈색 말을 타고 공격을 지휘하는 건 정태신 파총이었다. 언월도를 치켜들고 저토록 현란하게 마상 지휘를 펼칠 수 있는 장수는 조선 군대에서 정태신이 유일했다. 쇠도리깨를 휘두르며 나란히 질주하는 호위 기병을 양쪽에 거느린 정태신이 치켜든 언월도가 오후 햇빛에 반짝였다.

위력 시위에 맞서 마주 달려나가던 호좌의진의 기병대가 바로 주춤거렸다. 전군장 이동은의 호령에도 노새들은 뒷걸음질만 쳤다. 말과 당나귀보다 영리한 노새는 기마병이 아무리 채찍을 휘둘러도 절대 앞으로 나가지 않았다. 노새들이 뒷걸음치자 당나귀들은 아예 돌아섰다. 여기서 킁아킁아 저기서 응까응까, 노새와 당나귀들이 소란스럽게 뒤엉키는 사이 관군의 기마대가 달려오며 사격을 개시했다.

나는 적 기마대를 향해 대응사격을 명령했다. 탕타당. 우리 여단은 살수들의 뒤에 포진해 있었고, 적의 기마대는 사정거리 밖이었지만 호좌의진의 기마대를 엄호하기 위해 위협 사격에 나서지 않을 수 없었다. 적 기마대는 탄착점을 확인하고는 사정거리 안으로 들어오지 않았다. 그사이 전군장은 기마대를 이끌고 우리 여단의 뒤로 퇴각했다.

하지만 한숨을 돌리기도 전에 관군은 일위방진의 오른쪽을 앞으로 펼치며 아군의 예진을 향해 돌격해왔다. 적의 포군들은 탄환을 아끼지 않고 사정거리 밖에서부터 무차별 사격을 해댔다. 예진의 살수 셋이 잇따라 쓰러졌다.

관군보다 뛰어난 수포수를 보유한 우리로서는 사정거리 내에서 조준사격으로 승부를 걸어야 했다. 그러지 않으면 호좌의진의 의병들이 개죽음을 당할 게 뻔했다. 우리 여단이 위험을 무릅쓰는 수밖에 없었다.

나는 1지대와 4지대에게 엄호를 맡기고 2지대와 3지대를 이끌고 관군을 향해 달려나갔다. 은폐물을 이용하며 이십 보씩 육박해서 사정거리 안에 포진했다. 우리가 적을 사정거리 안에 넣은 것처럼 적도 우리를 사정거리에 안에 두게 되었다.

적정을 살피려고 고개를 내미는 김수협의 어깨를 잡아챘다. 거의 동시에 나와 김수협이 몸을 숨긴 작은 바위로 날아온 적의 탄환이 돌가루 먼지를 일으켰다.

"본진에 남으라니까 왜 따라와서 송장을 치게 만들려고 하오."

나를 바라보는 김수협을 외면하며 나는 손바닥으로 코끝에 달라붙는 화약냄새를 털어냈다. 호좌의진의 참모인 그의 소속은 이제 나와 같은 신진이 아니었다. 그런데도 기어코 우리 여단에 따라붙었다.

"대가리 숙여!"

나는 논둑 위로 고개를 내미는 포포와 진포를 향해 소리쳤다. 그들이 붙어선 논둑 위로 적의 탄환이 후두둑 박혔다. 어려서부터 사냥터를 누비며 잔뼈가 굵었지만 총을 든 동물은 처음 맞상대하는 포포와 진포였다. 일본군과의 몇 차례 전투는 매복 기습 전투였지 이런 정면 승부는 아니었다.

대원들은 각자 목표물을 찾아 조준에 들어갔다. 나도 목표물을 찾았다. 가장 선두에 있는 지휘관이 나의 상대였다. 가늠쇠 위에 목표물을 올려놓던 나는 또 한번 놀랐다. 군모에 꽂힌 독수리 깃털, 박한초관이었다. 잠시 숨이 막혔다.

나는 사격 명령을 내리기 전에 먼저 방아쇠를 당겼다. 탄환은 박한의 군모 꼭대기를 관통했다. 박한, 그도 내 모자에 꽂힌 독수리 깃털을 보았을까.

"사격!"

타다당, 대원들의 조준 사격에 적들이 넘어갔다. 적들이 일제히 몸을 숨기는 순간 뒤에 남았던 1지대와 4지대가 앞으로 달려나왔다. 서로를 사정거리 안에 둔 채 거듭된 공방전은 해질녘까지 이어졌다.

뚜—뚜— 부대 철수를 알리는 관군의 나팔소리가 들린 건 상대를 식별하기 어려울 정도로 어둠이 드리운 다음이었다. 정태신이 병력 손실을 당하고 이렇게 쉽게 물러설까. 민란을 진압할 때의 정태신 파총을 떠올리면 믿기지가 않았다. 하지만 뒤따르는 징소리는 분명히 퇴각이었다.

"오늘, 아주 잘 싸웠소. 특히 난신적자들을 패퇴시키고 승리하는

데 전군장이 이끄는 신진의 공이 컸소이다."

유인석은 관군의 퇴각을 패퇴로 단정하고 오늘의 전투를 승리로 규정하며 전군장 이동은을 치하했다.

"아닙니다. 오늘 전투의 일등공신은 홍대장입니다."

전군장 이동은의 말에 유인석이 나를 바라보며 고개를 끄덕였다.

"홍군관도 잘해줬소. 호좌의진에서 첫 전투였는데 어땠소?"

유인석은 이동은이 나를 대장이라고 부른 것을 나무라지는 않았지만 홍군관이라고 바로잡았다. 홍군관도. '도'에 마음이 상하지는 않았다. 적의 퇴각을 패퇴로 단정하며 아군의 승전으로 평가하는 분위기가 불편할 뿐이었다. 저격여단의 대원은 아니었지만 호좌의진 의병들의 희생도 적보다 적지 않았다. 진 것은 아니지만 이긴 것도 아니었다. 왜적도 아닌 관군을 잡은 것이 기쁜 일도 아니었다.

"다행히 오늘은 관군이 퇴각을 했지만 안심할 때는 아닌 것 같습니다."

"다행히 퇴각을 했지만 안심할 때는 아니다…… 왜 그렇소?"

유인석은 불편한 표정으로 물었다.

"관군의 대장 정태신은 절대 호락호락 물러설 지휘관이 아닙니다."

그는 무슨 의도에서인지 치명적인 타격을 줄 수 있는 상황에서도 주춤거리며 우리에게 반격의 기회를 줬고, 어두워지기를 기다려 퇴각했다.

"그걸 자네, 홍군관이 어떻게 아오?"

"친군영에 몸담았을 때 본 적이 있습니다."

유인석이 표정을 풀며 수염을 쓰다듬었다.

"걱정할 것 없소. 위허가 나를 치지는 못할 것이오."

위허는 정태신의 자였다.

"그게 무슨 말씀이신지요?"

"위허가 아무리 연부역강하고 그 수하들이 잘 훈련되어 있다고 해도 그의 부대가 가지고 있지 못한 게 있소."

나는 그게 무엇인지 짐작하기 어려웠다.

"대의요. 우리가 가진 춘추대의가 그들에겐 없소. 대의를 저버린 자가 대의를 가진 자를 치는 것은 인의예지신 다섯 가지 대의를 다 능멸하는 일인데, 그 후과가 어떠한 것인지를 모를 정도로 미련한 위허는 아니오."

"그렇다면 오늘의 공격은 무엇입니까."

"여기까지 걸음을 했는데 흉내는 내고 가야 하지 않겠소."

나는 분명히 느낄 수 있었다. 유인석은 관군이 오늘 공격할 것이라는 사실을 알고 있었다. 관군의 대장 정태신이 어떻게 할 것인지도 미리 알고 있었다. 유인석이 아군의 승전으로 단정하듯 관군도 얼마든지 승전으로 평가할 수 있는 전투였다. 관군이 이긴 것도 아니지만 졌다고도 할 수 없는 전투였다. 아군과 관군 중에 누가 졌는지는 몰라도 누가 이겼는지는 알 것 같았다. 유인석과 정파총이 함께 승리를 거두었다. 그렇다면 진 것은 누구였을까. 누가 졌는지는 몰라도 누가 죽었는지는 분명했다. 의병과 관군의 병졸들만 죽었다. 갑자기 나와 대원들이 장기판의 졸이 되어버린 기분이었다. 머릿속이 어지럽고, 다리의 힘이 빠졌다.

4

유인석은 어제와 마찬가지로 오늘의 전투도 일진일퇴의 공방전으로 평가했다. 공방전이 아니었다. 일진십퇴였다. 우리 여단이 응사하며 반격을 하긴 했지만 정태신이 미는 대로 밀린 호좌의진이었다. 정태신이 파죽지세로 밀어붙였다면 속수무책으로 밀렸을 수밖에 없었다.

하지만 정태신은 왕명을 받드는 장수로서 온종일 성실했을 뿐 호좌의진에 치명상을 입히려 들지는 않았다. 노론의 수장인 유인석에게 수모를 안겨주어서 그에게 좋을 일이 없었다. 정태신, 그도 유인석과 같은 위정척사파에 속하는 노론의 일원이었다.

나는 어제와 다름없는 평가와 작전 계획을 듣기만 했다. 하지만 보급에 대해서는 한마디하지 않을 수 없었다. 야전군관 중에 작전회의에 부르는 것은 나 하나였고, 작전회의에 들어오는 양반 아닌 양민도 나 하나였다.

"내일은 보급이 어떻게 됩니까?"

종일 전투에 지친 대원들이 허기를 달래려고 어둠 속에서 소나무 껍질을 벗기던 모습이 눈에 어른거렸다.

"최선을 다하고 있소."

갓을 바로잡으며 대답하는 도유사의 말끝에는 신경질이 묻어났다. 도유사는 호좌의진의 행정과 보급을 총괄하는 책임자였다.

"내일은 감자가 몇 알씩이나 지급되는지요?"

"최선을 다하고 있다고 하지 않았소."

도유사의 갓끈이 파르르 떨렸다. 그렇지만 나는 입을 다물 수 없었다.

"내일도 오늘과 같으면 정말 어렵습니다."

전투에서 실탄 못지않게 중요한 것이 보급이었다. 사흘 전에 고깃국을 먹었다고 사흘을 굶어도 괜찮은 건 아니었다. 사흘을 굶고 잘 싸울 수 있는 군사는 없었다.

"그 감자는 쉽게 마련한 줄 아오? 홍군관한테 방법이 있으면 말해 보시오."

도유사는 내가 양반들한테 감자 한 알도 받아내지 못할 거라는 말을 그렇게 했다.

"총기가 없는 군병들을 돌려보내면 보급의 부담이 훨씬 줄어들지 않겠습니까."

내 말에 참모들이 술렁거렸다. 호좌의진의 병력 천사백 중에서 화승총이라도 총기를 지닌 병력은 사백에 불과했다. 화승총마저도 없는 천 명은 전투에 아무런 도움이 되지 않았다. 지난 사흘 동안 우리 여단은 그들을 호위하며 퇴각하느라 전투력을 다 쏟아부었다. 그들이 없다면 한 알씩 돌아올 감자가 세 알로 늘어날 것이고, 자유로운 기동전도 가능했다. 지금과 같은 일방적인 수세에서 벗어나려면 당연히 그들을 집으로 돌려보내야 했다.

"홍대장 얘기는 충의군병 천 명을 그냥 돌려보내자, 그 소리요?"

그렇게 물은 중군장에게 나는 되물었다.

"백병전을 벌일 게 아니라면 이렇게 많은 비전투 병력이 무엇에 필요합니까?"

"충의군병 천 명이 없는 것보다도 못하다는 소릴 하는 게요."

중군장은 버럭 화를 냈다. 중군장 휘하의 찬획들도 발끈했다.

"말 같지도 않은 소리를."

총기가 없는 의병들을 해산시키면 그들을 거느리고 다니는 찬획들도 필요치 않았다. 호좌의진의 군기와 첩보를 담당하는 본부군관 박상준도 기회를 놓칠세라 끼어들었다.

"신식 총 몇 자루를 믿고 안하무인이로군."

아부 잘하기로 소문난 박상준은 비아냥으로 성이 차지 않았는지 놈의 장기인 군율을 들고 나와 중군장과 찬획들을 부추겼다.

"홍포수의 망발은 군병의 탈영을 조장하고 군대의 해산을 획책하는 것으로 엄히 다스려야 함이 군율에 명시되어 있소이다."

놈은 내게 군관이란 호칭을 붙이는 것도 아니꼬워 포수라고 깔아뭉개며 듣도 보도 못한 군율을 들먹거렸다.

"그런 군율이 대체 어느 나라에 있는 것입니까. 군대 구경이나 해보고 그런 소릴 하시오."

분위기가 험악해졌다. 머릿수로 시위를 하려면 깃발을 들고 산야로 쫓겨다닐 게 아니라 유림을 이끌고 한양으로 올라가 경복궁 앞에 엎드려 상소를 올릴 일이었다. 내가 더 말을 하려고 하자 옆에 섰던 김수협이 내 팔꿈치를 잡아당기며 나섰다.

"홍여단장 얘기는 천 명을 다 돌려보내자는 것이 아니라 부상하거나 체력이 떨어져 이동에 부담을 주는 군병들 일부를 내보내자는 것입니다."

내 말이 그게 아니란 걸 김수협이 모를 리 없었다. 김수협은 남들의 눈에 띄지 않게 내 팔을 꽉 움켜쥐었다. 가만히 있으라는 신호였다.

"홍군관."

유인석이 나를 호명했다.

"네."

"행여, 보급의 여력이 있는데 군병들을 굶기거나 군장들과 찬획들은 배를 채우면서 군병들을 굶긴다고 생각하는 것이오?"

"그렇지 않습니다."

"그렇지 않다, 그러면 다행이오. 나나 여기에 있는 군장과 찬획들도 오늘 똑같이 감자 세 알 먹은 것이 다요. 만약 한 알이라도 더 먹은 자가 있다면 내가 목을 쳤을 것이오."

유인석이 잠시 말을 멈추고 내 눈을 바라보았다.

"배가 부른 날이 있으면 배가 고픈 날도 있소. 양식이 모자란다고 춘추대의의 깃발을 내리고 집으로 돌아가라고 할 수는 결단코 없소. 다시는 그런 말을 꺼내지 마시오. 오늘은 충정으로 듣소만 다시 그러는 날엔 군령으로 다스리겠소."

회의는 그렇게 끝났다. 김수협과 함께 터벅터벅 걸어나오는데 전군장 이동은이 다가왔다.

"조심하시오. 김백선이가 이것 때문에 죽지 않았소."

이동은은 손바닥으로 자신의 입을 두드려보였다. 위협하는 것은 아니었다. 이동은은 군장이란 직책과 양반이란 지체를 내세워 상대를 겁박할 정도로 허접하지는 않았다. 내게 겁박이 통하지 않는다는 것을 모를 정도로 무지하지도 않았다.

김백선은 맹영재와 함께 민보단을 조직해 동학군 토벌에 앞장선 지평 포수대장이었다. 동학군 토벌에 혁혁한 전공을 세운 김백선은 무관이 오를 수 있는 최고 직급인 절충장군 첩지를 받았고, 맹영재는 지평 현감이 되었다. 명성황후가 시해되자 김백선은 맹영재에게 의병에 나서자고 했지만 현감 자리에 맛을 들인 맹영재는 거절했다. 김백선이 지평의 포수들을 이끌고 합류한 의병대가 호좌의진이었다.

"걱정해주시는 겁니까?"

"걱정은 무슨. 홍대장이나 나나, 어차피 내놓은 목숨인데 한식에 죽으나 청명에 죽으나 그게 무슨 대수겠소…… 그래도 그렇게 죽긴 좀 아깝지 않소. 김백선이도 불질 하나는 참 잘했단 말이오. 그 김백선이를 죽이게 부채질을 한 놈이 바로 저 한심한 박상준이었을 거요."

이동은은 더는 말을 않고 나를 앞서갔다. 뒤따라오던 김수협이 내 팔을 슬며시 잡아당겼다.

"여단장님, 죄송합니다."

"왜, 협포도 아까 그래서 그랬소. 나도 포수 주제에 나서다가 김백선이처럼 목이 달아날까봐?"

유인석의 선봉장이었던 김백선이 죽은 경위를 나는 호좌의진에 합류하고 나서야 정확히 알았다. 일본군 진지 습격전에 나섰던 김백선은 격렬한 전투 끝에 승기를 잡았지만 본대의 지원군이 오지 않아 분루를 삼키며 패퇴했다. 본대로 돌아온 김백선은 칼을 뽑아들고 울분을 터뜨리며 지원군을 보내지 않은 중군장 안승우를 몰아붙였다. 이 자식아, 네가 지원군을 보내지 않아 다 이긴 전투에서 패하고 퇴각하니 속이 시원하냐. 이 자식, 그 한마디가 문제였다.

김백선은 명색이 절충장군이고 안승우보다 열여섯 살이나 위였지만 지체가 달랐다. 양반 유림에게 이 자식이라니. 호좌의진의 군장들과 함께 경악한 유인석이 호통쳤다. 네놈은 본시 포수에 불과한 상것이거늘 어찌 분수를 모르고 날뛰는가. 김백선이 잘못을 인정하고 무릎을 꿇자 유인석이 명령했다. 여봐라, 하극상을 저지른 저자를 포살하라. 김백선은 그렇게 부하들이 지켜보는 가운데 처형당했다. 그의 처형에 분노한 포수들이 하룻밤 사이에 모조리 탈영했고, 그 빈자리를 채운 것이 우리 여단이었다.

"여단장님, 우리가 했던 후랑추전랑後浪推前浪 작전의 의미를 한번 더 생각해보십시오."

"물결 작전 말이오?"

"그게 장강후랑추전랑長江後浪推前浪이란 한시에서 이름을 따온 병법 아닙니까. 뒷물결로 앞물결을 밀어내는. 지금 우리 여단의 앞에서 흘러가는 물결이 호좌의진입니다. 뒷물결이 어떻게 앞물결을 뛰어넘어 흘러가겠습니까. 앞물결을 밀고 가야지요."

"밀고 간다?"

"장강후랑추전랑이란 시 한번 들어보시겠습니까?"

내 대답을 기다리지 않고 김수협이 한시 한 편을 읊었다.

장강의 뒷물결이 앞물결을 밀어내고
새로운 세대가 묵은 세대를 대체하나니
앞물결은 모래톱 여울에 쓰러지네

뒷물결의 좋은 세월인들 얼마나 가리
그 또한 눈 깜빡할 사이에 같은 처지가 될 것을

앞물결이 거품으로 쓰러지지 않고 바다로 돌아간다면
거듭 태어나 뒷물결이 되기를 어찌 바라지 않겠는가

시를 다 읊은 김수협이 덧붙였다.

"지금은 저 양반들이 앞물결이지만 머지않아 거품으로 쓰러지게 되겠지요. 그러니 우리가 뒷물결인 것이 어찌 과연 통탄할 일이겠습니까."

"우리? 참모장께서는 앞물결이 아니었소."

"저는 여단장님의 참모장인데, 섭섭합니다. 그렇지만 양반이 맞긴 하니 앞물결이 되어 제가 여단장님보다는 먼저 거품으로 쓰러져드리지요."

하핫, 김수협의 호탕한 웃음이 오늘은 어쩐지 허전하게 들렸다. 먼저 쓰러지겠다는 그의 말이 왠지 마음에 걸렸다. 말은 언젠가 현실이 되는 순간이 반드시 왔다.

"품 안 드는 말이라도 그렇게 하지 마시오."

"망해가는 양반의 나라에서 양반으로 태어난 제가 어찌 앞물결이 아니길 바라겠습니까. 하지만 저는 그 앞물결의 맨 앞이 아니라 맨 마지막 자리를 선택했습니다. 그것이 제 자리고 저의 슬픈 운명이지요."

김수협이 유인석의 지휘부 앞에 나부끼는 춘추대의의 깃발과 밤이슬을 맞으며 아무렇게나 잠이 든 우리 대원들을 번갈아 쳐다보며 한숨을 내쉬었다. 처음 들어보는 그의 한숨이었다. 하지만 그것이 내가 들은 그의 마지막 한숨이 될 줄은 미처 몰랐다.

"앞물결의 마지막은 뒷물결의 맨 앞 아니오. 그러니 우리의 선봉댄데 슬퍼할 게 뭐가 있소."

"그렇게 말씀해주시니, 과연 영광입니다."

나는 힘이 빠진 협포의 어깨에 팔을 걸치고 나란히 걸음을 옮겼다.

"까짓것. 인생, 뭐 있소. 앞물결의 끝물인 협포와 뒷물결의 첫물인 내가 이렇게 어깨를 걸고, 가는 데까지 한번 끝까지 밀고 가봅시다."

"앞물결의 맨 마지막 자리에 매달린 저나 뒷물결의 맨 앞자리로 밀려나온 여단장님이나 팔자가 사납긴 마찬가지네요."

그의 목소리는 밤이슬처럼 축축했고, 초승달에 비친 눈빛은 물결처럼 흔들렸다.

"사람이 갑자기 안 하던 짓 하면……"

아차 싶었다. 죽음을 입에 담는 것은 사냥터에서나 전쟁터에서나 포수들에게 절대 금기였다. 나는 얼른 말을 돌렸다.

"그러면 엉덩이에 뿔 난다지 않소."

하핫, 어린애처럼 어설프게 둘러대는 나를 보며 김수협이 웃음을 터뜨렸다. 이 이상한 양반들의 군대에 와서 나보다 더 곤혹스럽고 난감한 사람이 김수협이란 사실을 나는 뒤늦게 깨달았다.

"장강후랑 거 뭐요, 아, 추전랑. 그 물결처럼 우리 앞에 걸리적거리는 것들은 뭐든 싹 밀어버리고 부서지더라도 한날한시에 같이 부서지기로 한 우리가 아니오."

태어난 날과 자란 곳은 서로 달라도 한날한시에 같이 죽기로 맹세하고 저격여단을 뭇은 우리였다. 우린 어떤 물결이 되어 어디로 흘러가고 있는 것일까. 그리고, 어느 여울에서 산산이 부서지게 될까. 나는 알 수 없었다.

5

날이 밝았을 때 관군은 감쪽같이 사라지고 없었다. 정태신에게는 호좌의진을 산속으로 패퇴시킨 승전이었다. 유인석에게는 정예관군을 물리친 쾌거였다. 어제 심야 회의에서 비무장이나 다름없는 의병을 해산시키고 기동전으로 전환하자고 한 나는 한 치 앞도 내다보지 못한 꼴이 되었다. 나를 바라보는 중군장을 비롯한 찬획들의 눈길에는 비웃음이 서려 있었다. 그들의 비웃음은 비웃음으로 끝나지 않았다.

"여단장님……"

김수협이 말을 잇지 못하고 머뭇거렸다.

"왜, 내 목을 가져오랍니까."

"그게 아니고…… 우리 여단을 각 진으로 분산 배치하랍니다."

"뭐요?"

"각 진의 포군들이 가진 총기가 화승총이 많아 전투 역량이 떨어진다고, 우리 여단을 분산 배치해서 각 진의 전력을 보강하랍니다."

전투력이 없는 의병들을 해산시키는 것이 아니라 전투력이 없는 의병을 유지하기 위해 호좌의진의 유일한 전투력인 우리 여단을 없애겠다는 소리였다. 나의 괘씸한 주장에 분을 삭이지 못한 유림 지휘관들이 밤새 짜낸 묘안이었다.

"그리고, 여단장님을 신진의 찬획으로 승급한답니다."

전군장 이동은이 겸직하던 신진의 대장으로 나를 임명한다는 것이었다.

"일개 군관에서 신진의 찬획이라, 엄청난 벼슬을 했소이다."

"죄송합니다. 이것이 낡은 앞물결인 것을 어찌하겠습니까."

우리 여단의 1지대는 의진에, 2지대는 예진에, 3지대는 지진에 배속되었다. 내가 찬획으로 대장을 맡은 신진에는 4지대만 남았다.

하지만 관군의 철수로 희색이 돌던 군장들의 표정은 한나절을 넘기지 못했다. 일본군이 오고 있다는 첩보가 들어왔다. 진짜 싸움의 시작이었다. 더구나 그냥 일본군도 아닌 하세가와 부대였다. 호좌의진보다 훨씬 강한 청나라 군대를 단숨에 격파한 하세가와 부대가 정태신처럼 겉으로만 요란하게 공세를 취할 리 없었다. 전투력이 압도적으로 우세한 하세가와 부대를 상대하려면 한시바삐 비무장 의병들을 돌려보내고 매복 습격전으로 전환해야 했다. 하지만 내 의견은 씨도 먹히지 않았다. 의병들을 그대로 두고 저격여단이라도 원대 복귀시켜 기동전을 펼치자는 김수협의 타협안도 받아들여지지 않았다.

결국 호좌의진은 최악의 전열로 하세가와 부대를 맞아야 했다. 군병들의 사기도 최악이었다. 오늘 아침에 일인당 감자 두 알씩을 배급했다. 간에 기별도 가지 않았다. 유인석도 그렇게 먹었을 것이다. 청렴결백한 유인석이 감자 두 알로 하루를 견딘다고 해서 전투를 해야 하는 군병들의 배가 채워지는 것은 아니었다. 유림 양반들은 충의지심으로 빈 배를 채웠을지 모르나 그들의 자부심이 상것들인 군병들의 주린 배를 달래주진 않았다.

첩보대로라면 하세가와 부대는 오후 늦게 도착할 것으로 예상됐다. 나는 신진의 군병을 이끌고 능선으로 올라갔다. 먹은 것이라곤 아침에 받은 감자 두 알이 전부인 의병들은 훈련을 시키는 줄 알고 모두 입이 나왔다.

"먹은 것도 없는데 오늘은 좀 쉬게 하는 게 어떨지요?"

여단의 정찰대장으로 4지대장을 겸하고 있는 임포가 조심스럽게 물었다.

"쉬어? 지금이 쉴 때요?"

"그럼 어떤 훈련을?"

"지금부터 안면 위장을 하오. 주간전투에서는 왜놈에게 공포감을 주고, 야간전투에서는 피부를 감춰서 왜놈들의 표적이 되지 않도록 면상을 칠하는 것이오."

"숯검댕이도 없는데 뭘로 칠합니까?"

"오디, 산딸기, 아스라지, 많잖소."

산뽕나무에 매달린 오디와 익은 산딸기는 검붉었다. 아스라지와 구슬댕댕이의 과즙은 핏물처럼 붉었다. 검고 시뻘건 서로의 얼굴을 보며 낄낄거리는 군병들의 웃음으로 소란스럽던 능선이 곧 조용해졌다. 산뽕나무 오디 몇 알로 얼굴을 검붉게 칠하던 군병들은 누가 먼저랄 것도 없이 산딸기와 줄딸기, 복분자, 산뽕나무 오디를 훑어먹느라고 정신이 없었다. 총검으로 소나무의 겉껍질을 걷어내고 송기를 발라내서 씹어먹는 군병도 있고, 짝을 지어 개살구나무를 터는 무리도 보였다.

하세가와 요시미치가 이끄는 일본군 최정예 부대와 맞서 싸워야 하는 오늘밤에 얼마나 많은 군병이 희생당할까. 아니, 여기 있는 군병 중에 몇 명이나 살아남아 내일 아침을 맞게 될까. 전장에 나섰으니 싸우다 죽는 것이야 어쩔 수 없는 노릇이지만, 사즉생, 죽기를 각오하고 싸우면 이긴다는 '충의' 하나가 작전의 시작이고 끝인 이 한심한 전투의 한가운데로 나는 이들을 끌고 들어가야 했다. 내가 이들에게 해줄 수 있는 것은 고작 개복숭아 한 알이라도 더 먹게 해주는 것 외에 아무것도 없었다.

"좀 드세요."

검붉은 오디 한 움큼을 내게 내민 어린 의병은 호좌의진의 막내였다. 나는 고개를 저었다.

"이게 점심이고 저녁이야. 너, 많이 먹어."

"전 많이 먹었어요."

내민 손을 기어이 거둬들이지 않는 막내 의병의 손바닥에서 오디 한 개를 집어들었다.

"열네 살이라고 했니?"

"열세 살요."

"군대도 열일곱 살이 돼야 가. 열다섯도 아니고 열세 살인 녀석이 여길 왜 와?"

"아버지는 아프고, 형은 농사를 지어야 해서요."

"의병은 자기가 원해서 나오는 건데 안 나오면 그만이지, 네가 왜 나와?"

"우리집에서 아무도 안 나오면 소작을 다 떼이는데, 그럼 식구들이 다 거지 되잖아요."

"누가 소작을 떼?"

"지주 어른이죠."

그렇게 의병에 나온 소작농과 머슴이 수두룩했다.

"그 지주 어른은 어디 있냐?"

"집에 계시죠."

"그 집에는 아들이 없어?"

"넷이 있죠."

"그 집 아들들은 어디 있어?"

"집에 있죠."

열세 살인 녀석에게 나는 할말이 없었다. 두 살을 속여 평양군영에 들어갈 때 내 나이가 열다섯이었다.

"네 무기는 뭐냐?"

녀석이 왼손에 쥐고 있던 무쇠 낫을 들어 보였다. 나도 모르게 한숨이 나왔다. 자리에서 일어서며 녀석의 오른손을 억지로 끌어다 녀석의 입에 오디를 털어넣어주었다.

"이름이 뭐냐?"

"이가 정잽니다."

"이정재…… 넌 오늘 전투가 시작되면 내 옆에 딱 붙어 있어."

나는 영문을 모르는 채 눈을 껌뻑이는 녀석의 등을 두드렸다.

“지금부터 넌 내 전령이니까, 내 옆에 딱 붙어다니라고, 인마.”

능선을 훑으며 배를 채운 저격여단 대원들이 다가와 오디와 산딸기를 내게 내밀었다. 그동안 내 주변에 다가오지 못하던 의병들도 다가와 개살구와 개복숭아를 내밀었다.

“범포!”

매부리코에 눈썹이 유난히 짙고 시커먼 의병 하나가 칡뿌리 한 조각을 내밀며 나를 불렀다.

“왜?”

“우리도 이렇게 불러도 돼요? 범포, 저격여단 대원들은 다 이렇게 부른다면서요.”

“그럼, 범포를 범포라고 부르지 개포라고 부르나?”

매부리코 의병이 의기양양하게 돌아서며 의병들을 향해 소리쳤다.

“야, 우리도 범포라고 해도 된대!”

범포! 범포! 범포를 범포라고 부르는 게 무슨 대수라고 의병들은 내 이름을 연호하며 환호성을 질렀다. 같은 사람으로 태어났건만 상전이란 상전 그 누구로부터도 사람 대접을 받아본 적이 없는 군병들은 대장이란 자가 이름 하나 내준 것에도 감격해서 마음을 송두리째 내던졌다.

6

올라올 때와는 완전히 달라진 얼굴이 된 군병들과 하산 준비를 하는데 나를 부르는 소리가 들렸다.

"범포!"

소리치며 달려온 건 2지대장 포포였다.

"큰일났습니다."

포포가 그렇게 말하지 않아도 뺨을 타고 흘러내리는 눈물이 예사롭지 않은 문제가 생겼다는 것을 벌써 알려주었다.

"무슨 큰일?"

하세가와 부대가 벌써 도착했을 리도 없고, 왜적이 왔다고 울 포포도 아니었다.

"진이를 포박해 갔습니다."

남장을 한 진포의 정체가 기어이 거룩한 유림 양반들의 눈에 걸려든 모양이었다. 나는 서둘러 신진의 군병들을 이끌고 내려갔다.

"남녀가 유별하거늘 어이하여 해괴하게도…… 아녀자가 감히 호좌의진에 스며들어 이토록 풍속을 어지럽힌단 말인가!"

예진의 대장인 찬획 유승호가 포박된 진포를 향해 호통치고 있었다. 무릎이 꿇려진 진포의 움켜쥔 두 주먹이 파들파들 떨렸다. 여자를 아이와 동급으로 취급하는 유림 양반들이 어떻게 나올지 너무나 잘 아는 김수협이 호좌의진과 합류하기 전에 진포에게 여단을 떠나라고 했지만 진포는 물러서질 않았다. 그래서 남장을 시켰던 것이고, 우리 여단이 독자적으로 움직일 때는 비밀이 지켜졌는데 2지대가 예진으로 편입되면서 바로 탄로가 난 것이었다.

"나라에 망조가 드니 이젠 한갓 계집까지 설치려 들어, 이런 고얀!"

내가 자신과 같은 동급인 신진의 대장이 된 게 고까웠던 예진의 대장 유승호는 온 군영이 다 들으라는 듯이 호통을 쳤다. 나는 착 가라앉은 목소리로 유승호에게 물었다.

"대체 우리 진포의 무엇이 어떻다는 것이오?"

"뭐, 우리 진포? 그러고 보니 네놈이 달거리를 하는 요사스런 아녀자인 줄 알면서도 춘추대의가 엄연한 호좌의진에 저것을 끌어들였단 말이지."

네놈, 아녀자, 저것. 더욱 목소리를 높이는 놈의 한 마디 한 마디가 내 허파를 긁었다. 길게 숨을 들이마셨다 내쉬고 나서 놈을 노려보며 물었다.

"방금 나에게 놈이라고 하고 진포에게 아녀자, 저것이라고 했소?"

대답을 않는 놈에게 나는 목소리를 높이지 않고 또박또박 쏘아붙였다.

"나는 놈이 맞겠으나 우리 진포는 아이가 아닌 여자고, 저것이 아닌 포수요. 글을 읽은 분이 말을 가려서 하시지요. 나는 다른 건 다 참아도 아이와 여자, 내 동지에게 함부로 하는 자는 참지 못하는 습관이 있소."

허헛, 예진의 대장놈은 말문이 막히는지, 노려보는 내 눈빛을 감당하기 어려웠는지 눈길을 피했다. 나는 포박당한 채 무릎을 꿇고 있는 진포를 바라보았다.

"넌 뭘 잘못했다고 그러고 있어? 당장 못 일어나!"

진포가 가지런한 이빨로 입술을 사려물며 일어섰다. 사슴같이 큰 눈망울에 그렁그렁하던 눈물이 마른 흙바닥으로 후두둑 떨어졌다.

"바보같이 울긴 왜 울어. 너는 자랑스러운 저격여단의 수포수다. 여기에는 저격여단의 대장인 내가 있고, 같이 죽고 같이 살기로 맹세한 저격여단의 대원들, 너의 동지들이 있다."

나는 예진에 편입된 저격여단 2지대 대원들과 내가 거느린 신진에 편입된 저격여단의 4지대 대원들을 천천히 둘러보았다.

"한번 저격여단의 동지는 영원한 저격여단의 동지다. 진포는 같이 죽고 같이 사는 우리 저격여단의 든든한 동지다. 그렇지 않은가?"

"예, 범포!"

대답이 너무나 컸다. '예, 범포'를 외친 것은 저격여단의 대원들만이 아니었다. 내가 지휘를 맡은 신진에 편재된 의병들까지 군영이 떠나가도록 외쳤다. 예, 범포! 핏물처럼 시뻘건 색과 죽음처럼 시커먼 색으로 얼굴을 칠한 신진의 군병들은 이미 누가 저격여단의 대원이고 누가 호좌의진의 의병인지 구별이 되지 않았다. 누구인지를 알아보기도 어렵게 얼굴을 칠한 군병들은 예진의 대장 유승호를 겁내지 않았다. 얼굴을 가리고 싸워서 서생인 유승호에게 이길 자신이 없는 군병은 아무도 없었다.

진포를 포박한 밧줄을 푸는 다이나마이트는 누구든지 덤비면 당장이라도 쏘아젖힐 기세였다. 광산 폭약수 출신인 다이나마이트는 별명처럼 불의를 보면 참지 못하는 불같은 성격의 소유자였다. 진포를 포박해 온 유승호의 부하들은 얼굴을 시뻘겋게 칠한 다이나마이트가 총구를 들이대자 겁을 먹고 물러섰다. 유승호도 체신을 잃고 눈알을 이리저리 굴리며 뒷걸음쳤다.

함성을 듣고 몰려든 군병들이 우리를 둘러쌌다. 겹겹이 둘러싼 군병들을 가르고 나타난 것은 유인석과 본부군관 박상준이었다.

"무슨 일로 이리 소란스러운가?"

유인석의 물음에 유승호는 구세주를 만난 것처럼, 달거리를 하는 아녀자를 발견하여 징벌하려는 자신을 방해한 나를 하극상으로 고변했다.

"유찬획의 말이 사실인가?"

유인석이 나에게 물었다.

"유찬획은 예진의 찬획이고 저도 신진의 찬획으로 임명되었으므로 하극상이란 말은 합당치 않고, 진포는 아무런 잘못도 저지른 바가 없는 우리의 수포수입니다."

"군신이 유별하고 반상이 유별하며 남녀가 유별하거늘 어찌 감히 춘추대의 깃발 아래 아녀자를 끌어들이고서도 궤변을 늘어놓는가?"

"제가 비록 글이 짧사오나 명나라의 여장군들은 들어 알고 있습니다. 화목란은 아버지 대신 남장을 하고 군대에 입대해 십이 년간이나 전쟁터를 누비며 혁혁한 전공을 세웠고, 홍계월은 장군이었던 남편마저 부하로 거느려가며 대장군으로 군사들을 호령했습니다. 여장군 진양옥은 백간창을 쓰는 특공대를 이끌고 연전연승을 거두어 명나라의 총병관까지 지냈습니다."

친군영의 교육 시간에 박한에게 들었던 여담이 이렇게 쓰일 줄은 몰랐다. 박한 초관은 교육을 지겨워하는 병사들의 귀를 쫑긋하게 만드는 흥미로운 인물들의 이야기를 간간이 끼워넣었다. 그 여장군들의 이야기가 사실인지 전설인지, 아니면 꾸며낸 이야기인지는 분명치가 않았다. 그래도 이 상황에서 진포를 지켜내자면 세게 내질러보는 수밖에 없었다.

"여자인 진양옥을 총병관으로 임명한 것이 바로 유림이 받들어 모시는 명나라의 황제입니다. 하물며 대대로 명나라를 숭상해온 조선에서 여자라 하여 군영에 들어오지 말아야 한다는 것은 중화사상에 심히 어긋나는 것이 아니겠습니까."

박한이 터무니없는 얘기를 꾸며대기야 했겠는가. 사실이 아닌 것으로 밝혀진다 한들 나를 죽이기밖에 더 하겠는가. 양반에게 대들었다 하여 김백선을 포살하고 나서 포수들이 어떻게 했는지 알고 있는 유인석이 하세가와 부대와 일전을 앞두고 나를 죽이기도 쉽지는 않을 것이었다. 설사 죽인다 한들 죄 없는 제 부하 하나 못 지키고서 무슨 대장이라고 살아서 고개를 들고 다니겠는가.

"명나라에서 그럴 리가……"

뜻밖이었는지 유인석은 말끝을 흐리며 본부군관 박상준과 예진의 찬획 유승호에게 사실이냐고 눈으로 물었다. 다행히 공맹과 주자나 달달 외운 박상준과 유승호가 서로의 얼굴을 쳐다보며 우물쭈물하고 있는데 유인석의 뒤에 섰던 김수협이 나섰다.

"화목란과 홍계월은 전설에 나오는 여장군들입니다."

나는 아찔했다. 김수협이 병서에 통달한 건 벌써 알고 있었지만, 그가 내 뒤통수를 칠 줄이야.

"그렇지요. 전설이란 게 다 허무맹랑한 이야기 아니오."

유인석의 옆에 붙어다니는 본부군관 박상준이 반색하며 나를 흘겨봤고, 나는 믿는 도끼에 발등 찍힌 심정으로 김수협을 쳐다봤다. 김수협은 자신을 바라보는 박상준과 내 눈길을 모두 무시하고 유인석을 바라보며 다시 말했다.

"허나 진양옥 장군의 이야기는 사실입니다."

나는 멈췄던 숨을 내쉬었다.

"일부는 전설이고, 일부는 사실이라……"

"네. 전설이란 사실인지 꾸며낸 이야기인지가 워낙에 불분명하기에, 전설에 나오는 여장군 화목란과 홍계월은 실재했던 인물이라고 단정할 수 없지만 실재하지 않은 인물이라고 단정할 수도 없습니다. 허나, 진양옥은 반란군과 침략자들을 물리치고 중화를 지켜낸 공적으로 명나라 희종께서 총병관에 임명한 엄연한 실제 인물입니다. 여장군 진양옥이 이끄는 특공대는 손잡이가 달린 긴 백간창을 다루는 귀재들이어서 적이 진양옥의 이름만 들어도 벌벌 떨었다고 사서와 병서에 상세히 기록되어 있습니다."

좋다 만 박상준은 마치 자신이 진양옥을 알고 있었던 것처럼 토를 달고 나왔다.

"진양옥이야 병장술이 워낙 특출했던 예외적인 인물 아니요. 그런 여장군과 저런 하잘것없는 아녀자를 어찌 비교한단 말이오."

"그렇지요, 그럼요."

예진의 대장 유승호가 맞장구를 치는데 어찌나 경망스러운지 빰을 후려갈기고 싶은 걸 겨우 참았다.

"우리 진포도 특출합니다."

"달거리나 하는 저것이."

유승호는 정말 구제불능이었다. 그 옆에서 히죽거리는 본부군관 박상준도 구제불능이긴 마찬가지였다.

"저것이 아니고 저격여단의 저격수 진포입니다. 믿기지 않으면 누구의 사격술이 더 특출한지 유찬획께서 진포와 한번 겨뤄보시든가요. 길고 짧은 건 대봐야 알지 않겠소이까."

유승호가 또 눈알을 이리저리 굴렸다. 본부군관 박상준은 불똥이 자신에게 튈까봐 내 시선을 피하며 슬그머니 돌아섰다. 자신이 없는 놈들이 빠져나갈 구멍을 틀어막은 건 뜻밖에 전군장 이동은이었다.

"아무려면 우리 유찬획이 저깟 여포수 하나를 못 당하겠소. 유찬획, 본때를 한번 보여주시오."

"그거야 뭐 어렵겠습니까만 아녀자와 겨룬다는 것부터가 워낙 민망스러운 일이라……"

"그러니 간단히 제압해서 아무나 찬획을 하는 게 아니란 걸 보여주시오."

전군장 이동은은 아주 점잖게 상대를 꼼짝 못하게 몰아붙이는 재주가 있었다.

"그래서 저것이 지면 당신이 책임질 거야?"

유승호는 전군장 이동은에게 대들지 못하고 나를 물고 늘어졌다.

"물론 책임지겠소."

"어떻게?"

"내 목을 내놓겠소."

내 말에 둘러선 군병들이 술렁거렸다.

"뭐라고?"

"내 목을 내놓겠다, 표적판 대신 내가 가서 서겠다, 이 말이오."

"좋소. 해봅시다."

표적으로는 금이 간 항아리가 세워졌다. 거리는 오십 보였다. 가까운 거리가 아니었다. 총기는 둘 다 무라타였고, 주어진 탄환은 각자 두 발이었다.

선발은 유승호였다.

탕. 다른 소리는 들리지 않았다. 첫발은 빗나갔다.

탕. 팡, 항아리 무너지는 소리가 들렸다. 두번째 탄환은 명중이었다. 아주 헛것은 아니었다.

다음은 진포였다. 비슷한 크기의 이 빠진 항아리가 표적으로 세워졌다. 진포는 고개를 저으며 표적을 바꾸라고 했다.

"대접으로 올리세요."

진포가 여간내기가 아닌 줄은 알고 있었지만 대단한 배포였다. 대접은 항아리 크기의 십 분의 일이었다. 지켜보던 호좌의진 군병들의 눈이 커졌다.

탕. 쨍, 명중이었다. 대접은 산산조각이 났다. 군병들이 탄성을 터뜨렸다. 유승호의 얼굴이 어두워졌고, 유인석의 얼굴에는 곤혹스러움이 어른거렸다. 새로운 대접 하나가 올라왔다. 진포가 다시 고개를 저었다.

"종지로 올리세요."

나도 놀랐다. 뭐래, 종지? 가까이 있던 군병들이 뒤에 선 군병들에게 진포의 말을 전했다. 군병들의 입이 벌어졌다. 종지는 대접 크기의 십 분의 일이었다. 육안으로 간신히 보이는 간장종지를 바라보며 진포가 무라타의 개머리판을 오른쪽 어깨에 천천히 붙였다. 개머리판을 견착한 어깨에 떨림이 없었다. 어깨가 개머리판을 밀지도 개머리판에 어깨가 밀리지도 않았다. 완벽한 자세였다. 안심해야 하는데 그렇게 되지가 않았다.

탕. 팍, 명중이었다. 과연 설악산의 명포수 이쾌의 딸이었다. 종지는 흔적도 없었다. 군병들이 경악스러워하며 탄성을 터뜨렸다.

"우리 진포가 어떤 포수인지 잘 보셨소?"

내 물음에 예진의 찬획 유승호와 본부군관 박상준은 묵묵부답이었다. 말이 없기는 유인석도 마찬가지였다.

7

호좌의진은 총기가 아니라 춘추대의의 깃발로 싸우는 군대였다. 양반들이 이끄는 관군과의 전투에서 그 깃발은 힘이 센 무기였다. 하지만 일본군에게 그 깃발이 통할 리 없었다. 더구나 적은 일본 육군의 신화로 불리는 하세가와 부대였다. 이틀째 하세가와 부대에 밀리고 또 밀렸다. 전사자가 속출했다.

어서 날이 저물어 적의 공격이 둔해지기만 기다렸다. 기대는 오직 그것밖에 없었다. 철원은 일본인의 왕래가 거의 없는 조선의 변방이었다. 아무리 전력이 우세해도 익숙하지 않은 지역에서 야간 공격을 감행하는 건 모험이었다. 어제도 야간에 간헐적인 공세를 취하긴 했지만, 우리의 대응을 떠보는 수준이었다.

우리에게는 전략도 전투력도 없었다. 저격여단이라도 내 손에 있다면 어떻게든 돌파구를 만들어보겠는데 이제 내 휘하에 남은 건 고작 4지대 열한 명과 예진에서 쫓겨난 진포까지 해 열두 명이 전부였다. 내가 대장을 맡은 신진의 대원이 이백십일 명이었지만, 저격여단 대원 열두 명을 제외하면 무라타나 스나이다를 소지한 의병은 고작 여섯뿐이었다. 그나마 관아에서 앗아낸 화승총이라도 가진 병력이 마흔하나고 백오십일 명은 칼과 창, 낫을 무기라고 들고 있었다.

노을을 등진 왜군은 노을보다 붉고 피보다 선명한 욱일기를 앞세우고 총공세를 퍼부었다. 붉은 노을이 물들이는 것은 흰 구름이 아닌 검은 구름이었다. 비가 내릴 조짐이었다.

"어때?"

나는 왼쪽에 포진한 진포에게 손으로 노을을 가리키며 소리쳤다.

"비가 오겠네요."

진포는 노을을 바라보던 눈길을 화승총을 든 의병들에게 옮기며 고개를 가로저었다. 설악산을 주름잡았던 아버지 이쾌에게 노을과 구름 읽는 법을 배운 진포였다.

"제법 오겠지?"

"네. 화승총 못 써요."

왜군의 무라타를 노획하기 전까지 화승총을 잡았던 진포였다. 비가 오면 화승에 불을 붙일 수 없게 된다는 걸 누구보다 잘 아는 녀석이었다. 화승총은 가뜩이나 둔한데, 비까지 오면 완전한 무용지물이었다. 왜적도 그걸 모를 리 없었다. 지금까지 우리가 입은 병력 손실만 이미 마흔이 넘었다. 비가 내리는 야간에 적이 공격을 감행하면 적도 손실이 따르겠지만 최종적으로 궤멸당하는 건 아군일 수밖에 없었다.

나는 신진을 이끌고 반격에 나서기로 작정했다. 야간, 그것도 비가 내리는 야간에 공격당하지 않으려면 화승총의 사용이 가능한 지금 적을 선제공격하는 수밖에 없었다.

지금까지는 적이 아무리 무차별 사격을 퍼부어도 철저한 조준 사격으로 대응했다. 그럼에도 우리에게 남은 탄환은 얼마 되지 않았다. 하지만, 탄환의 소진을 각오하고 여기서 과감하게 반격에 나서는 것이 최선이었다.

땅거미가 지기 시작했다. 나는 공격 명령을 내렸고, 물러서던 대원들이 화승총의 엄호를 받으며 일제 반격에 나섰다. 계속 물러서기만 하던 우리 대원들이 갑자기 돌진하며 역공으로 전환하자 적은 당황했다. 반격 대오의 선봉에 선 나는 대원들에게 남은 탄환을 더 과감하게 사용하라고 독려했다. 공격만이 최선의 방어였다. 우리가 가진 탄환이 거의 소진된 것으로 믿었던 적은 예기치 않은 우리의 집중포화에 은폐물을 찾아가며 퇴각했다.

계곡이 좁아지는 병목 앞에서 공세를 멈추었다. 쓰러진 왜군으로부터 노획한 무라타 여섯 정으로 화승총 포수들을 무장시키고, 그 포수들이 들었던 화승총은 비무장이었던 조수들에게 지급했다. 무라타와 스나이다 한 정 사이로 화승총 서너 정씩을 배치해 대오를 정비하고 폭이 좁은 계곡의 안쪽으로 적이 다시 들어오기를 기다렸다.

잠시도 숨 돌린 틈이 없는 하루였다. 처음으로 잠시 눈을 감고 휴식을 취하는 내게 옆에 있던 이정재가 말을 붙였다.

"없어요."

나는 눈을 감은 채 녀석에게 물었다.

"뭐가?"

"본진요."

눈을 뜬 내게 이정재는 계곡 뒤편을 가리켰다. 밤낮으로 펄럭이던 춘추대의의 깃발은 보이지 않았다. 씁쓸했다. 아무런 작전도 책략도 없이, 시도 때도 없이 뛰어난 필체로 쓴 네 글자, '결사 항전' 전통만 내려보내더니 이건 대체 인의예지신의 어디에 해당하는 경우란 말인가. 전령 한번 보내지 않고 자기들만 사라지다니, 마른 입안이 쓰디썼다.

이정재의 겁먹은 눈동자가 흔들렸다. 녀석을 여기서 죽게 하고 싶지가 않았다.

"너도 지금 본진을 쫓아가."

"여기서 도망쳐왔다고 죽일 거예요."

나는 녀석의 등을 두 번 다독이고 나서 말했다.

"그럼, 집으로 가."

"제가 집으로 돌아가면 소작 떼이고, 식구들은 거지가 될 거예요. 그러느니 제가 여기서 죽는 게 나아요."

열세 살 난 녀석의 말에 나는 할말을 찾지 못했고, 하세가와 부대는 역공을 시작했다. 땅거미가 지던 계곡에는 어느새 어둠이 내려앉았다. 적은 계곡의 좁은 병목 안으로 다시 들어서며 위협 사격을 퍼부었다.

어둠이 짙어지면서 사정거리 안에 들어온 적도 식별이 어려웠다. 나는 적이 가시권 안으로 들어올 때까지 대응 사격을 하지 말라고 명령하고, 전투조 사이를 오가며 포진 상황을 최종 확인했다.

"화승 하나."

"네, 일격필살."

"화승 둘."

"네, 일격필살."

"무라 하나."

"네, 일격필살."

화승3, 화승4, 무라2, 포수들은 차례대로 '일격필살'을 외치며 각자의 위치를 보고했다. 화승총 포수의 좌우로는 총기가 없는 의병 한 명씩이 빠짐없이 배치되어 있었다. 오른쪽 조수는 장약을 하고, 왼쪽 조수가 화승에 불을 붙이면 발사 간격이 최단 시간으로 줄어들었다. 적의 3열까지 가시권에 들어온 순간 나는 방아쇠를 당겼다.

탕. 2열 가운데 선 적의 지휘관이 넘어갔다.

타, 타, 탕…… 무라타와 스나이다로 무장한 여단 포수들의 조준사격에 하세가와 부대의 선두가 잇따라 자빠졌다.

무라타에 붙은 조수들은 가르치지 않았는데도 어두워서 위치를 식별하기 어려운 적이 헛총질을 하게 만들어 포수들의 저격을 도왔다. 무라타나 스나이다 포수에게 붙은 조수는 말이 조수지 포수를 도울 일이 없었다. 포수가 쓰러지면 총기가 적에게 넘어가기 전에 회수해서 싸우는 것이 그들의 임무였다. 정확히 말하면 전사자 대기 병력인 셈이었다. 포수가 전사하기 전까지는 할일이 딱히 없는 그들이었는데, 누가 먼저였는지 저고리를 벗어 머리 위로 휘둘렀다. 창과 낫에 걸친 흰 저고리는 초저녁 어둠 속에서도 적의 눈에 잘 띄었다. 그 저고리를 목표물로 착각한 적이 사격을 퍼부었고, 그것으로 원점을 확인한 아군은 조준 사격으로 적을 타격했다.

무라타나 스나이다 한 정과 화승총 서너 정으로 편성된 한 개 전투조의 병력은 열 명 안팎이었고, 기대 이상으로 잘 싸워주었다.

하세가와 부대도 완강했다. 놈들은 우리의 탄환이 얼마나 남았는지 끝까지 확인해보겠다는 듯이 공세를 계속했다. 일진일퇴의 공방전을 반복하는 사이 계곡은 완전히 어둠에 잠겼다. 화승총을 든 의병들도 너무 잘 싸워주어서 탄환만 넉넉하다면 해볼 만한 전투였다. 한 식경 가까이 공방전은 더 계속됐고 탄환은 빠르게 소진되었다. 남은 탄환은 한 식경도 더 버티기 어려운 수량이었다. 속이 타들어갔다. 이 탄환이 다 소진되기 전에 하세가와 부대의 기세를 꺾어 야간 공격을 차단하지 못하면 속수무책이라는 걸 포수들도 잘 알았다.

하늘도 우리 편을 들어주지 않았다. 빗방울이 후둑후둑 떨어졌다. 화승에 아직 불을 붙일 수 있을 때 마지막 공세를 취해야 했다. 우리는 맹렬한 역공에 나섰다. 적은 우리의 초조함을 눈치라도 챈 것처럼 주춤거릴 뿐 물러서지 않았다. 하세가와 부대의 공격은 파상 공세를 취하던 어제와 달랐다. 총력전의 태세였다. 우리 진영의 전력과 보유한 탄환이 얼마나 되는지를 적이 알고 있는 게 분명했다. 맹렬한 아군의 역공에도 적이 이토록 완강하게 버티다니…… 아군의 내부 상황과 이곳 지형을 꿰뚫고 있는 길잡이를 확보하고 있다는 것인가. 그러지 않고서는 아군보다 더 많은 전사자가 속출하는데도 하세가와 부대가 물러서지 않고 버티기는 어려웠다.

우리의 탄환이 바닥났다. 빗방울이 굵어지면서 화승에는 불도 붙지 않았다. 무조건 퇴각 명령을 내려야 하는 절망적인 상황이었다. 김수협이 나타난 것은 바로 그 최악의 순간이었다.

김수협이 어깨에 메고 온 것은 탄환이었다. 구세주가 따로 없었다.

"어떻게 된 거요?"

"본진은 작전상 퇴각했습니다."

"작전상? 그 거룩한 분들에게 작전이란 것도 다 있었단 말이오?"

내 입에서 좋은 소리가 나오지 않았다.

"아군의 본부군관 박상준이 왜군의 첩자였습니다."

비무장 의병을 해산시키자는 나를 군율로 다스려야 한다고 설친 박상준이었다. 진포를 예진에서 끝내 쫓겨나게 만든 것도 놈이었다.

"들통이 나자 저쪽으로 달아났고, 그래서 급히 본진은 퇴각을 결정했습니다."

머릿속이 하얗게 변했다. 박상준은 본부에서 군율과 첩보를 담당하는 군관이었다. 호좌의진에서 놈이 모르는 정보는 아무것도 없었다.

"뭐요? 그걸 우리한테 바로 알려주지 않고 자기들만 퇴각을 했단 말이오?"

오늘 저녁 내가 실행한 반격 작전이 최악의 패착이었다는 게 또렷해졌다. 우리의 병력과 총기, 탄환 보유량을 정확히 파악하고 있는 하세가와 부대를 향해 화력을 과시하는 한심한 작전을 내가 펼친 것이었다.

"이 탄환은 어디서 난 거요?"

호좌의진의 다른 진에도 탄환의 여유는 없었다.

"전군장 이동은이 내줬습니다."

그래도 이동은은 군장의 이름값은 하는 인간이었다.

"전군장이 본진의 길을 뚫는 선봉장 역할을 맡았습니다. 본진이 빠져나갈 수 있게 해시까지만 버텨달랍니다."

이제 술시에 들어섰는데 해시까지 버티란 건 다 죽으라는 소리와 같았다.

"이걸로 말이오?"

나는 김수협이 메고 온 탄환 자루를 내려다보았다.

"여단장님께 미안하다고, 살아서 다시 만나자고 전해달랍디다."

이동은을 원망할 일은 아니었다. 군장 감이 되지 않는 중군장이 앞장설 리 없었고, 결국 목숨을 내걸고 본진의 출로를 열어야 하는 건 전군장 이동은의 몫일 게 뻔했다. 이 전투에서 나만큼이나 살아남기 어려운 것이 자신이란 걸 누구보다 잘 알고 있을 이동은이었다. 그들에게도 한 발의 탄환이 아쉬울 텐데 뒤에 남은 우리를 위해 자기들 몫의 탄환을 줄인 이동은을 떠올리자 눈자위에 물기가 차올랐다. 꼭 살아남아야 할 김백선과 이동은 같은 이들은 죽고, 죽어도 아무 상관이 없을 중군장 같은 자들은 살아남아 위세를 부릴 것을 생각하니 속이 쓰라렸다. 호랑이는 죽고 비열한 여우들만 살아남아 호랑이 노릇을 하는 건 호좌의진이라고 다르지 않았다.

8

이동은이 보낸 탄환을 포수들에게 모두 분배했다.

"이제 끝났으니 돌아가시오. 가서 전군장에게 고맙다고 전해주시오."

"그 인사는 여단장께서 직접 하셔야지요."

"아무래도 살아서 다시 만나기는 어려울 것 같으니 하는 말 아니요."

"그러면 전들 어떻게 살아서 그 말을 전하겠습니까."

"지금 무슨 소리를 하는 거요?"

"저도 여기 남을 거니까요."

"호좌의진 김수협 참모장!"

나는 그에게 호통을 쳤다. 그를 만나고 나서 처음이었다.

"당장 본진을 따라가시오. 이건 명령이오."

"호좌의진에 합류하자고 주장한 것이 전데, 제가 어떻게 여단장님과 대원들을 두고 먼저 떠납니까."

거듭 명령임을 내세워 김수협에게 떠나라고 윽박질렀지만 소용없는 일이었다. 갑작스럽게 사격을 중지하고 정적을 지키는 우리의 사정을 파악하지 못한 적도 사격을 멈추고 우리의 동향을 살폈다. 총소리와 화약냄새로 가득했던 계곡에 정적이 흘렀다. 들리는 것은 나뭇잎과 계곡의 수면으로 떨어지는 빗소리뿐이었다. 나는 공격을 재개하기 전에 이정재를 불렀다.

"전령!"

"전 가지 않습니다."

김수협과 나의 승강이를 처음부터 지켜본 녀석은 내가 말을 꺼내기도 전에 고개부터 저었다.

"누가 집에 가래, 인마. 임무야."

녀석이 벌떡 일어섰다.

"이걸 함경도 안변에 있는 석왕사 주지 수인스님에게 사흘 안에 전해야 한다."

미심쩍은 눈빛으로 쳐다보는 녀석에게 내가 종이를 펼쳐 보여주었다. 이 아이를 부탁합니다. 어둠 속에서 글씨가 보일 리 없었다. 더구나 녀석은 글을 몰랐다. 빗방울에 젖지 않게 서찰을 접어서 녀석에게 내밀었다.

"굉장히 중요한 거니까, 아무에게도 보여주지 말고 수인스님에게 직접 전해야 한다."

그러고는 진포를 불렀다.

"내 전령을 안변까지 호위해라."

"저는 남아서 끝까지 같이 싸우겠습니다."

"이게 여기서 싸우는 것보다 더 중요하고, 너희 둘은 이걸 전하는 게 전투야."

"이게 정말 그렇게 중요한 거예요?"

진포가 물었고, 대답을 한 건 김수협이었다.

"그럼, 과연 그래야 우리가 흘린 저 핏값을 받아내고 복수를 할 수 있어."

김수협의 눈길은 이미 주검이 된 군병들을 향했다. 저격여단의 대원 다섯이 희생되었고, 의병들의 희생은 헤아릴 수도 없었다. 그들은 쏟아지는 비를 고스란히 맞으며 어둠 속에 누워 있었다.

나는 쓸모없어진 화승총 포수와 조수들까지 모두 무라타와 스나이다에 붙였다. 최정예 일본군을 상대로 우리는 육박전을 벌여야 했다. 무라타 한 정에 일곱 명을 붙여 조를 짜고, 육박전 채비를 갖췄다. 창과 검, 낫과 쇠스랑을 동원한 백병전으로 가는 수밖에 없었다.

대원들의 분위기는 비장했다. 죽음을 예감했지만 아무도 내색하지 않고 두려움을 견뎌내려고 애썼다. 누군들, 어떻게 두렵지 않겠는가. 우리의 무장은 너무나 초라했고, 하세가와 부대의 전력은 너무나 막강했다. 지금까지 감추었던 자신의 본명을 밝히고, 형님 노릇을 하려고 속였던 나이를 털어놓으며 서로 고향을 알려주었다. 자신이 비겁하게 죽지 않았다는 걸 살아남은 누군가 단 한 사람은 기억해주기를 바라는 절박감이었다.

비가 장대처럼 쏟아졌다. 물에 젖은 화승총의 끝에는 칼을 맸다.

우리가 가진 무라타와 스나이다는 오늘 노획한 여섯 정과 김수협의 것을 포함해도 스물다섯 정이었다. 이백에 가까운 우리 병사들이 총기를 소지하지 않았다는 것을 하세가와 부대로 넘어간 박상준이 알려주지 않았을 리 없었다. 배반자 박상준이 틀림없이 왜군의 길잡이로 나왔을 것이었다. 다른 선택의 여지는 없었다. 그냥 죽느냐, 한 명이라도 더 적을 죽이고 죽느냐였다. 우리가 싸우는 만큼 먼저 퇴각한 본진이 이 죽음의 계곡을 빠져나갈 시간을 벌게 될 것이었다.

최후의 결전이 시작되었다. 김수협이 짊어지고 온 탄환을 계산에 넣지 않고 덤벼들던 적들이 먼저 우리의 밥이 되었다. 하지만 시간이 흐를수록 탄환이 부족한 우리가 밀렸다. 계곡에 피아의 시체가 쌓였다. 우리도 필사적이었지만 적도 결사적이었다. 비는 내리고 밤은 깊어갔다.

"무라 셋, 철 둘."

무라타 포수 3번은 왼손잡이 문포였다. 탄환이 마지막 두 발만 남았다는 보고였다.

"무라 일곱, 철 둘."

무라타 7번 포수는 오늘 처음 무라타를 넘겨받은 의병 출신의 화승총 포수였다. 그에게 남은 탄환도 두 개라는 보고였다.

무라 스물둘, 무라 열셋, 무라 열아홉…… '철 둘' 보고가 이어졌다. 마지막 두 발은 백병전을 위해 남겨둔 탄환이었다.

"무라 하나, 철 둘."

무라타 1번 포수는 저격여단의 정찰대장 겸 4지대장 임포였다. 이제 남은 것은 백병전이었다. 두 발의 탄환을 가진 포수 한 명과 창과 낫 따위를 든 의병 일곱이 한 조가 되어 적과 붙었다. 갈지자로 분산 매복한 우리는 총탄이 쏟아지는 어둠 속에 엎드려 다가오는 적을 기다렸다. 아군은 탄환을 맞고도 위치를 감추기 위해 비명도 지르지 못했다. 낫질이 가능한 거리까지 적이 다가와서야 여덟 명 한 조가 동시에 몸을 날리며 적을 쏘고, 찍고 찔렀다. 곳곳에서 육탄전이 벌어졌고 피아의 비명이 계곡을 흔들었다.

한 번도 쓸모가 없었던 의병들의 낫과 쇠스랑이 왜놈의 목을 후리고 염통을 찍었다. 나는 총검으로 왜놈의 심장을 찌르고 또 찔렀다. 첩자 박상준의 정보만 믿고 야간 공격을 감행했던 하세가와 부대는 예기치 않은 타격을 입고 비장의 무기를 동원했다. 기관포였다.

놈들은 미친듯이 기관총탄을 퍼부었다. 쏟아지는 것이 비인지 탄환인지도 구별할 수 없었다. 더는 백병전이 불가능했고, 반 식경이나 계속 난사하는 적의 기관포 앞에서 아군은 속절없이 무너졌다. 내 좌우에 포진한 전투조의 대원들도 하염없이 죽어나갔다.

나에게도 탄환 하나가 찾아들었다. 한순간이었다. 귀밑이 뜨끈했고 몸이 빙글 돌았다.

"여단장, 범포!"

김수협이 달려와 넘어진 나를 안았다. 나는 뜨끈한 것이 흘러내리는 목에 손을 가져다댔다. 미끄럽고 미지근했다. 곧 눈앞이 아득해졌다. 여기가 끝인가 싶었다.

얼마나 흘렀을까.

탕, 타당. 총소리에 눈을 떴다.

김수협이 손바닥으로 내 입을 막으며 속삭였다.

"쇠가 귀밑을 스치면서 경혈을 건드려 잠시 가사 상태에 빠졌을 뿐입니다. 출혈이 좀 심했지만 곧……"

김수협의 다음 말은 적의 총소리에 묻혔다.

탕, 타다, 떵. 기관총소리가 아니었다. 쓰러진 아군을 찾아다니며 하나하나 확인 사살을 하는 적군들이었다. 나를 섬뜩하게 한 것은 무라타 총성 사이에 섞인 다른 하나의 총성이었다. 떵. 용담계곡에서 맹포의 심장을 뚫었던 저격수의 총성이었다. 김수협과 시선이 마주쳤다. 그도 일본군 저격수의 총성을 기억했다.

총소리는 점점 가까이 다가왔다. 김수협이 옆에 놓인 내 무라타 소총의 약실을 살폈다. 비어 있는 것을 확인한 김수협이 자신의 무라타를 내게 쥐여주며 손가락 두 개를 꼽아보였다. 두 발의 탄환이 남아 있다는 뜻이었다. 그러고는 계곡의 건너편을 가리키며 빈손으로 일어서려고 했다. 확인 사살에 나선 적을 계곡 건너편으로 유인하겠다는 것이었고, 그건 적에게 자신을 표적으로 내주겠다는 뜻이었다.

나는 손을 뻗어 그의 소매를 잡고 끌어당기며 등뒤를 가리켰다. 퇴각해. 김수협은 고개를 저으며 주변을 둘러보았다. 전사자들 사이로 고통스럽게 몸을 뒤척이는 부상자들이 눈에 들어왔다. 나는 허리춤에 꽂혀 있던 리볼버를 꺼냈다. 백무아가 미국에서 가져다준 선물이었다. 석왕사에 맡겨두고 간 리볼버는 백무아가 호신용으로 쓰다 돌려준 예전의 내 단총과는 차원이 달랐다. 리볼버는 구리 탄환을 밀어넣고 방아쇠를 당기면 약실이 자동으로 돌아갔다. 장약 방식이 아니어서 비가 와도 끄떡없었다.

적이 다가왔다. 확인 사살을 하는 총성이 점점 가까워졌다.

퍽, 퍼 퍽. 떵.

쓰러진 아군의 몸에 박히는 둔탁한 탄환소리는 내 귀가 아닌 가슴을 파고들었다. 김수협은 내가 내민 리볼버를 도로 내 손에 쥐여주고 나서 잠시 내 손을 꽉 쥐었다.

“이 앞물결은 먼저 가보겠습니다. 부디 부서지지 말고 뒷물결을 끝까지 밀고 오십시오.”

“협포가 먼저 내게 한날한시에 같이 죽자고 했소이다.”

김수협이 얼굴에 웃음을 그려 보였다.

“과연 그러고 싶었는데, 이번 생에서는 그러면 안 될 것 같습니다. 뒷물결마저 같이 부서지면 먼저 부서질 이 앞물결을 누가 과연 바다까지 밀고 가주겠습니까.”

김수협은 두 발의 총알이 남은 무라타를 잡고 일어섰다.

내가 다시 붙잡아보기도 전에 김수협은 계곡 건너편을 향해 내달리며 소리쳤다.

“저격여단 만세!”

우리에게로 다가오던 적이 김수협을 쫓아가며 총을 쏘았다. 어둠 속에서 총소리가 잇따랐다. 어느 것이 김수협의 무라타고 어느 것이 하세가와 부대의 무라타인지 구별이 되지 않았다. 그러나 다른 모든 총소리와 구별되는 하나의 총소리가 다시 내 귀를 파고들었다.

떵.

용담계곡에서 들었던 섬찟한 총성이었다. 나는 눈을 감으며 아랫입술을 꽉 깨물었다. 그런다고 저 저격수가 발사한 탄환의 탄착점이 머리에서 지워지는 것은 아니었다. 내가 탄환을 맞은 것처럼 다리에서 힘이 빠져나갔다. 김수협이 가진 탄환은 오직 두 발이었다. 그의 탄환이 먼저 목표물에 도달했을까, 아니면 저격수의 탄환이 먼저 목표물에 도달했을까. 곧 총소리가 잦아들고 추격하던 왜놈들이 떠들며 돌아오는 소리가 들렸다.

죽어가는 대원들을 둘러보며 나는 리볼버를 쥐고 일어섰다. 싸울 수 있는 건 나뿐이었다. 내가 살아야겠다는 생각은 없었다. 적을 죽이겠다는 결심만 분명했다. 뚜벅뚜벅 놈들을 향해 걸어갔다.

"나니모노다, 나노레."

적들은 내가 자기네 편인 줄 아는 모양이었다. 나는 대답하지 않고 뚜벅뚜벅 다가갔다. 놈들은 다섯 두였다. 리볼버에 남아 있는 탄환은 세 발이었다. 놈들도 나의 형체를 알아보았다. 나는 먼저 리볼버의 방아쇠를 당기며 앞으로 걸어갔다. 하나, 둘, 세 놈이 차례로 쓰러졌다. 남은 두 놈이 얼굴에 피칠갑을 한 나를 향해 부들부들 떨며 총을 쐈다. 나는 놈들이 쏘는 총에 아랑곳하지 않고 탄환이 떨어진 리볼버를 쥔 손을 뻗은 채 뚜벅뚜벅 다가갔다. 지척에서 쏘는 총을 피하지 않고 다가가는 나를 놈들은 맞추지 못했다. 내가 쓰러지지 않고 피칠갑을 한 얼굴로 다가서자 놈들은 귀신을 만난 것처럼 혼비백산해서 도망치기 시작했다. 나는 쓰러진 왜놈의 무라타를 집어들고 두 놈의 뒤통수에 총알을 한 발씩 박았다.

7장

다이나마이트

1

김수협은 바위에 기대앉아 나를 기다렸다. 가슴은 벌집이었다. 나는 쏟아지는 비를 맞으며 앉아 있는 그의 어깨를 움켜잡고 무릎을 접었다. 무릎이 흥건히 잠겼다. 그것이 벌집이 된 그의 심장에서 빠져나온 피인지 쏟아져내린 빗물인지 알 수 없었다. 정면을 직시하고 있는 김수협의 두 눈을 감기는 내 손이 와들와들 떨렸다.

나는 계곡 옆 언덕으로 김수협을 업고 올라가 물이 고이지 않은 반듯한 자리에 뉘었다. 그를 온전히 묻어줄 방법은 없었다. 내 쾌자를 벗어 벌집이 된 그의 가슴과 얼굴을 적시는 빗물을 겨우 가렸다. 주변의 돌로 가묘를 만들었다.

우리 여단의 4지대 대원은 전멸했다. 도망치지 않은 호좌의진의 의병들도 모두 전사했다. 적은 부상자들까지 모두 사살하고 철수했다. 죽음의 계곡 안에 살아남아 있는 유일한 존재가 나인지, 나 또한 이미 귀신이 된 것인지 분간이 되지 않았다.

끝까지 싸우다 낙명한 대원과 의병들의 얼굴을 하나하나 확인했다. 정찰대장 임포는 허리가 꺾인 채 쓰러져 비를 맞고 있었다. 육박전을 벌이다 옆에서 찌르고 들어오는 칼에 당한 것이었다. 형포와 박포는 앞으로 엎어진 채 등으로 비를 맞았다. 빈총을 들고 적에게 돌진하다 기관총탄에 당한 것이었다.

옆으로 비스듬히 쓰러진 채 비를 맞고 있는 건 다이나마이트였다. 용포의 별명이 다이나마이트가 된 건 다이나마이트를 매립하고 폭발시키는 과정을 입이 닳도록 얘기해서만은 아니었다. 옳지 않은 일을 보면 참지 못하는 불같은 그의 성정이 다이나마이트와 흡사했다. 광산에서 다이나마이트를 털어 적에게 던지고 싶어하던 녀석 손아귀에는 주먹만한 돌멩이가 들려 있었다. 나는 다이나마이트가 편히 쉬도록 손에서 돌멩이를 빼내고 바로 누였다.

참담한 패배였다. 퇴각하는 본진이 요청한 해시를 넘겨 자시까지 버텼으니 호좌의진이 부여한 우리의 임무는 완수한 셈이다. 그렇다고 해서 호좌의진 지도부가 잘하는 것처럼 세 치 혀로 이 패배를 승리로 둔갑시킬 재간이 나에게는 없었다. 이 참담한 결과를 책임져야 할 사람은 나였다. 이들은 호좌의진의 거룩한 깃발을 지키려고 끝까지 남은 사람들이 아니었다. 유인석을 믿고 최후까지 싸운 것도 아니었다. 나를 믿고, 내 명령에 따라 항전하다 최후의 순간을 맞이한 주검을 바로 누이며 나는 다짐하고 또 다짐했다.

'너희들의 원수를 열 배로 갚지 않고는 내 결코 죽지 않을 것이다.'

아군 전사 마흔여섯 명, 열 배로 갚자면 사백육십 두였다. 복수를 위해서는 탄환이 필요했다. 나는 피아의 주검이 뒤엉킨 계곡을 미친

듯이 기어다니며 적의 어깨와 허리를 들춰 탄환을 앗아냈다.

까마귀도 날지 않는 밤, 빗속을 기어다니며 적의 시체를 뒤지는 나는 산 사람이기보다는 귀신에 더 가까웠다. 끝으로 뒤진 시체는 김수협의 마지막 탄환을 맞은 적이었다. 앞으로 엎어진 놈을 뒤집어 가슴에 두른 탄띠에서 탄환을 뽑아냈다. 많았다. 네놈이 남기고 간 이 탄환으로 네놈을 버리고 간 네놈의 동료들을 네놈 곁으로 보내주마. 이늑대 같은 놈아. 네놈들이 조선 땅에 들고 들어온 탄환의 숫자만큼 네놈들을 없애고야 말겠다.

셋, 넷, 다섯…… 숫자를 세며 놈의 탄띠에서 탄환을 뽑아내던 나는 다섯번째 탄환을 뽑아내다 말고 손을 멈췄다. 탄탄한 탄띠와 아직도 즐비하게 남아 있는 탄환 때문이 아니었다. 탄환의 질감이 달랐다.

조심스럽게 손에 든 탄환을 매만져보았다. 비가 쏟아지는 캄캄한 밤이었지만, 촉감만으로도 지금까지 앗아낸 다른 자들의 탄환과는 질감과 모양이 다르다는 것을 분명히 알 수 있었다. 적 보병들이 쓰는 무라타 탄환이 아니었다. 왜놈들이 회수해가고 없었지만, 무라타와는 다른 총기에 사용하는 탄환임이 분명했다. 다른 총기, 다른 탄환을 사용하는 자? 떵. 다른 모든 총소리와 구별되던 총성이 떠오르며 귓전을 울렸다. 하세가와가 양성한다던 적의 저격수였다.

나는 비로소 깨달았다. 세 발의 탄환이 든 리볼버를 들고 다가간 나를 다섯 두의 적이 왜 처치하지 못했을까. 더구나 세 발의 탄환마저 다 써버린 나를 남은 적 둘은 왜 맞히지 못했을까. 총알은 피한다고 피해지는 물건이 아니었다. 총탄을 피할 수 있는 인간이란 세상 어디에도 없다. 아무리 날랜 짐승도 가장 느린 총탄을 피하지 못한

다. 내게 다가오는 운명을 피할 수 없듯이 내게 다가오는 탄환도 피할 길이 없다. 언제나 피해 가는 것은 탄환이지 사냥감이 아니다.

나와 맞닥뜨린 다섯 두의 적 중에 저격수는 없었다. 갑자기 나타난 귀신 같은 적 앞에서 허둥대지 않고 침착하게 조준 사격을 할 수 있는 저격수는 김수협이 발사한 마지막 탄환의 밥이 된 다음이었다.

김수협이 죽어가면서 발사한 마지막 탄환이 나를 살린 것이었다. 나는 와들와들 떨며 김수협의 눈을 감긴 시각을 내 심장에 새겼다. 유월의 비가 내리는 이십사일, 인시였다. 여명이 밝아오기 전이었다.

2

탄환 삼백이십이 발을 앗아내 죽음의 계곡을 빠져나온 나는 호좌의진을 찾아갈 생각이 조금도 없었다. 간다고 해도 유인석의 부대에서 내가 할 수 있는 일은 없었다. 호좌의진에 남은 일은 쫓겨다니는 것이 전부였다. 사백육십 두를 잡자면 일격필살의 포수 백 명은 필요했다. 지금에 와서 포수 백 명을 다시 모으는 건 불가능했다.

그렇다면 어떻게 해야 하나? 그 순간 퍼뜩 떠오른 것이 다이나마이트였다. 다이나마이트, 용포가 얘기한 폭약만 있다면 포수들을 다시 모을 필요도 없었고, 내가 왜적 사백육십 두를 찾아다니지 않아도 되었다. 다이나마이트를 배와 가슴에 가득 두르고 적의 군영으로 걸어들어가면 사백육십 두를 한꺼번에 데리고 김수협을 따라 저승길로 갈 수 있겠다는 생각이 들었다.

나는 용포의 이종사촌 행세를 하며 용포에게 들은 안필수를 찾았다. 용포가 유일하게 좋게 말한 널퀴금광의 덕대가 안필수였다.

폭약수가 되고 싶다는 나를 바라보며 안필수 덕대는 고개를 내저었다.

"조선 사람은 폭약수 안 시켜. 용이 한 건 폭약수가 아니라 폭약수 조수야. 그것도 연이은 폭파 사고로 일본인 조수 둘이 죽고 나서 아무도 오려는 일본인이 없어서 한동안 용이 조수를 한 것이야."

나는 폭약수의 조수가 될 기회를 얻기 위해 아무도 들어가지 않으려는 막장 작업을 매일 지원했다.

오늘도 갱도 설계사 테일러가 찍어주는 대로 폭약수 가즈유키는 다이나마이트를 심을 자리에 먹 표시를 했다. 다이나마이트를 많이 써서 금 함량이 높은 방향으로 갱도를 열 모양이었다. 폭약수 조수 교헤이가 너무 많다고 가즈유키에게 말하는 것 같았고, 가즈유키는 교헤이의 뒤통수를 후려치며 시키는 대로 하라고 몰아세웠다.

테일러와 폭약수 가즈유키는 우리의 작업이 시작되기 전에 막장에서 빠져나갔다. 가즈유키는 한 구간 뒤 안전지대에서 발파를 준비할 것이고 갱도 설계사 테일러는 사무실로 돌아갈 것이었다.

막장 작업자들은 다이나마이트를 심을 열두 개의 구멍을 뚫기 시작했다. 무쇠 망치로 정을 때리는 소리가 막장을 울렸다. 폭약의 양뿐만이 아니라 다이나마이트를 심는 각도와 깊이에 따라서 암벽이 갈라지는 방향과 무너져내리는 양이 달랐다.

다이나마이트를 심어나가는 교헤이의 얼굴이 어두웠다. 교헤이가 용포를 밀어낸 폭약수 조수는 아니었다. 용포를 밀어낸 일본인 조수는 내가 오기 전에 이미 막장에 매장된 다음이었다. 다이나마이트를 모두 심은 교헤이에게 물었다.

"네 전임자가 셋이나 죽은 이 악명 높은 광산에 왜 왔어?"

"어머니가 아프니므다."

내 마음이 약해지려고 해 더 묻지 않았는데 교헤이가 덧붙였다.

"여동생이 공부하고 싶어하므니다."

"그럼 운산으로 가야지."

평안북도 운산광산은 금이 쏟아지는 것으로 유명했다. 노천에서 금을 줍고, 땅을 파서 금을 캐고, 개천에서 금을 건지는 노다지로 금 채굴량이 세계에서 두번째로 많다고 했다.

"그런 좋은 광산은 학교를 나온 애들이나 가지요."

"너도 광산학교 나왔다면서?"

"저는 단기 과정을 다녔어요."

일본도 미국이나 러시아, 영국에 비하면 보잘것없는 나라였다. 교헤이도 광산학교에서 여섯 달 교육을 받고 조선의 광산으로 돈벌이를 하러 온 일본의 가난한 집 자식이었다.

일본이 총칼로 조선을 쑤셔대는 동안 미국은 아시아 최대의 금광인 운산금광 채굴권을 차지했다. 충청도의 은산금광은 영국이, 강원도의 당현금광은 독일이 차지했다. 일본이 차지한 금광은 황해도의 송화금광뿐이었지만 모든 광산의 폭약수는 일본인이었다. 미국과 영국, 독일 광산에서는 비싼 자기 나라 기술자 대신 일본인 기술자를 썼다. 가난한 노동자를 조선에 보내 인건비를 벌어들이고, 첩자로 이용하며 다이나마이트가 조선인의 손에 들어가지 않도록 관리하는 일본은 가히 일거삼득이었다.

어머니, 여동생과 함께 찍은 가족사진이 꽂힌 수첩을 주머니에 집어넣은 교헤이가 폭파를 시작했다.

꽝 꽈 과 광 쾅……

다이나마이트가 연속적으로 터졌고, 막장은 폭약 연기와 돌가루 먼지로 가득찼다. 서늘하던 갱도가 후끈 달아올랐다.

폭약 연기가 걷히고, 작업자들이 채굴을 위해 장비를 갖춰 들고 접근하려는 순간이었다. 가즈유키의 다급한 외침이 뒤에서 들려왔다.

"스이마쿠!"

얼굴이 하얗게 질린 교헤이가 더듬거리며 돌아섰다.

"무, 무…… 물!"

수맥이 터진 거였다. 발파한 막장이 아니라 가즈유키가 피신해 있던 갱도보다 더 뒤쪽이었다. 수직 갱도에서 쏟아져내린 물줄기가 수평 갱도를 타고 빠르게 흘러들어왔다. 비로소 상황을 알아차린 광부들이 교헤이를 따라 미친듯이 달려나갔다. 수맥이 터지는 건 최악이었다.

"스이마쿠!"

이미 물에 흠뻑 젖은 가즈유키가 수직 갱도에서 쏟아져내리는 물줄기를 가리켰다. 나는 맨 앞으로 나가 수직 갱도를 올려다보았다. 쏟아져내리는 것은 물줄기만이 아니었다. 거센 물줄기에 뒤섞여 낙하하는 사암과 돌덩이가 더 문제였다. 머리를 맞으면 즉사였다.

수평 갱도의 바닥은 쏟아져내린 사암과 돌멩이로 메워졌고, 물은 허벅지까지 차올랐다. 선택은 하나뿐이었다.

"돌파합시다!"

가즈유키와 교헤이, 오늘의 막장들이 모두 나를 쳐다봤다.

"여기가 무슨 전쟁터야? 어딜 돌파해?"

여기가 내 무덤이 된다고 해서 서러울 것도 없었다. 하지만 김수협과 먼저 간 대원들에게 했던 맹세를 지키지 못하고 여기서 죽을 수는 없었다. 나는 오늘의 막장들에게 사람으로 사다리를 만들어 수직 갱도를 타고 기어올라가는 방법을 설명했다. 정파총이 병사들에게 훈련시킨 성벽 공략 전술의 하나였다.

"돌덩이에 맞으면 끝인데 저길 어떻게 올라가?"

사납게 쏟아지는 물줄기에 뒤섞여 떨어지는 돌멩이를 쳐다보며 광부들이 고개를 가로저었다.

"그냥 죽으나 싸우다 죽으나 죽긴 마찬가지 아니오?"

아무도 대답이 없었다. 물은 어느새 허리까지 차오르고 있었다.

나는 교헤이로부터 내 말을 전해듣고 있는 가즈유키의 앞덜미를 틀어쥐고 물줄기가 쏟아지는 수직 갱도의 암벽에 붙여세웠다. 가즈유키는 발버둥을 치며 물러서려고 했다.

"네가 한 폭파였잖아. 그러니까 앞장서야지."

나는 가즈유키의 멱살을 틀어쥔 채 교헤이에게 통역을 하라고 턱짓했다

"아카마가, 하지메니!"

나는 힘이 좋아 보이는 광부에게 가즈유키의 어깨를 밟고 올라서라고 했다. 물이 가슴까지 차오르자 모두 내 말을 들을 수밖에 없었다.

떨어진 돌덩이에 머리를 정통으로 맞은 광부 둘이 바닥으로 철퍼덕 떨어져내렸지만 인간 사다리는 열두 개까지 올라갔다. 수평 갱도로 이어진 지점까지 사다리가 닿았다. 지금 올라가는 사람부터 수직 갱도를 빠져나가는 것이었다.

열여섯 살인 막내를 가장 먼저 올려보낸 내 눈에 교헤이가 걸렸다. 남은 자 중에서 제일 어린 녀석이 교헤이였다. 턱밑까지 차오른 물과 나를 번갈아 쳐다보는 녀석의 눈빛이 간절했다. 나는 망설였다. 교헤이가 여기서 없어져야 폭약수 조수 자리를 내가 차지할 수 있었다. 지금이 절호의 기회였다. 버려! 내 머리가 외치는 소리와 나를 쳐다보는 녀석의 애처로운 눈빛 사이에서 나는 망설였다.

내 머리가 결정하기 전에 내 손이 먼저 움직이고 말았다. 내 손은 녀석의 어깨를 잡아끌어 인간 사다리 앞에 세웠다. 앞 사다리에 매달려 13호 갱도에서 빠져나온 내 뒤로 남은 사람은 하나였다. 나는 남은 힘을 모두 모아 오른팔을 아래로 뻗었다. 내 오른손에 매달린 건 사색이 된 가즈유키였다. 내가 손을 놓는 순간 가즈유키는 육십 척 아래로 떨어지는 것이었다. 먼저 힘이 빠져나간 것은 내 손이 아니었다. 내 손아귀에서 그의 손이 빠져나가려는 마지막 순간 교헤이가 상체를 수직 갱도에 거꾸로 박으며 가즈유키의 손목을 잡아챘다. 끌려 내려가는 나와 교헤이의 발목을 광부들이 붙들었다. 가즈유키는 그렇게 살았다.

돌에 맞거나 인간 사다리를 놓친 막장 넷은 갱도에 매장되었고, 나머지는 목숨을 구했다.

오늘도 광산의 밤은 조용히 깊어갔다. 광부들도 모두 잠이 들었다.

소쩍— 소쩍—

멀리 들리던 두견새 소리가 잦아들고 소쩍새가 가까이 울어댔다. 교헤이가 어리지 않고, 가난하지 않고, 차라리 나쁘기라도 했더라면…… 나는 잠을 이루지 못하고 몸을 뒤척였다.

3

아침은 어김없이 밝아왔고, 오늘은 또 오늘의 막장 작업자를 어김없이 차출했다.

"막장 지원자?"

안필수 덕대는 우리 모작패를 둘러보며 오늘의 막장 지원자를 물었다. 노임이 한 배 반이었지만 막장을 지원하는 광부는 거의 없었다. 더구나 어제 막장 사고가 났는데 오늘 막장을 지원할 광부가 있을 리 없었다.

"네."

내가 손을 들었다. 안필수 덕대는 어이없어하며 나를 쳐다봤다.

"너 미친놈이냐."

그래도 나는 든 손을 내리지 않았다.

"그 손모가지 못 내려?"

안필수가 나를 노려보며 다가왔다.

"이거, 그림자 맞지?"

안필수는 내 어깨를 잡고 흔들며 따라 움직이는 내 그림자를 가리켰다.

"그림자가 있는 걸 보니 귀신은 아니고…… 미친놈 맞네."

안필수가 모작패를 둘러보며 덧붙였다.

"미친놈을 또 막장에 들여보내면 되겠냐. 우리도 오늘 막장은 가위바위보로 정한다."

나는 처음부터 끝까지 주먹만 냈다.

갱도 입구에서 마주친 가즈유키는 내 눈을 피했다. 무리한 폭파로 수맥을 건드린 잘못을 느낄 녀석은 아니었다. 겁을 먹고 덜덜 떨다 내게 덜미를 잡혀 인간 사다리의 첫 칸이 되었던 어제를 떠올리고 싶지 않은 모양이었다.

오늘의 막장들은 어제의 막장 넷을 매장한 13호 갱도 입구를 지나 17호 갱도로 갔다. 17호 갱도에서 테일러가 찍은 발파 지점은 네 개였다. 가즈유키는 먹 표시를 하고 테일러를 따라 막장에서 빠져나갔다. 고작 네 개의 다이나마이트를 폭파하는 막장에서마저도 서둘러 대피하는 녀석들의 뒷모습을 바라보는 내게 교헤이가 말했다.

"아리가또 고자이마스…… 살려줘서 고맙스므니다."

나는 씁쓸하게 웃고 말았다. 이제 오늘의 막장들이 망치를 잡아야 할 시간이었다. 돌아서려는 내게 교헤이가 다가와 속삭였다

"도망가야 하므니다."

나는 교헤이를 바라보았다.

"당신, 보통 사람 아니므니다. 가즈유키, 헌병 불렀으므니다."

"헌병은 언제 와?"

"내일은 오겠스므니다."

목숨을 구해줘도 나를 죽이려 드는 가즈유키 같은 놈이 있고, 빚을 갚으려 드는 교헤이 같은 녀석이 있었다.

나는 다이나마이트 두 개를 겨우 품에 감추고 어둠에 잠긴 광부 숙소를 빠져나왔다. 이대로 적진에 걸어들어간다면 사백육십 두는 아니어도 수십 두의 적은 데리고 저승길을 떠날 수 있었다.

4

원산에서 나를 잡으러 온 왜놈 헌병은 세 두였다. 잡힌 건 내가 아니고 그들이었다. 박말령에서 기다리던 나는 백무아가 미국에서 가져온 리볼버를 썼다. 단거리 저격용으로는 그만한 단총이 없었다. 나뭇가지 하나 부러뜨린 흔적도 남기지 않고 간단하게 세 두를 잡았다. 노획한 총기 세 정 중에서 두 정은 지경산의 바위 밑을 파고 은닉했다. 황해도 곡산과 평안도 양덕의 경계를 이루는 지경산은 태백준령에서 서쪽으로 뻗어내린 작은 악산이었다.

나는 무라타 한 정과 탄환만 챙겨 태백준령을 타고 넘었다. 멀리 갈마반도가 한눈에 들어왔다. 갈마반도로 이어지는 태백준령의 동쪽으로 펼쳐진 덕원에는 내게 익숙한 절이 여럿이었다. 덕원과 원산 경계의 장림사와 무달사 주지는 모두 신계사의 지담스님 문하에서 계를 받은 나의 사형제들이었다. 절 살림도 괜찮았다. 나는 학승 수일이 주지 소임을 맡고 있는 무달사로 발길을 옮겼다.

"남무관세음보살. 살아 있었네그려. 사제."

내가 일본군과의 전투에서 죽은 줄로 알고 있던 수일은 합장한 손을 오르내리며 반겨주었다.

"사형께서 염려하고 빌어주신 염력 덕분입니다."

"그건, 사제의 말이 맞네. 내가 아침저녁으로 발원을 했네."

"극락왕생하라고 발원해주셨겠지요."

"이 사람이, 내가 극락왕생을……"

넓은 장삼 자락이 다 펼쳐지도록 손을 내젓던 수일이 말을 끊고 빙긋 웃었다.

"얼마나 잘 발원을 했으면 사제가 다시 살아서 여기 이렇게 늠름하게 왕생을 하셨겠나, 하하."

수일은 들어올린 손을 도로 내리며 내 발끝을 가리켰다. 나는 고개를 저었다.

"여기가 극락은 아닌 듯싶은데요."

"어허 사제의 법력이 많이 떨어졌네. 조선 최고의 법지식 수일이 좌정한 이 청정 도량이 극락보다 못할 것이 무엇이겠나."

우리는 함께 웃었다.

"지담스님이 얼마나 반가워하실까. 사제가 낙명했다고 믿지 않은 분은 지담스님 한 분이셨네. 뵐 때마다 사제의 소식을 들은 게 있는지 물으셨지."

수일은 내게, 지담스님이 심중을 털어놓고 은밀하게 물어보는 상대가 자신이라는 말을 그렇게 했다. 그는 학승답게 공부하기를 좋아하고 법지식이 깊어 산문에서 두루 인정을 받았다. 하지만 지담의 총

애를 받는 선승들을 늘 의식하고 귀여운 시샘을 부리는 것도 수일이었다.

"그런데 어쩌다가 김수협이까지 그리되었는가?"

수일도 김수협을 알았다. 나는 배신자 박상준이 얘기를 하지 않을 수 없었다. 김수협을 떠올리면 마음이 너무 힘들었고, 박상준을 생각하면 치솟는 분노를 억누르기 어려웠다.

"그래 박상준인가 하는 그놈은 대체 어떤 놈이오?"

"저도 그놈의 근본은 잘 모르는데 덕원 출신이라고 하니, 곧 알아볼 수 있겠지요."

"이제 보니 사제가 날 그리워서 찾아온 게 아니고 그놈을 찾아온 것이로구만. 이거 좀 섭섭해지려고 하오."

"사형, 덕원에도 사형의 절집만 있는 건 아닙니다."

"하하. 그야 물론이지. 그건 그렇고, 박상준인가 그놈을 찾으면 어찌할 생각이오?"

"속세의 일은 속세에 맡겨두시지요, 사형."

"아, 그럼, 그래야지, 그러시게."

나는 수일이 내준 요사채에서 죽은듯이 잠을 잤다. 얼마나 잤을까. 악몽에서 깨어난 나는 상체를 일으키며 허리춤부터 확인했다. 백무아의 리볼버는 그대로 있었다. 다이나마이트를 배에 두르고 왜놈 부대에 뛰어든 내가 수십 발의 기관총탄을 맞으며 폭사하는 꿈이었다. 온몸이 땀으로 흥건했다. 한지를 바른 문밖은 어두웠다. 저녁인지 새벽인지, 며칠이 지났는지도 알 수 없었다. 후두둑후두둑, 문밖으로 가을비가 내렸다. 방바닥은 뜨끈했다. 첫눈이 내리기 전에는 아궁이에 불을 넣지 않는 것이 절집의 불문율인데, 수일이 특별히 마음을 쓴 모양이었다.

나는 요사채의 뒷문을 열었다. 수일이 만일의 상황에 대비해 뒷문이 달린 요사채를 내줬다는 걸 알 수 있었다. 뒷문 밖은 바로 뒷산으로 이어지는 숲이었다. 가을비에 잠긴 캄캄한 숲을 하염없이 바라보던 내 눈에서 어느 순간부터인가 눈물이 쏟아졌다.

김수협의 얼굴이 어둠 속에 어른거렸다. 얼기설기 덮은 돌무덤에 누워 이 비를 맞고 있을 그를 생각하며 나는 빗소리만 요란한 숲을 바라보았다. 겨우 눈만 감겨준 채 버려두고 온 마흔다섯 명의 대원들과 의병들…… 이 비를 고스란히 맞고 있을 그들을 떠올리는 내 뺨에는 뜨거운 물기가 하염없이 흘러내렸다.

여명이 밝고, 아침이 왔다.

나는 다시 자리에 눕지 못했다. 가을비는 줄기차게 내렸다.

"사제, 아니 이거. 우리 홍대장이 울고 있는 거요?"

요사채의 앞문을 열고 들어서던 수일은 내가 겨눈 리볼버 단총보다 내 볼에 남은 눈물에 더 놀랐다. 나는 수일의 뒤에 선 사람을 보고 그보다 더 놀랐다. 지담스님이었다. 나는 리볼버를 허리춤에 감추며 일어섰다.

"스님께서…… 어떻게 여기를?"

나는 뺨에 남은 물기를 훔치지도 못하고 합장을 했다.

"벌써, 어제저녁에 도착해서 기다리셨네."

수일이 지담을 돌아보며 말했다.

"제가 얼마나 잔 건가요?"

"사흘 밤낮을 잤네."

"깨우지 않고서요."

"큰스님께서 얼마나 고생했겠느냐고, 깨우지 못하게 하셨네."

다시 지담스님에게 합장을 하고 고개를 숙이는데 갑자기 멈췄던 눈물이 또 솟구쳤다. 떨어진 물방울이 방바닥을 적셨다.

지담이 다가와 가만히 내 등을 두드렸다.

5

"아침저녁으로 날이 쌀쌀한데 어찌 방문은 열어두고 앉았는가?"

지담이 열린 뒷문을 바라보며 물었다. 관목숲을 흔들던 비가 개고 젖은 나뭇잎에 거짓말처럼 별이 들었다. 밤새 관목숲을 지킨 휘파람새가 휘휘 호호, 햇볕보다 더 쨍쨍한 목소리로 노래를 불렀다.

"비가 와서요."

"에이, 비는 무슨. 이렇게 일월이 명랑한데, 뭘."

수일이 나를 샛눈으로 흘기더니 갑자기 노래를 흥얼거렸다.

"홍대장이 가는 길에는 일월이 명랑한데, 왜적 군대 가는 길에는 비가 내린다, 에헹야 에헹야 에헹 에헹 에헹야, 왜적 군대가 막 쓰러진다……"

"무슨 노래가 그래요?"

"홍대장이 이 노래를 모른단 말이오?"

수일이 내게 되물었다.

"이 홍대장이 이 홍대장인데 이 노래를 몰라?"

수일이 나와 방금 노래를 부른 자신의 입을 번갈아 가리키며 다시 물었다.

"동에 번쩍 서에 번쩍하며 왜놈을 족치는 홍대장 칭송하는 노래를 우리 사제가 어찌 모른단 말이오."

나는 영문을 몰라 지담을 쳐다보았다.

"그것이 민심이라는 것이네. 자네와 함께 생활하고 싸웠던 사람들이 얼마나 입이 닳도록 자네를 떠받들어댔으면, 급기야 노래가 되어 삽시간에 절집에까지 번졌겠는가."

나는 고개를 저었다.

"그럴 리가요. 저와 끝까지 싸운 대원들은 다 저세상 사람이 되었는데 그런 얘기를 할 사람이 어디에 있겠습니까."

"그것이 세상의 오묘한 이치일세. 자네를 영웅으로 만든 사람은 자네와 함께 영웅적으로 싸운 사람들이 아니라 자네가 여비를 주며 떠나보내준 심약한 대원들과 호좌의진에서 도망쳐서 목숨을 부지한 가난한 의병들인 게지."

대답을 찾지 못하는 내 마음을 아는지 모르는지 휘파람새는 휘휘 호호 노래를 부르며 포르르 날아다녔다.

"큰스님 말씀은, 양반들에게 등가죽이 벗겨지고 왜놈들의 등쌀에 죽어가는 불쌍한 중생들이 홍대장, 우리 사제를 희망 삼아 살아보려고 한다는 것이네."

수일은 나와 지담을 번갈아 쳐다보았다.

"다시 여단을 일으켜 싸울 작정인가?"

“네. 제가 어찌 여기서 물러설 수가 있겠습니까.”

“내 말릴 수야 없네만, 행여라도 진이와 정재에게 다시 쇠를 쥐게 할 생각은 말게.”

석왕사로 보낸 진포와 호좌의진의 막내 이정재를 지담이 직접 살피고 있다는 뜻이었다.

“그럴 일은 없습니다. 지금부터 저 혼자 합니다.”

“단독여단을 하겠다?”

김수협과 내가 저격여단을 창설하고, 호좌의진에 합류해 잡아 족친 적이 삼백 두 남짓이었다. 잃은 대원과 의병은 일흔셋이었다. 나는 이미 여러 번 곰곰이 계산해보았다. 다이나마이트를 쓰면 혼자서 단번에 삼백도 잡을 수 있었다. 그래서 금광에 들어갔지만 가즈유키의 눈에 걸려 겨우 다이나마이트 두 개를 손에 넣는 데 그쳤다. 나는 다시 계산해보았다. 나 혼자 돌아다니며 이틀에 한두 두씩 적을 잡는 건 일도 아니었다. 이틀에 한 두의 적만 잡아도 두 해면 삼백육십오 두를 잡을 수 있었다. 사백육십 두를 잡는 데는 세 해가 걸리지 않았다. 대원들의 숙영지를 세우고 식량을 조달하느라고 애를 태울 필요도, 전사자로 가슴 쓰라릴 일도 없었다.

“단독여단, 천상천하 유아독존이라…… 사미계와 함께 내가 준 화두는 기억하는가?”

자리에서 일어나며 말끝을 흐리던 지담이 내게 물었다.

“그럼요. 홀로 가며 홀로 가는 것을 아는 자, 홀로 가는 자를 홀로 가게 하라.”

지담은 손에 든 염주를 굴리며 고개는 끄덕였다. 그는 따라 나가려는 나를 말리며 수일에게 일렀다.

"준비해둔 공양을 들여보내게."

"네."

지담을 따라 요사채를 나서던 수일이 나를 돌아보며 물었다.

"거, 호좌의진의 배반자 이름이 뭐라고 했었소?"

"박상준."

"그럼, 아닌데……"

수일은 고개를 갸웃했다.

"알아보니 덕원읍에 지난 행적이 의심스러운 놈이 하나 있는데, 그자는 성도 이름도 다른 전기준이란 말이오."

"무엇하는 자인가요?"

"새로 덕원 좌수가 된 자요."

6

수일의 말대로 전기준은 여느 좌수들과는 하는 짓이 영 딴판이었다. 계집들을 끼고 흥건한 술자리를 벌이지도 않았고 나돌아다니며 거드름을 떨지도 않았다. 그렇다고 백성들의 칭송을 받는 목민관도 아니었다.

전기준과 박상준이 같은 인물인지 직접 눈으로 확인해보려고 해도 도무지 방법이 없었다. 덕원에서 박상준이란 이름을 아는 사람은 아무도 없었다. 장사꾼으로 변복을 하고 관아 근처의 여각에서 이틀이나 죽쳤지만 허탕이었다. 여각의 주인도 좌수가 언제 관아에 나와 언제 집으로 들어가는지를 몰랐다.

사흘째 되던 밤에 나는 전기준 좌수의 집 담장을 넘었다. 전기준은 야심해서야 집으로 돌아왔다. 짐작한 대로 그는 사랑채로 들었고, 등불을 들고 왔던 겸종은 행랑채로 갔다. 사랑채 뒤에 몸을 숨기고 있던 나는 전기준이 침방에 들기를 기다렸다.

귀를 세우고 침방의 동정을 살피는데 사랑방에서 말소리가 들렸다. 그것도 여자의 목소리였다. 바깥에서 여자를 데리고 온 것이었다. 주색을 밝히지 않는다더니 이건 뭔가, 싶었다.

사랑방 뒷문으로 다가간 나는 놀랐다. 일본 여자의 목소리였다.

"니혼와 쓰요이."

일본 여자의 말을 좌수가 떠듬떠듬 받았다.

"니혼와 기요쿠니요리 쓰요이."

"추우고쿠고노 모지다케 시테 이루 조센진노 무치사와 난요노 미카이요리 오오키이."

일본 여자가 하는 간사스럽고 간드러진 왜말은 숨어서 듣는 내 겨드랑이까지 간지럽게 만들었다.

"조센진와 이누 부타토 오나지."

목소리만으로는 좌수 전기준이 박상준인지 아닌지 분간이 어려웠다. 좌수는 왜말을 하고 있고, 나는 조선말을 하는 박상준의 목소리만 들었었다. 조선말을 몇 마디만 해도 박상준인지 아닌지를 분간할 텐데 놈은 일본말로만 여자와 이야기를 주고받았다.

내가 그들이 같은 말을 되풀이하고 있다는 것을 알아챈 것은 한 식경이 지나서였다.

"니혼와 쓰요이."

"니혼와 기요쿠니요리 쓰요이."

무슨 뜻인지는 몰라도 좌수는 여자에게 일본말을 배우는 것이 분명했다. 한밤중에 일본 여자를 사랑방으로 불러들여 일본말을 배운다? 참 희한한 놈이었다.

좌수 전기준이 과연 박상준일까. 놈이 혼자가 되어야 쳐들어가 확인을 할 텐데, 여자가 언제 떠날지 알 수 없었다. 물론 전기준이 박상준이 아니라고 해도 크게 달라질 것은 없었다. 좌수 전기준은 세율을 높여 백성들로부터 긁어낸 세금을 왜놈에게 가져다 바치는 것으로 악명이 높았다. 덕원과 원산 일대에서 왜놈의 앞잡이 노릇을 하는 현 흑상단의 뒷배도 놈이었다. 내가 전기준이 박상준일 가능성이 클 것으로 여긴 것도 자신이 직접 앞에 나서지 않고, 아전들과 동학 떨거지들을 앞세워 세금을 긁어내고 왜놈들의 개 노릇을 하는 게 박상준의 예전 행태와 흡사했기 때문이었다.

여자가 자고 갈지도 몰랐다. 나는 그냥 돌아갈 수도 없었고, 밤새 기다릴 수도 없었다. 지금이라도 방문을 열고 들어가서 둘을 같이 족칠까. 어차피 방안에 같이 있는 여자도 좌수와 한패가 되어 놀아나는 일본 여자니 거리낄 게 없다고 여긴 순간이었다.

"이러시면 안 됩니다."

분명 조선말이었다.

"안 되긴 뭐가 안 된단 말이냐. 안 된다고 하려면 일본말로 해야지."

좌수도 처음으로 조선말을 했다. 박상준이 분명했다.

"소레와 나리마센……"

"옳지. 옳지, 색도 일본말로 쓰니까 아랫도리가 더 동하는구나."

"저는 서방이 있고 아직 젖먹이까지 있는 몸이란 걸 아시지 않습니까. 정말, 이러지 마십시오."

"그러니 불은 젖을 내가 좀 덜어주려는 것 아니냐."

여자는 울먹이며 사정을 했다. 일본 여자가 하는 조선말이 아니었다.

"일본말로 하란 말이다."

"소레와 나리마센……"

여자가 울며 사정을 했지만 좌수는 씩씩거리며 낄낄거렸다.

"좌수님, 제발 이러지 마십시오."

"일본말로 하란 말이다. 니혼노 코토바."

"소레와 나리마센…… 제발……"

"옳지, 옳지. 한 번만 더 해보거라. 왜말로 앙탈을 부리니 내 물건이 이렇게 불끈불끈 서는구나."

"이러다 아이라도 생기면 저는 죽습니다."

"원산항에 드나드는 배가 어디 한두 척이더냐. 여기에 어느 배가 드나들었는지 너와 나 말고 누가 안다더냐."

애걸하는 여자에게 놈이 능글맞게 지껄였다.

"이러면 옷이 다 찢어지지 않느냐. 벗고 갈 작정이냐."

놈이 여자의 옷을 강제로 벗기려 드는 모양이었다. 여자는 더는 말도 하지 못하고 울기만 했다. 나는 발가락에 체중을 싣고 사랑채 앞으로 돌아나갔다.

방안의 풍경은 가관이었다. 여자의 속저고리까지 벗겨낸 놈은 아랫도리를 벗어던진 채 여자에게 덤벼들며 버둥거렸다. 여자는 놈의 얼굴을 밀어내려고 안간힘을 썼고, 서탁에는 책이 펼쳐져 있었다.

"뭐하는 짓이냐?"

"어떤 놈이……"

내가 방안에 들어선 줄도 모르고 있던 놈이 흠칫하며 고개를 돌렸다. 여자는 한 손으로 몸을 가리며 다른 손으로 놈이 벗겨낸 저고리를 끌어당겼다. 놈도 따라서 벗어던졌던 바지를 집으려 했다.

"움직이지 마라."

놈에게 한 말이었는데 속저고리를 걸치려던 여자도 동작을 멈췄다. 나는 여자에게 턱짓을 했다.

"입으시오."

여자가 돌아앉으며 속저고리를 입었다.

"내가 누군지 알고 감히……"

나는 놈의 주둥이에 리볼버 총구를 쑤셔넣었다. 주둥아리를 닫으려던 놈의 이빨이 총구에 부딪쳐 부러지는 소리가 들렸다.

"감히?"

놈은 두 손을 치켜들었다. 나는 놈의 주둥이에서 총구를 뽑아내며 다시 물었다.

"네놈이 전기준이냐?"

주둥아리에 박힌 서늘한 쇠맛을 본 놈이 겁에 질린 눈으로 보자기로 가린 내 얼굴을 올려다보며 대답했다.

"그렇다."

"그럼 박상준은 누구냐?"

"박, 박상준이라니…… 난 모른다."

총구를 박아넣으면서 부러뜨린 이빨 하나가 놈의 입가로 피와 함께 튀어나왔다.

"모른다?"

나는 얼굴을 가렸던 보자기를 풀었다.

"이래도 몰라?"

얼굴이 하얗게 질린 놈이 덜덜 떨었다.

"홍포수…… 홍군관, 아 아니 홍장군 아니시오?"

겉저고리까지 다 찾아 입은 여자가 놀란 눈으로 나를 올려다보았다. 나는 여자와 서탁에 놓인 일본책을 번갈아 쳐다보았다.

"무엇하는 여인이오?"

"저는 덕원에서 객상을 하는 서방을 둔 사람입니다."

"그런데 이 밤중에 왜 여기에 온 것이오?"

"좌수께서 왜말을 익히겠다고 부르시니……"

"왜말은 어디서 배웠소?"

"어려서부터 객상에서 일하며 일본 장사꾼들에게 띄엄띄엄 배웠습니다."

나는 박상준의 서탁 위에 놓인 왜서를 턱으로 가리키며 물었다.

"무슨 서책이오?"

"후쿠자와 유키치라는 사람의 어록을 담은 서책입니다."

"후쿠자와란 자는 하세가와와 현흑상단이 떠받들어 모시는 자가 아니오? 아까 둘이서 한 말이 여기에 나오는 것이오?"

"네."

"한번 읽어보시오."

"니혼와 쓰요이."

"무슨 뜻이오?"

"일본은 강하다, 입니다."

"다음은?"

"니혼와 기요쿠니요리 쓰요이. 일본은 청국보다 강하다, 입니다."

"계속해보시오."

"조센진와 이누 부타토 오나지. 조선 사람은……"

"조선 사람은?"

"조선 사람은…… 개돼지와 같다."

"그렇소?"

"아닙니다. 저는 절대 그렇게 생각하지 않습니다. 이건 좌수님의 책일 뿐입니다."

단호하게 부정하는 여자의 눈빛은 흔들리지 않았다. 거짓이 아니었다. 나는 박상준에게 눈길을 돌리며 물었다.

"조선인은 개돼지와 같아?"

"사실이 그렇지 않소?"

나는 놈의 면상을 발바닥으로 걷어찼다.

"아이쿠."

나는 나자빠진 채 신음하는 놈에게 리볼버를 겨누며 조용히 경고했다.

"똑바로 앉아. 바로 죽고 싶으면 소리를 내라."

여자는 이제 내 정체를 짐작했는지 아주 침착했다.

"계속 읽어보시오."

"추우고쿠고노 모지다케 시테 이루 조센진노 무치사와 난요노 미카이진요리 오오키이. 중국 문자만 아는 조선인의 무식함은 남양의 미개인보다 더하다, 입니다."

나는 턱짓으로 계속하라고 일렀다.

"조센진와 구삿타 주가쿠샤타치노 소오쿠쓰데 도레이노 요니 이키테 이루. 조선인은 썩은 유학자들의 소굴에서 노예처럼 살고 있다."

나는 박상준에게 물었다.

"이것도 사실이냐?"

"사실은 사실이지 않소. 홍포수, 아니 홍장군도 유림들이 얼마나 썩고 무능한지 똑똑히 보지 않았소?"

"그 썩은 유학자 중에서 가장 썩은 놈이 네놈 아니더냐. 나라를 배반한 역도 주제에 누굴 욕하느냐."

"홍장군, 입은 옆으로 찢어져도 말은 바로 하라고 했소. 내가 나라를 배반했다는 것은 터무니없소. 홍장군. 대체 이 나라의 주인이 누구요? 양반 유림이오, 아니면 임금이오?"

갑작스러운 놈의 질문에 나는 멈칫했다. 나라의 주인은 과연 누구일까.

"이 나라의 주인은 임금이고, 임금인 고종께서 벌써 의병을 해산하라고 명했소. 역도는 내가 아니라 왕명을 거역하고, 고종이 친히 임명한 부윤과 군수를 포살한 유인석과 그 일당들이오. 왕명을 거역한 역도들을 진압하는 일본군을 도운 나는 역도가 아니고 충신인 것이오."

내가 다시 놈을 걷어차려고 발을 들어올렸다. 뜻밖에도 놈은 피하지 않고 나를 불렀다.

"홍장군! 나는 홍장군이 왜 유인석이 밑에서 싸우다 개죽음을 하려는지 정말 이해할 수가 없소. 유인석이가 김백선이를 어떻게 했는지 잘 알 것이고, 유림 양반들이 당신 같은 포수들을 어찌 여기는지도 이미 겪지 않았소? 홍장군도 이 책을 한 번만 읽고 나면 홍장군의 능력을 인정해줄 나라가 어느 나라인지, 우리나라를 구해줄 나라가 어디인지 알게 될 것이오."

나는 피식 웃으며 놈에게 리볼버를 겨눴다.

"난 이걸로 말하는 사람이란 걸 알고 있겠지?"

예상과 달리 놈은 비열하게 방바닥을 기며 목숨을 구걸하지 않았다.

"쏴도 좋소. 그렇지만 이 책 한 장은 더 읽어본 다음 쏘고 싶으면 쏘시오. 일본이 조선을 얼마나 정확하게 파악하고 평가하는지 들어보면 홍장군도 생각이 달라질 것이오."

궤변일지라도 제 주장을 펴는 게 그나마 덜 꼴불견이었다. 놈이 여자에게 읽으라고 눈짓했고, 여자는 나를 쳐다봤다. 하세가와 부대와 현흑상단이 떠받드는 후쿠자와 유키치라고 하는 자가 뭐라고 하는지도 조금은 궁금했다.

"읽어보시오."

"조센오 효스루노나라……"

나는 왜말로 책을 읽어나가는 여자를 불렀다.

"이보시오. 그냥 조선말로 옮기시오."

"네…… 조선을 평하자면 중국 문자를 아는 야만국이라고 할 수 있을 것이다. 그러니 조선의 개혁 방법을 논하면서 일본의 선례를 표준으로 삼아서는 안 된다. 우리가 무력을 보여주며 그들의 개화와 진보를 독촉했는데도 따르지 않으면 다음에는 채찍을 동원하는 협박

교육주의에 의존할 수밖에 없다…… 조선의 사절이 중국인과 같이 미국으로 가는 것은 거지새끼가 천민의 손에 매달려 문명의 나라에 가는 것과 같다…… 차라리 조선 백성들을 위해서라도 조선의 멸망은 축하할 일이다……"

"그만하시오."

나는 여자의 말을 끊고 박상준에게 물었다.

"그래서, 네놈이 호좌의진을 배신하고 의병들을 왜놈들의 아가리에 처넣어줬느냐?"

"배신한 것은 내가 아니고 일본에 맞서는 유인석과 유림들이오. 홍장군은 홍장군의 부하들을 다 죽게 하고 도망친 유인석이와 호좌의진이 지금 어디로 갔는지 알고나 있소?"

죽음의 계곡을 빠져나간 호좌의진 본대가 황해도를 거쳐 평안도로 갔다는 소문을 듣지 못한 사람은 없었다.

"이미 서북의 평안도 국경을 넘어 청나라로 건너갔소. 그들이 모시고 떠받들던 유교의 나라 명을 멸망시킨 청나라로 기어들어가 목숨을 구걸하고 있단 말이오. 유교 나라 명의 원수가 청나라인데, 지금 청나라에 빌붙어 유교를 배반한 자들이 바로 조선의 유림 양반들이고 유인석이오. 그들이 숭상하던 명을 멸망시킨 청나라와 전쟁을 벌여 이긴 일본이야말로 그들이 엎드려 섬겨야 마땅한 나라가 아니겠소."

"일본이 그렇게 훌륭하면 네놈도 처음부터 일본에 붙었어야지, 더러운 첩자 짓으로 아군을 떼죽음시키고도 살기를 바라?"

무어라 대꾸를 하려는 박상준의 얼굴에 리볼버를 겨누고 다시 물었다.

"네놈이 그나마 죄를 씻을 기회를 두 번 주겠다. 하겠느냐?"

"무엇이오?"

"먼저, 네놈이 왜놈에게 바치려고 모아둔 돈을 모두 내놓아라."

"다음은 무엇이오?"

"그건 다음에 말하겠다. 하겠는가?"

"하겠소. 돈은 침방에 있소."

나는 아직도 덜렁거리는 물건을 내놓고 있는 놈에게 바지를 입도록 허락했다.

7

놈은 내 눈치를 살피며 침방 세 곳에 감춰뒀던 돈을 내놓았다. 생각보다 많았다. 한두 곳 더 숨겨둔 것이 있을 것 같았지만 더 시간을 끌다 시끄러운 상황을 만들고 싶지 않았다. 나는 침방에 있는 필묵을 가리키며 놈에 명령했다.

"먹을 적셔라."

먹을 적신 붓을 들고 눈치를 살피는 놈에게 나는 턱으로 벽을 가리켰다.

"사백오십육이라고 써라."

四百五十六. 붓이 지나간 글자들에서 먹물이 흘러내렸다. 벽을 타고 흘러내리는 먹물이 김수협을 비롯한 마흔여섯 전사자의 핏물처럼 내 가슴을 적셨다.

"무슨 뜻이오?"

붓을 내려놓으며 놈이 물었다.

"네놈이 남겨둔 빚의 숫자다. 더 묻지 마라."

놈과 여자를 앞장세우고 놈의 집을 나서며 경고했다.

"내 총알은 빗나가는 일이 없다는 걸 잘 알고 있겠지?"

놈은 고개를 끄덕였다.

"홍장군."

놈이 나를 부른 건 인가가 드물어진 다음이었다.

"서양의 문물을 받아들여 개화를 이룬 일본은 이미 동양의 최강국이 되었고, 앞으로 동양 전체를 가르치고 이끌게 될 것이오. 우리 조선 따위는 상대가 되지 않소. 저 큰 청나라가 얼마나 허무하게 일본에게 지고, 망신스럽게 항복하는지 잘 보았지 않소. 지난 천 년 동안 중국이 우리를 좌지우지했듯이 앞으로 천년은 일본이 조선을 좌우할 것이오. 조선의 대신과 관리들도 일본이 임명하게 될 것이오."

"네놈은 벌써 일본놈이 다 되었구나."

"홍장군, 홍장군이 나와 함께 일본군에 협조하면 우리는 조선 최고의 자리에 오를 수 있소. 나는 문관으로, 홍장군은 무관으로 말이오. 우리가 조선을 경영할 수 있단 말이오. 일본은 이미 서양의 제도를 받아들여서 신분 차별 따위는 없소. 하세가와 사령관의 위세를 홍장군도 보지 않았소. 하급 무관 출신에 불과한 그를 그 자리에 앉히는 게 일본이오. 청나라 군대를 궤멸시킨 바로 그 하세가와 사령관이 조선 최고로 꼽은 무장이 홍장군이오. 홍장군도 조선의 하세가와가 되란 말이오."

조선의 개화파들이 대아시아주의의 정신적 지주로 떠받든 인물이 후쿠자와 유키치였고, 부국강병 정책의 상징으로 내세우는 인물이 하세가와 요시미치였다. 하세가와는 여단장으로 조선과 청나라에서 거둔 혁혁한 전공으로 남작의 작위까지 받은 일본 육군의 신화였다.

"흰소리 집어치워라."

"이게 어찌 흰소리요. 조선의 하세가와가 바로 홍장군 아니오. 홍장군만한 무장이 조선 어디에 있소. 그렇지만 홍장군은 조선 군대에서 무엇이 될 수 있소? 의병대에서조차 총알받이일 뿐이지 않았소. 설사 청나라가 돌아오고, 다시 유림 양반들의 세상이 돌아온다 한들 홍장군이 얻을 것이 대체 무엇이오? 나와 함께 우리가 세상을 휘어잡고 나라를 구하는 길로 갑시다. 내가 홍장군이 직접 하세가와 사령관을 만나 담판을 짓게 해주겠소. 일본 육군의 영웅과 어깨를 나란히 할 이 기회를 대체 왜 마다한단 말이오."

"명을 재촉하지 마라."

"내 말이 믿기지 않소? 여연, 『학문의 권장』이란 책의 첫 문장이 무엇인지 말해보시오. 홍장군에게 더는 얘기하지 않을 테니 한번 들어보시오."

여자의 이름이 여연인 모양이었다. 여연은 놈을 쳐다보지도 않고 내게 눈길을 돌렸다. 나는 여자가 내 편으로 기울었다는 것을 느낄 수 있었다.

"해보시오."

"하늘은 사람 위에 사람을 만들지 않았고 사람 아래에 사람을 만들지 않았다."

"그 말도 후쿠자와 유키치인가 하는 놈이 한 소리요?"

"그렇소."

여연에게 물었는데 놈이 대답을 가로챘다. 대답을 빼앗긴 여연이 덧붙였다.

"그런데, 그자가 말하는 '사람'이란 것에 조선 사람과 여자는 포함이 되지 않지요."

여연, 만만치 않은 여자였다. 나는 덕분에 놈과 입씨름을 더 하지 않아도 되었다.

"들었나?"

놈은 대답하지 않았다.

키윳 키윳. 두견새 우는 소리가 들렸다. 제법 호기를 부리던 박상준이 산길로 들어서고 나서는 말이 없었다. 나는 무달사 반대 방향으로 갔다. 골짜기를 타고 흘러내리는 물소리 사이로 들리는 건 두견새 울음뿐이었다.

키윳 키윳, 키윳 키윳.

"네놈 친구가 반갑단다."

"친구라니, 무슨 소리요?"

"안 들려?"

키윳 키윳.

"너하고 똑같은 놈이 두견이잖아."

두견새는 둥우리를 짓지 않았다. 알을 낳은 휘파람새의 둥우리에 몰래 기어들어 제 알을 낳고 휘파람새의 알을 밖으로 떨어뜨리는 놈이 두견새였다. 그러고서 두견새는 사방으로 돌아다니며 먹이를 찾아 먹고 제 배만 채웠다. 제가 둥우리를 짓지 않고선, 집 없이 떠도는 처지를 제법 구슬프게 노래하며 여름을 즐기는 악당이 두견새였다.

휘파람새는 그것도 모르고 새끼에게 먹이를 물어다 나르느라 여름이 깊도록 일했다.

휘휘 호호, 휘파람새는 아무리 힘들어도 둥지에 남은 새끼를 안심시키려 소리 높여 명랑하게 노래를 부르며 종일 먹이를 찾아다녔다. 새끼가 다 자라, 그것이 두견인 줄 알았을 때는 이미 가을이었고 새끼 잃은 휘파람새는 찬바람을 등지고 홀로 먼길을 떠나야 했다.

"조선의 둥우리에 알을 까려는 왜놈이나, 그런 왜놈의 앞잡이 노릇을 하는 네놈의 짓이 저 두견이 휘파람새에게 한 짓과 다를 게 무어냐?"

원망으로 피를 토하며 우는 저 두견새의 울음소리…… 구슬픈 울음소리에 현혹된 선비들은 두견새를 뼈에 사무치는 원한과 그리움을 품고 살아가는 비련의 주인공으로 노래했다. 하지만 신포수는 두견새의 노래에 귀를 빼앗긴 내게 무심히 일러주었다. 가증스러운 구슬픈 노래에 속지 마라.

2부 능선에 올라섰을 때 놈이 물었다.

"나를 어디까지 데리고 갈 참이오?"

길 왼쪽으로는 바위 낭떠러지였다.

"그렇지 않아도 네놈의 죄를 씻을 두번째 기회를 주려던 참이다."

"그게 무엇이오?"

"뛰어내려라."

"죽이겠다는 것이오?"

나는 고개를 저었다.

"아니, 죽으라는 것이다."

"그게 그것 아니오."

"글줄이나 읽고 유학을 공부했다는 놈이 그게 그것과 다른 것도 모르느냐. 유인석을 따라다니며 호좌의진의 참모를 한 놈이 유인석의 처변삼사도 몰라? 거의소청, 거지수구, 자정치명."

유인석은 나라가 변란에 처했을 때 선비가 취할 처신으로 세 가지를 제시했다. 첫째가 의병을 일으켜 난적을 깨끗이 쓸어버린다는 거의소청擧義掃淸, 둘째는 다른 곳으로 떠나가서라도 대의를 지킨다는 거지수구去之守舊, 셋째가 스스로 목숨을 버림으로써 깨끗함을 지킨다는 자정치명自靖致命이었다.

"자정치명! 처변삼사의 마지막 도리라도 따를 기회를 주는 것이다."

"싫다면?"

"타정치명이라도 하게 내가 도와주지."

그 순간 내 손에 단총이 들려 있지 않은 것을 확인한 놈이 길 아래로 내달렸다. 나는 리볼버를 뽑아들었다. 낭떠러지가 얕은 길옆으로 몸을 던지는 놈의 머리통을 향해 방아쇠를 당겼다.

탕. 내가 주검을 처리해야 하는 수고를 하지 않도록 놈은 자신의 몸뚱이를 길 밖으로 감추었다. 박말령에서 처치한 왜놈 헌병 세 두에 이은 네 두째였다. 놈의 사랑채에 적어둔 대로 이제 남은 건 사백오십육 두였다.

놈의 최후를 지켜본 여자가 시선을 거두어 나를 바라보았다.

"고맙습니다."

"뭐가 고맙단 거요?"

"제가 비록 미련하나 저를 곤란에 빠뜨리지 않게 하려고 좌수를 집에서 여기까지 데리고 왔다는 걸 어찌 모르겠습니까."

나는 놈에게서 빼앗은 돈에서 집히는 대로 여자에게 내밀었다.

"돌아가시오."

"저희도 부족하지 않게 삽니다. 좋은 일에 쓰십시오."

여자가 사양을 하고 나서 내게 물었다.

"좌수가 말한 홍장군이 그 홍장군이 맞지요?"

"그럴 수도 있겠지요."

"제가 비록 하잘것없는 계집이나 은혜는 영원히 잊지 않겠습니다. 혹여 도울 일이 있으면 언제라도 저희 객상에 들르십시오. 상덕원 객상이 저와 남편이 운영하는 객상이고, 저는 언제나 거기에 있습니다. 제 이름은 여연입니다."

대담한 눈빛으로 나를 한참 바라보던 여자가 천천히 돌아서서 올라온 산길을 거슬러내려갔다.

8

화전은 온통 눈으로 덮였고, 삐죽삐죽 솟은 마른 옥수숫대만 겨울 바람에 흔들렸다. 눈은 내가 대원들을 데리고 화전을 훑고 지나갔던 지난해의 흔적을 모두 덮어버렸지만, 나는 잔인했던 지난해의 패배를 떠올리며 마른 옥수숫대처럼 바람에 흔들렸다.

화전을 지나자 굴피집 한 채가 눈에 들어왔다. 너와집도 아니었다. 나무판재 대신 굴참나무 껍질을 얹은 지붕에는 눈이 세 뼘 넘게 쌓여 있었다.

나는 손에 든 목탁을 두드렸다.

"나무관세음보살."

낮은 지붕 아래 달린 방문이 열리고 아이들 얼굴 셋이 나타났다. 외간 사람 볼 일이 드문 화전민의 아이들은 승복을 입고 목탁을 두드리는 내가 신기한 모양이었다.

"중이다!"

아이들의 외침에 부엌문이 열렸다. 부엌에서 나온 사내아이가 검지를 세워 입에 가져다대며 방문에 매달린 작은 아이들에게 눈을 껌뻑였다. 그중 형인 모양이었다. 울타리도 사립문도 없는 집 앞에서 목탁을 두드리는 내게 다가온 아이가 고개를 숙였다.

"죄송한데, 시주할 게 아무것도 없습니다."

"어른은 안 계시느냐?"

"장작과 마른 나물을 팔러 갔습니다."

나는 눈 덮인 지붕 뒤로 솟은 굴뚝을 바라보았다. 눈보다 하얀 연기가 피어오르는데 부엌에서는 밥냄새가 나지 않았다.

"저녁은 먹었느냐?"

"죄송하지만 나눠드릴 밥이 없습니다."

녀석은 내가 밥을 달라고 하는 줄 안 모양이었다.

"너희들, 저녁 먹었느냐고 묻는 거야."

"아니요."

"그럼 밥을 해야지."

"옥수수가 없어요."

보리쌀도 아니고 수수도 아니었다. 옥수수조차 남은 것이 없는 모양이었다.

"솥에 끓이는 건 뭐냐?"

"오마니가 옥수수 바꿔오면 밥하려구요."

나는 녀석의 어깨를 감싸고 부엌으로 갔다. 천지가 눈으로 덮였는데 마당은 깨끗했다.

"마당의 눈은 누가 치웠어?"

"제가요."

큰아이의 대답에 이어 방안의 아이들이 소리쳤다. 저도요, 저도요……

나는 새삼 화전에서 집으로 넘어오는 길을 떠올렸다.

"집으로 올라오는 길도?"

"네."

"찾아오는 사람도 없을 텐데 뭐하러 힘들게 치워?"

"오마니가 저 길로 와야 하잖아요."

나도 모르게 눈시울이 울컥했다. 마른 칡뿌리로 허기를 달래면서 종일 눈을 치우며 어미 아비를 기다렸을 아이들이었다.

"연기가 맵구나."

부엌에 들어서며 나는 아이들이 눈치채지 못하게 눈가를 훔쳤다.

"아무렇지도 않은데……"

방에 있던 아이들까지 쫓아나와 부엌으로 쪼르르 따라들어왔다.

"매워, 매워……"

요즘 들어 부쩍 눈물이 많아졌다. 나는 바랑을 벗어 비상식량이 든 주머니를 꺼냈다.

"와, 쌀이다!"

큰아이가 밥을 하는 사이 해가 저물었다. 아이들은 고봉밥 한 그릇을 순식간에 비웠다. 주인 부부는 어둠이 짙어서야 돌아왔다.

큰 녀석이 자랑스럽게 내놓은 쌀밥 두 그릇과 김이 모락모락 피어오르는 숭늉을 본 부부는 눈이 커졌다.

"쌀이 어디서 났어?"

"스님이 주셨어요."

지게에 매달고 온 양식을 꺼내던 주인 부부가 나를 바라보았다. 그들이 구해온 양식은 옥수수 한 됫박과 소금 한 줌이 다였다.

"죄송합니다. 시주를 드리지는 못하고…… 되려……"

말끝을 흐리며 아낙이 물었다.

"저녁 공양은 하셨는지요?"

"네. 큰아이가 얼마나 밥을 잘하던지. 든든히 먹었습니다."

"나도 쌀밥 먹었어."

머리에 버짐이 핀 작은 사내아이가 제 배를 두드리며 끼어들었다.

"쌀만 들어간 밥은 처음 먹어봤어."

"맛있어."

머리를 두 갈래로 땋은 여자아이와 입술이 갈라진 사내아이도 어미 아비의 어깨에 매달리며 한마디씩 거들었다. 아이들의 어미가 옷고름으로 눈가를 훔쳤다.

"찬이란 게 아무것도 없었을 텐데……"

"장맛이 아주 좋아서요."

부부의 밥상에도 찬이라고는 막장 한 종지가 전부였다. 부부는 제 밥그릇의 밥을 아이들에게 한 숟가락씩 더 떠먹이느라 겨우 반 그릇 남짓 먹었다. 양푼에 담긴 숭늉으로 남은 배를 채우는 부부에게 물었다.

"이제 시작인데, 긴 겨울을 어떻게 나려고 합니까?"

"그러게요…… 가뜩이나 어려운데 왜란이 이 산골짜기까지 미칠 줄이야 어떻게 알았겠어요. 장작이라도 부지런히 져다 날라야지요."

사내의 한숨이 깊었다.

"그걸로 양식이 되나요?"

"안 되지요…… 요즘에는 그놈의 일진단인가까지 설쳐서 장터에 들어가기도 어려우니, 더 어렵네요."

"어찌 왜놈들 탓만이겠소. 지난해 호좌의진이 지나가며 화전에 심은 옥수수를 몽땅 축냈지요?"

사내는 의아한 눈빛으로 나를 쳐다봤다.

"생때같은 목숨을 내놓은 사람들이 즐비한데 그깟 옥수수 좀 축난 거야 무슨 대수겠습니까."

나는 호기심에 찬 눈을 반짝이는 아이들을 둘러보았다. 사내가 아이들에게 윗방 문을 가리켰다.

"너희들은 이제 윗방으로 건너가서 자거라."

"오마이, 아바이는?"

"이 방에 스님 자리 펴드리고, 우리도 곧 윗방으로 갈 거야."

9

아이들이 벽 사이로 난 허리 높이도 되지 않는 문을 열고 윗방으로 넘어간 다음 나는 입을 뗐다.

"실은 지난해 이 근처를 지나간 부대의 장수 하나가 소승에게 이 집의 형편을 살펴봐달라고 해서 들렀습니다."

"아, 유인석 대장 말이지요?"

"유인석 대장을 어떻게 아시오?"

내가 되물었다.

"우리 화전의 옥수수를 축냈다고 차용증서를 보낸 분을 어찌 모르겠습니까."

"차용증서를 보내요?"

"유인석 대장이, 그 말씀은 않으셨던 모양입니다."

사내는 허술한 옷궤를 열고, 바닥에서 종이 한 장을 꺼냈다. 유인석의 필체가 분명했다.

군량 차용증서, 옥수수 두 섬, 호좌의진 대장, 의암.

수결자 의암은 유인석의 호였다. 붉은 낙관도 선명했다.

"조사 나온 군관에게 한 섬이 채 되지 않는다고 제가 분명히 말을 했는데, 이렇게 적어 보냈습니다."

내가 호좌의진의 민폐 금지 방침을 어긴 사실을 유인석이 모르는 줄 알았는데, 아니었다. 내가 수하의 대원과 의병들에게 화전민의 옥수수밭을 훑게 한 사실을 알면서도 유인석은 참았던 것이다. 나만 그를 참고 견딘 것이 아니라 그도 나를 참고 견딘 것이었다.

싸우다 죽는 거야 어쩔 수 없지만 내 수하의 군병을 굶은 채 죽게 만들 순 없다, 죽일 테면 죽여라, 나는 눈앞의 옥수수밭을 훑으며 지나갔고 명분에 목을 맨 채 앞뒤가 꽉 막힌 줄로만 알았던 유인석은 내가 강탈한 옥수수를 '군량 차용증'으로 뒷감당한 것이다.

"이렇게까지 먹을 게 없을 줄은 몰랐는데, 정말 미안합니다."

"스님께서 왜 그런 말씀을……"

나는 바랑에서 돈을 꺼내 절반을 사내에게 내밀었다.

"강냉이 한 섬인데, 왜 이렇게 많은 돈을……"

"아이들을 참 잘 키웠더군요. 유인석 대장이 갚는 것이니, 아이들을 잘 먹이십시오."

나는 그렇게 유인석이 나 대신 진 빚을 갚았다.

"이건 강냉이 두 섬이 아니라, 쌀 두 섬 값도 넘겠습니다."

나는 남은 돈 절반은 아낙에게 내밀었다.

"부탁을 하나 해도 될지요?"

아낙은 얼떨결에 받아든 돈과 내 얼굴을 번갈아 살피며 물었다.

"어떤 부탁이시길래……"

"지난해 여름 저너머 계곡에서 의병들이 왜적과 전투를 벌인 날을 알지요?"

"네……"

"해마다 그날 밥 한 그릇, 물 한 대접, 술 한 잔만 그 계곡에 올려 주십시오."

"그것이 무슨 어려운 일이라고 이렇게 많은 돈을?"

나는 아낙의 말에 대답을 않고 자리에서 일어섰다.

"잘 부탁합니다."

"이 밤중에 어딜 가시려고 이러십니까."

사내가 내 소매를 잡으며 말렸다.

"달이 밝아 길 떠나기 좋은 밤입니다."

나는 마당에 서서 하늘을 올려다보았다. 눈 덮인 능선 위로 차오른 달이 잠든 세상을 지키고 있었다.

"그 계곡에 가시려는 것이면…… 가시지 않는 것이 좋습니다."

마당을 나서는 내게 사내가 말했다.

"언젠가 유골을 수습하러 올 거라고 일진단이 당번을 정해서 그 계곡을 순찰합니다."

사내도 이제 내가 그냥 승려가 아니라는 걸 안 모양이었다.

나는 고개를 끄덕였다. 사내의 옆에 선 아낙이 내게 덧붙였다.

"그래도 저희는 여기 사는 사람이니 걱정하지 마십시오. 해마다 메와 술은 빠뜨리지 않고 꼭 올리겠습니다."

나는 굴피집을 등지고 달빛을 따라 걸었다. 밤바람에 마른 옥수숫대 서걱거리는 화전을 지났다. 눈이 무릎까지 쌓인 바위 앞에서 김수협이 잠든 계곡을 내려다보았다. 내가 묻어주지 못하고 떠난 저격여단의 대원과 호좌의진 의병들이 흰 눈을 덮고 시린 달빛 아래 잠들어 있었다.

나는 돌아서서 눈 덮인 바위에 손바닥으로 숫자 셋을 썼다.

이백삼십.

저격여단의 이름으로 수행한 단독 저격전의 중간 보고를 김수협과 대원들이 바라볼 수 있도록 나는 바위 옆으로 비켜섰다. 그동안 저격여단이 처단한 적이 이백삼십 두였다. 나는 약속의 절반을 지켰다. 이제 저격여단의 앞에 남겨진 적은 이백삼십 두였다. 나는 눈 위에 작별 인사를 썼다.

'저격여단은 싸우고 있다.'

나는 산짐승 발자국 하나 찍히지 않은 눈길을 따라 걸음을 옮겼다. 허벅지까지 쌓인 눈이 지워버린 길 위에서 밤새워 넘어야 할 능선을 바라보았다. 대원들이 잠든 계곡으로부터 불어온 겨울바람은 내 등을 떠밀었다.

8장

단독여단

1

죽은 줄 알았던 남창일을 다시 만난 건 지난가을이었다.

대관 읍내에 주둔한 왜군 분견대의 동태를 살피고 나서 처결 대상들의 평판을 귀동냥하려고 객상에 들렀던 나는 내 눈을 의심했다. 대관분지에서 기른 연초를 수집하는 객상이었다. 객상의 넓은 마당에서 연초 건조 작업을 하는 고공들의 우두머리를 나는 첫눈에 알아보았다. 짧게 깎은 머리에 왜식 옷을 입었지만 틀림없는 남창일이었다.

"대체, 어떻게 된 거야?"

나만큼이나 놀란 남창일은 한숨을 길게 내쉬고 나서 대답했다.

"박한."

"박한 초관?"

"이제 초관이 아니고 장령이야. 그가 옥에 갇힌 나를 빼돌려줬지."

"박한답네."

나는 정태신 파총을 따라 호좌의진을 진압하러 왔던 박한을 떠올렸다. 바위 밖으로 머리를 내밀지 말라고 내가 아닌 내 몸을 숨긴 바위에다 선제 사격을 한 박한이었다.

나를 평양군영으로 돌려보내고 한양 친군영에 남은 그는 정태신 파총의 오른팔로 전국의 민란진압 현장을 누볐다. 그에게는 남창일이 참여한 동학농민군도, 내가 합류한 호좌의진도 진압해야 할 민란이었다.

"진남포 집에는 가봤어?"

고개를 끄덕이던 녀석이 눈을 감았다. 아내와 아이들이 떠오르는 모양이었다.

"아무것도 모르는 식구들을 그렇게까지 할 줄이야……"

완력과 검술을 인정받아 연초 객상의 총판 노릇을 하던 녀석은 나를 따라나서겠다고 우겼다.

"나도 같이 하자."

"지금은 둘도 많아. 이 임무는 나 혼자서 끝내."

"둘이서 하면 더 빨리 끝낼 수 있잖아."

"저격여단의 진지는 모두 일인용이야."

태백준령에 마련해둔 진지에 틀어박히면 아무도 나를 찾아낼 수 없었다. 내 몸 하나 들어가서 입구를 은폐하면 사냥개도 찾지 못하게 만든 포수막이었다. 여덟 개 진지에는 언제라도 꺼내 쓸 수 있는 총기와 탄환, 비상식량을 갖춰두었다. 나는 진지 밖으로 나오면 철에 따라 포수가 되기도 하고 약초꾼이 되기도 했다. 스님과 농사꾼으로도 변복했다.

적은 지난 두 해 동안 나의 뒤를 쫓았지만 내 정체를 짐작할 어떤 단서도 파악하지 못했다.

“너만 갚아야 할 원수가 있는 거 아니잖아. 내 포수막, 내 진지는 내가 만들게. 둘이 같이하면 우린 두 배, 세 배로 강해져.”

“세 배, 네 배로 위험해지지.”

“나를 못 믿는 거네.”

나는 화를 내는 남창일을 달랬다.

“꼭 하고 싶으면 더 어려운 일을 해.”

“그게 뭔데?”

“적을 고르는 일.”

남창일이 눈을 빛내며 나를 쳐다봤다.

“적을 잡는 것보다 어렵고 위험한 일이 잡을 적을 정하는 거야. 정말 없애야 할 적을 고르고 여지없이 처치할 장소를 정하기만 하면, 잡는 건 간단해. 그러니 그 어려운 일을 네가 좀 맡아.”

남창일은 연초 객상에서 일을 계속하면서 대관분지에 인접한 영원군과 양덕군, 성천군에 드나드는 적을 낱낱이 알아냈다. 녀석의 신분 노출을 막기 위해 정작 대관군은 나의 작전 지역에서 제외했다.

오늘 남창일이 골라둔 적은 영원군 헌병대장 미야모토의 초대를 받아 벚꽃놀이를 오는 현흑상단의 한양 총책인 나카무라였다. 미야모토는 일본으로 귀환한 하세가와 요시미치의 최측근이었고 나카무라는 덕원 좌수 박상준이 열렬히 떠받들던 후쿠자와 유키치의 추종자였다. 그들의 동석자는 물주인 영원군 일진회 회장 정상철이었다.

“이놈들 잡고 바로 갈 거야?”

“응, 청진으로 넘어갈 거야.”

나는 아쉬워하는 남창일의 어깨를 껴안고 옆에서 머리를 툭툭 들이받았다. 군영에 같이 있을 때 자주 하던 장난이었다.

"이제 얼마 남지 않았어."

평안도 영원과 대관, 희천의 경계가 되는 대관분지는 산벚꽃이 아름답기로 유명했다. 특히 분지의 영마루 남쪽 경사면의 산벚꽃을 왜놈들은 조선 최고의 절경으로 꼽았다.

왜놈들은 대관분지를 조선의 마루야마라고 불렀다. 일본에서 가장 늦게, 가장 아름다운 벚꽃이 피는 마루야마는 삿포로에 있는 산이었다. 마지막 벚꽃을 즐기려는 왜놈들이 일본에서 마루야마를 찾듯이 조선에서는 대관분지를 찾았다. 초봄에 피는 다른 지역의 벚꽃과 달리 봄의 정점에서 피는 대관분지의 벚꽃을 시리도록 찬란하게 만드는 것은 절정의 봄빛이었다.

나는 대관분지 남쪽 경사면의 암벽 사이에서 총구 위로 떨어지는 산벚꽃을 바라보았다. 태백준령을 넘어 서북으로 날아가는 기러기떼의 길을 지켜주는 삼월의 달빛이 피워낸 산벚꽃이 샛바람에 흩날리며 떨어지는 오후, 절정의 봄빛은 눈이 부셨다.

남창일의 정보는 정확했다. 벚꽃놀이를 온 영원 헌병대장 미야모토와 현흑상단의 나카무라, 정상철은 대동강의 지류인 승통개 물가에서 주연을 열었다. 그들은 모두 하세가와가 일본으로 귀환하면서 조선에 심어두고 간 첩보원들이었다.

주연이 열리는 암벽 위에 매복하고 있던 나는 헌병대장 미야모토를 먼저 가늠쇠 위에 올려놓았다. 군화를 벗어던지고 평상에 비스듬히 드러누워 기생의 노래를 들으며 분분히 흩날리는 산벚꽃을 즐기는 놈의 머리를 겨누었다.

탕. 떨어지는 벚꽃을 가르고 날아간 탄환은 한 치의 오차도 없었다. 놈의 머리가 튀어올랐다 바닥으로 떨어졌다. 벚꽃 몇 잎이 놈의 주변으로 떨어졌다. 자신의 얼굴로 튀긴 핏방울에 놀란 기생은 자리에 풀썩 주저앉았고, 나카무라와 정상철은 평상에서 뛰어내렸다. 앞에서 도망치는 정상철부터 겨누었다.

탕. 탄환은 놈의 귀와 눈 사이로 파고들어갔다. 그사이 나카무라가 평상 밑으로 숨었다. 어깨가 들어가지 않는지 머리만 평상 밑으로 처박은 채 뒤뚱거렸다. 평상에 가려 머리가 가늠쇠 위로 올라오지 않았다. 더 지체하면 내 위치의 노출을 피하기 어려웠다. 나는 놈의 어깨와 허리 사이를 겨냥했다.

탕.

놈이 몸을 옆으로 말았다. 이번에는 등이 잡혔다. 등을 향해 한 발 더 쏘았다. 그 등 앞에 있는 것이 심장이었다.

이제 남은 적은 쉰한 두였다.

2

객상, 상덕원 객상의 문 앞에는 여느 객상과 다름없는 깃발이 내걸려 있었다. 찢긴 곳이 없는 온전한 깃발이었다. 안전하다는 여연의 신호였다.

"왜군이 스무 두 넘게 참가하는 군영 바깥 행사를 알아보아줄 수 있겠소?"

여연은 관북지역에서 최고의 일본어 실력을 지닌 인물이었다. 일본에서 중요한 인물이 함경도에 오면 그녀가 불려갔다. 주요한 회의의 통역도 모두 그녀의 몫이었다. 일본군의 고급 정보를 가장 많이, 가장 정확하게 꿰고 있는 인물이 여연이었다.

"한꺼번에 스무 명을 어쩌시려고요?"

"다이나마이트가 있소."

"그걸 어떻게 행사장에다 설치해요?"

나는 손바닥으로 내 가슴을 가볍게 두드렸다. 더는 탄환 확보가 불가능하다는 사실을 확인한 금성의 두장거리에서 이미 작정한 일이었다.

"내가 모두 데리고 가겠소."

여연이 놀라며 두 손바닥으로 입을 가렸다. 여연의 큰 눈망울에 가득 차오른 물기가 흘러내리며 입을 가린 손가락 사이로 파고들었다.

"이건 아니지요."

"이제 내 일을 끝낼 때가 됐소. 이번이 마지막이오. 더는 신세질 일이 없을 것이오."

일본군은 지난여름부터 나의 은신처로 의심되는 태백준령을 샅샅이 훑는 수색 작전을 반복했다. 일본 군부의 비밀 첩보조직 현양사가 거느린 현흑상단과 일진단까지 총동원한 추격은 집요했다. 완벽하다고 믿었던 내 진지 여덟 개 중 세 개가 털렸다. 노획해둔 무기와 탄환, 확보해둔 비상식량 일부도 놈들의 손에 넘어갔다.

하지만 그들은 아직도 나의 정체를 특정하지 못했다. 경복궁에 난입해 명성황후를 난자하고 주검을 불태운 일본 군부의 첩보조직 현양사도 내 그림자만 쫓아다녔다.

문제는 탄환이었다. 내게 빼앗긴 숫자만큼의 탄환이 정확하게 자신들에게 되돌아온다는 것을 안 일본군은 철통같은 탄환 방어에 나섰다. 부대별로 관리 대장을 만들어 날마다 탄환을 점검하고, 탄환을 빼앗긴 부대 지휘관은 파면했다. 일진단을 풀어 탄환 거래처를 염탐하고 밀매자들에게 철퇴를 가했다. 아직 내 장부에 남은 숫자는 스물인데 내게 남은 탄환은 단 한 발도 없었다.

"저는 못합니다."

여연은 고개를 저었다.

"상덕원 객상에 불똥이 튀지 않게, 장소는 덕원이 아니어야 하오."

"저와 우리 객상이 다칠까봐 겁나서 제가 못하겠다고 하는 거 같아요?"

여연은 화를 냈다.

나는 사흘 뒤에 다시 찾아오겠다는 말을 남기고 상덕원 객상을 나왔다.

바람이 잘 드나드는 7부 능선에 은닉해두고 관리해온 다이나마이트는 아무런 이상이 없었다. 널쿼금광의 교헤이는 사방 삼십 척 안에 있는 것은 무엇이든 날려버릴 위력을 지닌 대탄이라고 했다. 나는 채굴용 곡괭이자루 굵기의 다이나마이트 두 개를 배에 두르고 이동하는 연습을 마쳤다.

"꼭 하셔야겠습니까?"

사흘 만에 다시 만난 여연이 내게 먼저 물었다. 여연의 표정은 무거웠지만, 눈빛은 지난번처럼 흔들리지 않았다.

"하지 않을 일은 입에 올리지 않소."

잠시 말없이 나를 빤히 쳐다보던 여연이 입을 열었다.

"알아는 보았습니다. 그 대신, 제가 하자는 방법을 따르겠다는 약조를 하십시오."

"어떤 방법이오?"

"먼저, 따르겠다는 약조를 하시면 말씀드리겠습니다."

내 눈을 직시하는 여연의 눈빛은 목소리보다 더 완강했다.

"합시다."

그녀가 알아온 행사는 일본 헌병대와 일진단 대표들의 연찬회였다. 일본공사관의 무관도 참석하기로 되어 있다는 것이었다.

"장소는 양덕 온천입니다."

"평안도의 양덕 말이오?"

"네. 가장 빨리 열리는 행사를 찾으라고 하지 않았습니까. 그게 가장 빨리 열리는 행사입니다."

"내가 따라야 할 방법은 무엇이오?"

여연은 목소리를 낮추어 자신이 사흘 밤낮으로 궁리했다는 방법을 내게 설명했다. 그녀의 계획은 비상하고도 탁월했다.

"왜, 제가 한 궁리가 마음에 들지 않으십니까?"

나는 조금도 망설이지 않고 고개를 저었다.

"전혀."

3

나는 상덕원 객상을 나와 바로 태백준령을 넘어 양덕으로 갔다. 왜놈들과 일진단의 행사는 이틀 뒤였다. 나는 양덕 읍내의 동향부터 살피고 자하온천장으로 향했다.

자하온천장이 있는 대탕지에는 관아도 없었고 일본군 분견대도 없었다. 양덕 읍내의 일본군이 자하온천장까지 출동하는 데 걸릴 시간을 계산하며 걸었다. 대탕지 입구까지 오 리가 조금 더 되는 거리였다. 한 다경, 차 한 잔 마실 시간 안에 모든 일을 끝내야 했다.

자하온천장은 대탕지 골짜기의 가장 상류에 있는 고급 온천장이었다. 이름난 온천장인데 두 개의 탕과 세 채의 객사가 모두 텅 비어 있었다. 서양 궐련을 물고 탕과 객사를 살피던 양복쟁이 사내가 나를 힐끗 쳐다봤다.

"손님을 받지 않아."

짧게 단발을 한 사내는 의포가 허술한 나를 바로 쳐다보지도 않았다. 여연이 말한 주인 오기채인 모양이었다. 오기채는 이번 행사에 온천장 전체를 공짜로 내놓았다고 했다. 관직을 얻어볼 심산으로 원근의 왜놈들을 초대해서 공짜 온천을 시키며 잠자리에 여자까지 넣어주는 자.

"구경만 좀 하고 가려 하오."

내가 '하오'를 쓰자 사내가 발끈하며 소리쳤다.

"아무도 받지 않는다고 하지 않았나!"

"내가 보려고 하는 것이 아니고 한양의 대감님께서 살펴보고 오라고 해서 왔소."

"뭐, 한양의 대감……"

주춤하며 말끝을 흐리던 놈이 물었다.

"누구?"

"죽동궁의 대감님께서 행차를 채비중이오."

죽동궁은 내가 한양에서 경위를 맡았던 우영사 민영익의 거처였다. 민비의 조카로 위세가 하늘을 찌르던 민영익이었다. 지금은 처지가 예전만 못하게 되었지만, 양반은 망해도 삼대를 가는 법이었다.

"아, 이거 미안하게 되었소. 내가 여기 장주인 오기채요."

하대를 하던 오기채가 갑자기 말을 고치며 물었다.

"언제 행차를 하실는지……"

"열흘 뒤긴 하오만. 대감님께서 한기를 꺼리셔서 객사에 불이 잘 드는지를 미리 살펴보라고 해서 돌아보러 왔소."

"열흘 뒤라면 걱정 않아도 되오. 그때는 모든 객사에 따끈하게 군불을 넣소."

"언제부터 객사에 불을 넣소."

"입동부터 넣소."

사흘 뒤가 입동이었다. 여연의 정보는 정확했다. 여연이 서둘러 자하온천의 행사를 선택한 것은 입동이 지나면 수행이 불가능한 작전이기 때문이었다. 절집에서는 첫눈이 내리는 소설부터 군불을 넣는데 온천장은 그보다 이른 입동부터 군불을 땠다.

온천탕과 객사의 안내를 마친 오기채는 묻지도 않았는데 변명을 늘어놓았다.

"내일 열리는 중요한 행사에 신경이 곤두서서 아까는 내가 사람을 알아보지 못했소이다."

"큰 행사인 모양이오?"

"전국 각처에서 사람들이 오는데다 일본 공사관과 헌병대가 함께하는 행사라, 일본의 쓰루노유 료칸 못지않은 곳이 조선에도 있다는 걸 보여주어야 한단 말이오……"

"쓰루노유 온천이 일본에서 유명하오?"

"대단하지요. 뉴토라는 조용한 산속의 온천인데 전쟁에서 공을 세운 무사들을 치료하던 곳이라 하오. 쓰루노유 료칸은 조선말로 학온천인데, 다리를 다친 학이 스스로 이 온천에 들어가 상처를 치료하고 날아갔다고 해서 붙여진 이름이오."

"직접 눈으로 본 사람 같소."

"내가 직접 가봤지요. 그래서 조선 최고인 우리 온천장이 온천을 애호하는 일본 귀빈을 실망시켜서 안 되겠다, 싶어 직접 챙기다보니 아까는 내가 좀 실수를 했소. 마음에 담아두지 마시오."

“괜찮소, 일하다보면 그럴 수도 있지요. 그럼 가보겠소이다.”

나는 짐짓 무심한 척 몸을 돌렸다.

“그럼 열흘 뒤에 죽동궁의 대감님이 오시는 거지요?”

“글쎄요. 소탕지에도 둘러보고 오라 하셨으니, 거기도 가봐야 알겠소.”

나는 오기채의 몸이 달도록 슬쩍 튕겼다.

“아이고, 소탕지는 소경들이나 가는 곳이지요. 어떻게 귀한 대감님을 그리로 모신단 말이오.”

소탕지는 양덕 읍내의 동북쪽에 있는 온천 지대였다. 이 온천은 소경과 눈 나쁜 사람들이 많이 찾았다. 소탕지에서 이틀 온천을 한 소경이 눈을 번쩍 뜨고 집으로 돌아갔다는 소문이 난 덕분이었다.

“나야 본 대로 가서 아뢰는 것이고, 결정이야 대감님께서 하시지 않겠소.”

“꼭 우리 온천장으로 모시고 오시오. 내 극진히 모시리다.”

4

다음날 저녁에 나는 다시 자하온천장을 찾았다. 일진단의 회합에 들어가 있던 주인 오기채는 나를 보고 반색을 했다.

"그래, 소경탕엔 가보았소?"

"거긴 코쟁이들도 드나들고, 좀 번잡스러워서 아무래도 대감님을 이리로 모셔야 할 것 같아 다시 들렀소."

"아주 잘 생각했소이다. 뭐 특별히 내가 준비해야 할 것이 있으면 귀띔을 좀 해주오."

"글쎄요……"

"뭐, 소리 잘하는 기생을 좋아한다든가, 미끈하고 살결 고운 기생을 좋아한다든가……"

"어허, 우리 대감님을 어찌 보고 그런 망령된 소리를 하오."

머쓱한 얼굴로 내 눈치를 살피는 오기채를 향해 내가 덧붙였다.

"시를 주고받으며 잠시 말동무나 할 수 있는 기생이라면 모를까."

오기채는 음흉한 웃음을 지으며 은근한 목소리로 내게 물었다.

"그리고, 뭐 또다른 건 없소?"

"방이 너무 덥거나 한기가 돌아선 아니 되오. 더구나 연기가 들면 날벼락이 떨어지오."

오기채는 걱정스러운 표정을 지었다.

"덥지도 않고 한기도 돌지 않는 것이 어느 정도인지……"

"너무 염려하지 마시오. 아무도 그걸 맞추지 못해서 어디를 가시더라도 불은 내가 넣소."

"아하, 그렇다면 안심이오."

"나는 불 넣을 아궁이나 좀 살피고 갈 터이니, 행사가 한참인 것 같은데 어서 들어가시오."

객사 안에서는 건배를 외치는 소리가 들렸다.

다이닛폰테이코쿠노 다메니! 대일본제국을 위하여!

"그럼 내가 먼저 들어가봐도 되겠소?"

얼른 안으로 들어가 함께 건배를 외치고 싶은 오기채가 초조한 눈빛을 감추지 못하고 내게 물었다.

"걱정 말고, 오는 날에 맞춰 잘 마른 장작이나 준비해두시오."

"아, 물론이오."

대답을 마치기 바쁘게 객사로 걸음을 옮기는 오기채를 불렀다.

"이보오."

군불 땔 아궁이 주변을 살피는 나를 돌아보며 오기채가 물었다.

"뭐가 잘못됐소?"

"장작은 반드시 소나무여야 하오."

"알았소. 걱정 마시오."

사내가 객사로 들어가는 것을 확인하고 나는 품에서 다이나마이트를 꺼내 아궁이에 집어넣고 도화선 두 개에 불을 붙였다. 도화선 하나는 불이 바로 붙어 벌써 타들어가는데 다른 하나는 불이 잘 붙지 않았다. 잠시 애를 먹었지만 두번째 다이나마이트에도 불이 붙었다. 옆에 놓인 긴 부지깽이로 다이나마이트 두 개를 객사의 방구들 속으로 깊숙이 밀어넣고 나는 몸을 일으켰다.

광산에서 쓰는 짧은 도화선과 달리 긴 도화선을 썼다. 뇌관까지 타들어가는 데 얼마나 걸릴지 정확하게 예측하기 어려웠다.

자하온천장을 빠져나온 나는 골목 한쪽에 몸을 숨기고 다이나마이트가 터지기를 기다렸다. 서른아홉, 마흔, 마흔하나…… 같은 길이의 노끈으로 시험을 했을 때는 마흔에 다 타들어갔었다.

마흔일곱, 마흔여덟. 마흔아홉을 세려는 순간이었다. 골목 아래에서 아이들 둘이 장난을 치며 달려올라왔다. 나는 골목으로 뛰어나가 두 아이의 뒷덜미를 잡았다.

"거기 가면 안 돼."

다이나마이트가 터진 건 그 순간이었다.

쾅, 콰광.

굉음과 함께 자하온천장의 객사가 날아갔다.

5

지옥 같은 매질을 당하는 사이에도 잠이 왔다. 매를 맞으면서도 나는 깜빡깜빡 잠이 들었고, 더 센 매에 잠이 깨곤 했다. 헌병대에 잡혀온 다음 몇날 며칠이 흘렀는지 알 수 없었다. 그사이 놈들은 한 번도 나를 재우지 않고 취조를 계속했다. 놈들의 취조는 고문과 매질의 끝없는 반복이었다.

노무하라 중위가 들어오고 바닥에 널브러졌던 나는 다시 의자에 앉혀졌다. 같은 질문이 이어졌다.

“왜 거기에 있었나?”

“골쇄보값을 받으러 갔다가 주인이 밖에서 기다리라고 해서 기다렸습니다.”

앵무새처럼 같은 대답을 되풀이하는 나를 노려보던 노무하라가 소리쳤다.

“인두맛을 보여라.”

매부리코가 불에 달군 인두를 내 왼쪽 허벅지에 올렸다. 이를 악물고 참는 것도 잠시, 내 입에서 비명이 터져나왔다. 인두는 손톱과 발톱 밑을 파고들던 뜨거운 대바늘과는 또 달랐다.

"온천장으로 들어가려던 아이들은 왜 못 들어가게 잡았나?"

"주인이 행사가 있다고, 아무도 들어오면 안 된다고 해서……"

나는 주변을 살필 겨를도 없이 온천장으로 달려들어가려는 아이들을 붙잡기 위해 뛰어나갔다. 두 아이의 뒷덜미를 잡는 순간 자하온천장의 객사가 날아갔고, 아이들의 뒤를 따라오던 헌병대가 내 뒤통수를 소총의 개머리판으로 찍었다.

"뜨거운 맛이 모자라다."

노무하라가 내 오른쪽 허벅지를 가리켰다. 내 살을 태우고 올라온 노린내가 코를 파고들었다. 죽음보다 더한 고통이었다. 어차피 내가 할 일은 모두 끝냈으니 그들이 잡으려던 날아다니는 비적이 나임을 인정해버릴까, 하는 생각이 몰려들었다. 하지만 그럴 수 없었다. 내가 나임을 인정하는 순간 내게 정보를 준 정보원을 추궁할 것이 뻔했다. 지금과 같은 고문이 계속된다면 혼미해진 내 입에서 언제 여연의 이름이 나올지 몰랐다. 내 허벅지는 녹아내렸고, 비명을 지르던 나는 또 정신을 잃었다.

"이놈은 대체 지독한 것인가? 아니면 미련한 것인가?"

축 늘어진 나를 내려다보며 노무하라가 혀를 끌끌 찼다.

"곧 숨이 끊어질 것 같습니다."

내 가슴에 손바닥을 올려놓은 곰보의 얼굴이 흐릿했다.

"의원을 불러라. 날아다니는 비적이 그냥 죽게 둘 수는 없지."

곰보가 문을 열고 달려나갔다. 노무하라의 모습이 두 개로 보이기도 하고 세 개로 보이기도 했다.

"아무리 바보인 척하며 버텨도 소용없다. 네놈이 날아다니는 비적이란 건 시간이 곧 밝혀준다. 올 들어 날아다니는 비적이 보름 동안 가만히 있었던 적이 없다. 벌써 열흘이 지났다. 오 일만 더 두고 보자."

나는 비로소 내가 붙잡힌 지 열흘이나 지났다는 걸 알았다. 그동안 저격을 당한 왜놈과 그 앞잡이가 없었던 건 당연했다. 정말 남은 닷새 동안은 지켜보겠다는 것 같았다.

하루에 한 번씩 유치장에서 끌고 나가 취조를 하며 매질을 하는 게 다였다. 의원도 두 번이나 다녀갔고 하루 두 끼 먹을 것도 줬다. 매질은 했지만, 이전과 같은 고문은 없었다. 수없이 묻던 것을 다시 물었다.

"이름이 뭐냐?"

"바……방우."

"나이는?"

"서른다섯입니다."

"집은?"

"산입니다."

"어느 산? 산이 다 니 거야?"

"약초를 찾아 이 산 저 산 떠돌아다닙니다."

노무하라가 내 뺨을 후려쳤다.

"지독한 놈."

나는 지금까지와 마찬가지로 입을 꾹 다물고 무지렁이처럼 눈을 멀뚱거렸다. 내 운은 여기서 다한 것이다. 나는 마지막으로 스물일곱 두를 날려보냈고, 그것으로 여단은 단독 저격 작전의 목표보다 일곱 두가 많은 사백육십칠 두의 적을 처단했다. 이제 죽는다고 해도 여한은 없었다. 내 얼굴에서 웃음이 번졌을까, 놈이 바락 악을 쓰며 주먹을 날렸다.

"바카야로!"

놈의 주먹은 매서웠다. 놈이 날린 좌우 연타에 나는 의자와 함께 휘청거렸다. 하지만 중심을 잡고 바로 앉았다. 온몸이 누더기처럼 너덜너덜해졌지만, 중심을 잡고 앉아 있을 정도는 되었다.

"이제 하루 남았어. 내일까지 날으는 비적이 나타나지 않으면 어떻게 되는지 알지? 내가 네놈의 목을 베고 심장을 꺼내고 말 거야."

놈의 눈이 살기로 번뜩였다. 불이 흘러내리는 호랑이의 눈을 마주해본 범포수가 아니라면 섬뜩해질 만한 눈빛이었다. 나는 터진 입술을 손바닥으로 훔치며 놈을 쳐다보았다.

"바카야로."

살기를 뿜어내는 놈의 눈빛에 오그라들지 않고 바보인 듯 무시하는 듯 멀뚱거리며 쳐다보는 내게 부아가 치솟는지 놈이 군복 외투를 벗었다. 내가 놈과 같은 살기를 지닌 눈을 처음 보는 것처럼, 놈도 놈의 눈을 멀뚱멀뚱 마주 쳐다보는 나와 같은 눈이 처음이었을 것이다.

노무하라의 부하가 취조실의 문을 열고 들어온 건 놈이 손바닥으로 내 빰을 천천히, 그러나 최대한 모욕감을 느끼게 한 대, 두 대, 세 대째 후려친 다음이었다.

"날아다니는 비적이 다시 나타났습니다."

"뭐?"

노무하라가 나와 부하를 번갈아 쳐다보며 반문했다.

"날아다니는 비적은 여기 있는데 무슨 소리야?"

"성천에서, 우리 헌병대 한 명과 일진단 둘이 당했답니다."

성천은 양덕, 대관과 바로 붙어 있는 군이었다.

"뭘로?"

"스나이다 탄환 한 발과 리볼버 탄환 두 발이랍니다."

스나이다와 리볼버는 모두 내가 사용하던 총기였다.

"세 발에 셋이 당했어?"

"네."

의구심에 찬 눈빛으로 나를 한참 동안 쳐다보던 노무하라가 벗어 두었던 군복 외투를 입고 취조실을 나갔다.

누굴까? 나 아닌 누가.

남창일의 얼굴을 먼저 떠올리던 나는 고개를 저었다. 녀석에게는 총기가 없었다. 설사 스나이다는 어디서 구했다고 해도 리볼버를 구하는 건 불가능했다.

여연 부부? 총을 한 번도 다뤄본 적이 없는 이들이었다. 세 발로 셋을 잡는 건 일격필살의 명사수가 아니면 하지 못할 일이었다.

그럼 대체 누굴까? 오랫동안 보지 못한 얼굴 하나가 눈앞에 어른거렸다. 설마…… 나는 머리를 흔들었다. 그럴 리 없었다.

6

내가 헌병대에서 풀려난 것은 여연 부부가 힘을 쓴 덕분이었다. 여연은 내가 짐작했던 것보다도 훨씬 더 대담했고, 발도 넓었다. 세닢부치 산삼을 한 두름이나 들고 한양으로 가 아카이 대장을 만난 여연은 그의 친서를 받아들고 노무하라를 찾아와 상덕원 객상에 산삼을 대는 심마니를 내놓으라고 당당하게 요구했다.

"조선 왕실은 물론이고 일본국 황실과 내각에 금강산 이슬을 머금고 자란 오방추를 대온 것이 우리 객상입니다. 그중에서도 최상품인 세닢부치 오방추가 자라는 심바치를 가진 노마니는 이 먹킹이 하납니다."

여연은 심마니들끼리만 쓰는 말을 이어 쓰며 조선말을 제법 잘한다고 자신하는 노무하라를 제압했다. 기선을 빼앗긴 노무하라는 더듬거리며 여연에게 물었다.

"세닢부치와 오방추, 심바치…… 노…… 그건 뭐요?"

"추우이쿠라이나라, 고노요나 고토바쿠라이와 싯테오쿠베키데스요……"

여연은 일본인 빰치게 유창한 일본말로 노무하라를 압도했다.

"조선 근무가 벌써 몇 년인데 아직 오방추도 몰라요? 뭐, 본 적이 없을 테니 모를 수도 있겠네요."

노무하라에게 핀잔을 준 여연은 노무하라의 뒤에 서 있는 일진단원들을 둘러보며 조선말로 덧붙였다.

"오방추, 말은 들어봤겠죠? 산삼. 잎이 셋 붙은 세닢부치 오방추는 산삼 중에서 최고품으로 한양의 아카이 대장에게도 한 해에 한두 뿌리밖에 보내지 못하는 귀물이에요. 산삼이 무더기로 자라는 밭, 그것도 세닢부치 오방추가 무더기로 나는 밭, 그 심바치를 가진 노련한 심마니인 노마니는 이 먹킹이 하나란 말예요."

여연이 일진단원들에게 설명하는 것처럼 말했지만, 내게 상황 파악을 시키기 위한 것이란 걸 나는 금방 알아차렸다.

"먹킹이는 또 뭐요?"

매부리코 일진단원이 물었다. 사람을 먹킹이라고 하는 심마니들의 말을 매부리코가 알 리 없었다.

"먹킹이, 히토데스. 와카리마시타까?"

여연은 매부리코는 거들떠보지도 않고 노무하라에게 알아들었는지 물었고, 노무하라는 고개를 끄덕였다.

"노무하라 추우이사마, 세키닌 모치마스까?"

여연이 뭐라고 했는지 노무하라가 흔들리며 발끈했다.

"난노 세키닌? 나더러 뭘 책임지라는 거요?"

"만약 아카이 대장이 이달 말까지 동경으로 보내라고 한 세닢부치 오방초를 우리가 보내지 못하게 되면 중위님께서 그 책임을 지실 자신이 있겠는가, 그 말입니다."

"이자가 날아다니는 비적이 아니란 건 뭘로 증명하오?"

노무하라는 손발이 묶인 나를 노려보며 화를 냈지만 흔들리는 눈동자를 숨기지 못했다. 하지만 여연은 눈도 깜박하지 않고 되물었다.

"그제 밤에도 날아다니는 비적이 마구 불질을 하고 다녔다면서요. 여기에 이렇게 꽁꽁 묶여 있는 자가 어떻게 밖에 나가 맘대로 불질을 하고 다닐 수가 있어요?"

노무하라도 물러서지 않았다.

"정말로 그 귀한 삼밭을 아는 심마니라는 것은 또 뭘로 증명하오?"

여연은 노무하라의 눈앞으로 세닢부치 산삼에 대한 답례로 받은 아카이 대장의 친서를 내밀며 턱으로 나를 가리켰다.

"이걸로 부족하면, 중위님이 이자를 통하지 않고 아카이 대장이 부탁한 세닢부치 오방초를 구해보십시오."

"그럼 이자를 데리고, 이자만 안다는 그 산삼밭으로 같이 가봅시다."

노무하라의 말에 여연이 피식 웃었다.

"중위님, 사람을 이 지경으로 만들고 나서도 아직 모르세요? 심마니들은 제 자식에게도 산삼이 나는 자리를 가르쳐주지 않습니다. 심바치를 입 밖에 내는 심마니는 심마니가 아니지요."

여연은 나에게 눈길을 돌리며 혀를 찼다.

"아무리 세닢부치 오방추 심바치가 중해도 그렇지, 그게 목숨보다 중해요?"

대답을 하지 않는 내게서 눈길을 거둔 여연이 노무하라에게 쐐기를 박았다.

"이자가 누구인지 저는 관심이 없습니다. 다만, 저와 우리 객상은 이달 하순에 요코하마로 가는 화선에 세닢부치 오방초를 선적해야 하고, 그것을 가져올 자가 이 먹킹이뿐이란 것입니다."

요코하마는 도쿄로 가는 모든 화물이 거쳐가는 항구였다. 여연은 노무하라가 가장 두려워하는 것이 무엇인지 알았고, 노무하라는 나를 잡아들인 지 스무하루 만에 풀어주었다.

7

여연은 내게 한시바삐 피신하라고 재촉했다.

"노무하라의 그물망에서 벗어나야 해요."

나는 여연의 말을 듣기만 했다.

"노무하라가 의심을 거두고 포기한 게 아니에요."

내가 여전히 여연의 말에 대꾸를 않자 선형우가 거들고 나섰다.

"그렇습니다. 이번에는 억지로 풀어주었지만 무슨 구실로든지 반드시 다시 잡아들일 겁니다. 노무하라는 한번 물면 절대 놓지 않는 독종입니다."

"가실 만한 곳이 마땅치 않으시면 우리가 마련하겠습니다."

나는 여연의 가족이 걱정인데 정작 그들은 내 걱정만 했다.

"요코하마로 가는 배에 선적하기로 한 오방초는 어쩌려고 하오? 세닢부치 오방초는 어떻게든 내가 구해주고 떠나야 이 객상과 가족들이 무사치 않겠소?"

여연은 선형우에게로 눈길을 옮기며 입가에 미소를 지었다.

"그건 걱정 마세요. 벌써 이이가 손을 써뒀습니다."

선형우가 여연을 바라보며 마주 웃었다. 서로를 바라보는 두 사람의 미소가 더할 나위 없이 지극했다.

"심바치, 산삼밭 하나를 샀습니다."

"돈이 만만치 않을 텐데."

"돈은 또 벌면 됩니다. 우리 가족의 은인인데 그깟 재산이 뭐가 아깝겠습니까? 쓸 곳에 쓰지 못하는 재물은 이미 재물도 아닌 것이지요."

선형우의 목소리에는 아내와 가족을 아끼는 지극한 마음과 함께 재물에 대한 소신이 묻어났다. 여연을 바라보는 그의 눈길에도 믿음과 애정이 그득했다. 유능한 사람도 많고 선량한 사람도 많다. 하지만 유능하면서도 선량한 사람은 드물었다. 남의 객상 머슴살이로 시작해서 원산과 덕원 일대에서 손꼽히는 객상을 일으킨 여연과 선형우 부부는 그런 아주 드문 사람이었다. 내가 한 번도 가져보지 못한, 부러운 가족이었다. 지켜주고 싶었다.

"두 분 덕에 이미 끝난 목숨을 연장했소."

내 인사에 선형우는 두 손을 내저었다.

"무슨 말씀을요. 정말 큰일을 한 건 저희가 아니고 또다른 '날으는 비적'이었죠."

"붙잡혀 있는 동안 동에 번쩍 서에 번쩍하며 일본군을 차례로 저격한 그는 대체 누구였을까요?"

여연도 내가 잡혀 있는 동안 나를 대신했던 '날아다니는 비적'의

정체가 몹시 궁금한 모양이었다.

"글쎄요."

"그가 아니었으면 노무하라가 이렇게 쉽게 풀어주지 않았을 거예요."

"그가 아니라 그녀였을 수도 있잖소."

무심코 던진 내 말에 여연이 깜짝 놀랐다.

"네? 여자라고요?"

나는 아차 싶었지만 이미 늦은 다음이었다.

"짐작이 가는 여자가 있어요?"

"아니, 뭐. 저격수가 반드시 남자여야 하는 건 아니지 않소."

내가 대답을 얼버무렸지만, 여연은 눈을 반짝였다.

"그렇게 대단한 여자가…… 생각만 해도 멋져요."

볼이 상기된 여연을 바라보던 선형우가 웃으며 끼어들었다.

"아무리 멋있어도, 당신만큼은 못하지."

얼굴이 완전히 새빨갛게 달아오른 여연이 선형우에게 눈을 흘기며 말했다.

"저격여단에 명사수 처녀가 있다는 소문은 들었어요."

이쾌의 딸, 진포에 대한 소문이 세간에 퍼진 모양이었다. 나는 눈앞에 어른거리는 백무아의 얼굴을 지우며 말머리를 돌렸다.

"노무하라 중위가 끝까지 안 풀어주고 내 뒤를 캐내면 어쩌려고 그렇게 위험한 모험을 했소?"

"노무하라는 육군 상등병에서 십일 년 만에 헌병 중위가 됐어요. 장교가 되지 못한 육군의 옛친구들은 조선에 와서 일본 장사꾼들의 호위무사 노릇을 하며 현양사의 끄나풀로 비루하게 살아가요. 신처럼 떠받드는 하세가와 사령관처럼 소위 대리에서 장군이 되지는 못할망정 장사꾼들의 호위무사로 살고 싶겠어요? 생각만 해도 끔찍할 걸요."

헌병 완장을 떼고 군복을 벗는 순간 자신이 그토록 경멸해온 육군의 옛 동료들과 같은 처지가 된다는 사실을 누구보다 잘 아는 노무하라라고 여연은 덧붙였다.

"하세가와 요시미치를 따라 청일전쟁에 참전했던 노무하라가 조선에 눌러앉은 것도 일본에서는 대위로 승진할 길이 없다는 것을 일찍이 깨달았기 때문이에요. 남들처럼 기댈 배경이 없는 노무하라에게 조선은 특진의 기회가 널린 땅인 거죠."

노무하라에게 중요한 것은 날아다니는 비적이 아니었다. 날아다니는 비적에게 당한 일본군의 숫자는 더욱 아니었다. 날아다니는 비적이 입힌 손실이 크면 클수록, 잡기만 하면 특진의 기회는 더욱 확실해지는 것이었다.

"노무하라가 당신이 들이대는 아카이라는 이름에 눌려 날 풀어준 것 같던데, 그자가 그렇게 대단하오?"

"아카이가 조선 주둔군 장교들의 목줄을 쥐고 있는 인사참모장이어서 무서워하는 것만은 아니에요. 아카이는 하세가와 사령관이 일본군 참모본부로 영전해가면서 조선에 심어두고 간 심복이에요."

조선과 청나라에서 연전연승을 거두고 일본으로 금의환향한 하세가와가 별을 하나 더 달았다는 소문은 조선에까지 파다했다.

"일본으로 귀환한 하세가와가 아직도 조선의 일에 관여한다는 것이오?"

"하세가와는 일본의 참모본부에 있지만 아카이를 통해 조선 정세를 자기 손바닥처럼 살피면서 조선에 주둔한 일본군을 실질적으로 지휘하고 있어요. 그걸 통해서 하세가와는 일본군 대본영을 이끌고 다시 조선으로 돌아와 섬나라 일본의 꿈인 대륙 정벌에 나서려고 하니까요."

하세가와가 다시 돌아올 것이라는 여연의 말은 내 가슴을 한없이 답답하게 만들었다. 죽음의 계곡에서 그의 부대에 당한 쓰라린 패배와 대원들의 주검이 다시 나를 괴롭혔다.

"하세가와가 그렇게 대단한 야심가요?"

"하세가와 개인보다 하세가와가 속한 조슈군벌이 대단하지요. 조슈군벌이 일본군 참모본부를 장악하고 있고, 조슈군벌이 키운 신화가 하세가와니까요. 그런 하세가와의 지시를 받아 조선에서 조슈군벌의 장교들을 관리하는 아카이를 어떻게 노무하라가 두려워하지 않겠어요."

나는 그토록 야차 같던 노무하라가 나를 풀어준 이유를 이제야 분명히 알 것 같았다. 언제든지 아카이를 만날 수 있는 여연의 말 몇 마디에 본국에 변변한 배경이 없는 하급 장교의 운명은 하룻밤에 바뀔 수 있었다.

"대위로 특진은커녕 중위 계급장마저 떼고 군복을 벗어야 할 위험을 감수할 노무하라가 아니에요. 그래서 일단 풀어주긴 했지만, 눈에 불을 켜고 특진의 기회를 다시 잡으려고 할 거예요. 하지만, 다행히도 노무하라는 장군이 날아다니는 비적이라는 확신을 가지고 있지만 그 정보를 절대 상부에 보고하지는 않을 거예요."

"그건 왜 그렇소?"

"누구 좋으라고 노무하라가 특진의 기회가 걸린 정보를 남들 앞에 내놓겠어요. 그러니까 놈의 그물망 밖으로만 빠져나가면 안전해지는 거예요."

"조선 천지가 왜놈들 세상이 되었는데 위험하지 않은 곳이 어딨겠소?"

"서간도나 만주는 안전해요."

청나라로 넘어갈 생각을 한 번도 해보지 않은 나였다.

"거기에는 먼저 가 있는 의병부대들도 있으니까, 환영받을 거예요."

나는 고개를 저었다.

"양반들 모시고 내가 책임질 수 없는 전투에 나가는 일은 다시 없을 것이오."

이번에는 선형우가 나섰다.

"그러면 경상도나 전라도로 내려가서 한동안 지내면 어떠실지요?"

여연이 덧붙였다.

"고문으로 상한 몸이 나을 때까지, 겨울 한 철이라도 남도에서 지내시지요. 준비는 우리가 다 하겠습니다."

두 사람은 이미 의논을 마쳤는지 말이 척척 맞았다. 나는 고개를 저었다.

"태백준령에서 살아온 내가 어떻게 남도로 내려가겠소. 차라리 백

두산 쪽으로 멀리 올라가겠소."

한참 동안 난처한 눈빛으로 망설이던 여연이 내가 아닌 선형우에게 물었다.

"얀코프스키와 같이 지내면 어떨까요?"

"서로 잘 맞을까……"

"같은 범포수들이니 서로 통하지 않을까요?"

두 사람은 나를 제쳐두고 둘이서 얀코프스키라는 인물에게 나를 보내는 문제를 상의했다. 내가 북쪽으로 가는 건 그들이 미리 상의한 방안에 없었던 모양이었다.

"얀코프스키가 누구요?"

"네. 두만강 유역의 벌목장을 총감독하는 로씨아 귀족이에요. 울라지보스토크에 사슴을 키우는 양록장도 가진 부잡니다. 봄과 가을은 울라지보스토크의 양록장에서, 여름은 두만강 벌목장의 별장에서, 겨울은 관모산 자락 남쪽의 산채에서 지내며 사냥을 즐기는 한량이지요."

관모산은 백두산 다음으로 높고 산세도 뛰어난 함경산맥의 주봉이었다. 러시아가 벌목을 해가는 관모산 북쪽 자락과 달리 주을온천이 있는 관모산 남쪽은 겨울이 한결 포근했다.

"사냥은 잘하오?"

"목숨을 건 위험한 사냥을 즐기고, 해마다 호피 두 장은 가지고 돌아간답니다."

나는 한 번도 본 적이 없는 얀코프스키라는 러시아 사냥꾼에게 끌렸다.

"총은 뭘 쓰오?"

"신식 로씨아 소총인데 이름은……"

여연은 물론 선형우도 말끝을 흐렸다.

"베르단이라 하지 않았소?"

"아, 그랬던 것 같아요."

러시아는 일본의 무라타 소총에 뒤지지 않는 베르단 소총을 대량 생산하는 나라였다. 나는 조선을 떠나야 한다면 일본에게 맥없이 무릎을 꿇은 청나라가 아닌 러시아로 가고 싶었다.

의병을 일으킨 양반들은 줄줄이 청나라로 넘어갔다. 조선에서 버티지 못한 그들은 청나라의 도움을 기대하며 서간도와 북만주까지 갔다. 호좌의진을 이끌었던 유인석도 예외가 아니었다. 내 눈에는 이미 일본에 패한 청나라로 가는 양반들의 기대가 부질없어 보였다. 뛰어난 성능을 지닌 무라타 소총을 대량 생산하는 일본의 상대가 되지 않는 청나라였다. 덩치만 큰 종이호랑이였고, 저무는 해였다. 저무는 해를 따라가서 만날 것은 캄캄한 밤뿐이었다.

"그 사람을 만나게 해주시오."

"서로 말이 통하지 않을 텐데……"

선형우가 걱정을 하며 말끝을 흐렸다.

"사냥터에서 무슨 말이 필요하겠소."

내가 주저 없이 얀코프스키를 선택한 것은 그가 러시아 사람이었기 때문이었다. 러시아가 생산하는 신형 소총 베르단을 손에 넣고 싶었다.

8

타 타 탕. 독일제 게베어88 오연발 소총의 경쾌한 총성이 잦아들기 전에 얀코프스키가 소리쳤다.

"방우!"

8부 능선을 횡단하던 얀코프스키는 나보다 스무 보 앞이었다.

"얀코!"

9부 능선을 타고 가던 나는 아래쪽의 얀코프스키에게 내 위치를 알렸다.

"라이카, 고리드! 나짜!"

내 위치를 확인한 얀코프스키는 사냥개들에게 쫓으라고 다그쳤다. 라이카와 고리드는 시베리아 사냥개였다.

얀코프스키가 놓친 사냥감은 능선을 비스듬히 타고 올라갔다. 관목을 사선으로 가르며 달리는 속도가 빨랐다. 대형 적록의 속도였다.

"알레이?"

나는 적록이냐고 물었다.

"크라쇼. 나짜!"

얀코프스키는 그렇다며 내게 쫓으라고 소리쳤다.

"무샤, 헤샤, 쫓아!"

내 앞에서 길을 개척하던 풍산개, 무샤과 혜샤이 적록의 도주로를 향해 내달렸다. 무샤과 혜산은 관목 사이를 거침없이 뚫고 나갔다.

예상대로 대형 적록이었다. 무샤과 혜산은 말과 비슷한 체격을 가진 적록 두 마리를 사납게 몰아붙였다. 방향을 이리저리 바꿔가며 도망치던 두 적록은 아래에서 쫓아오는 라이카와 고리드를 피해 8부 능선과 9부 능선 사이를 질주했다. 내 키를 넘는 관목 정도는 가볍게 풀쩍풀쩍 뛰어넘었다.

나는 베르단 소총의 개머리판을 어깨에 붙이고 먼저 적갈색 적록을 조준했다. 녀석과 눈이 마주친 것은 녀석의 왼쪽 귀와 눈, 뿔이 돋아오른 삼각형의 가운데가 가늠자 위에 막 올라온 순간이었다. 나는 총구를 내려놓았다. 그래도 녀석이 이 자리를 빠져나갈 수 없다는 것을 모르지 않았다. 무샤과 혜샤, 라이카와 고리드의 포위망을 벗어나는 것은 불가능했다. 그러나 나는 내 손으로 녀석을 낙명시키고 싶지 않았다.

탕. 나와 눈이 마주쳤던 적갈색 적록이 휘청했다.

"우다리치!"

명중, 게베어 오연발을 손에 든 얀코프스키는 자신만만하게 외쳤다. 명중이 아니었다. 심장을 맞은 적록은 아직 쓰러지지 않았다. 고통스럽게 울부짖는 적갈색 적록을 바라보는 흑갈색 적록의 눈빛은 처연했다. 적갈색 적록의 심장에서 뿜어져나오는 선명한 피가 하얀 눈밭에 어지럽게 흩어졌다. 잡는다고 명중이 아니었다. 일격에 낙명시키는 것이 명중이었고, 그것이 포수의 윤리라고 나는 신포수에게 배웠다.

얀코프스키는 고통스럽게 비틀거리다 주저앉는 적록을 보며 입꼬리가 귀에 가 걸리도록 웃었다. 그는 포수가 아닌 사냥꾼일 뿐이었다.

신포수는 총잡이를 세 가지로 나누었다.

'복부를 맞춰 낙명시키지도 못하는 총잡이는 백정이고, 심장을 맞춰 고통스럽게 낙명시키는 총잡이는 사냥꾼일 뿐이야. 두부의 급소를 맞춰 일격에 낙명시켜야 포수라고 할 수 있지.'

넘어진 적갈색 적록은 눈밭을 붉게 물들이며 울부짖었다. 얀코프스키는 흑갈색 적록을 가리키며 내게 쏘겠느냐고 물었다.

"무드쉬 스트레야치?"

나는 지금까지와 달리 양보하지 않았다. 쓰러진 적갈색 적록을 바라보는 흑갈색 적록을 가늠쇠 위에 올려놓았다.

탕. 오른쪽 눈과 귀, 뿔이 돋은 자리를 잇는 삼각 지점의 가운데로 베르단 소총의 탄환이 파고들어갔다. 흑갈색 적록은 그대로 무너져 내렸다.

얀코프스키와의 마지막 사냥은 그렇게 끝이 났다. 무샨과 혜샨, 라이카와 고리드가 최후의 제물이 된 대형 적록의 주변을 의기양양하게 뛰어다니며 장난을 쳤다.

얀코프스키는 휘파람을 날렸다. 얼마 지나지 않아 썰매를 끄는 시베리아허스키 세 마리를 앞세우고 드미트리가 나타났다. 집사인 드미트리는 얀코프스키와 같은 백계 러시아인이었다. 사냥감을 산채까지 회수해가는 것은 드미트리와 운반견인 시베리아허스키의 몫이었다.

"정월의 녹각을 무엇에 쓰오?"

나는 떨떠름한 목소리로 적록의 두골에서 뿔을 베어내는 얀코프스키에게 물었다.

"선물. 로씨아 귀족, 이것 좋아한다."

얀코프스키는 손등으로 콧수염을 문지르며 대답했다. 해마다 여름을 두만강 유역의 울창한 벌목장에서 보내고 겨울을 함경산맥 남쪽의 주을에 마련해둔 산채에서 지내온 얀코프스키는 여연이 얘기한 것보다도 조선말을 잘했다. 러시아 말은 상황이 급박한 순간에만 썼다. 적록의 녹각은 팔월만 넘어가도 딱딱하게 굳기 시작해서 찬바람이 불면 소뿔이나 다름없는 취급을 받았다. 더구나 얼마 지나지 않으면 저절로 떨어져나갈 정월의 녹각은 약재상에서 쳐다보지도 않았다. 그걸 모를 리 없는 얀코프스키가 콧수염이 위로 치켜올라가도록 활짝 웃었다.

"우리 로씨아, 바보들 아주 많다."

두만강 유역의 벌목장을 감독하는 러시아 귀족 얀코프스키는 조선의 양반들과는 전혀 달랐다. 도적질을 하면서도 기어코 명분을 내세우며 점잔을 떠는 조선의 양반과 달리 얀코프스키는 무엇에도 거리낌이 없었다.

"알료나, 알료나!"

얀코프스키는 산채를 향해 소리쳤다. 백계 러시아 미녀인 알료나가 어깨를 잔뜩 움츠리고 뛰어나왔다. 곰가죽 외투를 입었는데도 몸매가 드러날 정도로 늘씬한 알료나는 얀코프스키를 뒤에서 껴안으며 물었다.

"스테니타크?"

"녹용, 봐아쉐트."

얀코프스키는 베어낸 적록의 뿔을 내게 내밀었다. 나는 펄펄 끓는 물에 집어넣었다가 바로 빼냈다. 속으로 하나를 세는 사이에 녹각을 도로 빼내야 했다. 더 담그면 그나마 남은 녹혈이 익어서 장작값이 되었다. 그렇다고 너무 빨리 빼내면 부패해서 버려야 했다.

솥에서 꺼낸 녹각을 약한 연기가 피어오르는 우등불 위에 매달았다. 불기가 직접 닿아서 데운 녹혈이 익어버리면 쓸모없는 물건이 되었다.

훈기로 건조를 끝낸 녹각을 받아든 얀코프스키가 엄지를 내밀었다.

9

얀코프스키는 그들의 마지막 만찬에 나를 초대했다. 얀코프스키와 알료나는 저녁마다 산채에서 보드카를 마셨다. 노래를 부르고 춤을 추며 그들만의 흥건한 만찬을 즐겼다. 내가 그들의 퇴폐적인 만찬에 초대받은 건 이번이 세번째이자 마지막이었다.

요리사 렘뇨프가 요리 접시를 들고 분주하게 산채에 들락거렸다. 요리는 산채 옆에 붙은 초막에서 만들었다. 초막은 요리하는 주방인 동시에 집사인 드미트리와 요리사인 렘뇨프의 숙소였다. 얀코프스키는 내게 그들과 함께 초막을 숙소로 쓰라고 했지만 나는 산채와 초막으로부터 조금 떨어진 곳에 포수막을 지었다. 몸 하나 누이면 그만인 임시 포수막이었다. 노린내가 밴 초막에서 러시아 집사, 요리사와 함께 지내는 것이 불편해서만은 아니었다. 얀코프스키에게 내가 자기의 하인이 아니라는 것을 분명히 해둘 필요가 있었다.

식사를 끝낸 다음 요리사가 들고 들어온 안주는 불판에 노릇노릇하게 구운 고기였다. 알료나가 적록의 가슴살을 잘게 다져서 구운 손바닥 크기의 고기를 칼로 잘랐다.

큼큼, 얀코프스키는 코로 향부터 음미한 다음 알료나가 포크로 찍어주는 고기를 받아먹었다.

"마시자."

이미 거나하게 취한 얀코프스키는 나를 향해 잔을 치켜들었다.

"마시자."

나도 얀코프스키를 향해 잔을 들어 보였다. 나와 동시에 잔을 비운 얀코프스키는 안주로 알료나의 입술을 핥았다. 눈길을 둘 곳을 찾지 못한 나는 얼마 남지 않은 술병을 들고 얀코프스키와 알료나의 빈잔에 차례로 보드카를 따랐다. 알료나의 잔이 다 차기 전에 술이 떨어졌다. 얀코프스키가 보드카 한 병을 더 꺼내오며 소리쳤다.

"라플라시뇨!"

허무해, 뭐가 그렇게 허무한지 얀코프스키는 술병을 꺼내올 때마다 이렇게 외쳤다. 벌써 네번째였다. 얀코프스키의 품에 안긴 알료나도 네번째 술병을 까며 외쳤다.

"나 단니 모멘트."

얀코프스키가 알료나의 외침을 조선말로 옮겼다.

"지금, 이 순간을 위하여."

얀코프스키와 알료나는 참으로 묘한 인간들이었다. 호랑이와 대결할 때의 얀코프스키는 재물은 물론 목숨 따위에도 관심이 없는 승부사였는데, 녹각을 다룰 때의 얀코프스키는 더할 수 없이 능글능글하고 계산 빠른 장사꾼이었다. 밤의 얀코프스키는 낮의 승부사와 장사꾼이 어디에 있었냐는 듯이 '인생의 허무'를 외치는 퇴폐아로 변했다.

알료나는 야코프스키와는 달랐다. 그녀가 외치는 건 언제나 '지금, 이 순간'이었다. 내가 이해할 수 없기는 둘 다 마찬가지였다.

내 잔이 넘치도록 술을 채워준 알료나가 호기롭게 먼저 잔을 치켜들었다.

"다드나!"

알료나의 치켜든 팔을 따라 앞이 트인 장옷 사이로 드러난 풍만한 가슴의 한쪽이 따라올라갔다. 야코프스키가 나를 바라보며 따라 외쳤다.

"바닥까지!"

"바닥까지!"

나는 손에 들고 있던 잔을 한입에 털어넣었다. 잔이 바닥까지 빈 것을 확인한 알료나가 손뼉을 쳤다.

"바닥까지!"

이번에는 내가 먼저 두 사람의 잔을 채웠다. 알료나는 한 손에 잔을 든 채 남은 손으로 야코프스키의 목을 껴안고 입을 맞췄다. 속옷을 입지 않은 알료나의 장옷 사이로 파고들어간 야코프스키의 손이 그녀의 유방을 거머쥐었다. 그들은 앞에 앉은 나를 조금도 개의치 않고 틈만 나면 입을 맞추고, 상대의 가슴과 물건을 거머쥐고, 서로 몸을 비벼댔다. 나는 그들이 핥고 빠는 동안 눈길을 오른쪽 벽으로 돌렸다.

오른쪽 벽에는 야코프스키의 총기 열두 자루가 걸려 있었다. 미국산 레밍턴 롤링 블록, 오스트리아산 슈타이어 만리허, 독일산 게베어

71, 불란서산 그라스, 역시 불란서산 르벨86…… 내 눈길은 게베어88에서 멈췄다. 게베어88은 오스트리아 장인이 개발한 슈타이어 만리허를 독일에서 개량해 만든 최신식 자동소총이었다.

얀코프스키는 울라지보스토크의 독일인 무관에게 일본산 아리사카30 세 자루를 주고 게베어88로 바꿔 왔다고 했다.

얀코프스키는 많이 취했음에도 게베어88에 머무르는 내 눈길을 놓치지 않았다. 오늘 적록 사냥에 쓴 총기도 게베어88이었다. 얀코프스키는 나와 함께한 이번 겨울 사냥에서 게베어88을 가장 많이 사용했다. 쏠 때마다 한 발씩 탄환을 삽입해야 하는 게베어71과 달리 게베어88은 다섯 발을 한꺼번에 장전해서 사용하는 오연발 자동소총이었다.

"다드나!"

제법 많이 취한 알료나가 게베어88을 바라보는 우리 둘 사이에 끼어들며 잔을 내밀었다. 얀코프스키가 호응하며 내게도 권했다.

"바닥까지!"

나는 그들과 함께 잔을 들었다. 잔을 바닥까지 비운 얀코프스키가 이번에는 무릎에 앉은 알료나의 유두를 안주로 핥았다. 나는 그들이 더 취하기 전에 말해야 했다.

"약속은 지켜야지."

호랑이 한 마리에 총 한 자루와 탄환 백 발을 주겠다고 내게 약속한 얀코프스키였다. 그와 함께 잡은 호랑이 세 마리 중에서 두 마리는 내가 잡은 것이었다.

"약속? 지킨다. 기다려라. 지금은 춤출 시간이다."

얀코프스키가 알료나의 손을 잡고 일어섰다.

"나 단니 모멘트!"

따라 일어서며 알료나가 외쳤다, 지금 이 순간을 위하여. 정말 어제도 없었고 내일도 없다는 표정으로 알료나는 내게 그 큰 갈색 눈을 찡끗했다.

10

얀코프스키가 먼저 시작한 노래를 바로 알료나가 받았다. 낮고 느리게 노래를 부르는 알료나의 음색은 겨울 자작나무숲을 지나는 바람소리처럼 애처로우면서도 스산했다. 한마디도 알아들을 수 없는 그들의 노래가 나의 신경을 예민하게 자극하며 이성을 흔들었다.

박자에 맞춰 손을 잡고 나란히 앞뒤로 오가며 다리를 치켜올리다 늘씬한 몸을 튕기며 뛰어오른 알료나를 얀코프스키가 부드럽게 안아내렸다. 알료나가 얀코프스키를 뒤로하고 돌아선 다음 발을 구르며 다가와 내 코앞에 하얀 젖가슴을 들이대는 순간 나는 눈앞이 아찔했다.

노래의 리듬과 함께 느리던 춤이 빨라졌다. 두 사람은 서로의 손끝을 잡고 반대쪽으로 팔을 펼치며 팽이처럼 빠르게 돌아갔다. 번갈아 추임새를 넣으며 부르던 노래에서 어느 순간인가부터 노랫소리는 잦아들고 추임새만 도드라졌다.

"하라쇼!"

"오친 하라쇼!"

마지막에는 외침이 된 추임새와 춤만 남았다.

"하라쇼!"

"오친 하라쇼!"

좋아, 정말 좋아. 정말 그렇게 좋은지 알료나가 돌아서며 어깨에 걸치고 있던 장옷을 벗어던졌다. 실오라기 하나 걸치지 않은 알료나가 되돌아서며 나를 놀리듯이 발끝에서부터 머리끝까지 몸을 흔들었다. 출렁이는 젖가슴에서 눈길을 떨어뜨리던 나는 배꼽 아래에서 화들짝 놀라 시선을 돌렸다.

"약속을 지킨다?"

땀으로 번들거리는 이마를 훔치며 등의자에 앉은 얀코프스키가 내게 물었다.

"지키겠다고 했다."

나는 손가락으로 오른쪽 벽을 가리켰다. 벽에 걸린 총기들을 훑어보던 얀코프스키가 물었다.

"뭐?"

"게베어88."

얀코프스키는 나를 비스듬한 눈길로 쳐다봤다. 알료나가 알몸에 장옷을 걸치며 얀코프스키 옆에 붙어앉았다. 얀코프스키의 장옷 사이로 늘어진 굵은 물건을 알료나가 거머쥐었지만, 그는 내게로 향한 눈길을 돌리지 않고 입을 뗐다.

"나하고 같이 가면 준다."

"내가 왜 내 나라를 두고 남의 나라로 가나?"

"내 나라? 조선?"

대답을 않고 내가 얀코프스키의 눈을 마주 쳐다보기만 한 것은 눈길을 돌릴 곳이 없었기 때문이었다.

"지금, 조선이 있다? 없다. 조선 망했다."

나는 뒤통수를 세게 한 대 얻어맞은 느낌이었다. 화를 내야 하는데, 화를 낼 생각을 하지 못하고 있는 내게 화가 났다. 한참 동안 멀뚱멀뚱 그를 쳐다보다가 나는 입을 뗐다.

"다시 한번 그렇게 말하면, 죽인다."

"로씨아가 일본 이긴다. 로씨아 가자."

나는 손가락으로 만든 총을 얀코프스키에게 겨눴다.

"정말, 죽인다."

그가 더 떼려던 입을 다물었다. 산채에 싸늘한 침묵이 흘렀다. 나는 얀코프스키의 손과 발에서 눈을 떼지 않았다. 자신을 죽이겠다고 하는 나를 그가 정말 죽이려 들 수도 있었다.

살기가 도는 내 눈과 당황한 얀코프스키의 눈을 번갈아 쳐다보던 알료나가 갑자기 일어서며 내 머리를 껴안았다. 얀코프스키의 손과 발을 살피느라 알료나의 움직임을 놓친 나는 내 뒤통수를 잡은 알료나의 긴 손가락을 겨우 떼어냈다. 알료나는 자신의 가슴에 묻었던 내 얼굴을 두 손으로 부비며 외쳤다.

"나 단니 모멘트!"

이 순간을 위하여, 나에게도 위하고 싶었던 이 순간이 있었던가. 있었다. 알료나의 가슴에 안긴 그 짧은 순간 내 눈앞에 떠오르는 얼굴이 있었다. 나에게도 그 사람의 가슴에 얼굴을 묻고 머무를 수 있는 '이 순간'이 살아 있는 동안 한 번은 찾아올까. 내가 눈앞에 어른거리는 그 얼굴을 지우는 사이 알료나는 자신의 자리로 돌아갔다. 장의자에서 바닥으로 내려앉은 그녀는 장의자에 기대앉은 야코프스키의 두 다리 사이로 아무렇지도 않게 얼굴을 묻었고, 나는 자리에서 일어섰다.

"총 준다."

문으로 향하는 내 등을 향해 야코프스키가 소리쳤다. 나는 오른쪽 벽 가운데 걸린 게베어88을 바라보며 짧게 대꾸했다.

"같이 가지 않으면 주지 않는다면서?"

"게베어, 안 된다. 다른 것은 다 된다."

나는 오른쪽 벽 앞으로 걸어가 베르단을 뽑아들었다. 내가 게베어88의 개량 직전 총기인 슈타이어 만리허를 고를 줄 알았던 야코프스키가 의아한 눈빛으로 바라봤다. 최신식인 게베어88에는 못 미쳤지만 슈타이어 만리허도 베르단보다는 훨씬 성능이 뛰어났다. 르벨86이나 레밍턴 롤링 블록도 베르단보다는 사정거리가 길고 정밀도가 높았다. 야코프스키가 가진 총기 중에서 러시아산 베르단보다 더 값이 헐한 총기는 없었다.

"왜?"

야코프스키가 의자에 앉은 채 물었다. 그의 두 다리 사이에 알료나의 금발머리가 놓여 있었다.

"이게 좋다."

자동 오연발이 아닌 단발 소총이라면 약간의 성능 차이보다는 범

용성이 더 중요했다. 야코프스키가 보유한 총기 중에서 탄환을 구하기 가장 쉬운 게 베르단이었다. 탄환을 조달하지 못하면 아무리 성능이 뛰어난 총기도 무용지물이라는 것을 지난 한 해 동안 뼈저리게 느낀 나였다.

내가 베르단을 선택한 다른 하나의 이유는 베르단의 순발력이었다. 베르단은 다른 단발 소총보다 장전에 드는 시간이 훨씬 짧았다. 단발 소총의 생명은 장전의 속도, 순발력이었다.

"좋다. 베르단……"

야코프스키는 말을 끝내지 못했다. 등의자에 기대앉은 채 신음소리를 짧게 삼키는 그의 얼굴을 가린 건 알료나의 풍만한 둔부였다. 장의자에 올라선 알료나의 등을 덮은 긴 금발이 가쁘게 출렁거렸다.

나는 서둘러 산채의 문을 열고 밖으로 나섰다. 아직 매서운 겨울바람이 뺨을 할퀴고 지나갔다.

11

얀코프스키는 나를 껴안으며 러시아식으로 작별 인사를 했다.

"방우는 내 동무다. 방우가 쓴다."

얀코프스키의 손가락이 가리킨 건 산채였다. 다시 겨울이 올 때까지 산채를 쓰라고 하는 그를 향해 나는 고개를 가로저으며 내 포수막을 가리켰다.

"난 저게 좋아."

얀코프스키는 입을 삐쭉 내밀고 장난스럽게 눈을 치켜떴다.

"방우, 마음을 바꾸면 나를 찾아와."

"그런 일 없다. 러시아는 네 나라지 내 나라가 아니다."

알료나도 내게 러시아식으로 작별 인사를 했다. 왼팔을 내 어깨에 두르고 오른팔로 등을 껴안은 그녀는 두 뺨을 차례로 비볐다.

"스파시바."

무엇이 내게 고마웠을까. 얼굴을 떼고 나를 바라보는 그녀의 눈망울에 물기가 그렁그렁했다. 정이 많은 여인이었다. 작별을 아쉬워하는 그 두 눈 때문에 내 얼굴을 두 손으로 감싸쥐고 입을 맞추는 그녀의 입술을 피하지 못했다.

나는 남은 겨울과 봄을 산채 관리인인 반노인과 함께 관모산에서 보냈다. 반노인은 야코프스키가 산채에 머무르는 한겨울에는 마을에 내려가 지내다 야코프스키가 떠나면 산으로 돌아와 빈 산채를 지켰다. 둘이 지내는 산채는 절간보다 고요했다.

오늘도 어제와 같은 나른한 하루가 되풀이되었다. 무샨과 혜샨을 데리고 높이뛰기 연습을 하는 내게 반노인이 심통을 부렸다.

"토끼나 한 마리 거둬오게나."

반노인은 심심하면 내게 심통을 부리곤 했다.

"토끼 맡겨놨어요?"

"싫으면 관두게나. 내가 거둬올 테니."

올무를 놓으러 가겠다는 위협이었다.

올무가 반노인의 소일거리이자 여벌 벌이라는 건 야코프스키가 떠나고 며칠 지나지 않아서 알았다. 한밤중에 갑자기 벼락치는 소리가 들렸다. 나는 총을 챙겨들고 포수막에서 뛰쳐나갔다. 나보다 먼저 마당에 나와 있던 반노인은 뒷짐을 지고 하늘을 올려다보며 짐짓 딴전을 부렸다.

"자다 말고 왜 나왔는가?"

"방금 벼락치는 소리 못 들었어요?"

"이렇게 하늘이 말짱한데 벼락이 칠 리 있나."

반노인이 올려다보는 밤하늘에는 별이 총총했다.

"그럼 무슨 소리예요?"

"멧돼지가 걸려들었나, 호랑이가 걸려들었나……족제비는 아닐 테지."

"그럼 어른께서 틀을……"

반노인의 누런 이빨이 환한 달빛에 드러났다.

"뭔지는 날이 밝으면 알게 되겠지. 어서 들어가 자게나."

반노인은 흐뭇하게 웃으며 드미트리와 렘뇨프가 쓰던 초막의 문을 열고 들어갔다.

내가 반노인을 따라 은고갯길로 간 건 이튿날 이른 아침이었다. 바위와 가문비나무 사이로 난 좁은 길목에 처참하게 쓰러져 있는 것은 사향노루였다. 돌더미에 깔린 노루의 눈은 퀭했고, 돌더미 사이로 빠져나온 발끝은 파르르 떨렸다.

"어떤가?"

팔 척이 넘는 긴 통나무를 뗏목처럼 엮어 비스듬히 세우고 활대로 받친 다음, 그 위에 굵은 돌을 잔뜩 올려놓은 벼락틀에 걸려들면 번개처럼 날랜 호랑이도 엉치뼈 하나는 부러지기 마련이었다. 돌덩이를 다 들어냈지만, 등뼈와 갈비뼈가 모두 부러진 사향노루는 일어서지 못하고 발끝만 파닥거렸다.

"어르신이 놓은 틀이에요?"

"나 말고 누가 이렇게 완벽하게 벼락틀을 놓겠나."

반노인은 자신의 솜씨를 뽐내며 벼락틀에 맞아 쓰러진 노루를 흐뭇하게 바라보았다. 반노인이 놓아둔 미끼를 물기 무섭게 벼락처럼 무너져내렸을 돌더미에 깔린 노루는 가는 숨을 할딱거렸다. 밤새 얼마나 발버둥을 쳤는지 앞다리의 발톱이 모두 빠진 상태였다.

"왜 이런 걸 하세요?"

"총으로 잡는 거나, 올무로 잡는 거나 뭐가 다르다고 자네가 나를 나무라나?"

"전혀 다르지요."

"뭐가?"

포수들이 함정과 올가미, 틀로 산짐승을 포획하는 짓을 얼마나 경멸하는지 모르지 않을 반노인이었다. 포수들이 그 덫에 걸려 치명상을 입어서가 아니었다. 나는 대답 대신 허리춤에서 단도를 뽑아 들었다.

"자네, 갑자기 왜 이러나……"

내가 손에 든 단도를 치켜들자 반노인의 얼굴이 하얗게 질렸다. 진짜 포수는 사냥의 금도를 벗어난, 비열한 덫사냥 따위를 용납하지 않았다.

"다시는 이런 거 하지 마세요."

"아, 알았네."

"약조하신 겁니다."

"그, 그럼."

나는 치켜든 단도로 단숨에 노루의 목을 찍었다. 귀와 턱, 쇄골 사이의 급소였다. 옆구리에 하얀 점무늬를 가진 노루는 두 번 쿨럭거리고는 숨을 멈췄다. 스르르 눈이 감기는 사향노루의 털을 때마침 불어온 초여름 바람이 부드럽게 쓸어주었다.

반노인은 그뒤로 대놓고 덫사냥을 하지는 않는 대신 수시로 오늘처럼 심통을 부렸다.

"토끼 한 마리 안 가지고 올 건가?"

"토끼 맡겨놓으셨던가요?"

"기름기 맛본 지가 삼 년은 된 거 같아."

"꿩 거둬다드린 게 사흘 전입니다."

"싫으면 내가 가겠네, 나한테 뭐라고 하지 말게."

결국 오늘도 내가 졌다.

"알았어요."

올무를 놓으러 가겠다는 반노인을 주저앉히려면 내가 토끼 한 마리라도 잡아오는 수밖에 없었다.

총을 꺼내러 가려는데 갑자기 혜샨과 무샨이 으르렁거리며 달려나갔다. 나는 슬그머니 일어서 산채 뒤로 몸을 숨겼다. 포수막에 있는 총을 꺼낼 틈이 없었던 나는 여차하면 개척해둔 퇴로로 내달릴 태세를 갖추고 산채로 올라오는 인물을 살폈다. 어딘가 익숙한 걸음걸이였다.

산채에 들어선 건 선형우, 여연의 남편이었다. 여연 부부는 얀코프스키가 떠나면 상덕원 객상으로 기별을 보내라고 했지만 나는 그들에게 연락하지 않았다. 누군가를 지키기 위해서 나는 그들로부터 멀어져야만 했다.

"좋은 소식부터 알려줄까요? 나쁜 소식부터 알려줄까요?"

선형우가 내게 물었다.

"이왕이면 좋은 소식부터 들읍시다."

"노무하라가 당했습니다."

"당하다니?"

"저격당했어요."

"누구한테?"

"모르지요. 아마 지난번 잡혀들어가 있을 때 동에 번쩍 서에 번쩍 했던, 그 다른 '날으는 비적'이 아닐까 싶은데, 누군지 짐작 가는 사람이 없는지요?"

이상하게 이번에도 백무아의 얼굴이 떠올랐지만 나는 고개를 저었다.

"어쨌거나 잘된 일입니다. 이제 노무하라가 사라졌으니 한숨 돌려도 될 것 같습니다."

"나쁜 소식은 뭐요?"

"호좌의진을 이끌고 청나라로 갔던 유인석 대장이 청나라의 도움을 받기는커녕 도리어 청나라에서 무장해제를 당하고, 얼마 전에 혈혈단신으로 돌아왔답니다. 이제 조선의 의병은 완전히 끝장이 난 것이지요."

"궤멸당했다……"

김수협은 우리가 뒷물결이 되어 밀고 가야 할 낡은 앞물결이 유인석이라고 했었다. 하지만 낡은 앞물결이 사라지면 저절로 나타날 줄 알았던 새길은 어디에도 보이지 않았다. 나는 이미 끝나버린 길 앞에 홀로 서 있는 자신을 비로소 발견했다.

12

주을 포연대장 최용석이 사냥을 온 것은 선형우가 산채에 다녀간 다음달이었다. 주을에서 유일하게 호랑이를 잡아본 포수가 최용석이었다. 간간이 산채에 들르곤 하는 최용석은 공렵을 좋아하지 않았다. 여럿이 몰려다니는 걸 싫어하는 그가 어쩐 일로 포수를 셋이나 데리고 나타났다.

"어쩐 일로 독야청청 최대장이 이렇게 부하들을 거느리고 나타나셨는가?"

반노인의 물음에 최용석은 손을 내저었다.

"부하들이 아닙니다. 함경도의 내로라하는 포연대장들입니다."

최용석은 함께 온 포수들을 반노인이 아닌 내게 차례로 소개했다.

"여기는 백암 포연대장 오항식, 여기는 길주 포연대장 황남주, 여기는 무산 포연대장 임영탁입니다."

포연대장답게 모두 눈빛이 예사롭지 않았다. 휘하에 대여섯 개의 포수계를 거느리고 있는 포연대장의 권위는 산포수들에게 절대적이었다.

"봄가을에 한 번씩 하는 함경도 포연대장 회합에 왔다가 범포수를 보고 가자고들 해서 들렀습니다."

"백암 포연대장과 무산 포연대장은 범 한 마리씩을 잡아본 범포요."

최용석은 두 사람을 다시 가리키며 덧붙였다. 짙은 눈썹과 강인한 턱선을 가진 무산 포연대장이 먼저 손을 내밀었다.

"나 임영탁이오."

"방웁니다."

나는 그의 두꺼운 손을 마주잡았다.

"지난겨울에만 호피를 둘이나 거두었다는 소문은 들었소이다."

"얀코가 거두는 걸 좀 거들었을 뿐입니다."

나는 함경북도에서까지 범포로 소문이 나고 싶지 않았다.

"무슨 소리요. 얀코가 거둔 셋 중에 둘에게 선방을 날렸다고, 다른 사람도 아니고 얀코한테 내가 직접 들었는데."

그렇게 말한 건 백암 포연대장 오항식이었다. 울라지보스토크로 돌아가다 오항식을 만난 얀코프스키는 자기가 다 거두었다고 하면 될 것을 기어이 임자를 가려 밝힌 모양이었다.

"제가 무슨 재주가 있어서가 아니고, 어쩌다 그리되었습니다."

"어쩌다 범을 잡는 포수는 세상에 없소. 그래, 불질은 어느 산에서 배웠소?"

예상치 못한 질문이었다. 대답을 머뭇거리는 내게로 포연대장들의 시선이 일제히 모였다.

"대충 인사를 했으면, 남은 얘기는 저녁이나 먹고 하는 게 어떤가?"

산채에 낯선 사람이 오면 슬그머니 피하는 나를 보아온 반노인이 나서며 말길을 돌렸다.

저녁 자리는 자연스럽게 술자리로 넘어갔고 밥상은 물릴 틈도 없이 술상으로 바뀌었다. 술안주로는 마당에 피운 우등불로 구운 멧도요가 올라왔다. 멧도요새는 반노인이 저녁밥을 짓는 사이에 젊은 포연대장인 황남주가 나가서 거둬온 것이었다.

황남주가 우등불에 구워낸 멧도요는 껍질이 바삭바삭했다. 도요새 중에서 가장 몸집이 큰 멧도요새는 이렇게 장작불에 구워야 제맛이었다. 맞춤하게 익은 속살을 깨물자 느끼하지 않을 정도의 알맞은 육즙이 짜릿하게 잇몸으로 흘러내렸다.

포수들의 술자리가 으레 그렇듯이 술잔이 돌아가면서 무용담에 질릴 즈음에 음담패설로 넘어갔다.

"내가 한창 때, 불여우한테 홀려서 한철 밤낮을 앓은 적이 있지 않았겠소."

육담을 가장 차지게 시작한 인물은 단연 오항식이었다.

"내가 호환에 시달리는 북청의 작은 마을에 포수로 초빙되어 머물 때요. 거기서 탄실댁이라는 농익은 절색의 과부한테 첫눈에 마음을 홀딱 빼앗겼지. 그런데 그 여자는 나한테 눈길도 주지 않는 거야……"

"그래서요?"

다른 사람들은 실실 웃는데 총각인 길주 포연대장 황남주가 몸이 달아서 이야기를 재촉했다.

"그래서, 별수가 있나. 어느 날 그 여자가 혼자 땔감을 하러 산에 올라왔길래 총을 들이댔지."

"아니, 그건 포수가 할 짓이 아니지요."

황남주가 발끈했다.

"이놈아, 듣기 싫어? 그럼 그만두고."

"일단 해보세요."

"그러니까 그 여자가 깜짝 놀라면서, 포수 총각 왜 이래. 나한테 제발 이러지 마, 하는 거야. 그래서 내가 버럭 소리쳤지. 이 골짜기에 꼬리가 열둘 달린 불여우가 출몰한다고 해서 내가 사흘 밤낮을 기다렸더니 과연 탄실댁하고 꼭 같이 둔갑을 했구나. 그러면서 내가 노리쇠를 철커덕 잡아당기자 탄실댁이 다급하게 애원을 하는 거야. 아이고, 포수 총각. 나는 여우가 아니고 진짜 탄실댁이오. 나를 잘 보오. 탄실댁이 제 얼굴을 들이밀며 그렇게 말하니 어쩌겠는가. 내가 처음으로 그 예쁜 얼굴을 마음껏 살펴보고 향기를 맡았지."

"포수가 아니고 짐승이네, 짐승."

"보지 않은 사람은 몰라. 사슴 같은 두 눈과 앵두 같은 입술, 달아오른 귓불…… 한숨을 돌린 탄실댁이 묻더라구. 포수 총각, 이제는 내가 진짜 탄실댁인지 알겠지요? 그래서 내가 벼락같이 소리쳤지. 이 불여우가 말까지 탄실댁처럼 흡사하게 하는구나. 아무리 둔갑을 해도 꼬리를 감추지는 못하는 법이다. 어디 꼬리가 있는지 없는지 한번 보자. 그랬더니 치마를 풀어 보이는데……"

여자의 목소리까지 흉내를 내가며 잔뜩 분위기를 돋우던 오항식이 말을 끊고 입을 쩝쩝 다셨다.

"그래 그 꼬리가 어땠던가?"

최용석이 실실 웃으며 물었다.

"그 꼬리가…… 눈이 부시게 황홀했지."

황남주는 탄식을 했고 최용석과 임영탁은 폭소를 터뜨렸다.

"예끼 이 사람, 보기와 달리 음험하고 흉포스럽구만."

반노인이 짐짓 오항식을 나무랐다.

"무슨 말씀을요. 음험하고 흉포스러운 건 제가 아니었어요. 아이고, 대낮의 햇빛을 받아 황홀하게 빛나는 그 엉덩이에 내가 넋을 빼앗긴 사이, 글쎄 그 불여우가 어느새 내가 내려놓은 총을 집어들고 나를 겨누는 것이 아니겠소. 참, 나…… 내 눈에 뭐가 들어왔겠소. 총구? 아니지. 엉덩이는 댈 수도 없는 신비한 숲 앞에서 나는 숨이 멈추는 줄 알았네. 참, 나……"

"그래서, 그 여자가 어떻게 했어요? 쐈요?"

이제 황남주의 질문은 추임새나 다름없었다.

"쐈으면 내가 지금 여기에 있겠나? 내가 빌었지. 너무 사무치게 사랑해서 잠시 눈이 멀고, 정신이 나갔다고 하는 내게 그 여우가 뭐랬는지 아나? 바지를 벗으라는 거야. 착한 오포수 총각이 내게 이랬을 리 없다. 네놈이야말로 둔갑을 한 늑대가 아니냐?"

"그래서 벗었어요?"

"벗지 않고 어쩌겠나?"

이번에는 황남주까지도 폭소를 터뜨렸다.

"진짜 불여우였다니까요. 나한테 늑대 꼬리가 없다는 걸 보여주고 바지를 입으려는데 그 여우가 뭐라고 했는지 알아요? 너는 두 번 둔갑을 한 늑대구나. 한 번 둔갑을 한 짐승은 꼬리가 있지만 두 번 둔갑을 한 짐승은 꼬리조차 없다. 네 눈에는 아직도 내가 탄실네로 보이느냐. 두 번 둔갑한 불여우와 늑대가 발가벗고 만나 그냥 헤어지면 세상의 여우와 늑대가 모두 비웃지 않겠느냐."

초막에 탄식이 가득했다. 웃지 않는 건 오직 오항식 하나였다. 그의 허망한 눈빛은 그가 한 이야기가 어쩌면 사실일지도 모른다는 생각이 들게 했다.

"그래 그다음에는 그 여자와 어떻게 되었수?"

마지막으로 물은 건 반노인이었다. 나이가 들어도 궁금한 건 어쩔 수 없는 모양이었다.

"여자가 아니고 불여우였다니까 자꾸 여자라고 그러시네요, 참…… 불여우와 늑대가 뒤엉켰으니 어떻게 되었겠어요. 엎치락뒤치락 번갈아 서로를 찍어누르며 할퀴고 깨물어대는 소리로 계곡이 들썩였지요. 불여우를 이길 늑대가 없다는 걸, 내가 그때 깨달았죠. 헤어지면서 그 불여우가 이러는 거예요. 오포수, 포수 총각. 불여우한테 한 짓을 탄실네한테 할 생각일랑 마오. 그러면 탄실네가 죽소. 탄실네야 죽으면 그만이지만 탄실네의 아이는 어찌되겠소? 그 말을 듣고 나는 그날 밤으로 그 마을을 떠나서 몇 해를 늑대처럼 이 산 저 산을 떠돌며 살지 않았겠어요."

"그 여자가 불여우였기 망정이지 진짜 과부여서 방아쇠를 당겼으면 어쩔 뻔했소."

임포수의 말에 오항식이 빙긋이 웃었다.

"그 총에는 처음부터 총알이 없었단 말입니다."

황남주는 오항식에게 탄실댁을 다시 보았느냐고 물었다. 여태 오항식의 얘기를 흘려들었던 내 귀를 빼앗은 것은 정작 이 순간이었다.

"내가 오늘 처음으로 그 불여우 이야기를 털어놓은 건, 사실 이번에 최대장 기별을 받고 오던 길에 탄실댁이 살던 집에 갔다가 신덕댁이라는 여자를 보았기 때문이오."

모두 오항식을 다시 쳐다보았다.

"그 마을에 들러 차마 바로 가보지는 못하고 그 집에 누가 사는지 물어보았는데, 신덕댁이라는 과부가 아이 하나를 데리고 산다는 거예요. 나는 댁호를 바꿨나, 하고 그 집으로 가보았지요. 그런데 신덕댁이라는 과부는 내가 예전에 탄실댁을 만났을 무렵의 탄실댁과 비슷한 나이였어요. 탄실댁처럼 그렇게 육덕이 좋은 여자는 아니었는데, 신덕댁이라는 그 여자의 눈빛 하나는 탄실댁에게서 보았던 것과 같이 슬프고 애잔하면서도 깊더란 말입니다."

내 귀를 파고든 말은 '신덕댁'이었다. 어딘가 익숙한 그 말을 나는 곧 기억해냈다. 내가 비구계를 받았던 신계사와 수경이 비구니계를 받았던 보덕사. 절 식구들이 두 절을 합쳐 부르는 이름이 신덕사였다. 오항식은 그 여자가 열 살 남짓한 사내자식 하나를 데리고 마을에서 아이들에게 언문을 가르치며 산다고 했다. 산촌에서 글을 아는 여자는 참으로 드물었다. 여간한 양반집에서도 여자에게는 글을 가르치지 않았다. 우리가 헤어질 무렵 가졌던 아이가 태어났으면 나이가 아홉 살이었다. 내가 놓치고 끝내 찾지 못한 수경과 수이를 생각하자 가슴이 아려왔다.

신덕댁이라는 여자의 얼굴 생김새를 오항식에게 물어보았지만, 탄실댁 생각에 빠진 오항식은 엉뚱한 대답만 했다.

"그 여자 글을 아주 잘해."

"그 여자한테 남동생이 있지 않소?"

"훤칠한 아들이 있어."

"그 여자 이름은 모르오?"

"신덕댁이라니까."

"그 마을 이름이 뭐라고 했소?"

"인필골이오."

그날 밤 나는 잠을 이루지 못했다. 어쩌면 죽은 줄로만 알았던 차이경의 두 동생이 살아 있는 것은 아닐까. 차이경으로 인해서 성마저 이가로 바꾸어야 했던 수경과 수이의 얼굴이 눈앞에 어른거렸다. 삼년만 지켜달라고 했던 둘을 놓친 건 모두 내 잘못이었다.

13

사흘을 망설인 끝에 나는 관모산을 떠났다. 어차피 벌써 떠났어야 할 얀코프스키의 산채였다.

"어디로 갈 참인가?"

"모르겠습니다."

정말이었다. 나는 가는 것이 아니라 떠나는 것일 뿐이었다.

"설마, 북청으로 가려는 건 아니겠지."

반노인은 내가 거쳐가려는 곳을 정확히 짚었다. 눈치 하나는 반노인을 따를 여우가 있을 것 같지 않았다.

"제가 왜 북청엘 가요?"

나는 후치령을 거쳐 아득령에 들를 작정이었다. 신포수를 떠나온 다음 나는 어디에서도 그의 소식을 듣지 못했다. 그의 말대로 정말 짐승의 밥이 되었을까. 어쩌면 아득령 주막의 주모는 그의 소식을 알 것도 같았다. 개마고원의 아득령으로 들어가려면 황초령과 부전령,

금패령, 후치령 중에서 하나를 넘어야 했다. 다 산세가 만만치 않았다. 내가 남쪽으로 내려간 다음 후치령을 거쳐 아득령으로 들어가려는 것은 물론 포연대장 오항식이 보았다는 '신덕댁'을 만나보기 위해서였다.

"전 압록강변이나 한번 돌아볼 생각입니다."

북청으로 내려가면서 압록강으로 올라간다고 한 것은 반노인을 못 믿어서가 아니라 반노인의 입을 못 믿어서였다. 노무하라가 사라져서 한숨은 돌렸지만 노무하라를 죽인 저격수를 잡으려는 자는 분명히 있을 것이었다. 머리가 잘 돌아가는 사람의 열에 아홉은 완력에 약했다. 반노인과 같이 눈치가 빠르고 머리가 잘 도는 사람은 헌병대의 고문을 하룻밤도 버티지 못하기 마련이었다.

"이 사람아, 이거 챙겨가시게."

반노인이 산채를 나서는 내게 내민 것은 담비 피륙 두 장이었다. 나 몰래 올무를 놓아 잡은 것이 분명했다. 부드럽고 윤기가 흐르는 황금색 털을 지닌 담비는 덫 사냥꾼들의 표적이었다. 관모산의 울창한 침엽수림에 서식하는 담비는 꼬리가 몸통의 길이와 비슷해서 부잣집 여인네들의 목도리로 인기가 높았다.

"이런 것 좀 하지 말라고 하지 않았습니까?"

반노인은 싫은 소리를 하며 손사래를 치는 내게 정색을 했다.

"여비에 보태게. 먼길 떠나보내는 사람에게 건네는 마음을 내치는 거 아니네."

미워할 수 없는 영감이었다.

풍산과 갑산의 경계에 있는 인필골에 도착한 것은 초여름의 햇볕이 따사로운 오후였다. 인필골은 안산에서도 반나절 거리에 있는 산골이었다. 인필골 초입에 들어서자 먼저 눈에 들어온 건 모내기를 끝낸 들판이었다. 논이 귀한 함경도의 산골치고는 제법 넓은 들판이었다. 들판 사이로 난 길 옆으로는 작은 내가 흘렀다.

들판을 따라 올라가는 비스듬한 언덕길 양쪽으로 옥수수밭과 가옥들이 드문드문 흩어져 있었다. 서른 호쯤 되어 보이는 집 중에서 기와집이 두 채고 나머지는 모두 초가였다. 논을 매는 사람들에게 물어볼 수가 없어서 무작정 길을 따라 올라가는데 소달구지를 끌고 가는 아이 하나가 보였다. 소달구지에는 쇠꼴이 아이의 키보다 높이 실려 있었다. 부지런히 쫓아가는 소달구지 뒤로 떨어진 쇠꼴이 눈에 들어왔다. 새끼로 야무지게 묶은 쇠꼴이었다. 떨어진 쇠꼴 세 단을 양손에 나눠 들고 따라가는데, 소달구지가 튀어나온 돌부리에 덜컹거리면서 쇠꼴 두 단이 더 떨어졌다. 손이 남지 않은 나는 아이를 불렀다.

"얘야, 쇠꼴 다 버린다."

아이는 그제야 나를 돌아보며 달구지를 멈춰 세웠다.

"고맙습니다."

내가 건네준 쇠꼴을 달구지에 실은 아이의 인사가 깍듯했다.

"이거 누가 벤 거니?"

"제가요."

"이렇게 많은 것을 너 혼자서?"

"그렇잖고서요."

대답이 제법 어른스러웠다. 내친김에 나는 더 물었다.

"이 마을에 신덕댁이라고 있니?"

"왜요?"

지금까지 깍듯하던 아이가 눈빛을 바꾸며 되물었다.

"있다는 거야?"

"네, 그런데 왜 그러세요?"

여전히 경계하는 표정으로 나를 살피는 아이의 눈빛이 어딘가 익숙했다. 호기심과 두려움이 교차하는, 저런 비슷한 눈빛을 어디선가 본 적이 있었다.

"어느 집이냐?"

"왜 그러느냐고 물었습니다."

당돌한 아이의 눈빛에서 나는 수경의 눈빛을 보았다. 인생을 버리고 싶다면 자신에게 삼 년만 버려달라던 그 눈빛과 닮아 있었다.

"물어볼 게 있어서 그런다."

"저한테 물어보세요."

"네가 그 집 아들이냐?"

"네."

나는 등골이 서늘했다.

"몇 살이냐?"

"아홉 살입니다."

수경, 수이와 헤어진 것은 팔 년 전이었다.

"이름이 뭐냐?"

"양순입니다."

"성은?"

"홍갑니다. 물어볼 게 이것이었습니까?"

아이의 눈빛에 교차하는 호기심과 두려움을 누구에게서 보았는지 나는 비로소 깨달았다. 갑신변란의 새벽에 보았던 차이경의 눈빛이었다.

"아니다. 어머니에게 직접 물어볼 것이 있다."

"우리집에는 외간 사람을 들이지 않습니다."

"가서, 어머니에게 수강이란 사람이 찾아왔다고 여쭈어보아라."

수강은 신계사에서 지담스님에게 받은 내 법명이었다.

"여기서 기다리십시오."

아이는 나를 사립문 밖에 세워두고 달구지를 끌고 안으로 들어갔다. 담장 대신 둘러친 싸리나무 울타리 아래로 노랗게 핀 원추리꽃을 바라보며 나는 신덕댁이 나오기를 기다렸다.

9장

포수의 것은 포수에게

1

인필골의 밤하늘에 걸린 그믐달이 자시를 가리켰다.

"용환이 깨워라."

큰아들 양순이가 제사 지낼 시각까지 기다리지 못하고 까무룩 잠이 든 동생을 깨웠다. 제상 앞에서 잠이 들었던 용환이가 눈을 비비며 일어나 앉았다.

"집사님, 제사 올릴 시각이옵니다."

내 말에 용환이가 헤벌쭉 웃으며 얼른 일어섰다. 작년까지는 내가 제주인 양순이를 도와 제사를 지냈는데, 용환이가 일곱 살 되는 올해부터는 녀석에게 집사를 맡기기로 벌써 약조를 해둔 터였다.

집사를 맡은 용환이가 제상 앞에 무릎을 꿇고 잔을 받쳐든 형에게 술을 세 번 나누어 따랐다. 양순이가 향불 위로 세 바퀴를 돌린 다음 건네주는 잔을 받은 용환이 '현고 학생 차이경'이라고 쓰인 지방 바로 앞에 내려놓았다. 그동안 내가 하는 것을 눈여겨보아온 일곱 살짜리 집사의 동작이 제법 의젓했다.

"외삼촌 돌아가신 날이 돌아오니 사무치게 그리운 마음을 이기지 못하여 삼가 맑은 술과 음식을 준비하고 동생과 조카들이 절을 올립니다. 부디 흠향하시옵소서."

제문을 읽어나가는 양순이의 모습 위로 차이경의 모습이 겹쳐졌다. 사람들은 양순이의 외양만 보고 나를 닮았다고 했지만 내 눈에는 제 외삼촌을 빼다박은 것 같았다. 양순이가 제문을 읽어나가는 사이 수경의 볼에 눈물이 주르르 흘러내렸다.

"밥하고 국 올려요."

소매로 뺨을 훔친 수경이 고봉으로 담은 밥과 꿩고깃국을 올렸다. 양순이가 초헌을 하고, 용환이가 아헌을 했다. 다음은 종헌, 마지막 잔을 올려야 할 차례였다. 나는 부엌으로 나간 수경을 불렀다.

"들어와서 잔 올리오."

손에 묻은 물기를 닦으며 방에 들어온 수경은 잔을 내게 사양했다.

"양순 아버지가 올리세요."

"무슨 소리요, 동생인 당신이 올려야지."

"그래도 남자가 해야지."

"남자가 가르쳐야 한다는 글은 아이들에게 잘도 가르친 사람이 이럴 때는 왜 남자 여자를 가리오."

양순이와 용환이뿐만 아니라 초가에 사는 인필골 아이들은 모두 수경의 제자들이었다. 기와집에 사는 지주들만 아이들을 멀리 서당으로 보냈다. 나는 수경에게 잔을 쥐여주고 나서 용환이를 불렀다.

"어이, 집사님."

"예—이."

행동이 조심스럽고 차분한 양순이와 달리 용환이는 쾌활하고 장난기가 많았다.

"종헌관에게 잔을 치시오—"

"예—이. 시행하겠나이다—"

집에서 녀석의 장난을 가장 잘 받아주는 것이 나였다.

녀석은 헤벌쭉 웃으며 술병을 들고 제 어미를 바라봤다. 아직 용환이에게는 제삿날은 먹을 게 푸짐한 잔칫날이었다.

"오마니— 잔을 내미시지요—"

수경이 잔을 올렸다. 나는 수경을 따라 차이경에게 두 번 절을 올렸다. 수경과 함께 지내는 일곱번째 차이경의 제사였다.

인필골로 온 첫해, 사냥을 나갔던 나는 차이경의 제삿날에 맞춰 제물을 마련해 집으로 돌아왔다. 밤과 대추, 곶감에다 명태포까지 내놓는 나를 수경은 의아한 표정으로 쳐다봤다.

"이게 뭐예요?"

"오라버니 제삿날도 모르오?"

한동안 말을 잃고 멍하게 서 있던 수경이 오래 흐느꼈다.

"전 지금까지 오빠 제삿날도 모르고 살았어요……"

현륙을 당한 차이경의 목이 한양 칠패시장에 내걸린 날을 수경이 어떻게 알았겠는가. 알았던들 모반대역부도죄를 범한 역도들을 따라다닌 죄인의 부모 된 죄로 아버지와 어머니마저 죽임을 당한 다음, 동생 수이와 함께 광산으로 팔려갔던 수경이 차이경의 제삿날을 어떻게 챙겼겠는가. 나는 애써 대수롭지 않은 듯 수경의 등을 두드리며 달랬다.

"괜찮소. 내가 당신과 수이는 놓쳤지만, 해마다 이날은 놓치지 않고 술 한잔은 올렸소이다."

철상을 하고 네 식구가 둘러앉아 음복을 했다.

"열여섯 살이면 이제 어른이다."

나는 양순이에게 퇴주 그릇에 담긴 술을 따라주었다. 고개를 모로 돌리고 잔을 비우는 양순이를 용환이가 부러운 듯이 바라봤다.

"왜, 우리 집사님도 한잔하고 싶으시오?"

용환이가 고개를 살래살래 흔들며 제 어미에게 물었다.

"오늘 제사 지낸 이 외삼촌은 어떤 사람이었어?"

잠시 망설이던 수경이 대답했다.

"이 외삼촌은…… 공부를 아주 잘하는 사람이었다. 다섯 개 나라의 말을 할 줄 알았지."

"와, 그렇게 많이. 그런데 왜 빨리 죽었어?"

수경이 아이들 앞에서 눈물을 쏟을까 조마조마해진 내가 대답했다.

"그건 열 살이 되면 알려주겠소, 집사. 형도 열 살에 알았소이다."

"알았소, 아버지. 그럼 다른 집은 외갓집 제사는 안 지내는데, 왜 우리집은 할머니 할아버지 제사만 지내지 않고, 외할머니 외할아버지, 외삼촌 제사까지 다 지내는 것이오?"

"할머니 할아버지는 아버지의 어머니 아버지고, 외할머니 외할아버지는 어머니의 어머니 아버지니까. 더구나 외할머니 외할아버지는 제사 지낼 사람이 엄마뿐인데 우리가 지내는 게 당연하지 않소."

"그렇지, 우리가 양반이 아니고 상것이라서 그런 거 아니지?"

용환이는 다시 일곱 살짜리 응석받이 둘째로 돌아갔다.

"그럼, 그거 이상하다고 하는 양반은 양반놈이고, 그거 옳게 지내는 상것은 상님이지."

"맞아. 우린 상님이지."

용환이는 고깃국에 밥을 말아 먹으며 덧붙였다.

"우린 상님이니까, 외갓집 제사까지 다 지내고 다른 집 삼촌 제사까지 지내서 이렇게 쌀밥에 떡과 고기도 자주 먹는 거 맞지?"

제삿날과 명절이 아니면 쌀밥과 떡을 먹을 수 있는 집이 인필골에는 몇 없었다. 용환이 말한 다른 집 삼촌 제사는 지난달 지낸 백무현의 제사였다.

밥을 다 먹은 용환이는 금방 하품을 하며 눈이 게슴츠레해졌다. 양순이가 밥 먹고 바로 누우면 소가 된다고 해도 용환이는 감기는 눈꺼풀을 견디지 못하고 자리에 누웠다. 양순이가 용환이를 안고 건넌방으로 건너가고 나서 우리도 이부자리를 펴고 누웠다.

"고마워요."

"별소릴 다 하오. 수이도 있었으면 참 좋았을 터인데, 다 내 탓이오."

내가 인필골로 찾아오기 두 해 전에 집을 떠난 차이경의 남동생 수이는 여태 종무소식이었다.

"아녜요. 공부시킬 욕심만 앞서서 수이를 그렇게 내쫓듯이 떠나보낸 내 잘못이에요."

나를 잃고 뒤쫓는 보부상단의 폭력조직 동몽청을 피해 인필골까지 흘러들어왔던 수이를 공부하러 보낸 것은 수경이었다.

"무소식을 희소식으로 여깁시다. 아미리가로 건너갔으면 연락하기가 쉽겠소."

수경은 양순이가 철이 들자 수이만큼은 공부시킬 결심을 했다. 일본에서 돈을 벌어 미국으로 건너가 공부하라고 떠나보낸 수이는 여태 소식이 없었다.

"양순 아버지."

수경은 나를 부르고는 한참을 주저하다 말을 이었다.

"내일 북청에 나가지요?"

"포수장과 현감을 만나기로 했으니, 가야지요."

최근 들어 수렵세가 부쩍 는데다, 포수들이 어렵게 잡은 피륙을 관아에서 헐값에 앗아가는 일까지 벌어져서 포수들이 부글부글 끓었다. 내일은 포연대장인 내가 직접 현감을 만나 담판을 지을 작정이었다.

"나가는 길에 원산에 좀 다녀오시면 어떨까요?"

"갑자기 원산이라니. 뭐, 구할 책이라도 있소?"

수경은 내가 어쩌다 원산이나 함흥에 가게 되면 종이와 먹, 붓과 같은 교구와 책을 부탁했다.

"제가 삼 년 동안 공부할 수 있게 책임지겠다고 했던 약조를 기억하지요?"

"미안하오."

수경은 백무아를 잃고 방황하던 내게 '무소의 뿔처럼 혼자서 가겠노라'며 삼 년만 남편이 되어달라고 부탁했었고, 나는 그러겠노라 약속했었다.

"미안해하지 마세요. 이제 그 약속을 지키면 되니까요."

"지키겠소."

"좋아요. 그럼 내일 나가는 길에 원산학사에 들어가는 방법을 알아오세요."

원산학사는 십육 년 전에 수경이 가고 싶어했던 조선 최초의 근대 학교였다.

"저는 비록 꿈을 이루지 못했지만, 양순이와 용환이만큼은 꿈을 꾸고, 그 꿈을 이루며 살게 하고 싶어요."

내가 뒤늦게 아비 노릇을 시작한 지 어느새 칠 년이었다. 아홉 살이던 양순이는 이제 열여섯이 되었다. 녀석은 열두 살 때부터 나를 따라다니며 사냥을 배웠다. 수포수급이 된 양순이의 사격술을 보고 산사람들은 타고났다고 했다.

수경은 한 번도 녀석을 세상에 내보내 공부시킬 생각을 해보지 못한 내 눈을 똑바로 응시하며 쐐기를 박듯이 덧붙였다.

"양순이가 없었으면 제가 지금까지 견디며 살지 못했을 거예요. 양순이와 용환이는 내일이 있는 인생을 살아야지요."

2

관아의 마당에는 장형을 행할 준비가 끝나 있었다. 오늘은 포수계 계주들이 모두 지켜보는 가운데 임승조가 호장을 맞는 날이었다. 호장은 호랑이를 잡은 포수에게 장형을 가하는 징벌이었다. 포수가 영물로 여겨온 호랑이를 잡으면 지방의 수령은 열 대의 장형으로 그 죄를 물었다. 물론 호장은 산중의 왕인 호랑이의 영을 위무하고, 액땜을 하는 형식적인 의례였을 뿐이고, 실제는 호랑이를 잡은 포수를 범포로 공인하는 축하연이었다.

닷새 전에 호랑이를 잡은 임승조가 바지를 훌렁훌렁 벗어던졌다. 싱글거리며 형틀로 걸어가는 임승조의 다리 사이로 큼직한 물건이 덜렁덜렁했다. 계주들이 임승조의 물건을 가리키며 웃음보를 터뜨렸다.

소란스럽던 관아의 마당에서 웃음소리가 잦아든 것은 형리가 첫 번째 곤장을 내리친 다음이었다. 철썩, 벗은 임승조의 볼기를 후려친 곤장은 시늉이 아니었다. 지켜보던 계주들이 서로를 쳐다보며 입을 벌렸다. 나도 붉은 자욱이 선명한 임승조의 엉덩이와 장형을 주관하는 주도식 현감을 번갈아 쳐다보았다. 나와 눈이 마주친 주도식은 무표정하게 고개를 돌리며 형리에게 명령했다.

"계속하지 않고 무얼 하느냐!"

"둘입니다."

형리가 소리치며 곤장을 내리쳤다. 철썩, 임승조의 탄탄한 엉덩이에 두번째 곤장이 달라붙었다.

"악."

임승조가 비명을 질렀다. 간혹 장난으로 호장을 조금 세게 치는 일은 있었다. 하지만 이런 정도는 없었다. 더구나 두 대를 연달아.

"셋입니다."

철썩, 이번에는 임승조가 비명을 지르지 않았다. 이를 악물고 현감을 노려보는 임승조의 얼굴이 벌겋게 달아오른 그의 엉덩이보다 더 붉었다. 주도식은 임승조의 눈길을 외면하며 형리에게 계속하라는 턱짓을 보냈다.

"넷입니다."

철썩, 시늉도 장난도 아니었다. 진짜 장형이었다. 포연대장인 내가 더 보고만 있을 수는 없었다.

"지금 뭘 하시는 겁니까?"

"보면 모르오? 장형을 장형답게 시행하는 것이오."

주도식이 냉랭하게 대답했다. 포연대장 따위가 감히 현감에게 따지고 드느냐는 말을 입안에 물고 있는 표정이었다. 그런 주도식을 흐뭇하게 바라보는 자들이 있었다. 아전들이었다.

"쳐라!"

주도식의 명령과 함께 형리가 곤장을 내려쳤다. 철썩. 참지 못하고 앞으로 나서려는 나의 팔을 포수장 임창근이 그러잡았다.

"가만있어."

돌아보는 나에게 나이 일흔의 포수장 임창근이 나지막이 속삭였다.

"저놈이 미쳤네, 미쳤어."

열 대의 장형을 모두 맞은 임승조가 형틀에서 일어섰다. 터진 엉덩이에서 흘러나온 피가 허벅지를 타고 내렸다. 임승조는 바지를 입을 생각도 하지 않고 주도식을 노려보았다. 덜렁거리는 그의 물건을 보고 웃는 계주는 아무도 없었다.

"호피를 내놓지 않으면 이렇게 하는 것이옵니까?"

그의 한마디에 모든 의문이 풀렸다. 주도식은 대답을 않고 임승조를 마주 노려보기만 했다. 임승조가 돌아서서 우리를 향해 말했다.

"잘 보셨지요. 반에도 못 미치는 값에 호피를 내놓지 않는 포수는 이런 축하를 받는 것입니다."

두 주먹을 움켜쥐는 나를 뒤로 끌어당긴 임창근이 임승조가 벗어 둔 바지를 주워들고 앞으로 성큼성큼 걸어나갔다.

"입게나."

임창근이 임승조에게 바지를 내밀었다. 오늘로 범포가 된 임승조는 포수장 임창근의 조카이기도 했다. 북청의 임씨는 대대로 포수 집안이었다. 힘겹게 바지를 입은 임승조가 내 앞으로 걸어왔다. 나는 임승조의 어깨를 천천히 두드렸다.

"범포가 된 걸 축하하네."

분을 참지 못한 그의 눈에 물기가 어렸다.

"범포는 울지 않는 법이네."

나는 임승조를 다독거리고 나서 계주들과 포수장을 둘러보며 말했다.

"나는 오늘부로 포연대장에서 물러나오."

계주들이 술렁거렸다. 현감과의 담판 따위는 이제 필요치 않았다. 나는 몸을 돌려 주도식 현감을 향해 정중하게 인사를 했다.

"우리 포연대의 범포에게 베푼 이 은덕은 영원히 잊지 않겠습니다."

나는 몸을 되돌려 임승조의 어깨를 감싸안고 임창근에게 말했다.

"가시지요."

백발이 성성한 일흔의 포수장 임창근이 맨 앞에 섰다.

"가세. 임범."

나는 임승조의 어깨에 손을 얹고 성큼성큼 관아를 걸어나왔다. 계주들이 내 뒤를 따랐다.

3

관아의 위세를 보이면 겁을 먹을 줄 알았던 우리가 돌아서 나오자 당황한 현감이 뒤에서 소리쳤다.

"저놈들이 지금 무슨 수작들을 하는 것이냐!"

임창근과 나는 돌아보지 않았다. 그를 비웃은 것은 우리가 아니라 북청 관아의 아전들이었다.

"저놈들이 지금 한 치 앞을 내다보지 못하고 방자하게 설치는구나."

현감과 수렵세 문제를 매듭짓고 원산으로 가려던 나는 계주들과 함께 주막으로 갔다. 범포가 된 임승조를 축하하는 계주들의 술판은 밤늦게까지 이어졌다.

"그래도 주도식이 빨리 본색을 드러낸 게 얼마나 다행인가? 하마터면 공덕비까지 세워줄 뻔하지 않았는가."

거나하게 취한 리문협이 포연대장을 계속하라고 나를 달랬다. 그는 내 전임 포연대장이었다. 나 대신 포수장 임창근이 리문협에게 핀잔을 주었다.

"왜, 영세불망비를 세우자고 나댄 사람은 밤 사냥 내보냈는가?"

북청으로 들어오는 입구에는 영세불망비가 열한 개나 서 있었다. 영원히 잊지 못할 수령들의 은덕을 기리는 공덕비였다. 포수들한테 주도식 같은 현감은 없었다며 공덕비를 세우자고 앞장섰던 것이 리문협이었다.

"주도식이 저렇게 한심한 놈일 줄이야 제가 어떻게 알았겠습니까. 호피를 빼앗으려고 그 지랄까지 할 줄은 정말 몰랐습니다."

그렇게 말하는 리문협에게 임승조가 물었다.

"주도식이 왜 호피를 빼앗으려고 그 지랄을 한 줄 알아요?"

장형 열 대를 오지게 맞은 임승조는 엉덩이를 방바닥에 붙이도 못했다. 무릎걸음으로 자리를 옮겨다니며 축하주를 받아마시던 그가 덧붙였다.

"관찰사한테 미운털이 박힌 놈이 뒤늦게 호피를 뺏어다 관찰사에게 바치려고 그 발광을 한 거예요. 훌륭한 목민관 놀이 하려다가 아전들한테 물먹고, 관찰사한테 까이고, 현감 자리마저 떼일 것 같으니까 미쳐 날뛰는 겁니다."

지난해 부임할 때만 해도 주도식은 근거도 없이 농민과 포수에게 매기는 잡세를 폐지하는 개혁을 단행해 칭송을 들었다. 그러나 그는 한 해를 넘기지 못하고 아전과 지주들의 저항에 항복했다. 자리가 위태로워진 그는 관찰사에게 뇌물을 가져다 바치고 아전들의 눈치를 보며 비굴하게 비위를 맞췄다.

"그런데, 우리가 한 치 앞도 못 내다본다고 한 건 무슨 말일까요?"

나는 주도식이 한 마지막 말이 계속 마음에 걸려 임창근 포수장에게 물었다.

"그러고 보니…… 좀 찜찜하네."

주도식은 생각이 많고, 남들의 눈을 굉장히 의식하며 평판에 신경을 곤두세우는 자였다. 계산 없이 함부로 말을 내뱉는 자가 아니었다.

주도식이 말한 한 치 앞의 일을 나는 원산에 가서 알게 되었다.

양순이를 원산학사에 넣기 위해 나는 어쩔 수 없이 상덕원 객상에 들렀다. 여연 부부는 제 일처럼 반기며 양순이가 원산학사에 들어가 공부할 수 있도록 도와주겠다고 했다.

"학사에 들어가게 도와주는 것만으로 충분하오. 뒷바라지는 내가 감당할 테니 걱정하지 마시오."

나는 왜놈과 싸우기 위해서 어쩔 수 없이 남의 신세를 졌지만 내 피붙이를 위해서 남의 신세를 질 생각은 조금도 없었다.

"북청 골짜기에서 무엇으로 돈을 만지겠어요. 저희한테 다 맡겨주세요."

"내가 호피 몇 개를 더 거두면 되오."

여연은 고개를 가로저었다.

"그렇게 될 것 같지가 않은데요."

"날 너무 무시하는 것 같소."

농담으로 여연의 말을 받았는데, 여연은 정색을 했다.

"곧 군대가 해산될 거예요."

"군대가 해산되다니. 아니, 군대가 없는 나라가 있단 말이오?"

"네. 일본이 대한제국을 그런 나라로 만든답니다. 대한제국의 군대를 해산시킨 일본이 포연대는 그대로 둘까요? 하세가와 사령관은 그렇게 만만한 자가 아닙니다."

조선과 요동반도에서 벌어진 청일전쟁에서 혁혁한 전공을 세우고 일본으로 돌아간 하세가와가 다시 돌아올 것이라던 여연의 예측은 빗나가지 않았다. 하세가와 요시미치는 러일전쟁이 시작되자 근위사단장으로 다시 조선에 돌아왔다.

조선에 주둔한 러시아군을 파죽지세로 격파하고 압록강 전투에서 대승을 거둔 하세가와는 러일전쟁이 끝나고도 일본으로 돌아가지 않고 조선주차군 사령관으로 대한제국의 군권을 장악했다. 일본이 초대 조선 통감 이토 히로부미와 하세가와 요시미치 사령관을 앞세워 을사늑약을 체결하고 외교권을 빼앗아간 지가 벌써 삼 년이 지났다. 하지만 아무리 허울뿐이라고 해도 엄연히 대한제국이라는 나라가 있고, 고종이라는 황제가 있었다. 한심한 수준이었지만 나라가 있고 황제가 있으니 군대도 있었다.

"대한제국의 황제란 자는 대체 무얼 하길래 군대가 아예 없어진단 말이오?"

"그 한심한 양반이 이번에도 뒷북을 쳤지요. 화란에서 열리는 만국평화회의에 밀사를 파견했다가 왜놈들에게 철퇴를 맞고 납작 엎드렸어요. 뒷북이라도 치려면 제대로 치던지……"

일찍이 청나라와 일본군 고문에 둘러싸여 친군영을 사열하던 고종의 한심한 모습을 내 눈으로 직접 보았지만 이렇게까지 한심할 줄은 몰랐다.

“그래, 왜놈들이 해산시키란다고 황제란 자가 군대를 해산시킨답니까?”

“배알이 있는 사람이 아니잖아요. 황제 의자도 내주고, 군대도 내주고서 구차한 목숨을 부지하겠지요.”

“그런 한심한 자가 해산 명령을 내린다고 무관과 병사들이 따르기야 하겠소?”

나는 정태신 파총과 박한 초관의 얼굴을 떠올렸다. 그들과 같은 군인이 남아 있는 한 군대가 아예 해산되는 일은 없을 것 같았다.

“결국 해산하게 될 거예요.”

“설마, 그렇게야 되겠소.”

이번에도 여연의 예상이 맞았다. 나의 ‘설마’는 원산에서 북청으로 돌아온 지 닷새 만에 현실이 되었다. 북청진위대가 해산당했다. 일본군 북청수비대는 대한제국 북청진위대의 무장을 해제시켰다. 북청진위대가 보유했던 러시아산 베르단 소총은 모두 일본군에게 넘어갔다.

4

남창일이 찾아온 건 북청진위대가 무장해제를 당한 이틀 뒤였다. 녀석이 집안에 들어서는 순간 예감이 좋지 않았다. 녀석이 우리집에 오는 건 일 년에 한 번, 백무현의 제삿날이었다. 백무현의 제삿날이 지난 지 두 달도 채 되지 않았다. 두 달도 지나지 않아 다시 찾아온 남창일을 보고 둘째 용환이가 달려나갔다.

"와, 큰아버지다."

올 때마다 녀석이 좋아하는 유과와 강정을 빠트리지 않는 남창일은 용환이가 가장 반기는 손님이었다. 녀석을 따라 똘이도 꼬리를 흔들며 뛰어나갔다. 똘이는 두 해 전에 남창일이 가져다준 똥개였다. 잡종이었지만 진돗개 혈통이 섞여 귀가 날렵하고 영리했다. 남창일은 유과와 강정, 똘이를 미끼로 용환이에게 '작은아버지'가 아닌 '큰아버지'로 인정받는 데 성공했다.

"그렇지. 큰아버지가 왔다."

용환이를 번쩍 들어올렸다가 내려놓으며 나를 바라보는 남창일의 눈빛이 어두웠다. 들고 온 선물 보자기를 용환이에게 넘겨준 남창일이 한숨을 내쉬었다.

"안 좋은 소식이다."

"새장가라도 가냐?"

"박한 초관이 갔다."

"가다니?"

"자진했대, 단총으로"

나는 그의 군모에 꽂혀 있던 독수리 깃털을 떠올렸다. 독수리처럼 외롭지만, 높고도 멀리 날아오르고 싶어한 박한이었다.

"군대 해산에 항거해서?"

"응……"

박한과 정태신이 군대 해산 명령을 받아들이지 않을 것이라고 짐작은 했었다. 하지만 자결을 하리라고는 상상조차 하지 않았던 나였다.

"아이 씨팔, 죽긴 왜 죽냐고…… 대가리 박고 싸우면 되지……"

남창일은 눈물을 흘리며 울먹였다. 박한은 나에게도 중요하고 고마웠던 상관이었지만, 남창일에게도 은인이었다. 남창일은 같이 울어줄 사람을 찾아 나에게 온 것이었다. 그와 함께 박한이란 인간을 기억해줄 사람은 나밖에 없었다.

"지 나라라고 했던 황제란 자도 멀쩡히 살아 있는데 왜 지가 죽냐고……"

남창일이 들고 온 대한매일신보에는 박한의 죽음을 알리는 짧은 기사가 실려 있었다.

어제 오전 해산 명령을 받은 대한제국 군대의 장교 박한이 명령을 거부하고 병영에서 자신의 단총으로 자진ᄒᆞ얏다더라. 그가 마지막으로 남긴 한 문장은 이러ᄒᆞ얏다더라.

'군인이 지켜야 할 나라를 지키지 못했으니 죽어 마땅ᄒᆞ고, 군인이 지켜야 할 나라가 없어졌으니 군인으로 살아 있어야 할 이유가 없다.'

그의 피로 물든 이 문장을 본 대한제국의 장졸들 모두가 대성통곡ᄒᆞ얏다더라.

자신의 머리에 단총을 쏘아 스스로 사형을 집행한 박한의 마지막 순간을 머릿속에 그려보았다. 비장하고 장엄했으나 참혹하고 혹독한 참군인의 최후였다.

"죽어도 황제란 자와 대신이란 놈들이 먼저 죽어야지 왜 박한이 죽어야 해? 나라를 박한이 팔아 처먹었냐고?"

남창일은 울분을 삭이지 못했다.

"임금, 황제? 벼슬하는 놈들이 나라를 위해서 죽어? 그놈들한테는, 지들이 임금놀이하고 벼슬해먹는 데 필요한 나라만 있으면 되는 거야. 이 나라가 청국놈 것이 되든, 로씨아놈 것이 되든, 왜놈 것이 되든, 그게 그놈들에게 무슨 상관이겠어. 왜놈들한테만 대가리 숙이면 여전히 종과 머슴을 부리고, 상놈들 위에 군림하면서 떵떵거리며 잘살 수 있는데, 그놈들이 왜 죽겠어?"

"그럼 박한은 뭐야?"

"박한한테 필요한 나라는 없었어. 나라한테 필요한 박한이 있었을 뿐이야."

"씨발, 박한만 불쌍하네."

"너보다는 안 불쌍해."

녀석은 자신을 살려준 박한을 생각하는지, 집과 함께 불태워진 아내와 아이들을 생각하는지 하염없이 눈물을 흘렸다.

녀석의 눈물이 그치기를 기다려 내가 물었다.

"정태신은 어떻게 됐대?"

"몰라……"

남창일은 손바닥으로 얼굴에 남은 물기를 지우며 덧붙였다.

"오른팔인 박한이 자진까지 했는데 정태신이 가만히 있겠어. 거기도 한 성깔 하잖아."

정태신을 생각하면 지금도 마음이 복잡했다. 군인으로 누구보다 존경한 사람이었다. 그의 명령이라면 불길 속으로도 주저 없이 뛰어들 것 같았던 시절이 있었다. 화성과 김천, 울산의 민란 현장에서 농민들을 상대로 한 무자비한 절멸 작전을 펼치는 그를 보기 전까지는 그랬다.

5

대한제국의 군대는 해산되었고 무관은 총을 빼앗겼으며 병사들은 흩어졌다. 정태신의 충직한 무관이었던 박한은 자신의 이마에 총을 쏘았다. 박한의 무장이었던 정태신은 어떻게 할까. 한때 그의 충직한 병사였던 나는 알 수 없었다.

남창일은 떠나면서 내게 물었다.

"싸울 거야?"

"글쎄."

"군대가 들고 일어나면 싸워볼 만하지 않을까?"

나는 대답하지 않았다.

"정태신이 나서서 싸워도?"

"정태신이 싸운다……"

정태신, 그는 과연 싸울까. 싸운다면 누구를 위해서 누구와 더불어 어떻게 싸울까.

"한 가지 분명한 건…… 내가 싸운다고 해도 다시는 양반 밑에서, 양반을 위해 싸우는 일은 없을 거야."

"그렇구나. 정태신도 양반이지……"

나를 물끄러미 쳐다보며 말끝을 흐리는 남창일에게 내가 물었다.

"너는?"

"나?"

녀석이 되물으며 씩 웃고 나서 덧붙였다.

"난, 너와 함께 싸우지."

"누가 싸우겠대?"

"난 너와 같이 싸우다가 죽고 싶다고, 인마. 지난번처럼 또 나 몰래 혼자 싸우러 가면 내가 죽여버릴 거야."

남창일은 빈 등에서 쌍칼을 뽑아들고 내 목을 겨눴다. 삼 년 전, 러일전쟁 때 내가 녀석에게 알리지 않고 무산으로 올라가 왜놈들과 싸우고 온 일을 남창일은 여태까지 섭섭하게 여겼다.

"인마, 요즘 누가 칼로 싸우냐?"

나는 빈 칼을 든 녀석의 팔을 치우며 웃었다.

"그래도 최후의 결전은 육박전이고, 육박전에서 쌍칼을 당할 자는 없지."

남창일은 바닥을 박차고 뛰어오르며 화려하게 빈 칼을 휘두른 다음 몸을 돌려 착지했다. 백무현의 쌍칼을 능가한다는 그의 말이 빈말이 아니었다.

"좀 늘었다."

"거의 절대무공이지."

녀석은 내 어깨를 껴안은 손에 힘을 주었다. 그의 힘준 손아귀에서 외로움이 전해왔다. 재혼하라면 경기를 일으키는 녀석이 내 어깨에 올렸던 손을 풀고 발걸음을 옮겼다. 대여섯 걸음을 걸어가던 녀석이 돌아보며 내게 말했다.

"반드시 불러."

6

양순이가 입학식 날에 맞추어 수경과 함께 원산으로 떠난 이틀 뒤였다.

"내 아비에게 할말이 있소."

용환이가 내게 장난을 걸어왔다.

"무엇이오?"

"형이 쓰던 총을 이제 나에게 주시오."

왼손을 허리에 짚은 용환이는 짐짓 거만하게 오른손을 내밀었다.

"아니 되오."

"공부하는 문관의 길로 간 형의 총을 이 아우가 물려받겠다는데 어찌하여 아니 된다는 게요?"

"형도 열두 살에 총을 잡았소."

"꼭 그래야 된다는 법이 있소?"

"이 아비가 처음 총을 잡은 것도 열두 살이었소."

그렇게 용환이와 장난 섞인 실랑이를 벌이고 있는데 임승조가 찾아왔다. 지난달 야무지게 곤장 열 대를 맞고 범포가 된 임승조는 인사도 잘라먹고 대뜸 내게 물었다.

"포연대장, 들었습니까?"

"들기는 뭘 들어, 이 사람아. 이렇게 빈손이네."

용환이와 툭탁거리던 장난기가 남은 나는 두 손을 펼쳐 보이며 농담으로 받았다.

"지금 농담할 때가 아닙니다. 총을 다 거둬들이겠다고 합니다."

"해산한 북청진위대의 총은 왜놈들이 이미 다 가져가지 않았는가?"

"진위대의 총이 아니라 우리 포수들의 총을 내놓으라는 겁니다."

한 번도 상상해본 적이 없는 난데없는 소리였다.

"어떤 놈이 포수한테 총을 내놓으라는 거야?"

"누군 누구겠어요. 현감과 왜놈들이지."

임승조가 내민 것은 연활자로 찍은 포고문이었다. 총포급화약단속법.

제일조 총포급화약의 제조와 판매 금지

제이조 총포급화약의 운반과 교환 금지

제삼조 총포급화약의 소유 금지

내각 총리대신 이완용이 내부대신, 군부대신, 법부대신과 공동명의로 선포한 이 법안은 민간인이 보유한 총기와 탄약은 물론 칼이나

창을 비롯해 무기가 될 수 있는 것은 전부 거둬들이며, 이를 어기는 자는 체포하여 징벌한다는 내용이었다.

이 법의 시행령에는 거둬들인 화약과 탄환은 모두 태워 없애고, 태워 없애는 것이 불가능하면 물속에 빠뜨려 다시 말려 쓸 수 없게 하며 총포류는 완전히 파손·절단하여 다시는 병기로 사용치 못하게 만들라고 명시되어 있었다. 재생 불가하게 파손한 금속은 신분이 확실한 자에게 매각하고 예술품이나 역사적 가치가 있는 기물은 일본군 군영으로 송부하라는 조항도 또렷했다. 군대의 해산에 이은 조선인의 완전한 무장해제 조치였다.

"그래서, 총을 내준 포수들이 있나?"

"처음 몇 사람은 집으로 들이닥친 왜놈들에게 얼떨결에 총을 빼앗겼습니다. 하지만 소식을 들은 나머지 포수들은 총을 가지고 산으로 들어가고 있습니다."

"빼앗긴 총이 몇 정이나 되나?"

"스무 정 안팎입니다."

송장도 일어나 일손을 보태야 한다는 가을 농사철이라 집에 머무르던 포수들이 많아 피해가 만만치 않았다.

"왜놈들이 누가 포수인지 어떻게 알고 포수들의 집을 골라 들이닥쳤단 말인가?"

"현감을 앞세우고 일진회 개들을 몰고 다니지요."

불현듯 나의 뇌리에 주도식 현감의 말이 떠올랐다. 한 치 앞도 내다보지 못하고 방자하게 설친다며 놈이 우리를 비웃은 이유가 바로 이것이었다. 주도식은 총포급화약단속법의 시행을 미리 알았던 것이다. 총은 포수의 생명이었고 가장 큰 재산이었다.

"산으로 간 포수들은 어디에 있는가?"

"우선 각자의 포수막에 은신하면서 허리원에 있는 산채로 연락을 취하라고 통문을 돌렸습니다."

"포수장 어른은?"

"총은 제가 받아 감췄고, 포수장 어른은 집에 계십니다."

"포수장 어른한테도 총을 내놓으라고 겁박을 했을 것 아닌가?"

"어디, 눈이나 깜빡할 분인가요?"

나이 일흔이지만 아직 정정하고 꼬장꼬장한 임창근 포수장의 모습이 눈앞에 어른거렸다.

"포수장 어른은 포연대장님께 이 소식을 전하면 삼수와 갑산의 포연대장을 만나 대책을 세울 것이라고 했습니다."

북청 사람이 아닌 내가 포연대장을 맡은 건 포수장 임창근 때문이었다. 한사코 사양하는 나를 임창근이 리문협 포연대장의 후임으로 추천하자 입이 나온 포수가 여럿이었다. 임창근은 그들을 향해 물었었다.

"포연대장이 벼슬인가?"

임창근은 텃세를 부리며 대답을 않는 북청 토박이 포수들을 엄하게 질책했다.

"포연대장이 나눠먹을 벼슬인가? 벼슬놀음은 나눠 처먹을 것이 있는 양반놈들이나 하는 짓이지 나눠 처먹을 것도 없는 상놈들이 무슨 놈의 벼슬놀음이야. 포수가 상놈이라고 무시나 당하지 않으려면 어떻게 해야 하나? 절대 무시할 수 없는 포수를 포연대장으로 내세워야겠지? 그러면, 그런 범포가 여기 홍포 말고 누가 있나. 못된 송아지 엉덩이에 뿔난다고, 어디서 벼슬놀음인가, 벼슬놀음이!"

임창근은 나이 칠십을 헛먹은 포수장이 아니었다. 가난하고 후사도 없었지만 아무도 그를 무시하지 못했다.

"삼수와 갑산의 포연대장도 허리원 산채로 오라고 포수장 어른이 사람을 보냈습니다."

허리원 산채는 후치령에 있는 우리 포연대의 큰 포수막이었다.

"어른은?"

"포수장 어른마저 집을 비우면 산채로 눈길이 쏠리니 당신이 얼마간 인질로 집에 남아 있는 게 좋겠다고 하셨습니다."

용환이가 사립문 밖에서 집안을 기웃거리며 눈치를 살폈다. 똘이를 데리고 수수밭에 가서 새를 쫓고 오라고 했는데도 녀석은 사립문 근처를 맴돌았다. 추수를 앞둔 전답에는 텃새인 자새와 철새인 쇠찌르레기가 한꺼번에 몰려들었고, 녀석들을 쫓는 것은 용환이와 똘이의 몫이었다. 평소 같으면 얼른 똘이를 데리고 밭으로 달려갔을 용환이는 사립문 밖을 맴돌기만 했다.

"바로 출발하시지요."

내 사정을 알 리 없는 임승조가 나를 재촉했다.

"애엄마와 큰애가 원산엘 가서……"

머뭇거리는 나를 바라보는 임승조의 눈빛이 묘했다. 천하의 범포, 포연대장이 집 걱정이라니. 임승조는 재밌다는 표정으로 나와 사립문 옆에 숨어 머리만 내밀고 내 동정을 살피는 용환이를 번갈아 쳐다보았다.

마음이 무거웠지만 시간을 오래 끌 수는 없었다.

"용환아."

나와 눈이 마주치자 얼른 몸을 숨기는 녀석을 불렀다.

"아비가 며칠 다녀와야 할 것 같은데, 우리집 집사님은 어찌하면 좋겠소?"

"……"

내가 장난스러운 동작까지 보태가며 너스레를 떨었지만 통하지 않았다. 녀석의 얼굴은 울상이 되었다.

"따라가시겠소?"

녀석은 고개를 저었다.

"집에서 오마니 기다릴 거예요. 집에 아무도 없으면 오마니가 슬퍼할 거예요."

수경은 모레 돌아올 예정이었다.

"밥은?"

"제가 해 먹으면 돼요."

우리집은 모두가 밥을 했다. 다른 집들은 사내가 부엌에 드나들면 고추 떨어진다고 했지만, 우리집은 아니었다. 수경이 품앗이를 가거나 아이들을 가르치느라 바쁘면 내가 밥을 했다. 사내가 부엌에 드나들면 고추가 떨어져? 아니지. 입에 밥이 들어오지. 산에서 지내는 포수는 제 밥을 제가 해 먹을 줄 알아야 한다고 내게 배운 두 아들은 여자아이 못지않게 부엌일을 잘 했다.

"무섭지 않을까?"

"똘이랑 있으면 괜찮아요."

그렇다고 용환이를 혼자 두고 허리원으로 떠날 수는 없었다. 나는 녀석을 번쩍 들어올려 목말을 태우고 고만네 집으로 갔다. 목말을 탄 녀석은 개선장군처럼 고만네로 들어서며 친구의 이름을 불렀다. 고만네의 큰아이는 용환이와 동갑이었다. 나는 고만네에게 모레까지만 용환이를 보아달라고 부탁하고 임승조와 함께 허리원으로 떠났다.

허리원 산채에는 함경도의 포수계 계주들이 모여들었다. 전국에서 포수가 가장 많은 함경도였다. 범포의 팔 할을 함경도가 차지할 정도로 실력도 출중했다.

삼수 포연대장 태양욱과 갑산 포연대장 차도선이 계주들을 이끌고 산채에 도착했다. 삼수와 갑산 포연대는 북청 포연대와 더불어 함경도의 삼대 포연대로 꼽힐 만큼 실력이 쟁쟁했다.

포연대 대장과 계주들은 합동회의 결과를 여덟 글자로 정리했다. 총포 반납 절대 불가, '팔자결정'이었다. 이에 따른 삼 대 행동 방침을 포연대장 세 명이 나누어 하나씩 발표했다.

첫번째로 나선 것은 갑산 포연대장 차도선이었다.

"단군 이래로 포수의 총을 빼앗은 일은 단 한 번도 없었소. 총을 포기하는 포수는 포수가 아니오."

이마가 넓고 눈매가 부리부리한 차도선의 말에 환갑을 넘긴 계주 하나가 맞장구를 쳤다.

"그럼, 마누라 없이는 살아도 총 없이는 못 살지."

분기탱천했던 산채에 한바탕 폭소가 터졌다. 목소리도 시원시원한 상남자인 차도선이 웃음이 가라앉기를 기다렸다가 계주들을 둘러보며 물었다.

"포수가 아닌 자를 포연대에 둘 수는 없소. 하여, 이 시간 이후로 총포를 반납하는 포수는 포연대에서 제명하고 영구히 축출하며, 태백준령에 다시는 발을 들여놓는 것을 허용치 않기로 했소이다. 모두 찬동하오?"

"찬동이오."

포수계 계주들이 우렁차게 대답했다.

두번째 행동방침은 삼수 포연대장 태양욱이 발표했다.

"왜놈들이나 그 앞잡이들과 내통하여 포수들의 총기를 강제로 탈취하는 데 협조한 포수는 배반죄로 처결할 것이니, 아까운 목숨을 더럽게 버리는 일이 없도록 모든 포수계의 계원들에게 알려야 하오."

그렇지 않아도 곱슬머리에 다부진 어깨, 매서운 눈매가 인상적인 삼수 포연대장 태양욱의 눈매가 더욱 매섭게 빛났다. 마지막은 내가 맡았다.

"오늘부로 삼수와 갑산, 북청의 세 포연대는 형제의 결의를 맺고 끝까지 행동을 같이하기로 맹세하였소. 여기에 찬동하지 않는 계주는 산채를 떠나도 좋소. 지금 떠나면 아무런 불이익이 없소. 아무도 없소?"

나는 계주들을 한 명 한 명 빠짐없이 훑어보고 다시 물었다.

"정녕 없소?"

"없소."

7

총포급화약단속법안을 발동한 지 두 달 만에 일본군이 빼앗아간 무기의 수는 십만을 헤아렸다. 물속에 집어넣거나 불태워 없앤 화약과 탄환은 무려 삼십육만삼천 근이 넘었다. 만 명이 넘는 조선의 포수들이 총을 빼앗겼다. 일본군은 총기 압수를 끝까지 거부하는 포수들을 잡아들였다. 하지만 북청과 삼수, 갑산에서는 통하지 않았다. 총을 들고 산으로 들어와 버티는 우리로부터 총기를 강제 압수하는 건 불가능했다.

우리가 산에서 나가지 않고 계속 버티자 일본군은 작전을 바꾸었다. 기만책이었다. 왜놈들의 기만책에 맨 먼저 말려든 북청의 계주가 유기운이었다. 산평 계주 유기운은 세 개 포연대의 '총포 반납 절대 불가'라는 팔자결정에 따르기를 거부하며 지금까지 산채에 코빼기 한 번 비추지 않았다. 그런 유기운이 허리원 산채로 달려온 것은 후치령에 첫눈이 흩날리기 시작한 오늘 오후였다.

"용서해주십시오. 그동안 미련한 제가 잘못했습니다."

유기운은 산채 앞마당에 무릎을 꿇고 잘못을 빌었다.

"관아에 맞서서 이긴 자를 본 적이 없다고 포연대의 결정을 따르지 않더니 뭘 잘못했다는 거요. 만약에 여기서 총기를 내놓자는 흰소리를 지껄이는 순간 포살을 면치 못할 거니까, 조용히 돌아가시오. 돌아가서 혼자 반납하면 제명 하산으로 끝날 일을 포살 징벌로 죄를 키우지 마시오."

'제명하산'은 '압의하산'의 아래 단계의 징벌이었다. '압의하산'처럼 발가벗긴 채 산에서 쫓겨나는 망신은 면하지만 산에서 영구히 추방되는 것은 마찬가지였다. 일본놈의 앞잡이 노릇을 하지 않고 자신의 총기만을 조용히 반납하는 자에게 세 개 포연대가 공동으로 취하기로 한 징벌이 제명하산이었다.

"제가 왜놈들과 싸워서 총을 되찾아올 수 있도록 도와주십시오."

"무슨 총을 어디서 되찾아온다는 거요?"

"일본군 병참주재소에 우리 계원들의 총을 빼앗겼습니다."

"빼앗겨?"

"예. 제가 미련해서 속았습니다."

나보다 나이도 많은 계주 유기운은 눈이 쌓이기 시작한 마당에 머리를 찧으며 잘못을 빌었다.

"누구한테 속았다는 거요?"

"일본군 병참주재소로 총을 가지고 가면 검사 도장만 찍은 다음, 총을 돌려주기로 확약을 받았습니다. 그래서 총을 가지고 갔는데, 왜놈들이 약속을 깼습니다."

유기운이 총을 가지고 간 곳은 파발교 옆에 있는 일본군 병참주재소라고 했다.

"총에 찍어줄 불도장이 읍내의 북청수비대에 있어서 총을 돌려줄 수 없다고 잡아뗼 줄은 정말 몰랐습니다."

속은 것을 안 유기운과 포수들이 거칠게 대들었지만 이미 늦은 다음이었다. 아직 순서가 돌아오지 않아 총을 들고 있던 포수 셋은 필사적으로 도망을 쳤다. 일본군은 총을 들고 도망치는 포수들에게 사격을 퍼부었다. 한 명은 현장에서 사살당하고, 팔에 총상을 입은 한 명은 총을 버리고 도망쳐 목숨만 겨우 건졌다. 결국 빼앗기지 않은 총은 단 한 정이었다.

"세상천지에 믿을 놈이 없어서 왜놈 말을 믿는단 말이오?"

"주도식 현감도 입회해서 관아에서 책임을 진다고 배서를 했습니다."

"그놈이 우리 포연대와 한 약속을 손바닥 뒤집듯이 뒤집고, 범포가 된 임포수의 볼기가 너덜거리게 두드리는 것을 유계주도 두 눈으로 똑똑히 보지 않았소? 그러고도 그놈의 말을 믿었단 말이오?"

"용서해주십시오."

유기운은 다시 땅바닥에 머리를 찧었다. 얼마나 세게 찧었는지 이마에서 피가 흘렀다. 유기운의 뒤에 서 있던 포수 칠십여 명도 일제히 눈 덮인 마당에 무릎을 꿇으며 따라 외쳤다.

"용서해주십시오."

유기운의 이마에서 떨어진 붉은 피가 마당에 쌓인 흰 눈을 적셨다. 무릎을 꿇지 않는 포수는 단 한 명이었다. 총을 들고 선 포수는 무릎을 꿇은 유기운을 겨눈 채 꼼짝 않았다.

"당신은 왜 그러고 있소?"

"만약 우리의 총을 되찾아주지 않으면 유계주를 우리 손으로 포살하기로 결의하고 여기에 왔습니다."

유기운은 제 발로 온 게 아니었다.

"맹세하건대, 저도 속은 것입니다."

"왜놈들에게 빼앗긴 총이 몇 정이오?"

"예순여덟 정입니다."

나는 부상당한 포수의 치료를 지시하고 저녁에 북청과 삼수, 갑산 포연대장과 계주가 모두 참석하는 회의를 열었다. 회의의 첫 안건은 유기운 계주의 징벌 문제였다. 유기운이 포수들의 총기 예순여덟 정을 압수하도록 일본군에 협조한 것으로 인정되면 포살이었다.

8

회의의 분위기는 유기운을 포살하는 쪽으로 기울었다. 그가 일본군에게 무려 예순여덟 정의 총을 넘겨주고, 포수 한 명을 낙명하게 만든 책임을 물어야 한다는 것이 대세였다. 그렇게 대세가 흘러간 데는 일본군에게 총기를 뺏기고 유기운 계주를 산채로 끌고 온 포수들의 증언이 결정적인 영향을 미쳤다. 반대한 사람은 오직 한 명이었다. 문제는 그 한 명이 포수장 임창근이라는 사실이었다.

"유기운이 총을 내주고 왔다면 포살이 마땅하오. 하지만 잘 생각해보시오. 유기운이 총을 내주고 온 것이오, 빼앗기고 온 것이오?"

최고 원로인 임창근 포수장의 의견을 무시할 수는 없었다. 나는 유기운 계주를 징벌해달라고 요구한 포수들의 우두머리인 고재구를 불러들였다.

"유기운이 포수들의 총을 일본군에게 넘겨주게 했고, 그래서 징벌해달라는 것이 분명하오?"

"예. 유계주에게 속아서 우리는 총을 빼앗겼습니다."

맞네, 더 물어볼 것도 없구만…… 포살을 주장했던 삼수와 갑산의 계주들은 빨리 끝내자며 짜증을 냈다. 북청의 계주들은 임창근 포수장의 눈치를 살폈다. 나도 임창근을 바라보며 눈으로 물었다. 이제 더는 어쩔 수 없지 않아요?

임창근은 고재구를 한참 동안 물끄러미 쳐다보다가 물었다.

"어이, 고포수. 유기운한테 속은 것이 아니라 왜놈에게 속은 것이 맞지 않는가?"

"유계주가 나서서 총을 내놓자고 하지 않았으면 우리는 아무도 총을 내놓지 않았을 것입니다."

"자네도 계주를 하겠다고 나서기까지 했던 사람인데, 자네의 그 머리는 장식으로 달고 다니는가?"

그렇게 말하는 임창근의 입꼬리에 매달린 비웃음을 나는 놓치지 않았다. 그리고 그 비웃음 앞에서 바쁘게 돌아가는 고재구의 눈동자를 보았다. 나는 비로소 임창근이 유기운을 편들고 감싸는 이유를 짐작했다.

나는 착 가라앉은 목소리로 물었다.

"고포수가 유기운을 믿고 따른 것도 왜놈들이 총을 돌려줄 것이라고 믿었기 때문 아니오?"

"아닙니다. 우리가 왜 왜놈들을 믿습니까?"

나는 다시 물었다.

"아니다? 아니었으면 왜 우리 포연대가 한 '총포 반납 절대 불가'라는 팔자결의를 따르지 않고 유기운을 따라갔소? 왜놈에게 속은 죄로 유기운을 포살해야 한다면 당신도 똑같이 포살해야 마땅하지 않소?"

"그, 그게…… 계주가 하자니까……"

고재구가 눈치를 살피느라 이리저리 눈알을 굴렸다. 믿을 수 없는 자였다. 사람이고 짐승이고 눈을 속이기는 어려운 법이었다. 더구나 남을 헐뜯고 욕하는 놈치고 바른 놈 없었다. 십중팔구는 욕하는 그놈이 더 나쁜 놈이었다. 임창근 포수장이 여전히 삐딱한 눈길로 고재구를 쳐다보며 물었다.

"그러니까, 자네는 그 머리를 장식으로 달고 다니는가, 내 묻지 않았는가?"

나는 대답이 없는 고재구를 밖으로 내보내고 마지막으로 다시 의견을 물었다.

"유계주, 그놈은 산을 떠나서 살 놈이 아닐세. 왜놈이든 왜놈 할애비든 간에, 제 마누라를 내놓았으면 내놓았지 제 총을 내놓을 놈은 절대 아니지. 내가 내놓으라고 해도 내놓지 않을 놈이야."

아무도 임창근 포수장의 말에 토를 달지 않았다. 그렇게 해서 포살의 문턱까지 갔던 유기운은 목숨을 건졌다.

"그럼, 총을 빼앗기고 지금 밖에 와 있는 저 포수들의 영솔은 누구에게 맡길 거요?"

유기운 계주는 계원들의 신망을 잃었고, 계원들을 이끌고 여기로 온 건 계주가 되려고 나섰다가 유기운에게 밀렸던 고재구였다. 이미 불신임을 당한 유기운은 틀렸으니 고재구에게 영솔권을 줘야 한다. 아니다, 죄가 없는 것으로 결정을 내렸으니 계주인 유기운에게 영솔

권이 있다. 의견이 분분했다.

나는 두 사람을 불러 생각을 들어보고 결정하자고 제안했다. 매사 신중한 삼수 포연대장 태양욱이 앞장서 동의했다.

먼저 불려들어온 고재구에게 내가 물었다.

"빼앗긴 총을 되찾겠다고 여길 찾아왔는데, 어떻게 하면 되찾을 수 있겠소?"

"북청과 삼수, 갑산의 포연대가 한꺼번에 병참주재소로 쳐들어가면 쉽게 빼앗을 수 있습니다."

"총을 빼앗긴 당신들은?"

"우린 총이 없어서……"

고재구를 내보내고 유기운을 불러들였다. 고재구에게 던진 질문을 다시 던졌다.

"빼앗긴 총을 어떻게 하면 되찾을 수 있겠소?"

"우리가 빼앗겼으니 우리가 찾아오겠습니다. 총 예순일곱 정과 탄환 육백칠십 발만 빌려주시면 왜놈들이 가진 총과 탄환까지 빼앗아 오겠습니다."

"빼앗지 못하면?"

"살아서 돌아오지 않을 것입니다."

나는 유기운을 옆에 세워놓은 채 계주들을 둘러보며 물었다.

"자, 누구 말을 믿고 누구에게 영솔권을 주어야 하겠소? 남 욕이나 하면서 우리더러 제 보따리 찾아다달라는 자를 믿어야겠소, 아니면 제 목을 내걸고 제 총을 찾아오겠다는 자를 믿어야겠소?"

태양욱 포연대장이 유기운을 손가락으로 가리키며 말했다.

"앗쌀하구만."

차도선 포연대장이 덧붙였다.

"거, 입 아프게 뭘 물으오."

차도선은 이어진 작전회의에서도 시원시원하고 자신만만했다.

"무슨 긴말이 필요하오. 우리 포수가 몇이며, 그중에서 수포수는 또 몇이오. 병참주재소 왜놈들을 싹 잡고, 빼앗긴 총을 되찾아옵시다. 우리가 아무렴 이미 들고일어난 여주와 진주의 포수들만 못하겠소. 조선의 산포수를 능멸한 왜놈들이 태백준령에 발을 들여놓을 꿈도 꾸지 못하도록, 조선 포수 중에서도 갑포수인 우리 갑산 포수들이 본때를 보여주겠소."

차도선과 함께 온 갑산 포연대의 계주들이 환호했다. 계주들도 포연대장의 성격을 따라가는지 갑산 포연대의 분위기가 가장 활달했다. 갑산 계주들이 분위기를 이끌면서 북청과 삼수의 계주들도 박수를 보탰다.

종시는 내 몫이었다. 김수협이 없으니 달리 떠넘길 사람도 없었다.

"일본군이 강하다고 하지만 우리 삼수와 갑산, 북청의 포수들은 약하오? 원주진위대 장졸 천육백은 신식 총으로 무장하고 강원도를 장악하였고, 강화도진위대의 장졸과 포수도 용맹하게 싸워 강화성을 점령했소. 조선 팔도에서 최고인 우리 세 개 포연대가 떨쳐 일어나면 함경도의 포수와 장졸들이 같이 싸우자고 몰려올 것이오. 그렇지 않소?"

"그렇소."

계주들이 우렁차게 대답했다.

"우리는 낫과 죽창을 들고 일어났던 농민군과 다르오. 하인을 데리고 다니며 행세하던 양반들의 의병과도 전혀 다르오. 가진 총알의 숫자만큼 적을 잡는 것이 바로 우리 포수들이오."

9

사흘째 오락가락하던 눈이 점심 무렵부터 조금씩 굵어졌다. 후치령 정상을 통과하는 도로가 내려다보이는 언덕에 포진한 우리는 일본군이 나타나기를 기다렸다. 파발교 옆에 있는 일본군 병참주재소에서 마차 세 대가 출발했다는 적정 보고는 이미 한 식경 전에 도착했다. 왜놈들의 마차와 정찰을 맡은 우리 포연대 발꾼의 속도 차이를 미루어보아 왜놈들이 개활지에 들어설 시각이었다. 아니나 다를까. 갑산 방면에서 일본군 둘이 나타났다. 황색 군모를 쓴 일본군이 머리에서부터 어깨, 허리를 차례로 드러냈다. 선두는 말을 탄 기마장교였다. 뒤이어 마차 세 대가 차례로 개활지로 들어섰다.

일본군의 선두가 개활지의 가운데에 이르렀다. 나는 신호수에게 작전 개시 신호를 보내라고 손짓했다. 작전 개시 신호에 맞춰 북청 쪽 길모퉁이에 대기하고 있던 유기운이 포수 넷과 함께 갑산 방면으로 걸어갔다. 마주 오는 유기운 일행을 발견하고 주춤하던 기마장교는 곧 고삐를 당겼다. 서로 얼굴을 알아볼 수 있는 거리였고, 포수계와 교섭을 벌였던 병참주재소의 일본군은 유기운 계주의 얼굴을 알았다.

나는 베르단 소총으로 말을 탄 장교를 조준했다. 흩날리는 눈발 사이로 군복 외투에 붉은 견장을 단 놈의 머리가 잡혔다. 나는 군모 아래로 드러난 놈의 관자놀이를 가늠쇠 위에 올려놓았다. 일본군과 유기운 일행의 거리가 열다섯 보로 좁혀지는 순간 나는 방아쇠를 당겼다.

탕. 놈이 머리에서 피를 뿜으며 말에서 떨어지기 전에 유기운이 뒤따르던 일본군을 쏘았다.

탕. 거의 동시에 유기운의 뒤를 따르던 포수들도 유기운의 옆으로 나서며 마차를 호위하는 일본군을 쏘았다. 순식간에 다섯 명이 피를 뿌리며 눈밭에 나뒹굴었다.

마차를 뒤따르던 일본군들은 미처 노리쇠 한 번 당겨보지 못하고 갑산 방면으로 돌아서서 도망쳤다. 하지만 그들은 여러 걸음 뛰지 못했다.

탕. 갑산 방면의 언덕 위에 포진하고 있던 삼수 포연대의 수포수들도 일격필살이었다.

탕. 일발일격, 또박또박 총성 하나에 하나씩 넘어갔다.

탕. 일격필살. 한번 넘어간 놈은 다시 일어서지 못했다.

우리가 포진한 북청 방면으로 도망쳐오던 놈 하나를 보고 임창근이 손을 치켜들며 소리쳤다.

"어이."

나머지 포수들은 모두 총을 내려놓았다.

평. 화승총 소리와 함께 시커먼 연기가 피어오르며 임창근의 얼굴을 가렸다. 임창근은 표적은 쳐다보지도 않고 코앞을 가린 유연화약 연기를 손바닥으로 부채질했다. 자못 귀찮다는 듯한 저 동작은 표적물이 어떻게 되었는지는 볼 필요조차 없다는 노포수의 은근하지만 자신만만한 자부심의 표현이었다. 코끝을 찡그렸지만 웃음기가 얼굴 가득한 그의 얼굴에서 검은 연기가 다 지워진 다음에야 나는 북청 방면으로 도망치던 일본군에게 눈길을 돌렸다. 쓰러진 놈의 머리에서 흘러나온 피가 눈길을 적시고 있었다.

그사이 유기운은 마차 셋을 장악했다. 마차를 끌던 마부 셋은 얼어붙은 채 고삐를 잡고 서 있었다. 유기운이 마차의 포장을 걷자 수북하게 쌓인 총이 모습을 드러냈다. 총을 빼앗겼던 포수들이 함성을 지르며 언덕을 달려내려갔다.

어젯밤 열린 작전회의에서 유기운은 포연대에 총 예순여섯 정을 빌려달라고 했다. 갑산 포연대장 차도선에 이어 삼수 포연대장 태양욱도 고개를 저었다.

"포수들이 제일 싫어하는 게 뭔가? 남이 제 총에 손대는 걸 좋아하는 포수는 없네."

"그렇다고 우리 총을 찾는데 남을 앞세우고 우리가 맨손으로 구경만 할 수는 없습니다."

"위험하다고 제 마누라를 남의 손에 넘기는 놈이 있나? 우리 갑산 포수들은 제 총이 남의 손을 타는 것보다 제가 나가서 싸우는 걸 좋아할 거야."

차도선의 말대로 포수에게 총은 그런 것이었다. 나는 다섯 정의 총을 유기운에게 내주기로 했다. 내가 여분으로 은닉해두었던 세 정과 태양욱과 차도선이 내놓은 예비 총기 한 정씩이었다. 내가 내놓은 것은 일본산 무라타였고 태양욱과 차도선이 내놓은 것은 영국산 스나이다와 러시아산 베르단이었다.

유기운은 다섯 정의 총기를 들고 일본군과 정면 대결을 펼치겠다고 나섰다. 나는 아군의 인명손실이 우려되는 그런 위험한 작전에 동의하지 않았다.

하지만 유기운은 자기들이 반드시 선두에 서야 하며, 손에 익숙하지 않은 총기라 명중률이 떨어지기 때문에 근접전을 벌여야 한다는 고집을 끝내 꺾지 않았다. 그래서 매복 저격전으로 개활지에 들어선 일본군을 처치하려던 작전 계획을 조우 기습전으로 바꾼 것이었다.

"여기 있다, 여기 있어."

마차에 실려 있던 제 총을 찾아든 포수들은 어린아이처럼 소리를 지르며 기뻐했다. 작전 계획을 변경한 건 잘한 일이었다. 물론 원래 계획대로 매복 저격전을 펼쳤으면 아군에게 발생할지도 모를 인명손실의 위험을 감수하지 않아도 되었다. 그래도 적을 섬멸하는 결과는 다르지 않았을 것이다. 그럼에도 내가 작전 계획을 변경한 건 유기운의 고집을 꺾지 못해서만은 아니었다. 전투의 결과가 같다고 효과가 같은 것은 아니었다. 전투의 과정이 군병의 기세를 좌우했다. 싸움에서 가장 중요한 것은 언제나 기세였다. 나는 조금 더 위험했지만, 기세를 올리는 작전을 선택한 것이었다. 더구나 첫 전투에서는 이기는 것도 중요했지만 통쾌하게 적을 제압하며 기세를 올리는 과정이 더 중요했다.

"나포, 네 것도 여기 있다."

"김포 총은 여기 있다."

포수들은 아무런 표식도 없는 같은 기종의 총인데도 누구의 총인지를 정확히 알았다. 되찾은 자신의 총기를 쓰다듬으며 죽은 자식이 살아 돌아온 것처럼 기뻐하는 포수들을 바라보는 유기운 계주와 수포수 네 명의 어깨를 차례로 두드렸다. 그들은 왼쪽 어깨에는 되찾은 자신의 총을, 오른쪽 어깨에는 빌린 총을 메고 있었다.

"아주 훌륭했소."

"고맙습니다."

내게 고개를 숙이며 답례를 하는 수포수들의 얼굴에는 기쁨과 자부심이 교차했다. 유기운과 함께 조우전에 나선 수포수들은 자원자들이었다. 자신의 총을 되찾은 포수들이 유기운 계주의 주위로 몰려들었다. 그리고 누군가 먼저 외쳤다.

"산평 계주 유기운!"

안산과 안평 두 지역의 포수들로 이루어진 것이 산평 포수계였고, 그 계주가 유기운이었다. 산평 포수계의 포수들이 일제히 따라 외쳤다.

"산평 계주 유기운!"

오직 한 사람 고재구만이 입을 다물고 있는 것을 나는 놓치지 않았다. 나는 고재구와 마주치는 유기운의 눈길도 놓치지 않았다. 눈길을 먼저 피한 것은 고재구였다. 유기운은 산평 포수계의 포수들에게로 눈길을 옮기며 불끈 움켜쥔 오른손을 들어 보였다.

세 개 포연대의 포수 모두가 지켜보는 눈앞에서 산평 포수계의 수

포수 넷을 데리고 일본군을 통쾌하게 쓰러뜨리며 그들의 치욕을 씻겨준 것이 유기운이었다. 내가 정면 대결을 펼치겠다는 유기운의 주장을 받아들인 가장 중요한 이유였다. 책임감과 자신감은 가장 뒤처졌던 자를 가장 앞선 자로 만들기도 하고 가장 앞섰던 자를 가장 뒤처진 자로 만들기도 하는 마술이었다.

"포수의 것은?"

주먹을 치켜든 유기운이 어젯밤 내가 물었던 것을 그의 수하 포수들에게 물었다.

"포수에게!"

산평 포수계의 포수들이 하늘을 찌를 기세로 일제히 대답했다. 유기운은 그런 포수들을 둘러보며 다시 물었다.

"조선의 것은?"

"조선에게!"

10

산평 포수계 포수들이 빼앗긴 총을 모두 되찾아가고도 마차 위에는 스물일곱 정의 총이 남았다. 다른 포수들로부터 빼앗은 총이었다. 일본군이 휴대했던 소총도 노획했다. 이젠 구형이 된 무라타뿐만 아니라 아리사카30보다도 훨씬 성능이 뛰어난 아리사카38도 한 정 있었다.

"이놈이 제일 끗발 센 놈이네."

아리사카38을 안고 쓰러진 왜놈의 군복에는 견장이 붙어 있지 않았다. 내 탄환을 맞고 엎어진, 어깨에 붉은 견장을 단 왜놈 장교 옆에 놓인 총은 무라타였다. 일본군도 옛 조선군 못지않게 출신 성분과 집안 배경이 중요하게 작용했다. 계급보다 더 중요한 끗발을 보여주는 것이 그가 가진 총기였다. 그가 누구인지는 그가 가진 총을 보면 알 수 있었다.

"이놈은 군인이 아닙니다. 북청경찰서 고문부의 도꾸에이란 경부

놈입니다. 나를 속이고 안면을 몰수했던 놈이지요."

유기운은 일본군 장교는 물론 사복 경찰도 알았다.

"유계주가 제일발로 쏜 놈이오?"

"아니지요. 제일발은 포연대장이 저놈에게 쏜 것이지요."

유기운은 내가 잡은 일본군 장교를 돌아보고 나서 자신이 잡은 도꾸에이 경부의 손끝에 걸린 아리사카38을 거두며 덧붙였다.

"제가 쏜 제이발이 이놈을 잡았지요."

임자가 없는 포수들의 총은 근처에 은닉하고, 일본군이 쓰던 무라타는 유기운과 함께 조우전에 나섰던 네 명의 수포수와 오늘 전투에 공적이 많은 포수에게 차례로 나누어주었다. 마지막 남은 한 정의 총에 모든 포수의 눈길이 쏠렸다. 최신형 아리사카38이었다. 젊은 포수들일수록 탐내는 눈빛을 감추지 못했다.

"이건 나도 좀 탐이 나는데……"

나는 아리사카38을 들고 뜸을 들이며 물었다.

"누굴 주면 제일 좋을까?"

"대장님이 가지세요!"

"당연히 그래야지요!"

나는 고개를 저었다.

"탐이 좀 많이 나긴 하는데, 나보다 오늘 전투에서 훨씬 멋진 전과를 올린 젊은 포수에게 이걸 주겠소."

포수들의 시선이 내 손가락을 따라 움직였다. 내 손가락 끝이 가닿은 것은 삼수 포연대였다. 오늘 작전에 참여한 포수 중에서 가장 젊은 현창하는 자신에게 쏟아지는 눈길에 어쩔 줄 모르고 두리번거렸다.

“이 아라사카38은 앞으로 가장 오래 싸워야 할 청년 포수 현창하에게 주겠소.”

현창하는 북청 포연대 소속의 포수도 아닌 자신의 이름을 내가 정확히 호명하는 것이 어리둥절한 모양이었다. 오늘 아침, 나는 부대를 배치하며 청년 포수들을 따로 모아 일일이 이름을 묻고 전투 수칙을 일러주며 안전에 유의할 것을 특별히 당부했다. 삼수 포연대의 막내 포수로 저격조에 편성된 현창하는 오늘 전투에서 도망치는 적의 뒤통수를 정확하게 저격했다. 녀석은 내 큰아들 양순이와 같은 열여섯 살이었다.

“고맙습니다.”

아리사카38을 받아드는 현창하는 손을 덜덜 떨었다.

“포수가 손을 떨면 어떻게 하나?”

“총 쏠 때는 떨지 않습니다!”

외치듯, 큰 소리로 대답을 한 녀석은 뒤돌아서서 아리사카38을 치켜들고 껑충껑충 뛰며 좋아했다. 열여덟이 안 된 청년 포수들은 제 손에도 아리사카38이 들어온 것처럼 좋아하며 함께 펄쩍펄쩍 뛰었다.

현창하, 현창하!

현창하의 이름을 먼저 연호해준 건 녀석이 속한 삼수 포연대의 포수들이 아니라 갑산 포연대의 포수들이었다. 하여튼 분위기를 잡고 띄우는 데는 갑산 포연대의 포수들을 따를 자가 없었다. 사기충천한 포수들 앞에 나는 총기 분배의 원칙을 밝혔다.

“오늘은 이렇게 분배했지만, 향후 노획한 총기는 그 총기를 든 적을 저격한 포수에게 지급한다. 여분의 총기는 총기가 없거나 가장 노후한 총기를 가진 포수에게 지급한다. 좋은 총을 가지고 싶은 포수는 언제든지 좋은 총을 가진 적을 저격하면 된다."

김수협, 보고 있나? 이것은 김수협과 내가 저격여단을 묶고 나서 일관되게 지켰던 원칙이었다.

11

갑산 방면의 적정을 살피던 발꾼이 달려온 것은 총기 분배를 끝낸 다음이었다.

"우편물을 실은 짐말 한 마리와 호위하는 일본군 두 명이 올라오고 있습니다."

"무기는?"

"우편국 직원과 짐을 실은 말을 끄는 마부는 비무장이고, 호위하는 일본군은 무라타를 지녔습니다."

"언제쯤 도착할까?"

"두 식경 안에 여기 영마루까지 올 것 같습니다."

무장 병력은 둘뿐이어서 걱정할 것도 없었다. 그런데, 잠시 후 우편국 짐말이 올라오는 갑산과는 반대 방면인 북청 방면의 금바위골에 내려가 있던 안국환이 달려왔다.

"말을 탄 왜놈들 여섯과 경호하는 사무라이 한 무리가 올라오고 있습니다."

안국환은 북청에서 발이 가장 빠른 몰이꾼이었다. 키가 훤칠하고 다리까지 유난히 긴 안국환은 후치령 일대의 산세를 손금 보듯 꿰는 몰이꾼으로 포수들에게 가장 인기가 좋았다.

"무장은 어떤가?"

"말을 탄 두 놈은 단총을 가졌고, 나머지는 아리사카30을 가졌습니다. 사무라이들은 모두 무라타를 메고 일본도를 들었습니다."

북청 읍내에서 먼저 보내온 첩보와 일치했다. 혜산진으로 가는 일본군 분견대와 목재창을 지배하는 현흑상단의 사무라이 여섯이 어젯밤 늦게 객사에 들었다는 첩보를 받은 것은 오늘 오전이었다. 어제 밤늦게 객사에 들었으니 하루 쉬고 올라올 줄 알았는데, 뜻밖이었다.

"다른 적정은 없었나?"

"아직은 왜놈들이 여기서 벌어진 일을 전혀 모르는 것 같습니다. 개미 한 마리도 우리 눈을 피해서 올라오지 못할 테니까 걱정하지 마십시오."

선걸음으로 갑산 방면으로 내려가겠다는 안국환의 팔을 잡았다.

"포치시켜둔 발꾼들이 있으니 숨이라도 좀 돌리고 가게."

임창근 포수장을 아버지처럼 모시고 나를 형처럼 따르는 안국환은 우리가 기별을 보내자 다음날 바로 발꾼 여섯을 데리고 달려와 셋은 북청 방면에서 후치령으로 올라오는 금바위골에 배치하고 나머지 셋은 갑산 방면에서 후치령으로 올라오는 신평리에 배치해두고 자신이 양쪽을 오가며 챙겼다. 누가 어느 쪽에서 후치령으로 올라오더라도 안국환이 배치해둔 발꾼들보다 빠를 수는 없었다.

"내 눈으로 봐야 안심이 되지요."

"그렇게 달려왔으면 좀 쉬어야, 또 달려내려갈 것 아닌가?"

"원래 발꾼들은 달리면서 쉽니다."

나는 큰 키를 휘청거리며 웃는 안국환의 등을 두드려주었다. 달음이를 떠올리게 하는 사내였다. 키가 크고 발이 빨라 어린 나이에 몰이꾼으로 나섰던 달음이도 군대에 들어가지 않았으면 안국환이 같은 몰이꾼으로 살았을 것이다.

"고맙네. 오늘 이 압승의 가장 큰 공이 자네와 발꾼에게 있는 것, 알지?"

"네. 4321이 아니겠습니까."

안국환이 포수들을 돕겠다고 발꾼들을 데리고 달려왔을 때 나는 그들의 임무가 얼마나 중요한지 일러주며 '4정3작2전1선'을 머릿속에 새겨두라고 했다. '4정3작2전1선'을 내 머리에 새겨준 사람은 정태신 파총이었다. 전쟁의 승패를 가르는 것은 적의 상태와 움직임을 정확히 파악하고 해석하는 정보력이 4할이고, 작전 계획을 세우는 능력이 3할이며, 싸움에 나서는 군병의 역량과 전의가 2할, 선전 역량이 1할이라고 정태신은 단언했다.

"그럼, 4정3작2전1선이지. 우리 전투는 자네들이 4할을 해내는 것이네."

안국환은 씽긋 웃으며 갑산 방면으로 성큼성큼 걸어갔다. 걸음이 얼마나 빠른지 보통사람이 달리는 것과 비슷한 녀석은 금방 시야에서 사라졌다.

안국환이 떠나자마자 나는 긴급 작전회의를 소집했다. 갑산 방면에서 올라오는 우편국 짐말과 북청 방면에서 올라오는 일본군 분견대가 후치령에 도착하는 간격이 너무 좁았다. 먼저 도착할 것이 예상되는 우편국 짐말을 잡으면서 총성을 내면 일본군 분견대가 도주할 것이 뻔했다.

그렇다고 우편국 짐말을 그대로 통과시킬 수도 없었다. 그들이 지나간 다음에 마주오던 사무라이를 처치하는 총성이 나면 북청에 주둔한 일본군에게 바로 보고가 들어갈 것이었다.

작전회의 끝에 병력이 많은 일본군 분견대와 현흑상단 무리를 갑산 포연대에게 맡기기로 했다. 첫 작전을 유기운의 산평 포수계와 태양욱의 삼수 포연대에 맡겼으니 갑산 포연대가 그쪽을 맡겠다고 차도선이 나서는 것이 당연했다. 갑산 방면에서 오는 우편국 짐말을 호위하는 일본군은 내가 직접 맡기로 했다.

"쌍칼, 오늘은 밥값 좀 하자."

남창일은 반색을 했다. 허리원 산채의 포수들 사이에서 따분하게 지내던 남창일은 우드득 소리가 나게 목을 돌리며 칼부터 잡았다.

"어떤 놈이야?"

"총소리를 내서는 안 되는 거야. 우리가 총을 쏘아서도 안 되고 저 놈들이 총을 쏘게 해서도 안 돼."

혼자서 해치우겠다고 우기던 남창일은 적에게 방아쇠를 당길 시간을 주지 말아야 한다는 말에 한발 물러섰다. 혼자서 둘을 처리하기에는 시간이 부족했다.

우편국 일행은 짐말의 고삐를 잡은 마부가 선두였다. 그 뒤로 우편국 직원과 호위하는 일본군이 후치령에 올라섰다. 발꾼의 첩보대로 총을 든 일본군은 둘이었다. 한 놈은 키가 작고 한 놈은 키가 컸다.

놈들을 향해 마주 걸어나가며 나는 남창일에게 선심을 썼다.

"큰놈을 네가 가져라."

"당연히 큰놈이 형님 거지."

둘에 불과한데다 농사꾼 차림으로 총을 들지 않은 우리를 보고 놈들은 걸음을 늦추지 않고 다가왔다. 우리는 놈들과 개활지 가운데서 마주쳤다.

"길을 비켜라!"

우리에게 비키라고 명령하는 우편국 직원에게 내가 태연하게 대답했다.

"너희들이 비켜서 가라."

뒤에 섰던 키가 작은 일본 군인이 소리치며 우리에게 다가왔다.

"바카야로 조센……"

하지만 녀석은 말을 끝내지 못했다. 내 손에 들린 단도가 놈의 심장을 정확하게 파고들어갔다. 키 큰 일본군이 뒤늦게 무라타를 치켜들며 노리쇠를 잡아당겼다. 하지만 등뒤에 감췄던 쌍칼을 뽑아드는 남창일의 동작이 놈보다 빨랐다. 남창일의 등뒤에서 뽑혀올라온 칼이 노리쇠에서 방아쇠로 옮겨가던 키 큰 일본군의 손목을 그었다. 거의 동시에 남창일의 남은 칼이 놈의 목을 가로질렀다.

일본군 분견대와 현흑상단 무리들이 북청 방면에서 후치령에 올라선 것은 다시 흩날리기 시작한 눈이 나와 남창일이 해치운 일본군의 핏자국을 미처 다 덮기도 전이었다.

12

선두에서 걸어오는 현흑상단 사무라이 다섯의 손에 들린 건 일본도였다. 그 뒤로 팔 토시에 손을 감춘 사무라이가 나타났다. 감춘 손과 거만한 발걸음만으로도 현흑상단 무리의 우두머리임을 알 수 있었다. 놈이 혜산진 목재창의 악귀로 유명한 오키하라가 분명했다. 선두를 이룬 그들 여섯은 모두 총을 등에 메고 있었다.

혜산진으로 파견되는 일본군 분견대가 그들의 뒤를 따라 후치령 개활지로 들어섰다. 조선주차군 사령관으로 다시 돌아와 대한제국 군대를 해산시킨 하세가와 요시미치는 청나라와의 국경지대에 일본군을 주둔시켰다. 하세가와는 폭력조직인 현흑상단 무리도 혜산진에 파견해 왜놈들의 광산과 목재창을 보호하고 청나라의 움직임을 정탐하는 임무를 맡겼다.

짐말들까지 끼어 있어 대오가 제법 길었다. 선두가 갑산 방면 개활지가 끝나는 지점까지 다가선 것을 확인한 나는 오키하라 오장의 뒤통수를 조준했다.

탕. 내 일은 여기까지였다. 나머지는 차도선이 갑산 포연대를 이끌고 깨끗이 처리했다. 내가 사전에 지시한 대로 짐말의 고삐를 잡은 마부 둘은 쏘지 않았다.

"이자가 오키하라인가?"

사색이 된 마부가 덜덜 떨면서 대답을 했다.

"네. 오키하라 오장입니다."

현흑상단 분조장 오키하라는 혜산 목재창의 조선인 노무자들에게 지독한 오장으로 악명이 자자했다. 말을 듣지 않거나 눈 밖에 난 조선인들을 목재창의 대들보에 매달기 예사였다. 일본 육군의 하급 장교 출신인 놈은 혜산진 목재창의 헌병대장으로 통한다고 했다. 그가 거느린 현흑상단 낭인들은 헌병들보다 더 그악한 자들이었다.

"당신들도 왜놈들 목재창에서 일하나?"

"아닙니다. 우린 이 고삐에 매달려 살아가는 마부들입니다."

"말은 누구 것인가?"

"이 말은 혜산진 객사의 것이고, 저 말들은 목재창의 것입니다."

왜놈들이 타던 말 여섯 필 중에서 두 마리의 고삐를 갑산포수들이 잡고 있었다. 총성에 놀라 날뛰며 도망치던 네 필은 왜놈들 사이에 쓰러진 채 발굽을 버둥거렸다. 짐말의 고삐를 잡았던 마부들은 쓰러진 일본군 사이에서 덜덜 떨었다.

"살려주십시오."

"다만 지워주는 대로 짐을 싣고 가는 말은 아무 죄가 없소. 하지만 이 말이 싣고 가는 총과 탄환은 왜놈들이 조선의 것을 빼앗고, 조선 사람을 죽이는 데 사용되는 것이오. 그것을 알고 말의 고삐를 끌면 죄가 되겠소? 아니 되겠소?"

"잘못했습니다. 목구멍이 포도청이라 다만 먹고 살려고 고삐를 잡고 따라나섰습니다. 살려만 주시면 다시는 왜놈들 물건을 나르지 않겠습니다."

"좋소. 이번 한 번은 모르고 한 일로 용서하겠지만 다음에는 용서가 되지 않소. 모르고 하는 일은 용서받을 수 있지만, 알고 왜놈을 돕는 일은 용서받을 수 없소."

나는 마부들을 풀어주며 조건을 달았다.

"내일 저녁까지는 오늘 보고 들은 것을 누구에게도 얘기해서는 안 되오. 그렇게 할 수 있겠소?"

"물론입니다."

죽을 줄 알았던 마부들은 아직 눈이 쌓여 있는 땅바닥에 이마가 닿도록 고개를 숙였다. 나는 말도 왜놈들의 것을 빼고는 돌려주었다.

"우리는 왜놈과 왜놈 앞잡이가 아니면 해치지 않소. 왜놈과 왜놈 앞잡이의 것이 아니면 빼앗지도 않소."

되찾은 말의 고삐를 잡은 마부들은 믿기지 않는 표정이었다.

"가시오."

돌아서던 마부 하나가 물었다.

"내일 밤부터는 오늘 우리가 본 것을 조선 사람들에게는 얘기해도 되는지요? 물론 왜놈들에게는 하지 않을 것입니다."

"보고 들은 그대로, 얼마든지 하시오."

우리가 살려서 돌려보내는 마부들은 모두 각 지역의 객사를 연결하며 짐과 함께 말과 소문을 나르는 사람들이었다. 누구보다 생생하게 어제오늘의 전황을 지켜본 그들의 증언은 며칠 안에 함경도는 물론 조선 팔도로 퍼질 것이 분명했다. 물론 일진회를 통해 현흑상단에 들어갈 것이고, 일본군에게도 보고가 되리란 것을 알았다. 더 오래 후치령 전투를 보안에 부치지 않기로 한 것은 1선 때문이었다. 4정3작2전1선, 1선이었다.

비밀 전쟁은 내가 저격여단의 이름으로 수행했던 단독 저격전으로 충분했다. 함경도의 세 개 포연대가 거병을 한 이상 그 전과를 최대한 선전해서 병력을 보충하는 동시에 적의 사기를 꺾어야 했다. 나는 포수들을 더 규합하기 위해 발꾼도 사방으로 풀었다.

"선전전이야. 4정3작2전1선에서 1선이지."

오늘의 전과를 사방으로 퍼뜨리라는 내 말에 안국환의 입꼬리가 양쪽 귀에 가 걸렸다.

"4321, 4정에다 1까지군요."

"그렇지. 1선이야."

"그러니까 우리가 5군요, 5. 4정에 1선."

발꾼들이 포수와 해산 군인들에게 돌린 통문과 마부들을 통해 번진 소문이 완전히 퍼질 모레가 고비였다. 연합포연대에 참여하겠다는 포수와 해산 군인들이 후치령으로 찾아들 것이다. 일본군도 진용을 갖춰 공격해올 것이 뻔했다. 우리에게 합류해올 포수와 해산 군인들이 얼마나 될지, 공격해올 일본군이 얼마나 될지는 미지수였다.

13

결전의 날이 밝았다. 이른 아침부터 북청 방면과 갑산 방면에서 한 식경이 멀다 하고 첩보가 올라왔다. 먼저 움직인 것은 북청에 주둔한 일본군이었다. 분산 배치되어 있던 병력을 새벽부터 집결시키고 있다는 보고였다. 예상보다 빨랐다.

아군도 빠르게 불어났다. 후치령으로 찾아오는 포수가 늘었다. 하지만 증강되는 일본군에 견줄 숫자는 되지 못했다.

제일 바빠진 사람은 안국환이었다. 시시각각 변하는 적정을 최단 시간에 보고하는 일뿐만 아니라 포연대에 합류하겠다며 찾아오는 포수와 해산 군인을 일차 조사하고, 본대로 안내하는 일도 안국환이 이끄는 발꾼들의 몫이었다. 발꾼들은 각지의 지형만 손바닥 들여다보듯이 잘 아는 것이 아니었다. 포수들의 평소 행실은 물론이고 인근 마을 사람의 성향과 떠도는 소문의 실상을 가장 정확히 꿰고 있는 사람이 발꾼들이었다. 해산 군인들의 동향도 그들의 손바닥 안에 있었다. 그들은 믿을 수 있다고 판별한 인물만 후치령으로 올려보냈다.

"어제부터 지금까지 항일포연대에 합류해온 병력이 얼마나 되오?"

항일연합포연대는 잇따른 전투를 치르면서 삼수와 갑산, 북청 포연대를 군사 체계로 재편하면서 붙인 이름이었다. 적정을 보고하러 왔던 안국환은 내 질문에 바로 정확한 숫자를 댔다.

"서른한 명입니다."

"도주가 보기에 얼마나 더 합류해올 것 같소?"

안국환은 입을 다물었다.

"도주, 왜 대답을 못하오?"

도주는 안국환에게 부여된 직책이었다. 세 개 포연대를 항일연합포연대로 재편하면서 만든 특별한 직제의 하나가 연락도감이었다. 연락도감은 발군들의 커진 역할과 늘어난 숫자에 맞게 신설한 조직이었다. 연락도감에 소속된 발군들의 호칭도 감원으로 바뀌었다. 발군은 포수들이 몰이꾼을 낮춰 부르는 호칭이었다. 호칭 하나를 바꿔주었을 뿐인데도 발군들은 연락도감의 '감원'이란 말에 눈물을 그렁거렸다. 몰이계의 계주에서 연락도감의 도주로 지위가 격상된 안국환은 말할 나위도 없었다.

"안도주, 얼마나 합류해올지 짐작이 되지 않소?"

"그게 아니라…… 도주란 말이……"

나는 안국환의 우스꽝스러운 표정 때문에 웃음을 터뜨릴 뻔했다. 금방 울 것처럼 물기가 서린 눈과 귀밑까지 찢어진 입꼬리가 뒤엉킨 표정이 아주 기묘했다. 하지만, 한 번도 제대로 인정과 대접을 받아

보지 못하고 살아온 발꾼의 마음을 짐작하기란 어렵지 않았다.

"사람 하고는…… 도주를 도주라고 부르지 뭐라고 부르겠소?"

"그래도, 그게……"

안국환이 씩 웃고 나서 덧붙였다.

"좋단 말입니다."

우리는 잠시 함께 소리 내어 웃었다. 주변을 오가던 대원들이 전투를 앞둔 긴박한 상황에서 웃음을 터뜨리고 있는 우리를 의아한 눈길로 쳐다보았다.

"그래, 포수들이 몇 명이나 합류해올 것 같소? 집결하고 있는 적군의 수로 봐서는 최소한 백이십 명은 더 필요한데, 그렇게 되겠소?"

"발꾼들, 아니, 우리 감원들의 보고로는 이백 명은 넘습니다. 문제는 얼마나 빨리 오느냐, 하는 것입니다."

"그러게 말이네. 해산 군인들은 어떤가?"

"송재원이가 오겠다고 했는데 얼마나 모아올지는 모르겠습니다."

송재원은 해산당한 북청진위대의 포군 출신이었다. 사격 실력으로 우리 포연대의 수포수들과 겨룰 수 있는 유일한 포군이었고 진위대 군인들 사이에서 가장 신망이 높은 군병이었다.

"송재원이 왔으면 좋겠네."

"걱정 마십시오. 우리 감원들이 한 바퀴 더 돌아치면서 찾아오는 포수와 해산 군인들을 최대한 빨리 올려보내도록 하겠습니다."

안국환이 큰소리를 치며 내려간 다음에도 항일연합포연대로 합류하는 포수들의 숫자는 증원되는 일본군의 숫자를 따라가지 못했다. 방금 갑산 방면의 연락도감 감원들이 들고 온 소식에 따르면 후치령

턱밑인 신풍리에 집결한 병력만 한 개 중대 규모였다. 북청과 갑산 양 방면에서 집결한 정규군만 벌써 두 개 중대였다. 여기에 경찰과 민병대를 자처하는 현흑상단 낭인들, 일진회 회원들까지 가세하면 포위 공격을 감행해올 가능성이 높았다.

내가 너무 낙관했던 것일까. 풀어준 마부들의 입이 너무 무거웠던 것일까. 함경도에서만 총을 강제로 뺏긴 포수들이 천 명을 헤아리고 해산당한 군인이 이천을 넘었다. 열에 하나만 호응해도 삼백이었다.

상황이 급변한 것은 정오가 다가오면서부터였다.

줄지어 올라오는 포수들로 후치령이 소란스러웠다. 말 그대로 밀려올라왔다. 대부분 한 다리만 건너면 서로 아는 것이 포수들의 세계라 서로 악수를 하며 인사를 주고받느라고 시끌벅적했다. 가장 바빠진 것은 도검사 조강록이었다.

항일연합포연대의 문서를 만들고 규율을 담당하는 도검사가 신입 대원에 대한 심사도 담당했다. 연락도감에서 일차 확인을 하고 올려 보낸데다가, 이미 후치령에 올라와 있던 대원들과 인연이 있는 포수들이 보증을 서서 심사가 어렵지는 않았지만 워낙 많은 숫자가 한꺼번에 몰려들었다.

도검사 조강록을 보좌하는 검사원이 달려온 것은 내가 신입 대원들에게 지급할 총기의 상태를 확인하고 있을 때였다.

"신원 확인이 안 되는 신입 대원이 둘 왔는데 여단장님을 안다고 합니다."

"누구라고 하는데?"

"이름은 모르겠는데, 한 명은 여잡니다."

"여자?"

나는 깜짝 놀랐다. 조강록 도검사 앞에 서 있는 것은 이진이었다.

"진포!"

"대장님!"

"시집갔다고 들었는데 대체 어떻게 된 거야?"

내게 이진이 혼인을 했다는 소식을 전해준 것은 석왕사 주지였던 수인이었다.

"죽고 못 산다고 매달리는 놈이 있어서 혼인했었는데, 벌써 집어치웠어요."

"왜?"

"얘기하려면 길고, 재미도 없어요."

"그럼, 지금은 어떻게 살아?"

진포는 내게 대답을 하는 대신 조강록 도검사 앞에 서 있는 사내를 가리켰다. 얼굴이 어딘가 익숙했다.

"어, 너……"

"네. 대장님. 전령 이정잽니다."

열세 살이었던 호좌의진의 막내 이정재는 헌헌대장부로 바뀌어 있었다. 내가 묻기 전에 이진이 먼저 말했다.

"둘이 같이 사냥하면서 살다가, 대장님 소식 듣고 달려왔어요. 여기는 대장님이 진짜 대장이니까 호좌의진처럼 여자라고 안 되고 그런 것 없죠?"

"물론이지. 그런데 진포, 종지를 박살내던 그 사격 솜씨가 녹슨 건 아니겠지?"

이진은 오른쪽 엄지로 등에 멘 자신의 총을 가리켰다.
“일격필살 아니겠습니까?”
“좋아.”
나는 도검사 조강록에게 두 사람의 보증을 선 다음, 두 사람을 남창일에게 데리고 갔다. 심사를 통과한 신입 대원의 기본 훈련을 담당하는 훈련도감의 도주가 남창일이었다.
“청년중대로 바로 배속시켜.”
신입 대원의 배치도 훈련도감의 몫이었다.
“청년중대는 스무 살 이하만 되는데, 요?”
“정신연령은 스무 살 이하야.”
열세 살에 지주집 아들 대신 호좌의진에 들어왔던 이정재와 총보다 키가 작을 때부터 총을 만진 이진이 청년중대의 대원들을 누구보다 잘 보살피고 이끌어줄 것 같았다. 그렇잖아도 청년중대 때문에 마음이 쓰였는데 여간 다행이 아니었다.
이진과 이정재를 청년중대 중대장인 현창하에게 데리고 가서 인사를 시켰다.
“여긴 중대 참모를 맡을 이진. 여긴 부중대장을 맡을 이정재.”
이진과 이정재가 이제 열여섯 살인 현창하에게 허리를 숙여 인사하며 합창을 했다.
“잘 부탁합니다, 중대장님—”
현창하는 어쩔 줄 몰라하며 마주 허리를 숙였다.
“잘 부탁합니다. 현창합니다.”
세 사람에게 손을 흔들고 돌아서는데 갑자기 함성이 들려왔다. 나는 함성이 들리는 곳으로 걸어갔다. 총을 치켜들고 함성을 지르는 대원들의 어깨 너머로 얼핏 대한제국의 군복이 보였다.

"진위대, 진위대!"

북청진위대 출신의 송재원을 필두로 대한제국 군대의 제복을 차려입은 군인들이 포수들의 연호를 받으며 오와 열을 맞춰 씩씩하게 후치령에 들어서고 있었다.

14

북청에 집결한 일본군이 후치령으로 출발했다는 보고가 연락도감에서 올라왔다. 후치령 개활지에 단위별로 집결한 부대를 순시하던 항일연합포연대 지휘부는 시루바위를 향해 발길을 돌렸다.

출정의 순간이었다. 임창근은 일흔의 나이에도 어깨 높이가 넘는 바위 위로 가뿐하게 뛰어올랐다. 차도선과 태양욱, 나도 임창근의 뒤를 따라 시루바위 위로 뛰어올랐다. 우리는 병풍처럼 임창근의 뒤에 둘러섰다. 후치령 개활지를 가득 채운 포수들이 한눈에 들어왔다.

삼수와 갑산, 북청의 포연대를 군사조직으로 재편한 '항일연합포연대'의 총대장은 임창근이었다. 임창근은 한사코 마다하며 나에게 총대장을 맡으라고 했지만 나는 끝내 사양했다. 항일연합포연대 총대장이란 이름에 임창근보다 더 잘 어울리는 포수는 없었다. 임창근은 포수의 집안에서 태어나 포수로 자랐고, 평생을 오로지 포수로만 살아온 사람이었다. 포수가 아닌 다른 어떤 것도 되어본 적이 없었다. 다른 무엇이 되어보려고 한 적도 없었다. 임창근이 아니라고 하는 것은 포수 누구에게나 아닌 것이 확실했다. 그가 그렇다고 하는 일은 포수 누구나 그렇다고 여기는 일이었다.

출정 선언을 해야 할 임창근이 머뭇거리며 나를 돌아보았다. 이렇게 많은 사람 앞에 서본 적이 없는 임창근은 입이 떨어지지 않는 모양이었다. 김수협과 함께 저격여단을 무었을 때 내가 그랬었다. 김수협이 내게 그랬듯이 누군가 임창근의 말문을 터주어야 했다. 내가 앞으로 나갔다.

"총을 든 자는 오직 총으로 말하는 것이오. 오늘 우리는 조선 포수가 어떤 포수들인지를 왜놈들에게 똑똑히 보여주어야겠소. 조선의 새 한 수, 조선의 짐승 한 두도 왜놈들 마음대로 하게 내버려두지 않겠다는 우리의 출정 결의를 총대장께서 선언하겠소. 항일연합포연대의 임창근 총대장은 평생을 총과 함께 살아왔소. 우리의 포수장, 우리의 총대장을 모시겠소."

나는 주먹을 치켜들며 후치령을 메운 대원들을 향해 물었다.

"우리의 총대장은?"

"우리의 포수장!"

한목소리로 대답하는 대원들의 함성이 후치령을 뒤흔들었다. 포수가 총대장이란 사실은 포수들의 가슴 저 밑바닥에 잠들어 있던, 아무도 알아주지 않았지만 스스로 포기한 적이 없었던 포수라는 자부심에 불을 질렀다. 포수장은 포수라면 누구나 가닿고 싶은 꿈이었고, 포수만이 가닿을 수 있는 꿈이었다.

허리가 구부정한 임창근은 화승총을 치켜들며 한 발 앞으로 나섰다.

"포수들, 포군들. 우리 포연대장 우리 총참모장이 말했듯이 나는 이 낡은 화승총과 함께 살아온 사람이외다…… 거 양반들이 하는 공자 왈 맹자 왈, 춘추대의 따위는 내가 알지도 못하거니와, 알 바도 아니외다. 거……"

나는 쓰지 않던 '외다'를 되풀이하며 떠듬거리는 임창근을 조마조마하게 지켜보았다. 예전에 나를 지켜보는 김수협의 마음이 이랬을 것 같았다.

"내가 아는 것이라고는 짐승을 잡는 것뿐이외다…… 거……"

말을 잇지 못하고 대원들을 바라보던 임창근이 눈을 감으며 입술을 질끈 깨물었다. 내가 대신 말매듭을 지어주려고 나서려는데 임창근이 눈을 뜨며 말을 이었다.

"그런데…… 조선 땅에 없던 아주 고약한 짐승이 나타났단 말이외다…… 왜놈이라는 늑대와 그 앞잡이 노릇을 하는 살쾡이들 말이외다. 그래서 이 늙은 포수가 나서긴 했는데 말주변이 없어 한마디만 하겠소. 내 말인즉슨, 여기 후치령으로 몰려오고 있는 이 고약한 짐승들을 한 마리도 남김없이 몰수이 다 잡아야 우리가 조선의 산포수, 조선의 포군이라 할 수가 있겠다, 이 말이외다."

임창근의 눌변에 후치령을 가득 메운 포수와 포군들은 열광하며 연호했다.

"포연대! 포수장!"

지난 이틀에만 늘어난 대원이 삼백이십일 명이었다. 총과 탄환을 가지고 온 대원들이 절반을 넘었다. 총이 없는 해산 군인과 총을 빼앗긴 포수들에게는 그동안 우리가 노획한 총기를 지급했다. 금성에 집결했던 호좌의진의 의병들이 떠올랐다. 호좌의진의 의병들이 치켜들었던 그 많은 깃발 대신 항일연합포연대의 대원들은 모두 손에 든 총을 치켜들고 있었다.

"포연대!"

"포연대!"

호좌의진의 깃발은 수백 개가 넘었지만 포연대의 깃발은 단 두 개였다.

포수의 것은 포수에게
조선의 군대는 조선의 군인에게

나는 팔을 들어 이어지는 연호를 가라앉히며 항일연합포연대의 부총대장 겸 제1지대장인 차도선을 소개했다. 차도선이 한 걸음 앞으로 나서며 총을 치켜들고 외쳤다.

"1지대!"

1지대! 가장 왼쪽에 포진한 제1지대 대원들이 함성으로 응답했다. 1지대의 함성은 잔치를 앞둔 것처럼 우렁찼다. 차도선이 이끄는 부대는 언제나 이렇게 활기가 넘쳤다.

나는 이어서 항일연합포연대의 부총대장 겸 제2지대장인 태양욱을 소개했다. 태양욱이 총을 치켜들고 앞으로 나서며 외쳤다.

"2지대!"

2지대! 중앙에 포진한 제2지대 대원들이 제1지대에 뒤질세라 더 큰 함성으로 응답했다. 1지대는 갑산 포연대가 주축이었고, 2지대는 삼수 포연대가 주축이었다. 갑산과 삼수의 포연대장인 차도선과 태양욱은 부총대장 겸 제1, 2지대장이었다.

북청 포연대가 주축인 제3지대장은 유기운이 맡았다. 지대장이지만 부총대장이 아닌 유기운은 3지대 앞에서 외쳤다.

"3지대!"

1, 2지대에 밀릴세라 3지대 대원들도 더욱 큰 함성으로 호응했다.

"3지대!"

마지막으로 내가 나섰다. 나는 총참모장 겸 저격여단장이었다.

"저격여단!"

저격여단…… 시루바위 좌우에 포진한 저격여단 대원들의 응답은 민망스러울 만큼 형편없었다. 함성은 1, 2, 3지대와는 비교도 안 되게 작은데다 중구난방이었다. 별동대인 저격여단에 편재된 단위는 청년저격대와 노포저격대, 기동저격대, 연락도감이었다. 세 개의 저격대에다 연락도감까지 붙어 있었지만, 대원의 숫자는 다른 지대의 반의반에도 못 미쳤다.

그중에서도 노포저격대는 대원이 열한 명에 불과했다. 팔짱을 낀 채 짝다리를 짚고 한가하게 하늘을 올려다보는 노포저격대 대원들을 바라보는 사람들은 하나같이 웃음을 참지 못했다. 오합지졸도 그런 오합지졸이 없었다. 한결같이 머리는 하얗고 허리는 구부정한 노포수들이 모인 것이 노포저격대였다. 나도 나오는 웃음을 참으며 임창근에게 눈길을 돌렸다. 겨우 열한 명인 노포수를 굳이 별도의 저격대로 특별 편성하라고 우긴 장본인이 임창근이었다.

임창근은 나와 노포저격대를 번갈아 쳐다보며 빙그레 웃었다.

"왜? 걱정되는가?"

"보세요."

나는 담뱃대를 들고 연기를 뿜어대며 딴전을 부리는 노포수들을 가리켰다.

"저거, 화승에 불붙일 때 아주 요긴한 거야."

그러고 보니 열한 명의 노포수 중에 다섯이 화승총을 메고 있었다. 그 화승총의 무게도 감당이 안 되는지 어깨가 한쪽으로 처진 노포수들을 바라보는 내 입에서 한숨이 절로 나왔다.

"저 구부정한 허리로 무얼 하시게요?"

"총을 언제부터 허리로 쏘았는가?"

임창근은 여전히 빙긋이 웃으며 말을 이었다.

"어이, 포연대장. 중요한 건 구부정한 저 허리가 아니고 무엇을 하다 저 허리가 구부정해졌는지가 아니겠나? 무엇을 메고, 무엇을 겨누다가 저 어깨가 처졌는지 모르지 않을 자네가 그렇게 얘기하면 이 늙은 포수가 섭섭하지."

가만히 듣고만 있는 나에게 임창근이 덧붙였다.

"저 구부정한 허리와 처진 어깨로 무엇을 하는지 한번 두고 보세."

임창근과 내가 이야기를 주고받는 사이에도 노포수들은 계속 딴전을 부렸고, 그사이에 탄환 배급이 끝났다. 북청에서 출발한 일본군이 후치령 아래에 당도했다는 보고가 올라왔다. 총대장 임창근이 군령을 내렸다.

"부대, 전투 위치로!"

15

한 식경이 지나지 않아서 북청 방면에서부터 전투가 시작되었다. 곧이어 갑산 방면에서도 총성이 터졌다. 나는 후치령 영마루에 설치한 사령부에서 연락도감 감원들이 시시각각으로 전해오는 전황을 보고받고 작전 지시를 내려보냈다.

교전은 시간이 갈수록 격렬해졌다. 특히 일본군 미야베 대위가 이끄는 북청 주둔군의 전투력은 뛰어났다. 나는 영마루의 사령부에 대기시켜둔 기동저격대를 먼저 가동했다.

"송대장, 포군들을 데리고 북청 방면으로 가서 저격 지원을 한 다음, 갑산 방면으로 가서 저격 지원을 하고 복귀하시오."

해산 군인들로 구성된 기동저격대의 대장은 북청진위대 포군 출신인 송재원이었다. 군대에서 잔뼈가 굵은 송재원은 키가 훤칠하고 어깨가 딱 벌어진 전형적인 무골이었다. 강인해 보이는 광대뼈 아래까지 내려온 구레나룻과 부리부리한 눈을 가진 그는 대한제국의 군복을 입은 해산 군인 중에서도 단연 눈길을 끄는 존재였다. 나는 포군들을 데리고 지원을 나가는 송재원에게 당부했다.

"저격 지원보다 더 중요한 것은 이동의 군기요. 질서 있고 늠름해야 하오."

"무슨 말씀인지 잘 알겠습니다."

군대 밥을 오래 먹은 송재원은 내 말을 금방 알아들었다. 내게 군대식 경례를 붙인 송재원은 절도 있게 돌아섰다.

"기동저격대, 좌향좌. 뛰어이 갓!"

송재원의 군령이 떨어지자 기동저격대원들이 힘껏 제자리에 왼발을 구른 다음 오른발부터 앞으로 내디뎠다.

"한나 둘 서이 넷. 한나 둘 서이 넷."

한나 둘 서이 넷, 대한제국 군대가 이동 간에 사용하는 독특한 구령이었다. 송재원의 독특하면서도 절도 넘치는 구령에 맞춰 기동저격대 대원들이 발을 맞춰 북청 방면으로 씩씩하게 달려갔다. 제식훈련을 받고 대한제국 군복을 갖춰 입은 기동저격대의 임무는 저격 자체보다 심리전단의 역할이었다. 기동저격대를 한 곳에 박아두지 않고 이동하면서 지원하도록 한 것도 잘 훈련된 일본군 정규군에 맞서 싸우는 아군에게 우리도 정규군을 보유하고 있다는 자신감을 안겨주기 위해서였다. 적에게는 제식군기를 갖춘 정규군의 존재를 과시함으로써 불안과 공포감을 안겨주려는 심리전의 일환이기도 했다. 싸움은 언제나 기세였다.

차도선이 이끄는 1지대가 맡은 갑산 방면의 적군도 만만치 않았다. 정규군만이 아니라 함경도에 진출한 현흑상단 폭력배들로 구성

된 민병대와 일진회 회원들까지 동원한 일본군은 네 식경 가까이 쉼 없이 공세를 퍼부었다. 아직은 후치령 영마루를 장악하고 아래에서 올라오는 적을 상대하는 우리에게 전투 지형이 유리했다. 하지만 시간이 갈수록 후치령 양 방면의 적이 공세를 강화하며 전선을 좁혀들어왔다. 적이 우세한 화력과 병력을 믿고 포위 공격에 나서면 우리는 고립을 피하기 어려웠다.

그나마 다행인 것은 양 방면의 적이 서로 정보를 주고받을 수 없도록 통신선을 완전히 차단한 것이었다. 그렇지만 직접 적진을 오가는 전령을 막은 것은 아니었다. 적의 전령이 우회하며 서로 정보를 교환하고 포위 작전을 시도하지 못하도록 저지하는 것이 급선무였다. 나는 노포저격대를 보내기로 했다.

"적이 우회할 것으로 예상되는 이 지점을 차단하고 선점해주세요."

나는 노포저격대장 김삼곤에게 지도를 보여주며 작전 지시를 했다. 지름길을 통해 은밀하게 이동하는 데는 후치령 일대의 지형을 꿰고 있는 노포저격대가 적격이었다.

북청 방면에서 급보가 올라온 것은 노포저격대가 막 출발하려던 순간이었다.

"매부리봉을 빼앗겼습니다."

매부리봉은 북청 방면에 구축한 삼각 방어선의 중앙이었다. 삼각 방어선에서 가장 높이 솟은 매부리봉은 단순한 중앙이 아니었다. 전후좌우, 사면으로 시야를 확보한 매부리봉을 빼앗기면 전방의 적을 방어하는 것이 어려워지는 것은 물론이고 좌우의 벼슬봉과 애기봉에 포진한 두 개의 진지가 적에게 옆구리를 내놓게 되었다.

"임승조는?"

지난가을 범포가 된 임승조가 매부리봉을 맡은 1중대장이었다.

"낙명했습니다."

연락감원의 말에 나보다 더 놀란 것은 임창근이었다. 갑자기 광채가 사라진 임창근의 눈길이 노포저격대로 향했다. 임창근의 흔들리는 눈길은 노포수 임헌근에게서 멈췄다. 임헌근은 임창근의 동생이었고, 임승조의 아버지였다.

임승조는 임헌근의 하나뿐인 아들이었고, 임창근에게는 하나뿐인 조카였다. 자식이 귀한 임씨 집안에서 임승조는 단순한 장자가 아니었다. 대대로 포수로 살아온 임씨 집안의 내력을 아는 연락도감의 감원은 임창근의 눈길을 피하며 덧붙였다.

"임범이 마지막까지 결사적으로 저항했지만, 기관총을 감당할 수가 없었습니다."

자식도 가족도 없는 임창근에게 임승조는 아들과 다름없었다. 임창근과 임헌근, 두 노포수는 말을 잃었다.

나는 그들만 바라보고 있을 수 없었다. 천리경을 들고 방어선을 살폈다. 매부리봉을 빼앗기면서 팽팽하고 치열하던 항일연합포연대와 일본군의 균형은 급격히 무너졌다. 전투의 주도권이 적에게 넘어갔고, 아군이 밀리기 시작했다. 북청 방면의 일본군을 지원하기 위해 증파한 경찰대가 도착하면 상황은 건잡을 수 없을 게 뻔했다.

매부리봉을 장악한 일본군의 38식 기관총은 아군에게 치명적이었다. 38식 기관포는 서른 발 연발 사격이 가능한데다 사정거리가 우리가 가진 소총의 두 배 이상인 최신형 중화기였다.

"기관총이 몇 정인가?"

"세 정입니다."

아군의 소총으로는 저격 불가능한 거리에서 서른 발을 연발로 퍼부어대는 적에게 대항할 방법이 없었다. 위기였다.

16

매부리봉에 거치된 38식 기관총을 잡지 않고서는 전세를 뒤집을 방법이 없었다. 어떻게 하면 기관총 탄환을 뚫고 사정거리 안으로 접근해 기관총을 제거할 수 있을까, 나는 천리경을 눈에 붙이고 매부리봉에 거치된 적 기관총으로 접근하는 경로를 살폈다. 38식 기관총의 약점은 총열이 금방 달아오르는 것이었다. 사백 발가량을 쏘면 총열이 식을 때까지 기다려야 했다. 그 틈을 이용하는 수밖에 없었다. 대단히 위험하고 어려웠지만 불가능하지는 않았다. 문제는 퇴로였다. 어렵지만, 기관총이 달아오른 틈을 타 적의 기관총을 잡는다고 해도 기관총을 중심으로 포진한 적의 보병들에게 포위될 수밖에 없었다. 아무리 살펴보아도 빠져나올 수 있는 퇴로는 보이지 않았다.

기관총을 잡고 살아 돌아오는 것은 거의 불가능했다. 나는 출발 준비중인 노포저격대 옆에 대기중인 청년저격대를 바라보았다. 열여섯 살 청년대장 현창하와 그의 대원들, 긴 머리를 뒤로 묶은 참모 진포…… 나와 마주친 그들의 눈길이 매부리봉으로 향했다. 빗발치는 기관총탄을 뚫고 매부리봉 탈환 작전에 나설 병력이 자신들밖에 없다는 것을 그들은 알았다. 하지만 나는 이 청년들을 불구덩이로 밀어 넣을 수는 없었다.

내가 가는 수밖에 없었다. 나는 날랜 수포수 몇을 데리고 들어가기로 작정했다. 그런데 아무리 둘러보아도 데리고 갈 수포수가 없었다. 겨우 버티고 있는 벼슬봉과 애기봉 방어선에서 수포수를 빼낼 수도 없었다. 난감했다.

"우리가 가겠습니다."

매부리봉과 벼슬봉, 애기봉을 차례로 살피는 내게 그렇게 말한 건 청년대장 현창하였다. 청년저격대원들을 훑어본 나는 고개를 저었다. 현창하의 좌우에 선 참모 진포와 이정재 부대장을 제외하면 한결같이 열다섯, 열여섯, 열일곱이었다. 내 눈길이 진포와 이정재에게 머물렀다.

"진포 참모, 정재 부대장. 우리가 가자."

그 둘을 데리고 내가 가는 수밖에 없었다. 둘은 잠시도 주저하지 않았다.

"옙, 범포."

세 대의 기관총을 잡으려면 셋으로는 손이 부족했지만 어쩔 수 없었다. 가면 돌아올 수 없는 길이라는 것을 모르지 않는 진포와 이정재는 잠시 서로를 바라보고 나서 내게 눈길을 돌렸다. 우리들 사이의 눈길을 끊은 것은 현창하였다.

"그럴 수는 없습니다. 총참모장이 없으면 전투도 없습니다. 우리가 가겠습니다."

"왜? 내가 살아서 돌아오지 못할 것 같아?"

"어쨌든 그건 안 됩니다."

현창하의 말을 나보다 먼저 가로막고 나선 것은 노포저격대장 김삼곤이었다.

"저 기관총 우리가 한번 잡아보지."

나는 머리가 새하얀 노포저격대 대장 김삼곤의 말에 대꾸조차 하지 않았다. 일본군은 38식 기관총을 보병들의 뒤에 배치했다. 기관총 사수를 저격하고, 기관총을 타격하려면 먼저 일본군 보병의 방어선을 뚫고 사정거리 훨씬 안으로 기어들어가야 했다. 허리가 굽은 노인들이 할 수 있는 일이 아니었다. 더구나 노포수의 절반은 심지에 불을 붙여야 하는 화승총을 사용했다.

"노포대는 벌써 적 연락선 차단 임무를 맡지 않았어요?"

"그 작전은 우리가 젊은 청년대에 양보함세."

김삼곤 노포저격대장은 턱으로 매부리봉을 가리키며 말을 이었다.

"요 턱 앞에 있는 봉우리에 한번 올라가면 되는 일을 놔두고 우리 늙은이들한테 그 먼 거리까지 갔다 오라는 것은 예의가 아니지. 아무리 양반들이 나라를 팔아먹었어도 동방예의지국인데, 장유유서란 것이 있지 않은가?"

환갑이 넘은 노포저격대장과 열여섯 청년저격대장의 입씨름을 멈추게 한 것은 임창근 총대장이었다. 두 사람에게 물러서라고 손짓을 한 임창근 총대장이 입을 다물고 있는 내게 다가왔다.

"어이, 총참모장. 노포저격대가 해보겠다지 않는가?"

진포와 이정재를 데리고 삼인 일조로 어떻게 38식 기관총까지 접근할 것인지를 고민하던 나는 되물었다.

"네?"

"아무리 왜놈 천지가 되었다고 조선말도 못 알아듣는가. 우리가 들어가겠다지 않는가?"

총대장 임창근은 노포저격대를 돌아보며 '우리'라고 했다.

"젊고 날랜 사람도 들어가기 어렵습니다. 어르신들이 거길 어떻게 들어가요? 가다가 다 죽습니다."

내 말을 받은 건 임창근과 동갑인 수포수 윤기영이었다.

"그거 잘됐네."

내가 바라보자 그가 말했다.

"우리가 여기 살려고 온 사람들로 보이는가?"

나는 대답하지 못했다.

"죽을 자리를 찾아온 사람들이네."

수포수 윤기영의 말을 임창근 총대장이 받았다.

"포수가 산에서 죽으면, 그것도 사람 해치는 짐승을 잡다가 죽으면 그보다 더한 호상이 없지."

임창근 총대장은 한술 더 떠 자신이 노포저격대를 직접 이끌고 기관총을 타격하겠다고 나서며 임헌근을 돌아보았다.

"내가 가니 임포는 빠시게."

아들을 잃은 동생 대신 자신이 가겠다는 소리였다. 나는 당연히 반대했다.

"두 분도, 노포저격대도 갈 수 없습니다. 제가 날랜 청년저격대 부대장과 참모……"

"허허. 이 사람, 욕심이 지나치네. 이 늙은 총대장이 전공을 한번 세워보려는데 그걸 총참모장이 가로채려 들면 되겠나. 젊은 총참모장과 날랜 수포수들에게는 앞으로도 기회가 많지만, 우리 같은 늙은 포수들에게 이런 기회가 또 언제 오겠는가. 젊은 자네가 양보하시게."

임창근이 웃으며 나를 나무랐지만 나는 물러서지 않았다.

"이 탐나는 전공은 제가 양보할 수가 없습니다. 작전권은 총참모장에게 있습니다."

하지만 임창근도 고집을 꺾지 않았다.

"그럼, 나도 총대장의 위세를 한번 부려야겠네. 이 작전은 총대장이 직접 수행하네. 총대장이 총참모장에게 내리는 명령일세."

그래도 물러서지 않으려는 내게 임헌근이 다가왔다.

"내가 승조를 수습을 해오든, 승조와 함께 떠나든 해야지 않겠나. 이 일은 내게, 우리 노포들에게 맡기시게."

내 등을 두드린 임헌근은 형인 임창근 총대장에게 눈길을 돌리며 덧붙였다.

"총대장에게는 총대장의 일이 있지요. 제 아들은 제가 데리러 갑니다."

내가 더이상 만류할 수 있는 일이 아니었다.

자기들 대신 적 연락선 차단 작전을 떠나는 청년저격대를 먼저 전송한 노포수들은 빗발치는 기관총탄을 뚫고 적진으로 접근했다.

김삼곤 대장과 수포수 윤기영, 임헌근을 비롯한 노포저격대원들은 다람쥐처럼 민첩하게 엄폐물을 바위와 나무로 바꿔가며 전진했다. 나는 천리경으로 그들의 뒷모습을 지켜보았다. 그들은 환갑을 넘긴 노포수들이라고는 도저히 믿을 수 없게 민첩했다. 총도 무거워 어깨가 처지던 노포수들에게 그런 힘이 어디에 숨겨져 있었는지 신기했다.

유기운이 지휘하는 제3지대는 총력 엄호전에 나섰다. 나는 갑산 방면에서 돌아온 기동저격대를 이끌고 측면 교란전을 벌였다. 노포저격대는 네 식경 만에 일본군의 38식 기관총 세 정을 모두 잡았다. 노포수들의 민첩성과 투지, 저격 솜씨는 놀라웠다. 기관총 사수는 물론 기관총까지 작동 불능으로 만든 그들의 저격술은 신의 경지였다. 38식 기관총이 무너지자 전세는 완전히 뒤집혔다.

해가 질 무렵 북청 방면의 결전은 막을 내렸다. 북청 주둔 일본군 수비대는 궤멸했다. 나는 북청 방면의 전투에서 승리를 거둔 제3지대와 제2지대의 전 병력을 제1지대가 일본군과 일진일퇴의 격전을 벌이고 있는 갑산 방면에 투입했다. 증강된 아군의 공세에 갑산 방면의 일본군은 한 식경을 견디지 못하고 무너졌다.

청년저격대에서도 보고가 올라왔다. 이진, 진포가 후치령을 우회하던 일본군 전령을 잡고, 우회로를 완전히 장악했다는 것이었다.

청년저격대는 포위 공격의 위험을 차단하는 것으로 그치지 않았다. 적의 연락선을 차단하고 적의 우회로를 역으로 우회한 청년저격대는 패주하던 일본군에게 마지막 일격을 가했다. 청년저격대의 참모 진포가 주도한 이 매복 작전에 걸려든 건 하세가와의 총애를 받으며 전공을 쌓아온 아오토 대위만이 아니었다. 경찰지원대를 이끌고 참전했던 노우에 경부도 꼼짝없이 당했다.

후치령 전투는 대승이었다. 사흘에 걸친 다섯 번의 전투에서 항일연합포연대는 적을 압도했다. 후치령 전투 승리의 주역은 말할 나위도 없이 적의 신형 중화기를 잡은 노포수들이었다. 임헌근은 아들 임승조 중대장을 품에 안은 채 눈을 감았다. 노포저격대를 이끌었던 김삼곤 대장과 노포수 김춘진, 리문엽, 정해영, 이사존도 후치령에 뼈를 묻었다. 작전에서 돌아온 청년저격대원들은 노포수들의 주검을 수습하며 울고 또 울었다. 노포수들이 자기들 대신 죽음을 선택했다는 사실을 모르는 청년대원은 아무도 없었다.

17

후치령에서 일본군을 궤멸시킨 항일연합포연대는 파죽지세로 개마고원 일대를 누볐다. 차도선과 태양욱, 유기운이 이끄는 삼 개 지대와 내 직할의 저격여단이 벌이는 거침없는 연합과 분산 작전에 일본군은 정신을 차리지 못하고 허둥댔다. 우리는 일천 명의 병력을 총동원해 공세를 퍼부은 다음날 서로 다른 세 개 지역에서 개별공격을 감행했다.

저격과 전투, 행군을 이어가던 저격여단이 폭설과 혹한을 피해 머무른 곳은 갑산의 상남이었다. 상남은 갑산에서 친일파가 많기로 유명했다. 우리는 상남에서 악질 친일파 열세 놈을 처단하고 놈들이 장롱과 고방에 채워둔 일본 돈과 은화, 양곡을 모두 압수했다. 일본 돈과 은화는 주민들에게 골고루 나누어주고, 양곡은 군량미로 썼다.

친일파들에게 시달리던 주민들은 우리가 머문 닷새 동안 성심을 다해 뒷바라지해주었다. 소문을 듣고 몰려든 지원자들을 편입시키고 전열을 정비한 저격여단이 상남을 떠나기 전에 나는 일진회 회원들에게 경고를 남겼다.

"왜놈과 친일파에게 협조하는 것이 얼마나 큰 죄인지 모르고 한 번 협조한 사람은 우리가 이번에 용서하였소. 그러나 그 죄를 알고서도 다시 왜놈의 앞잡이 노릇을 하며 동포를 괴롭히는 들개 같은 자는 반드시 우리가 돌아와 응징할 것이오. 알겠소?"

"알다마다요. 다시는 그런 일이 없을 것입니다."

일진회에 들긴 했어도 간부가 아니어서 처단을 면한 친일파들은 머리를 조아리며 맹세를 했다.

상남을 떠난 우리는 한겨울의 혹한을 뚫고 북청의 장항리로 이동했다. 살을 에는 맹추위와 폭설에도 우리는 작전을 멈추지 않았다. 우리가 힘들면 적도 힘들기 마련이었다. 장항리 주둔 일본군 분견대로부터 탄약 마흔 상자를 노획했다. 속수무책으로 당한 일본군이 연대 병력을 북청으로 출동시켰을 때, 우리는 이미 갑산을 지나 삼수로 향하고 있었다.

우리가 후치령을 거점으로 삼아 종횡무진 기동전을 벌인 한 달 동안 동해안에서 두만강 국경까지 이어지는 교통로는 완전히 마비되었다. 후치령은 관북 내륙지방과 동해안을 잇는 관문이었다. 후치령을 거치지 않고서는 삼수와 갑산, 혜산진을 오갈 수 없었다. 일본이 차지한 삼수와 혜산진의 목재창이 마비되었고 단천과 풍산, 갑산을 잇는 일본군의 통신선은 두절되었다. 대신 아군의 전과는 산지사방으로 퍼져나갔다.

삼수의 중평장에서 혜산진으로 가던 일본군 보급부대를 격파한 것은 청년저격대였다. 이진과 이정재는 청년저격대 대장인 현창하와 함께 대원들을 이끌고 함흥수비대 기병대장 가미쓰키가 호위하던 일본군 보급부대를 매복, 기습작전으로 격파했다. 스무 살이 안 된 청년대원들이 적의 정예 기병대를 완벽하게 해치우고 일본군의 보급물자를 대거 노획한 것이었다. 저격여단의 기세는 하늘을 찔렀다.

나는 청년저격대 대원들을 격려한 다음 연락도감의 감원들을 소집했다.

"저희가 무슨 잘못한 일이라도 있는지요?"

연락도감의 도주 안국환은 불안한 표정으로 내 눈치를 살폈다.

"큰 잘못이 있었소."

"네?"

안국환의 눈이 커지며 표정이 굳었다.

"내가 말이오."

질책당할 일이 생겨 집합을 당한 줄 알고 긴장했던 감원들이 의아한 눈빛으로 서로의 얼굴을 쳐다봤다.

"내 잘못을 사과하려고 연락도감 감원 여러분을 보자 하였소. 그동안 4정3작2전1선에서 4정1선을 연락도감이 맡았소. 우리 항일연합포연대의 전투 절반을 감원 여러분이 감당한 것이오. 여러분이 목숨을 내놓고 뛰어다니며 적정을 정확히 파악해주지 않았으면 우리가 어떻게 그토록 대담한 작전을 펼쳤겠으며, 여러분이 우리의 전과를 널리 날라주지 않았다면 어떻게 이토록 뛰어난 포수와 포군들이 우리에게 모여들었겠소. 감사하오."

빈말이 아니었다. 나는 정태신이 말했던 4정3작2전1선이 한 치의 과장도 없는 진실이란 것을 지난 석 달 동안의 수 없는 작전을 통해서 실감했다. 정확한 정보를 바탕으로 대담하게 작전 계획을 세우고 용맹하게 싸웠으며, 그렇게 거둔 승리가 바로 최고의 선전이었다. 연전연승의 승전보를 전해들은 포수와 포군들이 몰려들었고, 더 많은 정보와 지원이 우리에게 쏟아졌다.

"그동안 전투에서 다치고 낙명한 포수를 돌보고 눈앞에서 전공을 세운 포군을 치하하느라 정작 여러분의 전공을 한 번도 제대로 치하하지 못해 미안하고, 고맙소."

"고맙습니다. 총참모장님."

안국환이 그렇게 외치며 고개를 숙이자 대원들도 일제히 따라서 고개를 숙이며 외쳤다.

"고맙습니다. 총참모장님."

나는 감원들보다 더 깊이 고개를 숙이고 나서 말했다.

"내 그래서 여러분에게 줄 상금을 좀 가져왔소. 이 상금은 내가 마련한 것이 아니오. 여러분이 보고한 적의 이동 정보를 가지고 오늘 적 보급부대를 급습한 청년저격대, 우리 항일연합포연대의 막내들이 여러분을 위해 준비한 것이오. 지금 지급하는 이 일본 돈과 은화로 그동안 여러분에게 정보를 제공하고, 먹을 것과 잘 곳을 마련해준 이들에게 마음껏 한번 인심을 쓰시오."

연락도감 감원들이 환호했다. 나는 일본군 보급부대로부터 노획한 이 돈을 따라 얼마나 빨리 항일연합포연대의 전공과 청년저격대의 무용담이 퍼져나갈지 충분히 짐작할 수 있었다.

"총참모장님, 부탁을 하나 드려도 될까요?"

연락도감 감원들에게 군자금을 골고루 분배한 안국환이 내게 물었다.

"뭐, 돈이 부족하오?"

"아닙니다. 돈은 충분하고, 감원들에게 증표를 하나씩 써주십시오."

"증표라니?"

"총참모장님 이름이 워낙 드높아지니 우리 연락도감의 감원이라고 속이고 백성들의 등을 처먹는 산적놈들이 생겨서, 진짜 우리 감원들이 낭패를 보는 일이 잦아졌습니다."

나는 도검사를 불러 증표를 쓰게 하고 내가 일일이 수표를 해주었다.

"총참모장님, 한 가지만 더 부탁을 드리겠습니다."

안국환은 뒷머리를 긁으며 내 눈치를 살폈다.

"이왕 쓰시는 김에 격문을 한 장 더 써주십시오. 함흥과 정평, 영원, 맹산의 포수계가 아직까지 눈치만 보고 나서질 않습니다. 우리 감원들을 여러 번 보내도 이 핑계 저 핑계를 대는데, 우리 감원들의 말발로는 잘 먹히지 않는단 말입니다. 총참모장님 이름으로 쓴 격문 한 장이면 무슨 말이 더 필요하겠습니까. 거, 백문이 견물생심이라고……"

나는 터져나오는 웃음을 참으며 안국환의 말을 바로잡아주었다.

"백문이 불여일견?"

"백문이 좌우지간, 총참모장님 이름 석 자가 들어간 격문 한 장이면 입 아프게 더 설명할 필요가 없단 말입니다."

나는 도검사에게 격문을 쓰게 했다.

함경도의 함흥, 영원, 정평, 맹산, 원산의 포수들에게 고함.

북청과 삼수, 갑산, 이원, 단천, 홍원, 길주를 비롯한 함경도의 포수들이 항일연합포연대의 깃발 아래 하나로 뭉쳐 흉포한 왜적과 싸우고 있건만 어찌하여 함흥과 영원, 정평, 맹산, 원산의 포수들은 아직도 오지 않는 것이오? 하루 속히 총을 들고 항일연합포연대로 합류하기를 권고하는 바이오. 그러함에도 오지 않고 끝내 왜적의 품안에서 눈치만 살피며 안녕을 도모한다면 장차 포연대의 법도에 따라 변고를 당할 것인즉, 행여 그 사실을 미처 알지 못하여 변을 당했다고 원망하는 일을 방지코자 이 격문을 보내니 천추의 한을 남기지 않기 바라오.

18

격문의 반응은 격했다. 정평 포연대를 필두로 함흥과 영원, 원산의 포수들도 잇따라 합류해왔다. 포수들의 격한 반응은 격문의 글줄이 훌륭해서가 아니었다. 격문의 힘은 근사한 글줄이 아니라 후치령에서 일본군 대부대를 격파한 혁혁한 전과에서 나온 것이었다. 화승총으로 적의 38식 기관총을 잡은 노포수들의 장렬한 최후를 전해듣고도 구들장에서 등을 떼지 않는 포수는 포수가 아니었다. 특히 매부리봉에서 함께 최후를 마친 임헌근, 임승조 부자의 이야기는 주저하던 포수들의 양심에 불을 질렀다.

내가 보낸 격문을 보고 몰려든 포수들을 돌아보며 격려하던 내 발길이 한 소년 앞에서 멈췄다. 눈동자가 우물처럼 맑은 앳된 소년은 차이경이었다. 나는 가슴이 덜컹했다. 벌써 이십삼 년 전에 죽은 차이경일 리 없었다. 녀석은 두 달 전에 원산학사로 공부하러 보낸 내 아들 양순이었다. 땋았던 긴 머리를 짧게 자른 양순이는 한양에서 공부하는 게 꿈이라고 내게 이야기했던 했던 차이경의 판박이었다.

"네가 여기는 어인 일이냐?"

"아버지께서 오라고 하지 않으셨습니까?"

녀석이 내게 되물었다. '아버지'란 말에 주변의 시선이 일제히 우리에게 쏟아졌다.

"내가 언제?"

양순이는 품에서 종이 한 장을 꺼냈다. 내가 보낸 격문이었다.

"포수들을 오라고 한 것이다."

"아버지에게 삼 년 넘게 총을 배운 제가 포수가 아니란 말씀이신지요?"

나는 할말이 없었다. 대체 이 녀석은 누구를 닮은 것인가. 저 눈빛은 틀림없는 차이경의 것인데, 이 무모함은 나의 것이었다. 깊이를 알 수 없는 저 속은 수경의 그것이었는데, 간명한 저 말투는 나의 것이었다. 이 아이를 어떻게 해야 하나. 수경이라면 어떻게 했을까.

"네 어미는 네가 여기로 온 것을 아느냐?"

"오는 길에 오마니께 들러서 왔습니다."

"뭐라더냐?"

"제 마음에 따르라고 했습니다."

제 마음에 따라, 내 앞에 서 있는 녀석이 내 아들이라고 해서 돌려보낼 수는 없었다. 나는 진포를 불렀다.

"청년저격대에 편입해."

내가 턱으로 가리킨 양순이를 바라보던 진포가 물었다.

"누군가요?"

의아한 눈빛으로 묻는 진포에게 나는 짧게 대답했다.

"신입 대원."

"그러니까, 신입 대원 누군가요?"

나 대신 대답을 한 것은 양순이었다.

"홍양순입니다."

진포의 입이 벌어지며 눈이 커졌다.

"대장님 아들?"

진포는 양순이와 나를 번갈아 쳐다보며 물었다. 역시 눈이 날카로운 진포였다. 나와 양순이 둘 다 대답하지 않았다.

"맞구나."

진포가 나를 보고 생긋 웃으며 단정했다.

"왜 그렇게 생각하나?"

내가 진포에게 물었다.

"대장님 판박인데?"

진포는 내게 되물으며 장난스럽게 나와 양순이를 차례로 째려보았다. 나와 양순, 진포를 지켜보던 신입 대원들은 눈을 휘둥그렇게 떴다. 총참모장의 어린 아들이 자신들과 함께 항일연합포연대에 입대한 것도 신기했는데, 소문으로만 들었던 여참모 진포가 대단한 장군인 것처럼 들은 나에게 스스럼없이 반말 비슷하게 하는 것이 너무나 놀라운 모양이었다.

진포는 신입 대원들의 눈길에 아랑곳없이 양순이에게 말했다.

"누나라고 불러."

볼이 발갛게 달아오른 양순이가 머뭇거리며 대답했다.

"네……"

"이거 대답하는 거 봐라? 크게. 누나! 해봐."

"네, 누나."

"그렇지."

진포는 양순이의 어깨를 두드리고는 양순이와 함께 들어와 연락도감에 편재된 신입 대원 남정에게 눈길을 옮겼다.

"너도 누나라고 불러."

"네, 누나!"

양순이보다 한 살이 많은 남정은 소리를 지르듯 목청껏 대답했다. 택견 실력이 눈부신 녀석은 '전설적 여대장'으로까지 소문이 나기 시작한 진포를 누나라고 부르게 된 게 엄청 신나는 모양이었다. 양순이는 이렇게 남정과 함께 항일연합포연대에 들어왔다.

문학동네 장편소설
범도 1

1판 1쇄 2023년 6월 7일
1판 10쇄 2024년 8월 26일

지은이 방현석
책임편집 김영수 | 편집 여승주 이희연
디자인 이보람 유현아 | 저작권 박지영 형소진 최은진 오서영
마케팅 정민호 서지화 한민아 이민경 안남영 왕지경 정경주 김수인 김혜원 김하연 김예진
브랜딩 함유지 함근아 박민재 김희숙 이송이 박다솔 조다현 정승민 배진성
제작 강신은 김동욱 이순호 | 제작처 천광인쇄사

펴낸곳 (주)문학동네 | 펴낸이 김소영
출판등록 1993년 10월 22일 제2003-000045호
주소 10881 경기도 파주시 회동길 210
전자우편 editor@munhak.com | 대표전화 031) 955-8888 | 팩스 031) 955-8855
문의전화 031) 955-2696(마케팅) 031) 955-2679(편집)
문학동네카페 http://cafe.naver.com/mhdn
인스타그램 @munhakdongne | 트위터 @munhakdongne
북클럽문학동네 http://bookclubmunhak.com

ISBN 978-89-546-9327-1 03810
978-89-546-9329-5 (세트)